Hedwig Courths-Mahler

Aus erster Ehe

Ich weiß, was du mir bist

BASTEI LÜBBE TASCHENBUCH
Band 14524

1. Auflage: November 2000

Bastei Lübbe Taschenbücher ist ein Imprint
der Verlagsgruppe Lübbe

© 1980, 1980 by Verlagsgruppe Lübbe GmbH & Co. KG,
Bergisch Gladbach
© des Sammelbandes 2000 by
Verlagsgruppe Lübbe GmbH & Co. KG,
Bergisch Gladbach
Umschlaggestaltung: Martinez Produktions-Agentur, Köln
Titelfoto: Bavaria
Satz: hanseatenSatz-bremen, Bremen
Druck und Verarbeitung: AIT Trondheim, AS
Printed in Norway
ISBN 3-404-14524-0

Sie finden uns im Internet unter
http://www.luebbe.de

Der Preis dieses Bandes versteht sich einschließlich
der gesetzlichen Mehrwertsteuer.

Hedwig Courths-Mahler

Aus erster Ehe

1

»Es ist gleich vier Uhr, Eva. Du kannst den Kaffee fertig machen.«

»Sofort, Tante Klarissa; nur noch wenige Stiche an meinem Stickereistreifen«, antwortete das junge Mädchen, mit verträumten Augen von ihrer Arbeit aufsehend.

Die beiden Damen saßen sich an den Fenstern des Wohnzimmerchens gegenüber und hatten die letzte Stunde fast stumm an ihren Stickereien gearbeitet.

Nachdem Eva ihre Arbeit beendet hatte, legte sie diese in ein Körbchen, welches auf dem Nähtisch stand. Sorgsam breitete sie ein gesticktes Deckchen darüber. In dem kleinen, peinlich sauber gehaltenen Heim des Fräuleins Klarissa Sonntag war jeder Gegenstand, der sich nur irgendwie dazu eignete, mit Stickereien verziert. Das ganze Dasein der beiden Frauen schien nur den einen Zweck zu haben, Handarbeiten unter dem Blickwinkel »Schmücke dein Heim« anzufertigen.

Fräulein Klarissa fand jedenfalls die einzige Befriedigung ihres Lebens in diesen zahllosen gestickten Blumen und Arabesken. Die dunklen Augen ihrer jungen Nichte verrieten jedoch manchmal, daß ihre Gedanken sehnsüchtig nach einem anderen Zweck und Ziel Ausschau hielten.

So wie das kleine Wohnzimmer waren auch der noch kleinere, anstoßende Salon, das gemeinsame Schlafzimmer der beiden Damen und sogar die blitzblanke Küche, die eher einer Puppenküche glich, mit Zeichen der fleißigen

Hände bis zum Überfluß geschmückt. Eva ging hinaus in die Küche, um den Auftrag, der ihr erteilt worden war, auszuführen. Das hübsche, schlanke Mädchen war neunzehn Jahre alt. Etwas Unfreies, Niederdrückendes lag in der Haltung des in ein einfaches Allerweltskleid gehüllten Mädchens.

Das Gesicht hatte feine Züge und wurde von den großen, dunklen Augen beherrscht, die in Form und Farbe vollendet schön waren. Leider war ihr Ausdruck meist schüchtern und leblos, wie bei allen Menschen, die gewohnt sind, ihr Innenleben zu verbergen. Jugendlust und Frohsinn wohnten nicht in diesen Augen. Sie verrieten, daß das junge Mädchen eine jener Schattenpflanzen war, denen zum rechten Gedeihen die Sonne und der richtige Boden fehlen. Als Eva mit ihrer fast müden Haltung durch das Zimmer geschritten war, hatte ihr die Tante mit einem versonnenen Blick nachgesehen. Über dem blassen Leidensgesicht der Fünfzigjährigen lag jener freudlose, mürrische Ausdruck, den kränkliche Personen fast immer annehmen. Sie erhob sich langsam und schwerfällig und ergriff den neben ihrem Sessel stehenden Krückstock, den sie selbst auf dem kurzen Weg durch das Zimmer benutzen mußte.

Von Geburt an war Klarissa Sonntag verkrüppelt. Ihr rechtes Bein war nicht nur bedeutend kürzer und in der Entwicklung zurückgeblieben, sondern auch völig kraftlos. Durch die ständige Benutzung der Krücke hatte sich die ganze Figur verschoben und war schief geworden.

Das Gesicht war nicht häßlich. Es zeigte noch jetzt feine Züge und war von schönen, grauen Augen belebt, die zuweilen, wenn Klarissa nicht gerade von Schmerzen und Leiden geplagt war, Herzensgüte verrieten. Meist blickten sie freilich matt und mürrisch.

Es war kein Wunder, daß Eva trotz ihrer Jugend so still und in sich gekehrt war. Im steten Umgang mit der kränklichen Tante lebte sie seit frühester Kindheit in deren kleinem Heim. Alles, was sie von der Welt kannte, war das kleine Städtchen am Ausgang des Thüringer Waldes, in dem sie wohnte. Fast nie kam sie mit gleichaltrigen, fröhlichen Menschen zusammen. Tante Klarissa mied ihres Leidens wegen jede Gesellschaft, und so schirmte sie auch Eva ganz automatisch ab. Auch hinaus ins Freie kam Eva nur, um Besorgungen zu machen. Den Wald kannte sie nur von fern, und über Fluß und Wiesen flog ihr Auge, wenn sie einmal bis zur Stadtgrenze kam, sehnsuchtsvoll zu den grünen Bäumen, die so nah und doch so unerreichbar schienen.

Eng begrenzt war ihr Leben wie der Blick aus ihrem Fenster. Man sah auf eine schmale Gasse mit unschönen, grau oder steingrün getünchten Häusern. Das war ihre Heimat.

Heimat!

Eva sah immer ganz verträumt aus, wenn sie dieses Wort hörte oder las. Heimat! Das klang wie etwas Liebes, Herrliches, Trautes – wie etwas, das sie nicht fassen konnte, weil es viel zu schön war.

Wo war ihre wahre Heimat?

Vater und Mutter lebten da draußen – irgendwo in der weiten Welt. Der Vater kam wohl einmal im Jahr, um nach ihr zu sehen. Dann erschien er ihr aber so fremd, als ob sie gar nicht zu ihm gehörte.

Und die Mutter? – Von ihr wußte Eva noch viel weniger als vom Vater. Sie hatte sie nie gesehen, und nur selten einmal von ihr gehört. Seit langen, langen Jahren hatte man keine Nachrichten, und Tante Klarissa sprach schon lange nicht mehr von ihr. Auch den Vater erwähnte sie nie. – Und doch suchten Evas Gedanken oft voll Sehnsucht da draußen in der Welt ihre Heimat – bei Vater und Mutter.

Tante Klarissa war langsam im Zimmer auf und ab gehumpelt. Das tat sie vor jeder Mahlzeit. Es war ihre einzige Bewegung. Nur ganz selten verließ sie ihre Wohnung. Ihr Leiden hatte sie menschenscheu gemacht.

Nun blieb sie am offenen Fenster stehen und sog in tiefen Atemzügen die frische Luft ein, bis Eva das Geschirr auf den Tisch gestellt und ein Körbchen mit Hörnchen und Zwieback sowie die gefüllte Kaffeekanne hereingeholt hatte.

Nach der Kaffeepause sagte die Tante:

»Du kannst nachher gleich erst zu Jülemann gehen, ehe du wieder zu sticken anfängst. Ich brauche rote Stickseide und eine neue Vorlage.«

»Es ist gut, Tante Klarissa; ich werde mich dann gleich fertigmachen.«

»Kannst gleich auch zum Kaufmann gehen; wir brauchen Kerzen und Zucker. Die Kuhnke hat morgen früh die Fußböden gründlich zu reinigen; da hat sie keine Zeit zum Einkaufen.«

»Die Kuhnke« war die Aufwärterin der beiden Damen, die jeden Vormittag die groben Arbeiten im Haushalt besorgte.

»Soll ich etwas Obst für dich mitbringen, Tante?«

»Ja, das tu! Fehlt sonst noch etwas?«

»Ich wüßte nicht.«

Eva breitete, nachdem sie den Tisch abgeräumt hatte, die grüne Tischdecke mit den gestickten Rosenranken wieder darüber. Dann machte sie sich im Schlafzimmer zum Ausgehen fertig.

Sie sah in dem unmodischen Kleid mit dem unscheinbaren Hut weder elegant noch jugendlich aus. Ihre Kleider und Hüte wurden nach Tante Klarissas Angaben von »Klippers Julchen«, einer wenig talentierten Hausschneiderin, angefertigt. »Julchen« stand offenbar mit der neuesten Mode auf Kriegsfuß, obwohl sie fortwährend versicherte, daß sie nach der neuesten Pariser Mode arbeite. Da Klippers Julchen fast alle Damen im Städtchen »einkleidete«, fiel indessen Evas Kostümierung niemand sonderlich auf. Nur die wohlhabende Metzgersfrau am Marktplatz rümpfte immer ein wenig die Nase und sagte zu ihren Kundinnen, wenn Eva vorüberging:

»Der sieht man's auch nicht an, daß ihr Vater 'n Adliger ist und auf einem Gut sitzt.«

Ihr Mißfallen galt nicht den Schneiderkünsten von Klippers Julchen, sondern dem billigen Wollstoff, aus dem Evas Kostüm hergestellt war.

Eva ahnte nichts von dieser abfälligen Kritik. Sie wußte nichts von neuen Moden und Seidenstoffen. Es war ihr so gleichgültig, was sie trug. Für wen hätte sie sich auch schön machen sollen? Junge Männer traten nicht in ihren Gesichtskreis. Sie war noch wie ein Kind in dieser Beziehung und wußte nicht, daß Kleider Leute machen und geschmackvolle Kleidung selbst häßliche Frauen verschönen kann.

Eva besorgte schnell die nötigen Einkäufe. Wie das in kleinen Städten, wo sich alles kennt, üblich ist, wurde sie überall von den Ladenbesitzern oder Verkäufern in eine Unterhaltung verstrickt. Eine der Geschwister Jülemann erzählte ihr, daß sie süße, junge Kätzchen bekommen hätten, und wollte Eva unbedingt eines schenken. Eva wehrte erschrocken ab. Die Kaufmannsfrau fragte das junge Mädchen, ob Klippers Julchen zu ihrem Kleid auch fast vier Tage gebraucht hätte, und die Obsthändlerin zeigte ihr stolz die Schreibhefte ihres Ältesten, der wieder eine Eins nach Hause gebracht hatte.

Damit war die geistige Anregung erschöpft, die Eva auf ihren Wegen in sich aufnahm. Auf dem Marktplatz hatte sie noch das interessante Erlebnis, daß Polizeidiener Lebohm einen betrunkenen Landstreicher auf der Wache ablieferte; ein Ereignis, das die ganze Schuljugend des Städtchens in Aufregung versetzte.

Seufzend ging sie weiter. Wie schon oft, befiel sie mit Macht das Gefühl der Enge, der grenzenlosen Nichtigkeit ihres Lebens. Sie grübelte zuviel über sich selbst und das Leben, das sie führte, um sich mit dem inhaltslosen Dahinvegetieren abfinden zu können. Noch steckten trotz allem zu viel Jugendkraft und Tatendrang in ihr, und sie war noch nicht stumpf genug geworden, um sich ruhig zu bescheiden.

Kurz bevor sie in die Gasse einbog, die zu ihrer Behausung führte, sah sie vor einer Haustür eine junge Mutter mit ihrem Kind tändeln und kosen. Gerade als sie vorüberging, sagte die Frau mit weichen, zärtlichen Worten:

»Mein Goldschatz, mein ganzes Glück, mein Herzensmädel.«

Es war, als ob diese Worte sich bis in die tiefste Seele des jungen Mädchens senkten. Heiße Röte stieg in die blassen Wangen; die Augen umfloren sich, und die Lippen bebten. Wie auf der Flucht vor sich selbst, lief sie weiter. Erst im Hausflur verhielt sie den Schritt und lehnte sich einen Augenblick mit geschlossenen Augen an die kahle, getünchte Wand.

»Mutter, Mutter! Warum hab' ich keine Mutter?« flüsterte sie, und nie hatte sie sich so einsam, so arm an Liebe gefühlt wie in diesem Augenblick.

Langsam stieg sie die eine Treppe empor, und als sie nach einer Weile zu Tante Klarissa ins Zimmer trat, war ihr Gesicht wieder still und beherrscht.

Die alte Dame hatte schon sehnlichst auf das Stickgarn gewartet. Sie ließ sich über die Stadtneuigkeiten Bericht erstatten. Dann sagte sie:

»Nun kannst du ein Stündchen musizieren, Eva.«

Eva nickte mechanisch. Sie setzte sich an den Flügel, der einen großen Teil des Zimmers einnahm. Ihr Vater hatte ihn ihr vor Jahren geschenkt, weil sie musikalische Begabung zeigte. Durch Zufall war ein vorzüglicher Musiklehrer ins Städtchen verschlagen worden. Dessen Lieblingsschülerin war Eva gewesen, bis er vor wenigen Monaten starb. Der alte Sonderling hatte Eva alles gelehrt, was er zu geben hatte. Auch ihre Stimme hatte er mit Liebe und Sorgfalt gebildet. Die Musik war das einzige, was Eva über ihren engen Kreis hinaushob. In Tönen sprach sie aus, was ihr Mund verschwieg. Das gab ihrem Spiel etwas wundervoll Beseeltes und ihren Liedern, die sie mit ihrer weichen, süßen Stimme sang, etwas Ergreifendes.

Auch heute suchte sie Befreiung in der Musik. Aber es wollte ihr nicht wie sonst gelingen. Mitten im Spiel hörte sie plötzlich auf und drehte sich nach der alten Dame um. In ihrem blassen Gesicht brannten die dunklen Augen mit unruhigem Ausdruck.

»Tante Klarissa!«

Das alte Fräulein schrak zusammen. Ihr Name klang wie ein Notschrei an ihr Ohr.

»Mein Gott, Eva – hast du mich erschreckt! Was willst du denn? Weshalb hörst du mitten im Spiel auf?«

Eva erhob sich und trat vor sie hin.

»Ich möchte dich etwas fragen, Tante. Glaubst du, daß meine Mutter noch lebt?«

Auf Klarissas Wangen erschienen rote Flecken der Erregung.

»Aber Kind – diese Frage hat doch nicht so große Eile.«

Eva drückte die Hände jäh an das Herz und atmete tief. Ihr Gesicht wurde noch bleicher.

»Doch Tante! – Ich konnte es plötzlich nicht mehr aushalten; ich mußte dich danach fragen. Du sprichst nie mehr von meiner Mutter, schon seit langen Jahren nicht. Aber ich muß immerzu an sie denken, und ich habe oft eine so qualvolle Sehnsucht, wenigstens von ihr zu reden. Du sagtest nur, als ich noch zur Schule ging, Mutter sei in Amerika verschollen. Ich solle nicht mehr von ihr sprechen, nicht an sie denken. Aber das kann ich nicht. Tante – glaubst du, daß meine Mutter noch lebt?«

Klarissa lehnte wie erschöpft den Kopf zurück. Betroffen schaute sie in Evas erregtes Gesicht. So hatte sie das Kind noch nie gesehen, nie solche Worte von ihr gehört.

»Was ist nur geschehen, Kind? Weshalb forderst du plötzlich so leidenschaftlich eine Antwort auf diese Frage?«

Ein mattes, gequältes Lächeln huschte schattenhaft über Evas Gesicht. Sie glitt in einem Stuhl nieder. Die Knie zitterten ihr und trugen sie nicht mehr. Mit einer heftigen Gebärde warf sie die Arme auf den Tisch und barg ihr Gesicht darin.

So ruhte sie einige Augenblicke in tiefster seelischer Erschöpfung. Dann richtete sie sich wieder auf. In dem weichen, kindlichen Gesicht lag ein Ausdruck großer Traurigkeit.

»Warum? Ach Tante, ich sah vorhin auf der Straße eine

Frau mit ihrem Kind. Sie herzte und küßte es und hielt es fest und warm in ihren Armen. Und siehst du – da fragte ich mich: Warum hat dich deine Mutter nicht so gehalten und so geliebt, warum gab sie dich hin, als du noch so ein kleines, hilfloses Wesen warst – kaum älter als ein Jahr? Und warum läßt meine Mutter nichts von sich hören? Kann es sein, daß eine Mutter ihr Kind vergißt?«

Klarissa Sonntag zuckte nervös mit den Augenbrauen, ein Zeichen großer Erregung. Evas plötzliches Aufbäumen erschreckte sie. Seufzend richtete sie sich empor.

»Kind, es wäre besser, du quältest dich und mich nicht mit solchen Fragen. Du warst doch bisher glücklich und zufrieden.«

Eva ballte die Hände zusammen.

»Glücklich und zufrieden? Ach nein, Tante Klarissa. Das war ich eigentlich nie. Sei nicht böse – du hast es gewiß immer gut mit mir gemeint, hast mich als hilfloses Kind bei dir aufgenommen. Fast nie habe ich ein böses Wort von dir gehört; und wenn dich deine Schmerzen nicht plagten, bist du auch manchmal lieb und zärtlich zu mir gewesen. Aber trotzdem – nenn mich nicht undankbar –, trotzdem habe ich am Besten gedarbt, was der Mensch haben kann: ich hatte nicht Vater und Mutter – keine richtige Heimat. Ich muß mir das alles einmal von der Seele reden, kann es nicht länger stumm mit mir herumtragen. Du hast mir einmal erzählt, daß meine Mutter meinen Vater nach zweijähriger Ehe verlassen hat, um wieder Schauspielerin zu werden. Mein Vater hat sich von ihr scheiden lassen. In Amerika hat sich meine Mutter bald darauf wieder verheiratet; sie hat uns nicht einmal mitgeteilt, welchen Namen sie führt. Seitdem hast du nichts von ihr gehört, nicht wahr?«

»Nein – nicht ein Wort.«

»Und mein Vater hat ebenfalls eine zweite Frau genommen. Er sieht wohl jedes Jahr einmal nach mir. Dann wechseln wir einige höfliche Worte. Zwei Menschen, die zueinandergehören und sich doch so fremd sind. In der Zwischenzeit schicken wir uns gelegentlich Briefe über alltägliche Äußerlichkeiten. Das ist alles, was ich von meinem Vater habe, den ich doch von Herzen lieben möchte. Ach Tante – ich bin ärmer als das ärmste Bettelkind!« Sie schlug die Hände vor das Gesicht und schluchzte.

Fräulein Klarissa saß beklommen und hilflos diesem leidenschaftlichen Ausbruch gegenüber. Sie hatte keine Ahnung gehabt, was in Eva vorging. Kränkliche Menschen sind sehr egoistisch. Klarissa bildete darin keine Ausnahme. Als sie Eva zu sich nahm, hatte sie es nur getan, um ihr leeres Leben inhaltsvoller zu gestalten. Immer hatte sie nur daran gedacht, wie gut es war, daß sie dieses junge Wesen bei sich hatte, daß sie nicht allein war. Der Gedanke, Eva könne neben ihr an Leib und Seele darben, war ihr überhaupt nicht gekommen. Jetzt zum erstenmal wurde sie wachgerüttelt aus der Wahnvorstellung, Eva könne bei ihr glücklich und zufrieden sein. Erschrocken schaute sie den Jammer, der aus ihrem sonst so verschlossenen Wesen hervorbrach wie ein Strom, der sich nicht mehr eindämmen läßt.

Ihr im Grunde gütiges Herz suchte nach Trost und Hilfe für dieses junge Wesen. Unbeholfen legte sie ihre Hand auf den braunen Mädchenkopf. Evas reiches Haar hatte die Farbe reifer Kastanien. Rötliche Lichter spielten darauf. Klarissa mußte daran denken, daß ihre einzige Schwester, Evas Mutter, auch diesen seltsam glänzenden Schimmer über ihrem Haar gehabt hatte.

Die Erinnerung an die Schwester wurde dadurch heraufbeschworen. Felicitas hatte sie geheißen, und beneidenswert glücklich war sie der älteren Schwester erschienen in ihrer jugendfrischen, gesunden Schönheit. Felicitas hatte einen unruhigen, ehrgeizigen Sinn gehabt. Sie war ehrgeizig und träumte von Glanz und Herrlichkeit.

Den ängstlichen Eltern hatte sie abgetrotzt, daß sie Schauspielerin werden durfte. Halb gegen deren Willen zog sie hinaus in die Welt. Ihre Schönheit verhalf ihr schnell zu glänzenden Erfolgen; da sie kühl und berechnend war, gelang es ihr, einen ihrer glühendsten Verehrer so weit zu bringen, daß er sie, gegen den Willen seiner Familie, heiratete. Rudolf von Woltersheim wurde der Gatte von Felicitas Sonntag.

Der junge, etwas leichtsinnige Mann hatte in seiner blinden Leidenschaft gehofft, daß seine Familie seine Heirat nachträglich anerkennen würde. Felicitas war in dem Glauben, eine glänzende Partie gemacht zu haben. Aber mit seiner Heirat hatte der junge Mann jedes Band mit seiner Familie zerschnitten. Man verzieh ihm diesen Schritt nicht und versagte ihm die Mittel, die ihm bisher von verschiedenen Familienmitgliedern zugeflossen waren. Er mußte mit einer für seine Verhältnisse lächerlich kleinen Summe auskommen. Da er seiner Frau nicht gestattete, wieder aufzutreten, waren sie zu einem bescheidenen Leben gezwungen.

Felicitas hatte das nicht lange mit angesehen. Das war ihr nicht als der Sinn ihres Lebens erschienen, in Armut und Not zu leben. Die Leidenschaft verrauschte schnell in heftigen Szenen auf beiden Seiten. Und eines Tages lief Felicitas ihrem Gatten auf und davon, um in Amerika ihr Glück zu versuchen. Er forderte sie zur Rückkehr auf; sie weigerte sich, und so ließ er sich von ihr scheiden. Seine Familie hatte ihm Verzeihung versprochen, wenn er sich von ihr getrennt hätte.

Das Kind wurde Woltersheim zugesprochen. Er wußte nicht, was er mit dem kleinen, mutterlosen Wesen anfangen sollte. In seiner Familie fand es keine Aufnahme. Da trat Klarissa an ihn heran mit dem Wunsch, er möge ihr das Kind in Obhut geben. Sie wollte es aufziehen, um einen Lebensinhalt zu haben, denn ihre Eltern waren gestorben, und sie stand allein in der Welt.

Mit Freuden willigte Woltersheim ein. Er zahlte Klarissa ein kleines Entgelt, das ihr mit dem eigenen kleinen Vermögen ein zwar bescheidenes, aber sorgloses Leben sicherte.

So kam Eva in ihrem zweiten Lebensjahr zu ihrer Tante.

Herr von Woltersheim war froh, der Sorge um das Kind enthoben zu sein. Seine geschiedene Frau hatte in Amerika insofern Glück gehabt, als sie einen Dollarmillionär durch ihre Reize fesselte und dessen Gattin wurde. Seit dieser Zeit blieb jede Nachricht von ihr aus. Wahrscheinlich wollte sie ihre Vergangenheit vergessen. Auch nach ihrem Kind hatte sie nie mehr gefragt.

Herr von Woltersheim wurde wenige Monate nach seiner Scheidung durch den Tod eines Vetters zum Erben des großen Familienbesitzes bestimmt. Auf Wunsch seines Onkels, des derzeitigen Gutsherrn, verheiratete er sich ein Jahr nach der Scheidung mit der jungen Witwe des Barons Herrenfelde. Obwohl diese gleichfalls eine Tochter aus erster Ehe hatte, war keine Rede davon, daß Eva nun bei ihrem Vater Aufnahme finden sollte. Dem Sprößling des Barons standen die Türen von Woltersheim offen; vor dem Kind der Schauspielerin blieben sie verschlossen. Eva blieb weiterhin unbeachtet in dem bescheidenen Heim ihrer Tante. Die zweite Frau ihres Vaters hatte sie bisher völlig ignoriert. Nur einmal im Jahr kam der Vater, meist kurz vor Weihnachten, um nach seiner Tochter zu sehen. Es waren reine Pflichtbesuche. Vater und Tochter wußten nichts miteinander anzufangen. Er fragte nach ihren Weihnachtswünschen, die immer sehr bescheiden waren – bis auf den Flügel, den sie sich brennend wünschte. Dann erkundigte er sich nach der Schule, plauderte ein wenig mit Klarissa und war heilfroh, wenn er seiner Pflicht genügt hatte und wieder abreisen konnte. Eva verbarg in ihrer scheuen Art, was in ihr vorging. Sie beantwortete seine Fragen und schien kühl und unberührt durch seine Anwesenheit. Der Vater hielt sie deshalb für kalt und oberflächlich wie ihre Mutter und erwärmte sich nicht für diesen Sproß einer in leidenschaftlichem Rausch geschlossenen Ehe. Er ahnte nicht, daß Eva bei seinem Anblick das Herz bis zum Hals schlug und daß sie sich am liebsten an ihn geklammert hätte mit der heißen Bitte: Hab mich lieb und gestatte mir, dich zu lieben; denn mein Herz ist einsam und von Sehnsucht erfüllt nach einem Menschen, zu dem ich gehöre.

Sie sprach es nie aus; und er hielt sie für gleichgültig und gefühlsarm. Dazu kam, daß seine zweite Frau ihn darin bestärkte, daß Eva bei der Tante am besten aufgehoben sei. Seiner zweiten Ehe entstammte abermals eine Tochter. Nach dem Tod seines Onkels war er Herr auf Woltersheim geworden. Und da ihm männliche Erben versagt blieben, hatte er den Sohn eines jüngeren Vetters, der nach dem Erbrecht einst Gutsherr werden würde, nach Woltersheim berufen, um an ihm eine Stütze zu haben bei der Bewirtschaftung der Güter.

Eva hatte von dem Leben und Treiben in ihres Vaters Haus keine Ahnung. Sie wußte nur, daß er wieder geheiratet hatte und daß sie eine Schwester besaß, die Jutta hieß und drei Jahre jünger als sie selbst war.

Nach dieser Schwester sehnte sie sich im stillen. Sie hätte alles gegeben, um sie einmal zu sehen. Aber noch nie hatte sie gewagt, diesen Wunsch zu äußern.

Klarissa streichelte eine Weile in ihrer unbeholfenen Art das Haar des Mädchens.

»Ich habe nicht gewußt, daß du so unter den Verhältnissen leidest, unter denen du aufgewachsen bist«, sagte sie leise, und ein gequälter Zug lag auf ihrem Gesicht.

Eva sah es und trocknete schnell ihre Tränen.

»Du hast wieder deine Nervenschmerzen, Tante Klarissa – daran bin ich diesmal schuld mit meinem Klagen. Verzeih, es tut mir so leid«, sagte sie hastig.

»Laß nur, Kind, ich bin ja an Schmerzen gewöhnt. Und du sollst mir nicht vergeblich deine Herzensnot gebeichtet haben. Arme Eva! Mir ist erst in diesem Augenblick klargeworden, daß du gedarbt hast an meiner Seite. Ich glaubte, du wärest glücklich. Mir schien es ja das höchste Glück, gesund zu sein, mit gesunden Gliedern laufen und springen zu können und keine Schmerzen zuhaben. Daneben schien mir alles andere unbedeutend. Aber nun sehe ich, daß auch ein gesunder Mensch leiden kann.«

Eva zwang sich zur Ruhe.

»Du hast recht, Tante Klarissa. Ich hätte mich nicht hinreißen lassen sollen von meinen Gefühlen. Deine Leiden sind viel größer, und du trägst sie mit Geduld. Vergiß, was ich dir gesagt habe.«

»Nein, nein – das will ich nicht. Du hast mich wachgerüttelt; ich werde nun immer wissen, daß du keinen Frieden hast und unglücklich bist. Arme Eva – wenn ich dir nur helfen könnte! Aber von deiner Mutter kann ich dir wirklich nichts berichten. Nie wieder habe ich von ihr gehört, seit sie mir mitteilte, daß sie eine zweite Ehe eingehe und alles, was hinter ihr lag, vergessen wolle. Einen leichten Sinn hatte sie immer – und einen unbändigen Trieb, emporzukommen auf die Höhen des Lebens. Ich kann nur denken, daß sie dich vergessen hat. Du warst ihr nichts als eine Last, zu klein, als daß sie dir irgendwelche Wichtigkeit beigemessen hätte. Und dann glaubt sie wohl, daß du bei deinem Vater bist. Meine Schwester hatte immer ein großes Talent, Störendes von sich fernzuhalten. Ich muß dir das alles sagen, zu deinem Besten. Laß keine Sehnsucht in dir groß werden, die Mutter wiederzusehen. Du würdest bitter enttäuscht sein. Ich glaube auch nicht, daß es je geschieht, obwohl wir annehmen müssen, daß sie noch lebt. Sonst hätten wir wohl von ihrem Tod erfahren.«

Eva hatte starr zugehört. Auf ihrem weichen, jungen Gesicht lag ein Ausdruck schmerzlicher Trauer. Nun sah sie die Tante forschend an.

»Und mein Vater, Tante? Warum hat mein Vater mich nicht zu sich genommen?«

Klarissa strich sich über die Stirn. »Zuerst, als ihn deine Mutter verlassen hatte, wußte er nicht, wohin mit dir. Als er dann später wieder heiratete, ist ihm wohl der Gedanke gekommen, dich zu sich zu nehmen. Aber vielleicht war seine Frau nicht damit einverstanden.«

»Sie hat aber selbst eine Tochter aus erster Ehe mit in meines Vaters Haus gebracht.«

»Ja, ja – aber diese Tochter ist das Kind eines Barons, du dagegen bist die Tochter einer bürgerlichen Schauspielerin, die ihrem Mann davongelaufen war. Ich will dir heute alles ganz offen sagen, damit du klar sehen kannst. Viel mehr kann ich nicht für dich tun. Also, dein Vater ist wegen seiner Heirat mit deiner Mutter bei seiner Familie in Ungnade gefallen. Man hat ihn erst wieder aufgenommen, als er geschieden war. Dich haben seine Verwandten vollständig vergessen; und dein Vater war froh, als seine erste Ehe in Vergessenheit geriet. In seinen Kreisen weiß man heute nichts mehr davon, daß er schon einmal verheiratet war und eine Tochter aus erster Ehe hat.«

Eva richtete sich mit starren Augen empor.

»So weiß wohl auch am Ende meine Schwester Jutta nicht, daß es mich gibt?«

»Das kann ich dir nicht sagen – aber es ist sehr wahrscheinlich. Ich spreche stets mit deinem Vater nur über dich. Nie berühre ich seine jetzigen Verhältnisse. Das, was ich weiß, hat er mir von sich aus erzählt; gefragt habe ich ihn nie etwas. Dein Vater ist kein gefühlloser Mensch. Ich halte ihn im Gegenteil für sehr warmherzig. Aber er ist ein Opfer seiner Verhältnisse. Seine leichtsinnig geschlossene erste Ehe hat ihm lange wie eine Kette angehangen, auch noch, als er geschieden war. So war er schließlich froh, als sie in Vergessenheit geriet. Das ist alles, was ich dir berichten kann. Ich war ja schon froh, daß er mir versprach, du solltest bei mir bleiben, bis ich sterbe oder du dich verheiratest.«

Eva fuhr hastig empor.

»Was würde aber aus mir, wenn du sterben solltest?«

»Dann nimmt dich dein Vater in sein Haus auf – das hat er mir versprochen.«

»Das hat er versprochen?« fragte Eva mit glitzernden Augen.

Klarissa lächelte bitter.

»Nun wünschst du wohl, daß ich bald sterbe.«

Das Mädchen wurde rot.

»Aber Tante Klarissa, wie kannst du so etwas sagen!«

Die alte Dame seufzte.

»Kind, es wäre dir fast nicht zu verdenken. Was hast du an mir alter, grämlicher Person? Und was verlöre ich an meinem jammervollen Leben? Daß es einmal schnell mit mir zu Ende geht, weiß ich. Mein Leiden bringt das mit sich, und mein schwacher Körper vermag keinen großen Widerstand zu leisten. Deshalb habe ich deinem Vater das Versprechen abgenommen. Ich wollte, was dich betrifft, beruhigt sein. Freilich, ob du dich sehr viel wohler fühlen würdest in seinem Hause, das ist fraglich. Deine Stiefmutter ist eine stolze, vornehme Dame, die nicht sonderlich erfreut wäre, dich aufnehmen zu dürfen. Aber vielleicht täusche ich mich auch.«

Eva stützte den Kopf in die Hand und sah sinnend vor sich hin. Dann sagte sie leise:

»Ob mich meine Schwester liebgewinnen würde? Ob sie gut zu mir wäre?«

»Das kann ich dir leider nicht sagen. Ich kenne sie ebensowenig wie du.«

Das junge Mädchen seufzte tief.

»Wüßte ich wenigstens, wie sie aussieht! Hätte ich ein Bild von ihr, könnte ich mir vielleicht ihren Charakter ausmalen. Schon längst hätte ich meinen Vater um eine Fotografie von Jutta bitten sollen. Aber ich wage es nicht. – Meinst du, daß er mir eine schenken würde?«

»Sicher. Diese Bitte kann er dir nicht abschlagen.«

Eva sprang auf. »So werde ich ihm in meinem nächsten Brief meinen Wunsch mitteilen. Auszusprechen wage ich ihn nicht in seiner Gegenwart.«

»Du solltest nicht so bange sein, Eva. Wenn er hier ist,

bist du immer so scheu und still. Er ist doch nicht böse und hartherzig.«

»Nein – aber fremd ist er mir, furchtbar fremd. Und so vornehm und zurückhaltend. Ich habe immer meinen ganzen Mut nötig, wenn ich mit ihm spreche. Mehr als das, wonach er mich fragt, bringe ich überhaupt nicht über die Lippen.«

Klarissa sah schweigend durch das Fenster auf die Gasse. Sie schien einem Gedanken nachzuhängen. Endlich sagte sie, sich umwendend:

»Vielleicht versuchst du einmal, ihm näherzukommen, wenn er wieder hier ist. Am Ende ist das gar nicht so schwer.«

»Meinst du, es ist möglich, ihm ein wenig Liebe abzuringen?« fragte Eva erregt und mit glühenden Wangen. Sie sah sehr hübsch aus, da sich ihre Züge belebt hatten, ganz anders als zuvor.

Tante Klarissa hatte das auch bemerkt. Sie blickte fast betroffen in das junge Gesicht.

»Warum nicht? Er ist doch dein Vater, und sein Herz ist nicht aus Stein«, sagte sie tröstend, obwohl sie der Ansicht war, daß Rudolf von Woltersheim sich Eva gegenüber recht gleichgültig verhielt.

Eva sah verträumt vor sich hin. Dann setzte sie sich wieder an den Flügel und spielte so herrlich, wie Klarissa es noch nie gehört hatte. Zum erstenmal achtete sie so recht auf den Ausdruck, den Eva den Tönen gab. Und sie verstand, daß diese junge Seele eingeengt war und sich nach Freiheit sehnte – nach Freiheit und Liebe.

Sie nahm sich vor, Herrn von Woltersheim mitzuteilen, daß Eva unter den betrüblichen Verhältnissen litt. So schwer es ihr auch fallen würde, sich von ihr zu trennen –

vielleicht konnte Eva wenigstens gelegentlich einige Wochen im Hause ihres Vaters zubringen, damit sie ihre Schwester kennenlernte.

Die Aufregung war zu groß gewesen für Klarissa. Am Abend bekam sie einen heftigen Schmerzanfall. Sie mußte früher als sonst zu Bett gehen. Eva war sehr betrübt.

»Daran bin ich schuld, arme Tante«, sagte sie leise.

Klarissa schüttelte den Kopf.

»Nein, nein – ich habe wieder zuviel starken Kaffee getrunken. Du weißt, daß ich das nicht vertrage.«

»Das solltest du auch nicht mehr tun, Tante. Der Arzt hat es dir oft verboten.«

Klarissa lächelte bitter.

»Es ist meine einzige Leidenschaft, Kind; und auch die schlimmsten Folgen heilen mich nicht von dieser Schwäche.«

Eva umsorgte die Leidende mit mehr Hingabe als sonst und küßte ihre bleiche Stirn.

»Arme Tante.«

Diese sah mit mattem Blick zu ihr auf.

»Kind, wenn du wüßtest, wie reich du bist – trotz allem – mit deinen gesunden Gliedern, deiner frischen Jugend! Ach – beneidenswert reich gegen mich.«

Eva erfaßte in dieser Stunde zum erstenmal voll und ganz das Martyrium dieses armen Geschöpfes, das die Natur so stiefmütterlich behandelt hatte. Sie streichelte sanft und tröstend über das dünne graumelierte Haar und machte sich selbst bittere Vorwürfe, daß sie ihr nicht mehr Liebe geben konnte.

2

Auf der Terrasse des Woltersheimer Herrenhauses hatten sich die Mitglieder der Familie zum zweiten Frühstück zusammengefunden. Es war ein herrlicher, klarer Sommermorgen mit Blütenpracht und Vogelgesang.

Der große, runde Frühstückstisch stand dicht an der steinernen Balustrade, die mit Blumen geschmückt war. Er war einladend gedeckt, und man saß behaglich in bequemen Korbsesseln ringsum.

Da war zuerst der Hausherr Rudolf von Woltersheim – eine vornehme, stattliche Erscheinung von fast fünfzig Jahren. Das graumelierte, noch volle Haar und der etwas dunklere Lippenbart gaben seinem gut geschnittenen Gesicht einen energischen Ausdruck.

Neben ihm saß seine Frau Helene. Sie mochte Anfang der Vierzig sein, war hellblond, kühl und gut gewachsen. Ihre blaßblauen Augen blickten nüchtern in die Welt und bedeckten sich halb mit den etwas schweren Lidern, wenn sie durch etwas schockiert war oder jemand abweisend begegnen wollte.

Die zwanzigjährige Dame gegenüber war eine so gut gelungene jüngere Kopie, daß man sie sofort als ihre Tochter erkannte. Es war Baroneß Silvie, Frau von Woltersheims Tochter aus erster Ehe. Die Ähnlichkeit zwischen beiden wirkte fast lustig, zumal sie dieselbe hochmoderne Frisur trugen, wozu beide einiger Hilfsmittel bedurften, da sie nicht gerade mit üppigem Haarwuchs gesegnet waren. Baroneß Silvie sah außerdem noch etwas kühler aus als ihre Mutter und ließ die schweren Lider viel öfter über die blaßblauen Augen fallen.

Ein prachtvolles Gegenstück voller Lebenslust und Jugendfrische war Woltersheims jüngste Tochter, der Backfisch Jutta. Die dunklen Augen, die sie vom Vater geerbt hatte, strahlten vor Daseinsfreude. Die rosigen Wangen verrieten den gesunden Appetit der Jugend. Ein goldblonder Hängezopf baumelte über den Rücken, denn Jutta konnte nie still sitzen. Sie trug ein weißes Kleid wie ihre Halbschwester Silvie.

Ein Diener servierte das Frühstück so, wie es sich gehörte. Der Haushalt in Woltersheim hatte einen vornehmen, glänzenden Zuschnitt. Dafür sorgte Frau von Woltersheim, auch wenn ihr Mann wiederholt Sparsamkeit empfahl. Wohl war Woltersheim ein großer und einträglicher Besitz und gut bewirtschaftet. Aber die Zeiten waren schlecht, und man mußte rechnen. Der jetzige Besitzer mußte dafür sorgen, daß für seine Töchter etwas zurückgelegt wurde. Denn nach seinem Tod ging der Besitz in andere Hände über; und für seine Frau und seine Töchter blieb dann nur eine bescheidene Unterkunft in dem Woltersheimer Witwenhäuschen jenseits der Waldes.

Obwohl Frau von Woltersheim das alles wußte, wollte sie nichts vom Sparen hören. Noch war ihr Mann gesund und rüstig; er konnte noch gut und gern dreißig Jahre leben. Und sie hoffte, ihre Töchter gut zu verheiraten; es war ihr innigstes Bestreben. Silvie hatte von ihrem Vater weiter nichts geerbt als ein sehr anspruchsvolles Auftreten. Sie und ihre Mutter hielten es für ganz selbstverständlich, daß Herr von Woltersheim für seine Stieftochter sorgte wie für sein leibliches Kind. Zwar bezogen die beiden Damen eine kleine Rente, die ihnen der jetzige Besitzer des Herrenfelder Gutes, Götz Herrenfelde, auszahlen mußte. Herrenfelde war Erbgut wie Woltersheim; und nach dem Tod des ersten Mannes der Frau von Woltersheim hatte es ein entfernter Verwandter übernommen. Herrenfelde war aber so sehr verschuldet und heruntergewirtschaftet, daß Götz selbst wenig zum Leben hatte und nur mit Mühe die kleine Rente an Silvie und ihre Mutter auszahlen konnte. Diese Rente reichte gerade, um Silvies Bedarf an Handschuhen, Fächern und ähnlichen Kleinigkeiten zu decken. So blieb Woltersheim nichts anderes übrig, als auch für seine Stieftochter zu sorgen.

Es war ihm deshalb nicht zu verdenken, wenn er seine Frau immer wieder zur Sparsamkeit mahnte.

Da er keine männlichen Erben hatte, war Fritz von Woltersheim, der Sohn eines frühverstorbenen jüngeren Vetters sein designierter Nachfolger. Dieser war bis vor einem Jahre Offizier gewesen, hatte aber, da er arm war, stets in allerlei Schwierigkeiten gesteckt. Herr von Woltersheim hatte den jungen Mann sehr gern und machte ihm schließlich den Vorschlag, er solle schon jetzt nach Woltersheim kommen, seinen Abschied nehmen und ihm bei der Bewirtschaftung des Guts, das einst ihm gehören würde, helfen.

Fritz von Woltersheim nahm dieses Angebot freudig und vergnügt an und war seitdem mit Lust und Liebe in der Landwirtschaft tätig.

Frau von Woltersheim war erst wenig erbaut davon gewesen, daß ihr Mann sich seinen Erben schon jetzt ins Haus holte. Sie sah in ihm einen lästigen Eindringling. Dann aber überlegte sie, daß Fritz eine famose Partie für ihre Silvie war. Diese war entschieden ihr Liebling; und es war für sie ein verlockender Gedanke, daß Silvie eines Tages Herrin von Woltersheim sein würde.

Silvie war damit einverstanden, als die Mutter sie in ihre

Pläne einweihte. Fritz war ein hübscher, stattlicher Mann und als künftiger Gutserbe eine gute Partie.

Die beiden Damen begegneten Fritz nun mit viel Liebenswürdigkeit. Silvie machte ihm schöne Augen und kokettierte deutlich mit ihm.

Wie Fritz darüber dachte, wußte niemand. Er durchschaute sehr wohl die Absicht und fand Silvie einfach aufdringlich mit ihrem affektierten Wesen und ihren nichtssagenden, ausdruckslosen Augen. Sein leichtlebiger, aber gutherziger und impulver Charakter fühlte sich von ihr abgestoßen. Viel sympathischer und lieber war ihm die kleine Jutta mit ihrer natürlichen Offenherzigkeit. Es bestand zwischen ihm und ihr eine harmlose Kameradschaft. Jutta nahm sich ihm gegenüber einen mütterlich erziehenden Ton heraus, als sei sie mindestens zwanzig Jahre älter als er. Und er ließ sich nicht ungern von ihr abkanzeln. Mit einem Spitzbubengesicht hielt er still und zeigte eine tiefzerknirschte Miene. Obwohl sie sich beide famos verstanden und sehr gut leiden mochten, befanden sie sich stets in einem gewissen Kriegszustand, hauptsächlich in Gegenwart der anderen. –

Gerade, als man mit dem Frühstück begonnen hatte, sprengte Fritz von Woltersheim mit fröhlichem Gruß an der Terrasse vorbei. Er kam von einem Erkundungsritt über die Felder heim. Nachdem er sein Pferd einem Stallburschen übergeben hatte, eilte er auf sein Zimmer, um sich für den Frühstückstisch umzukleiden. Frau von Woltersheim hielt auf gute Formen.

Zehn Minuten später erschien er und küßte der Hausfrau die Hand.

»Ich bitte um Verzeihung für meine Unpünktlichkeit, verehrteste Tante. Ich wurde auf dem Vorwerk aufgehalten«, sagte er höflich.

Sie lächelte ihm gnädig zu.

»Wenn dich die Pflicht fernhält, bist du immer entschuldigt, lieber Fritz.«

Fritz begrüßte die anderen Familienmitglieder und nahm zwischen Silvie und Jutta seinen gewohnten Platz ein. Natürlich zog er Jutta erst in aller Eile an ihrem Zopf, worauf sie ihm ebenso natürlich einen energischen Klaps auf die Hand gab. Er klappte wie kraftlos auf seinem Stuhl zusammen und schrie »Au«, worauf Frau von Woltersheim Jutta strafend anblickte und Silvie ihm mit großer Liebenswürdigkeit die Frühstücksplatte reichte. Sie wollte ihn auch sofort in ein Gespräch verwickeln, aber Fritz ging nicht darauf ein, sondern erstattete dem Onkel Bericht über seine Tätigkeit am Morgen.

Die Herren fanden kein Ende, und Frau von Woltersheim machte ein unzufriedenes Gesicht.

»Aber bitte, geschäftliche Dinge könnt ihr doch nachher erledigen, wenn ihr allein seid. Für uns ist das nicht gerade amüsant«, sagte sie ärgerlich.

Die Herren entschuldigten sich auf der Stelle. Herr von Woltersheim liebte den Hausfrieden und gab seiner Frau nicht gerne Anlaß zur Unzufriedenheit. Silvie machte einen neuen Versuch, Fritz in ein Gespräch zu ziehen. Diesmal vereitelte Jutta ihr Vorhaben, indem sie sich mit Fritz neckte. Silvie warf ihr einen wütenden Blick zu.

»Spielst du nachher eine Partie Tennis mit mir, Fritz?« fragte sie hastig.

Fritz hatte bereits einen anstrengenden Morgenritt hinter sich, während Silvie, wie ihre Mutter, bis zum zweiten Frühstück zu schlafen pflegte. Er hätte sich lieber ein Stündchen ausgeruht. Aber als Kavalier durfte er Silvie keinen Korb geben.

»Gewiß, Silvie, gern«, antwortete er höflich, wenn das auch nicht ganz der Wahrheit entsprach.

»Dann spiel' ich aber auch mit«, erklärte Jutta energisch. Jutta »maulte« sichtlich.

Silvie und ihre Mutter sahen Jutta ärgerlich an.

»Du hast doch noch eine Lektion bei Mademoiselle, Jutta«, sagte Silvie scharf.

»Ach – die kann ich auf später verschieben.«

»Nein, Jutta, der Unterricht geht vor«, erklärte ihre Mutter mit Nachdruck.

»Aber ich spiele doch so gern mit Fritz, Mama.«

»Dann warten wir einfach, bis du deine Lektion intus hast, Jutz«, beeilte sich Fritz zu versichern.

Er hatte ihren Vornamen in Jutz verkürzt, weil das nach seiner Meinung so viel besser für sie paßte als das anspruchsvolle »Jutta«. Jutta hatte sich anfangs dagegen gewehrt, aber es hatte nichts genützt. Er fand »Jutz« prachtvoll für sie und ließ sich überhaupt nicht belehren.

»Ach ja, Fritz, bitte tu das«, bettelte Jutta.

»Später ist es mir zu heiß«, rief Silvie, wütend auf ihre Schwester. Sie wollte mit Fritz allein sein. Fritz bemerkte sehr wohl die Absicht und wollte sie vereiteln.

»Der Platz liegt doch im Schatten, Silvie«, überredete er die Zürnende. Frau von Woltersheim aber kam Silvie zu Hilfe.

»Jutta muß nicht überall dabeisein. Sie ist noch ein Kind und muß sich fügen.«

»Ich bin doch schon sechzehn, Mama.«

»Trotzdem bist du noch ein Kind, und zwar ein sehr unartiges. Es bleibt dabei, Silvie und Fritz spielen ohne dich, gleich nach dem Frühstück, schon um dich zu strafen für deine Unartigkeit.«

Jutta würgte krampfhaft die Tränen hinunter und sah hilfeflehend zu ihrem Vater hinüber. Dieser vermied jedoch, sie anzusehen, wie immer, wenn seine Frau nach seiner Meinung Jutta falsch behandelte. Er wollte aber nicht Partei ergreifen, um des lieben Friedens willen. –

Nach dem Frühstück erhob sich Jutta sofort, um auf ihr Zimmer zu gehen. Fritz sprang ebenfalls auf.

»Warte, Jutz, ich komme mit. Ich will mich zum Tennis fertig machen, Silvie, in einer Viertelstunde bin ich auf dem Platz.«

Er verneigte sich vor den Damen und folgte Jutz ins Haus.

Silvie trug bereits ihren Tennisdreß und blieb deshalb bei den Eltern auf der Terrasse sitzen.

Fritz schob seinen Arm unter den Juttas und sah ihr, sich herabbeugend, ins Gesicht.

»Sei doch nicht traurig, Jutz. Ich spiele heute abend mit dir«, sagte er tröstend.

Sie blitzte ihn ärgerlich an mit ihren prachtvollen dunklen Augen. »Ach – was liegt mir an dem dämlichen Tennis. Ich will nur nicht, daß du mit Silvie spielst«, stieß sie erregt hervor.

»Warum denn nicht, Jutz?«

»Weil sie dich absolut heiraten will. Denkst wohl, ich merke nicht, daß sie dir schöne Augen macht?«

Fritz legte ihr lachend die Hand auf den Mund.

»Enfant terrible, schrei das doch nicht in die Welt hinaus, dieses tiefe Geheimnis einer schönen Mädchenseele.«

»Pöh, hat sich was – schöne Mädchenseele! Silvie hat überhaupt keine Seele, daß du es weißt.«

Er verbiß sich das Lachen.

»Jutz, du bist der geborene Diplomat.«

Sie sah ihn mißtrauisch an.

»Willst du mich vielleicht verulken?«

»Keine Spur«, beteuerte er mit scheinheiliger Miene.

»Na, das ist dein Glück. Aber sag mir nur, mußt du denn immerfort mit Silvie irgendwo allein stecken?«

Er seufzte.

»Wenn ich nicht müßte, täte ich es doch nicht, dummer Jutz.«

Sie kniff ihn vor Wonne in den Arm.

»Du machst dir nichts draus?«

»Entre nous – aber hüte es wie ein tiefes Geheimnis – nein. Momentan bin ich nämlich todmüde und würde mich viel lieber eine Stunde aufs Ohr legen, als daß ich mit Silvie Tennis spiele.«

»Und wenn du nicht müde wärst – hm? Dann wärst du wohl gern mit ihr allein?«

»Ebenfalls hm – das ist eine Gewissensfrage. Wenn ich sie dir beantworte, dann schreist du diese Antwort vielleicht ebenso diskret in die Welt, wie eben Silvies Geheimnis.«

»Ach du, ich weiß doch, Diskretion ist ...«

»Nebensache«, fiel er lachend ein. Jutta stampfte zornig mit dem Fuß.

»Nein, Ehrensache natürlich. Aber wenn du mich ärgern willst, dann geh gefälligst allein.«

Sie riß sich los von seinem Arm und rannte durch die große Halle zur breiten Treppe, die zum ersten Stock hinaufführte. Mit wenigen Sätzen war Fritz hinter ihr her und hielt sie am Zopf fest.

»Stillgestanden! Hier wird nicht ausgerissen«, sagte er; und sie bei beiden Schultern fassend, sah er ihr mit einem eigentümlichen Blick in die Augen. »Jutz, dummer Jutz, verstehst du keinen Spaß?«

»Laß mich los, du«, fuhr sie ihn kratzbürstig an.
»Wenn du fein ruhig neben mir die Treppe hinaufgehst.«
»Pöh! Bedingungen darf nur ich stellen.«
»Nun also?«
»Beantworte mir meine Frage: Bist du gern mit Silvie allein?«
»Also, Diskretion Ehrensache?«
»Selbstverständlich.«

Fritz hängte wieder bei ihr ein.

»Offen gestanden: nein. Ich bin nicht gern mit ihr allein.«
»Und du wirst sie auch nicht heiraten?«

Er blickte sie amüsiert an.

»Jutz, hast du etwa Absichten auf mich?«

Sie tippte ihm ausdrucksvoll auf die Stirn.

»Du bist wohl? Hm? Nein, dich möchte ich nicht um alles in der Welt zum Mann haben.«
»Warum denn nicht?«
»Weil du unausstehlich übermütig bist und überhaupt keinen Respekt vor mir hast. Aber Silvies Mann sollst du auch nicht werden. Sie hat dich nicht lieb. Es ist ihr nur um das dämliche Gut. Ich habe selbst gehört, wie sie es mit Mama besprach. Sie hatten natürlich keine Ahnung, daß ich über ihnen auf einem Baum saß. Und ich dulde es nicht, daß du dich so wie in einem Rechenexempel verheiraten läßt. Du sollst aus Liebe heiraten. Weißt du, ich lese jetzt einen himmlischen Roman – damit saß ich nämlich auf dem Baum, weil ich wie ein Baby keine Romane lesen soll. Und in dem Roman kommt eine Heldin vor – wonnig, sage ich dir. Sie heißt Jadwiga und ist einfach süß. So eine Frau mußt du haben. Ich selbst werde dir eine aussuchen, die ihr gleicht, hörst du?«

Er lachte und drehte sie oben auf dem langen Korridor rasch einige Male rundum.

»Jutz, du bist ein Juwel. Dich muß man in Gold fassen.«

Sie schüttelte ihn energisch an den Schultern.

»Sei doch bloß mal fünf Minuten ernst.«

Er machte ein todernstes Gesicht. »Du brauchst nur zu befehlen.«

»Also gelt – du heiratest nur eine Frau, die ich dir aussuche.«

»Na, weißt du, ob du ausgerechnet meinen Geschmack triffst?« zweifelte er.

»Aber natürlich. Schlank und anmutig muß sie sein. Über die Farben der Augen und des Haares darfst du selbst bestimmen.«

Er schluckte tapfer, um ernst zu bleiben, und verneigte sich dankend.

»Vor allem muß sie eine reiche Seele haben und ein tiefes Gemüt.«

»Wie ein Brunnen«, pflichtete er bei. »Du, Jutz, das ist wohl der Entwurf zu deiner wonnigen Romanheldin?«

»Ja, sie würde famos zu dir passen, denn sie ist sehr ernst und zielbewußt. Das ist für dich äußerst notwendig, denn du hast doch nichts wie Blödsinn im Kopf.«

Fritz lachte laut auf.

»Jutz, ich sterbe, wenn ich noch länger ernst bleiben muß.«

Sie schlug ihn zornig auf die Schulter. Er knickte zusammen.

»Donnerwetter, du schreibst eine gute Handschrift.«

Sie ballte die Fäuste. »Ich wollte, ich könnte dich mal verhauen – aber gehörig, weißt du das?«

»Du bist eine Seele von einem Mädchen.«

Sie streckte die Zunge heraus mit einer so fürchterlichen Grimasse, daß er scheinbar entsetzt zurücktaumelte.

»Womit ich mich empfehle, hochachtungsvoll und ergebenst«, rief er ihr nach, als sie davonrannte und in ihrem Zimmer verschwand.

Eine lustige Melodie vor sich hin pfeifend, ging auch er auf sein Zimmer und machte sich fertig.

Eine Viertelstunde war kaum vergangen. Er trat an das Fenster und blickte hinab auf die Terrasse. Silvie saß noch unten bei den Eltern. Von seinem sonnigen Gesicht verschwand der heitere, gelöste Ausdruck. Seine Ahnung bestätigte sich also. Tante Helene wollte ihn mit Silvie verheiraten; und Silvie machte ihm absichtlich schöne Augen, soweit man bei ihr davon sprechen konnte. Als künftiger Gutsbesitzer war er eine erstrebenswerte Partie. Was ihm Jutta in ihrem kindlichen Ärger verraten hatte, bestätigten ihm allerdings seine eigenen Beobachtungen. Wie sie zornig geworden war – der kleine, liebe, dumme Jutz mit seinem ehrlichen Herzen. Er mußte schon wieder lachen. Wenn Tante Helene ahnte, was Jutta ausgeplaudert hatte! O weh – dann wäre ein Strafgericht auf die kleine Verräterin herniedergeprasselt.

Er durchlebte im Geist noch einmal die Zeit, die er nun schon in Woltersheim verbracht hatte. Anfangs war man ihm nicht gerade freundlich begegnet. Der Onkel hatte ihn zwar mit Herzlichkeit aufgenommen, aber Tante Helene und Silvie hatten nur frostige Blicke und Höflichkeitsfloskeln für ihn. Nur Jutz war ihm von Anfang an mit Herzlichkeit begegnet; und trotz ihrer Widerborstigkeit wußte er, daß sie ihn gern hatte. Er erinnerte sich des ersten Abends, den er in Woltersheim verbrachte. Er hatte allein und ziemlich trübselig in der Bibliothek gesessen. Der Abschied vom Regiment war ihm doch nahegegangen, aber der Onkel hatte ihm nur unter der Bedingung seine Schulden bezahlt, daß er den Dienst quittierte und nach Woltersheim kam. Es war ja jetzt auch sehr gut so. Aber damals, am ersten Abend, fühlte er sich miserabel.

Da war plötzlich Jutz zu ihm in die Bibliothek getreten. Die Hände auf dem Rücken, hatte sie sich vor ihn hingestellt und ihn mit ihren sprechenden Augen mitleidig angesehen.

»Du, Fritz, wenn du wieder Schulden hast, dann sag es lieber mir. Sie reden drüben so viel von deinen Schulden. Mama ist wütend, daß Papa sie bezahlt hat. Ich kann es schon nicht mehr mit anhören, wie sie ihn ausschimpft. Und Silvie sitzt dabei wie 'n Ölgötze. Also, sag es mir, wenn du wieder mal in der Patsche sitzt.«

Er hatte sie erstaunt angesehen.

»Dir soll ich's sagen?«

»Ja, natürlich. Du gibst es mir dann später einfach wieder. Dann wird nicht erst lange darüber geredet.«

»Hast du denn so viel Geld?«

»Natürlich; sonst würde ich es dir doch nicht anbieten. Dreihundertsiebenundzwanzig Mark habe ich auf der Sparkasse; und das Sparbuch liegt in meiner Wäschetruhe. Brauchst dir dann nur abzuheben, was du nötig hast.«

Er war aufgesprungen und hatte ihr die Hand gedrückt.

»Jutta, du bist ein prachtvolles Mädchen. Das ganze Geld würdest du mir zur Verfügung stellen?«

»Selbstredend. Aber du mußt mir versprechen – fest und heilig –, daß du niemand sonst anborgen willst, nur mich.«

Fritz dachte an die Summe, die der Oheim für ihn bezahlt hatte. Sie überstieg das Vielfache des Betrages, den ihm Jutta eben zur Verfügung gestellt hatte. Aber er konnte trotzdem nicht über das kindliche Angebot lachen. Etwas wie Rührung schnürte ihm die Kehle zu. Er sah in die großen, dunklen Kinderaugen und atmete tief auf.

»Ich will es dir versprechen, Jutta. Hier in Woltersheim habe ich ja keine Gelegenheit zum Schuldenmachen. Im Regiment ging es manchmal beim besten Willen nicht anders. Hoffentlich brauche ich von deinem hochherzigen Anerbieten nie Gebrauch zu machen. Aber ich danke dir tausendmal für deine Bereitwilligkeit. Du bist sehr gut.«

Sie schüttelte energisch den Kopf.

»Nein, gut bin ich gar nicht. Manchmal bin ich so garstig, daß ich mich vor mir selber schäme. Weißt du – wenn Mama so viel Wesens mit Silvie macht und überhaupt nicht mit mir spricht oder an mich denkt, dann bin ich gräßlich bockig und unausstehlich. Silvie kann ich überhaupt nicht leiden, und wenn sie zehnmal meine Schwester ist. Sie ist falsch – und das kann ich nicht ausstehen. Wenn Leute da sind, ist sie stets die Sanftmut in Person und nett zu mir. Sobald wir aber allein sind, sagt sie abscheuliche Dinge zu mir und zwickt mir blaue Flecken. Da – sieh mal, das ist auch einer von ihr.«

Sie streifte den Ärmel ihres Kleides hoch und hielt ihm den schlanken, runden Arm dicht unter die Nase. Es war ein großer, blauer Fleck zu sehen.

Sie zerrte den Ärmel wieder herunter und fuhr fort:

»Natürlich bin ich auch nicht gerade sanftmütig; das kannst du mir glauben. Aber ich heuchle auch nicht in Gegenwart anderer Menschen. Und wenn ich zehnmal für unausstehlich gelte und Silvies Sanftmut bewundert wird – pöh, mit Falschheit und Heuchelei habe ich es nicht. Lieber platze ich vor Bosheit, als daß ich nur ein einziges Mal vor den Leuten so süß: ›Liebe Silvie‹ sage, wie sie zu mir ›Liebe Jutta‹.«

Sie ahmte dabei täuschend und drollig Silvies Ausdrucksweise nach. Fritz mußte laut auflachen. – Auch jetzt flog wieder ein Lächeln über sein Gesicht. Seit jenem Abend datierte seine Freundschaft mit Jutta. Jeder andere glaubte, die beiden stünden auf gespanntem Fuß, weil sie sich immer bekriegten. Aber die beiden wußten es besser. Unter den Neckereien war eine warme Sympathie verborgen. Jutta und Fritz verkörperten gewissermaßen das ehrliche, ungezwungene Element auf Woltersheim, während Silvie und ihre Mutter die Gegensätze dazu bildeten. Zwischen beiden Parteien stand Herr von Woltersheim mit seiner ruhig zurückhaltenden, aber ehrlichen Art. Entschieden stand er etwas unter dem Pantoffel seiner energischen und rechthaberischen Frau. Nicht aus Schwäche, sondern nur, um sich den häuslichen Frieden zu erhalten.

Fritz sowohl als auch Jutta wußten, daß Herr von Woltersheim schon einmal mit einer Schauspielerin verheiratet gewesen war. Aber beide hatten keine Ahnung, daß dieser Ehe eine Tochter entstammte. Nur Silvie war von ihrer Mutter eingeweiht worden. Aber diese hütete sich, davon zu sprechen. Gleich ihrer Mutter wünschte sie dieses unbekannte Geschöpf totzuschweigen und hoffte, nie mit ihr in Berührung zu kommen. So standen die Verhältnisse an jenem Sommertag in Woltersheim.

3

Fritz hatte mit Silvie Tennis gespielt. Sie spielte schlecht und war außerdem unaufmerksam, weil sie Fritz in einen Flirt verstricken wollte. Er brauchte seine ganze Gewandtheit und seine frohe Leichtlebigkeit, um seine Stimmung nicht zu verlieren.

Silvie manövrierte mit ziemlich schwerem Geschütz und mit bewundernswerter Energie und Ausdauer. Aber er entglitt ihr immer wie ein Aal; und als das Spiel zu Ende war, hatte sie nichts erreicht. Sie wollte ihn noch zu einem Spaziergang im Wald überreden; aber er schob wichtige Geschäfte vor und zog sich in sein Arbeitszimmer zurück. Dort war er sicher vor ihr.

Fritz hatte sich gerade hinter die Wirtschaftsbücher gesetzt, als sein Onkel bei ihm eintrat, um geschäftliche Dinge mit ihm zu besprechen.

Die beiden Herren zündeten sich eine Zigarette an und konferierten lange miteinander. Woltersheim hatte Fritz liebgewonnen und freute sich über seine Tüchtigkeit. Auch Fritz merkte, daß er in seinem neuen Wirkungskreis besser am Platze war als früher im Regiment. Offen und ehrlich standen die beiden Männer zueinander. Daß seine Frau Fritz mit Silvie verheiraten wollte, wußte Herr von Woltersheim sehr wohl. In diesem Punkt sah er aber schärfer als sie. Er erkannte die kühle Reserve, die Fritz Silvie gegenüber bewahrte. Aber er verhielt sich neutral und sagte seiner Frau nichts von seinen Beobachtungen, denn er war froh, daß sie ihren Groll gegen Fritz besiegt hatte.

Wie das werden würde, wenn sie merkte, daß ihr Plan scheiterte, darüber zerbrach er sich vorläufig nicht den

Kopf. Er war ein Mensch, der sich leicht mit den Tatsachen abfand.

Als die geschäftlichen Dinge erledigt waren, zündete sich Herr von Woltersheim eine neue Zigarette an und setzte sich Fritz gegenüber in einen Sessel. Die Beine übereinandergeschlagen, sah er eine Weile in tiefem Nachdenken vor sich hin. Endlich hob er den Kopf mit einer entschlossenen Bewegung und sagte halblaut:

»Du weißt doch, Fritz, daß ich schon einmal verheiratet war?«

Fritz blickte ihn überrascht an.

»Ja, Onkel, natürlich; es wurde damals ja viel darüber gesprochen. Obwohl ich in jener Zeit kaum zehn Jahre zählte, habe ich nie vergessen, welchen Eindruck es auf mich machte, daß du dich, allen Traditionen zum Trotz, mit einer Schauspielerin verheiratet hast. Ich litt damals an meiner ersten Liebe zur Tochter unserer Waschfrau – sie war fünf Jahre älter als ich. Ich fand es kolossal mutig von dir, daß du in die bestehenden Standesvorurteile eine Bresche schlugst, und hoffte, du würdest mir den Weg frei machen zur Tochter der Waschfrau. Lieber Gott – war das eine herrliche Zeit!«

Er lachte fröhlich auf.

Woltersheim sah sinnend seinen Rauchwolken nach.

»Ich war nicht viel klüger, als du es damals gewesen bist, als ich mich mit Felicitas Sonntag verheiratete. Ein richtiger Esel bin ich gewesen – jawohl.«

»Das klingt nicht gerade schmeichelhaft für deine erste Frau.«

»Oh – versteh mich nicht falsch! Sie war nicht besser und nicht schlechter als viele Frauen – vielleicht etwas kühlberechnender als die meisten. Daß sie mir davonlief, rechne ich ihr nicht einmal so sehr an, denn ich war, nachdem der erste Rausch verflogen war, nicht gerade ein Mustergatte. Ein Esel war ich nur, daß ich in meiner blinden Verliebtheit glaubte, einen kostbaren Edelstein gefunden zu haben, und daß ich ein unermeßliches Glück von dieser Ehe erhoffte.«

»Das ist doch keine Eselei, Onkel. Wenn man jung ist, hat man eben noch seine Ideale – Gott sei Dank.«

Herr von Woltersheim nickte.

»Nun gut – es ist ja gleich, welchen Namen wir unseren Torheiten geben. Geschehen ist geschehen. In diesem Fall hat meine erste Frau meine Torheit korrigiert, indem sie mich verließ. So wurden wir beide frei, und ich müßte ihr eigentlich dankbar sein. Aber um darüber mit dir zu philosophieren, habe ich dieses Thema natürlich nicht angeschnitten, sondern aus einem anderen Grund. Es ist dir wahrscheinlich nicht bekannt, daß meiner ersten Ehe eine Tochter entsprossen ist. Noch weniger wirst du wissen, daß diese Tochter lebt, und zwar bei der Schwester ihrer Mutter.«

Fritz machte ein sehr überraschtes Gesicht.

»Davon hatte ich allerdings keine Ahnung.«

Herr von Woltersheim strich bedächtig die Asche von seiner Zigarette.

»Wie solltest du auch. Wir haben Eva vollständig totgeschwiegen. Meine Frau wollte begreiflicherweise nicht ständig an meine erste Ehe erinnert werden.«

»Aber Silvie ist doch auch hier im Hause.«

Woltersheim lächelte ein wenig sarkastisch.

»Das ist etwas anderes, mein lieber Junge. Silvie ist eine Baroneß Herrenfelde. Meine Frau ist noch heute sehr stolz auf ihren ersten Mann, obwohl er ihr das Leben durch seinen Leichtsinn und seine Spielwut nicht gerade leicht gemacht hat. Das gerät aber in Vergessenheit. – Meine Ehe indes war eine regelrechte Mesalliance mit Familienfluch und ähnlichen liebevollen Zutaten – die sucht man möglichst zu ignorieren. Und Sprößlinge aus solchen Heiraten pflegt man nicht für voll zu nehmen.«

Fritz zog die Stirn kraus. »Ich kann mir nicht helfen, Onkel, aber das finde ich sehr ungerecht. Was kann so ein armes Kind für seine Geburt!«

Woltersheim lachte bitter auf.

»Oh, laß das deine Tante nicht hören, sonst hält sie dir einen Vortrag über diesen Punkt, bis du das Bewußtsein verlierst und um Gnade flehst.«

»So ist deine Tochter noch nie in Woltersheim gewesen?«

»Nein. Ich versuchte einige Male, meine Frau zu bewegen, Eva wenigstens jedes Jahr einige Wochen hier aufzunehmen. Aber sie verstand es, mir das immer auszureden; und ich glaubte auch selbst, sie sei in ihren bescheidenen Verhältnissen besser aufgehoben.«

»Und was für Verhältnisse sind es, in denen sie lebt?«

»Die Schwester ihrer Mutter ist unverheiratet. Sie hinkt und braucht ein Wesen, dem sie etwas bedeutet. Einen Teil ihres Unterhalts bestreite ich, so daß die beiden Damen sorglos leben können. Eva ist nie aus dem kleinen Landstädtchen, in dem sie lebt, herausgekommen. Sie hat sich nicht gerade vorteilhaft entwickelt, ist still, schüchtern und von einer Gleichgültigkeit, die es mir unmöglich macht, ihr näherzukommen.«

»Hast du sie denn oft gesehen?«

Woltersheims Stirn rötete sich.

»Jedes Jahr einmal – auf ein oder zwei Tage«, sagte er mit dem unbehaglichen Gefühl eines begangenen Unrechts.

»Das ist freilich sehr wenig«, entgegnete Fritz. »Du

mußt zugeben, daß man bei so flüchtigem Zusammentreffen selten einem Menschen nahekommen kann.«

»Ja, ich gebe das ohne weiteres zu. Noch mehr – ich sehe ein, daß es ein Unrecht war, mich so wenig um Eva zu kümmern. Ich weiß selbst nicht, wie das gekommen ist. Erst war ich froh, daß mir ihre Tante die Sorge um das Kind abnahm. Was sollte ich anfangen mit dem hilflosen Baby? Ich hatte damals den Kopf voller Sorgen. Dann, als ich mich wieder verheiratete, ergriff meine Frau in dieser Angelegenheit die Initiative. Sie machte mir klar, daß es für alle Teile besser sei, das Kind bliebe, wo es war. Und – wie das so geht – aus Bequemlichkeit ließ ich mich überzeugen. Je älter Eva wurde, desto mehr wurde mir klar, daß sie nicht hierher paßt. Stell dir vor: dieses scheue Mädchen, ohne gesellschaftlichen Schliff, linkisch und unbeholfen – und dann hier unsere Verhältnisse. Es wäre ein riskantes Experiment gewesen. Mir graute von Jahr zu Jahr mehr davor. Aber nun hat die Sache plötzlich für mich ein anderes Gesicht bekommen. Heute früh erhielt ich von Klarissa Sonntag, Evas Tante, einen Brief. Sie schreibt mir, daß Eva in der letzten Zeit sehr bedrückt und traurig gewesen sei und ihr gesagt habe, daß sie sich unsagbar danach sehne, wie andere Kinder Vater und Mutter zu haben. Sie habe furchtbar geweint und ihr gestanden, daß sie sich todunglücklich und elend fühle, weil sie keinen Menschen habe, dem sie angehöre. Siehst du, mein lieber Fritz – das hat mich mit einem Mal aus meiner egoistischen Bequemlichkeit aufgerüttelt. Ich laufe herum wie ein Mensch, der eine schwere Schuld auf dem Gewissen hat. Klarissas Schreiben lag ein Briefchen von Eva bei – hier –, lies es durch; das erspart mir alles weitere. Ich mußte einmal mit einem Menschen über das alles sprechen. Helene ist mir zuviel Partei. Also bitte – lies!«

Er entnahm seiner Brusttasche einen Brief und reichte ihn Fritz. Der entfaltete ihn und las:

»Mein lieber Vater! Dir zur Nachricht, daß ich gesund bin. Tante Klarissa ist in letzter Zeit sehr leidend und muß schon seit Tagen das Bett hüten. Da komme ich sehr wenig heraus, denn ich kann Tante natürlich nicht allein lassen. Und wenn ich so still an ihrem Bett sitze und sie schläft – ach, mein lieber Vater, dann habe ich oft eine große, große Sehnsucht nach einem Menschen, mit dem ich sprechen kann, oder nach einem Gesicht, das mich freundlich ansieht. Und da wage ich es nun, Dir einen großen, innigen Wunsch auszusprechen, den ich schon seit langem im Herzen trage. Aber bitte, sei mir deshalb nicht böse. Könntest Du mir nicht ein Bild von meiner Schwester Jutta schicken? Ich muß so oft an sie denken, weil sie doch eigentlich zu mir gehört und ich sonst keinen Menschen habe. Ich liebe sie so sehr, obwohl ich sie nicht kenne; und es tut mir sehr weh, daß ich mir so gar kein Bild von ihr machen kann. Sei mir aber bitte nicht böse, wenn ich mich mit solchem Ansinnen an Dich wende. Ich hätte es noch immer nicht gewagt; aber Tante Klarissa sagte, ich sollte es tun, Du würdest mir ganz gewiß nicht zürnen.

Vielen Dank für Deinen letzten Brief. Sonst habe ich keine Wünsche. Nur das Bild von meiner Schwester Jutta möchte ich gern besitzen und würde Dir sehr dankbar sein.

Mit herzlichen Grüßen

Deine Dich liebende Tochter Eva«

Fritz faltete den Brief langsam wieder zusammen. Sein sonst so fröhliches Gesicht war sehr ernst. Er gab den Brief zurück und stand auf.

»Das arme Kind!« sagte er halblaut.

Woltersheim trafen diese Worte wie ein schwerer Vorwurf. Er fuhr sich mit der Hand über die Stirn.

»Weiß Gott – das habe ich auch gedacht, als ich ihren Brief las. Wenn ich gewußt hätte, daß sie so darunter leidet! Das wollte ich natürlich nicht. Ich dachte, sie ist ganz zufrieden. Aber aus diesem Brief klingt mehr als der Wunsch, Juttas Bild zu besitzen. Ich habe es ihr sofort geschickt. Aber damit ist es nicht getan.«

»Gewiß nicht, lieber Onkel. Ich gestehe, dieser Brief hat mich seltsam berührt – es klingt etwas wie ein großer Schmerz zwischen den Zeilen.«

Woltersheim nickte.

»Den Eindruck hatte ich auch, und ich bin sehr unruhig. Aber was soll ich tun?«

»Jedenfalls würde ich sie vor allem aus der traurigen Umgebung herausholen. Sie scheint dort eine wahre Schattenexistenz zu führen. Wie alt ist sie denn eigentlich?«

»Neunzehn.«

»In dem Alter, da alle jungen Mädchen sich ihres Lebens freuen, sitzt sie als Krankenpflegerin bei ihrer verdrießlichen Tante und sehnt sich nach ein bißchen Liebe und Sonnenschein. Bei einem solchen Leben muß sie ja trübselig und stumpf werden. Nimm mir meine Offenheit nicht übel, lieber Onkel – aber du hättest sie schon längst nach Woltersheim holen müssen. Wo Silvie eine Heimat hat, müßte doch vor allem dein eigenes Kind eine finden.«

Woltersheim rauchte hastig und nervös. Er schritt einige Male im Zimmer auf und ab und blieb dann vor Fritz stehen. Nachdenklich sah er ihn an.

»Du hast recht, Fritz. Das alles habe ich mir heute auch schon gesagt. Bisher hab' ich – zu meiner Schande muß ich es gestehen – sehr wenig für Eva übriggehabt. Aber heute ist etwas in mir erwacht unter ihren traurigen, schüchternen Worten – etwas, das mir zeigt: Sie gehört zu mir trotz allem.«

»Und du wirst sie nun heimholen – nicht wahr?« sagte Fritz herzlich.

Woltersheim sah in seine ehrlichen Augen, die einen sehr gütigen Blick hatten, wenn sie ernst waren.

»Das ist nicht so einfach, wie du denkst. Man würde viel darüber reden, wenn Eva plötzlich hier auftauchte.«

»Man muß die Menschen einfach vor Tatsachen stellen, dann beruhigen sie sich schnell.«

»Ja, ja – aber da ist noch ein Punkt: meine Frau.«

»Überrasche sie einfach mit Evas Ankunft.«

»Um Gottes willen – das führte zu einer Katastrophe und könnte alles verderben. Nein, nein – ich muß sie langsam vorbereiten. Soll sie Eva gleich mit Groll empfangen? Du siehst doch ein, daß ich erst mit ihr darüber sprechen muß.«

»Gut, bereite sie vor. Aber wenn ich dir raten darf, dann zögere nicht lange – des armen Kindes wegen.«

»Ich werde bestimmt nicht zögern. Übrigens muß man auch Jutta erst vorbereiten. Sie weiß nichts von Evas Existenz. Wie sie das wohl aufnimmt?«

Fritz lachte.

»Jutz? Ach, darum mach dir keine Sorge, die wird schon fertig damit. Gib ihr einfach Evas Brief zu lesen, dann ist sie gerührt und geht durchs Feuer für ihre neue Schwester. Ich müßte unseren weichherzigen Jutz nicht kennen. Sie kann keine Katze leiden sehen, ohne in Tränen auszubrechen, viel weniger einen Menschen. Außerdem hat die ganze Sache etwas Romantisches – das wirkt noch mehr.«

»Meinst du?«

»Ganz gewiß. Soll ich ihr die Neuigkeit sagen?«

»Wenn du das tun wolltest? Du bewahrst mich da vor einer peinlichen Situation. Du verstehst außerdem so gut mit Jutta umzugehen, das merke ich, trotz eures ewigen Kriegszustandes.«

Fritz nickte eifrig.

»Ich kenne den Jutz«, versicherte er noch einmal mit vergnügtem Gesicht. »Gib mir den Brief; den brauche ich, um Stimmung zu machen. Gleich nachher nehme ich mir Jutz vor. Inzwischen kannst du mit Tante Helene sprechen. Wie ist es denn mit Silvie? Weiß die Bescheid?«

»Ja – sie ist von allem unterrichtet.«

Woltersheim gab Fritz Evas Brief. Die Herrn schüttelten sich die Hände. Diese Stunde hatte sie einander noch näher gebracht. Fritz billigte zwar seines Onkels bisheriges Verhalten Eva gegenüber nicht, aber er wußte doch, in welche Zwangslage ihn die Verhältnisse gebracht hatten, und er entschuldigte ihn damit.

Fritz traf Jutta auf dem Korridor. Sie war eben erst der französischen Lektion entronnen, die ihr Mademoiselle, ihre alte Lehrerin, erteilt hatte. Ohne lange Umstände faßte er sie am Arm.

»Ausgeschmollt, Jutz?«

Sie lachte, daß die weißen Zähne blitzten.

»Ach du – hundert Jahre wird mein Groll nicht alt. Das weißt du doch. Wer hat beim Tennis gesiegt – du oder Silvie?«

»Silvie – nicht.«

Sie warf den Kopf zurück.

»Pöh – Kunststück. Die kann ja vor lauter zierlichem Gehabe nicht laufen und läßt die Bälle an der Nase vorbeifliegen, ohne zu treffen. Wo gehst du jetzt hin?«

»Eigentlich wollte ich dich zu einem kleinen Spaziergang abholen.«

»Oh – famos! Na, denn man zu!«

»Hast du keine Stunde mehr?«

»Nein, gottlob hat diese Schinderei für heute ein Ende. War auch höchste Zeit. Mir brummt der Schädel. Wart einen Moment; ich will nur noch meinen Hut holen.«

Sie rannte in langen Sätzen durch den Korridor bis zu ihrem Zimmer. Der blonde Zopf tanzte auf ihrem Rücken. Fritz sah ihr vergnügt nach. Wenige Minuten später schritten sie nebeneinander über den Wirtschaftshof. Fritz gab im Vorbeigehen einige Anweisungen; dann wurde er in den Pferdestall gerufen, weil man seinen Rat für ein krankes Tier brauchte. Jutta kam mit und beschäftigte sich mit ihrem Reitpferd, das ihr der Vater zum fünfzehnten Geburtstag geschenkt hatte. Sie unterhielt sich mit Fritz und den Stallknechten und zeigte, daß sie von Tieren viel verstand.

Als Fritz seine Anordnungen getroffen hatte, ging er mit Jutta im Wald spazieren. In der Nähe eines Weihers nahmen sie auf einer Bank Platz, um sich auszuruhen. Hier erfuhr Jutta nun, daß sie noch eine Schwester hatte.

Sie hörte Fritz' halb ernst, halb scherzend vorgetragenen Bericht mit großen, erstaunten Augen an. Als er alles gesagt hatte, holte sie tief Atem und wischte sich über das heiße Gesicht. Sie wollte sich nicht anmerken lassen, wie sehr sie diese Nachricht erregt hatte.

»Na, weißt du, wenn sie nicht netter ist als Silvie, dann habe ich eigentlich keine Veranlassung, mich über diese Neuigkeit zu freuen«, sagte sie unsicher.

Fritz betrachtete sie lächelnd. Er wußte ganz genau, was in ihr vorging.

»So wie Silvie ist sie ganz sicher nicht, Jutz.«

»Woher weißt du das?«

»Dein Vater hat mir erzählt, daß sie sehr scheu und schüchtern ist. Bedenke doch, wie einsam und traurig ihre Jugend gewesen ist. Aber wenn du dir selbst ein Bild von ihrem Charakter machen willst, dann lies mal den Brief hier. Es ist sehr viel von dir die Rede.«

Jutta griff nach dem Brief. In ihrem Gesicht spiegelten sich mancherlei Empfindungen wider. Und als sie dann Evas schlichte Worte las, als sie an die Stelle kam, wo Eva um das Bild der Schwester bat, da war es vorbei mit der heroischen Selbstbeherrschung. Die hellen Tränen stürzten ihr aus den Augen, die Lippen zuckten, und schließlich warf sie sich laut aufschluchzend an die Brust des jungen Mannes.

»Ach Fritz – mein Bild will sie haben, sie sehnt sich nach mir – schon wer weiß wie lange! Und ich hab' gar nicht gewußt, daß es sie gibt. Fritz, ich glaube, sie ist noch viel einsamer, als ich es war, ehe du nach Woltersheim kamst.«

Er strich ihr sacht über das blonde Haar, und ein eigentümliches Gefühl beschlich ihn, als sie sich so unbefangen und selbstverständlich in seine Arme flüchtete.

»Aber Jutz, du hattest doch deine Eltern – und Silvie«, sagte er leise. Sie fuhr hoch und trocknete energisch die Tränen.

»Ach – für mich hat nie jemand Zeit gehabt; ich war den ganzen Tag mit Mademoiselle zusammen, so wie Eva mit ihrer Tante. Mademoiselle jammerte auch den lieben langen Tag über Zahnweh oder Husten und Schnupfen. Papa war stets beschäftigt, denn du halfst ihm damals noch nicht. Und Mama und Silvie – die hockten doch immer zusammen über Modefotos und derlei Kram, wenn sie nicht in

Gesellschaft waren. Ich war ständig überflüssig. Seit du da bist, ist es ja viel besser geworden. Papa hat jetzt mehr Zeit für mich; und du – na, mit dir kann man sich doch wenigstens mal herzhaft zanken und necken.«

Es zuckte schon wieder in seinem Gesicht.

»Also zu etwas bin ich doch noch gut, Jutz?«

»Gott – nun werde nur nicht gleich wieder übermütig. Ich muß jetzt ernsthaft mit dir reden – über meine Schwester. Fritz, ich möchte am liebsten gleich losrennen, bis ich bei ihr bin, und sie hierherholen. Ist es denn sicher, daß Papa sie endlich nach Woltersheim bringt?«

»Wenn es deine Mutter erlaubt, ja.«

Jutta sah ihn nachdenklich an.

»Wie alt ist Eva?«

»Neunzehn.«

»Ist sie hübsch?«

»Weiß ich nicht. Jedenfalls schraube deine Erwartungen nicht zu hoch. Sie ist ein schüchternes Kleinstadtmädchen.«

»Das ist mir lieber, als wenn sie, wie Silvie, vor lauter Eleganz und Vornehmheit über sich selbst stolpert.«

»Du springst ja wieder liebevoll mit Silvie um.«

»Ich gifte mich noch zu Tode wegen dieser Zierliese. Denk nur, als ich mir vorhin in meinem Zimmer den Hut holte, kramte sie wieder in meinen Sachen herum. Sie maust mir nämlich immer Schleifen und Gürtel und ähnlichen Kram; wenn ich sie bei Mama verklage, behauptet sie dann, sie hätte nur in meinen Sachen Ordnung schaffen wollen, ich sei ja so unordentlich. Pöh – die hat sich was! Dazu ist sie ja viel zu faul. Sie bringt mir nur alles noch viel schlimmer in Unordnung. – Wie ich also in mein Zimmer komme und ihr ordentlich Bescheid sage, fragt sie mich, wo ich hinwolle. Ich sage ihr: ›In den Wald – mit Fritz.‹ Natürlich wollte sie mit und lief hurtig nach Hut und Sonnenschirm. Ich ihr nach und – schwups – den Schlüssel rumgedreht! Da kann sie nun meinetwegen sitzen bis zum jüngsten Tag.«

Fritz lachte schallend.

»Aber Jutz!«

»Na, was denn? Sollte ich sie vielleicht mitkommen lassen? Sie hat ja schon Tennis mit dir gespielt. Wenn sie mit uns gekommen wäre, hätten wir doch wieder kein vernünftiges Wort miteinander sprechen können; und ich wäre als fünftes Rad am Wagen nebenher gerollt. Nein – ich danke ergebenst.«

Fritz lachte noch immer.

»Nein, Jutz, zum ›Rollen‹ taugst du nicht. Aber was wird nun geschehen, wenn du nach Hause kommst? Du hast dich einer strafbaren Handlung schuldig gemacht: Freiheitsberaubung nennt man das.«

Jutta zuckte gleichgültig die Schultern.

»Silvie kann ja zum Fenster hinausrufen, daß man ihr die Tür aufschließt. Die Hauptsache war, daß wir uns erst aus dem Staub machen konnten.«

»Sie wird dich aber bei deiner Mutter verklagen.«

»Todsicher! Silvie petzt alles und dichtet noch ein Gutteil dazu. Ich bekomme sicher heute keinen Nachtisch und muß wie immer hundertmal abschreiben: ›Ich soll lieb zu meiner Schwester sein.‹«

Oh weh, armer Jutz – das wird hart!«

Jutta lachte spitzbübisch.

»Als Ersatz für den Nachtisch mopse ich mir Rosinen und Mandeln aus der Speisekammer.«

»Aber das Abschreiben? Bei deiner Schreibfaulheit.«

»Ich habe ein famoses Mittel, um mich vor dem dämlichen Abschreiben zu drücken.«

»Nun?«

Sie rückte vertraulich näher.

»Mama gibt mir immer dieselbe Strafarbeit auf, mindestens jeden dritten Tag muß ich den Satz hundertmal abschreiben, denn Silvie verpetzt mich stets. Weißt du, die ersten paarmal habe ich's ja ehrlich getan; aber dann wurde mir das zu dumm. Mama wirft meine Blätter immer in den Papierkorb. Da habe ich sie mir nun wieder herausgefischt und zwischen schweren Büchern glattgepreßt. Nun zeig' ich immer die alten Blätter.«

»Jutz – du bist ein Schelm! Merkt das deine Mutter denn nicht?«

»Bis jetzt nicht. Ich gehe immer, sie vorzeigen, wenn Mama mit Silvie über den Modeblättern sitzt. Da guckt sie nur flüchtig drauf.«

»Weißt du, daß das unehrlich ist?« fragte Fritz ernst.

»Ach, sei kein Philister, Fritz. Das ist einfach Selbsterhaltungstrieb. Stell dir doch vor: Hundertmal dasselbe schreiben und noch dazu: Ich soll lieb zu meiner Schwester sein. Das hält doch kein Mensch auf die Dauer aus. Dabei verblödet man ja.«

»Nun, wenn du deine neue Schwester mit denselben Grundsätzen empfängst, wenn es dir ihr gegenüber auch so schwerfällt, liebenswürdig zu sein, dann sind das ja nette Aussichten für sie.«

Jutta faßte ihn beim Arm und sah ihn mit einem seltsamen Blick an. Tränen glitzerten in ihren Augen.

»Fritz, glaub doch nicht, daß ich solch ein Scheusal bin. Wenn Silvie nur ein bißchen lieb und gut zu mir wäre – gleich würde ich anders zu ihr sein. Aber sie ist so kalt und lieblos und hetzt Papa und Mama gegen mich auf, wo sie nur kann, und auch dir erzählt sie nur Schlechtes von mir. Du denkst wohl, ich weiß es nicht. Ich lasse sie ja auch sonst reden, soviel sie will; aber dich soll sie nicht aufhetzen. Du mußt wissen, warum ich nicht nett zu ihr bin. Und deshalb sag' ich dir alles.«

Fritz streichelte beruhigend ihre glühenden Wangen.

»Beruhige dich, Jutz, ich kenne dich besser als Silvie. Mich kann niemand gegen dich aufhetzen«, sagte er ernst.

Sie wurde rot vor Freude. »Na weißte – sonst könntest du mir auch im Mondschein begegnen«, sagte sie, um ihre Rührung zu verbergen.

»Hoffentlich verstehst du dich mit Eva besser.«

Sie seufzte.

»Hoffentlich. Ach Fritz, wüßte ich nur erst, wie sie aussieht, ob sie lieb oder biestig ist.«

»Nun, jedenfalls ist sie bedauernswert. Vergiß das nicht, Jutz.«

»Nein, das vergesse ich bestimmt nicht. Und ich freue mich schrecklich auf sie; netter wie Silvie ist sie auf jeden Fall.«

Inzwischen hatte Herr von Woltersheim seine Frau in ihrem Zimmer aufgesucht, um mit ihr über Eva zu sprechen. Wie er befürchtet hatte, lehnte sie entschieden ab, als er den Wunsch aussprach, Eva zu sich zu nehmen.

»Ich bitte dich, Rudolf, daran ist doch nicht zu denken. Von allem anderen abgesehen – es wäre doch unrecht, das junge Mädchen gerade jetzt von ihrer Tante fortzunehmen, da diese krank ist.«

»Aber begreifst du nicht, wie grausam es ist, das junge Geschöpf tagaus tagein ins Krankenzimmer zu verbannen?«

»Mein Gott, so schlimm wird es ja nicht sein. Und wie undankbar würde sie sich zeigen, wollte sie jetzt ihre Tante verlassen. Wir waren doch übereingekommen, daß deine Tochter bis zum Tod ihrer Tante bei ihr bleiben soll, falls sie sich nicht vorher verheiratet.«

»Und du hofftest, daß dies geschehen würde, daß Eva nie nach Woltersheim käme«, sagte ihr Mann langsam, mit schwerer Betonung.

Sie zuckte die Achseln.

»Es ist nicht zu leugnen, daß dies die beste Lösung gewesen wäre. Bedenke, welch unliebsames Aufsehen das plötzliche Auftauchen deiner Tochter erregen würde. Aber natürlich bin ich auch bereit, sie aufzunehmen. Nur laß mir Zeit, unsere Bekannten vorzubereiten. Und dann wäre es mir lieb, Silvie erst zu verheiraten, ehe ich neue Mutterpflichten für eine heiratsfähige junge Dame übernehme.«

»Eva ist ja noch jung; sie braucht vorläufig nicht in die Gesellschaft eingeführt zu werden. Sie müßte sich ohnehin erst hier eingewöhnen und einigen Schliff bekommen.«

Frau Helene seufzte und schlug die schweren Lider nieder.

»Das wird überhaupt ein gutes Stück Arbeit für mich werden! Und gerade jetzt bin ich nicht in der Verfassung, solch eine Aufgabe zu übernehmen. Warte doch wenigstens noch ein Jahr. Dann kann man auch die Tante vorbereiten, daß du ihr Eva wegnehmen willst. Du darfst nicht vergessen, daß du ihr verpflichtet bist.«

»Sie sieht selbst ein, daß Eva bei ihr alle Jugendfreude entbehren muß. Aus ihrem Brief geht sogar deutlich hervor, daß sie von mir erwartet, daß ich mein Kind heimhole. Und ich muß dir gestehen, ich habe keine Ruhe mehr, bis ich das Kind hier habe.«

Sie sah ihn indigniert an.

»Aber Rudolf, willst du mir einreden, daß du Sehnsucht nach ihr hast? Du sagtest mir doch immer, du hättest nichts übrig für dieses Kind.«

Er erhob sich seufzend.

»Das hast du zu schroff aufgefaßt. Gewiß, ich habe dir gesagt, daß ich ihr nicht nahekommen kann, daß sie scheu und schüchtern ist und mich kaum ansieht, wenn ich mit ihr rede. Aber schließlich ist das kein Wunder – wir sind uns fremd geworden. Bisher ließ ich sie einfach dort, weil ich glaubte, sie fühle sich wohl und verlange nichts anderes. Jetzt weiß ich aber, daß dies nicht so ist, daß sie im Gegenteil die Vernachlässigung empfindet und daß sie sich nach ihren Angehörigen sehnt. Jetzt muß ich sie zu mir nehmen. Lange genug habe ich sie vernachlässigt. Sie kann ja nichts dafür, daß sie das Kind ihrer Mutter ist.«

Frau Helene sah auf ihre Fingernägel.

»Das mag zwar stimmen, trotzdem ist es sehr fatal, daß diese Tochter deiner ersten Frau existiert.«

Er trat vor sie hin.

»Helene – habe ich nicht Silvie wie eine leibliche Tochter in mein Haus aufgenommen? Habe ich je bedauert, daß sie existiert?«

Sie warf stolz den Kopf zurück. »Ich bitte dich, laß diese Vergleiche«, erwiderte sie schroff.

Herr von Woltersheim trat an das Fenster und starrte schweigend hinaus. Seine Frau verbarg mißgestimmt und ärgerlich den Kopf in den Händen. Sie war keinesfalls gewillt, Eva in Woltersheim aufzunehmen, und grübelte, wie sie das junge Mädchen auch künftig fernhalten könnte.

Ein unbehagliches Schweigen lag über den beiden Menschen, die sich trotz siebzehnjähriger Ehe innerlich fremd geblieben waren.

In diesem Augenblick stürzte Silvie weinend und vor Empörung außer sich in das Zimmer und klagte Jutta in scharfen, gehässigen Worten an, sie habe sie eingeschlossen. Frau von Woltersheim hatte nun jemand, auf den sie ihren Zorn entladen konnte.

»Dieses Kind, es bringt mich noch ins Grab! Hast du gehört, Rudolf? Was sagst du zu dieser Bosheit? Du nimmst Jutta ja immer noch in Schutz. Nun sag selbst, ist das nicht unerhört? Weil sie weiß, daß Silvie ebenfalls gern Fritz in den Wald begleitet hätte, schließt sie die Schwester einfach ein.«

Herr von Woltersheim hatte sich umgewandt.

»Du überbewertest das, Helene. Es ist ein dummer Scherz von Jutta, nichts weiter.«

»Nein, Papa, Jutta sucht es schon immer zu hintertreiben, daß Fritz sich um mich kümmert«, klagte Silvie mit scheinbarer Sanftmut. »Du glaubst nicht, was ich durch sie auszustehen habe. Sie gönnt mir nicht, daß Fritz an meiner Unterhaltung Gefallen findet. Immer will sie der Mittelpunkt sein.«

Woltersheim hatte seine eigene Ansicht über diese Sache. Aber er vermied weitgehend, für Jutta Partei gegen Silvie zu ergreifen, weil ihm seine Frau dann vorzuwerfen pflegte, daß er Jutta als seine leibliche Tochter natürlich bevorzuge.

»Nun beruhige dich, Silvie«, sagte er begütigend. »Mama wird Jutta schon bestrafen. Im übrigen ist es mir sehr recht, daß Jutta allein mit Fritz in den Wald gegangen ist. Ich habe ihn nämlich beauftragt, Jutta beizubringen, daß sie noch eine Schwester hat.«

Die beiden Damen sahen ihn aus ihren wasserblauen Augen betroffen an.

»Weiß Fritz über Eva Bescheid?« fragte Frau von Woltersheim unangenehm berührt.

»Ja, ich habe es ihm vorhin gesagt. Einmal muß er es ja wissen. Und jetzt wird er es auch Jutta gesagt haben.«

Silvie blickte ihre Mutter verständnislos an. Diese gab ihr ein Zeichen zu schweigen.

»Das ist sehr voreilig von dir gewesen, Rudolf«, sagte sie pikiert. »Jedenfalls wäre es mir zugekommen, Jutta diese Eröffnung zu machen.«

»Ich wollte dir eine peinliche Situation ersparen. Von Fritz wird sie es auch leichter hinnehmen. Er hat eine erstaunliche Art, mit ihr fertig zu werden.«

»Davon habe ich noch nichts bemerkt. Sie zanken sich ja in einem fort. Wer wird überhaupt mit diesem Bündel fertig?« erwiderte sie scharf.

»Fritz kann Jutta nicht ausstehen«, behauptete Silvie mit inniger Befriedigung. Woltersheim sah sie mit einem eigentümlichen Blick an.

»Ich glaube, da irrst du dich bei Fritz«, sagte er bedeutungsvoll; und zu seiner Frau gewandt, fuhr er fort:

»Jedenfalls ist Fritz in seiner frischfröhlichen Art am besten geeignet, Jutta diese Tatsache so beizubringen, daß sie es nicht allzu schwer nimmt.«

»Mein Gott, du machst aus Juttas Meinung eine Staatsaktion«, spottete Frau von Woltersheim ärgerlich.

Ehe ihr Mann antworten konnte, trat ein Diener ein und überreichte ihm ein Telegramm. Er riß es auf und überflog den Inhalt. Dann reichte er es seiner Frau.

»Das Schicksal hat selbst für meinen Wunsch entschieden«, sagte er ernst.

Seine Frau las mit gefalteter Stirn die Depesche: »Tante Klarissa soeben verschieden. Bitte komm zu mir. Ich weiß nicht, was ich tun soll. Eva.«

Sie erhob sich brüsk. Die Depesche flatterte auf den Teppich nieder.

»Dann muß es wohl sein«, sagte sie ärgerlich.

»Was ist geschehen?« fragte Silvie neugierig.

»Wir werden eine neue Hausbewohnerin bekommen. Evas Tante ist gestorben«, antwortete ihre Mutter.

Silvie schien unangenehm überrascht zu sein.

»Kann man sie nicht irgendwoanders unterbringen? Es wird doch nur unnützes Gerede geben«, sagte sie abwehrend.

»Nein, sie kommt endlich nach Woltersheim – in ihr Vaterhaus«, antwortete ihr Stiervater so scharf, wie er noch nie zu ihr gesprochen hatte. Auf seiner Stirn lag eine böse Falte, und schnell verließ er das Zimmer.

Die beiden Damen sahen sich eine Weile schweigend an. Endlich erhob sich Frau von Woltersheim seufzend. Sie sah ein, daß sie mit ihrer Macht am Ende war, und fügte sich, wenn auch innerlich wütend, ins Unvermeidliche.

»Mama, ist denn überhaupt nichts dagegen zu machen?« meinte Silvie verdrießlich.

»Nein – nichts. Der Tod dieser Tante kam mir sehr ungelegen«, antwortete ihre Mutter und stieß mit dem Fuß zornig nach der unschuldigen Depesche, so daß sie weit ins Zimmer hineinflog.

Als Jutta mit Fritz nach Hause kam, erfuhr sie, daß ihr Vater gleich nach Tisch abreisen würde, um Eva heimzuholen.

Außerdem bekam sie eine geharnischte Strafpredigt und die übliche Strafarbeit. Vom Nachtisch vergaß die Mutter sie im Drang der Ereignisse auszuschließen. Aber Silvie kniff sie vor Zorn so heftig in den Arm, daß am nächsten Tag wieder ein großer blauer Fleck zu sehen war. Jutta trug deshalb ein Kleid mit kurzen Ärmeln und sah mit vielsagendem Blick vom blauen Fleck zu Silvie hinüber und wieder zurück.

Fritz sah ihn auch, diesen garstigen Fleck, der ein beredtes Zeugnis von Silvies Sanftmut und Schwesterliebe ablegte.

»Da hat wohl Silvie ihre Visitenkarte hinterlassen, Jutz?« fragte er Jutta, als sie allein waren. Sie streckte den Arm von sich ab und betrachtete den Fleck mit Behagen.

»Damit hat sie sich für das Einschließen gerächt. Das war diesmal ihr gutes Recht«, meinte sie vergnügt.

4

Eva von Woltersheim saß müde und abgespannt im Wohnzimmer am Fenster. Die letzten Wochen waren sehr schwer und anstrengend gewesen. Seit jener Unterredung mit Tante Klarissa war diese nur selten für Stunden von ihrem Lager aufgestanden. Ihr jahrelanges Leiden hatte sich durch eine Erkältung so verschlimmert, daß sie wenige Wochen darauf starb. Gestern morgen hatte sie nach einer letzten qualvollen Nacht die Augen für immer geschlossen.

Eva war die ganze Zeit nicht von ihrem Bett gewichen, und weinend hatte sie ihr die Augen zugedrückt.

Nun wartete sie in Angst und Unruhe, ob ihr Vater kommen würde.

Was sollte nun aus ihr werden, da Tante Klarissa tot war? Solange diese am Leben war, hatte Eva oft schwer unter ihrer nervösen Verstimmung gelitten. Die Verstorbene hatte ihr das Leben gewiß nicht leichtgemacht, wenn sie es auch im Grunde gut mit ihr meinte. Aber jetzt, da sie tot war, merkte Eva doch, daß sie ein Herz verloren hatte, das ihr gehörte. Noch in der Sterbestunde hatte Klarissa ihr blasses, müdes Gesicht gestreichelt und gesagt: »Arme kleine Eva, du hast wenig Freude an deinem jungen Leben gehabt, obwohl du gesund und kräftig bist. Ich habe es dir mit meinem eigenen Leiden verbittert. Aber gedulde dich nur noch ein Weilchen. Vielleicht kommt die Sonne nun bald zu dir. Und wenn du eines Tages das Glück errungen hast, dann denke an mich, die es nie, niemals besessen hat.«

Arme Tante Klarissa! Eva hatte bitterlich um sie geweint. Nun war sie ganz allein und verlassen. – Ob wohl der Vater kam und sie heimholte, wie er es einst Tante Klarissa versprochen hatte?

Sie nahm Juttas Bild, das heute früh mit der Post gekommen war, wieder in die leise bebenden Hände. Wieder und wieder mußte sie es betrachten und an ihr klopfendes Herz drücken.

»Schwesterchen – liebes –, könnt' ich doch bei dir sein! Du würdest mich liebhaben, ich fühle es. Du blickst mich so freundlich und herzig an, als könntest du mir gut sein. Und ich hab dich lieb – so lieb, du süßes, lachendes Kind. Nur einmal möchte ich dich in meinen Armen halten, liebe, kleine Jutta.«

Wieder rannen Tränen über Evas Gesicht. Und in ihren dunklen Augen lag das Bangen vor der Zukunft.

Kurze Zeit darauf klingelte es draußen im Flur. Die Aufwärterin, die einige Tage bei Eva bleiben wollte, damit diese nicht mit der Toten allein sei, öffnete die Tür. Eva hörte eine männliche Stimme. Das Herz blieb ihr fast stehen. Sie sprang auf und stand schwer atmend mitten im Zimmer. Starr und erwartungsvoll blickte sie zur Tür. Diese ging auf, und Herr von Woltersheim stand auf der Schwelle.

Evas Gestalt überlief ein Zittern. Ein krampfhaftes Schluchzen brach sich aus ihrer Brust Bahn.

»Vater!«

Es lag ein erschütternder Ausdruck in diesem Aufschrei. Eva vergaß in diesem Augenblick, was trennend und erkältend zwischen ihr und dem Vater stand. Ihr ganzer Jammer brach sich Bahn in diesem einen Wort – ihre Angst, ihre Hilflosigkeit und die ganze Sehnsucht ihres vereinsamten Herzens.

Und dieser Aufschrei fand Einlaß in das Herz des Vaters; er räumte mit einem Mal alle Schranken fort zwischen Vater und Tochter und öffnete ihr die Tür zu seinem Herzen. Schnell schritt er auf sie zu und zog die zitternde Gestalt fest in seine Arme.

»Mein liebes Kind, meine arme, kleine Eva«, sagte er innig und zärtlich, wie er noch nie zu ihr gesprochen hatte.

Sie sah zu ihm auf, erschauernd, ungläubig und wie in seligem Staunen. Sie wußte nicht, daß sie sich selbst bisher dem Herzen des Vaters ferngehalten hatte durch ihre scheue Zurückhaltung, ihre scheinbare Teilnahmslosigkeit, ahnte nicht, daß ihr Brief ihn bewegt hatte und daß jetzt ihr Aufschrei den Weg zu seinem Herzen gefunden hatte. Wie ein Wunder erschien es ihr, daß der Vater sie fest im Arm hielt und zärtliche Worte zu ihr sprach.

»Vater, lieber Vater«, wiederholte sie wie im Traum.

Er küßte sie auf die Stirn und sah ihr in die Augen. Sie

waren wohl das erste Mal so groß und weit zu ihm aufgeschlagen, diese dunklen, schönen Augen. Tief und leuchtend waren sie wie bei Menschen, die recht von Herzen lieben können. Seltsam wurde ihm zumute. Diese Augen schauten ihn an wie seine entschwundene Jugend. Seit vielen Jahren war er nicht so bis ins Innerste bewegt gewesen wie in dieser Minute, da er einen tiefen Blick tat in die reiche Seele seines Kindes. Hatte er bisher die Sprache dieser Augen nicht verstanden, oder enthüllten sie sich ihm zum ersten Mal in ihrer leuchtenden Tiefe und Schönheit?

Er zog Eva neben sich auf den Diwan. »Nun sprich dich aus, mein Kind. Sag mir alles, was du auf dem Herzen hast, ohne Scheu und Schüchternheit. Ich weiß, es war bisher nicht so zwischen uns, wie es hätte sein sollen – ich muß mich deshalb anklagen. Aber ich ahnte nicht, daß du dich nicht glücklich fühltest. Warum hast du es mir nie gesagt, wenn ich bei dir war? Es soll nun alles anders werden, mein liebes Kind. Du gehst mit mir nach Woltersheim.«

Eva zuckte zusammen. Dunkle Röte schoß ihr ins Gesicht. Er sah fast betroffen, wie schön sie plötzlich aussah. Das feine, stille Gesicht schien seltsam beseelt und ausdrucksvoll.

»Nach Woltersheim? Für immer? Zu meiner Schwester Jutta?« fragte sie mit halberstickten Worten.

»Ja – für immer. Jutta freut sich schon sehr auf dein Kommen. Ihr werdet euch hoffentlich gut verstehen.«

Eva drückte die Hände aufs Herz. Alle Scheu war verschwunden.

»Oh, ich liebe sie so sehr – meine kleine, süße Schwester. Ihr Bild habe ich heute immerfort ansehen müssen. Ach Vater, lieber Vater – vielleicht ist es unrecht –, drüben liegt die arme Tante Klarissa – sie hat so viel leiden müssen. Aber ich bin so glücklich, daß du gekommen bist und ich mit dir gehen darf.«

Sie fand plötzlich die Worte, um ihrem Empfinden Ausdruck zu geben. Leicht und frei flossen sie ihr über die Lippen. Ihr Vater betrachtete sie mit freudigem Erstaunen. War das dieselbe Eva, die sonst scheu und einsilbig, mit unbewegtem Gesicht vor ihm gestanden hatte bei seinen früheren Besuchen und ihm linkisch und unbeholfen erschienen war? Fürwahr, er hatte ihr bitter unrecht getan, wenn er sie für gleichgültig und teilnahmslos gehalten hatte. – Es war für Eva ein herrliches Gefühl, als ihr nun der Vater alle Sorgen und Erledigungen abnahm. Sie brauchte sich um nichts zu kümmern, mußte nur ihre Sachen packen und sich zur Heimreise bereithalten.

Als Tante Klarissa beerdigt wurde, stand Eva, von ihrem Vater geführt, an ihrem Grab. Es war ein seltsames Paar, der elegant gekleidete, vornehme, stattliche Herr und das in ein billiges und schlechtsitzendes Trauergewand gekleidete Mädchen mit den unbeholfenen Bewegungen. Und doch lag etwas in Evas feinem Gesicht, das an den Vater erinnerte.

Gleich nach der Beerdigung reisten die beiden ab. Herr von Woltersheim hatte noch manchen tiefen Blick in Evas Wesen getan. Sie gab sich nun, da sie an seine Liebe glaubte, offen und rückhaltlos. Ganz eigenartig berührte ihn ihre tiefe Zärtlichkeit, die noch immer ein wenig mit Scheu gemischt war. Ihm war zumute, als sei sein Leben bisher sehr arm gewesen an Liebe, als sei er noch nie einem weiblichen Wesen begegnet, das ihm so viel Innigkeit entgegengebracht hatte. Als sei ihm spät noch ein schöner Traum in Erfüllung gegangen, so glücklich fühlte er sich in Evas Gegenwart. Ihre warme, junge Stimme schmeichelte sich ihm ins Herz, und ihre Augen strahlten ihn an wie Sonnenschein. Eva genoß ihrerseits jeden Augenblick dieses Beisammenseins wie ein großes Glück.

Während der Reise erzählte ihr der Vater von Woltersheim und den Angehörigen, mit denen sie in Zukunft zusammenleben sollte. Alles interessierte Eva sehr. Sie sah im Geiste all diese Menschen, als wären sie ihr schon seit Jahren bekannt. Hatte sie sich doch schon früher aus gelegentlichen Äußerungen ihres Vaters eine ganze Welt aufgebaut, mit der sie ihre Träume erfüllte.

Vor der Stiefmutter fürchtete sie sich ein wenig. Warum, wußte sie selbst nicht. Ihr Vater hatte ihr diese Furcht nicht eingeflößt – auch sonst niemand. Aber sie fühlte instinktiv, daß es in der Hauptsache an der Stiefmutter lag, daß man sie nicht schon früher nach Woltersheim geholt hatte.

Der Vater betonte zwar, daß man sie wegen Klarissa nicht fortgeholt hätte und daß es längst beschlossen gewesen sei, sie nach deren Tod sofort nach Woltersheim zu holen. Eva schämte sich ein wenig, daß sie trotzdem den unbehaglichen Gedanken an die Stiefmutter nicht verdrängen konnte. Warum hatte man sie nicht wenigstens gelegentlich zu Besuch eingeladen, damit sie zumindest die Schwester kennengelernt hätte?

Woltersheim freute sich innerlich herzlich, daß er sein Kind nun mitnehmen konnte. Ein dumpfer Druck hatte immer auf seinem Herzen gelegen, wenn er an Eva gedacht hatte. Nun war das vorbei; nun hatte sie ihre Heimat, und er konnte alles gutmachen. Ganz warm wurde ihm bei dem Gedanken, das weiche, junge Gesicht nun immer um sich zu haben, die liebe, zärtliche Stimme täglich zu hören. Was war er für ein blinder Tor gewesen, daß er Evas Wert nicht erkannt, daß er sich freiwillig von ihr getrennt hatte! Er sah immer wieder in ihr strahlendes Gesicht. Wie schön sie aussehen konnte! Wenn sie sich erst noch etwas in der guten Woltersheimer Luft erholt hatte, wenn sie sichere Bewegungen und schicke Kleider bekam – dann würde sie eine aparte und bezaubernde Erscheinung werden. Sie würde Silvie und sogar Jutta noch in den Schatten stellen. Jetzt freilich, in dem häßlichen Kleid und dem unmöglichen Hut wirkte sie albern. Es gehörten Kenneraugen dazu, ihre Reize zu entdecken.

Die Reise machte Eva großes Vergnügen. Sie war ja nie über das Städtchen, in dem sie gelebt hatte, hinausgekommen. Mit großen Augen sah sie die wechselnde Landschaft an sich vorüberziehen. Welches junge Menschenherz freut sich nicht an der Schönheit der Welt, die es zum ersten Mal in sich aufnimmt?

Des Vaters ritterliche Aufmerksamkeiten nahm sie vor Freude errötend entgegen. Als er ihr eine Bonbonniere und einige Rosen in den Schoß legte, drückte sie ihm dankbar die Hand und wagte erst gar nicht, den Karton zu öffnen. Er mußte sie erst dazu auffordern. Als sie dann die köstlichen Leckereien erblickte, fragte sie verschämt, ob sie diese nicht Jutta mitnehmen dürfe.

Er lachte.

»Jutta nascht ohnedies genug. Iß das nur selbst.«

Etwas verlegen knabberte sie nun einige Stücke und sog dabei den Duft der Rosen ein.

Wie schön war es mit einem Mal auf der Welt! –

Spät am Abend kamen sie auf der Station, die Woltersheim am nächsten lag, an. Herr von Woltersheim hatte den Wagen an die Bahn bestellt. Der Diener, der Evas Gepäck trug, tauschte einen verstohlenen Seitenblick mit dem Kutscher, als er die unelegante Erscheinung neben seinem Herrn auf den Wagen zukommen sah.

Frau von Woltersheim hatte bereits dafür gesorgt, daß die Dienerschaft von dem Eintreffen der Tochter des Gutsherrn unterrichtet war. Sie wußte, daß auf diese Weise das Ereignis schnell bekannt wurde. Die meisten hatten keine Ahnung gehabt, daß der gnädige Herr schon einmal verheiratet gewesen war. Man debattierte eifrig in der Gesindestube über die neue Hausbewohnerin. Daß diese aber einen so einfachen, fast ärmlichen Eindruck machte und viel weniger elegant aussah als die Kammerzofe der gnädigen Frau, darüber wunderten sich Diener und Kutscher nicht wenig. Sie brannten darauf, ihre Ansichten darüber mit den anderen auszutauschen. Der Diener meldete Herrn von Woltersheim, daß die gnädige Frau mit Baroneß Silvie in Begleitung des jungen gnädigen Herrn zu einer Gesellschaft nach Schellenberg gefahren sei.

Woltersheim wußte von der Einladung zu diesem Fest und hatte seine Frau vor seiner Abreise gebeten, bei dieser Gelegenheit zu erzählen, daß er verreist sei, um seine Tochter heimzuholen. Helene würde sich dieser Aufgabe mit viel Klugheit entledigen, dafür kannte er sie. Und Fritz und Silvie würden sie wirkungsvoll unterstützen. Morgen wußte sicher die ganze Nachbarschaft die interessante Neuigkeit.

Mit klopfendem Herzen saß Eva neben ihrem Vater in dem weichen Fond des Wagens. Ein feiner Duft stieg aus den Kissen empor. Sie sog ihn mit seltsamem Wohlbehagen ein. Und doch war ihr beklommen zumute.

Und dann hielten sie vor dem Herrenhaus. Es war schon alles dunkel. Das Gebäude hob sich als mächtige

Silhouette von dem hellen Sternenhimmel ab, an dem der Vollmond seine stille Bahn zog. Nur in der großen Flurhalle, die weit gewölbt und mit allerlei Waffen und Jagdtrophäen, mit Wappenschildern und Rüstungen geschmückt war, brannte elektrisches Licht. Einige von den Bediensteten standen erwartungsvoll an dem großen Tor oben an der Freitreppe.

Woltersheim hob Eva aus dem Wagen. Den Arm um sie legend, führte er sie über die Schwelle ihres Vatershauses.

Seltsam feierlich war Eva zumute. Mit großen, dunklen Augen schaute sie um sich. Leise und zaghaft setzte sie ihre Schritte. Der Vater sprach liebevolle Worte zu ihr. Aber die umstehenden Diener in den vornehmen Livreen schüchterten sie ein. Sie war plötzlich wieder ganz das scheue, ängstliche Kleinstadtmädchen. Die herrschaftliche Umgebung bedrückte sie.

Ehe sie recht wußte, wie ihr geschah, stand die Haushälterin von Woltersheim, Frau Marianne Wedekind, mit einem silbernen Leuchter vor ihr und forderte sie auf, ihr zu folgen.

Herr von Woltersheim küßte Eva auf die Stirn.

»Nun geh mit Frau Wedekind, Eva. Sie wird dich auf dein Zimmer bringen. Du wirst müde sein von der Reise und hoffentlich gut ruhen. Heute abend ist ohnehin niemand zu Hause, und Jutta wird längst schlafen. Morgen früh, wenn du ausgeschlafen hast, stelle ich dich dann deinen Angehörigen vor. Wenn du noch irgendwelche Bedürfnisse hast, so wende dich an Frau Wedekind. Sie wird dir alles, was du brauchst, beschaffen.«

Eva nickte stumm und hätte sich am liebsten an den Vater geklammert und ihn gebeten: ›Laß mich nicht allein.‹ Aber sie schämte sich.

Tapfer schritt sie hinter Frau Wedekind die Treppe hinauf, nachdem ihr der Vater »gute Nacht« gewünscht und sich mit einem Kuß von ihr verabschiedet hatte. Als sie aber oben durch den Saal schritt, an dessen Wänden die Ahnenbilder ihrer Familie hingen, da wäre sie am liebsten davongelaufen. Wie Spukgestalten sahen diese Männer und Frauen in den seltsamen Gewändern längst entschwundener Zeiten von den Wänden herab. Still und lautlos verklangen die Schritte auf den dicken Läufern. Der Kerzenschein huschte unruhig an den Wänden entlang. Der Weg zu ihrem Zimmer erschien ihr endlos lang.

Dieses Haus war wohl so groß, daß man sich darin verlaufen konnte.

Endlich blieb die Haushälterin stehen, öffnete eine Tür und knipste das elektrische Licht an. Eva betrat zögernd und staunend ihr Zimmer. Es war so groß, daß fast die ganze Wohnung von Tante Klarissa darin Platz gefunden hätte. Sie atmete gepreßt und wußte nicht, was sie tun oder sagen sollte.

Beklommen sah sie sich um in dem schönen, freundlichen Raum. Ein großes Himmelbett stand an der einen Wand. Die Vorhänge waren zurückgeschlagen. Und auf diesem Bett sah Eva plötzlich ein großes, undefinierbares Bündel liegen. Es war in einen wollenen Umhang gehüllt, dieses Etwas, und hatte einen dicken, blonden Hängezopf.

Frau Wedekind, die Eva bisher verstohlen gemustert hatte, folgte nun ihren Blicken und trat lachend und kopfschüttelnd an das Bett heran.

»Gott bewahre! Da liegt ja das gnädige Fräulein Jutta auf dem Bett des gnädigen Fräuleins. Nein – wie ist sie nur hierhergekommen?« fragte sie halblaut.

Der Name Jutta elektrisierte Eva. Sie trat mit einem

freudigen Ausruf an das Bündel heran, aus dem sich nun mit einem plötzlichen Ruck Juttas verschlafenes Gesicht erhob.

Sie wurde schnell munter und richtete sich vollends auf. Dabei kam ein großer, jämmerlich zerdrückter Blumenstrauß zum Vorschein, den sie krampfhaft in der Hand hielt.

Sprachlos sah sie eine Weile in Evas über sie geneigtes Antlitz, in dem sich eine mächtige Erregung widerspiegelte.

»Bist du Eva?« fragte sie endlich, sich hastig erhebend.

»Ja – das bin ich, liebe Jutta. Ach – liebe, liebe Jutta!«

Tränen stürzten Eva aus den Augen. Und dann hielten sich die beiden Schwestern spontan umfangen und küßten sich herzlich und innig.

Dann befreite sich Jutta wieder und lachte durch ihre Tränen hindurch. »Hier steh' ich nun in meiner ganzen feierlichen Herrlichkeit. Ach Eva, ich wollte unbedingt auf dich warten, und dann bin ich Murmeltier doch eingeschlafen. Sieh nur – im Nachthemd hab' ich mich auf dein Bett gesetzt, damit ich dich ja nicht verpasse. Die anderen sind ja alle fort. Einer mußte dich doch wenigstens willkommen heißen. Und sieh nur – die armen Blumen! Ganz frisch hatte ich sie gepflückt, um sie dir als ersten Gruß zu überreichen. Ich alte Schlafmütze habe mich darauf gelegt. Wie sehen sie nur aus?«

Eva nahm ihr die Blumen ab und drückte sie ans Herz.

»Oh, ich freue mich so sehr darüber; ich danke dir tausendmal – es ist so lieb von dir.«

Jutta hob den herabgefallenen Umhang auf und hüllte sich fröstelnd hinein. Eva schob sie schnell auf das Bett zurück und deckte sie zu.

»Du darfst dich nicht erkälten, Jutta. Bleibst du noch ein Weilchen bei mir?«

Jutta ließ sich ihre Fürsorge vergnügt gefallen.

»Natürlich bleibe ich noch – wir müssen doch erst einmal ordentlich Bekanntschaft machen. Ißt du noch etwas? Hoffentlich – ich habe nämlich auch wieder Hunger. Wedekindchen, stehen Sie nicht so versteinert da; holen Sie uns etwas zu essen. Aber 'n bißchen was Niedliches, liebstes Wedekindchen; seien Sie kein Unmensch.«

Frau Wedekind verschwand lachend.

»Nun setz dich zu mir, Eva. Also, jetzt bist du wirklich da! Es ist nur ein Glück, daß ich mich auf das Bett setzte, sonst hätte ich deinen feierlichen Einzug verschlafen, Herrgott, kaputt hätte ich mich geärgert.«

Eva hatte jetzt ein wirkliches Heimatgefühl im Herzen. Ihr Blick ruhte voll Innigkeit auf Jutta. Diese plauderte frisch drauflos, wie es ihre Art war. Dabei entging ihren scharfen Augen nicht, daß Eva für Woltersheimer Verhältnisse einfach unmöglich aussah.

Jedoch von den uneleganten Kleidern abgesehen, gefiel ihr Eva sehr gut; und sie beschloß sofort, sie unter ihren besonderen Schutz zu nehmen. Denn daß Silvie und ihre Mutter Eva nicht gerade liebevoll entgegenkommen würden, wußte sie. Und Eva schien keine Kampfnatur zu sein. Sie würde sich unterdrücken lassen, wenn man ihr nicht zu Hilfe kam.

Eva hätte sich bei Jutta gar nicht besser einführen können als mit diesem rührend hilflosen Zug auf dem feinen, stillen Gesicht. Alles, was hilflos war, erfreute sich Juttas Schutz.

Frau Wedekind brachte wirklich noch allerhand gute Sachen, und die Schwestern schmausten vergnügt und plauderten noch lange miteinander, nachdem sich die Haushälterin zurückgezogen hatte.

Wie Geschöpfe aus einer andern Welt kamen die Schwestern einander vor; und doch fühlten sie beide vom ersten Augenblick an, daß ihre Herzen sich warm entgegenschlugen. Im Lauf des Gesprächs sagte Jutta, Evas Hand ergreifend:

»Du, Eva, wenn ich mal ruppig bin, das mußt du mir nicht übelnehmen. Ich bin nämlich zuweilen ein abscheuliches, garstiges Ding. Dann rede ich allerlei, was ich gar nicht so meine. Ich glaube aber, dich werde ich niemals ärgern. Silvie ärgere ich oft, weil sie nicht gut zu mir ist.«

»Oh, ich will immer gut zu dir sein und dir nie etwas übelnehmen«, antwortete Eva herzlich.

»Hm – das ist sehr lieb von dir. Aber weißt du, zu allen hier im Hause sei mal lieber nicht so sanftmütig – Papa und Fritz natürlich ausgenommen. Zu denen sollst du lieb sein, soviel du willst. Du – Fritz ist überhaupt ein famoser Mensch! Na – und Mama, die ist zuweilen auch ganz nett, wenn mich Silvie nicht gerade verklatscht hat. Aber Silvie, du – gegen die wehre dich von Anfang an, hörst du? Laß dir nichts von ihr gefallen; sonst bist du untendurch. Mucke nur ordentlich auf, wenn sie dich ducken will. Sie behandelt einen nämlich immer so von oben herab, die Baroneß Herrenfelde. Pöh – die hat es nötig! Laß dir bloß nichts vorgaukeln.«

Eva wurde das Herz dabei wieder schwer. Sie dachte an all die neuen Menschen und an die ungewohnten Verhältnisse. Was würde sie alles lernen müssen, um sich erst einmal richtig in dem großen Haus mit der zahlreichen Dienerschaft zu bewegen.

Wie ruhig und sicher sich Jutta schon bei diesem kleinen

Imbiß benahm; wie geschickt sie die Toasts verzehrte, und wie graziös sie mit dem Geschirr hantierte! Es stand so allerhand auf dem großen Tablett, von dessen Verwendung sie keine Ahnung hatte.

Jutta wurde nun doch müde.

»Weißt du, Eva, jetzt gehen wir zu Bett. Es ist Zeit zum Schlafen – morgen früh ist die Nacht zu Ende.«

Sie verabschiedete sich herzlich von der Schwester.

»Gute Nacht, Eva! Mein Zimmer liegt gleich neben deinem. Wenn du willst, lassen wir die Verbindungstür offen.«

»Ach ja – bitte. Ich bin ein so großes Schlafzimmer nicht gewöhnt. Es ist mir ein bißchen unheimlich.«

Jutta lachte.

»Spuk und Gespenster gibt es nicht bei uns. Unsere Vorfahren müssen alle sehr phlegmatische Menschen gewesen sein. Keinem fällt es ein, sein gutes, bequemes Grab zu verlassen und uns einen Besuch abzustatten. Na – vielleicht entwickle ich mich später mal zu einer spukhaften Ahnfrau. Nun schlaf gut und träume schön. Morgen früh komme ich dich wecken. Und dann führe ich dich mit der nötigen Feierlichkeit in den Familienkreis ein.«

Eva umarmte die Schwester noch einmal.

»Gute Nacht, Jutta. Und vielen Dank, daß du aufgeblieben bist und mir Blumen gebracht hast. Mein Herz ist nun viel leichter geworden.«

5

Eva hatte noch lange wach gelegen; aber dann schlief sie so fest und traumlos bis in den hellen Morgen hinein, daß sie erst aufwachte, als Jutta sie mit einem herzhaften Kuß weckte.

»Guten Morgen, Eva! Gott – sahst du eben lieb aus. Wie ein Engel. Da müßtest du Silvie mal früh im Bett liegen sehen. Vor lauter Schönheitscreme, Lockenwickeln und Bandagen siehst du nichts als die Nasenspitze und die Augen. Abscheulich, sage ich dir. Weißt, du siehst in deinem schlichten weißen Nachthemd viel schöner aus als in deinem gräßlichen schwarzen Kleid. Das ist ja schauderhaft.«

Eva richtete sich halb auf.

»Oh – es ist doch ganz neu, Jutta. Klippers Julchen hat es nach der neuesten Mode geschneidert«, sagte sie erstaunt.

Jutta lachte schallend auf.

»Oh, Klippers Julchen wird sich am jüngsten Tag wegen dieser Flunkerei zu verantworten haben. Diese neueste Mode ist mindestens zehn Jahre alt.«

Eva sah ganz betreten auf Juttas hübschen, eleganten Morgenanzug. Sie seufzte.

»Das scheint mir jetzt beinahe auch so, Jutta. Aber ich habe nur dieses eine schwarze Kleid. Klippers Julchen konnte mir in der Eile nur dieses eine anfertigen.«

»Gott sei Dank – an diesem einen ist es reichlich genug der Greueltaten. Aber nun hurtig aus dem Bett; ich helfe dir ein wenig. Sonst versäumen wir das zweite Frühstück auch noch.«

Eva beeilte sich.

»Habt ihr das erste schon eingenommen, Jutta?« fragte sie erschrocken.

»Das nimmt hier jeder für sich ein. Papa und Fritz stehen sehr früh auf und trinken meist zusammen eine Tasse Kaffee. Manchmal, wenn ich zeitig genug wach werde, leiste ich ihnen Gesellschaft. Sonst frühstücke ich mit Mademoiselle vor der ersten Lektion. Du mußt wissen, daß ich noch bis Oktober eine Lehrerin habe. Es ist ein Skandal – man behandelt mich wie ein Baby. – Mama und Silvie erscheinen immer erst zum zweiten Frühstück. Das nehmen wir dann alle zusammen ein.«

Während sie so plauderte, kleidete sich Eva schnell an. Voll Entzücken betrachtete Jutta Evas wunderbares Haar.

»Himmel, hast du prachtvolles Haar! Wenn das Silvie sieht, platzt sie vor Neid. So – bis auf das Kleid bist du nun fertig. So gefällst du mir tausendmal besser; das dumme Kleid verdirbt alles.«

Eva lächelte betreten.

»Ist es wirklich so schlimm, das Kleid?«

Jutta sah in ihr ängstliches Gesicht und streichelte sie.

»Schlimm ist es wirklich – davon beißt die Maus keinen Faden ab. Aber dem Übel kann ja abgeholfen werden. Mama wird schon für neue Kleider sorgen. So – fertig! Nun komm; sie werden schon alle beim Frühstück sitzen. Ich habe Papa gesagt, daß ich dich hinunterbegleite. Er freut sich sehr, daß wir gestern abend schon gute Freunde geworden sind.«

Sie zog Eva mit sich fort. Diese hätte sich kaum allein zurechtgefunden in dem weitläufigen Gebäude. Heute, im klaren Morgenlicht, sahen die Säle und Gänge ganz anders aus als gestern im flackernden Kerzenschein. Die Ahnenbilder schienen freundlich herabzulächeln auf diesen Woltersheimer Sproß, der eine Schauspielerin zur Mutter hatte.

Nun ging es die Treppe hinunter durch den hallenartigen Flur und wieder einen Gang entlang. Endlich blieb Jutta vor einer Eichentür stehen.

»So, Eva, jetzt wirst du gleich vor dem kritischen Tribunal stehen. Kopf hoch – Brust heraus! Mut ziert selbst den Mameluck.«

Eva hielt sie ängstlich fest, als sie die Tür öffnen wollte.

»Ach, bitte – warte noch einen Augenblick. Mir klopft das Herz. Ich fürchte mich.«

»Ach, du Hasenfuß – vor wem denn? Du findest doch nur Papa, Mama, Fritz und Silvie drinnen – ach so – nein: Silvies Vetter, Götz Herrenfelde, ist ja auch noch da. Er kommt manchmal zum Frühstück, wenn er gerade in der Nähe ist.«

»O Gott – noch ein fremder Mensch«, flüsterte Eva schreckensbleich.

»I wo – fremd? Der gehört quasi zur Familie. Außerdem ist er ein eingebildeter Kerl, der mich immer als Wickelkind behandelt. Für mich ist er Luft. Du mußt ihn ebenfalls ignorieren; dann bist du fertig mit ihm. Nun aber los! Sei vernünftig; es tut dir kein Mensch etwas zuleide. Dafür laß mich nur sorgen«, sagte Jutta und öffnete energisch die Tür. Sie zog die noch zögernde Eva mit sich ins Zimmer. Es war ein schöner, großer Raum mit herrlichen alten Möbeln. Um den großen Frühstückstisch in der Mitte saßen die Familienmitglieder. Evas Debüts Wegen nahm man heute trotz des schönen Wetters das Frühstück im Zimmer ein.

Alle Blicke waren auf Eva gerichtet, die mit niedergeschlagenen Augen, ein Bild hilfloser Verlegenheit, neben Jutta vor ihren Angehörigen stand. Sie spürte geradezu die prüfenden Blicke und umklammerte Juttas Hand so fest, daß diese sich nicht losmachen konnte. Einen Moment hob sie scheu den Blick. Da sah sie gerade in ein Paar kühl und spöttisch blickende Männeraugen hinein. Dieser Blick durchfuhr Eva mit schneidendem Schmerz. Sie hätte laut aufweinen mögen, so weh tat er ihr.

Herr von Woltersheim sah mit umwölkter Stirn, daß Silvie und ihre Mutter spöttische Bücke tauschten und daß auch Fritz etwas betroffen auf das schüchterne, linkische Mädchen in dem schlechtsitzenden Trauerkleid starrte. Dunkles Rot stieg ihm ins Gesicht. Gestern war ihm Evas Äußeres bei weitem nicht so unangenehm aufgefallen.

Er erhob sich schnell und trat an Evas Seite. Den Arm um sie legend, führte er sie nahe an den Tisch heran.

»Hier ist deine Mutter, Eva; dies ist deine Schwester Silvie. Und hier Fritz von Woltersheim, dein Vetter. Auch Götz von Herrenfelde gehört zu unserer Familie. Du bist unter lauter Verwandten und brauchst nicht ängstlich zu sein«, sagte er gütig.

Fritz war aufgesprungen, nachdem er seine Fassung wiedererlangt hatte, und reichte Eva herzlich die Hand.

»Willkommen daheim, Bäschen Eva. Ich hoffe, wir werden gute Freunde«, sagte er freundlich. Das arme Kind tat ihm leid.

Eva sah flüchtig zu ihm auf und errötete. Sie antwortete nicht; aber sie drückte seine Hand, weil sie fühlte, daß er es gut mit ihr meinte.

Silvie hatte bei dieser Begrüßung die Augenbrauen hochgezogen und legte nur auf eine stumme Aufforderung ihrer Mutter hin die Fingerspitzen in Evas Hand. Jutta quittierte mit einem wütenden Blick ihre kühle Begrüßung.

Frau von Woltersheim fühlte, daß sie jetzt die Initiative

ergreifen mußte. Sie zog Eva mit einem etwas gezwungenen Lächeln an ihre Seite.

»Willkommen in deinem Vaterhaus, mein liebes Kind. Es hat mir leid getan, daß ich dich nicht schon gestern abend begrüßen konnte. Aber wir kamen spät heim – da schliefst du schon längst. Nun komm, setz dich zu uns.«

Eva wußte nicht, daß sie nun eigentlich die dargebotene Hand der Stiefmutter hätte küssen müssen. Sie drückte sie nur krampfhaft und warf einen ängstlich flehenden Blick in das kühle Gesicht der vornehmen Dame. Der junge Herr Götz machte nur eine stumme Verbeugung vor Eva. Die sah sie aber gar nicht. Erst als sie auf ihrem Platz saß und im stillen wünschte, sich in ein Mauseloch verkriechen zu können, hob sie noch einmal den Blick. Und wieder traf sie mit dem spöttisch erstaunten Blick Götz Herrenfeldes zusammen. Die Erinnerung an diesen Blick war das einzige, was Eva von dieser Frühstücksstunde im Gedächtnis haften blieb.

Jutta versorgte Eva mit Tee und legte ihr allerhand gute Sachen auf den Teller. Eva wußte nicht, ob sie sich beim Essen richtig benahm. Scheu blickte sie zu den andern und folgte ihrem Beispiel, so gut sie konnte. Jutta gab sich Mühe, Eva zum Sprechen zu bringen. Es gelang ihr kaum. Erst als sie von Fritz unterstützt wurde, kam eine Art Unterhaltung zwischen den dreien zustande. Eva steuerte allerdings nur »Ja« und »Nein« bei.

Silvie und Götz wechselten spöttische Blicke. Wie eine lähmende Stumpfheit lag es auf der sonst so angeregt plaudernden Gesellschaft.

Frau von Woltersheim quälte sich zuweilen einige herzlich wirken sollende Worte für Eva ab. Ihr Mann saß mit verstimmter Miene da. Er ärgerte sich, daß Eva so ängstlich und scheu war. So war sie ihm auch früher entgegengetreten. Und doch wußte er nun, daß sie ganz anders sein konnte. Es tat ihm weh, daß sie sich so unvorteilhaft einführte.

Endlich war das Frühstück zu Ende. Jutta entführte Eva, um ihr das Haus, die Ställe und den Park zu zeigen. Draußen in der Halle blieb sie stehen.

»Warte einen Augenblick, Eva. Ich will erst Mademoiselle Bescheid sagen, daß ich heute keine Stunde nehme. Mama hat es erlaubt, dir zu Ehren.«

Sie lief davon. Eva stand mitten in der großen Halle und sah sich aufatmend, wie einer Gefahr entronnen, um. Aber da sah sie Silvie und Götz Herrenfelde das Frühstückszimmer verlassen und auf die Halle zukommen. Zu Tode erschrocken, verbarg sie sich hinter einer Säule. Um Himmels willen, nur nicht wieder diesen spöttischen Männeraugen begegnen! Götz und Silvie kamen dicht an ihr vorüber. Da hörte sie ganz deutlich, wie Götz sagte:

»Da habt ihr ja ein häßliches kleines Entlein als Familienzuwachs erhalten.«

Silvie seufzte.

»Gräßlich – einfach gräßlich!«

»Verbohrte Idee von deinem Stiefvater, diese Kleinstädterin ohne jede Vorbereitung in sein Haus zu verpflanzen. Er hätte sie doch erst ein Jahr in Pensionsdrill geben sollen.«

Silvie zuckte die Achseln.

Was sie antwortete, konnte Eva nicht verstehen. Sie stand wie gelähmt und starrte hinter den beiden her.

Häßliches kleines Entlein – das bin ich, dachte sie bedrückt und elend. Und sie wünschte, daß sie Götz Herrenfelde nie mehr begegnen müsse.

Dieser war inzwischen mit Silvie hinaus in den Garten gegangen. Silvie hatte geantwortet:

»Mama wollte ja Eva jetzt noch um keinen Preis in Woltersheim haben. Aber Papa ließ sich nicht belehren, daß sie hier fehl am Platze sei. Man muß sich ja schämen, wenn sie ein Mensch sieht. Ein Bauernmädel kann sich auch nicht tolpatschiger benehmen. Ich hatte immer Angst, sie würde das Messer zum Mund führen.«

Götz machte ein undefinierbares Gesicht. Seine scharfgeschnittenen Züge mit dem charakteristisch vorspringenden Kinn, der hohen Stirn und den tiefliegenden grauen Augen verrieten eine Bedeutung, die in seinem sonstigen Wesen nicht hervortrat. Er liebte es nicht, sein Inneres zu zeigen, vielleicht gerade weil er tief veranlagt war. Götz Herrenfelde war in eine schlimme Lage geraten, als er das Gut nach Silvies Vater übernahm. Seine besten Kräfte mußte er verzetteln, um sich durch allerlei widrige Miseren zu schlagen. Herrenfelde war total heruntergewirtschaftet und brachte kaum das Nötigste ein. Immer noch versuchte er mit zäher Ausdauer, sich gegen den Untergang zu stemmen. Aber um das eigentlich ertragsfähige Gut wieder emporzuwirtschaften, war Geld nötig. Und das hatte er nicht.

Frau von Woltersheim redete ihm schon seit langem zu, eine reiche Heirat zu machen. Götz hatte schon manches Herz im Sturm erobert; es würde ihm nicht schwerfallen, eine reiche Erbin zu erringen. Aber zu seinem Unglück war Götz Herrenfelde, trotz seines zur Schau getragenen oberflächlich spöttischen Wesens eine sensible Natur. Es widerstrebte ihm unsagbar, eine Frau zu umwerben, für die er nichts empfand. So leicht es ihm wurde, Frauenherzen zu besiegen, wenn er selbst Feuer fing, so schwer war es ihm, Gefühle zu heucheln, die er nicht empfand. Der wahre Kern seines Wesens war anständig und vornehm. In anderen Verhältnissen wäre er ein anderer Mensch gewesen. So aber krankte er an seiner eigenen Armut und der Unmöglichkeit, sich emporzuarbeiten. Er nahm sich selbst ernstlich vor, alle Empfindlichkeit beiseite zu lassen und sich nach einer reichen Frau umzusehen; denn nur so konnte ihm geholfen werden. Ernstlich redete er sich ein, einfach eine Frau zu nehmen, die über die nötige Mitgift verfügte. Seine Tante, Maria Herrenfelde, die in Berlin lebte, hatte ihn vorigen Winter zu sich eingeladen. Sie hatte ihn auch mit mehreren reichen Mädchen aus guter Familie bekannt gemacht. Aber im letzten Augenblick wurde Götz immer wieder fahnenflüchtig. Irgend etwas störte ihn immer an der Betreffenden, so daß er das entscheidende Wort nicht über die Lippen brachte.

Auch Frau von Woltersheim hielt Umschau für Götz unter den Töchtern des Landes. Bis jetzt hatte aber auch sie keinen Erfolg gehabt. Götz war eben Gefühlsaristokrat. – Während er jetzt mit Silvie durch den Park schritt, wurde sein Gesicht immer finsterer. Ein verbissener Trotz lag um das festgefügte Kinn. Silvie hing ebenfalls unerfreulichen Gedanken nach. Sie ärgerte sich über Fritz, der keinerlei Anstalten traf, um sie zu werben. Beide merkten nicht, daß sie sich mit Ausdauer anschwiegen. Sie kamen schließlich an den Weiher und setzten sich auf die Bank, auf der Jutta erfahren hatte, daß sie noch eine Schwester besaß.

Eva war inzwischen mit Jutta durch das ganze Haus, durch die Ställe und den Garten gegangen. Erstaunt hatte sie alles betrachtet. Eine fremde Welt tat sich vor ihren Blicken auf. Mit Jutta allein, wurde sie wieder lebhaft und gab unbefangen ihren Gedanken Ausdruck. Nur manchmal verstummte sie plötzlich und horchte in sich hinein.

»Du bist das häßliche kleine Entlein«, sagte sie sich dann mit einem seltsam wehen Gefühl.

Nun gingen die beiden Schwestern plaudernd durch den Park. Ach, wie herrlich war es hier. Eva sog mit tiefen Zügen die köstliche Luft ein.

Und da waren sie der Bank am Weiher nahe gekommen, ohne Götz und Silvie zu bemerken. Ganz plötzlich standen sie vor den beiden; Eva starrte blaß und erschrocken in ein finsteres Männergesicht hinein und in ein paar Augen, die zwar nicht mehr spöttisch blickten, dafür aber mit einem so grimmigen Trotz, daß sie bis ins tiefste Herz erschrak. Und noch etwas anderes lag in diesen Augen, etwas wie Schmerz und heißer Groll. Eva erzitterte unter diesem Blick und meinte, nun könne sie nie mehr von Herzen froh werden.

»Ach Gott – ihr sitzt ja hier beide wie in Stein gemeißelt«, tönte Juttas Stimme an ihr Ohr und rief sie in die Wirklichkeit zurück.

Sofort veränderte sich Götz Herrenfeldes Gesicht. Ein mokantes Lächeln umspielte seinen Mund.

»Du kannst wohl nicht begreifen, daß man freiwillig auf den Gebrauch der Sprechwerkzeuge verzichtet, Jutta?« fragte er in leicht spöttischem Ton.

Jutta bockte sofort.

»Ich rede, wenn es mir gefällt«, antwortete sie schnippisch.

»Und wir schweigen, wenn es uns gefällt«, antwortete er ruhig.

»Nun bitte – schweigt euch aus mit Inbrunst und Ausdauer. Viel Vergnügen! Komm, Eva, wir wollen dieses Schweigeduett nicht stören.«

Sie zog Eva mit sich fort. Diese hatte einen so erschrokkenen Blick in sein Gesicht geworfen, daß er lächeln mußte, als er ihnen nachsah.

»Die Kleine ist ein bedauernswertes Geschöpf«, sagte er halblaut.

»Wen meinst du, etwa Jutta?« fragte Silvie, die ihre Schwestern völlig unbeachtet gelassen hatte, erstaunt.

Er lachte.

»Bewahre. Jutta ist ein Prachtkerl; in der steckt Rasse. Die wird sich nie unterkriegen lassen. Aber die andere – Eva heißt sie ja wohl. Daß Gott erbarm! Die sieht einen an wie das Rotkäppchen den bösen Wolf. Vielleicht glaubt sie noch an so schreckliche Märchen. Sie sieht ganz danach aus.«

Eva und Jutta waren rasch weitergegangen. Als sie außer Hörweite waren, sagte Eva ängstlich:

»Jutta, wie konntest du nur so schroff sein gegen diesen Herrn?«

Jutta zuckte die Achseln.

»Ach – der faßt mich auch nicht gerade mit Samthandschuhen an. Und heute bin ich besonders ärgerlich auf ihn. Er hat sich mit Silvie heimlich über dich mokiert, vorhin im Frühstückszimmer; ich habe es wohl gemerkt.«

Eva preßte die Lippen zusammen. Wieder hörte sie Götz Herrenfeldes Worte »ein häßliches kleines Entlein«. Aber sie bezwang sich.

»Das sollst du ihm nicht übelnehmen, Jutta. Jedenfalls hätte ich nicht um die Welt gewagt, ihm so schroffe Worte ins Gesicht zu schleudern.«

Jutta sah mitleidig zu ihr empor.

»Ach, du armes Haserl, wie bist du furchtsam und ängstlich. Laß dir das um Himmels willen nicht anmerken, sonst geht es dir schlimm.«

Sie gingen eine Weile schweigend weiter. Dann sagte Eva zaghaft:

»Ich habe mich wohl schrecklich ungeschickt benommen vorhin beim Frühstück?«

Jutta umarmte sie lachend und küßte sie herzlich.

»Glanzvoll war dein Debüt nicht gerade, Eva, ich will dich nicht belügen. Aber daran war nur deine dumme Angst schuld. Hab nur ein bißchen Mut, dann geht es viel besser.«

Eva seufzte.

»Ich glaube, das Kleid war auch schuld daran. Seit du es mir gesagt hast, finde ich es so scheußlich, daß es mir wie Blei anhängt.«

Jutta nickte.

»Ich glaube, ich habe eine Dummheit gemacht, als ich dich auf die Schönheiten dieses Prachtgewandes aufmerksam machte. Nichts stärkt das Selbstbewußtsein mehr als die Gewißheit, daß man gut aussieht. Das weiß ich von mir selbst. Aber sei getrost; lange läßt dich Mama nicht in dem Sack herumlaufen, schon der Leute wegen.«

Jutta sollte recht behalten. Als die Schwestern nach Hause kamen, empfing sie Herr von Woltersheim in der großen Halle. Er belegte Eva sofort mit Beschlag und führte sie zu seiner Frau in deren Salon. Er hatte eine ernste Unterredung mit dieser gehabt.

Frau Helene war denn auch um ein gut Teil freundlicher und liebenswürdiger zu Eva. Sie zog sie neben sich auf den Diwan und fragte nach allerlei. Hauptsächlich interessierte sie sich für Evas Bildungsgang und war erstaunt, zu vernehmen, daß ihre Stieftochter nicht nur fließend Englisch und Französisch sprach, sondern auch sonst sehr gebildet war. In dieser Beziehung hatte es Tante Klarissa an nichts fehlen lassen. Und dann kam das Kleiderthema an die Reihe.

»Du mußt dich natürlich hier in Woltersheim anders kleiden, als du es bisher gewöhnt warst. Wir müssen Rücksicht auf deines Vaters gesellschaftliche Stellung nehmen«, sagte Frau Helene mit einem wirklich freundlichen Lächeln. »Ich werde gleich heute einige passende Kleider und Zubehör für dich bestellen. Da du Trauer hast, machen uns die Farben vorläufig keine Kopfschmerzen. Für die ersten Wochen genügen zwei bis drei schwarze leichte Kleider; später kannst du wohl auch etwas Weiß tragen, wenn es heißer wird. So ängstlich genau brauchen wir es nicht zu nehmen. Gesellschaften kannst du natürlich vor Ablauf des Trauerjahres nicht besuchen. Aber das ist ganz gut so. Du wirst dich inzwischen in aller Ruhe bei uns einleben und deine Scheu verlieren. Wirst auch noch manches lernen müssen, ehe wir dich fremden Menschen präsentieren können. So – und nun erzähle uns noch ein wenig von dir. Wie ist es mit Musik? Hast du irgendwelchen Unterricht gehabt?«

Eva hatte scheu neben ihr gesessen und zum Vater hinübergeblickt. Der nickte ihr ermutigend zu.

»Ich spiele Klavier und habe auch Gesangsstunden gehabt«, sagte sie leise.

»Ei, sieh da – das ist ja sehr nett. Aber sprich doch nicht so leise, Kind. Wie steht es mit Literatur? Hast du viel gelesen?«

»Sehr viel. Tante Klarissa liebte gute Bücher, und ich mußte ihr oft vorlesen.«

»Nun, das ist ganz erfreulich; alles übrige wirst du lernen, wenn du dir Mühe gibst.«

»Das will ich gern. Ich werde alles tun, was Sie von mir verlangen, gnädige Frau.«

Frau Helene lächelte.

»Vor allen Dingen sag nicht ›Sie‹ und ›gnädige Frau‹ zu mir. Ich bin jetzt deine Mutter, und du nennst mich wie Silvie und Jutta ›Mama.‹«

»O ja – verzeih; ich vergaß – Mama.«

Frau Helene nickte ihrem Mann zu.

»Du wirst wohl noch ein Weilchen mit Eva plaudern wollen, Rudolf. Sie kann dich auf dein Zimmer begleiten. Ihr werdet euch auch noch manches zu sagen haben. Und ich will gleich die Kostüme für Eva bestellen; sie muß rasch andere Kleider bekommen.«

Woltersheim erhob sich und küßte seiner Frau die Hand.

»Ich danke dir, Helene, daß du so gütig zu ihr bist«, flüsterte er ihr zu. Sie lächelte wohlgefällig.

»Ich bin doch kein Ungeheuer«, gab sie ebenso zurück.

Als aber dann ihr Mann mit Eva verschwunden war, seufzte sie tief auf, und ihre Stirn zog sich zusammen.

Entsetzlich – diese Manieren gehen mir auf die Nerven. Es wird viel Mühe kosten, dieses Mädchen gesellschaftsfähig zu machen. Wenn ich nicht Silvies wegen klein beigeben müßte, würde ich mir diesen Familienzuwachs energisch verbeten haben. Aber da Silvie in Woltersheim eine Heimat fand, kann ich Rudolfs eigene Tochter nicht abweisen.

So dachte sie verdrießlich. Dann schrieb sie wegen Evas Kleider und bestellte gleichzeitig einige Sachen für sich und Silvie. Ihr Mann hatte ihr eine hübsche Summe für Eva zur Verfügung gestellt. Davon wollte sie für sich und ihre Lieblingstochter einigermaßen profitieren.

Eva saß inzwischen drüben in ihres Vaters Zimmer behaglich in einem bequemen Lehnstuhl. Mit ihm allein fand sie schnell ihr unbefangenes Wesen wieder. Als dann Jutta noch dazukam, verlebten die drei ein köstliches Plauderstündchen. Eva wurde ganz lebhaft dabei. Nur tief im Herzen saß ihr ein Stachel, der sich immer wieder bemerkbar machte. Sie konnte nicht vergessen, daß sie ein »häßliches kleines Entlein« war.

Noch nie hatte es sie bekümmert, ob sie gut oder schlecht aussah, ob sie schön oder häßlich war. Jetzt bedrückte sie plötzlich die Gewißheit, häßlich zu sein. Sie bezweifelte keinen Augenblick, daß sie es war. Die kühl und spöttisch blickenden Männeraugen hatten ihr diese Überzeugung beigebracht.

Eva war noch nie mit jungen Männern in näheren Kontakt gekommen. Götz Herrenfelde und Fritz Woltersheim waren die ersten, die sie kennenlernte. Fritz machte auf sie wenig Eindruck, obwohl er sehr freundlich zu ihr war. Aber an Götz mußte sie immer denken mit einem Gemisch von Furcht und Scham und mit einem leise quälenden Schmerz.

6

Wenige Tage später trafen die bestellten Kleider für Eva ein. Das junge Mädchen war in dieser Zeit außer den Familienangehörigen niemand begegnet. Auch Götz Herrenfelde war noch nicht wieder in Woltersheim gewesen, zu Evas großer Beruhigung. Sie fürchtete sich geradezu, ihn wiederzusehen. Als die Kleider eintrafen, schickte Frau von Woltersheim ihre eigene Zofe zu Eva hinüber, damit diese die Kleider anprobierte und die junge Dame gleich für die Mittagstafel ankleidete.

Eva hatte in diesen Tagen allerhand Ungeschicklichkeiten begangen und war von ihrer Stiefmutter oft kritisiert worden. Die Dienerschaft tauschte natürlich ihren Klatsch über die so plötzlich aufgetauchte Tochter aus erster Ehe. Man nahm sie offensichtlich nicht für voll.

Die Zofe der Hausherrin, eine etwas anmaßende Person, verzog jedesmal spöttisch das Gesicht, wenn Eva in ihrem altmodischen Kleid an ihr vorüberging. Als sie nun mit den Kartons in Evas Zimmer trat und den Befehl der gnädigen Frau ausrichtete, geschah das in einem so schnippischen Ton, daß die junge Dame völlig eingeschüchtert war und nicht zu widersprechen wagte.

Stumm und betreten überließ sie sich Rosas geschickten Händen. Ein Kleid nach dem anderen wurde ihr übergezogen – und es paßte alles vortrefflich.

Es war sonderbar – sobald Eva in einem der neuen Kostüme vor Rosa stand, wurde diese etwas höflicher. Kleider machen eben Leute. Rosa fand plötzlich, daß die bisher mißachtete Tochter aus erster Ehe vornehmer aussehen konnte als Silvie und Jutta. Mit Erstaunen gewahrte das Zöfchen, welche wundervollen Formen sich unter dem häßlichen, schlechtsitzenden Kleid verborgen hatten. Ihr Interesse an Eva steigerte sich mit jedem Kleidungsstück. Hie und da änderte sie mit schnellem Griff eine Kleinigkeit, zog eine Falte straffer oder lockerte ein paar Stiche.

Eva betrachtete all die schönen Sachen mit fast ehrfürchtigem Staunen. Ein feines Rot stieg in ihre Wangen, wenn sie sich im Spiegel betrachtete. So unerfahren sie war – die

Gewißheit, in den neuen Kleidern sehr viel hübscher auszusehen, wurde ihr doch bewußt.

Und endlich war sie für das Diner fertig. Zierliche, feine Schuhe und seidene Strümpfe bekleideten die schmalen, schöngeformten Füße. Evas alte derbe Lederstiefel sahen sehr plump und häßlich dagegen aus.

Ein tadellos sitzendes schwarzes Kleid aus feinem, durchsichtigen Stoff mit reicher Garnierung von schwarzen Spitzen schmiegte sich an die schlanken und doch weichen Linien des jugendschönen Körpers. Eva wagte gar nicht daran zu glauben, daß sie die elegante junge Dame sei, die ihr aus dem Spiegel entgegensah. Rosa betrachtete sie mit zufriedenem Blick.

»So – nun können sich gnädiges Fräulein doch sehen lassen. Dieses häßliche Kleid hat gnädiges Fräulein furchtbar entstellt«, konstatierte sie mit Nachdruck.

Eva sah sie unsicher an.

»Ja – ich glaube, es war wirklich häßlich. Was machen wir nun damit?«

»Das verschenken gnädiges Fräulein auf der Stelle.«

»Meinen Sie, daß ich es verschenken darf? Es ist noch ganz neu.«

Die Zofe lächelte überlegen.

»Gnädiges Fräulein können es unmöglich mehr tragen. Die gnädige Frau würde es auch nicht dulden.«

»Aber vielleicht bei Regenwetter?«

Rosa schüttelte energisch den Kopf.

»Da tragen gnädiges Fräulein dieses neue Kostüm – das paßt für Regenwetter.«

»Nun, wenn Sie meinen, so verschenken Sie es bitte.«

»Die Schuhe legen wir auch dazu«, erklärte Rosa bestimmt und packte Kleid und Schuhe zu einem Bündel.

Das legte sie auf einen Stuhl, damit sie es dann mit hinausnehmen konnte. Noch einmal betrachtete sie Eva prüfend; dann sagte sie lächelnd:

»Jetzt müssen mir gnädiges Fräulein noch erlauben, daß ich Sie anders frisiere. So, wie gnädiges Fräulein das Haar tragen, ist es nicht kleidsam.«

Eva schüttelte zaghaft den Kopf.

»Es läßt sich nicht anders frisieren, Rosa.«

Rosa lächelte wieder überlegen und rückte einen Stuhl vor den Toilettentisch.

»Bitte, nehmen Sie Platz, gnädiges Fräulein; ich werde schnell damit fertig sein.«

Willenlos setzte sich Eva nieder. Rosa legte ihr einen weißen Mantel um.

»Es gibt Damen, die eine Million opfern würden, um solches Haar zu besitzen«, sagte sie. »Das ist doch ein wahrer Genuß; gnädiges Fräulein wissen wohl kaum, was für einen Schatz Sie daran besitzen.«

Lächelnd kämmte und bürstete sie das reiche, lockige Haar.

Einen Augenblick betrachtete sie prüfend Evas Kopfform im Spiegel. Dann begann sie ihr Werk. Mit geschicktem Griff ordnete sie den lockigen Scheitel, so daß sich das Haar weich und anmutig an die schöne Stirn schmiegte. Es sah entzückend aus, gerade weil die Frisur sehr einfach war und nur das Haar selbst in seiner ganzen Schönheit wirken ließ.

Als Rosa fertig war, nickte sie Eva wohlwollend im Spiegel zu.

»Nicht wahr, gnädiges Fräulein gefallen sich so auch besser?«

Eva nickte fassungslos.

»Wie geschickt Sie sind, Rosa. Ich habe mich immer so gequält mit meinem Haar. So sieht es freilich viel schöner aus.«

Rosas Wohlgefallen an Eva steigerte sich. Sie betrachtete dieselbe gewissermaßen als ihr Geschöpf, und als solches interessierte sie sich für die bisher kaum beachtete junge Dame.

»Gnädiges Fräulein können sich auch unmöglich selbst frisieren. Eine Modefrisur paßt auch nicht zu diesem Haar. Gnädiges Fräulein müssen ganz individuell das Haar tragen, so, wie es jetzt ist. Gnädiges Fräulein haben kein Dutzendgesicht, sondern sehr feine, aparte Züge. Wundervoll kommt das Haar jetzt zur Geltung. Die gnädigen Herrschaften werden staunen, wenn gnädiges Fräulein zu Tisch kommen.«

So plauderte Rosa, vergnügt über das gelungene Werk ihrer geschickten Hände. Und sie konnte auch sehr zufrieden sein. Aus dem uneleganten, steifen Mädchen war eine sehr schöne und vornehm aussehende junge Dame geworden. Eva fühlte sich selbst freier und ungezwungener, und ihre Bewegungen wurden anmutiger und graziöser. Sie hatte sehr wohl empfunden, wie lächerlich sie in ihrer neuen Umgebung wirkte mit dem häßlichen, plumpen Kleid. Ganz glücklich sah sie Rosa an.

»Sie haben mich wirklich sehr schön gemacht, Rosa. Aber ich fürchte, diese Frisur bringe ich nie zustande, selbst wenn ich mir noch so viel Mühe gebe.«

»Oh, selbstverständlich frisiere ich gnädiges Fräulein gern jeden Tag. Gnädige Frau werden es schon erlauben.«

Eva machte ein erschrockenes Gesicht.

»Nein, nein, ich darf Ihre Zeit nicht in Anspruch nehmen. Die gnädige Frau – ich meine Mama – braucht Sie gewiß selbst.«

»Gnädiges Fräulein dürfen ganz unbesorgt sein, ich brauche kaum zehn Minuten dazu. Ich werde selbst mit der gnädigen Frau darüber sprechen.«

Rosa wußte, daß ihre Worte etwas galten bei Frau von Woltersheim. Sie hatte inzwischen Evas neue Sachen in die Schränke geordnet und aufgeräumt. Nun trug sie die leeren Kartons und Evas alte Kleider hinaus.

Eva selbst eilte zu Jutta, die in der Bibliothek über einem Buch saß. Sie hielt ihr die Augen zu.

»Wer ist es, Jutta?«

»Oh – das ist nicht schwer zu erraten. Bist du schon fertig?«

»Ja, nun dreh dich um und sieh mich an.«

Jutta erhob sich, fiel aber sogleich wieder in den Sessel zurück vor Staunen.

»Eva, bist du das wirklich? Heilige Kümmernis – wo ist denn das häßliche Entlein geblieben? Ein Schwan bist du geworden, ein wunderschöner, stolzer Schwan. Jawohl – mein Vergleich hinkt nicht einmal, denn es gibt auch schwarze Schwäne. Eva, Herzensschwester – ich muß dich küssen.«

Sie sprang auf und umarmte die Schwester. Dann drehte sie sie ringsum und küßte sie wieder und wieder.

»Nein, wirklich, Eva. Du bist ja eine Schönheit! Gottlob, daß du das schreckliche Kleid nicht mehr trägst! Nun gib bloß acht, was Silvie für ein Gesicht macht, wenn sie dich sieht. Hab' ich's nicht gesagt: Kleider machen Leute.«

Eva wurde vor Freude ganz rot.

»Bin ich nun wirklich nicht mehr so häßlich, Jutta? Bitte, sag es mir ganz ehrlich.«

Jutta lachte.

»Du – auf Flunkereien laß ich mich nicht ein; das solltest

du schon wissen. Aber ich sage nun kein Wort mehr darüber, daß du reizend bist; sonst wirst du eitel. Und schließlich – wer weiß, ob du allen Leuten so gut gefällst. Die Geschmäcker sind verschieden.«

Evas Herz wurde wieder schwer. Sie dachte an Götz Herrenfelde. Es war ihr so wichtig, ob sie ihm auch in ihrem schönen neuen Kleid als ein häßliches kleines Entlein erschien. Ganz gewiß war sie nicht sein Geschmack – wohl auch jetzt nicht. Aber wenn er sie nur wenigstens nicht mehr mit seinem spöttischen Lächeln ansehen würde! Ach, überhaupt – am liebsten wollte sie ihn nicht wiedersehen!

Und doch interessierte es sie brennend, ob er bald wiederkäme. Sie hatte Jutta gefragt, ob er oft in Woltersheim sei. Darauf hatte diese geantwortet: »Manchmal kommt er wochenlang nicht, dann ist er wieder jeden Tag hier – gerade wie es ihm einfällt.«

Die Schwestern gingen nun in Juttas Zimmer. Jutta wollte sich ebenfalls besonders hübsch machen zum Diner.

»Weißt du – damit ich in Ehren neben dir bestehe, Eva. Aber sieh nur – wieder so ein abscheulicher Tintenfleck am Finger. Diese verdammte Schularbeit, sie kann einem das ganze Leben verleiden.«

Eva lachte.

»Aber Jutta, so schlimm ist es doch nicht.«

»Na, ich danke. Jetzt ochse ich seit zwei Stunden an so einer blödsinnigen Übersetzung. Ich werde einfach nicht damit fertig.«

»Soll ich dir helfen, Jutta? Wir können doch in Zukunft gemeinsam arbeiten.«

Jutta umarmte Eva.

»Oh du – das wäre famos. Ich kann dir sagen, dieses Französisch bringt mich sonst noch um. Weißt du, manchmal hilft mir Fritz; aber er kann auch nicht viel mehr als ich. Und dann sitzen wir meistens beide auf dem Trocknen. Sag mal, Eva, wie gefällt dir Fritz eigentlich?«

»Sehr, sehr gut«, erwiderte Eva herzlich.

Jutta fuhr aus der Waschschüssel empor und blickte Eva mißtrauisch an.

»Bist du etwa schon in ihn verliebt?«

Eva lachte.

»Ach nein. Weißt du, ich glaube, in einen Vetter kann man sich gar nicht verlieben. Der ist mehr so wie ein Bruder.«

Jutta schüttelte energisch das Wasser von den Händen.

»Pöh, ich glaube sogar, es geht ganz gut. Ich meine – na, sieh mich doch nicht so erstaunt an. Hast du denn noch nicht gemerkt, daß Silvie Fritz heiraten will?«

»Nein – ich habe nichts bemerkt.«

»Dann bist du schön dumm, Eva. Das merkt doch ein Blinder. Sie schaut sich ja bald die Augen aus dem Kopf nach ihm. Freilich nicht aus Liebe – nur weil sie Herrin von Woltersheim werden will. Du und ich, wir können dann mit Mama hinüber in das Witwenhäuschen ziehen und uns von Silvie über die Schulter ansehen lassen, wenn sie vorher nicht vor Hochmut platzt. Aber ich lasse es nicht zu, daß Fritz sie heiratet, daß du es weißt. Ich will es auf keinen Fall.«

Und plötzlich schossen ihr die Tränen aus den Augen, und sie warf sich an Evas Brust.

»Aber Jutta, liebe Jutta – wie kannst du nur so reden? Selbst wenn alles so wäre, wie du sagst, so müßtest du dich doch damit abfinden.«

»Nein, das tu' ich nicht. Ach Eva, liebe Eva – wir dürfen es nicht zulassen. Fritz rennt ja in sein Unglück, wenn er dieses kalte, hochmütige Geschöpf heiratet. Und unglücklich soll er nicht werden; er ist ja so gut – so gut. Er verdient einen Engel zur Frau.«

Eva sah betroffen in das zuckende junge Gesicht der Schwester, in ihre angstvollen Augen. Was war mit der sonst so resoluten Jutta geschehen?

»Aber Jutz, kleiner Jutz! Ich glaube, Fritz würde dich auslachen, wenn er deine Angst sähe. Daß er sich etwas aus Silvie macht, glaube ich nicht. Es scheint mir eher, als ginge er ihr aus dem Weg, wo er kann«, sagte sie tröstend.

Jutta trocknete hastig ihre Tränen und atmete erleichtert auf.

»Es wäre ja eine riesengroße Dummheit von ihm, sich einfangen zu lassen. Er hat es mir schon selbst gesagt, daß er sie nicht mag.«

»Da siehst du – du brauchst dir überhaupt keine Sorge zu machen.«

Jutta seufzte.

»Ach Gott – du kennst Silvie nicht. Wer weiß, was für Fallstricke sie ihm legt. Aber ich werde die Augen offenhalten, das sage ich dir.«

Eva küßte sie lächelnd.

»Nun mach dich aber schnell fertig, sonst kommen wir zu spät zu Tisch.«

Wenige Minuten später traten die Schwestern zusammen in das Speisezimmer. Man stand, auf sie wartend, hinter den hochlehnigen Sesseln. Wie bei Evas erstem Auftreten im Familienkreis richteten sich auch jetzt aller Augen auf sie. Diesmal jedoch mit einem ganz anderen Ausdruck. Der Schmetterling war aus der häßlichen Raupe gekrochen. Und so plötzlich und überraschend hatte sich diese Umwandlung vollzogen, daß sie niemand recht begreifen konnte.

Fritz' Lippen entfuhr ein leises: »Donnerwetter!« Er starrte Eva bewundernd an.

Silvie hörte es und sah seinen Blick. Und von diesem Augenblick an haßte sie Eva, über die sie sich bisher nur mokiert hatte. Sie erkannte mit neiderfülltem Herzen, daß sie neben dieser anmutigen Erscheinung verblassen mußte. Frau von Woltersheim nahm die Lorgnette vor die leicht kurzsichtigen Augen und betrachtete Eva mit sehr geteilten Empfindungen. Wohl hatte ihr die Zofe von Evas Umwandlung berichtet. Aber auf diesen Anblick war sie nicht gefaßt gewesen. Diese Eva entpuppte sich ja höchst überraschend zu einer Schönheit. Das war ihr fast unangenehmer als der wenig günstige Eindruck, den Eva zuerst gemacht hatte. Ihre eigenen Töchter würden schwerlich noch neben Eva zur Geltung kommen. Es war hohe Zeit, daß Silvie sich wenigstens verlobte, ehe Eva in die Gesellschaft eingeführt wurde. Wenn sich Fritz doch nur endlich für Silvie erklären wollte. Aber er schien nur noch Augen für seine neue Verwandte zu haben. Daß ihr dieses Mädchen gerade jetzt ins Haus schneien mußte! – Sie verbarg ihre Gefühle unter einigen lau anerkennenden Worten. Dafür aber strahlte Herr von Woltersheim über das ganze Gesicht und streichelte Eva zärtlich die Wange.

»Bist ja mit einem Mal eine reizende junge Dame geworden, Evchen. Nun küß Mama die Hand, daß sie dieses Wunder an dir vollbracht hat«, sagte er voll stolzer Freude.

Eva hatte inzwischen schon gelernt, die Hand zu küssen. Sie tat es mit einem dankbaren Blick, stotterte aber unter den kühlen, scharfen Augen der Stiefmutter verlegen einige Worte hervor. Dann stolperte sie über den Teppich, als sie sich zu ihrem Platz begab; und als sie Silvies höhnisches Lächeln bemerkte, faßte sie so hastig nach ihrer Serviette, daß sie Messer und Gabel mit herunterriß. Natürlich wollte sie sich selbst danach bücken, da sie sich an die ständige Bedienung nur schwer gewöhnen konnte. Aber ehe sie dazu kam, legte Fritz verstohlen mahnend die Hand auf ihren Arm. Da blieb sie steif und wie gelähmt sitzen und ließ den Diener das heruntergefallene Besteck aufheben. Ihr Gesicht brannte vor Verlegenheit; sie empfand selbst nur zu sehr ihre Ungeschicklichkeit.

Ihre Stiefmutter hatte scharf zu ihr hinübergesehen. Aber erst als der Diener sich entfernt hatte, sagte sie mahnend:

»Du mußt dir ruhige Bewegungen angewöhnen, Eva, und genau darauf achten, wie wir uns benehmen; damit du keinen Anlaß gibst, daß sich die Leute über dich mokieren.«

Nachdem sie ihren heimlichen Groll auf diese Weise ein wenig entladen hatte, fügte sie, ihres Mannes verfinstertes Gesicht bemerkend, liebenswürdig hinzu:

»Aber das wirst du schnell lernen. Es fehlt dir ja nicht an Vorbildern.«

Eva war aber wieder einmal ganz verzagt und hielt es für unmöglich, daß sie sich jemals so tadellos benehmen würde wie zum Beispiel Silvie.

Jutta und Fritz schlossen noch an demselben Tag ein heimliches Schutz- und Trutzbündnis, um Eva vor Entgleisungen zu bewahren und ihr das Einleben auf Woltersheim so leicht wie möglich zu machen.

Fritz mochte Eva sehr gern. Ihm und Jutta gegenüber gab sie sich auch ungezwungen, und bei ihnen machte sie nie einen Fehler. Nur unter Silvies und der Stiefmutter kühlkritischen Augen passierte ihr allerlei Malheur. Auch dem Vater gegenüber gab sie sich in anmutiger Ungezwungenheit; und ihre liebevoll zärtliche Art wärmte ihm das Herz. Schneller, als man hätte annehmen sollen, waren zwischen Vater und Tochter alle Hindernisse beseitigt. Woltersheim freute sich aber, der Sicherheit des Benehmens auch in Gegenwart der anderen. Ihre natürliche Anmut kam ihr bei solchen Gelegenheiten zu Hilfe.

Einige Regentage waren schuld daran, daß die Familienmitglieder mehr als bei schönem Wetter aufeinander angewiesen waren. Eva befand sich nun seit vierzehn Tagen in Woltersheim, und die schlimmste Zeit lag hinter ihr. Als man am Abend beisammen im großen Gartensalon saß und nicht recht wußte, was anfangen, schlug Jutta vor, man solle musizieren.

»Wir sind nämlich eine sehr musikalische Familie, Eva, das mußt du wissen. Von meinem Klavierspiel, das durchaus zu wünschen übrigläßt, will ich in stolzer Bescheidenheit schweigen. Aber Papa pfeift den »Hohenfriedberger« mit nur einem einzigen Fehler. Fritz spielt die neunte Symphonie von Beethoven mit einem Finger, was immerhin anerkennenswert ist, wenn er auch bei der Tochter aus Elysium jedesmal danebengreift. Der »Star« der Familie in musikalischer Beziehung ist jedoch Silvie. Sie spielt meisterhaft Klavier; ich bewundere sie in diesem einen Punkt neidlos.«

Alle lachten über Juttas Worte.

»Silvie, jetzt mußt du uns einen Liszt oder Chopin spielen«, bat Herr von Woltersheim. »Sonst denkt Eva, deine Leistungen sind mit den unsrigen vergleichbar.«

Silvie hätte am liebsten gesagt, daß es ihr egal wäre, was Eva dächte. Aber sie bezwang sich und sagte lässig:

»Verzeih, Papa; aber ich fühle mich heute nicht in Stimmung. Und da spiele ich nicht; dazu nehme ich die Musik zu ernst.«

Silvie tat sich etwas auf ihre musikalischen Leistungen zugute und war sehr stolz darauf.

»Schade! Ich hätte so gern wieder einmal gute Musik gehört. Gerade heute bei dem Regenwetter hätte es uns gutgetan«, antwortete der Hausherr.

Jutta ärgerte sich, daß Silvie auch daraufhin nur die Achseln zuckte.

»Na weißte, wenn du einmal zur Erheiterung der Familie beitragen könntest, solltest du dir die Gelegenheit nicht entgehen lassen«, sagte sie erbost. Und zu ihrem Vater gewandt, fuhr sie fort: »Soll ich dir etwas vorspielen, Papa?«

Woltersheim winkte lächelnd ab.

»Nein, nein – du vergallopierst dich zu oft. Dafür danke ich heute. Silvie hat uns in dieser Beziehung etwas verwöhnt. Du mußt also auf die Bekanntschaft mit unserem musikalischen Star heute noch verzichten, Eva. Aber da fällt mir ein – du hast ja selbst im Klavierspiel und Gesang Unterricht gehabt. Du könntest uns ja mal eine kleine Probe deines Könnens geben.«

Eva sah ihren Vater ein wenig verlegen an.

»Gern, Papa – wenn Silvie nicht spielen will und ihr ein wenig Nachsicht mit mir habt. Ich habe noch nie vor so vielen Zuhörern gespielt – immer nur vor Tante Klarissa und meinem Lehrer.«

»Nun, versuch's einmal; wir sind keine strengen Kritiker, nicht wahr, Helene?« sagte Woltersheim, Eva ermutigend zunickend. Frau Helene nickte gnädig. Sicher würde ihr kein Ohrenschmaus geboten werden. Aber um so heller würde dann Silvies Ruhm strahlen. Eva würde so eine Art Kleinmädchenmusik mit schülerhaftem Anschlag zum besten geben. So glaubte sie.

»Spiele nur, Kind; wir sind ja unter uns«, sagte sie lächelnd. Fritz sprang auf und führte Eva mit Grandezza zum Flügel.

»Keine Angst, Eva. Wenn's nicht klappt, werfe ich einen Stuhl um; dann merkt es keiner«, sagte er leise.

Eva lächelte dankbar.

»Es wird schon klappen, Fritz«, antwortete sie ruhig.

Silvie beobachtete die beiden argwöhnisch und blickte ihre Mutter an, als wollte sie sagen: Was hat er ihr seinen Arm anzubieten? Die Mutter antwortete ihr mit einem Blick, der sagen wollte: Es ist ja nur ein harmloser Scherz.

Eva suchte am Flügel einige Noten heraus. Fritz ging auf seinen Platz zurück. Jutta setzte sich neben ihn.

»Du, wenn Eva jetzt besser spielt als Silvie, dann freue ich mich kaputt«, flüsterte sie ihm zu.

»Schweig still, Jutz; hier wird nur zugehört«, antwortete er, ihr einen kleinen Nasenstüber versetzend. Sie kniff ihn als Revanche ins Ohrläppchen.

»Vorläufig gibt es noch nichts zu hören. Aber jetzt – gib acht –, ich bin gespannt wie'n Regenschirm.«

Eva hatte sich an den Flügel gesetzt und begann leise und unsicher das Vorspiel.

Silvie wechselte einen spöttischen Blick mit ihrer Mutter.

Aber da hatte Eva schon ihre Befangenheit überwunden. Sie vergaß ganz, daß sie nicht wie sonst nur Tante Klarissa als Zuhörer hatte. Die Lust an der Musik riß sie fort. Sie freute sich an dem vollen reinen Klang des hervorragenden Instruments. Die Töne perlten flüssig und sicher unter ihren schlanken Händen hervor und reihten sich in edler Schönheit aneinander.

Eva vergaß alles um sich herum. Ihre Seele redete in Tönen; und es war eine herrliche, wundersame Sprache.

Silvie erhob lauschend den Kopf. Ihr Gesicht erblaßte jäh.

Silvie wird grün vor Neid, dachte Jutta triumphierend.

Auch die anderen lauschten wie gebannt dem seelenvollen, lebendigen Spiel des Mädchens. Woltersheim sah zu Eva hinüber, als fasse er nicht, was er zu hören bekam. Gegen diese Leistung war Silvies Spiel seelenloses, dilettantisches Geklimper. Es brauste und sang, schluchzte und jubilierte unter den beseelten Mädchenhänden. Und das feingeschnittene Gesicht Evas hatte plötzlich einen ganz anderen Ausdruck bekommen. Es spiegelte alle Empfindungen der Seele wider. Das war nicht mehr das schüchterne, unbeholfene Mädchen, das jeder kritische Blick außer Fassung brachte. Hier saß eine begnadete Künstlerin, die aus dem Reichtum ihrer Seele köstliche Perlen austeilte mit verschwenderischer Hand.

Fritz und Jutta saßen atemlos. Ihre Hände hielten sich umfaßt. Jutta dachte nicht mehr an Silvie. Alles Kleinliche fiel von ihr ab unter den herrlichen Klängen.

Als Eva das erste Stück zu Ende gespielt hatte, blieb alles stumm. Niemand rührte sich. Man stand noch ganz unter dem Eindruck einer künstlerischen Offenbarung. Selbst Silvie war wie gebannt, wenn auch der Neid an ihrem Herzen nagte. Eva achtete nicht auf ihre Umgebung. Sie hatte keine Ahnung, welchen Eindruck ihr Spiel gemacht hatte.

Still legte sie ein neues Notenblatt auf. Und nun klangen die leidenschaftlichen Töne einer Lisztschen Rhapsodie unter ihren Händen hervor, mit einem Feuer und einer

Kraft des Ausdrucks, daß ihre Zuhörer kaum zu atmen wagten.

Als das Stück zu Ende war, ließ Eva die Hände sinken und sah sich, wie aus einem Traum erwachend, um. Ihr Vater schloß sie stumm in die Arme. Seine Augen waren feucht. Auch Jutta fiel Eva um den Hals.

»Eva, das war wunder-, wunderschön.«

Fritz küßte ihr stumm die Hand.

Eva war ganz verlegen und wußte nicht, was sie Großes vollbracht haben sollte.

Frau von Woltersheim raffte sich zu einigen anerkennenden Worten auf. Mit etwas säuerlichem Lächeln blickte sie zu Eva hinüber.

»Kind, du bist ja eine richtige kleine Künstlerin. Du mußt einen vorzüglichen Lehrer gehabt haben.«

Eva lächelte verwirrt.

»Ach, es ging noch nicht so gut heute, als es hätte sein sollen. Am Anfang hab' ich einige Male danebengegriffen. Ich muß mich erst an Zuhörer gewöhnen.«

Herr von Woltersheim hatte seine Erregung niedergezwungen. In dieser Stunde hatte er erst ganz begriffen, wie sehr er sich an Eva versündigt hatte. Zu sprechen vermochte er immer noch nicht, aber er streichelte Evas Hände. Seine Frau sah mit stillem Grimm, daß er Eva mit stolzem Blick betrachtete. Sie ahnte, daß diese einen großen Sieg errungen hatte, und fühlte, daß man sie nicht mehr mit einem spöttischen Achselzucken abtun konnte nach dieser hervorragenden Leistung.

Silvie brachte es nicht über sich, Eva ein anerkennendes Wort zu sagen. Bisher hatte sie sich so viel darauf zugute getan, eine vorzügliche Klavierspielerin zu sein. Im Haus und in der Gesellschaft hatte man ihr Komplimente gemacht wegen ihres Spiels. Jetzt, das wußte sie, würde sie vollständig in den Schatten gestellt werden – durch diese Kleinstädterin mit den schlechten Manieren.

Jutta hing sich an Evas Hals.

»Du mußt noch etwas spielen, Eva; es war zu schön.«

»Du kannst doch auch singen, Eva?« fragte Herr von Woltersheim.

»Ja, Papa, ein wenig.«

»Nun, über dies ›ein wenig‹ möchten wir uns selbst ein Urteil bilden, mein Kind. Wenn du nur halb so gut singst, wie du spielst, dann wirst du uns einen neuen großen Genuß bereiten.«

Eva sah ihn strahlend an.

»Ich bin so froh, daß dir mein Spiel gefällt. Was soll ich singen?«

»Was du willst.«

Eva fand nichts unter Silvies Noten.

»Ich will meine eigenen Noten holen. Lieder finde ich nicht hierunter.«

»Richtig, Silvie singt nicht. So geh und hole deine Lieder.«

Als Eva verschwunden war, blieb es ganz still im Saal. Endlich aber holte Jutta tief Atem und sagte:

»Wenn Eva erst in Gesellschaft spielt, wird sie sehr bewundert werden. Habt ihr gesehen, wie schön sie aussah, als sie spielte?«

»Ich habe es bemerkt, Jutz. Sie sah so erhaben aus, daß man meinte, es sei nicht dieselbe Eva, die man zuvor gekannt hat«, antwortete Fritz enthusiastisch.

Jutta nickte strahlend. Aber die anderen sagten kein Wort. Silvie und ihre Mutter würgte der Ärger, und Herrn von Woltersheim war das Herz voll und schwer.

Eva kam schnell mit ihren Noten zurück und setzte sich wieder an den Flügel. Wahllos griff sie zum ersten Lied, es war Schumanns »Die linden Lüfte sind erwacht«.

Ihr schöner, weicher Mezzosopran war nicht sehr kräftig, aber von bestrickender Süßigkeit. Er füllte den Raum mit herzbewegendem Wohlklang. Wieder lauschten ihre Zuhörer atemlos, wieder zwang sie alle in ihren Bann. Als sie geendet hatte, wollte jeder sein Lieblingslied von ihr hören. Sogar Frau von Woltersheim vergaß ihren Groll und verlangte ein Lied von Brahms. Herr von Woltersheim bat um den »Wanderer« von Schubert, Jutta bettelte um »Das Veilchen« von Mozart, und Fritz mußte sie das »Heideröslein« von Schubert singen. Dabei schaute er Jutta mit einem sonderbaren Blick in das glühende Gesicht.

Alle waren in angeregter Stimmung. Die Herzen öffneten sich unter den holden Klängen. Ehrliches Entzücken lag in aller Augen. Und als Eva endlich für heute Schluß machte, sagte Frau von Woltersheim lebhafter, als es sonst ihre Art war:

»Das war wirklich eine erhebende Stunde, liebes Kind.«

»Ach Eva, wie herrlich hast du gespielt und gesungen«, meinte Jutta. »Verglichen mit dir, ist Silvie eine Dilettantin, obwohl wir bisher glaubten, sie leiste Hervorragendes.«

Diesmal beabsichtigte Jutta wirklich nicht, Silvie zu kränken. Sie traf nur eine Feststellung, die der Wirklichkeit entsprach. Trotzdem versetzte ihr Silvie heimlich einen wütenden Rippenstoß, als sie ihr zufällig nahe kam.

»Au!« schrie Jutta laut und sah Silvie empört an.

»Sieh dich vor; du hast dich gestoßen«, sagte Silvie ärgerlich.

»Pöh – an deinen spitzen Ellbogen«, antwortete Jutta ruppig.

Sie wurde zur Strafe von ihrer Mutter zu Bett geschickt.

»Wie ein Baby«, maulte sie.

»Ja, wie ein sehr unartiges«, betonte ihre Mutter.

»Jutz, morgen frühstücken wir wieder zusammen mit Eva und Papa, wenn du zeitig genug wach bist«, flüsterte ihr Fritz zu.

»Natürlich, bis dahin hab' ich zehnmal ausgeschlafen«, antwortete sie leise und gab den Druck seiner Hand kräftig zurück.

Dann küßte sie Eva.

»Gute Nacht, Eva, es war sehr schön heute abend. Du mußt oft spielen und singen«, sagte sie laut; und leise fügte sie hinzu: »Du kommst doch noch an mein Bett?«

Eva nickte bejahend.

Woltersheim strich seiner Jüngsten heimlich über den Kopf, als sie ihm »Gute Nacht« sagte. Von ihrer Mutter und Silvie wurde sie in Ungnade entlassen und trottete betrübt und wütend von dannen.

Eigentlich hätte nach ihrer Ansicht Silvie ins Bett geschickt werden müssen. Aber so war es immer. Silvie provozierte sie; und wenn sie dann bockte, wurde sie dafür bestraft. Es ging nach ihrer Meinung sehr ungerecht zu auf der Welt.

7

Schneller, als alle erwartet hatten, war Eva in die neuen Verhältnisse hineingewachsen. Ihre natürliche Grazie half ihr bald alle Ungeschicklichkeiten besiegen. Aufmerksam beobachtete Eva ihre Stiefmutter, Silvie und Jutta und merkte sich, wie sie sich bewegten, wie sie die vielen ihr unbekannten Gegenstände gebrauchten. Und sie ahmte ihren Vorbildern nach. Noch waren keine vier Wochen vergangen, da wußte sie sich schon so zu benehmen, daß sie nicht mehr auffiel. Das Personal mokierte sich nicht mehr über sie; und die Zofe Rosa behandelte sie mit entschiedener Hochachtung, seit sie die junge Dame hatte singen hören.

»Die Neue ist vornehmer als die anderen zusammen«, sagte sie zu ihrem Intimus, dem Kammerdiener des gnädigen Herrn.

So hatte Eva die böseste Zeit hinter sich und gewann langsam einiges Selbstvertrauen. Freilich, sobald fremde Menschen zugegen waren – es kamen oft Nachbarn zu Besuch –, befiel sie noch immer die frühere beklemmende Scheu. Sie wagte kaum zu sprechen und sich zu bewegen und hielt die Augen gesenkt. So kam es, daß man sie für ein wenig beschränkt hielt.

Ihre Angehörigen kannten sie aber jetzt besser. Ihr Vater, Jutta und Fritz stärkten ihr Selbstvertrauen, wo sie nur konnten.

Götz Herrenfelde war inzwischen nur einmal zu einem kurzen Besuch in Woltersheim gewesen, doch da war Eva gerade mit Jutta im Dorf gewesen beim Pastor, um diesem einen Besuch zu machen. So hatte er Eva seit jenem ersten Morgen nicht wiedergesehen. Seinem Gedächtnis war das

»häßliche kleine Entlein« längst entschwunden. Er hatte andere gewichtigere Gedanken in seinem Kopf zu wälzen, denn seine Lage wurde von Tag zu Tag schwieriger.

Herr von Woltersheim lebte ein anderes Leben, seit Eva in Woltersheim war. Wie kalt und liebeleer es bisher gewesen war, merkte er erst jetzt, da ein weiches, zärtliches Mädchenherz ihm Liebe und Innigkeit entgegenbrachte. Durch Eva wurde auch Jutta ihm gegenüber herzlicher. Sie schämte sich nicht mehr ihrer Weichheit, die sie früher hinter ihrem burschikosen Wesen zu verbergen suchte, und ließ zuweilen ihre wahre Natur durchblicken. Woltersheim führte jetzt mit seinen beiden Töchtern ein Leben, von dem Silvie und seine Frau ausgeschlossen blieben.

Wenn Eva ihm ihre Lieder vorsang, dann saß er mit geschlossenen Augen und träumte von längst vergangenen Zeiten, da er noch jung war und Ideale hatte. Das Herz wurde ihm warm und weit. Und auch an Evas Mutter dachte er mit milderen Gefühlen. Einmal hatte er sie doch geliebt über alles, und kurze Zeit hatte sie ihm ein überschwengliches Glück geschenkt. War es auch halb verflogen – verjagt durch Not und Sorge, durch des Lebens Bitterkeiten –, einmal hatte er es doch besessen. Und die Erinnerung daran wurde nun wieder wachgerufen durch ihr Kind, durch seine holde, liebevolle Tochter.

Er nahm jetzt immer mit Eva, Jutta und Fritz das erste Frühstück ein. Das waren köstliche Stunden. Unausgesprochen fühlten sich diese vier Menschen von einem heimlichen Zwang befreit, wenn Silvie und ihre Mutter nicht zugegen waren. In diesen frühen Morgenstunden, wenn die anderen beiden Damen noch schliefen, ging es sehr heiter und herzlich zu. Fritz und Jutta standen zwar auch dann auf Kriegsfuß und suchten sich gegenseitig zu necken und zu erziehen; aber Eva und der Vater wußten ganz genau, wie diese Fehden zu bewerten waren. Eva konnte darüber oft so frisch und herzlich lachen, daß die andern ihre Freude daran hatten. Es war ein so herzliches, goldiges Lachen, wie es nur aus einer reichen Seele quillt.

Nach dem Frühstück ritten die beiden Herren meist auf die Felder oder hatten andere Geschäfte zu erledigen. Jutta mußte zu Mademoiselle in die Stunde, und Eva benutzte die Zeit bis zum zweiten Frühstück gewöhnlich zu einem Waldspaziergang. Sie liebte diese einsamen Gänge in dem herrlichen Buchenwald über alles. Dieses freie Herumstreifen in Gottes schöner Natur war für sie etwas ungewohnt Neues und Reizvolles. Bisher war sie ja nie aus den engen Kleinstadtstraßen hinausgekommen und hatte Wald und Feld nur von weitem gesehen.

Ganze Arme voll Blumen schleppte sie nach Hause und schmückte ihr und Juttas Zimmer. Auch dem Vater stellte sie jeden Tag ein frisches Sträußchen auf den Schreibtisch und war glücklich, wenn er es bemerkte und ihr dankte.

So schritt sie auch an einem wundervollen Augustmorgen durch den Wald. Leise vor sich hinsummend, ging sie weiter und weiter. Zuweilen breitete sie die Arme aus in hellem Entzücken an Gottes schöner Welt. Sie war jetzt so glücklich in Woltersheim, nachdem sie die erste Angst überwunden hatte. Wußte sie doch, daß des Vaters und der Schwester Herz ihr innig zugetan waren. Und Fritz war ihr ein lieber Freund und Kamerad geworden. So reich war ihr Leben mit einem Mal, so sonnig und schön. Selbst Silvies kleine Gehässigkeiten und das kühle Wesen der Stiefmutter vermochten ihre Daseinsfreude nicht lange zu trüben. Sie hatte sogar fast vergessen, daß sie ein spöttischer Männermund ein »häßliches kleines Entlein« genannt hatte. Aber nur fast. Ein wenig brannte das Wort noch immer in ihrem Herzen, und zuweilen stieg noch die Angst heiß in ihr empor vor seinen kühlen Augen. Sie nahm sich dann jedesmal vor, ihm auszuweichen, wenn er nach Woltersheim käme.

Jetzt pflückte sie Blumen und setzte sich dann, müde geworden, auf den Stamm eines gefällten Baumes. Mit flinken Fingern begann sie, nachdem sie den Hut abgenommen, einen Kranz für Jutta zu binden. Jutta freute sich immer, wenn sie zu Tisch einen dieser blühenden Kränze als Schmuck tragen konnte; denn Fritz hatte zu ihr gesagt, als sie das erste Mal einen trug:

»Jutz, du siehst aus wie eine Waldkönigin. Mädchen – du wirst ja alle Tage hübscher.«

Jutta hatte zwar prompt im ruppigsten Ton erwidert:

»Rede doch nicht solchen Blödsinn.« Aber dabei war sie vor Vergnügen dunkelrot geworden. Sie hatte sich nachher lange im Spiegel betrachtet, sehr aufmerksam und genau. Dann aber hatte sie, sich selbst verhöhnend, greuliche Fratzen geschnitten, bis ihr vor Übermut Hören und Sehen vergangen war. Evas Kränze trug sie jedoch seit jenem Tag mit Vorliebe.

Leise vor sich hinsummend, saß Eva auf dem Baumstamm und wand Blume um Blume für Juttas Kranz. Sie war so vertieft in ihre Arbeit, daß sie nicht bemerkte, wie ein Reiter sich im Schritt auf dem breiten Waldweg ihrem Platz näherte. Die Hufe seines Pferdes versanken lautlos in dem weichen Waldboden. Es war Götz Herrenfelde. Wenige Schritte von Eva entfernt, hielt er plötzlich sein Pferd an und sah erstaunt auf das liebliche Bild, das sich ihm bot. Und dann breitete sich ein ungläubiger Ausdruck über sein schmales, gebräuntes Gesicht. Er rückte seine schlanke, kräftige Gestalt hastig empor und schüttelte den Kopf. Das konnte doch unmöglich »das häßliche kleine Entlein« aus Woltersheim sein?!

Und dennoch – es war kein Irrtum möglich. Wie seltsam sie sich verändert hatte. Wie lieb und anmutig sie hier vor ihm saß. Eva hätte sich allerdings auch mit dem größten Raffinement nicht günstiger präsentieren können als in der zwanglos graziösen Haltung, Blumen auf dem Schoß und in den schlanken weißen Händen – bunte Blumen, die den etwas düsteren Eindruck des schwarzen Kleides belebten. Eine Weile betrachtete Götz die Kranzbinderin mit sichtlichem Wohlgefallen. Sein lebhafter Schönheitssinn fand innige Befriedigung bei diesem Anblick. Es war ein sehr stimmungsvolles Bild. Die Sonne warf goldigen Schimmer auf das reiche, von Rosas kundiger Hand geordnete Haar. Wie hatte er damals dieses Haar übersehen können! War denn dieses Mädchen von einem Zauberstab berührt worden, oder war er blind gewesen? Ob die Kleine wohl wußte, welch herrlichen Schmuck sie in diesem Haar besaß?

Überhaupt – das junge Mädchen schien in Woltersheim schnell den Begriff von Eleganz gelernt zu haben. Tante Helene, so nannte er Frau von Woltersheim trotz der entfernten Verwandtschaft, mußte eine vorzügliche Lehrmeisterin sein. Das Kostüm, welches die junge Dame trug, war nicht nur elegant, es brachte auch die schlanke, ebenmäßige Gestalt der Trägerin vorzüglich zur Geltung.

So sehr läßt man sich nun in seinem Urteil über eine Frau von der Kleiderfrage beeinflussen. Heute würde es mir nicht mehr im Traum einfallen, diese junge Dame ein »häßliches Entlein« zu nennen. Nun wollen wir uns doch mal ihre Augen und das Gesicht genauer betrachten, vielleicht erleben wir dann ähnliche Überraschungen und genießen einen erfreulichen Anblick.

So dachte er lächelnd und räusperte sich vernehmlich, noch einige Schritte näher reitend.

Eva blickte erschrocken auf, gerade in Götz Herrenfeldes Augen hinein, in diese Augen, die sie fürchtete wie nichts auf der Welt.

Einen Augenblick saß sie wie gelähmt und starrte entsetzt zu ihm auf. Das weiche, junge Gesicht verriet alle Empfindungen ihrer Seele. Röte und Blässe wechselten in jäher Folge. Sie ahnte nicht, wie entzückend sie aussah in ihrer bangen Hilflosigkeit.

»Guten Morgen, mein gnädiges Fräulein!« rief Götz lachend vom Pferd herunter und zog die Mütze, die er weit aus der Stirn geschoben hatte.

Mit diesen Worten kam Leben in Evas Gestalt. Sie sprang auf. Blumen und Hut fielen achtlos zur Erde Ehe er wußte, was sie vorhatte, war sie schon mit schnellen Schritten quer durch den Wald davongerannt – in kopfloser Flucht, ohne sich noch einmal umzusehen.

Er blickte ihr betroffen nach.

»Was fällt ihr denn ein? Hat sie mich für ein Gespenst gehalten? Ich muß sie wohl erschreckt haben«, murmelte er erstaunt und blickte ihr kopfschüttelnd nach.

»Da läuft sie, was sie laufen kann! So ein Hasenfuß! Hut und Blumen läßt sie im Stich – als ob ich sie beißen wollte.«

Eva war zwischen den Bäumen verschwunden. Er sah auf den Hut und die Blumen herab.

»Wenn sie diese Zeichen nicht zurückgelassen hätte, könnte man glauben, eine neckische Waldfee habe mich genarrt.«

Er stieg vom Pferd und hob den Hut auf. Mit kritischen Blicken betrachtete er ihn.

»Einfach, wie er zu einer Waldpromenade gehört, aber

schick, zweifellos schick und modern. Nehmen wir ihn mit nach Woltersheim hinüber. Und die Blumen? Nun, die können wir in den Hut legen – dieses hübsche Kränzchen jedenfalls. Beim Frühstück in Woltersheim will ich mir dann dieses rätselhafte, entschwundene Wesen ein wenig genauer betrachten. Mir scheint, es lohnt sich.«

Während diese Gedanken durch seinen Kopf gingen, hatte er den Hut mit den Blumen gefüllt und am Sattel befestigt. Nun stieg er wieder zu Pferd und ritt weiter.

Als er aus dem Wald kam, sah er Eva noch immer in großer Eile vor sich über die Wiesen zum Schloß laufen. Es blitzte in seinen Augen auf. Er gab seinem Pferd die Sporen. In wenigen Minuten hatte er sie erreicht. Noch einige Sätze weit jagte er an ihr vorbei. Dann sprang er ab und blieb neben dem Pferd, Eva erwartend, stehen. Sie hatte den Schritt verhalten und blieb nun, ein Bild grenzenloser Verlegenheit, vor ihm stehen. Ihr Blick suchte offensichtlich an ihm vorbei nach einem Ausweg.

Sein Pferd am Zügel führend, trat er zu ihr heran.

»Mein gnädiges Fräulein, ich muß tausendmal um Verzeihung bitten, daß ich Sie durch mein plötzliches Erscheinen erschreckt habe. Ich weiß nicht, ob Sie mich wiedererkennen. Eigentlich sind wir ja verwandt; und wenn ich sehr kühn sein wollte, dürfte ich das Vorrecht, Sie Kusine zu nennen, in Anspruch nehmen. Aber ich will Sie doch lieber erst um Erlaubnis bitten.«

Eva sah mit schnellem, scheuem Blick in sein Gesicht. Es sah dieses Mal weder spöttisch noch mißbilligend aus wie zuletzt. Im Gegenteil, ein gutes, beruhigendes Lächeln lag darauf. Sie preßte die Handflächen zusammen und atmete tief, wie von einer großen Angst befreit. Schon unterwegs hatte sie sich Vorwürfe gemacht wegen ihrer kopflosen

Flucht. Was mußte er von ihr denken? Würde er nicht wieder über sie spotten?

Noch einmal sah sie flüchtig und doch forschend zu ihm auf. Sein Gesicht war jetzt wieder ernst; und nun trat auch der sorgenvolle Zug, den sie neulich am Weiher bei ihm bemerkt hatte, wieder hervor. Aber Spott und Hohn fand sie nicht in seinen Zügen.

Sie schluckte einige Male krampfhaft und strich mit einer lieblich hilflosen Gebärde das Haar aus der Stirn. Allen Mut nahm sie zusammen und zwang ein schwaches Lächeln in ihr Gesicht. Er wartete ruhig auf ihre Antwort. Endlich vermochte sie zu sprechen.

»Ich bin wirklich sehr erschrocken! Ich glaubte ganz allein zu sein im Wald; und plötzlich sah ich das Pferd vor mir. Ja – das Pferd –, ich bin ein wenig ängstlich. Natürlich habe ich mich vor dem Pferd erschreckt!«

Sie atmete wie erlöst auf, daß ihr diese Ausrede einfiel. Da sie ihn nicht ansah, bemerkte sie nicht, daß ein Lächeln um seinen Mund huschte und seine Augen sie mit großem Wohlgefallen betrachteten.

»Dacht' ich's doch – natürlich, das Pferd hat Sie erschreckt. Ich bin sehr froh, daß nicht ich es war, der Sie in die Flucht geschlagen hat. Aber wie ist es mit der Erlaubnis, Sie als Kusine betrachten zu dürfen? Gestatten Sie es mir? Jutta und Silvie nenne ich auch beim Vornamen.«

Sie errötete.

»Ich habe nichts einzuwenden, Herr Götz.«

»Oh – dann bin ich aber kein Herr, sondern Vetter Götz, liebe Eva. Und damit ich mich gleich als guter Vetter einführe – hier habe ich Ihnen Ihren Hut und Ihre Blumen mitgebracht, die Sie in der Eile vergessen haben.«

Er löste den mit Blumen gefüllten Hut vom Sattel und

überreichte ihn ihr. Sie nahm ihn mit zitternden Händen, stammelte einige Worte des Dankes und wollte schnell an ihm vorübergehen.

Er stellte sich ihr jedoch in den Weg.

»Wollen Sie den Hut nicht erst wieder aufsetzen, Eva? Ich halte Ihnen die Blumen so lange. Und dann gestatten Sie mir, daß ich Sie bis zum Schloß begleite. Ich will einen Besuch in Woltersheim machen.«

Sie wagte nicht zu widersprechen. Er nahm die Blumen aus dem Hut, und sie setzte ihn hastig und achtlos auf. Er beobachtete sie dabei.

»Er sitzt schief, ein wenig mehr nach rechts«, sagte er lächelnd, mit vetterhaft vertraulichem Ton.

Sie rückte den Hut zurecht und sah ihn fragend an.

»So ist es gut«, lobte er. Dann hob er den halbfertigen Blumenkranz empor. »Wie hübsch Sie das gemacht haben. Wer soll denn den Kranz tragen?« fragte er unbefangen. Und dabei dachte er, daß dieses zarte, blühende Gebinde sich reizend in Evas kastanienbraunem Haar ausnehmen müßte.

»Er ist für Jutta – ich bringe ihr fast jeden Morgen einen von meinem Spaziergang mit«, antwortete sie, neben ihm hergehend.

»Oh – und heute habe ich Sie dabei gestört, er ist nicht fertig geworden.«

»Ich mache ihn zu Hause fertig.«

»Sie gehen oft allein in den Wald?«

»Ja – fast jeden Morgen.«

»Und fürchten sich nicht?«

»Nein. Papa sagt, es täte mir niemand etwas.«

Götz dachte, daß es wohl unmöglich sei, ihr etwas zu tun, wenn sie so ängstliche Augen machte wie vorhin.

Sie trug ihre Blumen nun wieder selbst, und er hatte die Zügel seines Pferdes um den Arm geschlungen. So gingen sie langsam weiter.

Immer wieder ließ er seinen Blick prüfend auf ihr ruhen. Er konnte es noch immer nicht begreifen, daß dieses liebreizende Mädchen an seiner Seite das häßliche kleine Entlein war, das er vor wenigen Wochen in ihr gesehen hatte. War er blind gewesen? Diese edlen Linien des jugendschönen Mädchenkörpers hätten ihm sogar in Lumpen auffallen müssen.

»Wie gefällt es Ihnen in Woltersheim?« fragte er nach einer Weile. Sie sah mit strahlendem Blick zu ihm auf. Er fand, daß sie sehr schöne Augen und feine, liebliche Züge hatte.

»Oh – wunderschön! Hier ist alles wie in einem Märchen. Das Schloß mit seinen vielen schönen Räumen, der Wald, die Wiesen und Felder – alles ist für mich neu und reizvoll. Und dann – das Beste – ich habe so viele liebe Menschen hier, die zu mir gehören. Papa, Jutta und auch Fritz – sie sind so lieb und gut zu mir. Ich bin sehr glücklich.«

Er lächelte verstohlen. Sie war ehrlich, auch in ihrem Entzücken. Tante Helene und Silvie erwähnte sie nicht. Die beiden würden ihr nicht viel Liebe entgegenbringen.

»Aber auch die böse Stiefmutter und die böse Stiefschwester sind da – ganz wie im Märchen«, sagte er halb scherzend, halb forschend. Sie blickte erschrocken zu ihm auf.

»O nein – Mama ist gut –, sie hat mir viele schöne Kleider geschenkt und macht mich auf meine Fehler aufmerksam. Auch Silvie tut das. Daß sie mich nicht so liebhaben können wie Papa und Jutta, ist doch verständlich. Es ist ja schon ein Wunder, daß die beiden es überhaupt tun. Ich bin ja so schrecklich unwissend und ungeschickt und habe viele Fehler.«

Es klang aufrichtige Betrübnis über diese Fehler aus ihren Worten. Er sah sie mit einem langen, sinnenden Blick an. Da er nicht antwortete, wurde ihr plötzlich mit Erschrecken klar, daß sie ihm vieles vorschwatzte, was ihn überhaupt nicht interessieren konnte. Wieder stieg die lähmende Angst in ihr empor, die zuerst unter seinem Blick in ihr erwacht war; und sie beeilte sich, um möglichst rasch aus seinen Augen zu kommen. Er merkte es wohl, gab aber seinen ruhigen Schritt nicht auf und zwang sie so, neben ihm auszuharren.

»Also, viele Fehler haben Sie?« fragte er nach einer Weile.

»Ja – sehr viele«, antwortete sie hastig.

»Einige davon kenne ich schon.«

Sie blickte ihn fragend an.

»Ja, ja«, sagte er nickend. »Zuerst sind Sie sehr furchtsam und laufen vor einem harmlosen Pferd davon. Dann schlagen Sie immer die Augen nieder, wenn man mit Ihnen spricht. Das gehört sich nicht. Man muß den Leuten offen und ehrlich ins Gesicht sehen.«

Sie wurde glühendrot.

»Oh – sonst kann ich alle Menschen ruhig ansehen«, fuhr es ihr über die Lippen.

Es zuckte eigentümlich in seinen Augen.

»So – und gerade mich nicht?«

Da wurde ihr erst bewußt, daß sie sich ungeschickt ausgedrückt hatte. Ratlos und verwirrt sah sie vor sich hin, ohne zu antworten. Und dann waren sie zum Glück am Schloß angelangt. Silvie und ihre Mutter standen auf der Terrasse und sahen den beiden entgegen. Eva lief die letzten

Schritte wieder fluchtähnlich und begrüßte die beiden Damen. Dann eilte sie, ohne Götz noch einmal anzusehen, ins Haus.

»Ich will Papa sagen, daß Besuch da ist«, sagte sie hastig und verschwand.

Drinnen bat sie einen Diener, daß er ihrem Vater den Besuch melden solle. Sie selbst eilte auf ihr Zimmer, um ihre Fassung wiederzugewinnen.

Oben in ihrem Zimmer trat sie an das Fenster und beobachtete Götz verstohlen, sich hinter der Gardine verbergend. Er hatte Silvie und ihre Mutter begrüßt und saß nun mit ihnen auf der Terrasse. Seine vornehmen, ungezwungen Bewegungen schienen Eva bewundernswert. Wie er Mama die Hand küßte – wie er sich im Sessel zurücklehnte, wie er dann wieder aufsprang, um seiner Tante ein Tuch um die Schultern zu legen – das alles sah so aristokratisch aus, so formvollendet und doch nicht steif und zeremoniell. Dann kam der Vater heraus, und die beiden Herren begrüßten sich mit herzlichem Händedruck. Sie nahmen bei den Damen Platz und plauderten.

Eva seufzte. Wenn sie doch auch so sicher und gelassen mit ihm verkehren könnte wie Silvie. Bestimmt hatte sie sich wieder unglaublich töricht und ungeschickt benommen. Nun machte er sich wohl im stillen lustig über sie. Wie konnte sie beispielsweise so kopflos davonlaufen? Hätte sie nicht ruhig sitzen bleiben und ihn mit einer anmutigen Verneigung begrüßen müssen – so wie es ihr Mama erst gestern wieder gezeigt hatte?

Sie stellte sich vor den Spiegel und machte eine tadellose Verbeugung. Dann seufzte sie wieder. Was half das jetzt alles? Sie hatte sich doch wieder unsterblich blamiert. Ob er zum zweiten Frühstück bleiben würde?

Sie trat wieder an das Fenster. Anscheinend dachte er noch nicht daran, aufzubrechen. Und die Diener deckten bereits den Frühstückstisch. Sie beugte sich vor und zählte die Kuverts. Richtig – er blieb.

Wie schrecklich! Nun mußte sie ihm wieder gegenübersitzen. Sicher passierte ihr wieder allerlei Malheur, wenn er sie beobachtete. Dafür kannte sie sich zu gut.

Ob sie sich vielleicht mit Kopfweh entschuldigen ließ? Silvie tat das zuweilen, wenn sie schlechter Laune war.

Aber ehe sie sich darüber klarwurde, kam Jutta hereingewirbelt und holte sie ab.

»Komm, Eva. Götz Herrenfelde ist da. Wollen wir ihn ein bißchen auf die Schippe nehmen?«

Eva faßte erschrocken nach ihrem Arm. »Um Himmels willen nicht, Jutta. Tu es mir zuliebe nicht. Ich bin froh, wenn er mich möglichst nicht bemerkt.«

»Ach, geh, du bist zu ängstlich. Laß dir doch nichts von ihm vormachen. Es macht mir Spaß, ihn zu ärgern. Er pariert nämlich famos; das muß man ihm lassen. Und klug ist er auch. Aber unausstehlich ist er obendrein. Unsereiner ist ein Baby in seinen Augen. Na, das gewöhne ich ihm mit der Zeit schon noch ab.«

Eva lächelte ein wenig.

»Da du alle Tage älter wirst, wird dir das nicht schwerfallen.«

»Na – nun komm schon, ich bin fertig, Eva.«

Sie gingen die Treppe hinab.

Götz vermied es bei Tisch, Eva anzusehen, wenn es nicht unbedingt nötig war. Er sprach auch nur einige belanglose, höfliche Worte mit ihr. Sie faßte wieder Mut und beging nicht die kleinste Ungeschicklichkeit. Außerdem wurde seine Aufmerksamkeit anderweitig in Anspruch genommen. Silvie und Fritz sprachen mit ihm über ein Gartenfest, das in den nächsten Tagen auf einem Gut in der Nachbarschaft stattfinden sollte und das sie besuchen wollten. Jutta bekam schlechte Laune, sobald von diesem Gartenfest die Rede war. Sie und Eva mußten natürlich zu Hause bleiben, und Silvie konnte wieder alle Register ziehen, um Fritz zu betören. Wer wußte, ob sie ihm nicht eine Falle stellte? Wenn er auch zehnmal nicht um Silvie anhalten wollte – am Ende brachte sie ihn doch auch gegen seinen Willen soweit.

Wie sie schon jetzt wieder neckisch mit ihm tändelte, wie sie ihn anschmachtete mit ihren kalten Augen, wie sie ihre Hände den seinen näherte! Unausstehlich – wirklich unausstehlich!

Jedenfalls durfte sie Fritz nicht ungewarnt zu diesem Gartenfest gehen lassen. Silvie schien einen entscheidenden Schritt vorzuhaben. Sie tuschelte und beriet geheimnisvoll mit Mama. Und ein neues Kostüm hatte sie sich auch wieder bestellt. Fritz mußte energisch ermahnt werden, standhaft zu bleiben. Das nahm sich Jutta felsenfest vor.

Ach, wenn sie doch mit dabeisein könnte! Es war doch lächerlich, daß sie mit ihren sechzehn Jahren noch nicht gesellschaftsfähig sein sollte. Oder wenn sie Eva als guten Engel an seiner Seite gewußt hätte! Aber die mußte ja auch zu Hause bleiben – der Trauer wegen.

Das von Jutta gefürchtete Gartenfest sollte heute stattfinden. Am Vormittag bekam sie Tadel über Tadel in der Unterrichtsstunde. Ihre Gedanken waren anscheinend nicht bei der Sache. Gestern abend hatte Silvie das neue für das Gartenfest bestimmte Kostüm in ihrer Gegenwart anprobiert. Und Silvie hatte so schön darin ausgesehen, wie es bei ihren begrenzten Reizen nur möglich war. Außerdem hatte Jutta ein Gespräch zwischen Silvie und der Mutter mit angehört. Es war zwar nicht für Juttas Ohren bestimmt, aber es hatte sie schrecklich beunruhigt. Und nun mußte sie mit ihren quälenden Gedanken ruhig bei Mademoiselle sitzen und eine französische Übersetzung machen. Es war einfach schauderhaft. Immer wieder schaute sie seufzend und sehnsüchtig zum Fenster hinaus. Und als sie Fritz über den Hof gehen und im Pferdestall verschwinden sah, bekam sie plötzlich so starkes Kopfweh, daß Mademoiselle sie beurlauben mußte.

Draußen schlich Jutta am Haus entlang in die Ställe. An der Tür prallte sie mit Fritz zusammen. Er trat einen Schritt zurück und ließ sie ein.

»Hollah, Jutz! Schon frei? Ich denke, du sitzt noch bei Mademoiselle?«

»Nein – ich habe Kopfweh«, erklärte sie seelenruhig.

Er sah sie scharf an.

»Jutz – das ist Schwindel.«

Sie sah ihn verunsichert an. Dann warf sie den Kopf zurück.

»Natürlich ist's Schwindel. Ich mußte aber raus.«

»So! Warum pressiert es denn so?«

»Ich habe mit dir zu sprechen«, sagte sie feierlich. »Bitte, komm mit in den Garten hinter das Spalierobst.«

»Willst du Obst stibitzen?«

Sie sah ihn mit einem Blick an, der ihn niederschmetterte.

»Dein Lebensglück steht auf dem Spiel«, sagte sie dumpf.

Er verbiß sich ein Lachen.

»Ach nee? Wirklich?«

»Komm!« drängte sie.

»Ist es denn so wichtig, Jutz? Eigentlich müßte ich auf das Vorwerk.«

»Das kannst du nachher tun. Es ist sehr wichtig.«

Er kniff die Augen zu und machte sich an seinem Bärtchen zu schaffen.

»Donnerwetter – das klingt ja ganz feierlich.«

Sie stampfte mit dem Fuß auf.

»Nun komm aber endlich. Sonst sieht mich Mademoiselle noch hier. Und dann ist's Essig.«

Sie zog ihn mit fort in den Garten. Hinter einer dichten Wand von Spalierobst blieb sie plötzlich vor ihm stehen.

»Fritz, ich weiß, daß sich Silvie heute unbedingt mit dir verloben will. Ich habe gehört, wie sie mit Mama darüber sprach.«

Fritz spitzte die Ohren.

»Nanu, Jutz – dazu gehören doch zwei.«

Sie nickte, und in ihrem frischen Kindergesicht zuckte es krampfhaft. Sie schluckte ein paarmal, um die aufsteigenden Tränen zu unterdrücken.

»Natürlich – du gehörst auch dazu. Aber Fritz – wenn du mir das antust, dann ... dann ... ach Gott, ich weiß nicht, was ich dann tue.«

Sie war blaß geworden, und in ihren Augen lag ein schmerzlicher Ausdruck. Fritz sah sie betroffen an. Ihre Augen verrieten ihm deutlich, daß es sich hier nicht mehr um kindliche Narretei handelte; sie hatten nichts Kindliches mehr an sich. Es waren die Augen einer jungen Frau, die Kummer hat. Es berührte ihn seltsam. Der zuckende, blühende Kindermund dicht vor ihm und die angstvollen Augen erweckten ein Gefühl in ihm, das gar nichts mehr gemein hatte mit der unbefangen harmlosen Art, in der er ihr bisher begegnet war. Manchmal war ihm wohl schon bei aller Neckerei warm ums Herz geworden, wenn er die blühende, jugendfrische Gestalt vor sich sah. Daß sie sich an der Grenze zwischen Kind und Frau befand, hatte er unbewußt empfunden. Jetzt wurde ihm klar – die Grenze war mit einem zögernden, hilflosen Schritt überwunden worden. Jutta wußte es noch nicht; aber Fritz fühlte es, und ein weiches, warmes Gefühl erfüllte sein Herz. Er nahm zart und behutsam ihre Hand. Ruhe mußte er ihrem jungen Gemüt geben, daß es sich ungestört entfalten konnte.

»Du kannst beruhigt sein, Jutz. Niemals werde ich Silvies Verlobter. Mein Ehrenwort darauf.«

Sie atmete auf. Ein erlöstes Lächeln huschte über ihre Züge und glättete die angstvolle Spannung.

»Ach Fritz – du hättest mir so schrecklich leid getan. Gott sei Dank, dein Ehrenwort beruhigt mich. Kein Mann bricht sein Ehrenwort, nicht wahr?«

»Ganz gewiß nicht, Jutz, sonst ist er ein Lump. Bist du nun wieder vernünftig?«

Sie bockte schon wieder, nun, da sie ihre Angst los war.

»Pöh – als ob ich unvernünftig gewesen wäre! Ich meine es doch nur gut mit dir. Silvie liebt dich nicht und würde dich todunglücklich machen. Du aber brauchst eine Frau, die dich innig liebhat.«

Er machte ein erstauntes Gesicht.

»So? Woher weißt du das?«

»Na, ich weiß es eben. Du – du hast so schrecklich viele Fehler. Da muß dich eine Frau schon lieben, um sie zu übersehen.«

Es reizte ihn plötzlich, noch einmal den hilflosen, angsterfüllten Ausdruck von vorhin in ihrem Gesicht zu sehen.

»Also muß ich mich nach einer anderen Frau umsehen. Wolltest du mir nicht dabei helfen?«

Sie nickte beklommen.

»Ja – das wollte ich.«

»Nein, wie wäre es zum Beispiel mit Eva? Gegen die hast du doch nichts einzuwenden, die ist doch lieb und gut.«

Ein triumphierendes Lächeln erhellte ihr Gesicht. Sie legte die Hände auf den Rücken.

»Eva nimmt dich nicht«, sagte sie froh.

»Woher weißt du das?«

»Sie hat es mir gesagt. Sie liebt dich nur wie einen großen Bruder.«

Er sah sie forschend an.

»Hm! Also ungefähr so, wie du mich liebst, nicht wahr?«

Sie stutzte und wurde dann plötzlich ganz rot im Gesicht. »Ja, natürlich – so ähnlich«, stotterte sie.

Fritz ließ den Blick nicht von ihr los.

»Schade! Dann gibt es also in Woltersheim keine Frau für mich. Na, da will ich mich mal heute nachmittag besonders fein machen und auf dem Gartenfest Umschau halten unter den Töchtern des Landes. Wenn mir eine gefällt – dann werde ich mich Hals über Kopf mit ihr verloben.«

»Untersteh dich!« schrie Jutta ganz entsetzt, und krach – war der Knopf von seiner Joppe abgerissen. Sie hatte in der Erregung heftig daran gezerrt. Zugleich wurde sie ganz blaß; und die hilflose Miene, die er hatte sehen wollen, war wieder da. Nun tat es ihm leid, daß er sie gequält hatte. Er faßte sie bei den Schultern und schüttelte sie ein wenig.

»Dummer Jutz – es war doch nur ein Scherz!«

Einen Augenblick drückte er sie fest an sich. Die Erregung wollte mit ihm durchgehen. Aber dann beherrschte er sich. Nein – sie war trotz allem noch ein Kind. Er durfte sich jetzt nicht gehen lassen. Ruhig fuhr er fort:

»Sei doch kein Frosch, Jutz. Da du mich nun einmal

nicht willst – und Eva auch nicht –, werde ich am besten überhaupt nicht heiraten. Du mußt mir aber dann ebenfalls versprechen, es nicht zu tun. Du bleibst dann bei mir in Woltersheim, ja?«

Sie atmete auf und reichte ihm mit einem befreienden Lächeln die Hand.

»Es gilt, Fritz. Ich bleibe ledig, und du auch. Ach du – das wird famos! Wir bleiben dann immer zusammen als gute Kameraden. Die dumme Heiraterei ist ja auch zu blödsinnig.«

Er schluckte krampfhaft, um nicht lachen zu müssen. Ihr Eifer war zu drollig.

»Du hast recht, Jutz. Aber nun komm, ich habe es jetzt wirklich eilig, auf das Vorwerk zu kommen. Und du kehrst reumütig und freiwillig zu Mademoiselle zurück. Und vom Gartenfest erzähle ich dir morgen ganz ausführlich.«

»Aber vergiß dein Ehrenwort nicht, Fritz«, sagte sie, zur Vorsicht mahnend.

»I wo, Jutz; das gibt's ja gar nicht.«

Sie gingen zurück und schüttelten sich zum Abschied kräftig die Hand. Jutta ging in das Haus, Fritz in den Stall. An der Tür wandte er sich noch einmal nach ihr um, und sie winkte ihm zu. Ein gerührtes Lächeln lag auf seinem Gesicht. »Lieber kleiner, süßer, trotziger Bengel«, sagte er leise vor sich hin.

8

Am nächsten Sonntag kam Götz Herrenfelde schon wieder nach Woltersheim. Gegen seine sonstige Gewohnheit blieb er bis zum Abend. Am Nachmittag spielte er mit Fritz, Silvie und Jutta Tennis.

Eva lag unter den Bäumen in einem Rohrsessel und sah dem Spiel zu. Jutta und Fritz hatten sie bereits im Tennis unterrichtet, und sie hatte sich sehr geschickt angestellt. Aber in Götz' Gegenwart wagte sie nicht, mitzuspielen. Außerdem waren sie ja schon zu viert.

Silvie war seit dem Gartenfest scheußlicher Laune. Fritz hatte ihr ziemlich deutlich zu verstehen gegeben, daß sie sich keine Hoffnung auf ihn machen solle. Sie bildete sich ein, Eva sei daran schuld. Da Fritz sehr herzlich zu Eva war, schien es ihr sicher, daß diese ihrem Plan im Wege stand. Das trug natürlich dazu bei, Eva in ihren Augen verhaßt zu machen.

Außerdem hatte sie sich auf dem Gartenfest auch sonst überhaupt nicht amüsiert; und nun schmollte sie in ihrer mürrischen, unliebenswürdigen Art.

Da sie sehr schlecht Tennis spielte, wurde sie von allen Seiten kritisiert. Schließlich warf sie ärgerlich den Schläger hin und erklärte wie ein unartiges Kind, nicht mehr spielen zu wollen. Sie warf sich in einen Sessel und gab sich nicht die geringste Mühe, ihre schlechte Laune zu verbergen. Wenn sie jedoch glaubte, die anderen würden nun ebenfalls aufhören und sich bemühen, ihre Stimmung aufzuheitern, so hatte sie sich getäuscht.

Jutta rief Eva zu:

»Komm, Eva, spiel mit uns.«

Eva erschrak.

»Ach nein – ich bin noch zu unsicher.«

»Unsinn! Wenn du nicht trainierst, kannst du nicht sicher werden.«

Eva sah zögernd zu Götz hinüber. Er reckte seine sehnige, kraftvolle Gestalt und wirbelte den Schläger in der Luft herum. Wie die andern sah er erwartungsvoll zu Eva hinüber. Sie trug heute ein fußfreies einfaches weißes Kleid, wie es zum Tennis gehörte. Sie sah entzückend darin aus.

»Komm doch, Eva. So gut wie Silvie spielst du allemal«, sagte Fritz herzlos. Silvie zuckte zusammen und warf Eva einen gehässigen Blick zu.

Eva zögerte noch immer. Da kam Götz einige Schritte näher und sagte mit seiner eigentümlich metallisch klingenden Stimme: »Vorwärts! Wir warten.«

Wie unter einem Bann erhob sich Eva und trat auf den Platz.

»Ich spiele mit dir zusammen, Fritz«, bat sie halblaut, sich neben diesem aufstellend.

»Schön! Also los! Achtung!« rief Fritz.

Das Spiel begann. Eva hielt sich gut. Ihre Wangen glühten. Der Spieleifer nahm sie gefangen. Wie ein Pfeil flog sie hin und her. Ihre Gestalt bog sich geschmeidig, und ihre Bewegungen wirkten graziös und kraftvoll zugleich.

Götz sah einige Male so gebannt zu ihr hinüber, daß er einige Bälle versäumte und von Jutta ausgescholten wurde.

Fritz und Eva hatten schließlich gewonnen, als das Spiel zu Ende war.

Ein aufziehendes Gewitter mahnte zum Aufhören. Wind hatte sich erhoben. Man warf sich die Jacken über. Götz half Eva beim Anziehen.

»Sie spielen ja ganz famos, Eva«, sagte er, lächelnd in ihr vom Spieleifer glühendes Gesicht blickend. Sie schüttelte den Kopf.

»Es lief heute nur besonders gut«, sagte sie leise, ohne ihn anzusehen.

»Sie haben Ihre Fehler noch immer nicht abgelegt. Sehen Sie mich an«, mahnte er lächelnd.

Sie trat rasch von ihm fort an Juttas Seite und hing sich in deren Arm ein. Die beiden Herren schritten hinter den Schwestern her.

Sie ist scheu wie ein Reh, dachte Götz. Man muß sie erst zutraulich machen.

Silvie war schon, während die anderen noch spielten, hineingegangen und hatte ihrer Mutter empört erzählt, daß man Evas Gesellschaft der ihren vorgezogen habe. Sehr streng nahm es Silvie nie mit der Wahrheit. Frau von Woltersheim war daher auch verstimmt, als man beim Tee zusammensaß. Aber sie konnte sich besser beherrschen als Silvie und niemand merkte ihr etwas an.

Das losbrechende Gewitter hielt die Herrschaften im Zimmer fest. Auch als der Sturm vorüber war, konnte man nicht hinaus, da der Regen Weg und Steg aufgeweicht hatte. So begab man sich ins Musikzimmer. Diesmal ließ sich Silvie nicht lange bitten. Sie ging, ohne aufgefordert zu werden, zum Flügel und gab einige ihrer Glanzleistungen zum besten. Sie spielte mit großer Fertigkeit und Bravour, aber ihrem Spiel fehlte die Seele, das echte künstlerische Empfinden. Auch war ihr Anschlag hart und gleichbleibend. Unter Evas Finger pflegten die Töne weicher und voller hervorzuquellen.

Als Silvie endlich, anscheinend sehr ungern, den Platz am Flügel freigab, schien es, als hätten alle außer Götz und

Frau von Woltersheim darauf gewartet. Sofort verlangten sie stürmisch, daß Eva nun spielen und singen sollte. Götz Herrenfelde sah erstaunt auf und zog ein wenig die Stirn zusammen. Er liebte gute Musik sehr. Aber schon Silvies Spiel rechnete er nicht zur guten Musik und bereitete ihm keinen Genuß. Seinem Empfinden tat der harte Anschlag und die seelenlose Perfektion weh. Nun machte er sich auf eine naive Schulmädchenmusik gefaßt. Er setzte sich aber so, daß er Evas Gesicht sehen konnte. Wenn er für seine Ohren keinen Genuß haben sollte, wollte er sich wenigstens mit den Augen schadlos halten. Daß das kleine häßliche Entlein sich zu einer lieblichen Augenweide entwickelt hatte, war nicht zu leugnen.

Eva begann zu spielen. Und nun erging es Götz Herrenfelde, wie es der ganzen Familie bei ihrem Debüt ergangen war. Er horchte erst überrascht und ungläubig auf und sah betroffen zu ihr hinüber. Und dann ließ er sich einspinnen in die herzbewegenden Töne. Mit schmeichelndem Wohlklang hüllten sie seine Seele ein.

Eva gab heute ihr Bestes. Was ihr scheues Wesen sonst ängstlich in sich verschloß, das ließ sie in Tönen hervorströmen, die alle Zuhörer mit Zauberbanden umschlangen.

Als sie nach dem ersten Stück pausierte, verlangten alle stürmisch nach weiteren Darbietungen – nur Götz und Silvie nicht. Silvie, weil sie der Neid zu verzehren drohte, und Götz, weil eine seltsame, weiche, traumhafte Stimmung über ihn gekommen war, die ihn so wohlig einhüllte, daß er sie nicht verscheuchen wollte.

Eva begann von neuem. Sie wußte nicht, daß ihr Götz ins Gesicht sehen konnte. Nur mit einem Blick hatte sie ihn vorhin gestreift, als die anderen um Fortsetzung ihres Spieles baten. Er hatte diesen Blick nicht bemerkt. Sie sah, daß er in Gedanken versunken war. Wahrscheinlich achtete er gar nicht auf ihr Spiel. Es kränkte sie nicht. Im Gegenteil, sie fühlte sich freier und ungezwungener und versenkte sich ganz in ihr Spiel.

Götz blickte jedoch, als sie wieder spielte, mit großen forschenden Augen in das ernste Mädchengesicht, in dem sich alle Empfindungen der Seele widerspiegelten. Auf der jungen Stirn lag ein Hauch von Verstehen, der feingeschnittene Mund war fest geschlossen und erschien charakteristisch, und in den großen dunklen Augen lag ein Ausdruck von Weltentrücktheit. Er empfand, daß sie mit ganzer Seele beim Spiel war, daß sie aus ihrem eigenen, innersten Sein schöpfte und daß es dieses Etwas war, was ihrem Spiel die höchste Weihe gab. Er allein konnte die künstlerische Darbietung ihres Spiels schätzen, weil er viel größeres Musikverständnis, viel feineres ästhetisches Empfinden besaß als die anderen Zuhörer.

Starr saß er auf seinem Sessel und ließ die Augen nicht von ihrem Gesicht. Ihr Spiel und ihr Anblick lösten ein Gefühl in seiner Seele aus, dem er keinen Namen geben konnte, das er nie vorher empfunden hatte und von dem er nichts andereres wußte, als daß es ihm mit einer wundervollen Harmonie erfüllte. Alles, was seine Seele je an Schönheit empfunden hatte, wachte wie ein frohes Erinnern in ihm auf. An seine Mutter dachte er, die blasse, sanfte Frau, die nach dem frühen Tod des inniggeliebten Mannes kraftlos dahingesiecht war, weil er all ihre Lebenskraft mit ins Grab genommen hatte. Er hatte seine Mutter geliebt und verehrt; und in seinen Träumen hatte er früher immer eine Frau gesucht, die ihr gleichen würde. Damit war es nun vorbei. Seine Ideale hatte er begraben müssen im starren Zwang der Notwendigkeit. Aber heute erwachten sie noch einmal und versuchten den Bann zu sprengen, der seine Brust umschnürte und ihn hart und unnahbar machte.

Dann begann Eva zu singen. Sein Empfinden steigerte sich zu höchstem Entzücken. Wie ein Wunder schaute er das Mädchen an, das er vor wenigen Wochen mit einem spöttischen Lächeln, mit einem verächtlichen Wort hatte abtun wollen. Das »häßliche Entlein« hatte sich seltsam verwandelt.

Götz Herrenfelde war allgemein als geistreicher, aber scharfer Spötter bekannt, und man traute ihm wenig Gefühl zu, weil er es nicht zur Schau stellte. Niemand kannte den Wert seines wahren Wesens, niemand wußte, welche Sehnsucht nach Liebe, Wärme und wahrer Schönheit in seinem Herzen wohnte. Seine Spottsucht stand gewissermaßen als Wache vor einem weich empfindenden Herzen.

Jetzt, da Evas süße Stimme an sein Ohr schlug, war ihm zumute, als sprängen alle verschlossenen Pforten seiner Seele auf, um dieser holden Stimme Einlaß zu gewähren zu seinem innersten Sein.

Wie magnetisch angezogen, erhob er sich und trat leise neben den Flügel. Als sie mit ihrem Lied zu Ende war, sah sie zu ihm auf, und sofort erschien der scheue Ausdruck in ihren Augen. Er beugte sich zu ihr herab.

»Eva – wer hat Sie so singen und spielen gelehrt?« fragte er leise, und seine Augen hielten die ihren fest.

Sie errötete und vermochte doch nicht von ihm wegzusehen. Zum ersten Mal ruhten diese beiden Augenpaare länger als einen flüchtigen Augenblick, ineinander; und zum ersten Mal fühlten sie beide, daß ihre Augen Macht übereinander hatten.

»Ich hatte Stunden – bei einem alten Lehrer. Er hat mir beigebracht, was er selbst konnte. Ich glaube – er war ein Künstler«, sagte sie leise.

»Ja – das glaube ich auch. Sie sind jedenfalls eine gottbegnadete Künstlerin.«

Ihr Blick irrte nun doch von ihm ab. Trieb er seinen Spott mit ihr? Sie wußte ja nicht, wie vollendet und schön ihre Darbietungen waren.

»Ich danke Ihnen für diese Stunde, Eva«, fuhr er fort.

Sie blickte nun wieder scheu und ängstlich zu ihm auf. Seine Stirn rötete sich.

»Warum sehen Sie mich immer so an, wie das Rotkäppchen den bösen Wolf?« sagte er hastig.

Sie preßte die Handflächen zusammen.

»Ich – ich fürchte mich vor Ihnen«, antwortete sie erblassend und schloß die Augen einen Moment dabei. Dann erhob sie sich hastig und ging zu den anderen, die sich mit Ausnahme Silvies begeistert über Evas Spiel und Gesang unterhielten.

Götz stand eine Weile regungslos da und sah ihr nach. »Ich fürchte mich vor Ihnen«, hatte sie gesagt, und eine heiße Angst hatte aus ihren Worten geklungen, eine wilde, leidenschaftliche Angst. Dann war sie wieder vor ihm davongelaufen – wie neulich im Wald. Warum fürchtete sie sich vor ihm? Was hatte er ihr getan? War sie trotz ihrer musikalischen Begabung ein scheues Gänschen?

Die offenen Türen seines Wesens verschlossen sich wieder; das alte spöttische Lächeln erschien in seinem Gesicht. Es galt ihm selbst, er machte sich über seine weiche Stimmung lustig. Aber Eva sah gerade herüber zu ihm und bemerkte dieses Lächeln. Es tat ihr weh. Aber noch mehr schmerzte sie der finstere, gequälte Blick seiner Augen, der das spöttische Lächeln Lügen strafte, und sie hätte laut aufweinen mögen.

Als Götz später nach Hause ritt, mußte er über sich selbst lachen. Da hatte er sich durch ein paar Lieder in eine Stimmung versetzen lassen, als seien diese imstande, ihm alles zu ersetzen, was er innerlich entbehrte. Er hatte sich Eva genähert, wie ein Dürstender sich dem frischen Quell nähert – mit dem Gefühl, als sei sie in der Lage, seinen heißen Lebensdurst zu stillen. Und sie war wie ein Kind vor seinem Lehrer davongelaufen und hatte gesagt: »Ich fürchte mich vor Ihnen.« Er lachte höhnisch auf. Gänschen waren sie alle – oder hohle Puppen, alle Frauen, denen er bisher begegnet war. Nicht eine davon glich seiner Mutter, die ihm als Ideal einer Frau erschienen war.

Ein Gänschen war auch diese Eva – ganz gewiß – trotz ihrer süßen Lieder.

Und wenn nicht? Wenn sie es nicht war? Wenn ihr Wesen wirklich ihren Liedern glich, wenn es tief und süß und geheimnisvoll, wenn es stark, leidenschaftlich und bedeutend war? Was dann? Was konnte es ihm nützen? Mußte er nicht froh sein, wenn er es nicht so erkannte? Es hätte ihn doch sonst mit unwiderstehlicher Sehnsucht wieder und wieder in ihre Nähe getrieben, hatte ihm keine Ruhe gelassen, bis er es ergründet haben würde, dieses geheimnisvolle Wesen.

Nein, nein, Götz Herrenfelde; laß dir nicht die Sinne verwirren. Sei froh, wenn diese Eva nichts als ein harmloses, kleines Mädchen ist, sei froh, daß sie dir ausweicht und dich fürchtet. Denn bedenke, alter Junge, dieses Mädchen ist arm wie du. Sie hat nichts zu erwarten als eine standesgemäße Ausstattung. Und du brauchst eine Frau mit Geld – sehr viel Geld. Und es darf dir nichts interessant und liebenswert erscheinen als Geld, dieses verfluchte, elende und doch so notwendige Geld. Denn das Messer sitzt dir an der Kehle, Götz Herrenfelde. Du mußt heiraten um Geld – und zwar bald, sonst gehst du vor die Hunde mit dem ganzen Gutshof. Jawohl, such dir schleunigst eine Frau mit Geld, und begrabe all deine Ideale und Träume.

Wochenlang kam Götz Herrenfelde nach diesem Sonntag nicht nach Woltersheim. Einige Male war er schon auf halbem Weg, aber er kehrte wieder um; sein Gesicht sah dann jedesmal finsterer und härter aus als zuvor. Er hatte Sehnsucht nach Evas Liedern und wollte dieser Sehnsucht doch nicht nachgeben, weil er sie als töricht abtat.

Die Erntearbeiten nahmen ihn dann auch voll und ganz in Anspruch. Leider fiel die Ernte wieder sehr mäßig aus. Es machte sich überall der Einfluß der früheren schlechten Bewirtschaftung bemerkbar. Es war jahrelang Raubbau betrieben worden. Der Boden war ausgelaugt, und es fehlte an Kapital, etwas zu investieren, um eine rationelle Bewirtschaftung zu ermöglichen.

Götz war, nachdem die Ernte eingebracht und die Abschlüsse mit den Händlern getroffen waren, wieder einmal völlig am Ende mit seinem Latein. Es war ihm wieder nichts geblieben als die Erkenntnis, daß er von neuem würde Schulden machen müssen, vorausgesetzt, daß er jemand fand, der ihm noch Geld leihen würde. In miesester Stimmung saß er an einem kühlen, klaren Herbsttag in seinem nüchternen, wenig behaglichen Arbeitszimmer, dessen Einrichtung ebenso primitiv war wie die des ganzen Herrenfelder Schlosses. In Herrenfelde gab es schon lange keine wertvollen, hübschen Möbel mehr, keine Portieren und Teppiche. Die meisten Zimmer des geräumigen Baues waren abgeschlossen, um das Personal für die Instandhaltung zu sparen. Außer seinem Arbeitszimmer benutzte Götz nur ein kleines Eßzimmer, sein Schlafzimmer und die Bibliothek, die immerhin noch gut bestückt war, wenn auch nicht mit kostbaren Werken. Auch hier zeigte sich schon der Verfall des alten, glänzenden Geschlechts.

Nur das Schloß selbst stand noch fest und trotzig auf seinem Felsen, und die wunderlichen, bizarren Formen des Barockstils, in dem es erbaut war, schienen über den Verfall ringsum zu spotten.

Außer der alten Haushälterin waren nur noch ein Diener, der zugleich Kutscher und Kammerdiener war, und zwei Hausmädchen im Schloß angestellt. Vor fünfzig Jahren hatte noch ein Dienertroß das stattliche Gebäude bevölkert. Heute gab es keine überflüssigen dienstbaren Geister mehr. Alle Hände, die Götz von Herrenfelde bezahlen konnte, wurden in Wald und Feld beschäftigt. Der Besitzer starrte trübsinnig hinaus auf die herbstlich gefärbte Landschaft. Einen schönen Blick hatte man von hier oben über das weite Tal. Aber das Laub fiel von den Bäumen, und der Herbstwind jagte es fort.

Vorläufig gab es nun nicht mehr viel für Götz zu tun. Bisher hatte ihn wenigstens die Arbeit abgehalten, in trübsinnige Grübeleien zu verfallen. Nun hatte er Zeit, seinen unerfreulichen Gedanken nachzuhängen. Er erhob sich und trommelte gegen die Fensterscheiben.

»Ein Hundeleben! Es lohnt sich wahrlich nicht, sich abzustrampeln. Am besten wär's, man ginge auf und davon und ließ den ganzen Kram im Stich. Aber nein – man hängt noch mit Leib und Leben daran. Drüben in Amerika könnte man sich durch seiner Hände Arbeit ein Vermögen schaffen. Hier rackert man sich ab – für die Gläubiger. Und selbst die kann man nicht befriedigen – nicht einmal die

Zinsen springen heraus. Also, nun ernstlich Umschau halten nach einer reichen Frau, die Geld genug hat, das Schiff wieder flottzumachen. Meinetwegen mag sie bucklig sein und häßlich wie die Nacht. Nur heraus aus dieser Misere! Herrgott – müßte das schön sein, wenn man hier so aus dem vollen wirtschaften könnte. Bauen nach Herzenslust, alles renovieren lassen, ohne auf den Groschen zu achten. Dort drüben könnte eine Konservenfabrik stehen, in der man die eigenen Erzeugnisse nutzbringend verwerten könnte. Auch eine Brennerei würde sich lohnen. Und in die Ställe holländische Kühe und Zuchtstiere. Dazu leistungsfähige Ackerpferde statt der abgerackerten Mähren und eine rationelle Kälbermast. Hier im Haus wohnliche Zimmer schaffen: neue Tapeten, die einem nicht auf den Kopf zu fallen drohen, und behagliche Möbel.« Er lachte auf mit schmerzlicher Bitterkeit.

Ja, ja – schön wäre das! Aber viel Geld gehörte dazu. Wo fand er nur eine Frau, die genug besaß, um seine Träume in Erfüllung gehen zu lassen? Und wenn es das häßlichste Entlein der Welt wäre – er wollte sie heiraten.

Ein häßliches Entlein?

Da huschte plötzlich eine schlanke Mädchengestalt in seine Träume. Er sah Eva wieder vor sich, wie sie im Wald gesessen hatte, mit Blumen in den Händen und auf dem Schoß. Er sah ihre scheuen Kinderaugen vor sich, wie sie erschrocken zu ihm aufblickten, erschrocken und furchtsam – wie man einem unentrinnbaren Schicksal entgegensieht. Und dann sah er sie wieder vor sich, wie sie am Flügel saß und sang.

Er wollte ihr Bild unmutig verscheuchen. Was ging ihn dieses Mädchen an? Er hatte doch wahrlich an anderes zu denken als an das furchtsame, törichte Ding, das sich vor ihm fürchtete. Aber ihr Bild ließ sich nicht verscheuchen. Eine unbezwingliche Sehnsucht erwachte in ihm, wieder einmal nach Woltersheim zu reiten und Evas Spiel und Gesang zu lauschen.

»Es ist ja nur die Sehnsucht nach guter Musik«, redete er sich selbst zu. Und seine Verwandten mußte er endlich einmal wieder besuchen. Es war ja Unsinn, daß er sich mit seinen trüben Gedanken hier einsperrte wie ein Einsiedler. Einige Stunden in froher Gesellschaft würden ihm guttun. Schon eine kleine Fehde mit der allzeit kampfeslustigen Jutta würde ihn aufmuntern. Also den Mantel übergestreift – und aufs Pferd. Lange genug hatte er sich eingesperrt. Warum nur? Damit wurde seine Lage nicht um ein Jota besser.

Eine halbe Stunde später war er auf dem Weg nach Woltersheim. Er fand die ganze Familie um den Teetisch versammelt und wurde mit sichtlicher Freude begrüßt. Man hielt ihm vor, daß er sich so lange nicht hatte blicken lassen, und fragte teilnahmsvoll nach seinem Ergehen.

Er berichtete von den mäßigen Ernteerträgen.

»Ja, lieber Götz«, sagte Herr von Woltersheim mitleidig, »du schleppst da einen schweren Klotz am Bein mit herum; ich kann es dir nachfühlen. Woltersheim ist ja ein glänzender Besitz, verglichen mit Herrenfelde; und doch – man hat zu tun, um auf der Höhe zu bleiben. Du bist schlecht dran und mußt die alten Sünden deines Geschlechts abbüßen. Das ist ein Kampf mit Windmühlenflügeln. Ich wollte, ich könnte dir helfen.«

Götz strich sich über die Stirn. Und als er aufblickte, sah er in Evas Augen. Es lag ein Ausdruck darin, der ihn zusammenzucken ließ. Angst und heiße Sorge verriet ihr Blick. Galt das wirklich ihm?

Aber da hatte sie die Augen schon wieder gesenkt.

Und nun sprach Tante Helene über ihr Lieblingsthema mit Götz.

»Du mußt unbedingt eine reiche Frau heiraten, Götz. Mache doch endlich ernst damit. Einem Mann wie dir kann es doch nicht fehlen.«

Seine Stirn rötete sich; das Thema war ihm unangenehm. Er brach es ab und sprach von etwas anderem. Dabei sah er immer wieder zu Eva hinüber. Ihr Gesicht schien ernst und still, nur die Lippen zuckten wie in verhaltener Erregung.

»Sie ist dennoch ein Rätsel«, sagte er sich.

Später wurde dann auf seinen Wunsch hin musiziert. Eva hätte sich gern, wie neulich Silvie, geweigert zu spielen. Aber sie wagte es nicht. Vor dem Singen fürchtete sie sich noch mehr. Tränen saßen ihr in der Kehle. Sie wußte nicht, warum, und fühlte nur, daß sie sehr traurig war. Aber dann sang sie doch, und in ihrer Stimme lag ein schwermütiger Klang.

Götz fühlte sich noch tiefer ergriffen als das erste Mal. Wieder wandte er keinen Blick von Evas Gesicht. Es erschien ihm süß und bestrickend, wie von einem heiligen Feuer beseelt, und zugleich sprach eine leidenschaftliche, tiefinnerliche Bewegung daraus. Er vergaß, daß er sie für ein Gänschen gehalten hatte. Es wurde ihm heute zur Gewißheit, daß in dieser jungen Seele kostbare, ungehobene Schätze schliefen. Glücklich der Mann, der sie heben, der das Geheimnis ihres Wesens ergründen durfte. – Zum Schluß sang sie auf ihres Vaters Wunsch den Wanderer von Schubert.

»Dort, wo du nicht bist – dort ist das Glück.«

Leise und schwermütig verklang das Lied.

Götz sagte Eva heute kein Wort. Er verneigte sich nur

dankend vor ihr. Bald danach brach er auf. Auf dem Heimweg klang es ihm immer wieder im Herzen nach: »Dort, wo du nicht bist – dort ist das Glück.«

Götz kam nicht los von diesen Worten und von Evas stillem Gesicht. Der Blick, mit dem sie ihm am Teetisch angesehen hatte, erregte ihn noch in der Erinnerung. Als er sich daheim auf sein Lager warf, hörte er es wieder: »Dort, wo du nicht bist – dort ist das Glück.« Er hatte dabei ein Gefühl grenzenloser Trauer in sich. Auch er würde es nie erreichen – das Glück. Und er versuchte sich klarzumachen, wie das Glück aussehen müßte, wenn es zu ihm käme. Eine Frau besitzen, die so fühlen und empfinden kann, wie Eva Woltersheim es in ihren Liedern auszudrücken versteht – solch eine Frau mein eigen nennen – und Raum haben zum frohen Schaffen – für sie und mich –, das ist das Glück, dachte er.

Aber dann drehte er sich unmutig auf die andere Seite.

»Ich darf nicht wieder nach Woltersheim hinüber; diese Musik ist Gift für mich«, sagte er plötzlich halblaut vor sich hin.

Und er lag die halbe Nacht wach und konnte nicht schlafen.

9

Wieder vergingen Wochen. Götz war nicht mehr in Woltersheim gewesen, obwohl es ihn zuweilen mit seltsamer Unruhe hinzog. Der erste Schnee war längst gefallen. Mitte November bekam er dann eine Einladung von seiner Tante aus Berlin. Er stand im Briefwechsel mit ihr, und sie kannte seine Verhältnisse genau. Mit der beginnenden Wintersaison erwachten ihre Hoffnungen, ihn mit einer reichen Frau zu verheiraten, aufs neue; sie schrieb ihm deshalb, daß sie ihm einige junge Damen vorzustellen wünsche. Götz wußte, was das bedeutete, und mit zusammengebissenen Zähnen und finsterer Stirn traf er seine Reisevorbereitungen. Dann fuhr er nach Woltersheim hinüber, um sich zu verabschieden.

Er hatte den Schlitten anspannen lassen. Es war kein elegantes Fahrzeug. Götz kutschierte selbst. Seinen alten Kutscher plagte das Rheuma, und er ließ ihn daheim.

In Woltersheim traf er nur Tante Helene, Silvie und Fritz zu Hause an. Herr von Woltersheim war in die Stadt gefahren, Jutta und Eva liefen auf dem Weiher Schlittschuh.

Von den beiden Damen verabschiedete sich Götz schnell. Tante Helene drückte ihm die Hand und wünschte ihm Glück. Sie wußte, zu welchem Zweck er nach Berlin fuhr. Mit Fritz sprach er draußen auf dem Hof ein paar Worte.

Götz redete sich ein, daß es ihm ganz recht war, Eva nicht angetroffen zu haben. Aber seltsamerweise lenkte er dann den Schlitten auf den Weg, der ihn am Weiher vorbeiführte. Als er die Schwestern erblickte, mußte er natürlich anhalten und aussteigen, um ihnen Lebewohl zu sagen.

Jutta und Eva kamen herbei, als er sie rief. Jutta lief sicher und elegant, Eva noch ein wenig ängstlich und verhalten. Sie hatte auch diesen Sport erst erlernen müssen. Eva kam sich schrecklich ungeschickt vor, als sie an Juttas Seite, von dieser geführt, auf Götz zukam. Sie wünschte sich wieder einmal in ein Mauseloch.

Götz erklärte, daß er sich verabschieden wolle, da er für

einige Monate nach Berlin reise. Jutta nahm diese Nachricht mit Gleichmut entgegen. Evas Gesicht schien ganz erstarrt; es war sehr blaß. Sie sah an ihm vorbei, als sie ihm leise und mit seltsam ausdrucksloser Stimme glückliche Reise wünschte.

Er war enttäuscht und wußte nicht, warum. Was hatte er denn von diesem Abschied noch erhofft? Es war doch gut so – sehr gut.

Hastig verabschiedete er sich nun und ging zu seinem Schlitten zurück, um schnell weiterzufahren. Aber dann wandte er sich doch noch einmal um, wie hypnotisiert. Jutta war schon wieder weitergelaufen, aber Eva stand noch am gleichen Platz wie vorhin, und aus ihrem blassen Gesicht schauten die Augen groß und bang zu ihm herüber. Er zuckte zusammen unter ihrem Blick. Es lag ein so qualvoller, schmerzlicher Ausdruck darin, ein heißes Forschen, eine brennende Angst und Sorge. Wie ein heißer Strom durchflutete es seinen Körper. Einen Moment war es, als wollte er zurückeilen an ihre Seite, aber er riß sich zusammen.

»Sei kein Schuft, störe ihre Ruhe nicht«, sagte er hart zu sich selbst. Und er warf sich in den Schlitten und fuhr in wilder Eile davon. Das Herz klopfte ihm bis zum Hals, und die Hände umkrampften die Zügel, als müsse er sich an ihnen festhalten.

Evas Blick vergaß er nie wieder. Er wußte nun, daß ihre Flucht vor ihm einen Grund gehabt hatte. Er war ihr zum Schicksal geworden – sie litt seinetwegen. Und er? – Er dachte mit Schaudern an den Zweck seiner Reise.

Jutta war in einem eleganten Bogen an Evas Seite zurückgekehrt.

»Das wird wohl der letzte Versuch von Götz sein«, sagte sie spöttisch.

Eva fuhr aus ihrem Sinnen empor.

»Was meinst du damit, Jutta?«

»Nun, Götz' Reise nach Berlin! Seine Tante wird ihn wohl diesmal unter die Haube bringen. Es ist, glaube ich, höchste Zeit für ihn. Um Herrenfelde steht es schlecht. Eigentlich kann er einem ja leid tun. Aber na – die Männer sind ja nicht so sentimental. Sie heiraten leichter das Geld als unsereiner.«

Eva hatte mit blassem, starrem Gesicht zugehört.

»Meinst du?« fragte sie leise.

Jutta nickte energisch.

»Ganz bestimmt – sonst würden nicht so viele Männer um des Geldes willen heiraten.«

»Es heiraten aber auch Frauen um Geld.«

Jutta dachte an Silvie und nickte.

»Leider! Ich finde es abscheulich, wenn jemand des Geldes wegen heiratet.«

Sie liefen gemeinsam weiter. Jutta plauderte über allerlei, aber Eva blieb stumm. Wenn sie etwas hätte sagen müssen, wären ihr die Tränen gekommen. Ihr war zumute, als sei ihr die Brust zusammengepreßt. Schon seit Götz Herrenfeldes letztem Besuch war sie im Herzen so traurig wie nie zuvor in ihrem Leben. Sie machte sich deshalb selbst Vorwürfe und verbarg ihre Stimmung wie ein schweres Unrecht. Mußte sie jetzt nicht froh und glücklich sein, da sie Jutta und den Vater hatte?

Daß ihre Trauer mit Götz zusammenhing, konnte sie sich nicht verhehlen. Sie redete sich ein, es sei Mitleid mit ihm, weil er so zu kämpfen hatte. Aber wie konnte sie dieses Mitleid so unglücklich machen? Was bedeutete ihr denn Götz Herrenfelde? Ein Mensch, der sich über sie lustig machte, dem sie als ein häßliches Entlein erschienen war. Wie töricht von ihr, sich seinetwegen zu bekümmern.

Aber alles Schelten half nichts. Schmerz und Trauer wollten nicht weichen. Und heute war es wie ein Riß durch ihr Herz gegangen, als sie ihm nachblickte und Jutta ihr sagte, daß er nach Berlin reise, um sich eine reiche Frau zu suchen. Wenn sie ihn nun wiedersah, würde er verlobt sein – und aller Sorgen ledig. Dann brauchte sie ihn nicht mehr zu bemitleiden. Aber dieser Gedanke brachte ihr keine Erleichterung – im Gegenteil – er machte sie noch bedrückter.

»Aber Eva – wo bist du nur mit deinen Gedanken. Du hörst ja gar nicht, was ich dir sage«, schreckte Jutta sie in diesem Augenblick auf.

Eva hob den Kopf und zwang ein Lächeln in ihr Gesicht.

»Verzeih, ich – ich dachte noch über die leidigen Geldheiraten nach.«

Jutta nickte.

»Ja, erbosen könnte man sich darüber. Es ist sehr schlimm, daß es so etwas gibt.«

Eva seufzte.

»Es ist manches schlimm im Leben.«

Ein schmerzlicher Ton lag in ihrer Stimme. Da aber gerade Fritz auftauchte, mit den Schlittschuhen über der Schulter, achtete Jutta nicht darauf.

Sie wurde ein wenig rot, wie jetzt ständig, wenn sie Fritz unvermutet begegnete, und konzentrierte sich scheinbar auf einige kunstvolle Figuren.

Fritz rief den beiden fröhlich zu:

»Holla! Ist noch Platz für mich auf dem Weiher?«

Jutta tat, als habe sie ihn erst jetzt bemerkt.

»Ach, du bist's, Fritz! Komm nur, wir wollen Eva in die Mitte nehmen, damit sie mal ordentlich in Schwung kommt.«

Fritz befestigte seine Schlittschuhe und sprang auf das Eis. Eva in der Mitte, liefen sie schnell davon.

»Wo steckt denn Silvie? Ich dachte, sie wollte mit euch laufen«, sagte Fritz.

»Pöh! Die hat Angst, daß sie eine rote Nase kriegt, weil es so kalt ist.«

»Du hast schon eine, Jutz«, neckte er.

Jutta funkelte ihn mit ihren Augen an.

»Das geht dich überhaupt nichts an. Übrigens ist es nicht kavaliershaft, einer Dame das zu sagen.«

»Einer Dame? Jutz, du bist doch noch'n Baby.«

»Und du bist'n Frechdachs. Mit sechzehn Jahren ist man wohl eine Dame.«

»I wo – das fängt erst mit zwanzig an.«

»Fritz – wenn du mich ärgerst, gehe ich nach Hause!« rief Jutta jetzt erbost.

Fritz sah an Eva vorbei in ihr hübsches, frisches Gesicht, aus dem ihn die Augen trotzig ansahen.

»Du wirst doch nicht, Jutz?! Ich bin ja nur deinetwegen hierhergekommen.«

Jutta wurde rot im Gesicht.

»Das ist aber sehr schmeichelhaft für Eva«, sagte sie hastig.

»Ach, Eva ist viel netter als du und viel nachsichtiger. Sie nimmt nicht alles sofort übel. Du bist aber jetzt ziemlich garstig zu mir. Wenn ich eines Tages an gebrochenem Herzen sterbe, bist du schuld.«

Er hatte kaum ausgesprochen, da ließ Jutta plötzlich Evas Hand los, so daß diese fast gestürzt wäre, und lief wie von Furien gejagt in entgegengesetzter Richtung davon.

Fritz bekam einen roten Kopf und sah ihr nach. Eva hinderte ihn mit einem bittenden Zuruf am Weiterlaufen.

»Fritz – du solltest Jutta ein wenig ernster nehmen. Sie ist wirklich kein Kind mehr«, sagte sie eindringlich und sah ihn mit ihren lieben Augen bittend an.

Er zog ihre Hand schnell an die Lippen.

»Ich weiß es, Eva. Jutz soll nur nicht wissen, daß ich sie ernster nehme, als ich mir den Anschein gebe. Ich will nicht, daß sie ihre Unbefangenheit verliert.«

Evas Augen leuchteten auf.

»Du hast Jutta lieb, Fritz, nicht wahr?«

Er sah ihr ernst und fest in die Augen.

»Von ganzem Herzen, Eva. Dir will ich's gestehen. Du wirst mich nicht verraten. Denn siehst du – Jutz muß erst noch etwas älter werden, ehe ich ihr sagen kann, was sie mir bedeutet. Ein Jahr muß ich mindestens noch warten.«

Eva nickte lächelnd.

»Nun verstehe ich dich«, sagte sie gerührt.

Fritz hatte inzwischen Jutta mit seinen Blicken verfolgt. Er wurde merklich unruhiger, als sie nicht zurückkam.

»Willst du mal ein Weilchen allein laufen, Eva? Ich muß meinen kleinen Trotzkopf wieder einfangen.«

»Lauf nur zu. Ich trainiere inzwischen ein wenig allein, damit ich auf eigenen Füßen laufen lerne«, sagte sie lächelnd.

Fritz sauste davon und hatte Jutta bald eingeholt, obwohl sie ihm sichtlich zu entkommen suchte. Scharf schnitt sein Schlittschuh in das Eis, als er mit einem Ruck vor ihr stoppte und sie in seinen Armen auffing.

»Laß mich los, du!« rief sie zornig.

Er hielt sie nur noch fester.

»Du Trotzkopf – warum reißt du denn aus?«

Sie wandte das Gesicht von ihm ab; aber er sah doch, daß sie geweint hatte. Er erschrak.

»Jutz, aber liebster kleiner Jutz – warum weinst du denn? Ist es dir denn gar so schmerzlich, wenn ich am gebrochenen Herzen sterbe?« scherzte er, um sie aufzuheitern.

Da sah sie ihn mit großen, zornigen Augen an.

»Pfui, Fritz! Du bist jetzt gar nicht mehr mein guter Freund. Immer machst du dich über mich lustig. Ich bin kein kleines Kind mehr und will endlich ernst genommen werden, laß dir das gesagt sein. Dein Benehmen mir gegenüber ist einfach – einfach ungezogen.«

Er wurde etwas blaß und ließ sie schnell los. Mit einer Verbeugung trat er zurück.

»Ich bitte um Verzeihung, wenn ich dich gekränkt habe«, sagte er förmlich.

Sie blickte ihn betroffen an. Diesmal scherzte er nicht. Seine Augen blickten sehr ernst. Unbehaglich zerrte sie an ihrem Muff.

Nun war ihr sein ernster Ton erst recht nicht angenehm.

»Befiehlst du, daß ich dich zu Eva hinüberbegleite? Ich möchte dann lieber nach Hause gehen.«

Sie schluckte die erneut aufsteigenden Tränen schnell hinunter.

»Du willst schon wieder gehen?« fragte sie unsicher.

»Ja.«

»Warum?«

Es zuckte in seinen Augen.

»Weil ich in Zukunft deine Gesellschaft möglichst meiden werde. So unbefangen wie mit einer anderen jungen Dame kann ich mit dir nicht verkehren. Und der vertrauliche Ton zwischen uns paßt dir nicht. Du nimmst die harmloseste Neckerei übel.«

Sie wurde ganz blaß und sah ihn erschrocken an.

»Ach Fritz, das ist doch – so meine ich das doch nicht. Weißt du – es ärgert mich nur, daß du mich wie ein Baby behandelst und kein ernstes Wort mit mir sprichst. Mit Eva sprichst du ganz anders; und sie ist doch nur drei Jahre älter als ich.«

Er verneigte sich.

»Ich werde mich bemühen, dir genauso zu begegnen. Aber ich muß das erst lernen. Denn siehst du: Eva ist mir im Grunde fremder als du. Da geht es ganz von selbst. Aber wenn man mit jemand so vertraut ist, wie ich mit dir, und soll plötzlich im Paradeton reden – nein, das will erst gelernt sein.«

Sie fuhr mit dem Muff über das verstörte Gesicht und blickte ihn unschlüssig an. »Nun, bist du mir böse, Fritz?«

Er hätte sie am liebsten in seine Arme genommen und herzhaft geküßt. Zu reizend sah sie aus. Aber er bezwang sich. Diesen kleinen Wildfang mußte er erst zähmen. Und dann – jetzt konnte er nicht schon vor seinen Onkel treten und ihm sagen: Gib mir Jutta zur Frau. Er würde ihn auslachen und antworten: Warte erst, bis das Küken ausgewachsen ist; dann komm wieder. Und in Woltersheim konnte er dann nicht bleiben. Er hatte aber keine Lust fortzugehen. Deshalb mußte er sich beherrschen, bis Jutta wenigstens siebzehn war.

»Nein, Jutz, böse bin ich dir nicht. Ich kann dir überhaupt nicht böse sein. Dazu – hab' ich dich viel zu lieb.«

Wieder errötete sie jäh. Dann sagte sie leise:

»Ist das wahr? Ich meine, daß – daß du mich liebhast?«

»Weißt du das nicht, Jutz?«

Sie schüttelte den Kopf.

»Nein, du neckst mich trotzdem immer.«

»Deshalb kann ich dich liebhaben. Es ist doch alles nur Scherz. Man neckt doch niemand, den man nicht mag.«

Sie atmete hastig und unruhig. Dann richtete sie sich straff auf und sagte tapfer:

»Ich habe dich auch sehr lieb, Fritz.«

Ihre Stimme zitterte, und Tränen in ihren Augen verrieten ihm das süße Geheimnis ihres Herzens.

Er brachte es dennoch fertig, ganz ruhig zu bleiben. Nur in seinen Augen flammte es auf, und seine Stimme klang merkwürdig rauh, als er sagte:

»Lieber kleiner Jutz, ich freue mich sehr, daß du mir das sagst.«

»Und du gehst nun nicht mehr fort«, bat sie und streckte ihm die Hand entgegen.

»Soll ich nicht?« fragte er und nahm ihre Hand.

»Ach nein! Bitte bleib. Und meinetwegen necke mich, soviel du willst – nur sei nicht mehr so gräßlich steif und formell zu mir wie vorhin.«

Er rührte ihre Hand langsam an die Lippen und küßte sie ganz zart und innig.

Jutta zuckte zusammen und sah ihn mit großen Augen an. Da durchdrang sie sein Blick für einen Augenblick. Sie blieb wie gelähmt stehen. Ein süßer Schreck durchzuckte ihre Seele, und sie schloß die Augen.

Er legte, so ruhig er konnte, seinen Arm um sie und führte sie davon.

»Komm, Jutz, wir wollen Eva nicht länger allein lassen.«

Sie folgte, ohne ein Wort zu erwidern. Bei Eva angekommen, fiel sie dieser plötzlich um den Hals und weinte herzzerreißend.

»Aber, Jutta – Schwesterchen. Was hast du denn?« fragte Eva besorgt.

»Ach Eva, ich bin ein garstiges, schreckliches Mädchen. Könnt' ich doch so lieb und gut sein wie du«, jammerte Jutta im unverstandenen Aufruhr ihrer jungen Seele.

»Herzensschwester, du bist doch lieb und gut – nur ein wenig wild und unbesonnen. Tröste dich. Sieh mal, Fritz ist ganz außer sich, daß du weinst.«

Jutta sah zu Fritz hinüber, der wirklich sehr erregt aussah. Sie trocknete hastig ihre Tränen.

»Ach Gott, was bin ich für eine alberne Heulsuse. Ohrfeigen könnt' ich mich«, sagte sie, bemüht, ihre Fassung wiederzugewinnen.

»Jutz, hier wird nicht gehauen«, scherzte Fritz, um die Situation zu retten. »Erstens ist es nutzlos, und zweitens tut es weh.«

»Außerdem möchte ich euch bitten, mich noch ein Weilchen in Schlepptau zu nehmen. Ich friere sonst noch hier fest«, unterstützte ihn Eva.

»Also los, Jutz. Jetzt geht es ohne Zwistigkeiten weiter. Das Kriegsbeil ist begraben.«

Jutta nickte. Sie faßten Eva an der Hand, und sie liefen weiter.

10

Im Hotel Adlon war eine reiche Amerikanerin mit ihrer Dienerschaft und ihrem Sekretär abgestiegen. Mrs. Fokham hatte eine ganze Zimmerflucht belegt.

Mrs. Fokham war die Witwe eines amerikanischen Dollarmillionärs. Sie mochte Mitte Vierzig sein, sah aber noch blendend aus, zumal bei Abendbeleuchtung in großer Toilette. Und Mrs. Fokham verstand es, ihre Reize in unaufdringlicher Weise zur Geltung zu bringen. Sie hatte ein vornehmes Auftreten.

Man behandelte sie im Hotel mit jener Aufmerksamkeit, die man einem bevorzugten Gast schuldig ist. Der Ruf ihres Reichtums war ihr vorausgeeilt, als einige Tage vor ihr Mr. Bright, ihr Sekretär, eintraf, Zimmer für sie bestellte und alles zu ihrem Empfang vorbereitete.

Mr. Bright schien in diesen ersten Tagen wichtigen Geschäften nachzugehen. Er korrespondierte und konferierte mit einigen Herren, die er ins Hotel bestellt hatte.

Mrs. Fokham hatte Empfehlungen an die amerikanische Botschaft. Sie wurde gleich in den ersten Tagen dort eingeladen und mit einer Menge Damen und Herren aus den besten Gesellschaftskreisen bekannt gemacht. Unter andern war sie auch der verwitweten Frau von Herrenfelde vorgestellt worden. Diese ging völlig in ihren Wohltätigkeitsbestrebungen auf. Sie war entzückt, als ihr Mrs. Fokham eine hübsche Summe für ihre Armen zur Verfügung stellte und außerdem eine Beteiligung an einigen Basaren und Wohltätigkeitsveranstaltungen in Aussicht stellte.

Da Mrs. Fokham die Absicht äußerte, den ganzen Winter in Berlin bleiben zu wollen, so revanchierte sich die kleine, lebhafte Dame, indem sie die freigebige und sympathische Amerikanerin aufforderte, sie zu besuchen, und erwiderte dann den Besuch sofort wieder. Die Damen plauderten angeregt miteinander, und Frau von Herrenfelde dachte, wie schade es sei, daß diese charmante, reiche Witwe nicht wenigstens fünfzehn Jahre jünger war. Das wäre eine Frau wie geschaffen für ihren Neffen Götz gewesen.

Die Damen hatten sich mit allen Anzeichen großer Sympathie getrennt und die Hoffnung auf ein baldiges Wiedersehen ausgesprochen. Frau von Herrenfelde erwartete am selben Nachmittag ihren Neffen, der seine Ankunft bereits gemeldet hatte.

Am nächsten Morgen verließ Mrs. Fokham ihr Toilettenzimmer und ließ sich von ihrem Diener das Frühstück auftragen, wie sie es gewohnt war. Sie sah in ihrem sehr eleganten Kleid aus weichem, fließendem Stoff sehr vorteilhaft aus. An ihren schönen Händen funkelten einige sehr kostbare Ringe. Sonst trug sie keinerlei Schmuck.

Nachdem sie ihr Frühstück eingenommen hatte, befahl sie dem Diener, Mr. Bright, ihren Sekretär, zu rufen. Wenige Minuten später trat dieser ein. Er war ein sehr schlanker Mann von ungefähr vierzig Jahren, mit glattrasiertem Gesicht und hellblondem Haar, das mit Sorgfalt gescheitelt war. Mr. Bright war überaus sorgfältig gekleidet und machte den Eindruck eines sehr peniblen und gewissenhaften Menschen.

Mrs. Fokham hatte sich in einen bequemen Sessel unweit des Fensters niedergelassen. Sie konnte von hier aus den Pariser Platz überblicken. Jetzt aber richtete sie ihre Augen forschend auf das Gesicht ihres Sekretärs. Mr. Bright verneigte sich höflich vor seiner Gebieterin.

»Nun, Mr. Bright, haben Sie die Nachforschungen, mit denen ich Sie beauftragte, zum Abschluß gebracht?« fragte Mrs. Fokham leicht ungeduldig.

Mr. Bright nahm eine schwarze Aktenmappe, die er unter dem Arm getragen hatte, zur Hand und verbeugte sich erneut.

»Ich bin glücklich, Ihre Frage bejahen zu können, Mrs. Fokham.«

Sie richtete sich aus ihrer lässigen Haltung auf und sah ihn erwartungsvoll an.

»Nehmen Sie Platz, Mr. Bright – und dann bitte ohne Umschweife. Sagen Sie mir alles, was Sie wissen.«

Der Sekretär ließ sich in steifer Haltung in einen Sessel nieder und legte die Aktenmappe vor sich auf das Tischchen. Dann begann er:

»Ich habe in Erfahrung gebracht, daß Ernst Ludwig Rudolf von Woltersheim seit vierzehn Jahren Herr von Woltersheim ist. Er lebt ständig auf seinen Gütern. Seit siebzehn Jahren ist er in zweiter Ehe mit der verwitweten Baronin Helene von Herrenfelde vermählt.«

Mrs. Fokham hatte die Augen geschlossen, als wolle sie sich durch nichts ablenken lassen. Jetzt blickte sie auf und hob leicht die Hand.

»Einen Augenblick! Können Sie mir sagen, ob Frau von Herrenfelde mit dieser Dame verwandt ist?«

Bright nickte zustimmend.

»Der verstorbene Herrenfelde war ein Vetter zweiten oder dritten Grades von dem ersten Mann der jetzigen Frau von Woltersheim. Jedenfalls existiert noch ein näherer Verwandter dieses ersten Mannes, Götz Herrenfelde, der jetzige Besitzer von Herrenfelde.«

Mrs. Fokham nickte befriedigt.

»Ich sehe, Sie sind gut unterrichtet. Bitte fahren Sie fort.«

Der Sekretär räusperte sich dezent und berichtete weiter:

»Die verwitwete Baronin hat eine Tochter aus erster Ehe mit in das Haus ihres zweiten Mannes gebracht, wo sie jetzt noch lebt. Aus der zweiten Ehe des Herrn von Woltersheim ist ebenfalls eine Tochter namens Jutta hervorgegangen. Sie ist sechzehn Jahre alt. Außerdem besitzt Herr von Woltersheim eine Tochter aus erster Ehe; sie heißt Eva.

Den Namen der ersten Frau konnte ich nicht in Erfahrung bringen. Man hat in Woltersheim bis vor kurzem nicht gewußt, daß der Herr schon einmal verheiratet war, wenigstens die Dienerschaft wußte es nicht, auf die ich bei meinen Nachforschungen hauptsächlich angewiesen war.«

Mrs. Fokham hatte den Kopf in die Hand gestützt und schien ihm die Worte vom Mund ablesen zu wollen.

»Lassen Sie – dieser Name tut nichts zur Sache. Sprechen Sie weiter.«

Bright verneigte sich wieder.

»Diese Tochter Eva lebt erst seit ungefähr einem halben Jahr im Haus ihres Vaters. Man sagt, die Stiefmutter habe sie ferngehalten. Das ist allerdings nicht verbürgt. Tatsache ist, daß Eva von Woltersheim bei einer Schwester ihrer Mutter aufgewachsen ist – in einem kleinen Städtchen Thüringens. Diese Tante der jungen Dame ist im Juli gestorben; erst nach ihrem Tod hat Herr von Woltersheim seine Tochter zu sich genommen. Näheres über die Tante und den früheren Aufenthalt der jungen Dame habe ich noch nicht ermitteln können.«

Mrs. Fokham war ein wenig blaß geworden. In ihrem sonst sehr kühlen, ruhigen Gesicht zeigte sich eine Erregung, die sie nicht ganz unterdrücken konnte.

»Sie brauchen nach dieser Seite hin nicht weiter nachzuforschen. Haben Sie etwas Näheres über die Art und das Wesen der jungen Dame in Erfahrung gebracht?«

»Mein Gewährsmann hat die junge Dame selbst gesehen und auch die Dienerschaft über sie ausgeforscht – so gut es ging, ohne Aufsehen zu erregen. Eine Zofe hat ihm erzählt, daß Eva von Woltersheim im Juli in einem fast ärmlichen Aufzug, sehr unbeholfen und verschüchtert im Haus ihres Vaters eingetroffen sei. Ihre Stiefmutter hat, was das Äußere betrifft, sofort für sie gesorgt, und Vater und Schwester haben sie sehr liebevoll aufgenommen. In kurzer Zeit hat sie sich sehr zu ihrem Vorteil verändert. Sie soll jetzt eine sehr schöne und elegante junge Dame sein. Ihr Charakter wird sehr gelobt. Auch soll sie wundervoll singen und Klavier spielen können. Mit ihrer Stiefmutter und ihrer Stiefschwester Silvie versteht sie sich weniger herzlich als mit Vater und Schwester. Außerdem ist die junge Dame mit dem Nachfolger ihres Vaters, dem künftigen Herrn von Woltersheim, herzlich befreundet. Er lebt gleichfalls in Woltersheim und bewirtschaftet mit seinem Onkel zusammen das Gut. Der größte Teil meines Berichtes ist mir freilich durch Dienstboten übermittelt worden – man müßte ihn erst nachprüfen.«

Mrs. Fokham zuckte die Achseln.

»Dienstboten pflegen meist genau orientiert zu sein über ihre Herrschaft. Es ist gut, Mr. Bright; ich weiß, was ich wissen wollte. Sie brauchen sich vorläufig nicht weiter mit der Angelegenheit zu befassen. Haben Sie der Frau von Herrenfelde die Beträge übermittelt, die ich zugesagt habe?«

»Es ist geschehen – die Quittungen habe ich dabei.«

Er nahm aus der Mappe einige Papiere und legte sie ihr vor. Sie betrachtete sie flüchtig und gab sie zurück.

»Sonst noch etwas Wichtiges, Mr. Bright?«

»Nur die Berichte über die laufenden Geschäfte. Darf ich sie vorlegen?«

Mrs. Fokham erhob sich, und Mr. Bright schnellte von seinem Platz empor.

»Nein, nein – jetzt nicht. Ich will ausfahren. Bitte geben Sie draußen Anordnung, daß mein Auto in zwanzig Minuten bereitsteht.«

Mr. Bright verneigte sich zum letzten Mal. Er war entlassen.

Mrs. Fokham ging, als sie allein war, einige Male im Zimmer auf und ab. Dann blieb sie am Fenster stehen und starrte auf das großstädtische Leben und Treiben. Aber sie wußte nicht, was sie sah. Ihre Gedanken weilten in der Vergangenheit.

Endlich raffte sie sich auf und warf den Kopf zurück.

Bah – man wird sentimental, sobald man den Boden der Heimat betreten hat. Bin ich bisher mit diesen Erinnerungen fertig geworden, so will ich mich auch jetzt nicht davon erschüttern lassen – ich will nicht. Habe ich gutzumachen, dann soll es geschehen, soweit ich es tun kann. Aber nichts bereuen! Es ist fruchtlos und führt zu nichts. Jetzt heißt es handeln.

So dachte Mrs. Fokham. Dann ging sie schnell in ihr Toilettenzimmer und ließ sich von ihrer Kammerfrau umkleiden.

In einem eleganten Besuchskleid und einem kostbaren Pelzmantel saß sie zwanzig Minuten später in ihrem Auto und fuhr die Linden entlang zur Wohnung der Frau von Herrenfelde.

Diese bewohnte in der Nähe des Schlosses eine kleine, aber sehr gemütlich und elegant eingerichtete Wohnung. Sie war nicht vermögend und behalf sich seit dem Tod ihres Mannes mit einer älteren Dienerin, die zugleich das Amt der Köchin versah, und mit einem grauköpfigen Diener, der schon zu Lebzeiten ihres Mannes bei ihnen gewesen war.

Die kleine hagere Dame mit dem weißen, zierlich geordneten Haar war trotz ihres Alters noch sehr lebhaft und beweglich. Immer hatte sie irgend etwas vor, und bei allem war sie mit Leib und Seele dabei. Sie war eine bekannte Persönlichkeit. Es gab wohl keine Wohltätigkeitsveranstaltung, mit der sie nicht irgend etwas zu tun gehabt hätte. Und sie stellte sich wirklich sehr uneigennützig in den Dienst der guten Sache. Da sie selbst nicht so vermögend war, um überall helfen zu können, wo es ihr gutes Herz gebot, versuchte sie wenigstens ihre vermögenden Bekannten für ihre Armen zu interessieren. Und sie tat es in einer so liebenswürdigen, heiteren und geistvollen Art, daß ihr niemand widerstehen konnte.

Als ihr der alte Diener Mrs. Fokham meldete, kam sie dieser mit strahlendem Lächeln entgegen. »Ah – meine liebe Mrs. Fokham, ich freue mich, Sie schon heute wieder bei mir zu sehen. Kommen Sie, setzen Sie sich zu mir in meine Schmollecke«, sagte sie erfreut.

Mrs. Fokham hatte ihren kostbaren Pelz den Händen ihres Dieners überlassen und setzte sich in ein molliges, mit allerhand Kissen und Teppichen behaglich eingerichtetes Kamineckchen.

Die kleine weißhaarige Dame plauderte sehr amüsant, und Mrs. Fokham hätte ihr mit noch mehr Vergnügen zugehört, wenn sie nicht ein besonderes Anliegen auf dem Herzen gehabt hätte.

»Ich bin noch gar nicht dazu gekommen, meine liebe Mrs. Fokham, Ihnen so recht von Herzen zu danken für die Summe, die Sie mir für unsere Armen zur Verfügung gestellt haben. Wirklich – ich bin gerührt. Sie haben mir damit eine große Freude gemacht. Es gibt ja leider so viel Armut bei uns.«

Mrs. Fokham lächelte.

»Oh, bitte – sprechen wir nicht mehr davon. Es war mir ein Herzensbedürfnis, in meiner alten Heimat etwas Gutes zu tun. Ich bin nämlich von Geburt Deutsche«, sagte sie, auf ihr Ziel lossteuernd.

Die alte Dame sah erstaunt in ihr lächelndes Gesicht.

»Ah, wie interessant. Eine Deutsche? Nun, Ihrem guten Herzen nach mußten Sie eine Deutsche sein.«

Mrs. Fokham bekam einen leicht sarkastischen Zug um den Mund.

»Meinen Sie, daß es ein Vorrecht der Deutschen ist, ein gutes Herz zu besitzen?«

Ihr Gegenüber lachte gutmütig.

»Ach, wir tun uns nun mal etwas darauf zugute. Unter uns gesagt – ich kenne eine stattliche Zahl hartherziger Deutscher und habe bei manchem Ausländer ein gutes Herz gefunden. Aber nun wieder zu Ihnen. Sie sind lange nicht in Deutschland gewesen?«

»Nein. Ich war fünfundzwanzig, als ich die Heimat verließ. Seit dieser Zeit – es sind achtzehn Jahre vergangen – bin ich nicht mehr nach Europa zurückgekommen. Durch meine Heirat mit Mr. Fokham bin ich Amerikanerin geworden. Aber mein Mann ist seit gut einem Jahr tot – und unsere Ehe war kinderlos. Seit ich Witwe bin, ist die Sehnsucht in mir erwacht, Deutschland wiederzusehen.«

»Und Sie haben vermutlich vieles verändert vorgefunden, nicht wahr?«

»Allerdings; und doch – eins ist gleichgeblieben: die deutsche Luft, die deutsche Sentimentalität. Sie hat auch mich wieder ergriffen. Ich habe mich doch nicht so ganz davon freimachen können, wie ich all die Jahre geglaubt habe.«

»Darüber sollten Sie sich freuen; es gehört nun einmal zu uns. Und vielleicht bleiben Sie jetzt ganz bei uns?«

Mrs. Fokham wehrte hastig ab.

»Nein, nein, sobald der Winter zu Ende ist, kehre ich nach Amerika zurück. Ich könnte gar nicht mehr so ohne weiteres hier Wurzeln schlagen. Ein großer Teil meines Vermögens ist drüben in Fabriken und Grundbesitz angelegt; mein verstorbener Mann war an großen Unternehmungen beteiligt. Und er hat mir beigebracht, diese Geschäfte zu führen, da er schon jahrelang leidend war. Trotz meiner tüchtigen Leute laufen alle Fäden durch meine Hand. Da kann man sich nicht so leicht von allerlei Verpflichtungen lösen. Es würde Jahre dauern.«

»Das kann ich verstehen. Nun – vorläufig haben wir Sie den Winter über hier; und ich hoffe, Sie bleiben künftig der Heimat nicht wieder so lange fern.«

»Das kommt auf die Umstände an. Offen gestanden, meine verehrte, gnädige Frau, ich bin aus einem besonderen Grund nach Deutschland gekommen. Und ein günstiger Zufall hat es gefügt, daß ich gerade mit Ihnen bekannt wurde. Ich betrachte es als eine glückliche Fügung. Um ehrlich zu sein – ich habe Sie heute in einer bestimmten Absicht aufgesucht.«

Die kleine Frau rückte sich erwartungsvoll zurecht. Ihre lebhaften Augen funkelten.

»Da bin ich sehr gespannt. Bitte sprechen Sie. Wenn ich Ihnen irgendwie dienen kann, tue ich es mit Freuden.«

»Vielleicht nehme ich Sie beim Wort. Zuerst gestatten Sie mir einige Fragen – ich bitte darum.«

»Sehr gern.«

»Nicht wahr, Sie sind verwandt mit der Frau des Herrn von Woltersheim?«

Frau von Herrenfelde sah überrascht in das gerötete Gesicht ihres Besuchs.

»Allerdings. Die Verwandtschaft geht freilich über sieben Felder, wie man zu sagen pflegt; aber sie besteht. Helene von Woltersheim war mit einem weitläufigen Vetter meines Mannes in erster Ehe vermählt.«

Mrs. Fokham nickte.

»Ich wußte das. Nun gestatten Sie mir weiterzufragen. Haben Sie Kontakt zu den Woltersheimer Herrschaften?«

Die weißhaarige Dame lächelte.

»Wir schreiben uns zu Geburtstagen und zu Neujahr und teilen uns besondere Familienereignisse mit – das ist alles.«

Mrs. Fokham sah eine Weile nachdenklich auf den Teppich. Dann hob sie entschlossen das Gesicht.

»Ich möchte Ihnen eine Eröffnung machen und Sie um Ihre Hilfe bitten.«

»Sprechen Sie, sprechen Sie ruhig. Offen gestanden – ich bin neugierig wie ein Kind. Und wenn ich kann, helfe ich Ihnen gern.«

Mrs. Fokham sah ihr ernst in das kluge, gute Gesicht.

»Wissen Sie, daß Herr von Woltersheim schon einmal verheiratet war, ehe er sich mit Helene von Herrenfelde vermählte?«

»Gewiß – ich entsinne mich. Er war mit einer Schauspielerin verheiratet, worüber seine ganze Familie außer sich war. Diese Ehe wurde geschieden. Ich glaube, weil die Frau davonlief.«

Mrs. Fokham holte tief Atem.

»So ist es, gnädige Frau. Sie lief davon, weil diese Ehe ein beiderseitiger Irrtum war und sie diesen Irrtum korrigieren wollte. Die erste Frau des Herrn von Woltersheim sitzt vor Ihnen – ich bin es selbst.«

Die alte Dame schnellte empor.

»Sie – Sie sind es! Das ist ja – nein – gestatten Sie einen Augenblick –, das will mein alter Kopf nicht fassen.«

Sie fiel in ihren Sessel zurück, hielt sich die Schläfen mit den Händen und schüttelte den Kopf.

Mrs. Fokham unterdrückte ein Lächeln.

»Ich verstehe, daß Sie meine Mitteilung überrascht. Als ich meinen ersten Mann verlassen hatte, ging ich nach Amerika, um meinen Beruf als Schauspielerin wieder auszuüben. Unsere Ehe wurde geschieden und unser einziges Kind dem Vater zugesprochen. Meine Tochter war zu klein, als daß ich sie hätte mitnehmen können. Auch glaubte ich, die Familie meines Mannes würde meine Tochter mit offenen Armen aufnehmen, wenn ihre Mutter sich von ihr lossagte. Kurz nach meiner Scheidung lernte ich meinen zweiten Mann kennen. Er war schon damals ein sehr reicher Mann, und es lockte mich, Millionärin zu werden. Schneller, als ich es für möglich gehalten hätte, wurde ich seine Frau. Daß ich geschieden war, wußte er; es machte ihm nichts aus: er liebte mich sehr. Aber daß ich ein Kind hatte, verschwieg ich ihm – aus Scham darüber, daß ich es im Stich gelassen hatte. Sie sehen, gnädige Frau, ich beschönige nichts. Mein Mann hat es nie erfahren. In dem glänzenden Leben, das ich fortan führte, das mich mit tausend neuen Dingen ausfüllte, vergaß ich mein Kind. Und wenn ich später manchmal daran dachte, schob ich die Erinnerung wie etwas Lästiges von mir. Ich habe nie zu den sehr gefühlvollen Frauen gehört. Aber vielleicht war es doch mehr die Angst, meinem Mann beichten zu müssen, daß ich ihm die Existenz meiner Tochter verschwieg. Denn nach meines Mannes Tod erwachte eine treibende, unstillbare Sehnsucht nach meinem Kind in mir. Und mein Gewissen erwachte mit peinigender Schärfe. Es ließ mir keine Ruhe mehr und zwang mich zu dieser Reise. Es stand bei mir fest, ich mußte meine Tochter wiedersehen, weil ich an ihr gutmachen wollte, soviel ich kann, da ich sie herzlos verließ. Meine zweite Ehe ist, wie ich Ihnen schon sagte, kinderlos geblieben. Mein Mann hat mich zur Universalerbin eingesetzt; ich habe keinen andern Erben für mein nach deutschen Begriffen riesiges Vermögen als meine Tochter Eva. Und wenn Geld und ehrlicher Wille gutmachen können, so will ich gutzumachen versuchen. Um aber erst mit meiner Tochter Fühlung aufnehmen zu können, bin ich zu Ihnen gekommen, um Sie um Ihre gütige Vermittlung zu bitten. Ich muß auf irgendeine Weise mit Herrn von Woltersheim in Verbindung treten. Sie werden verstehen, daß dies nicht ohne Peinlichkeiten möglich wäre, wenn ich nicht eine Mittelsperson finden würde. Ich hörte von Ihrer Verwandtschaft mit Frau von Woltersheim und habe Sie als eine hochherzige und alles verstehende Frau kennengelernt. Deshalb bitte ich Sie inständig – helfen Sie mir.«

Die alte Dame hatte sich gefaßt, aber ihre Gedanken überschlugen sich hinter ihrer Stirn. Mrs. Fokhams Eröffnung hatte allerlei in ihr wachgerufen, womit sie jetzt nicht sofort fertig werden konnte. Sie saß hilflos in ihrem Sessel und schüttelte noch immer zuweilen den Kopf.

»Was soll ich tun? Sagen Sie mir, was ich tun soll. Ich bin ja ganz fassungslos. Mein Gott – das ist ja ein Roman. Also, was verlangen Sie von mir, was soll ich tun?« sagte sie, halb abwesend mit ihren Gedanken. Es erwachte ein Plan in ihrer Seele, der sie selbst zu überwältigen drohte.

Mrs. Fokham ergriff ihre Hand.

»Vorläufig sollen Sie nur auf irgendeine Weise mit Herrn von Woltersheim in Verbindung treten und ihn bitten, daß er mir, wenn auch nur für kurze Zeit, meine Tochter überläßt. Ich möchte mein Kind vor allem anderen kennenlernen. Sagen Sie ihm, daß Eva meine Erbin ist. Ich möchte auch beurteilen, ob ich ihr jetzt schon in irgendeiner Weise etwas Gutes tun kann. Vielleicht will sie sich schon bald verheiraten. Dann möchte ich ihr eine Mitgift aussetzen. Ich kann ja nur Geld in die Waagschale werfen, um zu sühnen. Aber vielleicht gelingt es mir. Jedenfalls sehne ich mich danach, mein Kind zu sehen und es zu bitten, daß es mir verzeiht. Ich habe nicht gerade mütterlich gehandelt. Nicht wahr?«

Frau von Herrenfelde sah sie mit ernsten Augen an.

»Ich habe mir abgewöhnt, Urteile zu fällen über Dinge, die ich nicht verstehe. Ich bin selbst nicht Mutter gewesen. Ihr Fall ist sehr ungewöhnlich. Es kommt jetzt auch gar nicht darauf an, was gewesen ist, sondern darauf, was nun geschehen soll. Helfen will ich Ihnen gern. Wie das am besten einzufädeln ist, weiß ich noch nicht. Geben Sie mir einige Tage Bedenkzeit. Ich müßte mit Woltersheim in näheren Kontakt treten, da ich die Verhältnisse nicht genau kenne. Jedenfalls ist es ein großes Glück für Ihre Tochter, daß Sie sie zu Ihrer Erbin einsetzen wollen. Soviel ich weiß, hat Herr von Woltersheim kein großes Vermögen; und die Töchter haben in der Regel das Nachsehen. Also – lassen Sie mir Bedenkzeit. Entweder schreibe ich nach Woltersheim, oder ich reise selbst hin. Jedenfalls will ich Ihre Sache zu der meinen machen.«

Mrs. Fokham ergriff die Hand der alten Dame und führte sie schnell an die Lippen.

»Ich danke Ihnen – auch dafür, daß Sie mich nicht verurteilen. Selbstverständlich überlasse ich Ihnen alles. Nur teilen Sie mir bitte sofort mit, wenn Sie etwas unternehmen. Es mag absurd klingen, daß ich es jetzt plötzlich vor Sehnsucht nach meiner Tochter fast nicht mehr aushalten kann – aber es ist so.«

Sie fand bei ihrer Gastgeberin großes Verständnis.
»Das Menschenherz ist ein unberechenbares Ding.«
Dann besprachen die beiden Damen noch allerlei, bis sich Mrs. Fokham verabschiedete.

Als Frau von Herrenfelde allein war, blieb sie mitten im Zimmer stehen und hielt sich den Kopf.

»Jetzt sei mal ein bißchen diplomatisch, meine Liebe«, redete sie sich selbst zu. »Du hast da eine sehr wichtige Mission übernommen und bist im Besitz eines hochinteressanten Geheimnisses. Da hat dir doch gestern dein Neffe Götz von dieser kleinen Eva Woltersheim erzählt, die man erst diesen Sommer im Schoß der Familie aufgenommen hat. Dies Aschenbrödel entpuppt sich plötzlich als eine reiche Erbin. Mrs. Fokham wird auf mehrere Millionen geschätzt. Du wärst doch eine sehr törichte und schlechte Tante, wenn du deinen Liebling Götz nicht von deinem Geheimnis und deiner Mission profitieren ließest. Du suchst ja eine reiche Frau für ihn. Nun – diese Eva Woltersheim würde deine kühnsten Wünsche übertreffen. Also, sei ein bißchen schlau und überlege dir, wie du hier ein wenig Vorsehung spielen kannst.«

Sie setzte sich in ihren »Schmollwinkel« und dachte angestrengt nach. Endlich schien sie zu einem Entschluß gekommen zu sein. Sie sah auf die Uhr. In wenigen Minuten mußte Götz zurück sein. Er war seit gestern zu Besuch bei seiner Tante, die ihm ihr kleines, aber hübsches Gastzimmer zur Verfügung stellte. Sie hatte ihn morgen bei einem Wohltätigkeitsfest einigen vermögenden jungen Damen vorstellen wollen. Diesen Plan gab sie nun auf.

Erregt ging sie auf und ab, bis Götz endlich nach Hause kam. Ungeduldig trippelte sie ihm entgegen und faßte ihn am Arm.

»Götz, du mußt sofort wieder abreisen – sofort, sage ich dir. In ungefähr zwei Stunden geht ein Zug – den mußt du unbedingt nehmen«, rief sie ihm hastig zu.

Er sah sie erstaunt an.

»Aber Tantchen, was ist denn passiert? Du bist ja außer dir. Weshalb soll ich denn schon wieder abreisen, ich bin doch gerade erst gekommen?«

Sie zog ihn ungeduldig zu sich auf den Diwan.

»Was ist Eva von Woltersheim für ein Mädchen? Wie gefällt sie dir?«

Götz wandte sein Gesicht dem Fenster zu, damit die Tante es nicht sehen konnte. In seinen Augen lag ein düsterer Ausdruck.

»Wie kommst du auf sie?« fragte er heiser.

Die kleine Tante zappelte vor Ungeduld.

»Frag nicht weiter. Du sollst mir sagen, wie sie dir gefällt. Ist sie hübsch?«

»Ich glaube, sie ist schön.«

»Du glaubst es. Götz – du weißt doch sonst genau, ob eine Frau schön ist oder nicht.«

Er wandte ihr nun sein Gesicht zu.

»Als ich sie zuerst sah, nannte ich sie ein häßliches Entlein; und als ich vorgestern von ihr Abschied nahm, sah sie so schön aus, wie ich noch nie eine Frau gesehen habe.«

»Das klingt orakelhaft, mein lieber Junge.«

»Sie hat sich eben sehr zu ihrem Vorteil verändert, seit sie in Woltersheim ist.«

Die Tante nickte.

»Das kommt bei jungen Mädchen zuweilen vor. Also jetzt gefällt sie dir?«

»O ja – sehr.«

»Schön. – Dann reise schleunigst nach Hause zurück,

begib dich eiligst nach Woltersheim und verlobe dich so schnell wie möglich mit dieser Eva.«

Götz sah seine Tante an, als zweifle er an ihrem Verstand.

»Tantchen – das verstehe ich nicht.«

»Mein Gott, es wird dir doch nicht schwerfallen, so ein junges, unerfahrenes Kind zu erobern. Ich hab' es doch selbst oft genug erlebt, daß die Frauen ganz verrückt nach dir sind. Du hast trotz deiner Zurückhaltung – oder gerade deswegen – etwas, was die Frauen anzieht wie das Licht die Mücken.«

Götz schüttelte verständnislos den Kopf und sah die Tante besorgt an.

Sie wippte vor Ungeduld auf und ab. Ihre Worte überstürzten sich fast.

»Ich bin klar bei Verstand, Götz, glaub es mir. Du mußt dich unbedingt mit Eva Woltersheim verloben.«

Götz dachte, daß er das herzlich gern tun würde, wenn er nur könnte. Sein schmales Gesicht war noch einen Schimmer blasser geworden.

»Du weißt doch, weshalb ich nach Berlin gekommen bin, Tantchen. Ich muß, koste es, was es wolle, eine reiche Frau haben. Eva ist leider genauso arm wie ich, sonst – tatsächlich, ich würde glücklich sein, solch eine Frau zu bekommen. Aber daran ist überhaupt nicht zu denken.«

Die Tante nickte vergnügt.

»Ja, ja – du mußt eine reiche Frau heiraten, deshalb sollst du dich schleunigst mit Eva verloben, ehe dir ein anderer zuvorkommt. Denke dir, was ich eben in Erfahrung gebracht habe.«

Sie erzählte mit fliegender Hast von Mrs. Fokhams Besuch und ihrer Eröffnung. Götz lauschte mit wachsendem Interesse. Ein eigentümliches Gefühl stieg in ihm auf, ein

Gemisch von heißer Freude und brennendem Schmerz. Er hatte Evas letzten Blick nicht vergessen können. Wach und im Traum sah er sie vor sich mit dem blassen Gesicht und dem todesbangen Blick. Gewaltsam hatte er sich zwingen wollen, nicht mehr an sie zu denken. Aber es half nichts. Nicht nur ihr Blick, auch die Erinnerung an ihre Lieder ließ ihn nicht los.

»Dort, wo du nicht bist – dort ist das Glück.«

So tönte es ihm mit süßer Schwermut ins Herz, wenn er die Augen schloß und an sie dachte.

Es half ihm nichts, daß er sich sagte:

»Vergiß das Mädchen; es kann ja nie eine Gemeinschaft geben zwischen dir und ihr.«

Und nun plötzlich erzählte ihm seine Tante, daß Eva eine reiche Erbin war, eine erstrebenswerte Partie für ihn. Es war jetzt mit einem Mal keine Torheit mehr, sein Herz an sie zu verlieren, ihrem geheimnisvollen Zauber zu erliegen. Wenn es ihm gelang, ihre Hand zu erringen, war er gerettet aus der qualvollen Misere seines Daseins. Dann konnten all seine Träume in Erfüllung gehen, und er hatte zugleich für sein Herz das Schönste gefunden, das er in sehnsüchtigen Stunden gesucht hatte. Er wußte, daß Evas scheues Wesen reiche, ungehobene Schätze barg, die noch wertvoller waren als der ganze Reichtum, der ihr nun plötzlich zufallen sollte.

Aber seine heiße Freude wurde getrübt durch den Gedanken, daß er sich allein durch ihren Reichtum bestimmen lassen sollte, um sie zu werben. Wenn sie nicht Mrs. Fokhams Erbin wäre, hätte er ja nie daran denken können. Das quälte ihn mehr, als er sich eingestehen wollte.

Eine starke Erregung nahm ihn gefangen. Er prüfte sich selbst voller Mißtrauen, ob nicht allein der Umstand, daß

Eva reich war, sie ihm so begehrenswert machte. Aus seinem Innern stiegen unruhige Zweifel auf; und doch hätte er zugleich laut aufjubeln mögen bei dem Gedanken, daß er jetzt ohne Rücksicht auf seine verzweifelte Lage um Eva anhalten durfte.

Mit brennenden Augen hing er am Gesicht seiner Tante. Diese schloß ihren Bericht, indem sie sagte:

»Siehst du, mein lieber Götz – als Mrs. Fokham mir das alles sagte, da schoß es mir wie ein Blitz durch den Kopf: Diese Eva muß meines lieben Jungen Frau werden, dann hat alle Not für ihn ein Ende. Und nun mußt du sofort heimfahren. Niemand weiß, daß du bei mir warst, niemand braucht es zu erfahren. Kein Mensch braucht zu wissen, daß du Bescheid weißt über Evas Reichtum. Denn würdest du erst um sie werben, wenn es publik ist, dann hättest du viel geringere Chancen.«

Götz sprang auf. Er war heftig erregt.

»Aber es ist Betrug, Tante«, stieß er aus.

Sie schüttelte den Kopf.

»Warum dieses häßliche Wort, Götz? Ein anderer an deiner Stelle würde keinen Augenblick zögern. Es ist einfach ein Ausnützen günstiger Chancen, wie sie dir nie mehr geboten werden. Du wärst ein Tor, wolltest du nicht zugreifen; das steht fest.«

Götz schritt unruhig auf und ab.

»Du magst recht haben; ich sage es mir auch selbst – und dennoch, dennoch – es widerstrebt mir unsagbar, dieses Ausnutzen der Chancen. Es erscheint mir erbärmlich, einem Mädchen wie Eva gegenüber. Du weißt nicht, ein welch wertvoller, fein empfindender Mensch sie ist – so scheu und doch so beseelt, und – ich will es dir gestehen – ich glaube, sie liebt mich – und – ich – ich habe sie sehr, sehr lieb.«

Da schnellte die Tante mit einem Freudenruf empor und umarmte ihren Neffen.

»Oh – das ist das Schönste, was du mir sagen konntest. Nun bin ich sicher, daß du ihr Herz erringst. Aber doppelt notwendig ist jetzt, daß sie auf keinen Fall erfährt, daß du über ihre Erbschaft Bescheid weißt. Ich zweifle nicht, daß du dich ihr gegenüber ritterlich erweist; du wirst ja, schon um dein Gewissen zu beruhigen, alles tun, was in deiner Macht steht, um sie glücklich zu machen. Es ist deine Sache, dich würdig zu zeigen und ihr die Illusion ihres Glücks zu erhalten. Glaube mir, es kommt gar nicht so sehr darauf an, daß man geliebt wird, als vielmehr darauf, daß man es glaubt.«

»Du meinst es sehr gut mit mir, Tantchen; und ich bin dir sehr dankbar, daß du sofort an mich gedacht hast. Es ist ja auch so verlockend für einen armen Schlucker wie mich, eine reiche Frau zu bekommen, die zugleich alle Vorzüge des Leibes und der Seele besitzt. Es wäre fast zuviel des Glückes, könnte ich sie mir wirklich erringen. Aber es wird schwer sein, ihren reinen Kinderaugen gegenüber eine Lüge aufrechtzuerhalten. Sage ich ihr aber die Wahrheit, so glaubt sie mir natürlich nicht, daß ich sie liebe; und dann – nein – nein – du hast recht: Sie darf nicht wissen, daß ich etwas von der Rückkehr ihrer Mutter und deren Reichtum erfahren habe. Ich muß diese Täuschung auf mich nehmen, wenn ich sie und mich glücklich machen will.«

Die alte Dame atmete erleichtert auf.

»Gottlob, daß du Vernunft annimmst, mein Junge. Und nun ist keine Zeit mehr zu verlieren. Einige Tage kann ich dir Vorsprung lassen. Ich werde Mrs. Fokham mitteilen, daß ich selbst nach Woltersheim reisen und mit Eva und ihrem Vater Rücksprache nehmen will. Ich gebe vor, erst nächste Woche abkömmlich zu sein. Dann reise ich nach Woltersheim. Vergiß aber nicht, daß wir uns nicht gesehen haben. Du kannst ja sagen, du seist überhaupt nicht in Berlin gewesen – oder die Sehnsucht habe dich gleich wieder umkehren lassen – oder was sonst du willst. Ich weiß jedenfalls von nichts und habe dich nicht zu Gesicht bekommen! Nun mach schnell, daß du den Zug erreichst. Gott sei Dank, ich habe kein Wort gegenüber Mrs. Fokham von deinem Besuch erwähnt. Also, vorwärts, mein Junge – und viel Glück auf der Reise.«

Götz zögerte noch, als könne er keinen Entschluß fassen. Aber die resolute Dame drängte ihn aus dem Zimmer und klingelte ihren Diener herbei.

»Kanter, helfen Sie dem Herrn Götz packen, und bestellen Sie eine Droschke!«

»Sehr wohl, gnädige Frau«, antwortete der alte Kanter.

Sie hielt ihn, während Götz schon hinausgegangen war, am Rockknopf fest.

»Kanter – der Herr Götz ist gar nicht bei uns zu Besuch gewesen; wir haben ihn nicht zu sehen bekommen. Verstanden?«

Kanter machte ein verschmitztes Gesicht.

»Gnädige Frau meinen, es soll kein Mensch wissen, daß der Herr Götz hier gewesen ist.«

»Sie sind ein Schlauberger, Kanter, und haben mich wie immer richtig verstanden. Nun gehen Sie, und sorgen Sie dafür, daß der Herr Götz in einer halben Stunde in einer Droschke zum Bahnhof fährt und daß auch Christine weiß, daß Herr Götz nicht bei uns war.«

Kanter nickte.

»Sehr wohl – soll alles pünktlich besorgt werden.«

Die alte Dame ließ seinen Knopf los und nickte ihm freundlich zu.

»Rechtsum kehrt – vorwärts marsch«, kommandierte sie wie immer, wenn sie bester Laune war. Kanter marschierte schmunzelnd ab.

Götz verabschiedete sich nach einer halben Stunde von seiner Tante.

»Ich gebe dir noch genaue Nachricht, was ich mit Mrs. Fokham verabrede über den Termin meiner Reise. Wenn ich kann, schiebe ich sie noch länger hinaus. Jedenfalls beeile dich, sosehr du kannst. Und noch mal – viel Glück auf dem Weg«, sagte die alte Dame zu ihm und küßte ihn herzlich.

Ehe Götz richtig wußte, was er tun und lassen sollte, saß er schon im Zug und fuhr nach Hause.

11

Götz hatte unterwegs unablässig an Eva gedacht, und er wußte nicht, wie er nun vorgehen sollte. Als er daheim angekommen war und seine öden vier Wände betrachtete, als er sich ausmalte, wie sich hier alles ändern könnte, wenn Eva seine Frau würde, da wurde ihm das Herz weit. Er sah sie hier neben sich in einer Umgebung, wie er sie sich für sie wünschte. Wie wunderschön mußte es sein, wenn ihre kleinen Füße diesen Boden betraten, wenn ihre schlanke Gestalt neben ihm herschritt und ihre scheuen Kinderaugen voll Liebe und Vertrauen zu ihm aufsahen. Dann mußte sie ihm ihre Lieder singen, ihm ganz allein;

dann würde es nicht mehr heißen: »Dort, wo du nicht bist – dort ist das Glück.« Dann hatte er das Glück und hielt es fest, ganz fest an seinem Herzen und ließ es nimmer von sich fort.

Eine heiße Sehnsucht überflutete ihn und brachte alles andere zum Schweigen. Ohne sich länger zu besinnen, ließ er den Schlitten anspannen und fuhr nach Woltersheim hinüber. Es war schon spät – später, als es für einen Besuch schicklich war. Aber er mochte jetzt nicht derlei Rücksichten nehmen, und man nahm es ja schließlich unter Verwandten nicht so genau.

Im Woltersheimer Schloß waren nur wenige Fenster erleuchtet, als er vorfuhr. Der Diener meldete ihm, daß die Herrschaften mit Ausnahme der beiden jüngsten gnädigen Fräulein in der nahen Garnisonstadt einen Ball besuchten. Fräulein Jutta sei etwas erkältet und deshalb zeitig zu Bett gegangen, Fräulein Eva sei im Musikzimmer und spiele Klavier. Ob er Herrn Götz melden solle.

Götz klopfte das Herz. War das nicht eine günstige Fügung? Durfte er sich diese Gelegenheit, mit Eva zu sprechen, entgehen lassen? Nur einen Augenblick zögerte er, dann blitzte es entschlossen in seinen Augen auf.

»Sie brauchen mich nicht erst zu melden; ich will meine Kusine nicht im Spiel stören und werde drinnen warten, bis sie aufhört«, sagte er anscheinend sehr ruhig, die »Kusine« etwas betonend, um dem Diener die Harmlosigkeit der Situation zu dokumentieren. Dieser trat dann auch mit einer Verbeugung zurück, nachdem er Götz Hut und Mantel abgenommen hatte. Götz betrat zunächst den Salon neben dem Musikzimmer. Langsam durchquerte er ihn und blieb auf der Schwelle stehen. Eva hatte sein Eintreten nicht bemerkt. Sie spielte weiter. Er hatte Muße, sie zu betrachten.

Sein Blick heftete sich brennend auf das holde, ernste Mädchengesicht. Noch nie war sie ihm so schön erschienen wie in diesem Augenblick. Eine leise Trauer lag auf ihren reinen Zügen, und die Augen blickten leidvoll und ernst.

Sein schönheitsdurstiges Auge weidete sich an der edlen Harmonie ihrer Erscheinung. Weit öffnete sich sein Herz, um das liebliche Bild aufzunehmen. Reglos stand er und lauschte ihrem Spiel, bis das Stück zu Ende war. Sie blieb sitzen und ließ die schlanken, schönen Hände von den Tasten gleiten. Wie müde lehnte sie den Kopf zurück, als sei er ihr zu schwer; sie schloß die Augen. Ein herber, leidvoller Zug lag um den feinen Mund, und ein Seufzer entfloh ihren Lippen.

Da hielt es ihn nicht mehr. Er trat einen Schritt vor.

»Eva!«

Sie schrak empor und sah zu ihm hinüber, als sei er eine Erscheinung aus einer andern Welt. Wie gelähmt blieb sie sitzen. Als sie begriff, daß kein Traumbild ihre Sinne täuschte, sondern er leibhaftig vor ihr stand, da schoß dunkle Glut in ihre Wangen und in den Augen lag ein Ausdruck heißer Freude, gemischt mit bangem Erstaunen. Er trat schnell ganz zu ihr heran und ergriff ihre Hand, die zitterte.

»Eva – heißen Sie mich nicht willkommen?«

Sie sah wie im Traum zu ihm empor. Es lag in seinen Augen, in seiner Stimme ein Ausdruck, der sie willenlos machte und sie wie ein Zauber bannte.

Götz hatte jetzt ganz vergessen, daß Eva eine reiche Erbin war. Er sah nur das holde, erglühende Geschöpf, die begehrenswerte Frau in ihr; und er fühlte beseligt, daß er Macht über ihre Seele hatte Die großen Augen, die er im Bann hielt, verrieten ihm, daß sie ihn liebte.

Sein Herz schlug ihr jubelnd entgegen.

»Eva – liebe Eva.«

Seine Worte brachen den Bann. Sie richtete sich auf.

»Es ist niemand zu Hause – nur Jutta. Sie schläft schon. Und – ich denke – Sie sind in Berlin«, sagte sie stockend, ohne zu wissen, was sie sprach.

Er hielt ihre Hand fest, die sie ihm entziehen wollte. Sein Gesicht war bleich vor Erregung, und seine Augen brannten sehnsüchtig.

»Ich war in Berlin, Eva.«

Sie zuckte zusammen. Etwas Schreckhaftes trat in ihre Augen.

»Sie waren schon dort – Sie – Sie haben sich verlobt?« entfuhr es ihren blassen Lippen. Wenn er noch nicht gewußt hätte, daß sie ihn liebte, die Qual in ihrem Blick hätte es ihm verraten müssen.

Er schüttelte heftig den Kopf.

»Nein – wie sollte ich?«

Sie sah ihn so schmerzlich an, daß er wie schützend auch ihre andere Hand umschloß.

»Jutta sagte mir, Sie – Sie wollten sich in Berlin verloben.«

In seinem Gesicht zuckte es.

»So schnell verlobt man sich nicht, Eva. Ich will nicht leugnen, daß ich zu diesem Zweck nach Berlin gereist bin. Aber als ich von Ihnen Abschied nahm – drüben am Weiher –, da ahnte ich schon, daß ich zwei dunkle Augen nicht würde vergessen können. Ihre Augen – Eva. Ihr letzter Blick hat mich nicht mehr losgelassen; er hat mich wieder zurückgeführt – ich konnte nicht bleiben. Und nun bin ich gekommen, um Sie zu fragen: Eva – liebe Eva –, fürchten Sie sich noch immer vor mir?«

Sie nickte nur und senkte den Kopf. Ihre Hände zitterten in den seinen. Er fühlte, daß er ihr Schicksal war, und gelobte in dieser Stunde, alles zu tun, um sie glücklich zu machen. Er hob zart ihr Kinn empor.

»Warum nur – warum?« fragte er halblaut.

Ihre Augen blieben geschlossen, sie sah ihn nicht an.

»Ich weiß es nicht«, antwortete sie leise.

Er blickte erschüttert auf sie herab.

»Eva – liebe teure Eva –, sieh mich an«, bat er leise mit leidenschaftlich forderndem Ausdruck.

Sie zuckte zusammen und sah nun mit großen Augen zu ihm auf in die seinen, die sie immer gefürchtet hatte und die sie nun plötzlich mit einer heißen, grenzenlosen Wonne erfüllten. Und ihr Blick sagte ihm, daß sie sich ihm ergab mit Leib und Seele, daß sie keinen Willen hatte als den seinen.

Da riß er sie zu sich empor in seine Arme und küßte sie auf den Mund. Sie lag ganz still an seinem Herzen und wußte nicht, ob sie noch auf Erden war oder schon im Himmel. Erst duldete sie seine Küsse nur, aber dann fühlte er, daß sie dieselben erwiderte.

Eine heiße Freude erfüllte sein Herz, daß sie ihn liebte und er sie lieben konnte mit starker Innigkeit.

Endlich entließ er sie aus seinen Armen und sah ihr tief in die verklärten Augen.

»Fürchtest du dich auch jetzt noch vor mir, mein Liebling?«

Sie sah ihn mit einem holden, verträumten Lächeln an.

»Ich fürchte nur, daß dies alles ein Traum ist«, sagte sie mit scheuer Inbrunst.

Da küßte er sie von neuem und berauschte sich selbst an ihren Küssen, so daß er sie nicht aus den Armen lassen wollte.

Dann zog er sie neben sich auf einen Diwan. Es war, als erwache sie plötzlich aus einem Traum. Sie strich sich verwirrt das Haar aus der Stirn. Und mit einem Mal sprang sie auf, als wollte sie entfliehen. Aber er hielt sie fest und zog sie wieder an seine Seite.

»Willst du noch immer vor mir davonlaufen, du scheues, furchtsames Mädchen? Jetzt halte ich dich fest und lasse dich nie mehr los.«

Sie stemmte die Arme gegen seine Schultern und bog sich erblassend zurück.

»Lassen Sie mich; Sie – Sie treiben doch nur Ihren Scherz mit mir.«

Er sah sie ernst an.

»Eva – sehe ich wie ein Schurke aus?«

Sie seufzte tief auf.

»Aber Sie müssen doch eine reiche Frau heiraten – ich weiß es doch. Ach – lassen Sie mich los. Ich darf nicht hierbleiben.«

Er hielt sie nur um so fester.

»Wie heiße ich, Eva?«

Sie schüttelte hilflos den Kopf und sah ihn flehend an.

»Du sollst mir sagen, wie ich heiße«, forderte er ernst.

»Ich kann nicht«, flüsterte sie.

Er zog sie an sich und blickte sie heiß und innig an.

»Wie nennt mich dein Herz? Sag es mir.«

Sie sah ihn flehend an.

»Nein, ich erlasse es dir nicht, Eva. Du mußt jetzt wissen, daß du mein bist und ich dir gehöre mit jedem Atemzug. Sage mir schnell, wie du mich in deinem Herzen nennst.«

Sie warf sich an seine Brust und verbarg ihr Gesicht.

»Mein Liebster – du – du«, stammelte sie zitternd.

Er war ergriffen von der heißen Zärtlichkeit, die ihren Worten entströmte, und küßte ihre Hände, ihren Mund und ihre Augen.

»Süßes – Liebes – noch mehr will ich hören. Sag mir noch mehr liebe Worte; sie klingen so hold von deinen schönen Lippen.«

Sie hob den Kopf und sah ihn an.

»Götz – mein lieber, liebster Götz. Darf ich dich wirklich so nennen?«

Er lachte glücklich, und sie sah mit seligem Erschauern, daß ihre Worte Macht über ihn hatten. Nie zuvor hatte sie ein so frohes Leuchten in Götz Herrenfeldes Augen gesehen.

»Hast du mich lieb, Evchen?«

Sie faltete die Hände.

»Mehr als mein Leben – mehr als alles auf der Welt. Und du?«

»Ich liebe dich, wie man die Sonne liebt, die Licht und Leben, Wärme und Schönheit spendet. Wie schön du bist, mein Liebes.«

Er preßte sie wieder an sich, um sie zu küssen. Mit einem reizenden Schelmenlächeln bog sie sich zurück.

»Götz Herrenfelde – du weißt ja nicht, was du im Arm hältst.«

Er lachte froh.

»Ei, sieh da – ein Schelm ist mein süßes Mädchen auch? Was halte ich denn im Arm?«

»Ein häßliches kleines Entlein.«

Er ließ sie erblassend los.

»Eva.«

Sie nickte.

»Ja – so hast du mich genannt, als du mich zum ersten

Mal gesehen hast. Zu Silvie sagtest du es, draußen in der Halle.«

»Das hast du gehört?«

»Ja«, antwortete sie, ernst werdend. »Und es hat mich sehr gekränkt; ich glaube, ich liebte dich schon damals, obwohl ich Furcht vor deinem Spott empfand.«

Nun begriff er plötzlich ihr scheues, zurückhaltendes Wesen. Er zog sie wie schützend in seine Arme.

»Liebes – ich war ein blinder Tor. Sehr bald sah ich meinen Irrtum ein. Weißt du – damals im Wald, als du mir davonliefst – schon damals erkannte ich deinen holden Zauber. Aber ich redete mir ein, du wärst trotz deiner Lieblichkeit ein dummes kleines Ding mit engem Horizont. Dann hörte ich dich spielen und singen – und zuweilen erhaschte ich einen Blick, der mir dein wahres Wesen enthüllte. Ich wehrte mich aber gegen den Zauber, mit dem du mich langsam, aber sicher umstricktest, und redete mir immer wieder ein, du seist wirklich nur ein ganz unbedeutendes Geschöpf.«

Sie seufzte tief auf.

»Oh, ich bin auch noch sehr dumm und ungeschickt und muß noch viel lernen.«

»Äußerlichkeiten, Liebling. Ich kenne deinen Wert besser als du selbst. Was dir noch fehlt, wirst du bald lernen, wenn du erst meine Frau bist.«

Sie zuckte errötend zusammen.

»Deine Frau – ach Götz –, ich bin ja ein armes Mädchen. Wenn du mich heiratest, kommst du ja nie aus der Sorge heraus. Ich habe erst heute morgen wieder gehört, wie Papa zu Mama sagte: ›Wenn Götz nur endlich eine reiche Frau fände, der arme Mensch reibt sich sonst auf im Kampf mit seinen Sorgen.‹ Ach Götz – ich hätte mich totweinen mögen und mußte doch ganz still sitzen. Und nun bin ich so glücklich, daß du dir keine andere Frau nehmen willst, und zugleich unglücklich, weil ich arm bin und dir nicht helfen kann.«

Er schloß ihr den Mund mit Küssen.

»Sprich jetzt nicht davon, Liebling. Es wird sich schon ein Ausweg finden. Sorge dich nicht; wenn ich dich an meiner Seite habe, schaffe ich doppelt gern. Ich kann dich nicht mehr lassen, meine Eva. Ich liebe dich und will dich besitzen. Laß uns jetzt nicht von dieser leidigen Sache reden; wir wollen in dieser Stunde nichts denken, als daß wir uns lieben und glücklich sind. Ach du Süße – du – du – wenn du wüßtest, wie dankbar ich dir bin, daß du in meinem Herzen die Liebe wecktest, daß du mich liebst. Ich fühle es: du bist es, die mein sehnendes Herz schon lange gesucht hat. Du bist mein; ich will dich halten, allen Gewalten zum Trotz. Sag es mir, daß du mir gehörst für alle Zeit, daß nichts uns mehr trennen kann.«

Seine Erregung hatte sich zu leidenschaftlicher Heftigkeit gesteigert. Er preßte Eva an sich, als könne sie ihm entrissen werden. Sie schmiegte sich mit Innigkeit in seine Arme. Alle Scheu war verschwunden. Seine Liebe hob sie über sich selbst hinaus. Und weil sie fühlte, daß sie Macht über ihn hatte, so wuchs ihre Stärke.

»Ich folge dir in Not und Tod, wenn es sein muß. Und ich will mit dir schaffen und arbeiten. Vereint bezwingen wir vielleicht das Schicksal. Glaube nicht, daß ich ängstlich und furchtsam bin. An deiner Seite will ich mutig jeder Sorge die Stirn bieten. Ich bin ja an Einfachheit gewöhnt – du sollst eine anspruchslose Frau haben. Was du willst, soll geschehen. Ich habe keinen Willen als den deinen.«

Götz küßte, bis ins Innerste ergriffen, ihre strahlenden

Augen, deren volle Schönheit er jetzt erst erkannte. Ein heiliges Gelübde legte er sich selbst ab in dieser Stunde: daß er Eva glücklich machen wollte.

Lange konnte er sich nicht von ihr trennen. Sie hatten sich noch so viel zu sagen, hatten all die heiligen Wunder ihrer Liebe auszutauschen, sich zu erzählen, wie sie sich nacheinander gesehnt hatten, wie die Liebe in ihnen erwacht war.

Götz beichtete, daß er zuvor schon manchen Frauenmund geküßt, daß aber noch nie eine Frau so ganz sein innerstes Sein erfüllt hatte. Von seiner Mutter erzählte er, und sie sah ihn an und konnte nicht mehr begreifen, daß sie sich vor ihm gefürchtet hatte.

Eva drängte dann selbst zum Abschied. Sie verabredeten, daß er am nächsten Morgen wiederkommen und Woltersheim um die Hand seiner Tochter bitten sollte. Götz verschwieg Eva nicht, daß ihr Vater Bedenken haben würde, wenn sie einen so armen Schlucker heiraten wollte.

Sie atmete tief auf.

»Wir werden seine Bedenken zerstreuen und ihn schließlich überzeugen, daß wir trotz aller Armut glücklich sein können.«

Noch ein letzter Kuß – dann riß er sich los und ging.

Auf dem Heimweg, als er allein war und seine Erregung sich gelegt hatte, kam ihm wieder zum Bewußtsein, daß er trotz seiner ehrlichen Liebe zu Eva einen Betrug an ihr begangen hatte.

Das Bewußtsein, unehrlich gehandelt zu haben, bedrückte ihn. Er sagte sich, daß er Eva alles hätte sagen und die Entscheidung in ihre Hände legen müssen. Dann wäre er innerlich frei gewesen. Vielleicht wäre sie auch dann die Seine geworden, ihr Herz gehörte ihm ja. Aber – ob sie dann auch an seine Liebe geglaubt hätte? Ob sie ebenso glücklich gewesen wäre? Nein, nein: Sie hätte an ihm zweifeln müssen, hätte geglaubt, daß einzig nur ihr Reichtum ihm erstrebenswert sei. Wie hatte doch seine kluge Tante gesagt: »Es kommt nicht so sehr darauf an, daß man geliebt wird, als daß man daran glaubt.« Nein – er wollte Eva den Glauben an seine Liebe nicht rauben. Er liebte sie von Herzen, damit mußte er sich begnügen. Und seine Liebe mußte ihm hinweghelfen über kleinliche Bedenken. Er wollte nicht mehr grübeln und sich mit nutzlosen Vorwürfen quälen, wollte sich freuen, daß ein gütiges Geschick ihn vor einer lieblosen Ehe bewahrte und ihm noch in letzter Stunde zum Glück verholfen hatte.

Am nächsten Vormittag, als Götz in Woltersheim eintraf, war man schon von seiner Rückkehr aus Berlin unterrichtet. Der Diener hatte seiner Herrschaft bei deren Heimkehr gemeldet, daß er dagewesen war. Götz ließ sich sofort bei Herrn von Woltersheim melden und wurde in dessen Arbeitszimmer geführt.

Ohne lange Umschweife ging er auf sein Ziel los und bat um Evas Hand.

Woltersheim starrte ihn entgeistert an.

»Mein lieber Götz – ich fürchte, du bist von Sinnen. Was soll das heißen? Du und Eva – da kann ja nichts draus werden. Seit wann bist du denn auf diese Idee gekommen?« fragte er fassungslos.

»Gestern abend – als ich Eva allein fand –, da ging das Gefühl mit mir durch. Ich habe ihr gesagt, daß ich sie liebe und zur Frau begehre.«

»Aber, mein Lieber – wie denkst du dir das nur? Du reist nach Berlin, um eine reiche Frau zu suchen, und kehrst am nächsten Tag erfolglos zurück und wirbst um ein armes Mädchen. Was hast du dir dabei nur gedacht? Du bist doch kein dummer Junge mehr.«

Götz' Stirn rötete sich.

»Ich weiß es nicht – ich weiß nur, daß wir uns von Herzen lieben, Eva und ich, und daß wir uns angehören wollen.«

Herr von Woltersheim fiel in einen Sessel und stützte sorgenschwer den Kopf in die Hand.

»Wovon wollt ihr denn leben, Götz? Bedenke, Eva ist genauso arm wie du. Ich kann ihr keine Mitgift geben, die für dich von Belang wäre.«

Götz sah zu Boden. Diese Szene war ihm furchtbar peinlich.

»Eva ist anspruchslos und bescheiden. Und ich – mein Gott, ich komme mit einem Minimum aus. Ich hoffe, etwas Kapital aufnehmen zu können. Vielleicht schaffe ich es doch. Und Eva will mir helfen – sie weiß, daß ich ihr kein glänzendes Leben zu bieten habe.«

Woltersheim starrte vor sich hin. Diese Werbung ging ihm sehr gegen den Strich. Nicht, daß er gegen Götz etwas einzuwenden gehabt hätte. Er war ihm lieb und sympathisch, und er schätzte ihn seiner Tüchtigkeit wegen. Aber er wußte nur zu gut, daß Herrenfelde auf der Kippe stand und so gut wie nichts abwarf. Diese Verbindung durfte er als vernünftiger Mann nicht zulassen.

Er erhob sich und trat vor Götz hin.

»Götz, daß du eine solche Torheit begehen würdest, hätte ich nicht gedacht. Zugegeben – Eva ist ein liebenswertes Geschöpf, die einen Mann beglücken kann. Sie ist eine tiefangelegte Natur und würde auch in bescheidenen Verhältnissen ihr Glück finden. Es schlummern ungehobene

Schätze in ihr, und du bist wohl der Mann, sie zu heben. Unter anderen Verhältnissen würde ich dir mit Freuden ihre Hand geben. Aber ihr kommt ja beide um vor Not und Sorge auf dem herabgewirtschafteten Gut. Das darf ich doch nicht zulassen.«

Götz fuhr sich über die Stirn, er war sehr bleich.

»Ich will alles daransetzen, Herrenfelde wieder in Schwung zu bringen.«

»Ohne Geld gelingt dir das nie, mein lieber Götz, da wollen wir uns doch nichts vormachen. Und mit zehntausend Mark ist da nichts erreicht; es müßten schon hunderttausend sein. Nein, nein – aus dieser Heirat kann nichts werden. Sei vernünftig, such dir eine reiche Frau, wie du dir vorgenommen hattest. So leid es mir tut – ich muß nein sagen. Warte – ich rufe Eva herbei –, ich muß euch beiden Vernunft predigen, sonst ist es doch nur eine halbe Sache.«

Er klingelte und gab dem Diener Auftrag, Eva zu rufen. Bis sie kam, schwiegen die beiden Männer.

Als Eva eintrat, sah sie errötend von einem zum andern. Dann eilte sie an Götz' Seite. Er faßte ihre Hand.

»Eva – dein Vater will mir deine Hand verweigern«, sagte er leise. Das Unehrliche in seiner Lage bedrückte ihn sehr.

Eva ergriff seine Hand und sah bittend zu ihrem Vater auf. Er strich ihr übers Haar.

»Kind – sieh mich nicht so an; ich darf euch meine Einwilligung nicht geben.«

Und er sagte alles, was er dagegen einzuwenden hatte. Es waren gutgemeinte Worte; sie merkten ihm an, daß er unter seiner Weigerung selbst litt. Die beiden jungen Gesichter vor ihm, die ihn so flehend ansahen, machten ihm seine Entscheidung schwer.

Aber er blieb hart. Das einzige, wozu er sich bereit erklärte, war, Götz seine Einwilligung in Aussicht zu stellen, wenn es ihm gelang, ein größeres Kapital aufzutreiben. Bis dahin müsse er, so leid es ihm tue, Götz bitten, nicht nach Woltersheim zu kommen. Eva warf sich ungestüm in Götz' Arme.

»Sei nicht traurig, mein Götz. Ich warte geduldig, bis du einen Ausweg gefunden hast. Dein bin ich – dein bleibe ich, was auch kommen mag.«

Er küßte ihr die Hände.

»Leb wohl, meine Eva. Hab Dank für deine Worte; ich hoffe, wir sehen uns bald wieder.«

Und dann übermannte ihn das Gefühl; er riß sie an sich und küßte sie. Es war eine heimliche Abbitte, daß er diese Komödie spielen mußte.

Woltersheim stand mit gefurchter Stirn machtlos vor diesem leidenschaftlichen Abschied.

»Kinder – seid doch vernünftig«, bat er mit einem warnenden Unterton.

Götz verabschiedete sich nun schnell. Im Grunde war er froh, daß er jetzt nicht als Evas Verlobter hierbleiben durfte. Er hätte noch tagelang lügen müssen. Jetzt konnte er wenigstens gehen, bis der Würfel gefallen war, der Evas Geschick ändern würde. Wenn er sie wiedersah, wußte sie wohl, daß sie eine reiche Erbin war. Dann brauchte er nicht mehr so zu tun, als ob er trotz seiner Armut um ein armes Mädchen warb.

Er kam sich erbärmlich und gemein vor. Fast wäre es ihm jetzt lieber gewesen, Eva wäre wirklich arm, und er hätte es nicht nötig zu lügen.

Woltersheim legte, als Götz gegangen war, seinen Arm um Eva. »Mein armes, liebes Kind, wie ist das nur so schnell gekommen?«

Eva sah mit leuchtenden Augen zu ihm auf.

»Ich weiß es nicht, Papa. Aber du sollst mich nicht bedauern. Ich bin so reich und glücklich, seit ich weiß, daß Götz mich liebt. Und ich bin nicht verzagt. Gott wird uns schon helfen, wenn wir nur Geduld haben.«

Natürlich gab es in den nächsten Tagen in Woltersheim allerlei Diskussionen über Götz' Werbung um Eva. Frau von Woltersheim schüttelte immer wieder den Kopf und konnte nicht begreifen, daß Götz, den sie für einen besonnenen Mann gehalten hatte, solch eine Torheit begehen konnte. Silvie ihrerseits wurde plötzlich zu Eva etwas liebenswürdiger. Hatte sie doch geglaubt, Eva sei ihre Rivalin um Fritz' Gunst. Nun erwachten neue Hoffnungen in ihr, und sie stellte ihre Gehässigkeiten gegen Eva ein. Mit neuem Eifer nahm sie ihren Feldzug gegen Fritz Woltersheims sprödes Herz auf.

Dieser war nicht sehr erbaut davon, schon Juttas wegen. Das kleine, wilde, trotzige Mädchen mit dem weichen Gemüt saß fest in seinem Herzen; und er sehnte die Zeit herbei, wo er offen um sie werben durfte. Silvies Bemühungen waren ihm unangenehm.

Götz Herrenfelde bekam am Tag nach seinem verunglückten Werben von der Tante einen Brief. Er saß gerade in der Bibliothek in ein Buch vertieft. Gelesen hat er nicht darin; er war mit seinen Gedanken bei Eva. Der Brief seiner Tante rief ihn in die Wirklichkeit zurück. Er öffnete ihn und las:

»Mein lieber Götz! Gerade komme ich von Mrs. Fokham. Wir haben ausgemacht, daß ich nächsten Sonnabend nach Woltersheim reise, um mit Herrn von Woltersheim und Eva zu verhandeln. Sie ist sehr froh, daß ich selbst mit ihnen sprechen will; und ich, mein lieber Junge, bin froh, daß Du reichlich acht Tage Vorsprung hast. Nütze die Zeit! Bis Sonnabend mußt Du unter allen Umständen mit Eva verlobt sein, denn später würde Deine Werbung zu eigennützig aussehen. Jetzt hast Du leichteres Spiel. Also, sei vernünftig und laß Dich nicht durch sentimentale Bedenken beeinflussen. So eine Partie wird Dir nie wieder geboten. Mrs. Fokham besitzt mehrere Millionen, und Eva ist ihre einzige Erbin. Eine sofortige Mitgift ist Dir sicher. Du bist dann aller Sorgen ledig; und ich preise mich glücklich, daß ich Dir helfen konnte, diesen Goldfisch zu entdecken. Für heute leb wohl – bis Sonnabend auf Wiedersehen. Und viel Glück zu Deinem Vorhaben. Es bleibt bei unserer Verabredung, daß Du Dich nicht mit mir in Berlin getroffen hast, damit niemand Verdacht schöpft. In Liebe

Deine Tante Maria.«

Götz hatte den Brief mit gemischten Gefühlen gelesen. Er schämte sich immer mehr der Rolle, die er spielen mußte. Aber jetzt konnte er nicht mehr zurück. Nachdenklich faltete er den Brief zusammen und legte ihn auf das Buch, das aufgeschlagen vor ihm lag.

In Gedanken versunken, lehnte er den Kopf zurück und schloß die Augen. Alles um ihn her versank in ein wesenloses Nichts. Er weilte bei Eva – hielt sie in seinen Armen und küßte ihren roten Mund. Was kümmerten ihn ihre Millionen. Sie erschien ihm begehrenswert genug ohne dieselben. Voll Sehnsucht flogen seine Gedanken zu ihr.

»Kleiner, süßer, scheuer Vogel – warm und sicher sollst du an meinem Herzen ruhen. Ich will dich halten in treuer Hut – du mein geliebtes Leben.«

Er schrak plötzlich aus seinen Träumen. Die alte Haushälterin rief ihn, weil ein Viehhändler mit ihm zu sprechen wünschte.

Götz klappte das Buch zusammen, in dem er ohnehin nicht gelesen hatte, und stellte es auf seinen Platz im Regal zurück. Er merkte nicht, daß er den Brief seiner Tante darinnen liegen ließ, denn er hatte ihn schon vollständig vergessen. Schnell ging er hinaus, um mit dem Viehhändler ins Geschäft zu kommen.

12

Frau von Herrenfelde war mit einigem Erstaunen, aber echt ländlicher Gastfreundschaft in Woltersheim aufgenommen worden. Niemand konnte sich zunächst erklären, weshalb die alte Dame jetzt mitten im Winter plötzlich den Einfall hatte, nach Woltersheim zu kommen. Der Gast war jedoch feinfühlig genug, hinter dem herzlichen Willkommen das Erstaunen zu bemerken.

»Herrschaften – ihr wundert euch gewiß, weshalb ich um die Weihnachtszeit plötzlich hier hereinschneie, ohne mich vorher anzumelden«, sagte sie launig.

Frau von Woltersheim neigte lächelnd das Haupt.

»Wir freuen uns jedenfalls herzlich, dich bei uns zu sehen, wenn wir dich auch nicht gerade jetzt erwartet haben, da wir wissen, daß du Götz eingeladen hattest.«

Frau von Herrenfelde blieb völlig beherrscht.

»Oh, Götz hoffe ich eine geharnischte Strafpredigt verpassen zu können. Erst sagt er mit seinen Besuch zu – ich warte dann auf ihn –, aber er kommt nicht. Statt dessen erhalte ich am nächsten Tag einen Brief, in dem er mir mitteilt, daß er sich in Berlin nur einige Stunden aufgehalten hat und dringender Verpflichtungen wegen sofort wieder umgekehrt ist. Wißt ihr etwas von dieser dringenden Verpflichtung?«

Eva wurde rot, und die andern blickten verlegen aneinander vorbei. Nur Herr von Woltersheim fand einige Worte.

»Wir können dir keine Auskunft geben, liebe Maria. Götz ist inzwischen nur zu einem einzigen kurzen Besuch hier gewesen; wir waren selbst sehr erstaunt, daß er so schnell von Berlin zurückkam.«

Die alte Dame setzte eine kriegerische Mine auf.

»Nun – er soll mir nur eine glaubhafte Entschuldigung beibringen, sonst bin ich ihm böse. Aber jetzt zu etwas anderem. Ich bin euch vor allen Dingen eine Erklärung schuldig für meinen Überfall. Mich führt nämlich ein sehr wichtiger und delikater Auftrag zu euch – oder besser zu dir, mein lieber Rudolf. Deshalb möchte ich dich um eine Unterredung unter vier Augen bitten.«

Der Hausherr verneigte sich mit wachsendem Erstaunen.

»Ich stehe dir jederzeit zur Verfügung.«

»Aber nicht, bevor du einen Imbiß zu dir genommen hast, Maria«, protestierte die Hausfrau.

Frau von Herrenfelde nickte vergnügt.

»So lange hat meine Angelegenheit Zeit; ich gestehe, daß ich Hunger habe. Ihr leistet mir doch Gesellschaft? Es wird mir doppelt schmecken, wenn ich diese drei jungen Gesichter um mich sehe.«

Ihr Blick ruhte mit großem Wohlgefallen auf den jungen Mädchen, hauptsächlich Jutta und Eva gefielen ihr sehr. Bei

Evas Anblick hatte sie vorhin gedacht: Also, das ist meines lieben Götz' künftige Frau. Welch ein liebes Gesicht. Der Junge hat ja ein unglaubliches Glück.

Götz hatte ihr in kurzen Worten mitgeteilt, daß er um Eva angehalten habe und mit ihr einig sei, daß aber ihr Vater seine Einwilligung von einer pekuniären Verbesserung seiner Lage abhängig gemacht habe. Nun – diese Verbesserung stand ja durch Eva selbst nahe bevor; und Frau von Herrenfelde betrachtete Eva schon als Götz' Braut, wenn sie sich auch den Anschein gab, als habe sie keine Ahnung von den Beziehungen zwischen den beiden jungen Leuten.

Eine Stunde später saß sie mit Rudolf von Woltersheim in dessen Arbeitszimmer und eröffnete ihm, weshalb sie gekommen war.

Er war total perplex, als er hörte, daß seine erste Frau als Multimillionärin aus Amerika zurückgekehrt war und sehnsüchtig nach einem Wiedersehen mit ihrer Tochter verlangte. Was in ihm vorging bei dieser Eröffnung, darüber sagte er kein Wort. Als sich seine Erregung etwas gelegt hatte, sagte er sich zunächst, daß er ohne seine Frau nichts beschließen dürfe, wenn sich nicht allerlei peinliche Situationen daraus ergeben sollten.

Er ließ seine Frau rufen. Helene nahm die Neuigkeit ruhig und gelassen auf. Sie steuerte sogleich zum Kern der Sache, daß Eva Mrs. Fokhams alleinige Erbin sein würde. Ohne jede Sentimentalität wies sie darauf hin, daß dies ein großes Glück für Eva sei. Ihre Stieftochter wurde in ihren Augen zu einer wichtigen Persönlichkeit.

Daß das Auftauchen seiner ersten Frau auf ihren Mann einen ganz anderen Eindruck machen könnte, kam ihr gar nicht in den Sinn. Sie hielt es auch für selbstverständlich, daß man der Mutter das Wiedersehen mit der Tochter gestatten müsse. Wie sie sich dazu gestellt hätte, wenn Mrs. Fokham in ärmlichen Verhältnissen zurückgekehrt wäre, das brauchte sie ja nicht weiter in Betracht zu ziehen. Jedenfalls hoffte sie im stillen, daß durch Eva eventuell auch ihre Schwestern ein wenig von dem ungeheuren Reichtum profitieren könnten.

Nachdem man darüber einig geworden war, daß Eva jedenfalls Frau von Herrenfelde nach Berlin begleiten solle, rief man das junge Mädchen herbei, um ihr mitzuteilen, was doch in der Hauptsache sie betraf.

Eva war wie betäubt, als sie alles gehört hatte. Tausend widerstrebende Empfindungen erfüllten ihr Herz. Sie wollte sich freuen, daß sie ihre Mutter sehen sollte, und konnte es doch nicht. Die Mutter war für sie eine Fremde, für die jetzt kein Platz mehr in ihrem Herzen war.

Blaß, mit niedergeschlagenen Augen saß Eva da. Die alte Dame erzählte ihr von ihrer Mutter und fragte sie dann lächelnd, ob sie sich denn gar nicht freue, daß sie nun plötzlich eine reiche Erbin geworden sei.

Diese Worte rissen Eva aus ihrer Erstarrung. Mit jähem Erröten fuhr sie empor und sah ihren Vater an.

»Papa – wenn das wahr ist –, dann – ach mein Gott –, dann kann ich Götz heiraten! Nicht wahr?« sagte sie hastig, wie überwältigt von diesem Gedanken.

Herr von Woltersheim strich sich über die Stirn.

»Wenn sich alles so verhält – dann freilich! Dann gäbe es kein Hindernis für eure Verbindung. Wenn deine Mutter dir das nötige Kapital zur Verfügung stellt – es wäre für sie wohl kaum ein Opfer –, dann wäre ja alles gut.«

Eva drückte die Hände ans Herz.

»Oh, ich will zu ihr – will sie darum bitten. Du erlaubst doch, daß ich zu ihr gehe, Papa?«

»Gewiß, es gibt keinen Grund, dich daran zu hindern.«

»Darf ich wissen, um welchen Götz es sich hier handelt?« fragte die Besucherin mit gutgespielter Neugier.

»Um deinen Neffen, Götz Herrenfelde, liebe Maria. Jetzt können wir es dir ja sagen: Eva war die Ursache, daß Götz nicht zu dir kam. Er wollte sich plötzlich nicht mehr durch dich mit einer reichen Frau verheiraten lassen. Eva hatte es ihm angetan. Du kannst dir unsere Sorge und Unruhe denken, als Götz um Evas Hand anhielt. Wovon sollten sie denn leben? Mein Mann kann seinen Töchtern nicht viel mehr als eine Aussteuer mitgeben. Aber die beiden lieben sich und wollten trotz aller Vernunftgründe nicht voneinander lassen«, erklärte Helene.

Die Tante zog Eva an sich.

»Also, dein Herz ist schon vergeben – und an meinen lieben Götz? Kindchen, das kann ich dir nicht verdenken. Er ist ein Prachtmensch, wenn er mich auch schnöde im Stich gelassen hat. Nun – ich will es ihm nachsehen, so ein liebes, holdes Kind! Er muß dich ja liebhaben Eva. Und nun freue ich mich doppelt, daß ich dir so gute Nachricht bringen konnte. Deine Mutter wird dir sicher deinen Wunsch erfüllen und euch helfen. Dafür übernehme ich die Garantie.«

Eva küßte ihre Hand.

»Ich kann es noch gar nicht fassen. Ist denn auch wirklich alles wahr?«

Frau von Herrenfelde lachte und küßte Eva mit warmer Herzlichkeit auf die Wange.

»Ja, Kindchen, es ist alles wahr. Du bist eine reiche Erbin und kannst dir einen Mann aussuchen, der dir gefällt.«

Es folgten von neuem erregte Diskussionen. Eva saß dabei wie auf Kohlen. Sie hörte nur noch mit halber Aufmerksamkeit zu. Ihre Gedanken flogen nach Herrenfelde hinüber. Wenn Götz doch jetzt auf der Stelle wüßte, welche Wandlung ihr Schicksal genommen hatte, damit er sich nicht mehr zu sorgen brauchte. Wie herrlich war es, daß sie nicht mit leeren Händen zu ihm kommen mußte, daß sie seine Sorgen lindern konnte. Über dem Gedanken an Götz kam ihre Mutter nicht zu ihrem Recht. Für Eva war diese jetzt nur von Bedeutung, soweit sie Götz helfen konnte. Sie konnte sich ja so gar keine Vorstellung von ihr machen. Aber da sie ihr und Götz Herrenfeldes Glück in der Hand hielt, da von ihr alle Hindernisse beseitigt werden konnten, die sie von Götz trennten, so dachte Eva an die Mutter wie an einen Menschen, der ihr Wohl und Wehe bestimmen konnte.

Zunächst fragte sie sich immer wieder:

»Wie kann ich Götz die Glücksbotschaft senden?«

Da die Unterhaltung zwischen der Besucherin und den Eltern kein Ende nehmen wollte, sprang Eva schließlich in fieberhafter Unruhe auf.

»Ach bitte – laßt mich eine Stunde hinaus an die frische Luft. Mir ist so eng hier – ich muß hinaus.«

Man ließ sie lächelnd gewähren. Draußen jagte Eva in wilder Hast in Juttas Zimmer. Sie fand die Schwester in süßem Nichtstun auf dem Diwan liegen.

»Jutta – hast du mich lieb?« fragte sie atemlos.

Jutta lachte.

»Aber Eva – um dir diese Frage zu beantworten, brauchtest du mich nicht wie ein Wirbelwind aus meiner sauerverdienten Siesta aufzuschrecken. Du mußt doch wissen, daß ich dich liebhabe.«

»Dann mußt du mir einen großen Gefallen erweisen.«

»Muß ich dabei aufstehen?«

»Ja, ja, und zwar sofort. Schnell, mach dich fertig, du

mußt mit mir nach Herrenfelde hinüberfahren. Ich habe schon angeordnet, daß der Schlitten angespannt wird.«

Jutta sprang auf und sah die Schwester erstaunt an.

»Nanu?! Was ist denn los?«

»Ich erzähle dir unterwegs alles. Jetzt tu mir die Liebe an und mach dich schnell fertig; allein kann ich Götz nicht aufsuchen.«

»Du willst zu Götz?«

»Ja – frag nicht so viel! Ich bitte dich, komm mit.«

Jutta tippte sich auf die Stirn.

»Eva, du bist wohl – hm?«

»Was ist, läßt du mich im Stich?«

»Unsinn – ich komme natürlich mit, sonst bist du imstande und fährst allein. Dann ist der Skandal perfekt. Die Eltern wissen bestimmt nichts von deinem Vorhaben.«

»Nein, ich habe nur gesagt, daß ich an die frische Luft will. Mach schnell, Jutta, damit wir bald wieder zurück sind.«

»In zwei Minuten bin ich fertig. Du, Eva – deine Augen glühen wie im Fieber; und ich glaube, wir machen eine große Dummheit. Soll ich nicht lieber Fritz bitten, daß er uns begleitet?«

»Nein, nein – Fritz ist übrigens gar nicht zu Hause.«

»Schön, also fahren wir allein. Aber unterwegs wird gebeichtet, Eva. Und wenn du etwa mit Götz durchbrennen willst, dann gehe ich als Anstandsdame mit.«

Eva fiel ihr lachend um den Hals und küßte sie.

»Dummer Jutz – ich brenne nicht durch, es ist viel harmloser.«

Zehn Minuten später saßen die Schwestern im Schlitten. Vorläufig verrieten sie dem Kutscher ihr Ziel nicht. Jutta sagte nur:

»Fahren Sie durch den Wald am Weiher vorbei.«

Nachdem der Weiher passiert war, gab sie Weisung, die Herrenfelder Chaussee zu fahren.

Eng zusammengeschmiegt lehnten sie unter warmen Pelzdecken im Schlitten, und Eva berichtete der Schwester flüsternd alles, was sich zugetragen hatte.

Jutta zwickte Eva in den Arm vor Wonne. Als Eva fertig war, sagte sie, vor Erregung zappelnd:

»O du – fein famos! Nun kriegst du'n Batzen Geld und wirst eine reiche Erbin. Aber was willst du denn nun in Herrenfelde?«

»Kannst du dir das nicht denken? Ich will Götz sagen, daß er sich nicht mehr um das dumme Geld zu sorgen braucht.«

»Na, weißte – so eilig war das nun auch wieder nicht.«

»Ach Jutta – das verstehst du nicht.«

»Möglich! Ich verstehe manches nicht, zum Beispiel, daß du dich ausgerechnet in Götz Herrenfelde verliebt hast. Er ist doch einfach unausstehlich mit seinem arroganten Gehabe. Der entpuppt sich dir gegenüber natürlich als Tyrann, wenn ihr einmal verheiratet seid – darauf kannst du Gift nehmen.«

Eva küßte sie lächelnd.

»Ach Jutta – ich habe ihn doch so lieb, und er mich auch. Und wenn er mich tyrannisiert, wird er es aus Liebe tun und mich glücklich machen.«

»Nun – über Geschmack läßt sich streiten. Du, sag mal, wie hast du denn das herausgebracht, daß du ihn liebst?«

Eva lachte leise.

»Ich weiß es selbst nicht. Erst hatte ich große Angst vor ihm und bin davongelaufen, wenn ich ihn sah. Und er hat mich gar nicht leiden mögen, weißt du, wegen des dummen

Kleides. Aber bei aller Angst war mir immer so seltsam zumute, so eigentümlich.«

»Na, wie denn?« drängte Jutta voll Interesse. »Ist dir so gewesen, als wüßtest du nicht, ob du zuviel gegessen hattest oder hungrig warst? Saß es dir immer wie ein dicker Kloß im Hals, wenn er mit dir sprach und dich ansah?«

Eva lachte herzlich.

»Ein bißchen drastisch beschreibst du das, aber so ähnlich war es.«

Da wurde Jutta still. Sie hatte diese Symptome an sich selbst erfahren, wenn sie mit Fritz zusammen war; und nun prüfte sie sich gewissenhaft, denn sie fühlte, daß sie ihr seelisches Gleichgewicht verloren hatte.

Nach einer Weile sagte sie leise:

»Du, Eva, noch eins mußt du mir verraten. Hat dich Götz, als er dir dann endlich seine Liebe gestand, so angesehen, als wenn lauter Lichter in seinen Augen zuckten und hat er dabei die Zähne ganz fest aufeinandergebissen?«

Eva nickte verträumt und sah sehnsüchtig vor sich hin.

Da lehnte sich Jutta zurück und schloß die Augen. Und ihr Herz klopfte stürmisch. Denn so, wie sie es Eva beschrieben hatte, so sah sie Fritz jetzt immer an.

Inzwischen war der Schlitten schnell seinem Ziel näher gekommen. Nach einer Wegbiegung sahen die Schwestern Schloß Herrenfelde auf dem Berg liegen.

Jutta wandte sich an den Kutscher.

»Fahren Sie uns bis an das Schloß, wir wollen eine Bestellung machen.«

Nun ging es langsamer den Berg hinan; und als der Schlitten oben durch das Hoftor fuhr, trat Götz Herrenfelde gerade aus dem Haus. Er hatte vom Fenster aus den Schlitten kommen sehen, und eine Ahnung sagte ihm, daß er aus Woltersheim Nachricht brachte. Noch ehe der Schlitten stand, sprang Eva heraus und eilte auf Götz zu. Er fing die Erregte in seinen Armen auf.

»Liebling – Süße – du hier bei mir?« flüsterte er ihr voll heißer Zärtlichkeit ins Ohr.

Sie sah strahlend zu ihm auf.

»Götz – ach Götz –, denk nur! Ich bin reich – nein –, ich werd es sein. Ich bekomme Geld – soviel du brauchst. Meine Mutter – du weißt, Papas erste Frau –, sie ist aus Amerika zurückgekommen und ist schrecklich reich; und ich soll ihre Erbin sein. So – gottlob –, nun ist es heraus, nun weißt du es und brauchst dich nicht mehr zu sorgen. Ach Götz – freust du dich? Ich mußte herkommen und es dir sagen; aber gleich muß ich wieder zurück. Zu Hause weiß niemand, daß wir hergefahren sind.«

Götz war dunkelrot geworden. Nun nahm er ihren Arm, um sie zum Schlitten zurückzuführen. Mit heißen Blicken sah er in ihre glückstrahlenden Augen.

»Liebling, – ich kann dich ja jetzt nicht in meine Arme nehmen und küssen hier auf dem Hof; und ins Haus darfst du nicht mitkommen. Aber ich danke dir tausendmal, daß du gekommen bist. Ich hatte so große Sehnsucht nach dir; nun bist du da und bringst mir eine Glücksbotschaft.«

Sie erzählte ihm in hastigen Worten von der Ankunft seiner Tante und ihrer Botschaft. Götz kniff die Lippen zusammen. Er mußte ja den Ahnungslosen spielen.

»Ach Götz – erst war deine Tante böse auf dich, weil du sie nicht in Berlin besucht hast. Aber als sie dann hörte, daß wir uns lieben, du und ich, da freute sie sich sehr.«

Er küßte verstohlen ihre Hand.

Sie waren zum Schlitten gekommen. Jutta beobachtete sie, ganz gegen ihre Gewohnheit, still und nachdenklich.

Götz begrüßte sie anscheinend sehr zerstreut. Dann hob er Eva sorglich in den Schlitten und hüllte die Damen wieder in die Pelzdecken.

»Nun fahr nach Hause, Eva, und sag deinem Vater lieber, daß du mit Jutta bei mir warst. Wir wollen nichts heimlich tun. Und wenn du nach Berlin fährst – zu deiner Mutter –, dann bitte deinen Vater, daß ich Abschied nehmen darf von dir«, sagte er leise.

Eva nickte.

»Es soll alles geschehen, wie du willst«, antwortete sie innig. Sie blickten sich noch einmal tief in die Augen. Jutta rückte bei diesem Blick unruhig hin und her und sah mit ihren großen Kinderaugen auf die Liebenden.

Dann fuhren sie den Berg hinab. Götz blieb am Hoftor stehen und sah ihnen nach. Eva wandte sich um und winkte ihm zu. Ihre Augen hingen selbstvergessen an seiner großen, schlanken Gestalt. Wie aus Erz gegossen stand er da oben und hob sich von der weißen Schneelandschaft ab. Als er ihren Blicken entschwunden war, sagte Jutta aufatmend:

»Du – Augen kann er machen, dein Götz –, das hätte ich diesem Eisklumpen gar nicht zugetraut.«

Eva wurde rot und schlang den Arm um ihre Schwester. »Ach Jutta – nun hab' ich ihm die Sorge vom Herzen genommen. Wenn du wüßtest, wie mir zumute ist. Laut aufschreien möchte ich vor Jubel.«

»So tu's doch«, ermunterte sie Jutta.

Da lachten alle beide, daß es hell durch die klare Winterluft schallte. Der Kutscher schmunzelte vergnügt über das Lachduett und ließ die Peitsche knallend durch die Luft sausen.

In Woltersheim war in den nächsten Tagen alles in Unruhe und Aufregung, wie vor einem großen Ereignis. Die Kunde von Evas bevorstehender Reise nach Berlin hatte einen tiefen Eindruck auf die Familie gemacht.

Der Hausherr war still und in sich gekehrt. Mehr als sonst zog er sich auf sein Zimmer zurück. Das Auftauchen seiner ersten Frau hatte ihn aus dem seelischen Gleichgewicht geworfen. Er wußte nicht recht, wie er sich dazu stellen sollte. Nur eins war ihm gewiß: ein Wiedersehen mit ihr mußte er unbedingt vermeiden. Nicht, weil er ihr irgendwelchen Groll entgegenbrachte. Daß sie ihm davongelaufen war und sich nie um Eva gekümmert hatte, darüber hatte er nicht zu richten. Hatte er doch in diesem Punkt selbst viel gesündigt. Aber ein Wiedersehen wäre peinlich gewesen, schon seiner Frau wegen.

Frau Helene war nicht minder erregt wie ihr Mann. Seine erste Frau hatte bisher eine sehr untergeordnete Rolle in ihren Augen gespielt. Die in Amerika verschwundene Schauspielerin war ihr nur deshalb fatal, weil sie eine Tochter hinterlassen hatte, die legitime Rechte an ihren Vater hatte. Nun war diese Dame plötzlich eine Persönlichkeit, mit der man rechnen mußte; denn der Glanz ihrer Millionen würde sich bis nach Woltersheim und Herrenfelde erstrecken. Ihr Geld würde das Herrenfelder Gut zu neuem Glanz erstehen lassen, wenn Eva Götz Herrenfeldes Frau wurde.

Auch Eva selbst war jetzt für sie eine wichtige Persönlichkeit geworden. Was hatte dieses unbeholfene, scheue Ding im Verlauf eines halben Jahres für Wandlungen durchgemacht. Und Götz Herrenfelde, über dessen törichte Leidenschaft für Eva sie gelächelt hatte, hatte nun doch eine glänzende Partie gemacht. Wenn man den Ausführungen seiner Tante Glauben schenken durfte, war sein Lebensschiff bald flottgemacht. Und die Tante war trotz ihrer Impulsivität eine verläßliche und vernünftige Frau, der man vertrauen durfte. Frau Helene zog in Erwägung, daß Götz Herrenfelde später dann wohl etwas für Silvie tun konnte, wenn das Gut wieder ertragsfähiger war. Auf Fritz setzte Frau Helene keine allzugroßen Hoffnungen mehr, wenn sie Silvie auch nicht entmutigen wollte. Er erschien Silvies Bemühungen gegenüber zu zurückhaltend.

Am unbefangensten und herzlichsten freuten sich Jutta und Fritz an Evas Glück. Jutta half Eva eifrig bei ihren Reisevorbereitungen. Frau von Herrenfelde wollte schon in den nächsten Tagen nach Berlin zurückkehren. Abgesehen von ihrer Mission, war ihre Gegenwart für ihre Armen sehr notwendig. Sie war von allen Seiten sehr in Anspruch genommen. Weihnachten stand vor der Tür.

Eva hatte ihrem Vater gebeichtet, daß sie mit Jutta in Herrenfelde gewesen war. Sie bettelte so lange, Götz herbeizurufen, ehe sie abreiste, bis er schließlich einwilligte. Götz kam sofort. Seine Begrüßung von Tante Maria fiel etwas gezwungen aus; aber die Tante stand über der Situation und half ihm über die Klippe hinweg. Götz durfte dann einige Worte mit Eva sprechen, und durch Juttas Beihilfe wurden ihnen sogar einige Minuten des Alleinseins beschert.

In eine offizielle Verlobung willigte Herr von Woltersheim auch jetzt noch nicht. Erst sollte Eva zu ihrer Mutter reisen und mit ihr Rücksprache nehmen. Stellte diese das nötige Kapital zur Verfügung, dann wollte er gern die Verbindung der Liebenden gutheißen. Als Götz mit Eva allein war – Jutta hatte Fritz mit sich in das Nebenzimmer gezogen, dort standen sie Wache –, sagte er zärtlich:

»Eva – wirst du auch nie bereuen, mir deine Liebe geschenkt zu haben? Du bist jetzt vielleicht eine der glänzendsten Partien und hättest die Wahl unter den vornehmsten Kavalieren. Wird dir der arme Götz Herrenfelde nun nicht zu unbedeutend sein?«

Sie legte ihm erschrocken die Hand auf den Mund.

»Wie kannst du so etwas sagen, Götz? Der ganze Reichtum, der mir zufallen soll, freut mich doch nur, wenn ich dir damit helfen kann. Was sollte ich sonst damit? Ich weiß ja mit dem Geld gar nichts anzufangen.«

»Das wirst du früh genug lernen, Liebling. Sag mir eins, Eva: Wenn ich erst jetzt zu dir gekommen wäre, nachdem die Nachricht von der Rückkehr deiner Mutter und ihrem Reichtum eingetroffen war – hättest du auch dann so freudig eingewilligt, meine Frau zu werden?«

Sie sah sinnend vor sich hin. Dann blickte sie ihn mit ihren schönen Augen offen an.

»Eingewilligt hätte ich auch dann, um dir helfen zu können. Aber so froh und glücklich wie jetzt wäre ich nicht geworden. Ich hätte dann immer denken müssen, du hättest mich hur begehrt, um aus den Sorgen um das leidige Geld herauszukommen.«

Er atmete gepreßt.

»Und wenn ich dir daraufhin versichert hätte, daß ich dich dennoch liebe, wenn ich dir mein Ehrenwort darauf gegeben hätte?«

Sie schüttelte lächelnd den Kopf.

»Dann hätte ich gedacht: Er glaubt dich zu lieben, weil du ihm helfen kannst. Wann wird er wohl merken, daß es gar nicht Liebe ist, was er für dich empfindet? Und dann hätte ich voll Angst auf diesen Augenblick gewartet.«

Er küßte sie so fest auf die Lippen, daß sie schmerzten.

»So eine kleine Grüblerin bist du?« fragte er dann leise.

»Ja, mein lieber Götz – ich bin eine schwerfällige Natur und mache mir gern allerlei Gedanken. Das kommt wahrscheinlich von meiner einsamen Kindheit.«

»Ich will dich tausendfach dafür entschädigen, meine geliebte Eva«, sagte er innig; und wie aus einer inneren Angst heraus fügte er hinzu: »Nie – niemals darfst du an meiner Liebe zweifeln.«

»Nie! Ich weiß ja, daß du zu mir kamst und mich an dein Herz nahmst, als ich ein ganz armes Mädchen war.«

Er drückte sie an seine Brust, damit sie den gequälten Ausdruck seines Gesichts nicht sehen konnte.

»Sprechen wir nicht mehr davon, Liebling. Man wird uns nicht lange allein lassen. Bleib nicht zu lange in Berlin bei deiner Mutter. Ich erwarte dich mit Sehnsucht zurück.«

»Ich bleibe nicht einen Tag länger, als ich muß. Und ich schreibe dir jeden Tag. Darf ich?«

Er küßte ihr die Hände und legte ihre Handflächen an sein heißes Gesicht.

»Mußt du das erst fragen?«

Sie nickte schelmisch.

»Ich weiß ja nicht, ob du Zeit hast, meine Briefe zu lesen. Sie werden sehr lang sein, denn ich habe dir so viel zu sagen. Vieles, was ich nicht auszusprechen vermag, wenn du mich ansiehst. Daß ich es nur gestehe – ein wenig bange ist mir noch immer unter deinem Blick; und ich muß immer aufpassen, ob es nicht plötzlich wieder so spöttisch darin funkelt wie damals, als du mich ein häßliches kleines Entlein nanntest.«

Er schüttelte sie leicht an den Schultern und sah fast beleidigt aus.

»Erinnere mich nicht daran, Eva; ich könnte mich hassen, daß ich dir einmal weh getan habe.«

Sie streichelte seine Wangen.

»Jetzt tut es ja nicht mehr weh. Und recht hattest du auch – ich sah gräßlich aus in meinem Festtagsstaat.«

»Trotzdem, ich verzeihe mir nicht, daß ich so blind war. Ich hätte auch unter der häßlichen Hülle das Kleinod erkennen müssen.«

Lächelnd schmiegte sie sich an ihn.

»Denk nicht mehr daran«, bat sie leise.

Er küßte sie innig.

Gleich darauf wurden sie gestört. Die anderen kamen herein, und die Tante wollte Eva singen hören. Bevor Eva zum Flügel schritt, drückte sie Götz verstohlen die Hand.

»Jetzt singe ich ein Lied, ganz für dich allein, mein lieber Götz«, flüsterte sie ihm zu.

Während sie in den Noten blätterte, trat die Tante an Götz' Seite.

»Ich freue mich riesig, Götz, Eva ist wirklich ein reizendes Mädchen. Viel Glück, mein lieber Junge«, sagte sie leise, ihm die Hand drückend.

Götz sah sie mit brennenden Augen an.

»Ich habe sie sehr lieb, Tante Maria – ich liebte sie schon, ehe ich nach Berlin ging. Nur die Verhältnisse trennten mich von ihr. Du begreifst, daß ich in einer sehr peinlichen Situation bin.«

Die Tante streichelte zärtlich seine Hand.

»Ist ja auch kein Kunststück – so ein liebes Ding. Aber nun sei auch froh und glücklich, und grüble nicht über Kleinigkeiten. Gottlob, es ist ja nun alles im rechten Fahrwasser.«

Er küßte ihr die Hand.

»Du hast es immer gut mit mir gemeint, Tantchen.«

»Weiß Gott, das ist wahr«, antwortete sie, energisch mit dem Kopf nickend. »Du warst mir immer lieb wie ein Sohn, und deine ehrliche, aufrechte Art hat mir sehr gefallen.«

»Jetzt aber habe ich mich doch in eine häßliche Lüge verstrickt«, stieß er gequält hervor.

Sie sah ihn mit ihren munteren Augen lächelnd an und versuchte ihm seine Zweifel auszureden.

»Geh, du Dummerchen; quäle dich nicht. Sei froh, daß dein Herz nicht zu lügen braucht. Nimm dir ein Beispiel an mir; ich bereue die kleine Komödie nicht einen Augenblick, denn sie hat zwei Menschen glücklich gemacht. Das kann nicht jede Wahrheit von sich behaupten.«

Eva begann in diesem Augenblick vorzuspielen. Götz sah zu ihr hinüber. Mit einem tiefen Blick in seine Augen sang sie Schuberts »Du bist die Ruh'«.

Der süße Wohlklang hüllte ihn ein, seine Seele wurde ruhig und friedvoll unter diesem seelenvollen Lied. »Du bist die Ruh', der Friede mild, die Sehnsucht du und was sie stillt.« Seine Augen suchten wieder die ihren; ihre Seelen verschmolzen ineinander. Er vergaß alles – nur nicht, daß er sie liebte mit der ganzen Kraft seines Herzens.

Ein Schuft will ich sein, wenn ich dich nicht glücklich mache, dachte er voll Wärme; und das heiße junge Glück schluckte all seine Bedenken.

13

Mrs. Fokham hatte von Frau von Herrenfelde Nachricht erhalten, daß sie am Vormittag gegen elf Uhr mit Eva im Hotel einträfe. Die sonst so ruhige und gelassene Frau lief in nervöser Hast durch ihre Zimmer und sah wieder und wieder auf die Uhr. Ihrem Sekretär, der ihr bereits berichtet hatte, hatte sie nur wenig Aufmerksamkeit geschenkt. Sie fertigte ihn, so schnell es ging, ab und nahm ihre Wanderungen durch die Zimmer wieder auf.

Einmal blieb sie vor dem hohen Spiegel stehen und betrachtete sich prüfend. Ihre stolze Gestalt in dem eleganten, weich fallenden Kleid machte einen sehr vornehmen und gediegenen Eindruck. Auch heute trug sie keinen andern Schmuck als eine goldene Nadel mit einer sehr großen Perle und einige kostbare Ringe. Mit kritischem Blick betrachtete sie ihr Gesicht. Sie wußte sehr wohl, daß es noch immer schön war, wenn auch die Jugendfrische aus ihren Zügen gewichen war. Sie hatte nie große Leidenschaften besessen; seelische Qualen und Schmerzen waren ihr ziemlich fremd geblieben. Keine tiefen Kummerfalten hatten sich eingegraben, und keine schmerzliche Träne eine Spur hinterlassen. Sie war eine von jenen Frauen, die immer nur Gefühle erwecken, ohne sie zu erwidern, und sich bis ins hohe Alter hinein äußere Schönheit bewahren, weil sie kalt sind und keine tiefen Empfindungen haben. Trotzdem glänzten heute ihre Augen erregter als sonst. Sie sollte ihr Kind wiedersehen – ihr einziges Kind, das sie fast vergessen gehabt und dessen Erwartung sie nun doch aus ihrer Fassung brachte und sie in unruhiger Hast hin und her trieb. Seit sie gestern den Brief erhalten hatte, in dem ihr Frau von

Herrenfelde meldete, daß sie Eva mitbringen würde, war sie von einer seltsamen Unruhe befallen. Und doch konnte sie jetzt vor dem Spiegel noch Betrachtungen darüber anstellen, wie ihr diese erwachsene Tochter zu Gesicht stehen würde.

Bisher war sie überall als schöne Frau gefeiert worden. Jetzt würde sie gewissermaßen aus dem Fach der Salondamen in das der Mütter übergehen.

Sie seufzte ein wenig und meinte etwas resigniert:

»Ja, ja – mit Anstand und Würde von der Jugend Abschied nehmen, ehe man eine lächerliche Rolle spielt. Ich werde auch im Fach der Mütter noch glänzen. Man kann auch diese Rolle mit Anmut spielen, wenn man sich selbst überwunden hat.«

Dann nahm sie ihre Wanderung wieder auf.

»Wie mag sie aussehen, meine Tochter? Ob sie schön ist, oder häßlich? Ob sie mir gleicht, oder ihrem Vater? Nun, wenn sie nicht ganz aus der Art geschlagen ist, muß sie gut aussehen. Ihr Vater war ein schöner Mann. Und ich?« Sie streifte ihr Bild lächelnd im Spiegel. Dann sah sie eine Weile starr vor sich hin. Endlich sagte sie aufseufzend: »Wenn sie schön ist, werde ich sie lieben können. Ich wünsche von Herzen, daß sie schön ist.«

Wieder ging Mrs. Fokham auf und ab, bis ihr schließlich Eva gemeldet wurde. Mitten im Salon blieb sie stehen und sah zur Tür. Als sich diese öffnete, trat Eva ein.

Stumm standen sich die beiden eine Weile gegenüber. Zwei Augenpaare hafteten fest ineinander. Mrs. Fokham war erregter, als sie es selbst für möglich gehalten hatte. Das süße, blasse Mädchengesicht vor ihr erweckte ein Gefühl in ihrer Brust, wie sie es nie im Leben empfunden hatte.

Eva sah mit Zagen und unruhigem Suchen in die Mutteraugen. Mutteraugen! Sie mußte an dieses Wort denken, und ihr war zumute, als müsse jetzt etwas geschehen – etwas, dem sie keinen Namen geben konnte.

Endlich trat Mrs. Fokham auf sie zu. In ihrem Gesicht zuckte es seltsam, als habe sie Mühe, ihre Fassung zu wahren. Und doch hatte noch nie ein Mensch Mrs. Fokham fassungslos gesehen. Sie zwang auch jetzt ihre Stimme zur Festigkeit. Nur wer sie genau kannte, hätte ein leises Schwanken bemerken können.

»Mein liebes Kind – du stehst mir fremd und scheu gegenüber. Ich durfte es nicht anders erwarten, denn – ich bin dir keine gute Mutter gewesen. Aber ich bin nach Deutschland gekommen, um nach Kräften gutzumachen. Hoffentlich gelingt es mir – hoffentlich gibst du mir Gelegenheit dazu. Ich habe keinen größeren Wunsch als diesen. Willst du mir nun nicht wenigstens die Hand geben, zum Zeichen, daß du versuchen willst, mir zu verzeihen? Mehr kann ich ja nicht von dir verlangen.«

Eva trat zögernd näher und legte ihre bebende Hand in die der Mutter. Sie blickte mit ihren großen, ernsten Augen zu ihr auf.

»Sprich nicht so zu mir. Ein Kind hat kein Recht, seinen Eltern zu zürnen. Du sollst mich nicht um Verzeihung bitten«, sagte sie leise.

Mrs. Fokham zog ihre Tochter zu sich auf einen Diwan.

»Komm, mein Kind, setz dich zu mir, laß dich ansehen. – Wie schön du bist! Du ähnelst, glaube ich, deinem Vater. Geht es ihm gut?«

»Er ist gesund und wohlauf.«

»Du bist erst seit wenig Monaten in deines Vaters Haus. Das wußte ich damals nicht. Ich glaubte dich bei ihm. Du warst bis dahin bei meiner Schwester Klarissa?«

»Ja, bis zu ihrem Tod.«

Mrs. Fokham sah vor sich hin.

»Sie war leidend von Jugend auf – und verbittert. Du wirst keine fröhliche Jugend gehabt haben. Es vergrößert meine Schuld gegen dich, daß du in so trüben Verhältnissen leben mußtest.

»Oh, Tante Klarissa war gut zu mir. Und es ist ja nun vorbei. Ich habe jetzt Papa, der mich liebt, und meine Schwester Jutta.«

»Sie ist deines Vaters Kind aus zweiter Ehe, nicht wahr?«

»Ja.«

»Das sind nun deine beiden liebsten Menschen, der Vater und die Schwester?«

Eva wurde rot. Ihre Augen blickten zu Boden. Mrs. Fokham entging ihre Verlegenheit nicht. Ihre Augen blickten verständnisvoll.

»Einen habe ich noch lieber«, sagte das junge Mädchen mit einem entschlossenen Ausdruck.

Ihre Mutter richtete sich interessiert auf.

»Ah – du hast dein Herz schon verschenkt? Bist am Ende gar schon verlobt?«

Eva faltete die Hände fest zusammen und sah ihre Mutter tapfer an.

»Noch nicht verlobt. Papa gab uns seine Einwilligung noch nicht.«

»Warum nicht? Hat er etwas gegen ihn einzuwenden?«

»Nur – daß er arm ist.«

In Mrs. Fokhams Augen blitzte es freudig auf.

»Arm? Das ist alles, was euch trennt?«

Eva nickte eifrig.

»Ja, weil ich auch arm bin und weil Götz auf einem Gut sitzt, das er mit Schulden übernommen hat und ihm nichts einbringt. Er muß sich quälen und quälen und kann doch nicht vorwärtskommen. Eigentlich sollte er eine reiche Frau heiraten – und er wollte es ursprünglich auch. Aber«, ein liebes Lächeln huschte über ihr Gesicht, »er hat mich dann so liebgewonnen, daß er es nicht übers Herz brachte. Wir wollen lieber Not und Sorge miteinander tragen als voneinander lassen.«

Mrs. Fokham wurde seltsam weich und froh ums Herz.

»So lieb habt ihr euch?« fragte sie leise und streichelte zaghaft die Hand ihrer Tochter. Wie ein warmer, belebender Strom flutete es zu ihrem Herzen, als sie merkte, daß Evas Hand die ihre umschloß. Eine Weile saß sie stumm, ganz gebannt von diesem Gefühl. Dann sagte sie erleichtert: »Da ist es wohl gut, daß ich gekommen bin, mein liebes Kind. Nun kann ich dir doch zu deinem Glück verhelfen. Es ist ja gottlob mit Geld zu erringen.«

Eva zuckte zusammen. Sie sah die Mutter an und las in ihren Augen, was in ihr vorging. Da löste sich auch der Bann von ihrem Herzen.

»Mutter«, rief sie, halb erstickt vor Erregung.

Mrs. Fokham hatte es aber doch gehört; und es rüttelte so mächtig an ihrem Herzen, daß heiße Tränen aus ihren Augen stürzten, Tränen, wie sie diese Frau noch nie geweint hatte.

Impulsiv zog sie Eva in ihre Arme.

»Nenne mich noch einmal so, mein Kind. Ich wußte nicht, wie lieb dieses Wort klingen kann.«

»Mutter – liebe Mutter –, wenn du mir helfen könntest – wolltest –, mir und Götz – ich wollte dich liebhaben – so lieb –, wollte ganz vergessen, daß du mir fremd geworden bist. Mutter, du hältst mein ganzes Glück in der Hand«, sagte Eva mit leidenschaftlicher Bitte.

Mrs. Fokham trocknete ihre Tränen und streichelte sanft das glühende, junge Gesicht.

»Wie leicht willst du es mir machen, deine Liebe zu erringen. Sei ganz ruhig. Was mit Geld zu erkaufen ist, sollst du haben. Und wenn du mich dafür liebhaben willst, so ist uns beiden geholfen. Ich bin eine einsame Frau, mein Kind; bis heute wußte ich gar nicht, wie einsam ich gewesen bin. Es war freilich meine eigene Schuld. Glanz und Reichtum sind mir über alles gegangen. Und nun soll dieser Reichtum mir das Herz meines Kindes zurückerobern. Aber nun mußt du mir mehr von deinem geliebten Götz erzählen. Wie heißt er denn außerdem?«

»Götz Herrenfelde.«

»Ah – ist er verwandt mit Frau von Herrenfelde? Und wohl auch mit deiner Stiefmutter?«

Eva berichtete froh erregt.

»So, so«, sagte ihre Mutter. Wußte die Tante denn, daß ihr euch liebt?«

»Nein, sie erfuhr es erst in Woltersheim.«

Mrs. Fokham lächelte.

»So werde ich schließlich mit dieser alten Dame noch verwandt. Nun – mir soll es recht sein –, sie gefällt mir. Wenn mir ihr Neffe so gut gefällt, werde ich mit meinem Schwiegersohn zufrieden sein.«

»Oh – Götz ist ein herrlicher, lieber Mensch«, sagte Eva schwärmerisch.

Ihre Mutter küßte sie inbrünstig.

»Kind – wer mir gestern noch gesagt hätte, daß ich heute mitten in einem echten deutschen Liebesroman sitze! Ich habe es ja gesagt, dieses Deutschland bringt mich aus meinem ruhigen, nüchternen Gleichgewicht. Jetzt will ich aber erst einmal Frau von Herrenfelde hereinholen. Was wir uns nun noch zu sagen haben, kann sie gern hören, da sie doch gewissermaßen zur Familie gehört. Und dann wollen wir zusammen eine Erfrischung nehmen. Du bleibst doch hoffentlich lange bei mir?«

Eva blickte unruhig auf.

»Ich habe Götz versprochen, sobald wie möglich wieder heimzukommen.«

»So, so! Nun, da muß ich mich wohl an diesen Götz wenden, wenn ich mein Töchterchen ein Weilchen für mich haben will. Ach – mach nicht so ein ängstliches Gesicht – ich werde dich nicht lange von ihm fernhalten; dafür laß mich sorgen.«

Sie küßte Eva zärtlich auf den Mund und erhob sich, um Frau von Herrenfelde selbst hereinzubitten. Sie zog die kleine, vergnügt lächelnde Frau in den Salon.

»Meine teure, verehrte, gnädige Frau. Ich stehe auf ewig in Ihrer Schuld. Ich danke Ihnen tausendmal, daß Sie mir meine Tochter gebracht haben.«

»Es ist geschehen. Ich freue mich sehr, daß ich Ihnen helfen konnte«, erwiderte diese.

Die Damen nahmen Platz. Mrs. Fokham ließ Erfrischungen bringen, und man plauderte lebhaft über die Ereignisse der letzten Tage. Mrs. Fokham sprach ihre Freude darüber aus, daß der Neffe Götz Evas künftiger Mann sein würde. Die alte Dame strahlte über das ganze Gesicht.

»Ich freue mich nicht minder, meine liebe Mrs. Fokham; denn diese beiden jungen Menschen geben ein Paar, worüber sich mein altes Herz innig freut. Ich war nicht wenig erstaunt, als ich in Woltersheim hörte, daß Götz und Eva sich liebten und trotz Not und Sorge nicht voneinander lassen wollten. Ich dachte mir aber gleich: Da wird Mrs. Fokham wie eine gute Fee im Märchen eingreifen können.«

Sie hatte nicht die geringsten Gewissensbisse, daß sie ein wenig flunkerte, denn erstaunt war sie natürlich überhaupt nicht gewesen.

Frau von Herrenfelde hielt sich nicht mehr lange auf. Eine Menge Pflichten und Besorgungen warteten auf sie. Gestern am späten Abend war sie mit Eva in Berlin eingetroffen. Die junge Dame war bis heute früh ihr Gast gewesen. Als sie zu Hause angekommen waren, hatte sie zu ihrem alten Diener in Evas Gegenwart gesagt:

»Sehen Sie, Kanter, nun habe ich mir einen anderen Besuch mitgebracht. Herr Götz hat keine Lust, uns diesen Winter zu besuchen.«

Sie hatte Kanter dabei mit ihren lebhaften Augen fest angesehen; und Kanter wußte genau, was seine Herrin von ihm wollte.

»Der junge Herr ist nun schon ein ganzes Jahr nicht bei uns gewesen«, sagte er, ohne mit der Wimper zu zucken.

Frau von Herrenfelde nickte zufrieden und wandte sich an Eva.

»Siehst du, Evchen – Kanter ist Götz auch böse, daß er uns geschnitten hat.«

Eva hatte keine Ahnung gehabt von der Komödie, welche die Tante mit Kanter aufgeführt hatte. Sie amüsierte sich nur über den originellen Ton zwischen Herrin und Diener.

Die Damen verabredeten noch, daß Evas Sachen abgeholt werden sollten. Mrs. Fokham hatte bereits Zimmer für ihre Tochter im Hotel bestellt.

Es kam nun eine Zeit für Eva, die ihr wie ein Märchen erschien. Mit Erstaunen wurde ihr die Macht des Reichtums in diesen Tagen offenkundig. Ihre Mutter wurde wie eine

Fürstin behandelt. Die Dienerschaft war so vorzüglich geschult, daß Eva die Bediensteten von Woltersheim, die ihr zuerst so imponiert hatten, kaum vergleichen konnte. Und als sei ihr eine zauberkräftige Wünschelrute in die Hand gegeben worden, so erfüllten sich all ihre Träume, fast ehe sie diese in Worte kleiden konnte.

Ihre Mutter fuhr täglich mit ihr aus und überschüttete sie mit kostbaren Geschenken. Sie erhielt Kostüme und Schmucksachen, elegante Wäsche, seidene Strümpfe und all die hundert Kleinigkeiten, die eine verwöhnte, vornehme Dame gebrauchen kann. Mit großer Hingabe widmete sich Mrs. Fokham ihrer Tochter. Sie freute sich, wenn sie Evas Schönheit den rechten Rahmen geben konnte. Eva profitierte viel von der Kunst ihrer Mutter, sich geschmackvoll zu kleiden und die Schönheit wie ein kostbares Gut zu pflegen. Sie freute sich nicht wenig über all diese Herrlichkeiten. Bei jedem neuen Kleid, bei jedem Schmuckstück fragte sie sich: Wie werde ich Götz darin gefallen? Was wird er nun zu seinem »häßlichen kleinen Entlein« sagen?

So waren acht Tage vergangen. Eva saß am Vormittag in ihrem Zimmer, um an Götz zu schreiben. Da trat ihre Mutter bei ihr ein.

»Schon wieder ein Liebesbrief?« fragte sie lächelnd.

Eva sah zu ihr auf.

»Ich habe es Götz versprochen, jeden Tag zu schreiben. Er muß immer wissen, was ich tue und treibe. Und er antwortet mir ebenfalls täglich.«

Mrs. Fokham streichelte lächelnd über ihr Haar – es war fast von derselben Farbe wie ihr eigenes.

»Diesen Brief kannst du deinem Götz persönlich übergeben«, sagte sie mit sonderbarem Ausdruck.

Eva richtete sich schnell empor.

»So darf ich wieder nach Hause?«

Ein wehes Gefühl beschlich ihre Mutter. Aus diesen Worten merkte sie, daß Eva sich von ihr fortsehnte. Aber sie bezwang sich. War es nicht natürlich, daß ihr der Mann ihrer Liebe mehr galt als die Mutter, die sich so lange nicht um sie gekümmert hatte?

»Nein, Eva – ein Weilchen möchte ich dich noch bei mir behalten«, sagte sie ruhig. »Aber damit du dich nicht gar zu sehr von mir fortsehnst, habe ich Götz Herrenfelde eingeladen, nach Berlin zu kommen. Jetzt im Winter ist er ja auf seinem Gut abkömmlich. Und er hat sich für heute angemeldet.«

Eva sprang auf und umarmte mit einem Jubelruf die Mutter.

»Wie soll ich dir danken, liebe, liebe Mutter!«

Mrs. Fokham wehrte lächelnd ab.

»Es ist purer Egoismus, Eva. Ich weiß, daß ich dich nur so festhalten kann. Und außerdem – ich muß mir doch meinen künftigen Schwiegersohn erst einmal ansehen, muß auch manches mit ihm besprechen. Sein Schloß muß würdig vorbereitet werden zu deinem Empfang. Wann möchtest du denn heiraten?«

Eva drückte die Hände ans Herz.

»Ach – am liebsten bald.«

Mrs. Fokham lachte.

»Eilt es denn so sehr?«

Die Augen des jungen Mädchens wurden feucht.

»Mutter – all das Liebe, Schöne und Gute, das jetzt in mein Leben gekommen ist, gipfelt in ihm. Ich fürchte noch manchmal, alles sei ein Traum. Ich werde erst ganz ruhig und froh sein, wenn ich für immer bei ihm bin.«

»Nun, dann müssen wir uns wohl beeilen. Schreibe also noch an deinen Vater. Teile ihm mit, daß ich die Verhältnisse deines Verlobten zufriedenstellend ordnen werde und daß du als meine einzige Erbin keine pekuniären Rücksichten zu nehmen brauchst. Er möge in eure offizielle Verlobung einwilligen und diese bekanntgeben. Du kannst dann, wenn es dir recht ist, noch einige Wochen in meiner und deines Verlobten Gesellschaft die Berliner Saison verleben – so etwas mußt du auch kennenlernen. Inzwischen schicke ich meinen Sekretär mit einem Architekten nach Herrenfelde, um Pläne für den Ausbau eures Nestes anfertigen zu lassen. Mr. Bright versteht sich vorzüglich auf derartige Dinge. Die Pläne lassen wir uns vorlegen, und dann geht es schnellstens an die Ausführung. Ende Februar kann dein Götz wieder nach Herrenfelde zurück, um persönlich die Vollendung der Arbeiten zu überwachen. Ostern könnt ihr Hochzeit halten. Bis kurz vor Ostern bleibst du bei mir. Dann trete ich dich endgültig an deinen künftigen Mann – und an Vater und Schwester ab. Ostern kehre ich nach Amerika zurück.«

Eva hatte atemlos zugehört. Wie gut die Mutter zu ihr war, wie sie für alles sorgte!

»Willst du nicht in Deutschland bleiben, liebe Mutter?« fragte sie nun bittend.

»Nein, nein, mein Kind; ich bin aus den deutschen Verhältnissen herausgewachsen. Hier wird mir so eng ums Herz. Mit der Zeit werde ich hier weich und schlaff – das bekommt mir nicht«, antwortete diese hastig.

»Und willst du meinen Vater nicht wiedersehen?«

»Um Himmels willen, nein! Das wäre für ihn und mich eine unnütze Qual. Ich liebe solche Situationen nicht. Deshalb reise ich auch schon vor deiner Hochzeit ab. Sie wird natürlich in Woltersheim gefeiert – und dabei bin ich höchst überflüssig.«

Eva legte die Arme um ihren Hals.

»Ich hätte dich so gern hierbehalten, Mutter. Du bist so gut und so lieb zu mir. Ich werde dich sehr liebhaben.«

Ihre Mutter küßte sie herzlich.

»Hab Dank für dieses Wort. Aber laß mich nur wieder meine Straße ziehen. Ich werde jedoch jedes Jahr auf einige Wochen herüberkommen. Dann suche ich euch in Herrenfelde für kurze Zeit auf. Wiedersehen muß ich dich zuweilen, das ist gewiß. Ich will nicht wieder vergessen – und vergessen werden.«

14

Eine Stunde später saß Eva bei ihrer Mutter im Salon. Sie hatte an ihren Vater geschrieben, wie es die Mutter gewünscht hatte, und nun wartete sie mit klopfendem Herzen auf Götz.

Es dauerte auch nicht mehr lange, bis er gemeldet und dann von dem Diener eingelassen wurde.

Eva eilte ihm entgegen, und er nahm sie schnell in seine Arme.

Götz – daß ich dich wiederhabe –, mein lieber Götz!«

Er küßte sie leidenschaftlich und sah entzückt auf sie herab.

»Liebling – willst du immer noch schöner werden? Wie reizend du aussiehst.«

Sie lachte leise.

»Ach – du läßt dich durch mein schönes Kleid bestechen.«

Er betrachtete sie mit flammenden Augen und weidete sich an ihrem Anblick. Das lichte, duftige Kleid, welches sie trug, schmiegte sich in tadellosem Sitz ihren edlen Linien an.

In der Freude des Wiedersehens hatten sie Mrs. Fokham nicht beachtet. Sie saß am Fenster und betrachtete lächelnd das junge Paar.

Eva zog Götz mit sich zu ihr hinüber.

»Mutter – das ist Götz«, sagte sie mit strahlendem Stolz in den Augen.

Mrs. Fokham reichte Götz die Hand, die er ritterlich mit einer Verbeugung an die Lippen rührte.

»Ich freue mich, Herr Götz, daß Sie meiner Bitte so schnell gefolgt sind.«

Er blickte angenehm berührt auf ihre vornehme Erscheinung.

»Wie hätte ich einen Augenblick zögern können, verehrte gnädige Frau.«

Sie wehrte ab.

»Bitte, nennen Sie mich Mrs. Fokham – ich bin es so gewöhnt.«

»Wie Sie befehlen.«

»Nicht befehlen. Die Deutschen nennen sich ein freies Volk und lassen sich doch so leicht zu Sklaven machen. Aber bitte – nehmen Sie Platz.«

»Ich bin Ihnen so dankbar, daß Sie mich eingeladen haben.«

Sie lächelte.

»Eigennutz, Herr Götz. Eva wäre sonst nicht länger bei mir geblieben.«

Götz blickte mit leuchtenden Augen zu Eva hinüber.

Sie plauderten nun zu dritt über das, was ihnen am Herzen lag.

Mrs. Fokham ging ohne Umschweife zum Kernproblem über. Sie fragte Götz, wieviel Kapital er brauche, um Herrenfelde wieder flottzumachen.

Er zögerte. Dann sagte er bedrückt:

»Man müßte leider eine bedeutende Summe hineinstecken. Aber wenn erst einmal die drückendsten Lasten abgetragen sind, dann helfe ich mir schon selbst.«

Evas Mutter schüttelte energisch den Kopf.

»Nein, nein – nichts Halbes. Das führt zu nichts. Sagen Sie mir ungeniert die Summe, die Sie brauchen, um erstens die Schulden abzutragen und zweitens alle wünschenswerten Verbesserungen durchzuführen.«

Götz wurde blaß.

»Dazu wäre eine Riesensumme nötig – daran ist überhaupt nicht zu denken.«

Mrs. Fokham strich lächelnd über Evas ängstliches Gesicht.

»Halten Sie uns nicht mit kleinlichen Bedenken auf, lieber Götz. Sehen Sie Evas bange Augen. Sie soll freie Bahn und ein sorgenfreies Dasein in Herrenfelde haben, dazu bin ich da. Aber ich sehe schon – Sie fürchten sich, die Summe auszusprechen. Nun – mein Sekretär hat sich in meinem Auftrag schon ein wenig orientiert. Ich will Ihnen selbst Vorschläge machen. Wenn Ihnen die Summe zu niedrig scheint, so korrigieren Sie mich. Also, Hypotheken lasten rund dreihunderttausend Mark auf Herrenfelde. Stimmt das?«

Götz atmete gepreßt und sah starr vor sich hin.

»Es sind genau zweihundertachtzigtausend Mark alles in allem.«

»Schön – bleiben wir bei meiner Summe. Nun weiter. Um das Schloß vollständig neu einzurichten und instand zusetzen, wären weitere hunderttausend Mark nötig, nicht wahr?«

Götz hob abwehrend die Hand.

»Es ließe sich für die Hälfte sehr gut renovieren.«

»Nein, nein – meine Tochter soll allen Komfort haben – es bleibt dabei. Nun rechnen wir nochmal hunderttausend für allerlei Verbesserungen. Ich weiß, Sie haben da einige Pläne, die Sie gern verwirklichen möchten. Mein Sekretär sprach von einer Konservenfabrik.«

Götz blickte überrascht auf. Sie nickte ihm lächelnd zu.

»Ja, ja – ich war ein wenig neugierig und habe meine Nase hineingesteckt. Also – ich habe alles in allem eine halbe Million gerechnet. Genügt Ihnen das, um alle Ihre Wünsche und Pläne zu befriedigen?«

Götz strich sich über die Stirn, als ob ihm zu heiß sei.

»Es würde meine kühnsten Wünsche übertreffen. – Sie sehen mich vollständig fassungslos, Mrs. Fokham. So eine Summe – Sie verzeihen –, das erscheint mir armem Schlukker wie ein Märchen.«

»Nun, Ihre Frau Tante hat mir bereits die Rolle der guten Fee in diesem Märchen zugedacht. Ich hoffe sie zur Zufriedenheit zu spielen. Um Sie zu beruhigen, will ich Ihnen gleich noch mitteilen, daß meine Tochter eines Tages mindestens das Zehnfache dieser Summe von mir erben wird. Machen wir es kurz – ich setze Eva als Mitgift eine Million Mark aus. Die Hälfte davon erhalten Sie zur freien Verfügung, um Herrenfelde im alten Glanz wiedererstehen zu lassen, die andere Hälfte wird in Papieren für Eva festgelegt, und die Zinsen davon bilden ihr Nadelgeld. Ich wünsche, daß meine Tochter unabhängig bleibt.

Sie nehmen mir das nicht übel; aber ich habe von meinem verstorbenen Mann gelernt, vorsichtig in Geschäften zu sein.«

Eva und Götz hatten sich, wie Halt suchend, an den Händen gefaßt und hielten sich fest. Götz atmete tief auf.

»Ich verstehe das vollkommen, Mrs. Fokham. Ich bin jetzt gar nicht fähig, Ihnen meinen Dank auszusprechen. Sie sind so großzügig. Ich kann es noch gar nicht fassen, daß so plötzlich all meine Sorgen von mir genommen werden sollen, daß ich aller Lasten ledig sein soll und meine geheimsten und kühnsten Wünsche Gestalt annehmen.«

Mrs Fokham sah wohlgefällig in sein ernstes, männliches Gesicht.

»Sie brauchen mir nicht zu danken! Ich tue alles für dieses kleine, blasse Mädchen hier. Wahrlich, sie hat alle Farbe verloren vor Schreck, daß sie eine reiche Mutter hat, meine kleine Eva. Kind – komm nur erst wieder zu dir. Bisher hattest du eine schlechte Mutter – nun will sie versuchen, eine gute zu sein.«

Eva warf sich aufweinend in ihre Arme.

»Mutter – liebe, gute Mutter.«

Mrs. Fokham küßte sie zärtlich.

»Mein liebes, liebes Kind«, sagte sie leise. Dann riß sie sich hastig los und trat an das Fenster. Sie wollte die aufsteigenden Tränen geheimhalten.

Eva umfaßte Götz mit beiden Armen.

»Bist du nun froh und glücklich, mein Götz?«

Er preßte sie fest an sich und sah ihr tief in die Augen.

»Ich kann es nicht mit Worten ausdrücken, was jetzt in mir vorgeht, meine Liebe, erlaß es mir«, sagte er tiefbewegt.

Hand in Hand traten sie dann zu Mrs. Fokham. Götz zog stumm ihre Hand an die Lippen. Sie blickte ihn mit feuchten Augen an.

»Machen Sie mein Kind glücklich; helfen Sie mir, die Schuld abzutragen, die ich gegen Eva auf dem Herzen habe. Dann sind wir quitt«, sagte sie leise.

Sie richtete sich auf, als wolle sie alle Weichheit abwerfen, und klingelte nach dem Diener.

»Ich lasse Mr. Bright hierherbitten.«

Der Sekretär erschien, und nun wurde ganz geschäftsmäßig zwischen ihm und Götz unter Mrs. Fokhams Beteiligung beraten, was zunächst geschehen solle.

Mr. Bright verzog keine Miene, als er hörte, wie seine Herrin über eine Million verfügte. Er hatte auch keine Miene verzogen, als ihm Mrs. Fokham Eva als ihre Tochter vorstellte, obwohl er bis dahin keine Ahnung gehabt hatte, daß diese Tochter existierte. Höflich legte er seine Ansichten dar und notierte alle Wünsche, die bei der Ausstattung des Herrenfelder Schlosses berücksichtigt werden sollten. Als er mit den nötigen Instruktionen versehen war, zog er sich genauso ruhig und gemessen zurück wie sonst.

Götz blieb als Mrs. Fokhams Gast zum Diner im Hotel. Auch die Tante hatte man in dem Auto der Millionärin holen lassen. Es war eine fröhliche kleine Tafelrunde. Aber außer der Tante würdigte niemand so recht die auserlesenen Speisen, die aufgetragen wurden.

Es kamen nun wundervolle Tage für das Brautpaar. Herr von Woltersheim hatte seine Einwilligung zur Verlobung erteilt und die Anzeigen versandt. Eine kleine, aber sehr erlesene Feier wurde von Mrs. Fokham im Hotel inszeniert. Jutta beklagte sich in einem jammervollen

Brief an Eva, daß diese Feier nicht in Woltersheim stattfand, überhaupt, daß Eva so lange fortbliebe. Daß sie nicht einmal an Weihnachten zu Hause sei, wäre einfach scheußlich.

Mrs. Fokham amüsierte sich köstlich über Juttas Brief, der ihr ganzes Wesen vortrefflich charakterisierte. Sie forderte Eva auf, für ihre beiden Schwestern Weihnachtsgeschenke einzukaufen, und stellte ihr dafür eine bedeutende Summe zur Verfügung. Eva war überglücklich. Voll Eifer fuhr sie von einem Geschäft zum anderen und kaufte alles, was den Schwestern Freude machen konnte. Für Jutta hätte sie gern von allem das Schönste ausgewählt; aber sie kannte Silvies neidischen Charakter und wollte nicht, daß diese auf Jutta böse war über irgendeine Bevorzugung. Deshalb kaufte sie für beide das gleiche.

Sie ließ es sich nicht nehmen, alles selbst einzupacken. Götz half ihr dabei, ohne indessen sehr nützlich zu sein, denn Eva sah in ihrer Freude und ihrem Eifer so reizend aus, daß er sie immer wieder in seine Arme schloß.

Evas Vater schrieb ihr einen in herzlichem Ton gehaltenen Brief, worin er ihr seine Glückwünsche zur Verlobung sandte.

Eva teilte ihm mit, wie großzügig die Mutter für sie sorgte.

Die Antwort Juttas auf die inhaltsreiche Weihnachtskiste war ein Brief, der nichts weiter als die Worte enthielt:

»Eva, ich habe einen Purzelbaum geschlagen Es ging nicht anders, sonst wäre ich vor Freude närrisch geworden.«

Silvie dankte mit zierlichen, gestelzten Worten, die etwas herzlicher klangen, als es sonst ihre Art war.

Götz und Eva waren täglich zusammen. Sie besuchten eine Menge Festlichkeiten mit der Tante und Mrs. Fokham, waren oft in der Oper und im Theater und genossen ihr junges Glück in köstlicher Sorglosigkeit.

Waren sie mit der Mutter und der Tante allein, dann saßen sie in einer Ecke und schmiedeten Zukunftspläne.

Mrs. Fokham wurde ganz weich und benommen von dem Glück ihrer Kinder. Sie wehrte sich gegen diese Weichheit wie gegen einen Feind.

»Ich werde sentimental; diese beiden Schwärmer machen meine ganze Lebensweisheit zunichte. Wenn ich noch lange in Deutschland bleibe, fange ich auf meine alten Tage an, in Gefühlen zu schwelgen, die ich nie gekannt habe«, sagte sie eines Tages zu Frau von Herrenfelde.

Eva hatte sich bald in die glänzenden Verhältnisse hineingefunden. Götz staunte täglich mehr, wie sich ihre Persönlichkeit entfaltete. Sie war eine vornehme Dame geworden in ihrer äußeren Erscheinung und ihrem Benehmen. Nur im Herzen blieb sie das zärtliche, anschmiegsame Kind; und zuweilen kam auch noch einmal der scheue, bange Blick in ihre Augen, wenn sie nicht wußte, ob Götz mit ihr zufrieden war.

Aber er betete sie an.

Mehr und mehr vergaß er, daß er sein Glück auf einer Lüge aufgebaut hatte. Er liebte Eva zu sehr und war zu glücklich, um überhaupt noch an etwas anderes zu denken.

Wie im Flug waren die Wochen vergangen. Götz sollte am nächsten Tag nach Herrenfelde zurückkehren.

Die Vorarbeiten im Schloß waren beendet, und nun wurde seine Anwesenheit notwendig, damit alles nach seinen und Evas Wünschen fertiggestellt wurde. Mit dem

Gefühl innigster Dankbarkeit verabschiedete er sich von Mrs. Fokham.

Mit Eva war ihm noch ein kurzes Alleinsein vergönnt. Er hielt sie fest an seinem Herzen.

»Liebling – es fällt mir sehr schwer, ohne dich heimzukehren«, sagte er unruhig.

Sie nickte und sah verliebt zu ihm auf.

»Ich weiß es, Götz; und ich ginge gern schon jetzt mit dir. Aber ich darf meine Mutter nicht jetzt schon verlassen. Sie ist so gut – und ich glaube, sie liebt mich sehr.«

»Wie sollte sie auch, meine Liebe. Ich will dich ihr auch gern noch eine Weile überlassen; bald bist du ja für immer bei mir. Wird es dir aber nicht recht still und einsam dort in Herrenfelde vorkommen, nach all den rauschenden Festen hier?«

Sie atmete tief auf.

»Ich habe ja dich, mein Götz!«

»Aber du bist jetzt verwöhnt. Wie einer jungen Fürstin hat man dir hier gehuldigt und schöne Worte gesagt. So eine stolze, gefeierte Dame von Welt ist mein süßes kleines Mädchen geworden!«

Sie faßte seinen Kopf und küßte ihn.

»Die stolze Dame von Welt bleibt hier in Berlin, zu dir nach Herrenfelde kommt dein kleines Mädchen, das du sehr, sehr liebhaben mußt. Weißt du, Götz – diese Tage hier in Glanz und Fülle waren ja sehr schön, weil ich sie an deiner Seite verleben durfte. Ohne dich wären sie mir nur eine leere Fassade gewesen. Ich bin froh, daß ich das alles erleben konnte, denn ich habe viel gelernt und bin sicher geworden im Umgang mit fremden Menschen. Du sollst dich doch meiner nicht schämen müssen, sondern so stolz auf mich sein können, wie ich es auf dich bin. Aber offen und ehrlich – ich bin froh, wenn es wieder still und friedlich um uns ist. Immer möchte ich nicht so im turbulenten Gesellschaftstreiben sein.«

Er sah sie forschend an.

»Und ist dir auch keiner begegnet, der dir besser gefiel als ich? Hast du nie einen Augenblick bedauert, daß du dich an den armen Götz Herrenfelde gebunden hast?«

Sie schüttelte ernst den Kopf.

»So etwas solltest du nicht einmal denken, Götz. Weißt du denn nicht, wie lieb ich dich habe?«

Er küßte ihre Augen.

»Ich war der erste Mann, der in dein Leben trat. Es hätte doch sein können, daß sich dein junges Herz getäuscht hätte. Mir wurde zuweilen angst, wenn du so umschwärmt wurdest von glänzenden Kavalieren.«

Nun lachte sie fröhlich auf.

»Ach – du dummer, dummer Götz. Für mich gibt es nur einen Mann – das bist du.« Und ernster werdend, fuhr sie fort: »Du wirst auch immer mein Herr sein – mein innig geliebter Herr, zu dem ich aufschaue in Liebe und Vertrauen.«

Er verschloß ihr den Mund mit Küssen.

»Nicht so sprechen, Eva. Du stehst über mir in deiner Herzensreinheit, weit über mir. Kind, ich habe schon manches hinter mir im Leben, was ich ungeschehen machen möchte, glaube es mir.«

Sie faßte seine Hände.

»Ich weiß, Götz; ihr Männer kommt nicht so unberührt durchs Leben wie wir Frauen. Aber das, was gewesen ist, ehe du mich liebtest, ehe ich dein wurde, das ist vorbei, als wäre es nie gewesen. Und Schlechtes hast du nie getan, das weiß ich ganz bestimmt.«

Gerührt küßte er ihre gläubigen Augen.

»Was ist gut und schlecht, mein Liebling? Manchmal weiß man es nicht zu unterscheiden. – Aber nun muß ich gehen und dich allein lassen. Vergiß mich nicht.«

Ihre Augen hingen groß und ernst an seinen männlichen Zügen.

»Dich Vergessen hieße für mich aufhören zu leben. Ich zähle die Stunden, bis ich wieder bei dir bin.«

»Für immer, als meine geliebte Frau.«

Noch ein langer Blick, ein inniger Kuß – dann riß er sich los und eilte schnell davon.

Nach seiner Abreise hatte Eva wirklich keine Freude mehr an den Gesellschaften, die sie mit ihrer Mutter besuchte. Und die Aufmerksamkeiten, die man der reichen und schönen jungen Erbin erwies, wurden ihr lästig. Götz hätte nicht nötig gehabt, sich ihretwegen zu sorgen. Die Saison ging ja nun auch zu Ende. Allmählich wurde es stiller.

Eva und ihre Mutter fuhren nun täglich aus, um Besorgungen zu machen für die Ausstattung. Mrs. Fokham fand nur das Schönste und Kostbarste gut genug für ihre Tochter. Sehr oft beteiligte sich die Tante an diesen Einkäufen. Sie fand, daß es ein Vergnügen sei, mit Mrs. Fokham einzukaufen. Für die in bescheidenen Verhältnissen lebende alte Dame war es ein Fest, so aus dem vollen zu schöpfen.

So kam Ostern schnell näher. Mrs. Fokham gab ihrem Sekretär schon allerlei Anweisungen bezüglich ihrer Abreise.

Je näher diese heranrückte, desto stiller wurde Evas Mutter. Sie wollte sich nicht anmerken lassen, daß ihr der

Abschied von ihrer Tochter schwerfallen würde. Aber ein aufmerksamer Beobachter hätte erkannt, daß sie ihre Ruhe und ihren Gleichmut verloren hatte.

»Es wird Zeit, daß ich nach drüben zurückkehre; mir wird erst wieder wohl sein in meiner gewohnten Umgebung«, sagte sie zu sich selbst. Die pekuniären Verhältnisse des jungen Paares hatte sie mit Umsicht geordnet. Und die Aussteuer war nun auch bis auf das letzte Taschentuch besorgt und nach Herrenfelde geschickt worden.

Der Tag der Abreise Evas war gekommen. Sie sollte Berlin einen Tag vor ihrer Mutter verlassen. Die Tante begleitete Eva nach Woltersheim und wollte bis zur Hochzeit dort bleiben.

Mrs. Fokham sah sehr bleich aus, als sie das letzte Mal mit Eva zusammen das Frühstück einnahm. Ihre Augen waren gerötet – sie hatte heimlich geweint.

Eva fühlte, obwohl sich die Mutter sehr beherrschte, daß dieser der Abschied schwerfiel. Sie streichelte ihr die Hand.

»Willst du nicht lieber in Deutschland bleiben, liebe Mutter? Muß es denn unbedingt sein, daß du nach Amerika zurückkehrst?«

Die Mutter seufzte heimlich.

»Ja, Kind, es muß sein. Hier ist mir zumute, als könnte ich nicht mehr frei atmen. Ich fühle mich geradezu elend und werde erst wieder frisch und munter, wenn ich über dem Ozean bin.«

»Aber ich weiß doch, daß du traurig bist, weil du dich von mir trennen mußt.«

Die Mutter zog sie fest an sich.

»Weiß Gott, Kind – diesmal geht es mir nahe. Als ich dich das erste Mal verließ, da warst du ein kleines Baby, ein schreiendes, seelenloses kleines Bündel, an dem man mir auch noch jedes Recht nahm. Aber jetzt bist du ein Mensch – ein lieber, teurer Mensch –, für mich der liebste und teuerste auf der Welt geworden. Nach dem Baby sehnte ich mich nicht besonders, nach meiner erwachsenen Tochter werde ich immer Sehnsucht haben – immer. Es ist aber gleich, ob ich in Deutschland oder in Amerika bleibe – zusammen können wir doch nicht leben. Du gehörst nun bald zu deinem Mann, und in deiner Nähe bleibt dein Vater. Das trennt uns auf alle Fälle. Da ist es schon am besten, ich kehre in meine nüchternen Verhältnisse zurück, wo ich Arbeit und Ablenkung habe. Drüben wird man eher mit so etwas fertig. Aber ich besuche dich jedes Jahr. Und vielleicht entschließt du dich auch einmal, mich mit deinem Götz zu besuchen. – Aber nun nichts mehr von mir. Laß uns noch von dir und deinem Glück reden. Wie froh ich bin, daß ich noch zur rechten Zeit kam, es begründen zu helfen. Nun, zürnst du deiner bösen, pflichtvergessenen Mutter auch nicht mehr?«

Eva lehnte ihre Wange an die der Mutter.

»Ich hab' dich lieb, Mutter, und ich danke dir für alles, was du für mich getan hast.«

Mrs. Fokham küßte sie hastig und erhob sich.

»Nicht danken – nicht danken. Wenn du mich liebst, ist es Dank genug. Aber nun komm; wir müssen uns fertig machen. Tante Maria wird gleich hier sein. Es ist mir recht, daß sie dich begleitet.«

Eine Stunde später fuhr der Zug mit Eva und der Tante davon. Mrs. Fokham stand auf dem Bahnsteig und sah ihm mit umflorten Augen nach.

Langsam wandte sie sich zum Gehen. Vor dem Bahnhof

hielt ihr Auto. Der Diener öffnete den Schlag und schloß ihn hinter ihr. Dann setzte er sich zum Chauffeur, und das Auto fuhr davon.

Mrs. Fokham lehnte sich in das Polster zurück und weinte schmerzlich. Sie war so unglücklich wie nie zuvor in ihrem Leben, weil das liebe junge Gesicht nicht mehr an ihrer Seite war. Die sonst so kühle, beherrschte Frau war nun doch dem Zauber erlegen, dem keine Frau widerstehen kann. Die Mutterliebe hatte sich in ihrem Herzen eingenistet – für alle Zeit.

Diesmal empfing man Eva in Woltersheim anders als das erste Mal. Der Vater und Jutta holten sie vom Bahnhof ab. Jutta erdrückte die Schwester fast vor Freude; sie weinte und lachte in einem und versicherte, ohne Eva wäre es nur halb so schön in Woltersheim gewesen. Der Vater zog Eva in seine Arme. Er hatte erst während ihrer Abwesenheit gemerkt, wie lieb sie ihm geworden war.

Eva küßte ihn herzlich und flüsterte ihm zu:

»Die Mutter läßt dich grüßen, und ich soll dich bitten, daß du ihr verzeihst.«

Er nickte nur wortlos und drückte ihr die Hand. Voll Unruhe war er gewesen all die Zeit, da Eva fortgewesen war. Und es war ihm zumute gewesen, als ob ein geheimnisvolles Band sich um ihn und Eva und ihre Mutter geschlungen habe. Nun atmete er auf wie erlöst von einem heimlichen Zwang.

Zu Hause empfingen sie Silvie, ihre Mutter und Fritz am Portal. Sie begrüßten Eva und die Tante sehr lebhaft und herzlich. Evas Blick flog suchend umher. Da trat Jutta neben sie.

»Eva – Götz wartet drüben am Weiher auf dich. Ich soll es dir sagen. Er wollte dich nicht begrüßen mit den andern zusammen. Nun lauf, ich decke deinen Rückzug«, sagte sie leise.

Evas Augen leuchteten auf. Unbemerkt entkam sie; und draußen lief sie schnell davon. Am Weiher stand Götz. Er fing sie in seinen ausgebreiteten Armen auf und hob sie empor. Sie sprachen kein Wort. Stumm und eng aneinandergeschmiegt, kehrten sie langsam ins Haus zurück.

15

Eva hatte die letzten Tage noch einmal nach Herzenslust Geschenke für ihre Schwestern einkaufen dürfen. Als Götz später nach Herrenfelde zurückgekehrt war, ging sie mit Jutta in ihr Zimmer hinauf, um all die Herrlichkeiten auszupacken.

Jutta tanzte erfreut im Zimmer umher und wußte nicht, was anfangen vor Begeisterung. Eva mußte einen wahren Orkan über sich ergehen lassen.

Als sie dann aus ihrem Koffer ein großes Foto ihrer Mutter nahm, hielt sie es Jutta hin.

»Sieh, Jutta, das ist meine Mutter.«

Jutta betrachtete das Bild mit atemlosem Interesse. Die stolze Erscheinung Mrs. Fokhams machte entschieden Eindruck auf sie.

»O Gott, Eva, sie sieht wie eine Fürstin aus.«

»Ja«, antwortete Eva lächelnd, »im Anfang war ich ihr gegenüber ganz schüchtern. Aber nicht lange. Sie war so gut zu mir, du glaubst nicht, wie gut.«

Jutta setzte sich mit einem kühnen Schwung auf den Tisch.

»Du, das ist doch alles wie in einem Roman, nicht wahr? Daß Papa zwei Frauen hat – sonderbar. Und du! Denke doch mal, wie es dir ergangen ist. Noch ist kein Jahr um, da kamst du so scheu und unbeholfen hier an; und nun bist du eine elegante, vornehme Dame, bist die Erbin einer Millionärin und wirst in einem herrlichen Schloß wohnen. Na, du wirst staunen. Herrenfelde ist nicht wiederzuerkennen; wir waren gestern drüben. Und weißt du – das gelungenste ist, daß dein Götz ein ganz umgänglicher Mensch geworden ist. Er sieht nicht mehr über mich weg, als ob ich ein lästiges Unkraut wäre. Sogar die Hand hat er mir geküßt – jawohl –, als ich ihm versprach, dich an den Weiher zu schikken: du – der ist ganz fürchterlich verliebt in dich. Ach Gott – ihr werdet furchtbar glücklich sein! Sag mal, ist es wahr, daß ihr keine Hochzeitsreise machen wollt?«

Eva lachte, als Jutta nun atemlos schwieg.

»Ja, es ist wahr. Ich mag nicht schon wieder hinaus unter fremde Menschen.«

»Na, das ist gescheit. Weißt du, gräßlich muß das sein, wenn man so jung verheiratet ist, und alle Leute gucken einen an, als ob man ein Ausstellungsstück sei. Schauderhaft!«

Es klopfte an die Tür.

»Darf man hier eintreten?« fragte Herr von Woltersheim.

Jutta sprang vom Tisch herunter.

»Natürlich, Papa – nur hereinspaziert. Hier – sieh nur, was Eva für Silvie und mich mitgebracht hat. Das ist doch wie die schönste Weihnachtsbescherung. Gelt – unsere Eva betätigt sich schon fleißig als Millionärin!«

Er betrachtete die zum Teil sehr kostbaren Geschenke. Mit sinnenden Augen sah er dann zu Eva hernieder und streichelte ihr Haar.

»Dein Schicksal hat sich seltsam verändert, mein Kind. Götz hat mir alles erzählt, was deine Mutter für euch getan hat.«

Sein Blick fiel auf das Bild seiner ersten Frau, das noch auf dem Tisch lag. Er nahm es auf und betrachtete es lange und aufmerksam. Er sah bleich aus. Stieg die Erinnerung in ihm auf, wie sehr er diese Frau einst geliebt hatte? Wortlos legte er das Bild wieder hin und ging schnell aus dem Zimmer.

Eva und Jutta sahen sich eine Weile stumm an. Dann fielen sie sich ebenso stumm um den Hals und wußten nicht, was ihnen das Herz so seltsam bewegte.

In den nächsten Tagen gab es in Woltersheim viel Unruhe und Arbeit. Man rüstete zu Evas Hochzeit. Viele Gäste trafen schon einige Tage früher ein.

Und dann brach der Hochzeitstag an. Es war ein heller, klarer Tag. Frühlingsahnen lag in der Luft. Geheimnisvoll regten sich die erwachenden Kräfte in der Natur.

Eine große, glänzende Gesellschaft war geladen. Eva und Götz waren die stillsten Menschen in all dem Trubel. Aber in ihren Augen lag ein strahlender Glanz.

Eva trug ein kostbares Brautkleid, und der Schleier hatte ein kleines Vermögen gekostet. Mrs. Fokham hatte ihn selbst ausgesucht. Die junge Braut sah bezaubernd und lieblich aus. Götz vermochte kaum den Blick von ihr zu wenden.

Nach der Trauung war die große Festtafel gerichtet. Fritz mußte Silvie zu Tisch führen, während man für Jutta einen sehr jungen Leutnant zum Tischnachbarn bestimmt hatte. Das war weder nach Juttas noch nach Fritz' Sinn.

Fritz fiel es gar nicht auf, daß Silvie heute besonders hübsch aussah. Sein Blick irrte immer nur zu zwei dunklen trotzigen Augen, zu einem duftigen weißen Kleid und zu einem lieben, gar zu lieben Apfelblütenkranz, der auf goldblonden Locken so frühlingsfrisch und verlockend aussah. Juttas jugendfrische, anmutige Erscheinung dünkte ihn das schönste, was er je gesehen hatte. Und er war eifersüchtig wie ein Othello auf den kleinen Leutnant. Jutta hatte zwar wütend zu ihm gesagt: »Denk dir nur, Fritz, dieses Baby soll mein Tischherr sein! Den muß man ja noch mit der Flasche großziehen.« Aber jetzt lachte sie doch manchmal recht vergnügt mit ihm. Fritz wurde die Zeit der Tafel mindestens so lange wie dem Brautpaar, dem man von allen Seiten zuprostete. Silvie unterhielt sich glücklicherweise ziemlich angeregt mit ihrem anderen Nachbarn, dem Landrat von Üchteritz. Als man die Tafel aufhob, gelang es Fritz, ohne große Schwierigkeiten aus ihrer Nähe zu entkommen.

Jutta war schon verschwunden, und auch den Leutnant sah er nicht mehr. Unruhig suchte er nach ihr. In einem stillen Nebenzimmer fand er sie – allein und in träumerischem Nachdenken in einem Sessel. Schnell trat er hinter sie.

»Jutz, du bist allein? Wo hast du denn deinen schneidigen Tischherrn gelassen?«

Sie erschrak und sah zu ihm auf. Dann zuckte sie die Achseln.

»Pöh – ich bin doch hier nicht als Kindermädchen angestellt.«

»War er denn nicht nett?« forschte er.

Sie machte ein Mäulchen.

»Kein vernünftiges Wort konnte man mit ihm reden. Er schnarrte in einem fort die dämlichsten Komplimente. ›Gnä' Fräulein sehen entzückend aus, gnä' Fräulein wissen entzückend zu plaudern, gnä' Fräulein verkörpern auf Ehre den Frühling.‹ Es war zum Auswachsen. So'n Fatzke.«

Fritz hörte das mit Befriedigung.

»Aber recht hat er doch«, sagte er leise.

Sie fuhr auf und wurde rot.

»Du, jetzt fang nicht auch noch mit solch dämlichem Geschwätz an. Mir ist heute nicht danach, daß du es weißt. Ich hatte mich hierher zurückgezogen, um nachzudenken.«

»Soll das heißen: Mach, daß du fortkommst? Oder darf ich dir ein bißchen nachdenken helfen?«

Sie sah flüchtig zu ihm auf und seufzte:

»Meinetwegen kannst du bleiben.«

Er zog einen Sessel heran und setzte sich.

»Über welch ernste Probleme hast du denn nachgedacht?« fragte er mit feierlicher Miene und sah sie mit heimlichem Entzücken an.

»Na, das kannst du dir doch denken, es liegt ja gewissermaßen in der Luft. Ich dachte natürlich an das Brautpaar. Du, Fritz – ich glaube, die beiden haben sich furchtbar lieb.«

Er beugte sich vor. Sein Blick glitt über ihren freien weißen Hals, über den runden, schöngeformten Arm und die ganze knospende, liebliche Erscheinung. Es stieg ihm heiß zu Kopfe.

»Das glaub' ich auch, Jutz. Sie sind beneidenswert. Ich wollte, ich wäre auch soweit«, sagte er mit unterdrückter Erregung.

Sie rückte sich steif zurecht und sah ihn unruhig an.

»Fritz – du vergißt, daß du gar nicht heiraten willst. Du hast es mir versprochen«, sagte sie unsicher.

Er hatte sich schon wieder in der Gewalt.

»Natürlich, Jutz; es war ja auch nur ein Scherz.«

»Ach, du bist doch furchtbar leichtsinnig. Mit so ernsten Sachen scherzt man nicht. Ich habe mich zu Tode erschreckt – nein – das heißt – ich meine natürlich – ach Gott – jetzt weiß ich überhaupt nicht mehr, was ich meine. Du bringst einen immer in allerlei Verlegenheiten. Tu mir den Gefallen und laß mich allein; mach, daß du fortkommst.«

Er nahm aber ihre Hand und hielt sie fest.

»Jutz – sei doch nicht so ruppig. Sieh mal, in zwei Monaten und zwölf Tagen bist du siebzehn. Dann mußt du dich wirklich ein bißchen manierlicher benehmen und alle Ruppigkeit über Bord werfen.«

Sie zuckte mit den Achseln, sah aber an ihm vorbei.

»Gott – wenn ich will, dann kann ich das schon jetzt lassen. Ich bin auch schon längst gegen niemand mehr ruppig – nur gegen dich.«

»So – das ist ja sehr schmeichelhaft für mich. Warum denn gerade gegen mich?«

»Na – weil du mich auch nicht gerade besonders ritterlich behandelst. Götz hat mir längst den nötigen Respekt erwiesen, er hat mir sogar die Hand geküßt.«

»Das kann ich ja auch tun, kleiner lieber Jutz«, sagte er weich und führte ihre Hand mit großer Zartheit an seine Lippen. Und in seinen Augen flammten unruhige Lichter.

Jutta wurde rot und sprang auf.

»Drüben fangen sie an zu tanzen. Ich gehe in den Saal zurück«, rief sie hastig und eilte davon.

Er sah ihr nach und seufzte tief.

»Jetzt halte ich's aber nicht mehr lange aus!« sagte er halblaut vor sich hin. Dann zog er einen Taschenkalender heraus und zählte ganz exakt die Tage bis zu Juttas Geburtstag. Es waren noch zweiundsiebzig. »Die nehmen ja kein Ende! Aber warten muß ich doch noch so lange. Wenn sie nur nicht mit jedem Tag hübscher und reizender würde!«

Mit diesen Gedanken kehrte er in den Saal zurück. Da tanzte Jutta gerade mit ihrem Tischherrn an ihm vorbei. Fritz sah sich nach Silvie um, der dieser Tanz gehörte. Sie war noch immer im eifrigen Gespräch mit dem Landrat. Er war ein stattlicher Mann, Ende Dreißig, mit beginnender Glatze und einem steif aufgedrehten Schnurrbart. Silvie schien ihm zu gefallen, er war noch nicht von ihrer Seite gewichen. Und daß er noch unverheiratet war und nach einer Gemahlin Ausschau hielt, war ein offenes Geheimnis.

Fritz schickte ein Stoßgebet zum Himmel. Wenn dieser schneidige Landrat doch Silvie zu seiner Landrätin machen würde, damit diese sich nicht länger darauf verlegte, ihn selbst in Fesseln zu legen.

Silvie schien nicht sehr entzückt zu sein, als sich Fritz jetzt vor ihr verneigte.

Sie tanzte nur einmal mit ihm und ließ sich dann auf ihren Platz zurückführen. Dort saß der Landrat immer noch, und die beiden nahmen ihre Unterhaltung wieder auf. Den nächsten Tanz hatte Silvie dem Landrat schon versprochen.

Fritz war froh, seiner Pflicht gegen Silvie ledig zu sein. Er suchte Jutta auf, um mit ihr zu tanzen. Mit keinem Wort kam er auf die Szene von vorhin zurück. Aber er ließ seine liebliche Tänzerin nicht eher aus den Armen, bis die Musik zu Ende war.

Das Brautpaar war inzwischen aufgebrochen. Stumm saß Eva, von Götz' Arm umschlungen, in dem Wagen, der sie nach Herrenfelde brachte. Ihr Kopf ruhte an seinem Herzen. Sie hörte den starken Schlag, und ein wohliges Gefühl des Geborgenseins überkam sie.

In Herrenfelde war alles zu ihrem Empfang bereit. Götz hob seine junge Frau aus dem Wagen und trug sie über die Schwelle seines Hauses. Die neu angestellte Dienerschaft stand mit dem alten Personal zusammen in der Halle. Eva grüßte freundlich. Ihr Fuß versank in Rosen, die man ihr auf den Weg gestreut hatte.

Seite an Seite schritt sie mit ihrem Gemahl durch das ganze Haus. Der Barockbau hatte jetzt freilich bis in den kleinsten Raum ein anderes Aussehen bekommen. Was Geld und guter Geschmack vermochten, war geschehen, um Schloß Herrenfelde zu einem schönen und behaglichen Wohnsitz zu machen. Man hatte den Räumen mit Geschick teilweise jenes Aussehen zurückgegeben, wie sie es zu Zeiten des höchsten Glanzes dieses stolzen Geschlechtes besessen hatten. Zuletzt führte Götz seine junge Frau in ihr Badezimmer. Auf der Schwelle stockte ihr Fuß, und auch Götz sah erstaunt in den in mattblauen Tönen gehaltenen Raum. Eine Fülle der köstlichsten dunkelroten Rosen, lauter seltene, herrliche Exemplare, dufteten ihnen entgegen. In großen Schalen und Vasen standen sie auf Tischen und Schränken. Der Toilettentisch verschwand völlig unter der duftenden Fülle, der Teppich war dick überstreut, und alle Winkel und Ecken waren voll davon. Sie quollen und dufteten Eva entgegen und umschmeichelten ihre Sinne.

Sie sah zu ihrem Mann empor.

»Hast du das getan, Götz?«

»Nein, Liebling. Von mir findest du nur drüben in deinem Wohnzimmer ein blühendes Willkommen. Wer dir dein Badezimmer so verschwenderisch mit Rosen ausgeschmückt hat, weiß ich nicht. Aber sieh – hier in dieser Schale steckt ein Briefchen.«

Er zog ein schmales Kuvert aus der mit Rosen gefüllten Schale, die auf dem runden Tisch mitten im Raum stand, und reichte es seiner Frau. Eva öffnete es und zog eine Karte heraus. Nur wenige Worte standen darauf:

»Mein geliebtes Kind! Ich kann heute nicht bei Dir sein; so laß mich aus der Ferne Rosen auf Deinen Pfad streuen. Es soll in Zukunft mein größtes Glück sein, Dich glücklich zu wissen. Mein Segen mit Dir auf allen Wegen!

Deine Mutter.«

Eva warf sich in die Arme ihres Mannes.

»Die gute, liebe Mutter! Götz – wir wollen ihr sehr dankbar sein. Aus ihrer Hand empfingen wir unser Glück.«

Er küßte Eva heiß und innig.

»Möge es mir vergönnt sein, dich so glücklich zu machen, wie sie es wünscht, meine geliebte Frau.«

Eng umschlungen standen sie zwischen den duftenden Rosen und sahen sich in die flammenden Augen.

16

Zur Osterzeit war Eva Herrin von Herrenfelde geworden. Jetzt stand das Pfingstfest nahe bevor. Götz und Eva hatten die ersten Wochen ihrer Ehe in stiller Zurückgezogenheit verlebt. Sie hatten weder Gesellschaften besucht noch Besuche empfangen.

Götz hatte ohnedies im Frühjahr viel Arbeit, und er schaffte jetzt mit einer unbegrenzten Lust und Freude. Jetzt konnte ja alles rationell und aus dem vollen betrieben werden. Er wußte nicht, was ihn glücklicher machte, der Besitz seiner geliebten Eva oder das freie, ungehinderte Schaffen und Wirken. Beides zusammen erfüllte ihn mit einer echten Daseinsfreude. Jetzt erst konnte er zeigen, was er zu leisten vermochte. Seine Tüchtigkeit fand ein weites Feld der Betätigung. Nur noch selten mischte sich in sein ungetrübtes Glück der Gedanke an jene Lüge, mit der er sich Evas Besitz errungen hatte. Er verscheuchte ihn dann immer schnell und war doppelt liebevoll und zärtlich zu seiner jungen Frau.

Eva war aufgeblüht in diesen glücklichen Tagen. Ihre Schönheit entfaltete sich jetzt erst zur vollen Reife, und ihr Wesen hatte einen Charme angenommen, der selbst eine weniger schöne Frau hätte entzückend erscheinen lassen. Götz schlug oft die Liebe zu seiner schönen Frau über dem Kopf zusammen. Ganz närrisch konnte sich der sonst so ernste, zurückhaltende Mann gebärden, wenn er mit Eva allein war.

Da er oft auf die Felder reiten mußte, hatte Eva bei ihm Reitunterricht genommen. Sie begleitete ihn auf fast allen seinen Ausflügen. Es waren köstliche Stunden, die sie draußen in der blühenden, grünenden Frühlingspracht verlebten. Wenn sie durch Wald und Feld ritten, erschlossen sich ihre Seelen einander mehr und mehr in Ernst und Scherz. Götz erkannte erst jetzt ganz, welch köstlichen Schatz er gehoben hatte. Evas tiefes Gemüt, ihr reiches Wissen und ihre große innere Wahrhaftigkeit beglückten ihn unsäglich.

Die Woltersheimer kamen oft nach Herrenfelde hinüber. Am häufigsten fanden sich Jutta und ihr Vater ein. Fritz kam immer nur im Vorbeireiten auf einen Sprung herein, denn er hatte ebenfalls viel zu tun. Silvie und ihre Mutter ließen sich seltener blicken. Ein herzliches Verhältnis bestand auch jetzt nicht zwischen ihnen und Eva, wenn man sich auch den Anschein der Herzlichkeit gab.

Jutta fand Herrenfelde »entzückend«, die junge Hausfrau »himmlisch lieb und herzig«, und den Hausherrn »ganz menschlich und merkwürdig zu seinem Vorteil verändert«. Götz benahm sich auch wirklich ritterlich zu Jutta und behandelte sie auf Evas Wunsch mit ausgesuchter Höflichkeit.

»Eva, du hast deinen Mann entschieden veredelt. Ich muß gestehen, daß er mir jetzt hundertmal besser gefällt als vor eurer Heirat«, sagte Jutta anerkennend zu ihrer Schwester. Manchmal traf Fritz in Herrenfelde mit Jutta zusammen. Eva stellte dann lächelnd fest, daß die beiden sich mit einer wahren Virtuosität über ihre wirklichen Gefühle täuschten. Fritz hatte Eva längst zur Vertrauten seiner liebenden Ungeduld gemacht, und auch Götz wußte Bescheid, wie es um die beiden stand.

Herr von Woltersheim verlebte manche gemütliche und behagliche Stunde am Teetisch seiner Tochter. Wenn er mit ihr allein war, erzählte sie ihm allerlei von der Mutter, mit der sie in regem Briefwechsel stand. Eva hatte längst erkannt, daß ihr Vater in seiner zweiten Ehe noch weniger Glück gefunden hatte als in der ersten. Sie schenkte ihm ihre ganze töchterliche Zärtlichkeit. Ihr Wesen war ja so reich an Liebe; sie konnte mit vollen Händen austeilen, ohne diesen Reichtum zu erschöpfen. Daß die zweite Ehe ihres Vaters nur ein »Nebeneinander«, nicht ein »Miteinander« war, zeigte sich jetzt wieder deutlich. Frau von Woltersheim ging wieder vollständig in Silvie auf; für niemand hatte sie mehr Zeit und Aufmerksamkeit.

Der Landrat von Üchteritz schien sich ernsthaft um Silvie zu bewerben. Und da er eine sehr gute Partie war, unterstützte Frau von Woltersheim seine Bemühungen in jeder Weise. Fritz war längst von Silvie aufgegeben worden.

Der Landrat war jetzt ein häufiger Gast in Woltersheim. Fritz »kniff inbrünstig den Daumen«, wie er sich heimlich selbst versicherte. Denn wenn Silvie erst an den Mann gebracht war, durfte er bei seiner Tante auf Billigung seines Werbens um Jutta rechnen. Und seine heimlichen Stoßgebete schienen geholfen zu haben. Am Pfingstsonnabend erschien der Landrat im elegantesten Freiersanzug in Woltersheim; für die Mittagstafel wurde Sekt kalt gestellt. Herr von Woltersheim gab Silvies Verlobung mit dem Landrat von Üchteritz bekannt.

Fritz hätte am liebsten einen Indianertanz aufgeführt vor Wonne. Da dies nicht anging, schüttelte er dem Bräutigam fast die Hände aus den Gelenken und trank so inbrünstig Brüderschaft mit ihm, daß er einen niedlichen Spitz bekam und nach Tisch den Kopf zur Abkühlung in die Waschschüssel stecken mußte.

Am Abend waren dann auch Götz und Eva von Herrenfelde herübergekommen, um dem neuen Brautpaar Glück zu wünschen. Silvie glühte in bräutlicher Wonne und war etwas liebenswürdiger als sonst, selbst zu Jutta.

Jutta schrieb an diesem Abend, ehe sie zu Bett ging, folgendes in ihr Tagebuch:

»Nun ist auch Silvie verlobt. Ihr Bräutigam hat zwar eine Glatze und ist alles andere eher als ein Adonis – Fritz kann er das Wasser nicht reichen –, aber es ist ein Bräutigam. Silvie hätte natürlich lieber Fritz genommen – Kunststück –, das versteht sich am Rande. Aber er wollte einfach nicht. Ich hätte es auch nicht zugelassen, denn er ist viel zu gut für sie. Also, meine Schwestern sind nun an den Mann gebracht. Jetzt wird Mama langsam nach einem Mann für mich Ausschau halten. Sie wird staunen, wenn ich ihr erkläre, daß ich nicht heirate. Ach Gott, ja – ich habe es Fritz nun einmal versprochen. Wir bleiben ledig – das ist sicher. Wenn ich nur wüßte, ob ich als alte Jungfer auch so gräßlich aussehen werde wie Mademoiselle. Es wäre fürchterlich. Fritz findet Mademoiselle schauderhaft. Ach Gott, ja – das Leben ist schwer.«

Am ersten Pfingsttag hatte Eva zum ersten Mal alle ihre Angehörigen zu Tisch geladen, auch den Landrat. Im hausfraulichen Eifer unterzog sie selbst noch einmal die reizend gedeckte Tafel einer Musterung. Eigenhändig ordnete sie den Blumenschmuck und rückte hie und da an dem kostbaren Porzellan und dem schweren Silbergerät.

Sie war noch beschäftigt, als ihr Mann eintrat.

Voll Entzücken betrachtete er seine junge Frau von allen Seiten. Sie trug eine kostbare Spitzenrobe über einem Unterkleid von weißer Seide. Die Spitzen schmiegten sich eng um Oberkörper und Hüften und fielen dann in reichen Falten herab, eine lange Schleppe bildend. In dem herrlichen Haar hing lose, wie hingeweht, eine einzige Rose.

Sie lächelte zu ihrem Mann auf.

»Nun – bist du zufrieden mit mir, mein gestrenger Herr?«

Er küßte ihr die Hand und den schönen Arm, der bis zum Ellbogen frei war.

»Eine stolze Schönheit bist du – viel zu schön für den armen Götz Herrenfelde«, sagte er.

»Oh – für den ist mir nichts schön genug.«

»Hast du Lampenfieber, kleine Frau?«

»O nein! Wie sollte mir dann zumute sein, wenn wir erst eine große Gesellschaft bei uns haben? Heute kommen doch nur meine Angehörigen.«

»Du möchtest wohl gern eine große Gesellschaft laden?« forschte er.

»Nein, nein – es eilt mir gar nicht«, wehrte sie lächelnd ab.

»Fühlst du dich nicht zu einsam in Herrenfelde?«

Sie schmiegte sich an ihn und sah mit ihren großen zärtlichen Augen zu ihm auf.

»Ich sterbe nächstens vor Langeweile«, neckte sie.

Er faßte sie bei den Schultern.

»Nein – im Ernst, Eva. Ich mache mir manchmal Vorwürfe, daß ich dich so egoistisch für mich allein in Anspruch nehme.«

Ehe Eva antworten konnte, fuhr der Woltersheimer Jagdwagen vor. Fritz und Jutta kamen als erste herein, Götz und Eva begrüßten sie in der großen Halle, auf deren Steinfußboden jetzt prachtvolle echte Perser lagen. Die Wände waren in halber Höhe mit Holz verkleidet und auf den ausladenden Gesimsen standen allerlei dekorative Gegenstände.

Jutta schlug bei Evas Anblick entzückt die Hände zusammen.

»Eva, bist du schön! Dieses himmlische Kleid! O Gott, lauf doch mal hin und her, damit ich sehe, wie die Schleppe fällt! Wonniglich! Wie groß du aussiehst! Weißt du – mit so'ner Schleppe stellt man doch was vor. Ich wollte, ich dürfte auch solche Schleppkleider tragen.«

Götz und Fritz hatten sich die Hände geschüttelt. Nun begrüßte Fritz die junge Hausfrau.

»Wir kommen als Vorposten, Eva. Jutz und ich, wir wurden aus der Familienkutsche verbannt. Die anderen kommen gleich nach.«

Jutta hatte sich vor dem Spiegel zurechtgezupft.

»Eva, sieh doch mal nach, ob ich mein Kleid sehr zerknittert habe. Ich mußte wegen des Staubes den Mantel überziehen.«

Sie drehte sich nach allen Seiten um. Eva versicherte ihr, daß alles in Ordnung sei und sie reizend aussähe.

»Gibt es was Gutes zu essen bei euch?« erkundigte sich Jutta. »Ich habe nämlich einen Mordshunger.«

»Nur Leibgerichte von dir, Jutta, dafür habe ich gesorgt.«

»Hm – famos! Es gibt doch auch Sekt?«

»Willst du dich beschwipsen?« neckte Götz.

Sie zuckte mit den Achseln.

»Pöh – das Zeug trinke ich wie Wasser.«

»Na, na!« warf Fritz zweifelnd ein.

Sie drehte sich kampfbereit um.

»Ach du – schweig du nur still! Ich weiß ja, wer zu Silvies Verlobung einen Schwips hatte. Aber ich kann schweigen.«

»Dein Edelmut rührt mich zu Tränen, Jutz.«

»Nun kommt erst mal herein – dann können wir ja die Schwipsfrage näher erörtern«, sagte Götz lächelnd. Er reichte Jutta den Arm und verbeugte sich tief.

»Darf ich bitten?«

»O je – so feierlich?« fragte sie, legte ihre Fingerspitzen auf seinen Arm und schritt gravitätisch mit ihm davon.

»Wir wissen, was wir unsern Gästen schuldig sind. Ehre, wem Ehre gebührt«, antwortete Götz.

Fritz folgte mit Eva. Sie betraten den großen Empfangssalon, dessen Wände mit schönen alten Gobelins geschmückt waren.

Bald darauf kamen Juttas Eltern und das Brautpaar.

Es gab ein erlesenes Mahl, welches dem neuen Herrenfelder Koch alle Ehre machte. Die Stimmung war sehr angeregt. Jutta wurde nach dem Sekt sehr übermütig und mußte einige Male von ihrer Mutter zur Ordnung gerufen werden. Nach Tisch zogen sich die Herren ein Viertelstündchen in das Zimmer des Hausherrn zurück, um eine Zigarre zu rauchen. Die Damen nahmen auf der Terrasse Platz, wo der Mokka in zierlichen Porzellanschälchen serviert wurde. Die Herren gesellten sich später zu ihnen. Ringsum war alles in Heiterkeit, Glück und Frohsinn getaucht. Götz und Eva suchten sich zuweilen mit den Blicken, die glückstrahlend aufleuchteten. Und doch zog sich schon ein Gewitter zusammen, welches das Glück dieser beiden Menschen zu vernichten drohte.

Als am Abend die Woltersheimer mit dem Landrat wieder fortgefahren waren, saß das junge Ehepaar noch eine Weile auf der Terrasse – Hand in Hand. Ihre Seelen waren wunschlos glücklich.

Endlich richtete sich Götz auf.

»Sing mir noch ein Lied, Liebste«, bat er leise.

Sie erhoben sich und gingen hinein ins Haus.

Eva sang einige Lieder, und Götz saß mit geschlossenen Augen dabei; sein Herz war voll und schwer vor Glückseligkeit. Als sie zu Ende gesungen hatte, nahm er sie in seine Arme und küßte sie. Dann gingen sie langsam durch die Zimmer.

»Morgen muß ich an meine Mutter schreiben. Es ist unrecht von mir, sie so lange warten zu lassen«, begann Eva.

»Sie wird dir sicher nicht böse sein.«

»Oh, böse ist sie nie. Aber ich weiß, daß sie sehnsüchtig auf meine Briefe wartet. So seltsam ist es – seit sie mich wiedergesehen hat, scheint mir ihr ganzes Herz zu gehören.«

»Seltsam finde ich das nicht, mein Liebling. Wäre es anders, würde ich es viel seltsamer finden.«

»Sie wünscht sehr, daß wir sie drüben besuchen.«

»Ich kann aber jetzt unmöglich fort von Herrenfelde.«

»Das weiß sie selbst – aber trotzdem sehnt sie sich danach.«

»Vielleicht kommt sie zu uns, wenn sie es vor Sehnsucht nicht mehr aushält.«

Eva seufzte.

»Wie soll das aber dann mit Papa werden? Meine Mutter kann sich doch nicht mit meinem Vater und meiner Stiefmutter treffen.«

»Nun – man müßte dafür sorgen, daß die beiden nicht von Woltersheim herüberkommen, solange deine Mutter hier ist.«

»Ja – so ließe es sich wohl machen. Sie müßten sich aus dem Weg gehen. Ach Götz – wie schrecklich ist das. Mein

Vater und meine Mutter haben sich doch einmal geliebt. Und nun?«

»Kleine Grüblerin – quäle dich nicht. Es war wohl bei beiden nicht die rechte Liebe. Aber nun ist es spät geworden, wir wollen schlafen gehen. Morgen muß ich zeitig heraus. Ich habe noch allerlei zu ordnen, ehe ich zur Stadt fahre.«

»Ach – da fällt mir erst wieder ein, daß du mich morgen verlassen willst. Götz – wie soll ich es nur aushalten, dich einen ganzen Tag nicht zu sehen. Die dumme Versammlung; mußt du denn unbedingt hin?«

»Sonst würde ich viel lieber bei dir bleiben, Liebste. Die Sitzung ist jedoch sehr wichtig.«

»Ach, es handelt sich doch nur um Mastkälber oder Zuchtstiere«, schmollte sie lächelnd.

»Noch um einiges andere. Übrigens, sprich nicht so verächtlich von unseren Mastkälbern, du; das sind gewichtige Lebewesen.«

Sie lachten beide.

»Ich scherze ja auch nur, Götz. Natürlich mußt du mit ›tagen‹, das ist selbstverständlich. Ich werde mir die Zeit schon vertreiben bis zu deiner Heimkehr. Das Wiedersehen wird dann um so schöner.«

Götz war am nächsten Morgen zur Stadt gefahren, wo er mit den Gutsbesitzern der Umgebung eine Zusammenkunft hatte. Es war die erste längere Trennung von seiner jungen Frau. Vor Mittemacht konnte er kaum hoffen, zurück zu sein.

Eva hatte noch das Frühstück mit Götz eingenommen. Als er fort war, schrieb sie zuerst einen langen Brief an ihre Mutter. Sie berichtete ausführlich von ihrem Leben und

Tun, da sie wußte, daß sich die Mutter für alles interessierte.

Als sie ihren Brief beendet hatte, wurde sie eine Weile von häuslichen Aufgaben in Anspruch genommen. Dann ging sie im Park spazieren. Das einsame Mittagsmahl gefiel ihr gar nicht. Götz fehlte ihr überall. Mit Macht überkam sie die Empfindung, daß er ihres Lebens Inhalt geworden war. Nach Tisch lief sie unruhig durch alle Zimmer. Die Stunden schienen zu schleichen. Sie empfand ihr Verhalten selbst als kindisch und überlegte, wie sie am besten die Zeit verbringen konnte.

Da fiel ihr die Bibliothek ein. Sie hatte bisher noch nicht die Zeit gefunden, in den Büchern herumzustöbern. Das wollte sie jetzt tun.

Froh über diesen Einfall, ging sie in die Bibliothek.

Auch hier war alles verändert, nur die hohen Bücherregale an den Wänden waren im ursprünglichen Zustand belassen worden. Eva sah unschlüssig an den Bücherreihen entlang und griff dann aufs Geratewohl einen Band heraus. Mit diesem begab sie sich in die tiefe Fensternische in einen hohen Ledersessel. Ein Weilchen sah sie erst noch durch das offene Fenster ins Tal hinab.

Sie seufzte tief.

Was war sie für ein närrisches Ding! So schwer war ihr das Herz in der Brust, weil ihr Mann für einen einzigen Tag verreist war. Aber nein – daran war wohl nur die Schwüle schuld. Es war stickig heiß heute, wie im Hochsommer. Fast schien es ihr, als wenn ein Gewitter in der Luft lag. Da sie, wie alle sensiblen Menschen, sich sehr davon beeinflussen ließ, so suchte sie sich ihre Niedergeschlagenheit damit zu erklären.

Vorläufig waren zwar nur einige kleine Wolken am Himmel zu sehen; aber ganz fern, drüben über dem Wald, stieg eine dunkle Wand auf. Hoffentlich kam Götz nach Hause, ehe das Gewitter losbrach.

Da war sie mit ihren Gedanken schon wieder bei Götz. Energisch klappte sie das Buch auf, das sie im Schoß hielt. Da flatterte ein Brief heraus und fiel ihr zu Füßen.

Sie bückte sich, um ihn aufzuheben, und erkannte Tante Marias Schrift. Sie lächelte über die etwas wunderlichen Schnörkel der alten Dame. »Mein lieber Götz!« Wie drollig das aussah – ach – und da stand ja auch ihr Name. Also, von ihr war auch die Rede in diesem Brief! Etwas neugierig betrachtete sie das Datum. Es war das ihres Verlobungstages, oder vielmehr des Tages, da ihr Götz gesagt hatte, daß er sie liebte.

Sie mußte den Brief lesen; da er offen in dem Buch lag, war es bestimmt keine Indiskretion, wenn sie es tat.

Behaglich lehnte sie sich in den Sessel zurück und las. Es war der Brief, den Götz erhalten hatte, als er von Woltersheim nach Hause gekommen war, in dem ihn die Tante nochmals ermahnte, seine Werbung schnell anzubringen, ehe jemand erfuhr, daß Eva die Erbin Mrs. Fokhams sein würde.

Schon nach den ersten Worten war das Lächeln aus Evas Gesicht verschwunden; und je weiter sie las, desto starrer wurden ihre Züge. Ein eisiger, furchtbarer Schrecken preßte ihr plötzlich die Brust zusammen. Die Buchstaben tanzten vor ihren Augen und schienen sie höhnisch anzugrinsen. Das Herz drohte stillzustehen; es war, als ob eine grausame Hand an ihrer Kehle würgte, um sie zu ersticken. Sie las den Brief zu Ende und begann noch einmal von neuem, weil sie es nicht fassen konnte, was sie da gelesen hatte.

»Mein lieber Götz! Gerade komme ich von Mrs. Fokham. Wir haben ausgemacht, daß ich nächsten Sonnabend nach Woltersheim reise, um mit Herrn von Woltersheim und Eva zu verhandeln. Sie ist sehr froh, daß ich selbst mit ihnen sprechen will; und ich, mein lieber Junge, bin froh, daß Du reichlich acht Tage Vorsprung hast. Nütze die Zeit! Bis Sonnabend mußt Du unter allen Umständen mit Eva verlobt sein, denn später würde Deine Werbung zu eigennützig aussehen. Jetzt hast Du leichteres Spiel. Also, sei vernünftig und laß Dich nicht durch sentimentale Bedenken beeinflussen. So eine Partie wird Dir nie wieder geboten. Mrs. Fokham besitzt mehrere Millionen, und Eva ist ihre einzige Erbin. Eine sofortige Mitgift ist Dir sicher. Du bist dann aller Sorgen ledig; und ich preise mich glücklich, daß ich Dir helfen konnte, diesen Goldfisch zu entdecken. Für heute leb wohl – bis Sonnabend auf Wiedersehen. Und viel Glück zu Deinem Vorhaben. Es bleibt bei unserer Verabredung, daß Du Dich nicht mit mir in Berlin getroffen hast, damit niemand Verdacht schöpft. In Liebe

Deine Tante Maria.«

Langsam hatte Eva zu Ende gelesen, so langsam, als ob Blei statt Blut in den Adern fließe, als ob sie die Buchstaben erst mühsam aneinanderreihen müsse. Nun sank sie wie vernichtet zusammen und sah mit starren, toten Augen vor sich hin. Schien die Sonne noch? Lag da unten das Tal noch in derselben friedlichen Schönheit vor ihr wie zuvor? War nicht ein schwerer dunkler Schatten über alles gebreitet, was ihr zuvor licht und schön erschienen war?

Sie schauerte zusammen vor Kälte. Licht und Wärme waren plötzlich aus ihrem Dasein verschwunden. Hilflos, verstört sah sie sich um in dem hohen, gewölbten Gemach. Eines nur begriff sie: Daß hier in diesem Zimmer mit einem Mal ihr ganzes, großes, reiches Glück begraben worden war. Sie würde nie mehr froh und glücklich sein können. Vorbei war es plötzlich mit allem, was ihr das Leben so reich und schön gemacht hatte. Dieser furchtbare Brief hatte ihr das Köstlichste geraubt, den Glauben an die Liebe ihres Mannes. Götz ein Lügner! – Mit Berechnung und Vorbedacht hatte er sie an jenem Abend aufgesucht, nachdem er in Berlin von seiner Tante erfahren hatte, daß sie die Erbin ihrer Mutter sein würde – sie war die reiche Frau, die er seit langem gesucht hatte. Schnell war er zurückgekehrt, um sich ihre Hand zu sichern, ehe die Rückkehr ihrer Mutter bekannt wurde. Er hatte wohl gewußt, wie leicht ihm der Sieg zufallen würde; seinen scharfen Augen war es nicht entgangen, daß sie ihr törichtes junges Herz an ihn gehängt hatte.

Vielleicht war es ihm sehr schwer geworden, dem »häßlichen kleinen Entlein« Liebe zu heucheln. Oh, das schreckliche Wort, wie es sich in ihre Seele bohrte, wie sie plötzlich wieder Götz mit spöttischem Lächeln und kalten – ach, so kalten Augen vor sich sah. Daß sie es für möglich gehalten, seine Liebe gehöre ihr – ihr, die er erst verabscheut hatte! Es war für ihn wohl ein großes Opfer gewesen, eine schwere Überwindung, ihr Liebe zu heucheln. Die Not zwang ihn dazu; er mußte ja eine reiche Frau haben. Deshalb war er damals so leicht darüber hinweggegangen, daß sie arm war; er hatte gewußt, daß diese Armut durch ein reiches Erbe verdrängt wurde.

Und sie hatte ihm geglaubt – und war so selig gewesen, daß er sie liebte, trotz ihrer Armut. Sie hatte ihm offen gezeigt, wie grenzenlos sie ihn liebte, hatte ihm ihr ganzes

Herz zu eigen gegeben. Vielleicht war ihm das sehr lästig gewesen. Oh, die Schmach, die Schmach! Wie sie sich schämte!

Lüge – alles Lüge!

Sie stöhnte auf in wilder Qual und saß wie zerschmettert, wie zu Boden gedrückt vor dieser furchtbaren Entdeckung.

Lüge war alles gewesen: Lüge seine Werbung, Lüge seine Liebesworte an jenem Abend, da er um sie warb. Lüge war dann auch alles, was folgte. Sie hatte sich mit Leib und Seele einem Mann zu eigen gegeben, der sie nicht liebte. Er war zu ritterlich, um es ihr nach der Hochzeit zu zeigen, daß nur ihr Geld ihm erstrebenswert gewesen war. Und ein wenig war er ihr wohl auch dankbar, daß sie ihn aus quälenden Sorgen befreit hatte. Deshalb zwang er sich zu Zärtlichkeit, deshalb heuchelte er Empfindungen, die er nicht besaß. Wie schwer mochte ihm das gefallen sein!

Sie sprang plötzlich auf in furchtbarer Erregung. Den schrecklichen Brief krampfhaft in der Hand haltend, lief sie wie verfolgt durch die Zimmer. In ihrem Badezimmer angekommen, sank sie in einen Sessel und las den Brief noch einmal, als müsse sie sich jedes dieser Worte einprägen für alle Zeit.

Dann verschloß sie ihn mit müden Händen in ihre Schmuckschatulle. Es war eine rein mechanische Bewegung; sie wußte nicht, was sie tat. Wie leblos fiel sie auf ein Ruhebett. Ihr Körper regte sich nicht, stundenlang lag sie wie gelähmt. Aber die Gedanken kreisten wild und qualvoll hinter ihrer Stirn. Was sollte sie tun mit dieser fürchterlichen Gewißheit im Herzen?

Sollte sie ihm sagen, daß sie den Brief gefunden hatte,

daß sie nun wußte, weshalb er sie geheiratet hatte? Die Zähne klapperten ihr vor Kälte bei diesem Gedanken. Nein – tausendmal nein –, das konnte sie nicht. Ihm ins Gesicht sagen, daß sie seine Lüge durchschaut hatte, ihn anklagen, daß er mit Heuchelei ihr armes Herz betörte, Schuld und Scham auf seinen geliebten – ach, so heißgeliebten Zügen sehen müssen –, nein – das brachte sie nicht über sich.

Aber ebenso unmöglich war es ihr auch, mit dieser Gewißheit im Herzen wie bisher neben ihm her zu leben, Unwissenheit heuchelnd. Unmöglich, sich den Anschein zu geben, als glaube sie an seine Liebe. Und tausendmal unmöglich – o furchtbarer Gedanke –, sich seine erlogenen Zärtlichkeiten länger gefallen zu lassen. – Aber was dann?

Weglaufen? Nach Woltersheim – sich dort in den stillen Weiher werfen? Wie das lockte, wie gut das sein mußte, still zu werden, nicht mehr an das Schreckliche zu denken, sich nicht mehr von diesem wahnsinnigen Schmerz das Herz durchbohren lassen. Was lag ihr noch am Leben, wenn sie seine Liebe nicht besaß?

Aber nein – auch das durfte nicht sein. Ihr Vater, ihre Mutter! – Sie würde ihnen das Herz brechen. Und er – er? Mußte er nicht ahnen, was sie in den Tod getrieben hatte? Dann war auch sein Leben vernichtet, so gewissenlos war er nicht, um danach unbekümmert weiterleben zu können. Und sie liebte ihn zu sehr, um ihm das anzutun. Ach – zu ihrer Schmach liebte sie ihn heißer, schmerzlicher als zuvor.

Was sollte, was mußte sie tun? Wo fand sie einen Ausweg aus diesem Wirrsal ihres Herzens? Wo sollte sie sich bergen mit ihrer Scham und ihrem Herzeleid? Wo sollte sie hinfliehen, um der Qual zu entgehen, seine lügnerischen Zärtlichkeiten zu dulden?

»Götz – Götz!« Sie stöhnte in höchster Seelenqual, sagte seinen Namen und richtete sich auf, wild und verstört um sich blickend.

Die Sonne ging schon unter. Ihre schrägen Strahlen fielen in das Zimmer und bekämpften die in den Ecken lauernde Dämmerung.

Eva sprang auf und strich sich mechanisch über das Haar. Sie hielt es nicht länger aus in dem engen Zimmer; die Mauern schienen sie erdrücken zu wollen.

Wie sie ging und stand, lief sie hinaus.

Ihre Zofe begegnete ihr draußen auf dem Korridor und fragte, ob sie einen Wunsch habe. Eva schüttelte den Kopf und ging an ihr vorüber. In der Halle saß in der Ecke ein Diener. Er war eingenickt und sah nicht, daß Eva hinausging. So bemerkte niemand ihr Fortgehen.

Die Zofe ging hinunter in das Souterrain und neckte sich mit den anderen Hausbediensteten; sie vergaß ihre Herrin schnell.

Eva lief den Berg hinab in den Wald. Wie eine Nachtwandlerin, den Blick starr geradeaus gerichtet, ging sie auf dem Waldweg weiter. Dann verließ sie den bequemen Pfad und drang in das Dickicht ein. Es tat ihr gut, daß ihr die Zweige in das Gesicht schlugen, daß sie sich mühevoll Bahn brechen mußte. Wie lange sie so gegangen war, wußte sie nicht. Sie hatte keine Ahnung mehr, wo sie sich befand. Müde und erschöpft hielt sie endlich inne und warf sich, das Gesicht nach unten, auf den weichen, rasenbewachsenen Waldboden nieder.

Hier lag sie in völliger Erschöpfung, stumpf und teilnahmslos, wie ein verwundetes Tier, das einen einsamen

Fleck zum Sterben aufgesucht hat. Zeit und Ort kamen ihr nicht zu Bewußtsein. Sie schrak erst auf, als ein furchtbarer Donnerschlag die Stille jäh zerstörte und ein orkanartiger Sturm losbrach.

Erschrocken hob sie den Kopf und blickte um sich. Es war finstere Nacht ringsum. Der Regen begann in schweren Tropfen zu fallen.

Langsam richtete sie sich vollends empor und tastete mit den Händen um sich wie eine Blinde. Wieder krachte der Donner, und ein greller Blitz blendete sie. Donner und Blitz folgten jetzt kurz aufeinander. Und der Regen rauschte hernieder und durchnäßte sie bis auf die Haut.

Instinktiv tastete sie sich weiter. Sie stieß sich oft, stolperte und griff nach einem Halt. Tausend unheimliche Stimmen erwachten im Wald. Ein Reh streifte an ihr vorbei, und ein Eichhörnchen sprang über ihre Schultern. Die tiefe Dunkelheit ringsum war ihr unheimlich. Angst befiel sie. Hastig eilte sie weiter und suchte mit großen Augen die Finsternis zu durchdringen.

Sie schauerte zusammen. Ihre Kleider legten sich feucht und kalt um ihre Glieder, und ihre Schuhe waren ebenfalls völlig durchnäßt, denn sie waren sehr dünn und fein und nicht für solche Wege gedacht.

Todmüde schleppte sie sich weiter. Endlich merkte sie, daß sie aus dem Wald heraus auf einen freien Weg kam. Schnell wollte sie weitergehen; aber in diesem Augenblick wich der Boden unter ihren Füßen, und sie stürzte in einen Graben – stürzte so unglücklich, daß sie vor Schmerz aufschrie.

Sie wollte sich erheben, aber es ging nicht. Ihr rechtes Bein schmerzte so sehr, daß sie sich nicht bewegen konnte. Stöhnend versuchte sie wieder und wieder, sich aufzurichten; aber schließlich mußte sie aufgeben. So lag sie hilflos, eine Beute seelischer und körperlicher Schmerzen. In ihrem Jammer betete sie, der liebe Gott möge sie sterben lassen.

Eine wohltätige Ohnmacht umfing endlich ihre Sinne und entrückte sie auf kurze Zeit dem Grauen, das ihre Seele gefangenhielt.

17

Götz hatte wider Erwarten schon um 10 Uhr abends aus der Stadt aufbrechen können. Man neckte ihn zwar von allen Seiten, daß er es so eilig hatte, heimzukommen; aber er ließ sich nicht beirren. Sein Schwiegervater, der ebenfalls die Versammlung besucht hatte, und der Landrat begleiteten ihn bis Woltersheim. Dann fuhr er allein weiter.

Das Gewitter war inzwischen vorbei. Sternenklar wölbte sich der Himmel über der Erde, und der Mond schien hell. Götz hatte dem Kutscher befohlen, schnell zu fahren. Er hoffte, Eva noch wach zu finden, und freute sich auf ihr strahlendes Gesicht, wenn er zeitiger wiederkam, als sie gehofft hatte.

Plötzlich hielt der Wagen mitten auf der Straße. Götz fuhr aus seinen angenehmen Träumereien auf.

»Was gibt es denn, Seifert? Weshalb halten Sie denn?«
Der Kutscher wandte sich um.

»Da drüben im Graben liegt eine weißgekleidete Gestalt.«

»Sie sehen wohl Gespenster, Seifert? Haben vielleicht ein bißchen zu tief ins Glas geschaut?«

»Nein, ich bin stocknüchtern. Bitte, schauen Sie nur selbst hinüber. Es muß eine Frau sein; als ich eben anhielt, habe ich sie deutlich stöhnen hören. Wenn da nur kein Unglück passiert ist!«

Götz sprang schnell aus dem Wagen. Er sah nun ebenfalls etwas Weißes am Grabenrand liegen.

»Schnell, die Laterne! Los, Seifert; leuchten Sie! Wollen sehen, was los ist!«

Seifert tat, wie ihm geheißen, und folgte mit der Laterne seinem Herrn.

Götz beugte sich über die Frauengestalt. Und nun fiel auch der Schein der Laterne über die Verunglückte.

»Eva!«

Götz schrie ihren Namen, zu Tode erschrocken.

Eva hörte ihn nicht. Sie hatte bereits wieder das Bewußtsein verloren.

Götz war leichenblaß geworden. Wie kam Eva hierher, wie in diesen hilflosen, verlassenen Zustand?

Er fühlte, daß ihre Kleider naß waren. Auch ihr Haar war durchnäßt.

Seifert war ebenfalls erschrocken.

»Um Himmels willen – die gnädige Frau!« rief er.

Götz war zumute, als würde ihm im nächsten Augenblick vor Angst und Schrecken das Herz stillstehen. Er beugte sich zu Eva hinab und horchte auf ihren Herzschlag. Gottlob – sie war nur ohnmächtig. Behutsam versuchte er, sie ein wenig emporzuheben. Sofort stöhnte sie leise, und das Gesicht verzog sich vor Schmerz. Götz brach der Angstschweiß aus.

»Die gnädige Frau scheint verletzt zu sein«, sagte Seifert.

»Was ist nur geschehen? Wie kommt sie hierher um diese Zeit?«

Diese Frage kam über Götz' Lippen, während er mit angstvoller Zärtlichkeit seine junge Frau betrachtete.

»Herr Baron sehen ja, daß die Kleider ganz naß sind. Vielleicht hat die gnädige Frau einen Spaziergang gemacht und ist vom Gewitter überrascht worden. In der Dunkelheit ist sie dann wohl hier in den Graben gestürzt.«

Seifert kam instinktiv der Wahrheit ziemlich nahe.

»Wir müssen meine Frau zum Wagen schaffen. Hier kann sie unmöglich bleiben. Wenn ich nur wüßte, wo sie verletzt ist?«

Er strich sanft tastend über ihren Körper. Als er das Bein berührte, stöhnte Eva wieder leise auf.

»Anscheinend ist das Bein gebrochen oder verletzt. Holen Sie eine Decke her, Seifert. Wir müssen meine Frau darauflegen und in der Decke zum Wagen tragen, damit wir ihr nicht weh tun.«

Seifert brachte die Decke. Langsam und vorsichtig zog Götz Eva darauf. Dann trugen sie die Verwundete behutsam zum Wagen und hoben sie hinein.

Der Angstschweiß brach den beiden Männern aus, vor Sorge, daß sie Eva weh tun mußten.

»Nun schnell nach Hause, Seifert«, gebot Götz mit heiserer Stimme. Er saß im Wagen und hielt Eva wie ein Kind auf seinem Schoß. Sorgsam hatte er die warme Decke, auf der sie lag, um ihre feuchten Kleider geschlagen. Wenn der Wagen rüttelte, stöhnte sie auf. Das versetzte auch ihm jedesmal einen Stoß. Vergeblich fragte er sich immer wieder, wie Eva um diese Zeit so weit vom Schloß fortgekommen war. Seiferts Erklärung hatte ja etwas für sich; aber – er konnte es dennoch nicht begreifen. Sie war im Hauskleid und ohne Hut. Sonst hätte er ja annehmen können, sie habe zu Fuß nach Woltersheim hinübergewollt, vielleicht in der Absicht, zur Rückkehr einen Wagen zu benutzen. Aber vielleicht hatte sie den Hut verloren?

Wenn doch endlich der Weg ein Ende nehmen wollte!

Langsam fuhr der Wagen jetzt den Schloßberg hinan. Als man oben vor dem Portal hielt, kamen einige der Bediensteten mit bestürzten Gesichtern heraus – auch Evas Zofe. Man hatte erst während des Gewitters Evas Abwesenheit bemerkt. Nun standen sie da, stumm und betreten, als Götz, wieder mit Seiferts Hilfe, die leblose Gestalt aus dem Wagen hob.

»Sofort ein reitender Bote zum Arzt«, hatte Götz gerufen, sobald der Wagen stand. Noch ehe man Eva in das Haus gebracht hatte, jagte ein Reitknecht den Schloßberg hinunter.

Götz und Seifert trugen Eva in ihr Schlafzimmer und legten sie, samt der Decke, in der sie die Verletzte getragen hatten, auf das Bett.

Die Zofe war ebenfalls hereingekommen und mühte sich mit Götz' Hilfe, Eva die nassen Kleider abzustreifen und ihr das Haar zu trocknen.

Götz sah ebenso bleich aus wie Eva selbst.

»Wann hat meine Frau das Haus verlassen?« fragte er die erschreckte Zofe.

»Ich weiß es nicht, Herr. Gegen 7 Uhr sah ich die gnädige Frau noch draußen auf dem Korridor und fragte nach ihren Wünschen. Die gnädige Frau hatte keine und schüttelte nur den Kopf. Dann hab' ich sie nicht mehr gesehen. Als das Gewitter losbrach, ging ich in die Zimmer der gnädigen Frau, um nachzufragen, ob ich gebraucht würde. Aber ihre Zimmer waren leer. Auch all die anderen im ganzen Schloß. Nun dachten wir uns, daß die gnädige Frau ins Freie gegangen und vom Gewitter überrascht worden sei. Wir haben den ganzen Park abgesucht.«

Götz war so klug wie zuvor. Er winkte der Zofe ab und legte selbst warme Decken über seine Frau. Aufheben konnte man sie nicht. Er hatte die Kleider einfach zerschneiden lassen, damit Eva ruhig liegen bleiben konnte. Voll fieberhafter Ungeduld wartete er auf den Arzt. Daß es sich um einen Beinbruch handelte, hatte er festgestellt, als er Eva noch einmal untersuchte. Ob sie sich sonst noch irgendwelche Verletzungen zugezogen hatte, konnte er allerdings nicht feststellen.

Eva war immer noch bewußtlos. Sie lag mit geschlossenen Augen da und stöhnte zuweilen leise auf. Götz zuckte jedesmal zusammen. Wenn Eva jetzt in sein Gesicht gesehen hätte – sie hätte nicht an seiner Liebe zweifeln können. Solch herben Schmerz, wie er in seinen Zügen ausgeprägt war, empfindet man nur um ein Wesen, das man mit allen Fasern seines Herzens liebt. Ab und zu streichelte er leise ihr feuchtes Haar oder küßte ihre kleinen, kalten Hände. Er hatte sich noch nicht einmal umgezogen. Er konnte sich einfach nicht von ihrem Bett entfernen.

Endlich – nach einer qualvollen Ewigkeit – traf der Arzt ein. Der Reitknecht hatte ihm gemeldet, daß es sich um einen Unglücksfall handelte, und der Arzt hatte sich mit allem Nötigen versehen.

Während er mit kundiger Hand eine Untersuchung vornahm, erstattete ihm Götz Bericht.

Schnell wurde dann ein Verband angelegt und Eva unter Aufsicht des Arztes bequem gebettet.

Es stellten sich keine weiteren Verletzungen heraus; doch hatte die junge Frau bereits Fieber. Als der Arzt fertig war, teilte er Götz mit, daß es sich zum Glück nur um einen einfachen Bruch des rechten Unterschenkels handle, daß sich die Patientin aber erkältet habe, da sie stundenlang in den nassen Kleidern auf dem aufgeweichten Boden gelegen habe. Götz hörte mit blassem Gesicht zu. Er sorgte sich grenzenlos um seine junge Frau. Wie mochte sie gelitten haben da draußen, hilflos und verlassen! Wie mochte sie sich geängstigt haben!

Er sprach mit dem Arzt darüber. Der nickte und meinte: »Ja, einen kleinen Nervenschock müssen wir wohl mit in Erwägung ziehen. Aber seien Sie nicht so verzweifelt, Herr Götz! Ihre Frau Gemahlin ist jung und von gesunder Konstitution – sie wird das alles schnell überwinden. Die Hauptsache ist, daß wir der Erkältung vorbeugen. Meine Maßnahmen sind getroffen.«

Eva hatte, während sie der Arzt untersuchte und den Verband anlegte, einige Male die Augen aufgeschlagen und wirr um sich gesehen. Götz wollte sich zu ihr hinabbeugen, aber der Arzt hielt ihn zurück.

»Ruhe ist jetzt das erste Gebot, Herr Götz. Bitte keine Aufregungen, keine Gefühlsausbrüche!«

Eva atmete leise auf, als der Arzt mit ihrem Mann das Zimmer für einige Augenblicke verließ. Sie schaute mit ihren großen dunklen Augen schmerzerfüllt zur Tür. Als sich die Zofe, die bei ihr geblieben war, bewegte, schloß sie die Augen wieder. Sie war nicht die ganze Zeit bewußtlos gewesen. Aber es war ihr unmöglich, Götz anzusehen oder ein Wort mit ihm zu sprechen. Viel qualvoller als die körperlichen Schmerzen waren die der Seele. Nun, da sie ärztlich versorgt und weich gebettet lag, hatten die Schmerzen nachgelassen. Nun machten sich die seelischen Qualen wieder mit doppelter Schärfe bemerkbar.

Ihre fieberhaften Gedanken suchten von neuem nach einem Ausweg. Was soll ich tun? Diese Frage erfüllte ihr ganzes Sein. Und sie fand keine Antwort auf ihre Frage. Ihr Denken verwirrte sich, Fieberwahn mischte sich mit der Qual ihrer Seele.

Sorgenvolle Tage zogen für Götz Herrenfelde herauf. Fast eine Woche lang lag Eva im Fieber und schien ihre Umgebung nicht zu kennen. Ihres Mannes Blick wich sie aus, oder sie schloß die Augen, wenn er das Zimmer betrat.

Aber auch im Fieberwahn hütete sie ihr schmerzliches Geheimnis. Nie kam ein Wort davon über ihre Lippen.

Eine Schwester war vom Arzt nach Herrenfelde entsandt worden. Außerdem war Jutta gleich am folgenden Tag von Woltersheim herübergekommen. Sie bestand darauf, Eva zu pflegen, und stellte sich so geschickt und fürsorglich an, daß man ihr schließlich nachgab. Sie wechselte sich mit der Schwester in Evas Pflege ab.

Als das Fieber endlich besiegt war, stellte sich bei Eva ein apathischer Zustand ein, der dem Arzt nicht gefallen wollte. Das Bein lag im Gipsverband und hinderte ohnedies Evas Bewegungen. So lag sie Tag und Nacht in stummer Teilnahmslosigkeit und nahm nur etwas zu sich, wenn man sie dazu zwang.

Juttas liebevolles Bemühen nötigte ihr zuweilen ein schwaches Lächeln ab; aber dieses Lächeln tat dem jungen Mädchen viel weher, als wenn Eva ernst blieb. Es lag etwas in diesem Lächeln, was Jutta traurig machte.

»Eva, liebe Eva, was ist mit dir nur geschehen? Dich bedrückt noch etwas anderes als deine Krankheit und dein gebrochenes Bein!« sagte sie eines Tages.

Da wurde Eva sofort wieder unruhig, und in ihre Augen trat ein so angstvoller Ausdruck, daß Jutta erschrak und nichts mehr zu sagen wagte.

Sie sprach später jedoch mit Götz darüber.

»Ich kann mir nicht helfen, Götz, aber mit Eva ist eine Umwandlung geschehen, an der nicht nur ihr körperliches Leiden schuld ist. Habt ihr euch etwa gezankt?«

Götz schüttelte sorgenvoll den Kopf.

»Nein, Jutta, ganz bestimmt nicht. Ich habe mir auch schon den Kopf zerbrochen über ihr verändertes Wesen. Auch mit dem Arzt habe ich darüber gesprochen. Er behauptet, das würde alles wieder gut. Nur Ruhe sollen wir ihr lassen, sie nicht mit Fragen aufregen. Sicher sei sie in ihrem hilflosen Zustand draußen im Gewittersturm von Schreckensbildern gequält worden und müsse das erst überwinden.«

Sie mußten sich damit zufriedengeben und sprachen nicht mehr davon. Aber Juttas scharfen Augen entging nicht, daß Eva unruhig wurde, wenn Götz ins Zimmer trat, und daß sie die Augen geschlossen hielt, bis er wieder hinausgegangen war.

Das sonst so wilde, quicklebendige Mädchen schien sich im Krankenzimmer vollständig verändert zu haben. Sie widmete sich Eva mit so zarter, liebevoller Fürsorge, daß Götz ihr wiederholt in herzlicher Dankbarkeit die Hand küßte. Sie suchte auch ihm Trost und Mut zuzusprechen. Es mußte ja alles wieder gut werden.

Von Woltersheim kam täglich jemand herüber, um sich nach Evas Befinden zu erkundigen. Ihr Vater sorgte sich sehr um sie und war sehr bedrückt und traurig.

Götz hatte Mrs. Fokham schonend mitgeteilt, daß Eva sich bei einem Sturz den Unterschenkel gebrochen habe, sich aber bereits auf dem Weg der Besserung befinde. Sie fragte nach Eingang des Briefes sofort telegraphisch an, ob die Besserung anhalte und ob Evas Zustand besorgniserregend sei. Götz kabelte zurück, es gehe langsam, aber sicher aufwärts mit Eva.

Was sollte er auch die Mutter beunruhigen. Sie konnte nicht helfen und sah in der Ferne natürlich alles noch schlimmer, als es in Wirklichkeit war.

Körperlich ging es tatsächlich immer besser mit Eva. Nur der apathische Seelenzustand wollte und wollte nicht weichen. Sie schien fremd und unnahbar. Kein Lächeln erhellte ihre Züge; und wenn Götz zu ihr trat und um ein liebes Wort bettelte, wurde sie unruhig und erregt, daß er sich immer wieder mit schmerzlicher Sorge zurückzog.

Da Eva auch Jutta gegenüber still und verändert war, verscheuchte er den Gedanken, sie könne etwas gegen ihn haben, immer wieder und hoffte, daß ihre völlige Genesung auch ihr Wesen verändern würde.

Je mehr Eva sich körperlich erholte, um so quälender wurden ihre Gedanken. Trotz unablässigen Grübelns hatte sie noch keinen Ausweg gefunden, um ihr Verhältnis zu Götz zu klären, ohne ihm die Wahrheit sagen zu müssen. Tausend Pläne ersann und verwarf sie wieder. Endlich, in einer schlaflosen Nacht, kam ihr ein Gedanke, der ihr durchführbar erschien. Sie erwog ihn von allen Seiten und sagte sich, daß er gut sei. Sie machte sich nun völlig mit diesem Gedanken vertraut, und von dieser Zeit an wurde sie innerlich ruhiger und freier.

Mit ihrem Glück hatte sie abgerechnet. Sie wußte, es gab kein Glück mehr für sie nach der Gewißheit, daß Götz sie nicht liebte.

Aber sie wollte wenigstens ihr Schicksal mit Würde tragen. Nur mußte sie erst aus der qualvollen Situation erlöst sein, mußte die Angst los sein, seine Zärtlichkeiten über sich ergehen lassen zu müssen, diese Zärtlichkeiten, die sie vor sich selbst erniedrigten, da sie wußte, daß sein Herz keinen Anteil daran hatte.

Das Bein war nun geheilt. Der Arzt hatte den Verband entfernt, und nun sollte sie wieder aufstehen und sich langsam bewegen.

Jutta sollte am folgenden Tag, da Eva das Bett verlassen hatte, nach Woltersheim zurückkehren. Sie hatte ihren siebzehnten Geburtstag im Krankenzimmer verlebt; und die Eltern wollten ihr nun bei der Heimkehr ihre Geschenke aufbauen.

18

Fritz von Woltersheim hatte Juttas Rückkehr sehnsüchtig erwartet. Getreu dem Versprechen, daß er sich selbst gegeben, hatte er Jutta kein Wort über seine Liebe verraten. Nun waren aber schon einige Wochen seit ihrem siebzehnten Geburtstag vergangen, und er hatte keine Gelegenheit gehabt, mit ihr zu sprechen.

Daher freute er sich am meisten, daß Jutta ihre Heimkehr anmeldete. Er ließ es sich nicht nehmen, sie selbst von Herrenfelde abzuholen. Sonderbarerweise ließ er den geschlossenen Landauer anspannen, statt des sonst von Jutta bevorzugten Jagdwagens.

Als Fritz in Herrenfelde eintraf, sah er Eva zum ersten Mal seit ihrer Erkrankung wieder. Ihr Anblick schnitt ihm ins Herz. Nicht, daß sie noch besonders elend und leidend ausgesehen hätte, aber in ihren Augen lag ein Ausdruck, der ihm sehr weh tat, ohne daß er ihn erklären konnte.

Er war eine Weile mit ihr allein. Herzlich sprach er mit ihr, wie mit einer Schwester, deren Zustand ihm Sorge bereitet. Eva brachte das Gespräch auf Jutta.

»Fritz – sie ist in diesen Wochen gereift, du wirst deine Freude an ihr haben. Sie war mir ein großer Trost, eine treue Stütze. Ich habe wegen meiner Krankheit ihren Geburtstag ganz vergessen. Nun will ich ihr nichts dazu sagen. Aber ich weiß, ihr baut ihren Gabentisch erst heute auf. Bitte nimm dieses Armband mit, und lege es ihr in meinem Namen auf den Tisch. Ich bekam es von meiner Mutter, und Jutta hat es immer so sehr bewundert. Sie wird sich darüber freuen.«

Fritz steckte das Etui zu sich, das ihm Eva gab, und versprach, ihren Wunsch auszuführen.

»Hoffentlich sehen wir auch dich bald wieder einmal in Woltersheim«, sagte er, ihre Hand küssend.

»Vielleicht, Fritz, vielleicht muß ich bald kommen, um mir deine Braut anzusehen«, sagte sie mit ihrem lieben alten Lächeln.

Er sah sie mit brennenden Augen an.

»Ginge es nach mir, Eva – dann könntest du uns bald, sehr bald gratulieren.«

Da nahm sie ihn beim Kopf und küßte ihn herzlich auf den Mund.

»Sollst mir ein lieber Bruder sein«, flüsterte sie ergriffen.

Auch Fritz war sehr bewegt.

Sie hatten beide nicht gehört, daß Götz eingetreten war. Er sah, daß Eva Fritz küßte und ihm mit einem lieben – ach so lieben – Blick etwas zuflüsterte. Wie lange hatte sie ihn nicht so angesehen. Einen Augenblick stieg ein seltsames Gefühl in ihm auf. Er verwarf es sofort wieder. Aber es lastete doch wie ein heimlicher Druck auf ihm.

Fritz verabschiedete sich bald darauf zusammen mit Jutta. Götz begleitete sie an den Wagen und verabschiedete sich mit warmen Dankesworten von Jutta.

Sie schüttelte den Kopf.

»Mach doch kein Aufhebens davon, Götz; ich bin doch froh, daß ich auch einmal zu etwas nütze war. Nun geh wieder hinein zu Eva. Hoffentlich findet sie bald ihren Frohsinn wieder«, sagte sie.

Fritz stieg zu Jutta in den Wagen. Einen Augenblick sah Götz in Fritz' hübsches, gebräuntes Gesicht, und die Erinnerung an den Kuß, den Eva ihm gegeben hatte, wurde wieder lebendig.

Ärgerlich über sich selbst, trat er mit einem Gruß zurück, und der Wagen rollte davon.

Jutta atmete auf, als sie mit Fritz allein war.

»Weißt du, Fritz, nun bin ich doch froh, daß ich wieder nach Hause komme«, sagte sie lächelnd.

Fritz stieß einen tiefen Seufzer aus.

»Ich auch, Jutz. Du hast mir sehr gefehlt.«

Sie sah ihn unsicher an.

»Hattest wohl niemanden, mit dem du dich zanken konntest?« fragte sie im alten Neckton.

»Vor allen Dingen fehltest du mir aus einem anderen Grund, Jutz. Ich bin nämlich mit mir klargekommen, daß ich es auf die Dauer doch nicht aushalte, unverheiratet zu bleiben. Ich möchte mich furchtbar gern verloben. Und deshalb sollst du mir mein Versprechen zurückgeben – weißt, daß ich mich nie verheiraten will.«

Jutta war sehr blaß geworden und rückte unwillkürlich

von ihm fort, so weit es der Wagensitz gestattete. Ihre Augen umschatteten sich, und der Mund zuckte wie in verhaltenem Weinen.

»Gelt, Jutz – du gibst mir mein Wort zurück«, bat er nochmals, da sie stumm blieb.

Sie faßte sich mühsam.

»Meinetwegen – ich – mir ist es ganz einerlei –, meinetwegen kannst du gleich morgen Hochzeit halten, wenn du willst«, würgte sie hervor. Aber sie konnte dann doch nicht verhindern, daß ihr die Tränen über die Wangen kullerten. Da nahm er sie plötzlich fest in seine Arme, was er sich bei dem geschlossenen Wagen wohl erlauben konnte, und küßte die Tränen fort.

»Süßer, kleiner trotziger Jutz – ist es dir wirklich so egal? Weißt du denn nicht, daß ich dich liebe, schon lange, lange, daß ich nicht ohne dich leben kann? Unsere schöne Kameradschaft genügt mir längst nicht mehr. Meine liebe kleine Frau sollst du werden, du dummer, dummer Jutz. Ich wollte ja nur warten, bis du siebzehn bist; und nun habe ich doch noch drei Wochen zugeben müssen. Sag, Jutz – willst du meine Frau werden?«

Sie saß wie gelähmt, und die Tränen flossen reichlich. Endlich sagte sie stockend und zweifelnd:

»Du – wenn du jetzt einen Scherz machtest –, das wäre gemein.«

Er küßte sie mitten auf den blühenden, trotzigen Mund. Dann sah er ihr tief in die Augen.

»Aber Jutz – hast du denn gar nichts bemerkt? Manchmal hab' ich's doch kaum verbergen können, wie lieb ich dich habe.«

Sie trocknete energisch ihre Tränen.

»Ich wäre auch sicher gestorben, wenn du eine andere

geheiratet hättest – oder ich hätte ihr die Augen ausgekratzt.«

Er lachte jubelnd auf.

»Du Bengel, du lieber! Ich werde ja meine liebe Not mit dir haben, bis ich dich gezähmt habe«, meinte er dann.

Sie sah ihn errötend an und schüttelte den Kopf.

»Ach Fritz – wenn du wüßtest, wie butterweich ich bin. Der ganz Trotz, das war ja alles elende Verstellung. Ich war wütend auf mich selbst, daß ich dich so gern mochte – weil ich dachte, du liebtest mich nicht.«

»Aber nun weißt du ja Bescheid«, neckte er.

»Ja, nun weiß ich es. Du hast dich auch ganz schön verstellt.«

»Und nun sind wir ein Brauptaar, Jutz. Schnell – gib mir noch einen Kuß, oder gleich zwei. Wenn es mehr sind, schadet es auch nicht. Ich muß mir doch erst ein bißchen Mut machen. Denn wenn ich deinen Vater um deine Hand bitte, sagt er möglicherweise: Babys heiraten nicht; laß das Kücken erst auswachsen!«

Sie reckte sich und erwiderte:

»Du – sei nicht schon wieder frech. Silvies Landrat hat mich beim ersten Mal auf neunzehn taxiert.«

»Das beweist nur, daß er ein sehr schlechtes Augenmaß hat«, neckte er weiter, und als sie zornig werden wollte, verschloß er ihr den Mund mit Küssen.

»Nicht gemuckt, Jutz. Wenn du zanken willst, mache ich dich in Zukunft auf diese Weise sprachlos. Sie ist mir sehr angenehm.«

Jutta umarmte ihn plötzlich und legte ihre Wange an die seine.

»Fitz, lieber Fritz – ich bin ja so glücklich.«

Das klang so lieb und weich, wie er noch nie etwas von

ihr gehört hatte. Die Augen wurden ihm feucht, und er fragte sie:

»Hast du mich lieb, süßer kleiner Jutz?«

Sie nickte.

»Ganz schrecklich lieb; ich bin wirklich über alle Maßen glücklich. Aber eine Bitte habe ich an dich.«

»Nun?«

»Sprich heute noch nicht mit Papa darüber. Ich möchte gern wenigstens ein oder zwei Tage heimlich verlobt sein. Das habe ich mir immer so herrlich vorgestellt.«

Lachend küßte er sie.

»Kindskopf! Ich kann dir doch die erste Bitte nicht abschlagen. Also, zwei Tage sollst du meine heimliche Braut sein; dann wirst du eine unheimliche.«

Jutta schüttelte ihn kräftig an den Schultern.

»Du – sei artig!«

Eine Weile saßen sie stumm, in ihr Glück versunken. Dann sagte Jutta lächelnd:

»Eva wird staunen, wenn wir uns als Brautpaar vorstellen.«

Fritz sah sie verschmitzt an.

»I wo, Jutz, die ist kein bißchen erstaunt. Sie weiß nämlich längst, daß wir uns lieben.«

»Aber, Fritz – woher sollte sie das wissen?«

»Von mir; ich habe gerade noch mit ihr darüber gesprochen. Und einen Kuß hat sie mir gegeben und mich als ihren Bruder begrüßt. Sie freut sich sehr, daß wir ein Paar werden.«

Jutta staunte. »Du hast ihr gesagt, daß du mich liebst?«

»Ja.«

»Aber ich habe sie doch nicht zur Vertrauten meiner Liebe gemacht.«

»Oh – wir beide, sie und ich, haben dich durchschaut, als ob du aus Glas wärst.«

»Das verstehe ich nicht. Ich habe mich doch immer so beherrscht.«

»Vielleicht zu sehr, Jutz – das hat dich verraten.«

Jutta wurde plötzlich ernst und seufzte.

»Ach Fritz, ich wollte, ich könnte Eva auch mal so durchschauen. Weißt du, ich mache mir schreckliche Sorgen um sie.«

»Aber sie ist jetzt doch wieder gesund.«

»Ach, das ist es nicht. Ist dir nicht aufgefallen, wie traurig sie aussieht?«

»Allerdings. Jetzt fällt es mir wieder ein. Was ist denn los mit ihr?«

»Wenn ich das wüßte«, antwortete Jutta betrübt. Dann faßte sie den Knopf seines Rockes und drehte daran.

Er mußte lachen. Das tat sie immer, wenn sie über irgend etwas beunruhigt war.

»Jutz – mein Knopf.«

Sie sah ernst zu ihm auf.

»Fritz – zwischen Eva und Götz ist etwas nicht in Ordnung«, sagte sie leise.

Er blickte sie betroffen an.

Sie zuckte mit den Achseln.

»Ich weiß nur, daß sie sich fürchtet, mit ihm allein zu sein, daß sie unruhig wurde, sobald er das Zimmer betrat, und daß sie nie ein Wort über ihn sagte. Früher war Götz für sie der Anfang und das Ende, sie sprach immer von ihm. Und ihre Augen strahlten so eigenartig, wenn sie ihn ansah. Jetzt meidet sie seine Blicke, und ihre Augen sehen trüb und traurig aus. Sie sieht aus, als hätte sie etwas Törichtes vor.«

Fritz sah nachdenklich aus. Dann hob er den Kopf.

»Mach dir darüber nicht zu viele Sorgen, Jutz. In einer jungen Ehe kommt es zuweilen zu kleinen Stürmen. Das gibt sich alles wieder.«

»Du – bei uns soll das nicht so sein«, sagte sie bestimmt.

»Nein, wir haben uns vorher ausgestürmt, Jutz. Jetzt sind wir friedlich. Das wollen wir schleunigst mit einem Kuß besiegeln.«

Es wurde mehr als einer – und der Weg erschien ihnen sehr kurz.

19

Nachdem Fritz und Jutta fortgefahren waren, trat Götz wieder in das Zimmer. Eva saß in einem Lehnstuhl am Fenster. Sie schaute nicht nach ihm und sah ihn auch nicht an, als er zu ihr trat. Aber über das blasse Gesicht verbreitete sich eine jähe Röte. Sie erinnerte ihn jetzt so oft wieder an das ängstliche, scheue kleine Mädchen von früher.

»Willst du nicht ein wenig mit mir an die frische Luft gehen, Eva?« fragte er sanft.

Sie schüttelte abwehrend den Kopf.

»Nein – ich sitze hier sehr bequem.«

»Aber du mußt hinaus an die frische Luft, damit du wieder eine gesunde Farbe bekommst.«

Er beugte sich zu ihr herab. Ihr Gesicht zuckte nervös, und unwillkürlich streckte sie die Hände abwehrend gegen ihn aus, während ein herber Zug um ihren Mund erschien.

Er biß die Zähne zusammen und streichelte ihr Haar.

»Eva!«

Es lag eine qualvolle Bitte in diesem Wort.

Scheu sah sie ihn kurz an.

»Laß mich nur; ich brauche nichts als Ruhe«, sagte sie hastig.

Da zog er einen Stuhl heran und ließ sich an ihrer Seite nieder.

»Eva – wann wirst du endlich wieder wie früher zu mir sein? Ich weiß, du leidest noch unter den Folgen deines Unfalls, und ich will geduldig warten, bis du das überwunden hast. Aber ich ertrage es nicht länger, daß du so scheu und zurückhaltend zu mir bist. Manchmal fürchte ich, deine Liebe zu mir könnte gestorben sein. Ist das möglich, Eva? Kann das sein?«

Sie zitterte am ganzen Körper und sah starr an ihm vorbei.

»Quäle mich nicht; laß mich in Ruhe – nur einen Tag noch«, stieß sie hervor.

Er küßte zart und innig ihre Hand.

»Mein armes, liebes Herz, was hast du gelitten, da du so hilflos und verlassen draußen im Wald lagst! Du bist seltsam verändert. Deine Augen blicken immer so scheu und angstvoll, als umlauerten dich tausend Schrecken. Vergiß doch diese Stunden. Wenn aber deine Seele sonst ein Kummer bedrückt, so laß mich daran teilnehmen, laß mich dir helfen. Nur sei nicht mehr so schweigsam und unnahbar zu mir – das ertrage ich nicht.«

Sie preßte die Hände zusammen.

»Laß mich allein!« entrang es sich ihren Lippen in höchster Qual.

Er erhob sich seufzend. Seine Brust war wie zugeschnürt. Was war mit Eva geschehen? War es möglich, daß sie ihn nicht mehr liebte? Er sah im Geiste wieder, wie sie Fritz mit einem lieben Lächeln küßte. Für ihn aber hatte sie keinen Blick, kein gutes Wort. Eine heiße Angst stieg in ihm empor. Ihm war zumute, als lägen Schatten auf seinem Glück. Und plötzlich erwachte ein nagender Gedanke in ihm.

»Du hast dein Glück auf einer Lüge aufgebaut, deshalb kann es nicht von Dauer sein.«

Langsam ging er hinaus. An der Tür wandte er sich noch einmal nach ihr um. Sie saß wie zu Stein erstarrt, den Blick geradeaus gerichtet.

Noch an demselben Tag sprach Götz mit dem Arzt, der Eva besuchte. Er klagte ihm, daß Eva so still und verändert sei. Der Arzt zuckte die Achseln.

»Das sind die Nachwehen der seelischen Depression, Herr Götz. Ihre Frau Gemahlin ist wieder ganz gesund. Ich würde Ihnen raten, einmal einen energischen Ton ihr gegenüber anzuschlagen. Zuviel Nachgiebigkeit solchen labilen Zuständen gegenüber schadet mehr, als man denkt.«

Götz nahm sich vor, am nächsten Tag ein ernstes Wort mit Eva zu reden.

Am nächsten Morgen erhielt Eva einen Brief von ihrer Mutter. Mrs. Fokham war trotz der verharmlosenden Berichte in großer Sorge um ihre Tochter. Zum Schluß bat sie, Eva möge sie doch mit Götz besuchen, sobald sie geheilt sei. Eine Seereise sei das beste Erholungsmittel nach einem längeren Krankenlager. Götz werde ja zur Not einige Wochen abkömmlich sein. Sie sei nicht eher über Evas Zustand beruhigt, bis sie sich persönlich von ihrem Wohlergehen überzeugt habe.

Eva hatte den Brief nachdenklich zu Ende gelesen. Wie eine Erlösung wirkte es auf sie. Sie wußte nun, was sie tun würde.

Als sie am Nachmittag in ihrem kleinen Salon am Fenster saß, trat Götz bei ihr ein, um, dem Rat des Arztes folgend, mit Eva zu reden. Ihre Augen blickten heute nicht mehr so matt, und auf den Wangen lag eine zarte Röte. Ein faltiges weißes Gewand schmiegte sich um ihre Glieder. Noch nie hatte Götz seine Frau so schön gesehen wie in diesem Augenblick. Das Herz schwoll ihm vor Sehnsucht, sie wie früher in seine Arme zu nehmen und zu küssen.

»Wie geht es dir heute, Eva?« fragte er ruhig.

»Danke – gut!«

»Das freut mich. Du sollst mich nachher auf einem Spaziergang begleiten.«

»Ich bleibe lieber hier.«

»Nein, du mußt dir Bewegung verschaffen. Der Arzt verlangt es. Und dann, mein liebes Herz, mußt du energisch gegen deine Trübseligkeit angehen. So geht das nicht länger weiter.«

Er setzte sich zu ihr und fuhr fort:

»Merkst du nicht selbst, daß ich unter deinem veränderten Wesen sehr leide? Ich habe dich geschont, solange es dein Zustand verlangte. Jetzt rät aber der Arzt, daß ich dich energisch aus deinem Trübsinn rütteln soll. Sprich dich aus. Sag mir, was dich bedrückt, damit ich weiß, wie ich dir helfen kann.«

Eva erhob sich und ging von ihm fort an zum anderen Fenster. Eine Weile sah sie mit starren Augen hinaus. Dann wandte sie sich langsam zu ihm um. Ihr Gesicht war wie versteinert. Sie griff nach einer Stuhllehne und stützte sich darauf.

»Du willst es – so soll es sein«, sagte sie leise. »Ich will dir sagen, was mich bedrückt. Es müssen klare Fronten zwischen uns sein. In den langen Tagen auf meinem Krankenlager hatte ich Zeit, mich auf mich selbst zu besinnen. Seit ich nach Tante Klarissas Tod in meines Vaters Haus kam, sind die Ereignisse wie in einem Wirbel an mir vorbeigezogen. Ich kam eigentlich nie mehr zur Ruhe und zum Nachdenken über mich selbst. Jetzt in diesen Wochen ist mir vieles klargeworden.«

Sie machte eine Pause und holte tief Atem. Er hatte sich ebenfalls erhoben und stand ihr stumm gegenüber. Auf seinem Gesicht lag eine bange Erwartung. Eva sah ihn nicht an. Mit etwas festerer Stimme fuhr sie fort:

»Ich muß dir nun sagen, daß ich mich über meine Gefühle getäuscht habe, als ich deine Frau wurde. In dieser Zeit der Einkehr zu mir selbst habe ich erkannt, daß – daß ich dich nicht liebe.«

Er zuckte zusammen und wurde sehr blaß. Aber kein Wort kam über seine Lippen. Er preßte sie im Schmerz fest zusammen.

Eva sprach weiter: »Ich mußte dir das sagen, damit alles klar wird zwischen uns. Ich weiß jetzt, daß ich nie mehr Zärtlichkeiten mit dir tauschen kann. Du bist mir im Herzen fremd geworden.«

Sie schwieg erschöpft. Er sah sie mit brennenden Augen an.

»Eva – du weißt nicht, was du sagst. Komm zu dir; es kann nicht wahr sein, was du sagst.«

Sie machte eine matte Bewegung mit der Hand.

»Ich weiß genau, was ich sage. Ich habe alles reiflich erwogen. Denke nicht, daß ich mir der Tragweite meiner Worte nicht bewußt bin. Ich habe es von einem Tag zum anderen aufgeschoben, dir das alles zu sagen. Jetzt mußte ich endlich – du hast es ja selbst verlangt.«

Er trat auf sie zu und faßte sie fest an beiden Armen.

»Eva – ist das Wahrheit, muß ich das glauben? Du liebst mich nicht?« fragte er heiser.

»Es ist die Wahrheit«, sagte sie tonlos.

»So liebst du einen andern?« stieß er heftig hervor.

Eva schloß die Augen. Es war ja gut, wenn er das glaubte – sehr gut.

»Erlaß mir hierauf die Antwort«, bat sie matt.

Er ließ sie schnell los und trat zurück.

»Oh – ich brauche keine Antwort; ich sehe klar – ganz klar. Mein Herz hat sich bis zuletzt gesträubt, daran zu glauben. Aber es konnte ja nicht anders sein. Dein Herz mußte sich einem andern zugewandt haben. Wie hättest du sonst solche Qual über mich verhängen können!«

Er ging mit finsterem Gesicht auf und ab, und sie sank kraftlos in einen Sessel. Mühsam rang er um Fassung. Was sie ihm gewesen war, empfand er erst in dieser Stunde voll und ganz. Endlich blieb er vor ihr stehen.

»Und was soll nun geschehen?« fragte er.

Sie preßte die Hände fest zusammen.

»Meine Mutter schrieb mir heute, wir sollen sie besuchen. Wenn du mir erlauben wolltest, daß ich allein zu ihr reise.«

Er umfaßte mit jähem Griff eine Stuhllehne.

»Das heißt – du willst fort von mir; vielleicht für immer?«

»Vorläufig nur für einige Wochen.«

Er lachte bitter und schneidend.

»Vorläufig! Du willst mich langsam an diesen Zustand gewöhnen, nicht wahr? Ach – laß nur, du brauchst mich nicht zu schonen. Ich fühle es ja, wie mir mein Glück durch die Finger rinnt. Ich kann es nicht mehr halten, nicht mehr fassen. Ich weiß, wie nun alles kommen wird. Du wirst zu deiner Mutter gehen, und eines Tages bekomme ich dann einen Brief von dir, in dem du mir mitteilst, daß du nicht mehr zu mir zurückkehrst.«

Er schwieg, wie überwältigt, und sah sie mit einem Blick an, der ihr all seine Liebe, seinen herben Schmerz verraten hätte, wenn sie ihn angesehen hätte. Aber sie blickte an ihm vorbei, weil sie sich fürchtete, etwas wie heimliche Erleichterung in seinen Zügen zu lesen.

Nach einer Weile atmete er tief und sagte mit verhaltener Stimme:

»Du hast mich grausam getäuscht. Ich habe fest auf deine Liebe gebaut. Wie hätte ich für möglich gehalten, daß sie so unbeständig ist. Aber gefühlt habe ich es in den letzten Wochen, daß mein Glück zerbrochen ist. Eine Angst war in mir, die ich nicht in Worte fassen konnte. Und nun ist es geschehen.«

Eva schloß die Augen. Ein herber Ausdruck lag um ihren Mund. Warum log er auch jetzt noch? Warum spielte er ihr auch jetzt noch eine Komödie vor?

»Du erlaubst also, daß ich zu meiner Mutter reise?« sagte sie herb.

Er strich sich über die heiße Stirn.

»Ich kann dich nicht halten. Denn ohne Liebe neben mir zu leben kann ich dir nicht zumuten. Selbst wenn ich von neuem um deine Liebe werben würde – es würde nichts helfen, das fühle ich. Es fehlte mir auch der Mut dazu. Denn was ich jetzt erleide, ist die gerechte Strafe. Jetzt kann ich es dir ja gestehen, ohne dir weh zu tun: Mein Glück war auf einer Lüge aufgebaut.«

Eva zuckte zusammen und sah mit einem forschenden Blick zu ihm auf.

»Auf einer Lüge?« fragte sie hastig.

»Ja – auf einer Lüge. Jetzt kann ich sie mir ja von der Seele reden, ohne dich zu kränken. Lange genug hat sie mich gequält; nun will ich sie nicht länger mit mir herumtragen. Als ich damals nach Berlin fuhr, um meine Tante zu besuchen – da sah ich dich zuletzt am Weiher, mit Jutta zusammen. Du hattest schon vorher durch deine Lieder, durch dein geheimnisvolles Wesen einen tiefen Eindruck auf mich gemacht. Ich mußte mich zwingen, nicht täglich nach Woltersheim zu kommen – unbewußt sehnte ich mich nach deiner Gegenwart. Und in jener Abschiedsstunde am Weiher, da glaubte ich auch in deinen Augen zu lesen, daß ich dir teuer war. Du sahst mich an mit einem Blick, der mich nie wieder losließ. Am liebsten hätte ich meine Reise aufgegeben und wäre bei dir geblieben. Mir graute nun doppelt vor einer Geldheirat, die ich unbedingt eingehen mußte. Aber ich riß mich zusammen. ›Sei kein Schuft‹, sagte ich mir, ›störe ihre Ruhe nicht.‹ Ich konnte ja nicht daran denken, ein armes Mädchen zu heiraten. Aber mein Herz ließ ich bei dir zurück, als ich mich von dir trennte.

In sehr gedrückter Stimmung kam ich bei Tante Maria an. Sie wollte gleich von einigen jungen Damen sprechen, die sie mit mir bekannt machen wollte. Ich lief davon; es war mir unmöglich, ihr zuzuhören. In der folgenden Nacht schlief ich fast nicht. Die Sehnsucht nach dir quälte mich. Am nächsten Morgen, als ich von einer Besorgung zurückkehrte, erfuhr ich von Tante Maria, daß deine Mutter zurückgekehrt war und dich zur Erbin eines riesigen Vermögens einsetzen würde.

Was ich bei dieser Nachricht empfand? Ich kann es jetzt nicht mehr beschreiben: es war ein Chaos von Gefühlen. Ehe ich mir klar darüber wurde, sagte Tante Maria, daß ich sofort nach Hause zurückkehren und um dich werben müsse, ehe du von deiner veränderten Lage erführest. Mir wurde nur eines bewußt: Wenn ich erst um dich werben würde, nachdem du wußtest, daß du eine reiche Erbin warst, dann würdest du nicht an meine Liebe glauben. Und mein Herz schlug doch so sehnsüchtig nach dir.

Kurz – ich ging auf Tante Marias Plan ein. Sie wollte mir eine Woche Vorsprung geben. Wie ich dich am Abend meiner Rückkehr fand, das brauche ich dir nicht zu erzählen. Heiß flammte es in meinem Herzen auf, als ich dich wiedersah. In jener Stunde dachte ich – bei Gott – nicht an deinen Reichtum. Ich war nur glückselig, daß ich meinem Herzen folgen durfte. Du wurdest mein; und ich brachte die unruhig mahnende Stimme in meiner Brust zum Schweigen. Vielleicht entsinnst du dich, daß ich dich eines Tages fragte, ob du an meine Liebe geglaubt hättest, wenn ich erst zu dir gekommen wäre, nachdem du reich geworden warst. Du sagtest, daß du dann nicht so glücklich geworden wärest. Das verschloß mir den Mund, sooft es mich drängte, dir die Wahrheit zu sagen. So schwieg ich im Bewußtsein, dich von ganzem Herzen und von ganzer Seele zu lieben. Aber du siehst – die Lüge hat mir keinen Segen gebracht. Jetzt trifft dich die Wahrheit nicht mehr hart. Im Gegenteil – sie wird dich vollends von mir befreien. Nun geh zu deiner Mutter; ich darf dich nicht halten. Jetzt aber gestatte, daß ich mich zurückziehe; ich muß erst selbst mit mir fertig werden. Wir können später das Nähere besprechen – wenn ich etwas ruhiger geworden bin.«

Er ging schnell zur Tür; der augenblickliche Zustand drohte ihm die Fassung zu rauben.

Eva hatte mit fieberhafter Erregung seinen Worten gelauscht. Sie trugen so unstreitig den Stempel der Wahrheit, daß sie ihm glauben mußte. Ein befreites Jauchzen wollte sich aus ihrer Seele emporschwingen: er liebte sie – trotz allem. Aber die Aufregung erstickte jeden Ton in der Kehle. Als er sich aber mit blassen, qualverzerrten Zügen von ihr abwandte und resigniert zur Tür schritt, kam plötzlich Leben in ihre Gestalt. Sie flog hinter ihm her, und ehe er die Tür erreichte, umklammerte sie ihn fest.

»Götz – es ist ja nicht wahr, ist nicht wahr! Ich habe dich belogen; ach Götz – ich liebe dich so sehr – so sehr! Ich wäre gestorben an meiner Liebe, wenn du mich nicht wiedergeliebt hättest«, rief sie in höchster Erregung und sank kraftlos neben ihm nieder. Er fing sie in seinen Armen auf und hob sie empor. Mit ungläubigen, heißen Blicken hielt er sie fest an seinem Herzen.

»Was ist los, Eva? Hast du an meiner Liebe gezweifelt? Ich verstehe das alles nicht.«

Sie faßte mit zitternden Händen in ihre Tasche und holte den Brief der Tante hervor, den sie erst kurz vorher wieder gelesen hatte, um sich Mut zu machen.

Mit einem Blick voll Angst und Liebe hielt sie ihm den Brief hin.

»Da – der Brief! Ich fand ihn, als du zur Stadt gefahren warst, in der Bibliothek in einem Buch. Da dachte ich, du liebtest mich nicht und hättest mich nur des Geldes wegen geheiratet. Dann lief ich wie sinnlos hinaus ins Freie. Am liebsten wäre ich gestorben. Ich lag im Wald – wer weiß, wie lange –, mein Herz tat mir so weh, so furchtbar weh. Und dann brach das Gewitter los, und im Dunkeln stürzte ich in den Graben. Ach Götz – ich war so unglücklich wie nie in meinem Leben.«

Er hatte mit zitternden Fingern nach dem Brief gegriffen und erkannte jenes verhängnisvolle Schreiben. Mit einem unterdrückten Schreckensruf zog er sie wie schützend an seine Brust und sah ihr voll heißer, ehrlicher Liebe in die bangen Augen.

»Liebling, hast du denn wirklich glauben können, daß mein ganzes Wesen dir gegenüber Lug und Trug war? Hast du nicht gefühlt, wie glücklich mich deine Liebe gemacht hat, wie ich aufging in meiner Liebe zu dir? Der unselige Brief – ich hatte ihn ganz vergessen! Nun fange ich an zu begreifen, warum sich dein ganzes Wesen plötzlich verändert hat. Was du ausgestanden haben magst – das hat mich diese Stunde verstehen gelehrt, da du mir sagtest, daß du mich nicht liebst. Sag mir noch einmal, daß es nicht wahr ist. Du liebst mich doch – nicht wahr, du liebst mich?«

Sie nickte ihm mit seligem Lächeln zu.

»Dich, und nur dich, mein Götz – dich ganz allein. Verzeih mir die Lüge. Ach – sie ist mir unsagbar schwergefallen. Aber ich wollte dich nicht beschämen, wollte dir die Wahrheit nicht gestehen. Und bei dir bleiben konnte ich auch nicht, weil ich glaubte, daß du mich nicht liebtest. Ich hätte deine Liebkosungen, die ich für erlogen hielt, nicht mehr ertragen können.«

»Du armes, liebes Dummerchen! Meinst du wirklich, man könnte eine heiße, tiefe Liebe vortäuschen?«

Sie schmiegte sich an ihn wie ein müdes, verirrtes Kind, das endlich heimgefunden hatte.

»Du glaubtest doch auch, daß ich dich nicht liebe, als ich es dir sagte.«

Er preßte sie fest an sich und küßte sie heiß und innig.

»Ich war ein noch größerer Tor als du. Deine lieben Augen können nicht lügen. Aber – du hattest lange, lange keinen lieben Blick für mich. Dafür sahst du Fritz gestern so lieb und herzlich an und küßtest ihn, daß ich eifersüchtig wurde. Siehst du – so dumm war ich.«

»Dieser Kuß war ein im voraus entrichteter Glückwunsch. Du weißt doch, daß Fritz Jutta liebt.«

»Ach, liebes Herz, ich war natürlich total aus dem Gleichgewicht. Was habe ich nicht alles gefürchtet und geglaubt in diesen schrecklichen Tagen! Ich habe sehr schwer gebüßt für meine Lüge. Hast du sie mir nun verziehen?«

Sie nickte.

»Alles – alles will ich dir verzeihen, wenn du mich nur liebst. Nun brauch' ich nicht fort von dir – nicht wahr, du schickst mich nicht fort?«

Er hob sie empor und hielt sie fest an seinem Herzen.

»Wie sollte ich denn ein Leben ohne dich ertragen, Liebling?«

Er fühlte, daß sie zitterte und schwankte. Behutsam bettete er sie in einen bequemen Sessel und kniete neben ihr nieder.

»Das war zuviel für dich, mein geliebtes Herz. Nun ruh dich aus, und schau mich an mit deinen holden, lieben Augen, daß ich wieder an mein Glück glauben kann. Wie kann ich nur wiedergutmachen, daß ich dich durch meine Lüge leiden ließ?«

»Halt mich nur fest in deinen Armen. Ich fror so sehr die ganze Zeit. Nun ist wieder Sonnenschein in meinem Herzen. Ach – ich bin so glücklich, daß ich dich weiterhin lieben darf.«

Sie küßten sich, als wollten sie die ganze Seligkeit dieser Stunde in dem einen Kuß auskosten.

Dann sahen sie sich aufatmend in die flammenden Gesichter.

»Gottlob, mein Liebling, nun erst ist unser Glück vollkommen; jetzt ist es auf Wahrheit aufgebaut.«

Eng aneinandergeschmiegt, erzählten sie sich, was sie heimlich gelitten hatten in den letzten Wochen. Und sie sahen sich immer wieder glückstrahlend in die Augen.

20

Fritz hatte am dritten Tag, nachdem er sich heimlich mit Jutta verlobt hatte, bei ihrem Vater offiziell seinen Antrag gemacht. Herr von Woltersheim war durchaus nicht so erstaunt, wie es das Brautpaar erwartet hatte. Er hatte sich wohl über den ewigen Kriegszustand der beiden jungen Menschen seine eigenen Gedanken gemacht. Jedenfalls gab er mit Freuden seine Einwilligung. Es machte ihm Freude, zu wissen, daß seine Tochter Herrin von Woltersheim sein würde, wenn er einst nicht mehr war.

Richtig fassungslos und erstaunt waren Silvie und ihre Mutter über diese Verlobung. In Silvie wachten noch einmal die Erinnerungen an ihre Bemühungen um Fritz auf. Sie gönnte ihrer Schwester nicht, was sie selbst nicht hatte erringen können, und konnte nur mit Mühe so viel Fassung bewahren, um einen frostigen Glückwunsch zu stammeln. Die Klugheit gebot ihr jedoch, Haltung zu bewahren. Sie gab sich den Anschein, als hätte sie längst um die Neigung der beiden gewußt und als habe all ihre Liebenswürdigkeit Fritz gegenüber nur dem künftigen Schwager gegolten.

Frau von Woltersheim war froh, daß nun wenigstens ihre jüngste Tochter den Platz einnehmen sollte, den sie der ältesten zugedacht hatte. Befriedigter Stolz leuchtete aus ihrer Miene, daß nun beide Töchter verlobt waren.

Als sie von ihren Eltern als Fritz Woltersheims Braut sanktioniert war, schickte Jutta ein Briefchen nach Herrenfelde an ihre Schwester Eva. Es lautete:

»Meine Herzens-Eva! Vor lauter Glückseligkeit bin ich außer Rand und Band. Ich habe mich mit Fritz verlobt! Ach Eva – er ist ein lieber, lieber Mensch. Nun fehlt mir nichts mehr zu meinem Glück, als daß Du mit Götz herüberkommst und mit einem frohen, vergnügten Gesicht an meiner Verlobungsfeier teilnimmst. Ich muß Dich dann auch gleich ein bißchen drücken wegen des wunderschönen Armbandes. Ich war einfach baff, als es mir Fritz in Deinem Namen überreichte. Also, kommt bitte. Eine Absage nehme ich nicht an. Es tut Dir sehr gut, meine süße Eva, wenn Du wieder ein bißchen unter Menschen kommst. Deinem armen Götz gönne ich ebenfalls ein bißchen Vergnügen. Du – Eva – weißt Du – sagen wollte ich es Dir nicht, aber schreiben kann ich es ruhig: also weißt Du – quäle nicht Dich und Deinen armen Mann mit irgendeinem trübseligen Hirngespinst. Ich fühle es, daß Du irgendeine Dummheit begehen willst. Ihr habt Euch doch beide so lieb, und das ist die Hauptsache. Ich wäre so froh, wenn ich Dich wieder einmal so recht von Herzen lachen hörte. Aber nun ist Schluß. Ich bin sehr in Eile. – Fritz steht draußen und wartet. Kommt bestimmt!

Eure glückliche Jutta,
genannt »der dumme Jutz«,
Herrin von Woltersheim in spe.«

Diesen Brief erhielt Eva, als sie am Tag nach ihrer Versöhnung mit Götz bei Tisch saß.

Nachdem sie ihn gelesen hatte, reichte sie ihn lächelnd ihrem Mann.

»Noch zwei Glückliche mehr auf der Welt«, sagte sie leise.

Götz las und lachte.

»Siehst du, Eva, deine Schwester hat geahnt, daß du eine Dummheit begehen wolltest. Was ist sie für ein kluger Kerl«, neckte er.

Und ernst werdend, zog er Eva an sich.

»Herzlieb – was wäre aus uns geworden, wenn ich nicht in letzter Stunde eine Beichte abgelegt hätte?«

Sie schmiegte sich eng an ihn.

»Nicht mehr daran denken, liebster Mann; es ist ja alles gut geworden.«

Ein Weilchen vergaßen sie Juttas Brief. Dann aber mahnte Eva zur Eile.

»Natürlich müssen wir gleich nach Tisch hinüberfahren.«

»Ja, das ist richtig. Schon, damit Jutta erfährt, daß die trüben Hirngespinste meiner lieben Frau verflogen sind.«

»Und damit mein armer Götz ein bißchen Vergnügen hat«, neckte sie.

Er sprang auf und zog sie an sich.

»Sehe ich aus, als ob ich das nötig hätte?«

Jutta war hoch erfreut, als Götz und Eva so froh und glückstrahlend eintrafen. Götz umarmte die junge Braut und küßte sie.

»Das bin ich dir und mir schuldig, du Prachtmädel.«

Sie sah ihn erstaunt an.

»Warum?«

»Weil du so ein kluges, hell äugiges Geschöpf bist.«

»Nun – in Herrenfelde scheint ja endlich die Sonne wieder aufgegangen zu sein. Eva, du siehst aus, als hättest du heute noch einmal Hochzeitstag. So sah ich dich lange nicht mehr. Hast mir das Herz sehr schwer gemacht mit deinen trüben Augen. Ist nun alles wieder gut?«

Eva küßte die Schwester.

»Ja, du gescheiter Jutz! Ich habe meine Dummheit nun wirklich überwunden.«

»Nun – das scheint dir bestens zu bekommen. Ach Eva – liebe Eva, was soll das für ein herrliches Leben werden! Weißt du – unsere Hochzeit soll erst in einem Jahr sein. Papa sagt, ich soll mich erst noch ein bißchen auswachsen. Na meinetwegen, die Brautzeit soll ja das Schönste im Leben sein. Du – meinen Fritz müßt ihr in Herrenfelde aufnehmen bis zu unserer Hochzeit. Mama will nicht, daß wir in einem Haus wohnen. Ach Gott, alles, was nett ist, schickt sich nicht. Und sieh, wenn Fritz nicht bei euch wohnen könnte, müßte er weiter fort. Das wäre doch schrecklich. Er stört euch kein bißchen. Abends kommt er von Woltersheim nach Herrenfelde, und frühmorgens verläßt er euch wieder. Wir haben schon alles besprochen. Nicht wahr, Fritz?«

»Ja, Eva, ich hoffe, ihr gewährt einem armen obdachlosen Mann Unterkunft in eurem Haus.«

Eva und Götz schüttelten ihm die Hand.

»Du gehörst doch zu uns, Fritz. Wir freuen uns, daß du nach Herrenfelde kommst.«

Im Herbst, gleich nach der Ernte, besuchten Götz und Eva Mrs. Fokham auf einige Wochen. Erst hier, im Haus ihrer Muter, erfaßte Eva ganz, welch fürstlicher Reichtum ihre Mutter umgab. Hier war die stolze, noch immer schöne Frau am richtigen Platz.

Das junge Paar verlebte diese Wochen wie im Märchen. Eva sah mit großen, erstaunten Augen in das ungewohnte Leben und Treiben. Wenn sie im eleganten Auto ihrer Mutter an der Seite ihres Mannes durch die breiten, belebten Straßen fuhr, dann dachte sie mit einem Lächeln an die engen Gassen zurück, in denen sich ihre Jugend abgespielt hatte. Wie seltsam hatte sich ihr Leben gewandelt.

Als sich Eva mit ihrem Mann wieder nach Deutschland einschiffte, gab ihnen Mrs. Fokham das Geleit bis an Bord des Dampfers. Diesmal fiel der Mutter der Abschied von ihrem Kind noch viel schwerer. Sie konnte sich kaum noch beherrschen. Auch Eva war sehr traurig.

»Könntest du doch mit uns gehen, meine liebe, liebe Mutter. Es macht mich traurig, daß ich dich allein in diesem fremden Land zurücklassen muß. So schön es bei dir war – aber glücklich, so recht von Herzen glücklich kann man doch nur in der Heimat sein. Komm doch nach Deutschland zurück, Mutter – zu deinen Kindern«, bat sie innig.

Mrs. Fokham lächelte unter Tränen.

»Wer weiß – vielleicht halte ich es nicht mehr lange aus ohne dich. Ich habe ja jetzt einen mächtigen Magneten in der alten Heimat – deine lieben Augen. Ich sehe schon, daß sie mich eines Tages heimziehen werden. Aber so schnell geht das nicht, mein liebes Kind. Ich muß erst in Ruhe meine Geschäfte hier abwickeln.«

Noch lange stand Mrs. Fokham, als der Dampfer abgefahren war, im Hafen und sah ihrem Kind nach. Helle Tränen liefen ihr über das Gesicht; sie achtete nicht auf die neugierigen Blicke um sie her.

Und die Sehnsucht nach ihrem Kind zog sie schließlich nach zwei Jahren über das Meer in die alte Heimat zurück.

Sie kaufte sich im Grunewald in Berlin ein Haus und lebte dort mit der Frau von Herrenfelde, mit der sie sich sehr gut verstand. Im Winter besuchte sie ihre Kinder auf einige Wochen. Und während der Sommermonate ging sie stets für eine längere Zeit nach Herrenfelde. In der ersten Zeit ließ sich ein Zusammentreffen Mrs. Fokhams mit ihrem ersten Mann gut vermeiden. Als aber nach einem Stammhalter auch ein kleines Mädchen im Herrenfelder Schloß seinen Einzug hielt – da trafen eines Tages die geschiedenen Eheleute völlig unvorbereitet an der Wiege des kleinen Mädchens zusammen. Ihre Gesichter wurden rot. Sie sahen sich mit ernsten Augen an, und dann streckte Herr von Woltersheim plötzlich spontan seine Hand aus.

»Wir wollen Vergangenes vergessen und uns mit Würde in die unvermeidlichen Begegnungen fügen. Unsere Enkel machen uns schließlich klar, daß die Jugend mit den Stürmen hinter uns liegt. Und unsere Tochter soll sich nicht genötigt sehen, sich vor einer Begegnung ihrer Eltern zu fürchten.«

Mrs. Fokham legte ihre Hand in die seine.

»So soll es sein.«

Beim Tauffest von Evas kleiner Tochter saßen die geschiedenen Eheleute friedlich nebeneinander an einer Tafel. Frau von Woltersheim fand sich damit ab. Sie stand auch diesmal über der Situation. Jutta aber, die inzwischen längst eine glückliche junge Frau geworden war, sagte heimlich zu Eva:

»Du, Eva, es ist wirklich gut, daß Papa deiner Mutter wieder so unbefangen begegnen kann. Es war doch manchmal recht schwierig, Begegnungen zu vermeiden. Davon ganz abgesehen – Papa hat es insgeheim sehr bedrückt, daß er von Herrenfelde verbannt war, wenn deine Mutter hier zu Besuch war.«

Eva nickte mit strahlenden Augen.

»So reich bin ich nun, Jutta: ich habe meine Eltern, meine Kinder – und meinen Götz.«

»Na – und was ist mit mir?« fragte Jutta vorwurfsvoll.

Eva zog sie stumm an sich und küßte sie zärtlich.

Hedwig Courths-Mahler

Ich weiß, was du mir bist

1

Helmut von Waldeck stand, nur mit einem bereits ziemlich schäbigen Pyjama bekleidet, an dem einzigen schmalen Fenster seiner nach dem düsteren Hofe hinaus gelegenen Garçonwohnung. Es war ein winziges Zimmerchen, nur mit dem Notwendigsten ausgestattet. Aufmerksam, mit finsteren Blicken betrachtete er den einzigen Anzug, der ihm geblieben war, und den er behütete wie seinen köstlichsten Schatz. Mit einer Bürste bearbeitete er ihn sorgsam, daß kein Stäubchen daran blieb. Dann reinigte er mit derselben Sorgfalt sein einziges Paar Schuhe und prüfte bekümmert die Festigkeit der Sohlen, die schon recht abgelaufen waren.

Es klopfte an seine Tür, und auf seinen Zuruf trat seine Wirtin in das Zimmer, auf einem Tablett das mehr als bescheidene Frühstück tragend. Sie setzte es auf den kleinen, wackeligen Tisch und rückte unwirsch daran herum.

»Guten Morgen, Frau Haller!« sagte Helmut artig.

Sie sah ihn halb verdrießlich, halb mitleidig an.

»Guten Morgen! Na, wie ist es denn, Herr Waldeck, kriege ich endlich mein Geld? Heute ist der Erste und nun sind Sie mir schon die Miete und Frühstück von zwei Monaten schuldig.«

In Helmuts Stirn stieg eine brennende Röte. Er zog ein abgegriffenes Portemonnaie aus der Tasche seiner Hose und öffnete es. Den Inhalt schüttete er auf den leeren Platz auf dem Tisch. Es waren vier Mark und einiges Kleingeld.

»Das ist alles, was ich habe, Frau Haller.«

Sie schnippte ärgerlich und verächtlich das Geld fort.

»Was soll ich denn damit anfangen. Haben Sie denn wirklich nicht mehr zusammengekriegt? Geht denn der Handel mit Seife so schlecht?«

Er fuhr sich verzweiflungsvoll durch das Haar.

»Er geht so gut wie gar nicht, Frau Haller. Kein Mensch kauft einem was ab, man macht meist nicht einmal die Tür auf, wenn ich klingle. Und das Höchste, was ich zu hören bekomme, ist: ›Wir brauchen nichts!‹ Wenn nicht mal eine mitleidige Seele ein Stück Küchenseife oder höchstens ein Stück Lanolinseife kaufte, dann liefe ich ganz erfolglos herum. Es geht so nicht weiter, ich laufe mir mehr an den Stiefelsohlen ab und verderbe mir meinen letzten Anzug. Gestern abend habe ich mit der Seifenfirma abgerechnet – und das ist alles, was mir an Profit geblieben ist.«

»Lieber Gott! Und dafür haben Sie acht Tage gearbeitet?«

»So ist es. Und Sie sehen selbst ein, daß ich auch diesen Seifenhandel aufgeben muß.«

»Wenn er nicht mehr einbringt, selbstverständlich. Aber wie komme ich nur zu meinem Geld? Ich will Sie wahrhaftig nicht drängen und quälen, weil es mir Vergnügen macht. Aber ich muß doch meine Miete auch bezahlen.«

»Das verstehe ich schon, Frau Haller, und es ist mein innigster Wunsch, Geld zu schaffen. Ich habe doch alles versucht, das wissen Sie.«

»Na ja! Und wenn Sie auch ein Freiherr sind – das habe ich doch auf den Briefen gelesen, die Sie früher gekriegt haben – Sie haben wirklich wie ein armer Tagelöhner gelebt und mir alles abgegeben, was Sie verdient haben. Wenn ich es nur selber nicht so nötig brauchte!«

»Sie sind eine gute, brave Seele, Frau Haller, das weiß ich. Haben Sie noch ein Weilchen Geduld, vielleicht hilft der Himmel doch. Würden Sie mir Ihre Zeitung noch mal leihen, ich sehe ein, mit solchem Handel ist auch nichts zu verdienen. Ich will nochmal versuchen, eine Stellung zu bekommen.«

Sie sah ihm mitleidig in das schmal gewordene Gesicht. Daß er sich kaum die nötigste Nahrung verschaffen konnte, wußte sie. Er tat ihr leid, er war ein so feiner, honetter Mensch – aber sie mußte ja auch die Miete zahlen.

Doch sie brachte ihm die Zeitung, und das wenige Geld ließ sie ihm auch, er mußte doch was zu essen haben.

Als Helmut von Waldeck wieder allein war, sah er starr vor sich hin. Wie sollte er bloß die Miete für zwei Monate schaffen? Ganz ausgeschlossen, wenn nicht ein Wunder geschah. Er hing seinen gereinigten Anzug in den schmalen Kleiderschrank, zu Hause behalf er sich mit dem Pyjama, damit er den Anzug schonte. Im Schrank hing nur noch ein dünner Paletot. Er schob ihn beiseite, weil er unten nicht richtig aushängen konnte und deshalb Falten bekam, denn unten im Schrank stand ein kleiner Handkoffer. Er sah darauf nieder. Vielleicht fand er darinnen doch noch etwas, was er zu Geld machen konnte. Hastig nahm er ihn heraus. Dieser Handkoffer hatte einst bessere Tage gesehen, das merkte man. Helmut sah ihn kritisch an. Ob er ihn verkaufen konnte? Es war ein Lederkoffer, und er war noch gut erhalten. Aber, viel bekam er sicherlich nicht dafür.

Er schloß ihn auf und legte ihn auf sein Bett. Die eine, größere Hälfte war leer, darin hatte er seine wenigen Habseligkeiten verpackt, als er diese letzte Zufluchtsstätte vor einigen Monaten bezog. In der anderen Hälfte verwahrte er den letzten Rest von dem, was seine Mutter, die Gräfin

Reichenau, bei ihrem Tode hinterlassen hatte. Sie war in zweiter Ehe mit einem Grafen Reichenau verheiratet gewesen, denn sein Vater war schon gestorben, als er kaum zehn Jahre gezählt hatte. Der Graf Reichenau hatte als Kammerherr bei einem der königlichen Prinzen Dienst getan, seine Stellung aber bei und mit dem Sturze der Dynastie verloren. Mit einer sehr knappen Pension hatte er sich fortan behelfen müssen, aber noch sehr viel knapper war die, die seine Mutter nach seinem Tode bezog. Sie hatte nicht mehr gereicht, Helmut die Möglichkeit zu gewähren, sein Studium zu beenden. Er hatte Ingenieur werden wollen. Im dritten Jahre studierte er, als sein Stiefvater starb und er das Studium aufgeben mußte. Drei Jahre danach starb auch die Mutter. Sie hatte nur eine kleine Amtswohnung innegehabt, und kein Stück darinnen gehörte ihr. Helmut hatte aber wenigstens noch immer bei ihr Unterkunft gefunden. Nach dem Tode der Mutter verlor er dies Heim, denn die Amtswohnung ging nun in andere Hände über. Selbstverständlich erlosch auch die Pension der Mutter. Helmut konnte die gesamte Hinterlassenschaft der Mutter in die eine Hälfte dieses Koffers packen, nachdem er ihre Garderobe und ihre Leibwäsche und dergleichen verkauft hatte. Der Erlös dieser Habseligkeiten verschwand wie Schnee an der Sonne, denn man stand damals im letzten Inflationsjahre. Und dann hatte er weiter versucht, sich eine wenn auch noch so bescheidene Existenz zu gründen. Alles schlug ihm fehl. Wer sollte auch einen kaum halbfertigen Ingenieur anstellen, wo so viele fertige Ingenieure keine Stellung bekamen? Immer bescheidener wurden seine Ansprüche, immer mehr kam er herunter, trotzdem er keine Arbeit scheute. Aber nun war er am Ende. Er biß die Zähne zusammen und kramte in dem Nachlaß der Mutter. Papiere und Briefe, die ihm wohl ein Andenken bedeuteten, aber keinen Wert hatten, eine Photographie der Mutter und eine seines Stiefvaters in seiner Kammerherrnuniform, verschiedenes Briefpapier von Mutter und Stiefvater, mit der Grafenkrone geschmückt, darunter einige Bogen, die leer waren bis auf die Unterschrift seiner Mutter. Er hatte für sie zuweilen Briefe schreiben müssen, weil ihre Augen geschont werden mußten, und da hatte sie immer auf Vorrat einige Bogen unterschrieben.

Nora, Gräfin Reichenau!

Er starrte auf diese Unterschrift herab, aus Pietät hatte er sich diese Bogen mit der Unterschrift seiner Mutter aufbewahrt. Seufzend schob er sie auch jetzt wieder zwischen die noch leeren Bogen, und da kam ihm plötzlich wie ein Blitz ein verlockender Gedanke. Überall wo er sich um irgendeine Stellung beworben hatte, durchaus nicht wählerisch, hatte man ihn nach Zeugnissen gefragt, und daß er keine vorweisen konnte, machte stets eine Anstellung unmöglich. Wie nun – wenn er ein Zeugnis von der Gräfin Reichenau vorweisen würde. Niemand ahnte, daß diese seine Mutter war. Er brauchte nur oberhalb ihrer Unterschrift ein Zeugnis für sich niederzuschreiben, dann hatte er, was er brauchte.

Erschrocken über sich selbst und diesen verlockenden Gedanken, schob er die Bogen rasch wieder ganz zu unterst in den Koffer. Und dabei stach er sich an einem spitzen Gegenstand. Er sah nach, was das gewesen war, und fand eine goldene Schmucknadel mit einer kleinen Perle in der Mitte. Diese Nadel hatte seine Mutter als letzten Schmuck getragen, er sah im Geiste, wie sie ihr Kleid am Halsausschnitt zusammengehalten hatte. Seufzend betrachtete er sie und wog sie in der Hand. Was diese Nadel wohl wert war – oder was er wohl dafür bekommen würde? Ob er davon vielleicht wenigstens einen Teil der Miete bezahlen konnte? Gegen achtzig Mark war er seiner Wirtin schuldig. Bisher hatte er sich von diesem Andenken an die Mutter nicht trennen mögen. Nun aber mußte es sein, er mußte Frau Haller bezahlen – sonst kündigte sie ihm das Zimmer. Und was dann?

Er legte alles andere wieder in den Koffer, die Nadel ließ er draußen liegen, und nachdem er den Koffer wieder in den Schrank gestellt hatte, hüllte er die Nadel in Papier und steckte sie in die Brusttasche seines Anzugs.

Und dann begann er mit dem Studium der Zeitung. Stellengesuche in großer Menge, aber keine Stellenangebote, wenigstens keine, die für ihn in Frage kamen, weil er von vornherein wußte, daß er die nötigen Kenntnisse und Fähigkeiten nicht hatte.

Chauffeure? Die wurden gesucht – aber er besaß leider keinen Führerschein, der kostete ja auch Geld. Er hätte schon die nötigen Fähigkeiten gehabt, um sich einen Führerschein zu beschaffen, aber das Geld dazu besaß er eben nicht.

Er sah langsam die Spalten der Stellenangebote durch. Nichts – nichts, was für ihn in Frage kam. Aber plötzlich, als er die Hoffnung schon fast aufgegeben hatte, blieben seine Augen dann auf einem fettgedruckten Inserat ruhen:

Herrschaftlicher Diener gesucht!

Zur Begleitung auf einer Weltreise wird ein erstklassiger Diener gesucht, der möglichst Kenntnis der englischen Sprache besitzt. Verlangt wird repräsentable Persönlichkeit mit guten Umgangsformen, sicher in allen Dingen, die nötig sind zur perfekten Bedienung eines Herrn. Bewerber mit nur erstklassigen Zeugnissen wollen sich melden Mittwoch, zwischen 10 und 12 Uhr, Villa Römhild, Grunewald am Hertasee.

Mit brennenden Augen sah Helmut auf diese Worte nieder. Herrschaftlicher Diener? Nun, was ein solcher können und wissen mußte, das würde er leisten können. Wenn er auch noch keinen Herrn bedient hatte, so war er doch bedient worden und sein Stiefvater auch, und was dazu gehörte, das konnte er selbstverständlich leisten. Und: auf einer Weltreise? Herrgott! Das konnte ihn reizen. Aber als Diener? Möglicherweise in Livree herumlaufen, er, der Freiherr von Waldeck, der Sohn der Gräfin Reichenau? Aber – doch besser als verhungern, als vollends untergehen. Wer fragte heute noch nach dem Freiherrn?

Aber – erstklassige Zeugnisse wurden verlangt – und die besaß er nicht – also – ohne Zeugnisse brauchte er sich gar nicht zu melden. Und da flog sein Blick magnetisch angezogen nach dem Kleiderschrank hinüber. Da drinnen stand der Koffer, in dem sich die von seiner Mutter unterschriebenen Briefbogen befanden. Wenn er nun für sich selbst ein Zeugnis schrieb – es wußte doch niemand, daß er der Sohn der Gräfin Reichenau war? Und – er konnte einfach als Helmut Waldeck in diesem Zeugnis benannt werden. Den Freiherrn konnte er streichen, niemand brauchte zu wissen, daß der Freiherr von Waldeck sich als Diener vermietete. Hier in Berlin hätte er freilich nicht gern als Diener bleiben mögen, es hätte doch sein können, daß ihn jemand erkannte. Aber im Auslande? Die Kreise, in denen er zu Hause gewesen war, hatten heute kein Geld mehr zu Auslandsreisen. Da würde ihm kaum jemand begegnen.

Wer mochte der Besitzer der Villa Römhild sein? Der

Name war ihm zum Glück ganz unbekannt. Römhild? Das sagte gar nichts, das konnte ein Kaufmann, ein Bankmensch – ein Fabrikbesitzer sein.

Und wie von einer inneren Macht getrieben, erhob er sich und nahm den Koffer aus dem Schranke. Er schloß ihn auf und holte die Briefbogen hervor. Unschlüssig sah er darauf nieder. Nein, es ging doch nicht, wenn er das Zeugnis mit eigner Hand schrieb, das konnte herauskommen, er konnte eventuell in die Notwendigkeit versetzt werden, etwas schreiben zu müssen. Aber, es gab ja Schreibmaschinen. Selbstverständlich konnte man das nicht von einer fremden Person schreiben lassen, das würde auffallen. Aber er selbst, er hatte doch früher zuweilen für seinen Stiefvater auf dessen amtlicher Schreibmaschine geschrieben – und – richtig, da nebenan im Nebenzimmer, da wohnte doch eine Mieterin, die eine Schreibmaschine besaß, sie schrieb, wenn sie aus dem Bureau kam, manchmal noch lange des Abends. Wenn er an die Schreibmaschine herankönnte?

Aber erst mal so ein Zeugnis aufsetzen. Er überlegte, und dann floß es ihm ganz leicht aus der Feder.

Ja, so ging es, das klang gut, vertrauenerweckend und enthielt nicht einmal falsche Angaben über ihn, außer, daß er eben nie als Diener in dem Hause der Gräfin Reichenau engagiert gewesen war. Als er fertig und mit sich im reinen war, rief er seine Wirtin.

Sie kam sogleich.

»Frau Haller, ich habe da in der Zeitung ein Stellenangebot gefunden, aber es wird dort verlangt, daß man Offerten einreichen muß, die mit der Schreibmaschine geschrieben sind. Meinen Sie, daß ich es wagen dürfte, bei meiner Zimmernachbarin diese Offerte auf deren Maschine zu schreiben?«

Frau Haller sah ihn unschlüssig an.
»Ja, können Sie denn auf der Maschine schreiben?«
»O ja!«
»Hm, na, weil Sie es sind – dann meinetwegen. – Soll es denn gleich sein?«
»Es wäre mir schon das liebste.«
»Na, dann kommen Sie man!«
Helmut nahm sein Konzept und einen der von seiner Mutter unterschriebenen Briefbogen. So gingen sie beide ins Nebenzimmer, in dem auf einem kleinen Tischchen die Maschine stand.

Schon hatte Helmut den Überzug herabgezogen und setzte sich vor die Maschine. Gewandt spannte er den Bogen ein, aber als er schreiben wollte, merkte er, daß die Maschine abgestellt war. Er drehte den Knopf nach vorne, und nun funktionierte die Maschine. Schnell begann er nun sein Konzept abzuschreiben.

Dann faltete er den Bogen zusammen.
»Ich bin fertig, Frau Haller, und danke Ihnen sehr. Vielleicht habe ich diesmal Glück mit meinem Engagement.

Und nun will ich mich schnell anziehen und zum Goldschmied gehen, ich habe da in meinem Koffer noch eine goldene Nadel von meiner Mutter gefunden; ich will sehen, was ich dafür bekomme. Vielleicht kann ich Ihnen dann wenigstens einen Teil meiner Schuld bezahlen.«

Als Helmut wieder in seinem Zimmer war, las er das von ihm verfaßte Zeugnis noch einmal durch. Es klang sehr überzeugend und war wirklich erstklassig, soweit er etwas davon verstand. Morgen war Mittwoch, da wollte er sich also zur vorgeschriebenen Zeit in Villa Römhild melden.

Jetzt kleidete er sich an und machte sich zum Ausgehen fertig. Und er sah in seinem sorglich behüteten Anzug noch sehr anständig aus. Daß er eine sehr sympathische Erscheinung war, festgefügte, energische Gesichtszüge hatte, einen sehr ausdrucksvollen, schmallippigen Mund, kluge graue Augen und elegante, elastische Bewegungen, das fiel ihm allerdings selber nicht auf. Er war absolut nicht eitel. Aber als er dann durch die belebten Straßen ging, folgte ihm mancher Blick aus Frauenaugen, wie magnetisch angezogen. Er war unstreitig eine interessante Persönlichkeit, sah sehr vornehm und gediegen aus, und kein Mensch hätte ihm angesehen, daß ihm der Magen knurrte, und daß er seiner Wirtin zwei Monate Miete schuldig war.

Nach einigem Zögern trat er in einer stillen Seitenstraße in den Laden eines Goldschmiedes. Dieser kam ihm erwartungsvoll entgegen, blickte aber dann enttäuscht, als der vermeintliche Käufer etwas verkaufen wollte. Lange sah er auf die Nadel herab, betrachtete sie durch die Lupe und wog sie ab. Endlich, ahnungslos, welche Nervenmarter er Helmut auferlegte, sagte er etwas mürrisch:

»Mehr als hundert Mark kann ich Ihnen nicht zahlen, das Gold zählt ja kaum, und wenn die Perle auch tadellos ist, so ist sie doch nicht sehr groß. Wie gesagt – hundert Mark.«

Helmut hätte fast laut aufgejauchzt. Hundert Mark? So viel hatte er nicht erwartet.

Seine Nerven versagten fast, bis er die hundert Mark in den Händen hatte. Und dann verließ er den Laden, sich zu einer Ruhe zwingend, die er nicht besaß. Es hatte ihm freilich leid getan, die Nadel seiner Mutter fortgeben zu müssen, aber hätte er geahnt, daß er so viel dafür bekommen könnte, hätte er sie in der Not sicher schon längst verkauft. Ihm mangelte jede Kenntnis des Wertes von Perlen, sonst hätte er gewußt, daß er die Nadel zu billig verkauft hatte.

Mit einem unbeschreiblichen Hochgefühl begab sich Helmut zunächst in ein anständiges Restaurant und ließ sich ein Rumpsteak bringen. Sogar Gemüse leistete er sich dazu und ein Glas Bier. Und als er diese Mahlzeit und sogar noch Butterbrot und Käse zum Nachtisch verzehrt hatte, fühlte er sich ganz anders als zuvor mit hungrigem Magen. Als er den Hundertmarkschein vor den Kellner hinlegte, um zu zahlen, kam er sich vor wie ein Krösus.

Dann fuhr er mit der Elektrischen nach Hause und bezahlte stolz seine Rechnung – zu Frau Hallers grenzenloser Überraschung. Er erzählte ihr, wie er dazu gekommen sei, und sie war froh, ihren netten, anständigen Mieter behalten zu können.

Als Helmut seinen Anzug fein säuberlich wieder in den Schrank gehängt hatte, zog er nochmals das Zeugnis hervor und sah es durch. Gewissenhaft prüfte er, ob er sich nicht allzusehr herausgestrichen habe, aber es stimmte schon, er besaß wirklich alle darin angegebenen Qualitäten. Betrogen würde niemand sein, wenn er ihn als Diener engagierte, trotzdem es in gewissem Sinne ein gefälschtes Zeugnis war, auf welches hin es geschah.

In der diesem Tage folgenden Nacht hatte er einen seltsamen Traum. Er sah sich in einer mit Silbertressen besetzten Livree, aber ohne Beinkleider, die Linden entlanggehen, und überall blieben die Leute stehen und zeigten mit den Fingern auf ihn und lachten ihn aus. Und da merkte er, daß ihm die Beinkleider fehlten, und er schämte sich so sehr, daß ihm das Herz noch weh tat, als er erwachte.

2

Am andern Morgen stand er schon fünfzehn Minuten vor zehn Uhr am Gartentor der Villa Römhild. Mit brennenden Augen schaute er hinüber zu dem vornehmen Sandsteingebäude, das inmitten eines parkähnlichen Gartens lag. Die die Terrasse schützenden blau und weiß gestreiften Sonnenzelte waren herabgelassen, trotzdem die kühle Mailuft wohl die warmen Sonnenstrahlen erträglich machen mußte. Es war aber niemand auf der Terrasse zu sehen. Nur am Portal stand ein Diener, der sich faul gegen einen Steinpfeiler lehnte. Dieser Diener trug eine schlichte braune Livree mit goldenen Knöpfen an der Jacke.

Helmut sah sich schon im Geiste in dieser selben Livree und atmete auf, daß sie nicht mit Silbertressen besetzt war.

Punkt zehn Uhr klingelte Helmut kurz entschlossen an der Torglocke. Das Gartentor öffnete sich darauf, wie von unsichtbaren Händen dirigiert, und Helmut schritt nun schnell und entschlossen auf die Villa zu, wo jetzt der Diener in Erwartung an der breiten Steintreppe stand.

»Ich komme als Bewerber um die ausgeschriebene Stelle eines Dieners«, sagte er artig, aber ruhig und bestimmt.

Der Diener sah ihn verblüfft an, gab sich einen Ruck und stellte sich sofort auf eine andere Note ein. Ein bißchen vertraulich, ein bißchen weniger höflich.

»Ah so! Bitte, folgen Sie mir.«

Helmut ging hinter ihm her in das elegante, vielleicht etwas zu pompöse Vestibül, in dem sehr viel Gold und Marmor verarbeitet worden waren. Ein Blick genügte Helmut, um bei sich festzustellen:

»Hier wohnt ein Parvenü, wenn auch einer, der es gern verbergen möchte, daß er einer ist.«

Für die letztere Betrachtung zeugte die unauffällige Livree, die unbedingt vornehm wirkte, für die erstere die goldstrotzende Pracht des Vestibüls.

Es ging einen langen Gang hinab, durch teppichbelegte Räume, bis vor einer hohen Flügeltür haltgemacht wurde.

»Bitte, warten Sie!« sagte der Diener, auf einen Sessel zeigend, der in diesem Vorraum stand. Und dann verschwand er hinter der Flügeltür. Helmut hatte gerade Zeit, sich ein wenig umzusehen und zu konstatieren, daß hier sehr reiche Leute wohnen müßten, daß dieser Reichtum aber etwas neu war, wie die kostbare, nur etwas überladene Ausstattung dieses Hauses bezeugte, als auch schon der Diener zurückkam und ihn mit einer Handbewegung aufforderte, einzutreten.

Das tat Helmut, äußerlich ruhig, aber mit einem rebellischen Herzklopfen. Er befand sich in einem großen Gemach, dessen Ausstattung andeuten wollte, daß es ein Arbeitszimmer war, da ein Schreibtisch und Bücherregale darin untergebracht waren. Die tiefen bequemen Klubsessel aber, der breite, mit Kissen bedeckte Diwan, die weichen Teppiche und – die Haltung des Herrn, der in diesem Raume saß, eine Zigarette rauchend, straften diese Andeutung Lügen.

Ohne seine sehr bequeme Lage zu ändern, sagte der Herr:
»Bitte, treten Sie näher.«

Helmut stieg bei dem Tone, in dem das gesagt wurde, das Blut in die Stirn, seine Hand krampfte sich um den Rand seines Hutes, den er in der Hand trug, aber er sagte sich, daß er keine Empfindlichkeit zeigen dürfe, er sei ja hier, um eine Stelle als Diener zu suchen.

Ruhig trat er näher heran und blieb in geziemender Entfernung vor dem Klubsessel stehen, in dem der Herr mehr lag als saß.

Und nun erst war der Herr imstande, Helmuts ganze Persönlichkeit mit einem Blick zu umfassen, und unwillkürlich richtete er sich auf und sah ihn etwas konsterniert an.

»Sie wollen sich um die Stelle eines Dieners bei mir bewerben?«

»Ja, mein Herr!«

Herr Alfred Römhild lachte ein wenig, halb verlegen, halb belustigt. Er war ein Mann in der zweiten Hälfte der Dreißig, hatte harte, feste Züge und einen brutalen Mund. Seine braunen Augen und das braune winzige gestutzte Lippenbärtchen harmonierten zusammen. Er hatte eine frische Gesichtsfarbe und machte den Eindruck großer Akkuratesse in seinem Äußern. Aber in den Augen lag ein Ausdruck, der Helmut verriet, daß dieser Mann über Leichen gehen würde, um ein vorgestecktes Ziel zu erreichen. Sympathisch war er ihm jedenfalls nicht, aber er sagte sich, ein Herr und Gebieter brauche seinem Diener nicht sympathisch zu sein, wichtiger sei, daß der Diener dem Herrn sympathisch ist.

»Hm! Sie sehen wahrhaftig nicht aus, als bemühten Sie sich um die Stelle eines Dieners.«

Helmut biß einen Moment die Zähne zusammen, dann sagte er, anscheinend ruhig:

»Sie verlangten in Ihrem Inserat eine repräsentable Persönlichkeit, mein« – er stockte –, »gnädiger Herr. Ein erstklassiger Diener muß so aussehen, daß er seine Herrschaft angemessen repräsentiert. Ich hoffe bestimmt, Sie in dieser und jeder andern Beziehung zufriedenzustellen, falls Sie mich engagieren sollten.«

Mit einem eigenartigen Blick musterte Herr Alfred Römhild diesen Bewerber um den Dienerposten bei ihm, mit dem er auf eine Weltreise gehen wollte. In diesem Blick lagen ein wenig Bewunderung, ein wenig Neid auf das vornehme Aussehen dieses Menschen, ein wenig Stolz auf die eigene Bedeutung und den selbst erworbenen Reichtum und bereits ein wenig der Wunsch, sich diese ›Kraft‹ zu sichern.

»Hm! Ganz recht, es kommt mir auf eine repräsentable Erscheinung an, denn ich brauche einen Diener, der mich auf einer Weltreise begleitet, der viel in meiner Nähe sein muß, gewandt in jeder Beziehung ist und vornehme Umgangsformen hat.«

»Ich hoffe, Sie in jeder Beziehung zufriedenstellen zu können.«

»Wie ist es mit Ihren Sprachkenntnissen? Ich beherrsche keine andere Sprache als die deutsche, und mein Begleiter müßte mir zuweilen als – nun ja – als Dolmetscher dienen. Englisch müßten Sie also zum mindesten beherrschen.«

»Ich spreche perfekt Englisch und Französisch.«

Wieder traf Helmut der sonderbare Blick von vorhin. Herr Römhild beneidete entschieden diesen Mann, weil er englisch und französisch sprechen konnte.

»Also Englisch und Französisch? Und ganz perfekt, das ist mir wichtig.«

»Ganz perfekt – gnädiger Herr.«

Dies »gnädiger Herr« wollte als ganz ungewohnt schwer über Helmuts Lippen. Und er wußte nun schon, dieser Herr Römhild würde sich ganz gewiß nicht daran stoßen, wenn er erfuhr, daß er ein Freiherr von Waldeck war, nicht ein schlichter Herr Waldeck. Aber wenn es möglich war, wollte er es ihm verschweigen. Allerdings, wenn er seine Papiere forderte, würde er es wohl entdecken, aber dann würde er ihm sagen, daß er seinen Freiherrntitel abgelegt habe, seit er als Diener fungieren mußte. Und er würde ihn dann bitten, ihn auch weiterhin nur schlichtweg Waldeck zu nennen.

»Wie ist Ihr Name?« fragte in diesem Moment Herr Römhild.

»Helmut Waldeck.«

»Und wo waren Sie zuletzt in Stellung?«

»Im Hause des Grafen Reichenau.«

»Ah?« Es blitzte befriedigt in Herrn Römhilds Augen auf. Ein Diener, der vor ihm einen Grafen Reichenau bedient hatte – das konnte ihm gefallen. Forschend sah er Helmut wieder an. Dieser Mensch war ja ein ganz patenter Kerl, er gefiel ihm immer mehr.

»Wo waren Sie sonst noch in Stellung?«

»Nirgends weiter, gnädiger Herr, ich war vier Jahre im Haus des Grafen Reichenau, und vorher hatte ich es nicht nötig, eine abhängige Stellung anzunehmen. Wir – wir sind erst durch die Inflation verarmt.«

So, das entsprach wenigstens der Wahrheit.

»Haben Sie Zeugnisse?«

Nur einen kurzen Moment zögerte Helmut, ehe er das Zeugnis aus seiner Brusttasche nahm.

»Nur das über meine Tätigkeit im Hause des Grafen Reichenau. Nach dem Tode des Grafen blieb ich noch zwei Jahre im gräflichen Haushalt, weil mich die Frau Gräfin nicht gern entbehren wollte. Aber dann sah ich ein, daß ich dort zu wenig mir zusagende Beschäftigung hatte, und bat um meine Entlassung. Bald darauf ist auch die Gräfin Reichenau gestorben.«

Damit übergab Helmut mit klopfendem Herzen, aber scheinbar ruhig das Zeugnis.

Herr Römhild betrachtete erst mal mit einem geheimen Wohlgefühl den vornehmen Briefbogen mit der Grafenkrone. Dann las er das Zeugnis durch und nickte vor sich hin.

»Nun, daraufhin kann ich es wohl mit Ihnen wagen, wenn wir sonst einig werden. Ich muß aber gleich zuerst bemerken, daß Sie sich für die ganze Dauer meiner Weltreise vertraglich verpflichten müssen. Zwei Jahre wollen wir dafür annehmen, bis dahin bin ich bestimmt zurück. Würden Sie damit einverstanden sein, zwei Jahre mit mir auf Reisen zu gehen?«

»Sehr gern, gnädiger Herr!«

»Nun, das klingt ja ganz vergnügt. Sie lassen da wohl nichts Liebes zurück?« fragte Herr Römhild mit einem etwas faunischen Lächeln, das Helmut sehr mißfiel.

»Nein!« sagte er nur kurz.

»Na, um so besser für Sie, da bin ich etwas schlimmer daran. Ich lasse etwas Liebes zurück – aber ehe ich mich verheirate, will ich mir die Welt ansehen. Die Hochzeit hat Zeit, bis ich nach zwei Jahren zurückkomme.«

Helmut sagte sich, daß Herr Römhild zu vertraulich sei zu einem Diener und nicht die nötige Distanz halten könne. Aber das ging ihn nichts an. Er antwortete nichts auf diese unangebrachte Vertraulichkeit, und gerade dies Schweigen machte Herrn Römhild klar, daß er sich etwas im Ton vergriffen hatte.

»Nun also, das nur nebenbei. Sie sind doch gleich abkömmlich? Ich will schon in der übernächsten Woche abreisen.«

»Ich stehe sofort zur Verfügung.«

»Wie kommt es, daß Sie, seit Sie das Haus des Grafen Reichenau verlassen haben, keine Stellung angenommen haben?«

Helmut riß sich zusammen.

»Ich fand keine Stellung, die mir zugesagt hätte, ich – ich wollte mich nicht verschlechtern.«

Das schmeichelte Herrn Römhild. Bei ihm wollte dieser vornehme Diener Stellung annehmen, also glaubte er wohl, daß er hier keinen Schritt zurückmachte. Darin sollte er sich auch nicht getäuscht haben, er wollte ihm ein anständiges Gehalt bezahlen. Das Anbieten eines niedrigen Lohnes, nahm er an, habe Helmut mit dem Verschlechtern gemeint.

»Nun, was haben Sie denn beim Grafen Reichenau an Gehalt bekommen?«

Das war eine Frage, auf die Helmut nicht vorbereitet war. Was sollte er sagen? Es fiel ihm zum Glück ein, daß der Diener seines Stiefvaters monatlich hundert Mark bei freier Station und gelieferter Livree bekommen hatte. Aber er sagte sich, daß er als »erstklassiger Diener« mehr fordern müsse.

»Ich bekam hundertfünfzig Mark im Monat bei freier Station und freier Dienstkleidung – außer kleinen Nebeneinnahmen.«

»Ah – Sie bekamen also wohl viel Trinkgelder?«

Heiß stieg die Röte in Helmuts Stirn. Aber er brachte es doch fertig, ruhig zu bleiben.

»Allerdings, gnädiger Herr!«

»Nun, bei mir werden die Trinkgelder allerdings ausfallen, da wir ja unterwegs sein werden und ich unterwegs kaum Gastereien veranstalten werde, bei denen Sie auf Ihre Rechnung kommen werden.«

Gott sei Dank, dachte Helmut, verneigte sich aber nur stumm, um keine Dummheit zu machen. Der Gedanke, Trinkgelder nehmen zu müssen, peinigte ihn.

Herr Alfred Römhild lachte.

»Na, da müßte ich Sie also für die ausgefallenen Trinkgelder entschädigen. Ich werde Ihnen also monatlich zweihundert Mark zahlen, selbstverständlich bei vollkommen freier Station. Für anständige Unterkunft und Verpflegung in den Hotels garantiere ich Ihnen. Ich will nicht, daß Sie schlecht gehalten werden. Es wirft immer ein schlechtes Licht auf die Herrschaft, wenn die Bedienung schlecht gehalten wird. Da brauchen Sie also keine Angst zu haben. Die Dienstkleidung, wie Sie es nennen, also die Livree, wird Ihnen ebenfalls frei geliefert. Und dann müssen Sie sich selbstverständlich gehörig für die Reise ausstatten, wir werden ja auch in die Tropen kommen. Und einen Kabinenkoffer für die Dampferfahrt brauchen Sie auch, und sonst noch allerlei.«

Helmuts Gesicht wurde sehr lang. Beklemmend fiel ihm aufs Herz, daß sich daran das Engagement, auf das er schon zu hoffen gewagt hatte, zerschlagen könnte. Er besaß doch nur wenige Mark, davon konnte man sich keinesfalls eine so kostspielige Ausrüstung anscharfen. Schon wollte er erwidern, daß er dazu nicht in der Lage sei, als Herr Römhild lachend sagte:

»Nein, nein, Sie brauchen keine Angst zu haben, daß dies auf Ihre Kosten geht. Diese Besorgnis las ich Ihnen vom Gesicht ab. Die zweckmäßige Ausstattung für die Reise geht ebenfalls auf meine Kosten. Ich wünsche, daß Sie anständig auftreten in jeder Beziehung.«

Helmut verneigte sich sichtlich erleichtert und sagte aufatmend:

»Sie können sich denken, gnädiger Herr, daß derartige Ausgaben meine kleinen Ersparnisse aufgezehrt hätten, und das wäre mir nicht lieb gewesen.«

»Selbstverständlich nicht! Und wenn Sie Ihre Sache gut

machen und mich zufriedenstellen, brauchen Sie nicht zu fürchten, daß Sie einen knauserigen Herrn an mir haben. Ich halte meine Leute gut.«

Wieder verneigte sich Helmut.

»Ich werde mich bemühen, gnädiger Herr.«

»Na gut! Also – ohne lange Umstände, ich engagiere Sie. Wir wollen gleich den Vertrag fertig machen, der Sie auf zwei Jahre verpflichtet. Und dann treffen Sie alle Vorbereitungen. Sie können in den nächsten Tagen hier ins Haus übersiedeln, damit ich mich schon ein wenig an Sie gewöhne. Und Sie können für mich allerlei Vorbereitungen treffen, können sich darum kümmern, daß meine Reiseausstattung rechtzeitig geliefert wird und so weiter. Rasieren müssen Sie mich jeden Tag, zuweilen auch zweimal, wenn ich abends noch etwas vorhabe.« Helmut warf einen etwas hilflosen Blick auf sein Gesicht. Bisher hatte er nur immer sich selbst rasiert. Aber – schließlich konnte es kein Kunststück sein, auch eine andere Person zu rasieren. Und er verbeugte sich abermals. Sein neuer Herr eröffnete ihm nun noch allerlei Wünsche.

»Die persönliche An- und Abmeldung auf der Polizei können Sie gleich selbst vornehmen, auch müssen Sie sich einen Reisepaß mit allen nötigen Visums verschaffen, ich besitze meinen schon, und Sie können sich danach richten.«

Helmut atmete heimlich auf. Herr Römhild schien nicht mißtrauisch zu sein und verlangte nicht einmal, weitere Papiere außer dem Zeugnis zu sehen. Das erleichterte ihm sehr wesentlich die Angelegenheit. Schon ziemlich sicher geworden, fragte er:

»Wünschen Sie vielleicht noch weitere Legitimationen von mir zu sehen?«

Römhild winkte ab.

»Dies Zeugnis genügt mir, um Sie mir als vertrauenswürdige Person zu legitimieren. Hier haben Sie es zurück. Im übrigen traue ich mir zu, so viel Menschenkenntnis zu haben, um Sie als anständigen Kerl einzuschätzen. Also jetzt den Vertrag – warten Sie ein paar Minuten, das wird gleich erledigt sein.«

Er klingelte, und eine junge Dame erschien mit einem Stenogrammheft. Er diktierte ihr den Vertrag und sagte dann:

»So, machen Sie das gleich fertig, Fräulein Lüders, ich warte darauf.«

Fräulein Lüders, die Stenotypistin, verschwand, und Römhild besprach inzwischen alles weitere mit Helmut. Er sagte ihm, an welche Firma er sich wegen seiner Ausrüstung wenden sollte.

»Die Rechnung lassen Sie mit all diesen Sachen gleich hierher schicken, und hier haben Sie noch einen Scheck über fünfhundert Mark für alle weiteren Ausgaben, die nötig sein werden. Sie notieren alles, was Sie noch anschaffen, und legen mir dann Rechnung ab. Das tun Sie bitte gleich in diesen Tagen, ehe Sie hierher übersiedeln. Ich denke, bis Sonnabend können Sie hier sein. Sie müssen meine Koffer packen und schon beginnen, mich zu bedienen, damit wir aufeinander eingespielt sind.«

Mit Herzklopfen nahm Helmut den Scheck. Er war noch ganz benommen. So recht freuen konnte er sich noch nicht, weil er immer noch fürchtete, es könnte etwas dazwischenkommen. Aber als er dann den Vertrag unterzeichnet hatte und den Gegenvertrag erhielt, in dem sich Römhild verpflichtete, Helmut zwei Jahre mindestens in seinem Dienst zu behalten und ihm nach Ablauf dieser Zeit für alle Fälle freie Rückreise zusicherte, atmete er auf. Er konnte viel Schönes sehen und kennenlernen und – vielleicht konnte er in seinen Freistunden Reiseberichte schreiben, die man ihm abkaufen würde. Er hatte einen sehr guten, flüssigen Stil, und das aufzuschreiben, was er in der Welt draußen sah und hörte, und es an heimatliche Zeitungen zu schicken, das konnte nicht schwer sein. Er wollte es jedenfalls versuchen, vielleicht eröffnete er sich damit eine neue Existenzmöglichkeit für später.

Als er sich von seinem neuen Herrn mit gebührender Unterwürfigkeit verabschiedet hatte, lief er wie ein halb Trunkener die Straße entlang bis zur nächsten Elektrischen.

Es war für Helmut ein märchenhaftes Gefühl, als er sich so ungehindert neu ausstatten konnte, denn Herr Römhild hatte es ihm zur Pflicht gemacht, daß er sich außer den Livreeanzügen auch noch einige Zivilkleider anschaffen solle. Auch für die Tropen, denn es könnte möglich sein, daß er hie und da auch als sein Dolmetscher fungieren sollte, ohne daß man ihm gleich anmerkte, daß er ein Diener sei. Herr Römhild hatte dabei wieder sein faunisches Lächeln gehabt, und Helmut war scharfsichtig genug, zu merken, daß dieser dabei auf galante Abenteuer anspielte, die er sich hier und da würde leisten wollen. Er hatte aber nur gefragt, wie weit er das Konto seines Herrn belasten dürfe. Darauf hatte dieser geantwortet: »Fragen Sie nicht lange, Sie sollen für alle Gelegenheiten gut ausgestattet sein, und bei so einer Reise darf es auf einen Tausender mehr oder minder nicht ankommen.«

So konnte also Helmut ohne Gewissensbisse auch für einige Privatanzüge sorgen. Die Livree verursachte ihm freilich immer noch ein tiefes Unbehagen, aber er schalt sich selber deswegen aus.

Er kam in diesen Tagen gar nicht zur Ruhe. Er hatte eine Menge Laufereien und mußte sich doch auch in Gedanken mit seiner neuen Rolle befassen.

Unter anderem begab er sich auch in die Redaktion einer bekannten Berliner Zeitung, wo er schon einige Male vergeblich versucht hatte, einige von ihm in der Verzweiflung geschriebene Artikel anzubringen. Er sagte nun dem Chefredakteur, daß er eine Weltreise machen werde, und fragte ihn, ob er von dieser Reise Feuilletons schicken dürfe.

Man hatte Interesse dafür, hauptsächlich, wenn er Fotos als Illustration mit einsenden würde.

Als er aus diesem Zeitungsgebäude auf die Straße hinaustrat, mußte er gleich darauf an einem Neubau vorübergehen. Vor sich her sah er eine schlanke junge Dame gehen, deren Gang ihn entzückte. Er sah ihr nach und folgte ihr, aber nur, weil er denselben Weg hatte. Und als die junge Dame nun an dem Neubau vorüberkam, bemerkte Helmut plötzlich, daß sich eine der zum Schutz aufgebauten Bretterwände bewegte und sich zu senken begann, als habe sie die Stütze verloren. Die Bretterwand drohte auf die junge Dame zu stürzen, die das nicht bemerkte und achtlos weiterging. Helmut erkannte die Gefahr, in der sie schwebte, spannte plötzlich seine Muskeln, sprang mit jähem Satz hinter ihr her, umfaßte sie und riß sie zur Seite, wo sie in Sicherheit war. In demselben Moment stürzte die Bretterwand in sich zusammen, und ein schwerer Balken streifte gerade noch Helmuts Arm, so daß der Ärmel seines Anzuges aufgerissen wurde. Ein vielstimmiger Schrei ertönte, und einige der Bauarbeiter, die an dieser Stelle Mörtel aufluden, waren von den niederstürzenden Brettern und Balken verschüttet worden. Die junge Dame aber, die Helmut vor dem gleichen Schicksal behütet hatte, sah zuerst ganz erschrocken hinter sich, wer sie da so jäh und durchaus nicht zart anfaßte. Denn Helmut hatte fest zupacken müssen, um sie mit sich fortreißen zu können.

»Verzeihen Sie, mein gnädiges Fräulein, wenn ich Sie etwas unsanft angefaßt habe, aber Sie sehen – hätte ich es nicht getan, hätte ich Sie nicht vor einem ernsten Unfall bewahren können. Ich sah die Bretterwand schwanken, ohne daß Sie es merkten, und Sie wären unfehlbar eines der Opfer gewesen, die der Unfall leider anscheinend doch gefordert hat.«

Die junge Dame war leichenblaß geworden. Entsetzt vergrub sie das Gesicht in den Händen, als sie die Schmerzensschreie der Verunglückten hörte. Sie wagte nicht nach der Stelle hinzusehen und taumelte zurück. Helmut faßte ihren Arm und führte sie davon. Es waren genug Arbeiter herbeigeeilt vom Bau, um ihre Kameraden aus der schlimmen Lage zu befreien, Helmut war nicht mehr nötig, er konnte sich der jungen Dame widmen, die vor Schrecken und Entsetzen ganz kraftlos geworden war. Selbstverständlich stürzten sofort Neugierige herbei, die Helmut und die junge Dame rücksichtslos anstarrten. Dieser merkte, wie peinlich das der jungen Dame war, und darum legte er energisch ihre Hand auf seinen Arm und führte sie einige Schritte weiter in ein kleines Café.

»Bitte, treten Sie hier ein und erholen Sie sich erst ein wenig von Ihrem Schrecken«, sagte er und bestellte eine Flasche Wasser und einen Kaffee. Wortlos und willenlos hatte die junge Dame sich all seinen Anordnungen gefügt. Mit blassen Lippen trank sie einen Schluck des Wassers, das er ihr eingeschenkt hatte. In dem Café befand sich kein Mensch. Sogar der Kellner und das Büfettfräulein waren auf die Straße hinausgestürzt, als sie das Geschrei und den Tumult hörten. Nun folgte ihnen auch das Servierfräulein, das den Kaffee und das Wasser gebracht hatte. So war Helmut eine Weile allein mit der ihm ganz fremden jungen Dame. Aber das fiel ihm gar nicht auf und ihr erst recht nicht.

»Ist Ihnen nun etwas besser, mein gnädiges Fräulein?«

Sie tupfte mit einem zarten Batisttuch über ihre Lippen.

»Ich danke Ihnen, mein Herr – oh – wie vielen Dank bin ich Ihnen schuldig geworden. Ohne ihr schnelles und energisches Eingreifen – läge auch ich jetzt da draußen, von Schmerzen gefoltert, oder – tot – wie die unglücklichen Menschen, die dem Verderben nicht ausweichen konnten. Und – ich war auch erst noch ungehalten, weil Sie mich so rauh anfaßten und zur Seite rissen, denn ich wußte ja nicht, vor welcher Gefahr Sie mich behüten wollten. Ach mein Gott, hören Sie doch – die Unglücklichen!«

Sie stöhnte auf und vergrub wiederum das Gesicht in den Händen, als sie abermals einen lauten Schmerzensschrei vernahm, den einer der Verunglückten ausstieß.

Helmut war gleichfalls nicht sehr wohl dabei. Aber seine Sorge galt vor allen Dingen der jungen Dame.

»Bitte, trinken Sie noch einen Schluck Wasser. Oder wünschen Sie lieber Kaffee? Sie werden sich krank machen.«

Gehorsam trank sie abermals einen Schluck Wasser. Und dann sagte sie heiser:

»Ich möchte fort von hier, oh, das ist ja entsetzlich!«

In diesem Augenblick kam das Servierfräulein wieder herein, leichenblaß aussehend.

»Ach du lieber Gott, dem einen Arbeiter sind beide Beine abgequetscht worden«, jammerte sie.

Die junge Dame, die das hörte, war einer Ohnmacht nahe.

»Vor diesem Geschick – oder vor dem Tode – haben Sie mich bewahrt, mein Herr, wie soll ich Ihnen danken?«

»Bitte, keinen Dank für etwas Selbstverständliches, mein gnädiges Fräulein. Und jetzt hole ich Ihnen einen Wagen, Sie müssen von hier fort, sonst werden Sie nicht ruhig.«

Er bezahlte schnell das Getränk und erhob sich.

»Bitte, warten Sie nur ein paar Minuten, gleich wird ein Wagen zur Stelle sein.«

Sie nickte ihm matt und hilflos zu, und er eilte davon. Schon nach wenigen Schritten konnte er ein Auto anhalten. Er dirigierte es vor das Café und ging hinein, um der jungen Dame zu helfen. Sie bedurfte wirklich eines führenden Armes, denn sie zitterte noch am ganzen Körper. Und als sie sich auf seinen Arm stützte, sah sie den aufgerissenen Ärmel seines Anzugs. Sie schauerte zusammen.

»Mein Gott, Sie sind doch nicht verletzt, mein Herr?«

Er versuchte zu lachen, obwohl ihm der Arm weh tat. Er würde aber nichts davon behalten als einen tüchtigen blauen Fleck.

»Es hat nur meinen Anzug getroffen, und damit können wir beide sehr zufrieden sein.«

Mit großen Augen starrte sie auf die angesammelte Menschenmenge und sah, wie Polizisten die Passage frei machten, und als sie in den Wagen stieg, hörte sie schon den Krankenwagen herbeikommen. Kraftlos sank sie in die Polster zurück. Helmut hatte sie allein davonfahren lassen wollen, angesichts ihrer Hilflosigkeit stieg er aber mit ein.

»Verzeihen Sie mir, aber ich kann Sie jetzt nicht allein lassen. Wohin befehlen Sie zu fahren?«

Sie nannte ihre Adresse, Fasanenstraße und die Nummer. Und dann sagte sie mit einem schwachen Protest:

»Ich darf Ihre Hilfe nicht länger in Anspruch nehmen, mein Herr, sobald ich nichts mehr von alledem sehe, werde ich mich fassen können.«

»Nun wohl, so ertragen Sie bitte meine Gegenwart noch so lange, bis Sie etwas ruhiger geworden sind.«

Sie suchte sich zu fassen und zu beruhigen, und mit großen Augen sah sie in sein besorgtes Gesicht. Erst jetzt kam es ihr zum Bewußtsein, daß sie mit diesem jungen Herrn ganz allein war. Und der Ausdruck seiner Augen, die voll Bewunderung und heißer Sorge auf ihr ruhten, trieb ihr das Blut in das bisher so blasse Gesicht. Dadurch erschien sie ihm noch viel reizender und entzückender. Und sie wurde sich nun auch erst klar darüber, daß ihr Retter ein sehr sympathischer und interessanter Mann war.

»Bitte, mein Herr, wollen Sie mir Ihren Namen nennen, mein Vater wird Ihnen seinen Dank abstatten wollen, daß Sie mir das Leben gerettet haben.«

»Verzeihen Sie, wenn ich mich Ihnen nicht gleich vorstellte, das vergißt man in solchen Momenten. Meinen Namen will ich Ihnen sagen, ich heiße Waldeck, aber eines Dankes bedarf es nicht für etwas Selbstverständliches.«

»Ich werde Ihnen aber immer dankbar sein, nie werde ich an Sie denken, ohne mir bewußt zu sein, daß ich Ihnen mein Leben danke oder doch wenigstens meine gesunden Glieder. Mein Name ist Regina Darland. Vergessen Sie bitte nie, daß ich Ihre Schuldnerin bin. Und bitte, sagen Sie mir Ihre Adresse, damit mein Vater Ihnen danken kann.«

Er schüttelte den Kopf.

»Es bedarf, wie ich schon sagte, keines Dankes, und überdies reise ich in den nächsten Tagen ab, weit fort von hier. Wenn Sie mir ein freundliches Gedenken weihen wollen, bin ich belohnt genug. Und jetzt lasse ich den Wagen halten und steige aus, da ich mich nun überzeugt habe, daß Sie meiner nicht mehr bedürfen. Wenn Sie gestatten, frage ich morgen telefonisch bei Ihnen an, ob Sie sich wieder erholt haben.«

Ihre braunen Augen, in denen goldige Lichter wie Sonnenfunken schimmerten, sahen ihn dankbar an.

»Ja, bitte, tun Sie das, und nochmals meinen innigsten Dank. Nie werde ich vergessen, was ich Ihnen schuldig bin.«

Er winkte verlegen ab, ihr noch einmal in die schönen Augen blickend, und sie merkte, daß etwas wie Bedauern in den Augen lag. Selbstvergessen hingen die beiden jungen Augenpaare ineinander, sie wußten beide nicht, ob es Sekunden nur oder Minuten waren. Aber unter diesem Blick fühlten sie beide, daß diese Begegnung ihnen unvergeßlich sein würde. In Reginas Gesicht stieg langsam eine intensive Röte unter seinem Blick, und in seinen grauen Augen lag ein trüber Schein.

Leb wohl, du holdes, schönes Kind, wir werden uns wohl nie wiedersehen, dachte er wehmütig. Und seltsam ergriffen preßte er seine Lippen auf ihre Hand. Er fühlte, daß ihre Hand leicht in der seinen bebte. Das durchdrang ihn wie ein magnetischer Strom. Und das Herz tat ihm weh, weil er an diesem reizenden Geschöpf wie an so vielen Freuden des Lebens vorübergehen mußte, weil sie nicht für ihn blühten.

Rasch stieg er aus und nannte dem Chauffeur nochmals Straße und Hausnummer, wohin er die Dame zu fahren hatte. Er blieb stehen, den Hut in der Hand, bis sie vorübergefahren war, und sah dem Wagen nach, bis er verschwunden war. Und Regina Darland sah durch das kleine Fenster in der Rückwand des Wagens verstohlen nach ihm zurück, und als sie merkte, daß er dem Wagen noch immer nachsah, klopfte ihr Herz rebellisch.

Erst als er ihrem Gesichtskreise entschwunden war, lehnte sie sich aufseufzend in die Polster zurück und versuchte Ordnung in ihre Gedanken zu bringen. Noch zitterte jeder Nerv in ihr, wenn sie daran dachte, was ihr hätte geschehen können, wenn dieser sympathische und interessante junge Herr sie nicht zur Seite gerissen hätte.

Noch ganz benommen von ihrem Erlebnis und von dem Eindruck, den ihr Retter auf sie gemacht hatte, kam sie zu Hause an und berichtete ihren Eltern, was geschehen war. Diese erschraken sehr. Regina mußte immer wieder schildern, wie sich alles zugetragen hatte. Und dann kam ihre jüngere Schwester nach Hause und wollte ebenfalls alles genau berichtet haben. Hauptsächlich interessierte sie sich für Reginas Retter.

Als die Schwestern allein waren, mußte Regina Helmut ganz genau beschreiben, und sie war außer sich, daß man nicht wußte, wo er wohnte, daß man ihm also nicht genügend danken konnte.

»Er will morgen anrufen und sich erkundigen, wie es mir geht.«

»Na, das ist doch selbstverständlich, Regi, aber du mußt mich an den Apparat lassen, wenn er anruft, damit ich wenigstens seine Stimme höre und ihm danken kann.«

»Vater will das auch tun«, sagte Regina mit einem matten Lächeln.

Ehe Helmut seine Wohnung wieder aufsuchte, sah er im Telefonbuch nach, was er dort über den Namen Darland erfahren konnte. Er ersah daraus, daß Herr Darland, also wohl Regina Darlands Vater, Fabrikbesitzer war. Mehr war nicht herauszulesen. Er begab sich nun nach Hause und bat Frau Haller, ihm den Riß in seinem Ärmel zu stopfen, denn noch besaß er keinen andern Anzug als diesen. Alles, was er für sich als Ausrüstung bestellt hatte, sollte am Sonnabend nach Villa Römhild geliefert werden. Und am Sonnabend wollte er dorthin übersiedeln. Trotzdem er noch alle Hände voll zu tun hatte, vergaß er nicht, am andern Vormittage bei Darlands anzuklingeln. Es meldete sich Regina selbst, die auf diesen Anruf mit einer ihr selbst unerklärlichen Unruhe gewartet hatte.

»Ah, es freut mich, mein gnädiges Fräulein, daß Sie sich selbst melden, das ist mir doch ein Beweis, daß Sie leidlich wohl sind.«

»O ja, ich danke Ihnen sehr, ich habe freilich heute morgen wieder einen großen Schrecken bekommen, als ich die Zeitung las. Haben Sie gelesen, was alles geschehen ist bei dem Unglück?«

»Nein, ich las heute noch keine Zeitung.«

»Es ist ganz schrecklich! Einer der Arbeiter ist tot, dem andern sind die Beine so schwer verwundet worden, daß sie abgenommen werden mußten, die übrigen sind mit leichten Verletzungen davongekommen«, sagte Regina mit bebender Stimme.

»Das ist sehr bedauerlich, mein gnädiges Fräulein.«

»Und ohne Ihre Hilfe würde auch ich zu den Opfern gehören«, sagte sie aufschluchzend.

»Ich bin sehr glücklich, daß es mir vergönnt war, Sie davor zu bewahren. Aber bitte, beruhigen Sie sich, Sie dürfen nicht mehr daran denken.«

Das klang so weich und warm, daß Regina erzitterte.

»Ich will mich bemühen, nur daran zu denken, daß Sie mir als Retter erschienen sind. Ich danke Ihnen tausendmal. Und hier neben mir stehen meine Angehörigen, alle wollen sie Ihnen danken.«

»Nein, nein, um Gottes willen nicht!«

»Doch! Bitte, bleiben Sie am Apparat, meine Angehörigen würden sehr traurig sein, Ihnen nicht danken zu dürfen, das würde sie immer bedrücken. Da Sie mir Ihre Adresse nicht genannt haben, müssen Sie wenigstens am Telefon ein wenig stillhalten.«

»Nun also – dann muß ich mich schon in mein Schicksal ergeben«, sagte er lachend.

»Also, erst kommt mein Vater, dann meine Mutter und zuletzt meine junge Schwester, die doch wenigstens Ihre Stimme hören will.«

»Schön, aber zur Belohnung darf ich dann noch einige Worte mit Ihnen sprechen.«

Sie wurde rot, aber das sah er ja nicht. Und sie sagte nur: »Nun ja, ich werde mich zuletzt noch einmal melden.«

Und dann sprachen die Eltern in warmen Worten ihren Dank aus und bedauerten, ihm nicht wenigstens die Hand drücken zu dürfen. Dann kam Reginas Schwester Brigitte an die Reihe.

»Hier ist Gitta Darland, mein Herr! Ich bin sehr glücklich, Ihnen wenigstens am Telefon sagen zu können, daß ich Ihnen sehr dankbar bin, daß Sie meine Herzensschwester gerettet haben.«

»Danken Sie lieber dem lieben Gott, mein gnädiges Fräulein, ihm allein gebührt der Dank. Ich bin aber sehr froh, daß er gerade mich zu seinem Werkzeug machte.«

»Oh, man hört es Ihnen schon an der Stimme an, daß Sie ein guter edler Mensch sind. Ich finde es aber nicht schön von Ihnen, daß Sie sich allen Ovationen entziehen wollen, aber ich werde den lieben Gott bitten, daß er uns doch einmal mit Ihnen irgendwo zusammenführt. Und dann können Sie sich auf etwas gefaßt machen.«

Er lachte.

»Darf ich die Frage an Sie richten, mein gnädiges Fräulein, wie alt, oder nein, wie jung Sie sind?«

»Das dürfen Sie. Ich werde nächsten Monat sechzehn.«

»Beneidenswert! Wer das auch noch einmal sein könnte!«

»Nun, für einen Mummelgreis kann ich Sie nach Regis Beschreibung nicht halten.«

»Nein? Für was denn sonst?«

»Nun, sagen wir Jung Siegfried! Aber ich werde dauernd hier am Ärmel gezupft, meine Schwester will Ihnen anscheinend noch etwas sagen, also: tausend innigen Dank, Herr Waldeck! Mein kleiner Finger sagt mir, daß wir uns doch eines Tages kennenlernen. Also sage ich: auf Wiedersehn!«

»Wenn Gott will! Auf Wiedersehn, mein gnädiges Fräulein!«

Und dann hatte Regina den Hörer wieder bekommen und sagte lachend:

»Mein Schwesterchen ist noch etwas unbeleckt von der Kultur, Sie müssen verzeihen.«

»Sie hat mich aber sehr glücklich gemacht, und deshalb finde ich sie entzückend.«

»Glücklich?«

»Ja, weil sie mir verraten hat, daß Sie mich nicht als Mummelgreis, sondern als Jung Siegfried beschrieben haben.«

Eine Weile war es still. Dann sagte Regina, sich zur Ruhe zwingend:

»Also wir werden Sie nicht sehen, nichts mehr von Ihnen hören?«

Da blieb Helmut eine Weile still. Dann sagte er unsicher: »Ich gehe jetzt auf eine weite Reise – komme ich gesund und wohlbehalten zurück und hat mir das Schicksal bis dahin erfüllt, was ich erhoffe – dann – dann werde ich mir erlauben, wieder bei Ihnen anzurufen. Aber bis dahin können einige Jahre vergehen. Leben Sie wohl, mein gnädiges Fräulein – ich werde Sie bestimmt nicht vergessen.«

»Ich Sie auch nicht! Gott mit Ihnen.«

Sie drückte schnell auf den Hebel, als wenn sie abgehängt hätte, ließ aber den Finger gleich wieder fort. Und lauschte atemlos. Und da vernahm sie einen tiefen schweren Seufzer und eine leise Stimme:

»Gott mit dir, du holdes, süßes Kind!«

Da hängte sie erschrocken ab, aber diese Worte klangen in ihr nach. Nie wieder konnte sie diese vergessen und ebensowenig den schweren sie begleitenden Seufzer. Sie wußte, diese Worte waren nicht mehr für sie bestimmt gewesen. Er hatte geglaubt, daß sie abgehängt hatte. Aber gerade darum erschienen sie ihr so wertvoll – so beglückend. Ja, beglückend! Das konnte sie nicht abstreiten.

Aber sie konnte nun nicht weiter ihren Gedanken nachhängen, ihre Schwester nahm sie in Anspruch, und auch Vater und Mutter wollten dies und das noch wissen. Und der Vater dachte im stillen bei sich, es sei wohl gut, daß dieser Herr Waldeck aus Reginas Leben wieder verschwand. Junge Mädchen sind zumeist schwärmerisch veranlagt, und ein junger Held, der als Lebensretter fungiert hat, vermag sich leicht festzusetzen in einem jungen Mädchenherzen. Das durfte aber nicht sein – um keinen Preis, Reginas Herz mußte frei bleiben – ein andrer hatte schon Rechte daran, wenigstens an ihre Hand, und diese Rechte würde er geltend machen, wenn es an der Zeit war.

Noch hatte Regina für einige Zeit ihre Freiheit, noch ahnte sie nicht, daß der Vater sie schon einem Manne versprochen hatte, einem Manne, der sich das Recht an sie erkauft hatte. Nein, sie durfte nicht eines andern Mannes Bild im Herzen tragen, weil der eigne Vater sie verkauft hatte, verkauft an einen Mann, den sie nur flüchtig kannte, und der ihr doch trotz der flüchtigen Bekanntschaft schon antipathisch war.

Der Vater seufzte verstohlen auf. War er ihm nicht ebenfalls antipathisch? Und doch mußte er tun, was jener verlangte. Reginas junges Leben war ihm versprochen, weil er ihres Vaters Existenz und Ehre in der Hand hielt.

Regina ahnte nichts von den quälenden Gedanken, die hinter ihres Vaters Stirn kreisten. Sie hing ihren Gedanken nach und hörte eine leise Stimme sagen: »Gott mit dir, du holdes, süßes Kind!« Und ihr Herz klopfte sehr unruhig, und sie wußte nicht, daß dieses Herz für alle Zeit ihrem Retter verfallen war.

Würde sie jemals wieder von ihm hören? Würde sie ihn jemals wiedersehn? Und versonnen lauschte sie dem Geplauder der Schwester, die eben wieder sagte:

»Ich habe die feste Überzeugung, daß wir diesen Herrn Waldeck eines Tages doch zu sehen bekommen. Eine Geschichte, die so romantisch beginnt, kann doch nicht schon wieder aus sein? Da hätte sich der liebe Gott nicht erst mit einem so großartigen Szenarium strapaziert.«

Helmut Waldeck hatte nun alles geordnet, was sein Herr von ihm verlangt hatte. So begab er sich denn in seine alte Wohnung, um Abschied zu nehmen von seiner Wirtin, die ihm einige Tränen nachweinte. Alle seine Habseligkeiten hatte er in den Handkoffer gepackt. Er war nicht zur Hälfte voll, aber so sah sein Gepäck wenigstens nicht gar so winzig aus. Es wurde ihm von dem Diener, der ihn empfing, ein für ihn bestimmtes Zimmer angewiesen. In diesem fand er bereits alles vor, was von der Ausstattungsfirma geschickt worden war. Auch der Kabinenkoffer stand schon bereit.

»Ich habe Ihnen alles auf Ihr Zimmer gestellt, Herr Kollege«, sagte der Diener. Es war derselbe, der Helmut schon neulich empfangen hatte. Aber heute zeigte er eine gewisse Vertraulichkeit.

»Ich danke Ihnen«, sagte Helmut etwas beklommen, weil er nicht recht wußte, in welchem Tone Diener unter sich verkehrten.

»Sie sollen sich gleich in Livree stecken, der gnädige Herr hat verschiedene Aufträge für Sie und erwartet Sie schon.«

»Ich werde mich beeilen – Herr Kollege.«

Dieser nickte ihm vertraulich zu.

»Sie sind zu beneiden, daß Sie die Reise mitmachen dürfen. Wir waren dem Herrn nicht fein genug, und das muß ich ja selber sagen – Sie sehen aus wie ein Graf. Aber ich an Stelle des Alten hätte mir nicht einen solchen Diener genommen, der vornehmer ist und aussieht als er selber.«

»Wollen Sie bitte dafür sorgen, daß ich Handtücher bekomme, ich möchte mir die Hände waschen, ehe ich meinen Dienst antrete«, sagte Helmut ruhig, ohne auf die Worte des Dieners einzugehen. Es widerstrebte ihm, über seinen Herrn zu schwatzen.

Der Diener machte ein unbeschreibliches Gesicht, sah Helmut mit einem ironischen Seitenblick an und zuckte die Achseln.

»Wird sofort besorgt, Herr Graf!« sagte er spöttisch und

entschieden beleidigt, weil Helmut nicht auf seine Worte einging.

Da wandte sich Helmut ihm rasch wieder zu.

»Sie brauchen nicht beleidigt zu sein, Herr Kollege, aber ein gut geschulter Diener sollte nie in diesem Tone von seinem Herrn sprechen. So habe ich das wenigstens gelernt im Hause des Grafen Reichenau.«

Der Diener ging achselzuckend ab. Helmut atmete auf. Er wußte, daß er sich den ›Herrn Kollegen‹ wahrscheinlich zum Feinde gemacht hatte, aber dieser würde ihm nicht mehr mit allerlei Vertraulichkeiten lästig fallen und ihn auf seine Dienereigenschaften hin nicht allzu genau prüfen. Das mochte er nicht riskieren, und deshalb lieber einen kleinen Verdruß gleich im Anfang als nachträglich allerlei Unannehmlichkeiten.

Nun legte Helmut zum erstenmal in seinem Leben eine Livree an. Er überlegte, ob er den braunen Tuchsakko mit den goldenen Knöpfen oder eine der gestreiften Drelljakken anziehen sollte. Doch entschied er sich für den Sakko; wenn sein Herr es anders haben wollte, mochte er es sagen. Jedenfalls war Helmut entschlossen, etwaige kleine Fehler, die ihm unterliefen, mit kühner Stirn als Gepflogenheiten im gräflich Reichenauschen Hause auszugeben. Er wußte, damit würde er Herrn Römhild nur imponieren. Und er würde sich tatsächlich in allem danach richten, wie sich die Diener im Hause seines Stiefvaters benommen hatten. Das wußte er ja nur zu genau, und deshalb glaubte er, gut daran zu tun, das alles zu kopieren.

Er betrachtete sich, als er fertig war, im Spiegel und seufzte auf. Deklassiert! So dachte er. Aber dann richtete er sich entschlossen auf. Es hatte keine Wahl für ihn gegeben, und ein ehrlicher Diener war ein nützliches Mitglied der menschlichen Gemeinschaft, er brauchte sich nicht zu schämen, daß er auf diese Art sein Brot verdiente; und ehrlich wollte er es verdienen, trotz des untergeschobenen Zeugnisses. Aber – wenn seine Mutter ihn so sehen würde? Es war doch gut, daß ihr das erspart geblieben war. Sie war eine so stolze, vornehme Frau gewesen. Gut, daß sie ihn nicht so sah. Aber es gab noch einen Menschen, vor dem er nicht hätte in dieser Livree stehen mögen – das war die süße kleine Regina Darland mit den sammetbraunen, goldflimmernden Augen und dem goldglänzenden, weich gelockten Haar. O nein, sie durfte ihn niemals so sehen – Ihren Jung Siegfried, ihren Lebensretter, wie sie ihn überschwenglich genannt hatte.

Hastig richtete er sich auf. Nur fort mit solchen Gedanken, die ihm nur das Herz beschweren.

Schnell setzte er die Dienermütze auf. Sie erschien ihm einen Moment drückend wie eine Dornenkrone, obwohl er auch in dieser Mütze so vornehm aussah wie eben ein Herr, der sich in einer Maskerade gefiel. Schnell nahm er die Mütze wieder ab – er behielt sie gleich in der Hand, da er sie vor seinem Herrn doch abnehmen mußte.

Mit einem Blick sah er sich noch einmal in seinem Zimmer um. Es war bedeutend hübscher und freundlicher ausgestattet als das, was er bisher bei Frau Haller bewohnt hatte. Aber – es war eben doch ein Dienerzimmer.

Schnell und entschlossen ging er nun hinaus, die Treppe hinunter und fragte unten den andern Diener, wo er den gnädigen Herrn finden würde. Dieser wies ihn zurecht und öffnete ihm eine Tür. Das Zimmer, in das Helmut eintrat, war ein kleiner Salon, der außerordentlich luxuriös eingerichtet war. Auch hier die Vorliebe für schwellende Polster, dicke Teppiche und schwere Portieren. Außerdem eine große Farbenfreude, und wie in allen Räumen dieses Hauses, trotzdem es von einem kunstsinnigen Architekten eingerichtet war, etwas zu viel Pracht, als daß man einen ästhetischen Genuß daran haben konnte. Es waren schöne Bronzen, Marmorstatuetten und andere Kunstwerke aufgestellt, wertvolle Bilder hingen an den Wänden, aber es war eben das Zuviel, das auf einen guten Geschmack als überladen wirkte.

Helmut hatte ebenfalls diesen Eindruck, er meinte bei sich, wenn man bei vernünftiger Auswahl mit dem hier Vorhandenen zwei oder drei Zimmer ausstatten würde, daß man dann einige sehr schöne Räume herstellen könne.

Römhild saß halb liegend wiederum in einem Fauteuil und beobachtete seinen neuen Diener scharf.

»Na, Waldeck, da sind Sie ja. Wie gefällt Ihnen dieser Salon? War es bei dem Grafen Reichenau vornehmer als bei mir?«

Helmut hätte das nun freilich mit einem glatten Ja beantworten können, denn vornehm wirkte dieser Raum überhaupt nicht. Aber er sagte höflich:

»Eine solche Prachtentfaltung herrschte in den Räumen, die Graf Reichenau mit seiner Familie bewohnte, ganz gewiß nicht. Er war Kammerherr eines königlichen Prinzen, und ihm und seiner Familie war eine Amtswohnung zugewiesen worden, in der nur Jahrhunderte alte Möbel standen, und bei der früheren Einfachheit des Herrscherhauses waren diese Möbel nicht eben kostbar. Allein sie wirkten durch Alter und Tradition, und vornehm sahen darum alle Räume trotzdem aus.«

Herrn Römhilds runde, hartblickende Augen waren weit aufgerissen.

»Fabelhaft! Und mitten in all dieser Tradition haben Sie

dann jahrelang gelebt. Da ist es eigentlich kein Wunder, daß Sie selber ein bißchen wie ein Graf aussehen. Haben das wohl Ihrem alten Grafen abgeguckt, hm?«

Helmut verzog keine Miene.

»Es ist möglich, gnädiger Herr, daß man sich unwillkürlich als Diener seiner Herrschaft ein wenig anpaßt. Man will das zwar nicht, aber es kommt ganz von selbst.«

»Na, ich lege keinen Wert darauf, daß Sie sich nun nach mir umzumodeln beginnen. Es liegt mir viel daran, daß Sie Ihre vornehmen Allüren behalten. Vielleicht färbt das umgekehrt auf mich ein bißchen ab. Wissen Sie, ich mache kein Hehl daraus, gegen niemand, daß ich mich aus kleinsten Verhältnissen emporgearbeitet habe. Hat Schweiß genug gekostet. Na ja, und ein bißchen Glück gehört selbstverständlich auch dazu. Und nun, wo ich reich genug bin, um mit jedem Grafen konkurrieren zu können, nun möchte ich auch wie ein solcher auftreten. Und dabei können Sie mir ein bißchen behilflich sein. Sie können mir, wenn wir allein sind, ruhig sagen, wenn ich mal etwas falsch mache. Es ist noch kein Meister vom Himmel gefallen. Verstehen Sie?«

Helmut verstand, und im Grunde imponierte es ihm, daß Herr Römhild so ehrlich bekannte, woher er stammte.

»Ich verstehe sehr wohl, gnädiger Herr, und wenn gnädiger Herr gestatten, werde ich mir erlauben, in aller Ergebenheit den gnädigen Herrn aufmerksam zu machen.«

Helmut mußte sich heimlich über sich selbst mokieren, weil er eine derartige Verschwendung mit dem »gnädigen Herrn« in der dritten Person trieb. Es war ihm zum Glück gerade noch eingefallen, daß man das von einem erstklassigen Diener verlangen konnte.

»Na schön, Waldeck. Haben Sie denn inzwischen alles Nötige besorgt?«

»Sehr wohl, gnädiger Herr!«

»Die Livree steht Ihnen übrigens ausgezeichnet. Mein Architekt hat sie mir ausgesucht. Ich hatte ja eigentlich etwas ganz anderes im Sinne, wissen Sie, so Kniehosen und Schnallenschuhe. Aber der Architekt riet mir ab und behauptete, je einfacher die Livree, desto vornehmer.« Helmut dankte im stillen dem Architekten für seinen guten Geschmack.

»Da hat der Architekt sehr recht gehabt.«

»So? Was haben Sie denn bei dem Grafen Reichenau für eine Livree getragen?«

Helmut erschrak, er war gar nicht sicher, daß Herr Römhild nicht am Ende eine andere Livree für seine Leute einführen würde.

»Oh, selbstverständlich mußten wir die Hauslivree des königlichen Hauses tragen, aber Graf Reichenau hat das immer sehr bedauert, er hätte viel lieber für seine Dienerschaft eine so schlichte Livree eingeführt, wie gnädiger Herr eine solche für seine Diener gewählt haben. Er pflegte immer zu sagen: Glatt dunkelblau oder dunkelbraun und so schlicht wie möglich, das wäre mir am liebsten und am geschmackvollsten.«

Herrn Römhilds Gesicht strahlte.

»Na, da habe ich es ja gut getroffen.«

»Sehr gut, gnädiger Herr!«

»Hm! Was ich sagen wollte – ist Ihr Paß in Ordnung, mit allen Visums versehen?«

»Ja, gnädiger Herr – wünschen gnädiger Herr ihn zu sehen?«

Römhild winkte ab, zu Helmuts Erleichterung.

»Nicht nötig! Aber wissen Sie, das umständliche Anreden in der dritten Person, das können Sie weglassen, sobald wir allein sind, das kommt mir immer ein bißchen komisch vor.«

Damit war Helmut sehr einverstanden.

»Wie Sie befehlen, gnädiger Herr!«

»Na, so gemütlich hat wohl Ihr Herr Graf nicht mit Ihnen verkehrt?«

Keine Miene zuckte in Helmuts Gesicht.

»Doch, gnädiger Herr, der Herr Graf waren sehr leutselig, immer zu einem Scherzchen aufgelegt und von Hochmut keine Spur.«

»Also ein ganz gemütliches altes Haus?«

Ein wenig zuckten Helmuts Lippen nun doch.

»Sozusagen, ja, gnädiger Herr.«

»Na, kann ich verstehen, warum soll man nicht menschlich mit seiner Dienerschaft umgehen. Respekt muß ja sein, aber so innerhalb seiner vier Wände will man es doch ein wenig gemütlich haben.«

Helmut suchte sich auszudenken, was Herr Römhild unter Gemütlichkeit verstand. Irgend etwas in dessen Augen ließ jedenfalls nicht auf viel Gemütlichkeit schließen, und er kalkulierte sehr richtig, wenn er Herrn Römhilds Begriffe von Gemütlichkeit mit Bequemlichkeit und Sichgehenlassen identifizierte. Er sagte aber wieder nur stereotyp:

»Sehr wohl, gnädiger Herr!«

Dieser überlegte eine Weile, dann sagte er:

»Also vorläufig habe ich nichts für Sie zu tun, als daß Sie sich mit den Vorbereitungen zu meiner Reise befassen. Aber erst können Sie einen Gang besorgen. Sie werden ja wohl ein bißchen Verständnis haben für eine vornehm wirkende Blumenspende für eine Dame, wie?«

»Selbstverständlich, gnädiger Herr.«

»Aber es muß wirklich etwas Schönes und Vornehmes sein! Ist nämlich nichts für ein Dämchen vom Theater oder Film, sondern für eine richtige Dame – unter uns – für meine künftige Frau Gemahlin. Also fahren Sie hinein – Unter den Linden in dem Gebäude, wo sich das Hotel Adlon befindet, ist eine Blumenhandlung. Dort suchen Sie etwas Besonderes aus, ich überlasse Ihnen die Wahl. Kostenpunkt Nebensache. Und hier ist ein Briefchen – die Adresse steht darauf. Dort geben Sie die Blumen mit dem Briefchen ab. Und hier ist noch ein anderes Schreiben. Das ist an den Vater meiner Zukünftigen adressiert – das geben Sie auch ab. Antwort ist nicht nötig. Hier haben Sie Geld!«

Er griff nach seiner Brieftasche, aber Helmut sagte schnell:

»Etwas über hundert Mark habe ich übrig behalten von den fünfhundert Mark, die Sie mir zu meinen Besorgungen gaben, gnädiger Herr.«

Römhild sah ihn ein bißchen verdutzt an. Er war es nicht gewöhnt, daß seine Diener freiwillig etwas wieder herausrückten, was sie einmal hatten. Also dieser Waldeck schien wirklich ein ehrlicher, anständiger Kerl zu sein.

»Na gut, das dürfte ja reichen für die Blumen, dann brauchen Sie ja nichts mehr.«

»Sehr wohl, gnädiger Herr.«

Helmut steckte die beiden Briefe zu sich, ohne auf die Adresse zu sehen, und war entlassen.

Als Helmut wieder in seinem Zimmer angelangt war, atmete er auf. Sein Debüt als Diener war also gut verlaufen. Aber nun mußte er zum erstenmal in der Dienerlivree auf die Straße, unter Menschen, und da hatte er doch noch allerlei Hemmungen zu überwinden. Und ausgerechnet Unter den Linden! Und wo denn dann noch hin? An welche Adresse hatte er dann die Blumen zu befördern und die Briefe?

Er zog diese aus seiner Brusttasche und sah auf die Adresse herab. Und da weiteten sich seine Augen in jähem Erschrecken. Auf dem kleinen Kuvert, das er mit den Blumen an die Dame überbringen sollte, die sein Herr als seine künftige Gemahlin bezeichnet hatte, las er: Fräulein Regina Darland, Fasanenstraße 11.

Wie entgeistert starrte er darauf nieder, las auch die andere Adresse: Herrn Fabrikbesitzer Karl Darland.

Die Farbe war ihm etwas aus dem Gesicht gewichen. Sah er recht? Konnte das sein? Dieses süße, goldige Geschöpf, das er dem Tode entrissen hatte, das sollte die Gattin Alfred Römhilds werden? War wohl schon mit ihm heimlich verlobt? Und er konnte daran denken, auf zwei Jahre sich von diesem schönen Mädchen zu trennen?

Er fühlte, daß sein Herz etwas durchzuckte wie ein scharfer, schneidender Schmerz. Regina Darland – und sein neuer Herr? Das konnte doch nicht sein, diese beiden Menschen konnten doch niemals zusammenpassen! So viel war ihm bereits klar, obwohl er sie beide kaum erst kannte. Er ließ sich in einen Sessel fallen.

Und an diese junge Dame sollte er Brief und Blumen abgeben?

Das war ja eine Perfidie des Schicksals. Mußte er das tun? Konnte er nicht einfach die Blumen mit den Briefen von der Blumenhandlung aus nach der Fasanenstraße schicken?

Aber nein, das ging nicht an, man würde es Herrn Römhild sagen, wenn man sich für die Blumen bedankte, daß sie nicht von dem Diener in der Livree des Herrn Römhild abgegeben worden waren – es war wenigstens möglich, daß es zur Sprache kam. Nein, er hatte den Posten als Diener übernommen und mußte seine Pflicht erfüllen. Regina Darland würde ihn in der Livree zu Gesicht bekommen – und Jung Siegfried würde aller Gloriole entkleidet sein. Ein Diener als Lebensretter? Wie prosaisch! Und doch, war es nicht am besten so – für sie – wenn sie aufhörte, an ihn mit schwärmerischer Dankbarkeit zu denken – da sie doch die künftige Gattin des Herrn Römhild werden sollte? Mit etwas unsicheren Händen steckte er die Briefe wieder ein. Noch nie hätte er so gern gewußt, was in einem verschlossenen Brief stand, wie in diesem Falle. War Regina Darland wirklich schon die heimliche Braut seines Herrn, oder – sah dieser nur erst in seinen Wünschen sie als seine künftige Frau?

Er biß die Zähne fest aufeinander und setzte seine Mütze wieder auf. Und dann verließ er sein Zimmer und die Villa, entschlossen, seine Pflicht zu tun, so schwer sie ihn auch ankam.

Er fuhr, immer düster vor sich hinstarrend, nach den Linden, erstand in dem bezeichneten Blumengeschäft ein reizendes, vornehmes Arrangement von im Kelche zartgeröteten Malmaison-Rosen – so, wie er es wohl selbst für Regina Darland ausgesucht haben würde, wenn er berechtigt gewesen wäre, ihr Blumen zu senden – und – Geld genug dazu gehabt hätte.

Und dann machte er sich auf den Weg nach der Fasanenstraße. Und unterwegs hielt er Zwiesprache mit den Rosen, vertraute ihnen an, wie weh ihm ums Herz war, und wie sauer ihm dieser Gang wurde. Er wünschte sehnlichst, daß Regina Darland nicht zu Hause sein möchte, und sehnte sich doch danach, sie noch einmal wiederzusehen. Vielleicht erkannte sie ihn gar nicht. Auf Treppenhäusern war es meistens nicht sehr hell, und er würde die Mütze aufbehalten. Vielleicht sah sie ihn nicht einmal so genau an, ein Diener ist ja etwas beinahe Unpersönliches.

So weit der Weg auch war, erschien er ihm doch viel zu kurz. Und als er in die Fasanenstraße einbog, von der Hardenbergstraße aus, zuckte er plötzlich erschrocken zusammen. In geringer Entfernung sah er eine junge Dame aus einem Hause auf die Straße treten – und erkannte sie sogleich. Es war Regina Darland.

Kurz entschlossen wandte er sich um, damit sie ihn nicht sehen sollte, hielt zudem die Blumen so, daß sie sein Gesicht verbargen, und blieb an der Ecke vor einem Schaufenster stehen.

In diesem Schaufenster spiegelte sich Reginas Gestalt, als sie hinter seinem Rücken an ihm vorüberging, ohne auf ihn zu achten. Er atmete auf, als sie vorüber war, und sah ihr mit brennenden Augen nach. Wie anmutig und elastisch sie ausschritt! Schon in ihren Gang hätte man sich verlieben können. Einige Seufzer hinter ihr her, bis sie seinen Blicken entschwunden war – dann schritt er schnell auf das Haus zu. Nun war er viel ruhiger, denn nun konnte sie ihm keinesfalls selbst die Blumen und den Brief abnehmen; diesmal war er dem Schicksal entronnen, von ihr als Diener erkannt zu werden.

Äußerlich ruhig schritt er die Treppe empor, bis zur ersten Etage. Da las er auf dem Türschild den Namen Darland. Er klingelte, und gleich darauf hörte er leichte Schritte und die hell klingende Stimme – die er am Telephon gehört hatte. Das war Reginas Schwester Gitta. Er hörte ganz deutlich, wie sie jemand zurief:

»Lene und Anna sind doch ausgegangen, Vater, ich öffne selbst!«

Und eine männliche Stimme erwiderte:

»Vorsicht, laß die Kette eingehängt.«

Ein Lächeln flog über Helmuts Gesicht. Der sorgliche Vater ahnte nicht, daß ein ganz harmloser Diener draußen stand, der seiner Tochter ganz bestimmt nichts zuleide tun würde.

Nun wurde die Tür erst einen schmalen Spalt geöffnet, dann aber wurde der Spalt schnell erweitert. Ein junges, reizendes Backfischchen in blauem Kleide mit weißem Kragen erschien.

»Sie wünschen?«

»Herr Römhild sendet mit einer ergebenen Empfehlung diese Blumen und diesen Brief an Fräulein Regina Darland.«

Gitta Darland hatte nach den Blumen greifen wollen. Als sie Römhilds Namen hörte, zuckte sie wie unwillig zurück und versteckte wie in jäher Abwehr ihre Hände auf den Rücken. Aber nun erschien ein Herr, im Beginn der Fünfzig, neben ihr und nahm ihm die Blumen ab.

»Ah, von Herrn Römhild?« fragte er anscheinend erfreut, aber Helmut spürte, daß diese Freude ein wenig erheuchelt war. Er zog nunmehr den Brief an Herrn Darland hervor und überreichte ihn dem alten Herrn. Dieser griff danach, und Helmut sah ganz deutlich, daß seine Hand leise bebte. Auch für den Brief bedankte sich Reginas Vater, aber wieder klang etwas wie Zwang hindurch. Und die reizende kleine Brigitta stand noch immer mit steif an sich gepreßten Armen da und machte keine Anstalten, dem Vater die Blumen abzunehmen, trotzdem er sie hinreichte. Aber sie schloß schnell, mit einem fast feindlichen Blick auf ihn, die Tür, und zwar sehr energisch. Helmut hätte ihr gern danken mögen für die offensichtlich feindliche Abwehr der

Blumenspende. Und er blieb wie verzaubert stehen und hörte Brigittas helle, klare Stimme sagen:

»Auf keinen Fall stelle ich die Blumen in Reginas Zimmer, sie ärgert sich doch nur darüber, das weiß ich längst schon. Sie kann diesen Menschen nun mal nicht ausstehen, genau wie ich.«

»Aber Gitta, willst du wohl still sein! Wenn das der Diener gehört hätte!« hörte Helmut den Vater ängstlich beschwichtigend sagen.

»Mag er es ihm ruhig wiedersagen; wenn er es hört, dann läßt er vielleicht endlich die arme Regi mit seinen unangebrachten Galanterien in Ruhe.«

»Schweig still, augenblicklich – und geh hinein!« herrschte der Vater sie an.

Dann wurde alles still. Helmut drückte die Hände hart zusammen. Kleine Gitta! Dank für diese Kunde! Ich konnte es mir ja auch nicht denken, diese beiden Menschen! Der Vater – ja – der möchte es wohl, aus irgendeinem Grunde – der Reichtum wohl – oder sonst etwas. Doch auch er erschien mir unfrei – gezwungen. Aber – gottlob – Regina Darland kann meinen Herrn nicht ausstehen. Diese Gewißheit ist die Qual dieses Weges wert.

So dachte er und lief nun schnell die Treppe wieder hinab. Und erst, als er wieder die Straße entlangschritt, fragte er sich bitter:

»Was ist denn dadurch gewonnen, daß sie ihn nicht mag? So wird es eben ein anderer sein – ein so schönes Mädchen wird nicht nur von einem begehrt.«

Aber etwas leichter war ihm doch ums Herz.

Vorsichtig hielt er Ausschau, ob er Regina etwa irgendwo erblicken würde, aber er sah sie nicht wieder, trotzdem er noch eine Weile an der Straßenecke stehenblieb und auf sie wartete. Dann schalt er sich einen Toren. Er konnte doch froh sein, daß sie ihn nicht in seiner Dienerlivree gesehen hatte. Wollte er ihr in die Hände laufen? Schnell entfernte er sich und fuhr wieder nach Hause zurück, um seinem Herrn Bericht zu erstatten.

»Was für Blumen haben Sie gekauft, Waldeck?« fragte ihn dieser auch sofort.

»Zarte Malmaison-Rosen, gnädiger Herr, es war das Passendste für eine junge Dame, was ich in dem Geschäft finden konnte. Sie waren duftig mit zartem Grün gebunden und taufrisch. Hier ist die Quittung des Blumenhändlers, fünfzig Mark. Ich hoffe, alles zu Ihrer Zufriedenheit erledigt zu haben, gnädiger Herr.«

Dieser sah ihn mit seinem kalten, harten Lächeln an.

»Gut, gut! Und – wer nahm Ihnen die Rosen ab?«

»Eine sehr junge Dame und ein alter Herr, den sie Vater nannte. Die junge Dame wurde von ihrem Vater Gitta genannt. Und sie sprach davon, daß ihre Schwester ausgegangen sei.«

Römhild zog die Stirn etwas zusammen.

»Meine Briefe abgegeben?«

»Sehr wohl, gnädiger Herr!«

Weiter verriet Helmut nichts von der erlauschten Unterredung zwischen Vater und Tochter. Dazu war er nicht verpflichtet, und wenn er sich auch eine Weile gegen seinen Willen zum Lauscher erniedrigt hatte, so wollte er das gewiß nicht zum Vorteil seines Herrn getan haben. War sein neuer Herr ihm gleich nicht sehr sympathisch gewesen, so war er ihm jetzt direkt unsympathisch. Warum? Weil er Regina Darland seine künftige Gemahlin nannte, scheinbar ohne schon ein Recht dazu zu haben. Aber ehrlich, Helmut Waldeck – er wäre dir wahrscheinlich erst recht unsympathisch geworden, hätte er ein Recht dazu gehabt! – Sein Herr gab ihm jetzt verschiedene Befehle, die er sich beeilte, auszuführen. Dann durfte er zum Essen gehen – und zu diesem Zwecke begab er sich in das Souterrain in die Domestikenstube. Dort saßen bereits die andern Diener und Dienerinnen um einen großen, runden Tisch. Helmut hatte wieder erst Hemmungen zu überwinden, aber er grüßte ruhig und freundlich und nahm einen leeren Platz ein. Dabei war er aber doch froh, daß er es in Zukunft nicht nötig haben würde, mit den andern Dienern zu speisen, denn sie fingen gleich an, ihn ein wenig zu necken.

»Er speist wie ein Graf!«

»Sieht auch so aus!«

»Mensch, du siehst ja nobler aus als der Alte!«

Solche Bemerkungen mußte er einstecken, und er tat es mit ruhiger Miene. Er sah die Leute nur groß und ernst an, und da verstummten sie nach einer Weile.

Er hörte noch mancherlei. Man spielte an auf das Leben seines Herrn, sprach von »Orgien«, die in Villa Römhild gefeiert worden waren, und obgleich er nicht darauf einging, wurde ihm doch ein Einblick in das Leben seines Herrn gegeben, der ihm ein übles Bild von ihm entwarf.

3

Von Tag zu Tag lernte Helmut seinen Herrn genauer kennen, und immer geringer wurde seine Achtung vor ihm. Gab er sich auch oft sehr vertraulich ihm gegenüber, viel vertraulicher, als sich ein Herr seinem Diener gegenüber geben darf, so konnte er infolge geringfügiger Anlässe aber auch aufbrausend und brutal sein. Und Helmut ahnte noch nicht einmal, daß Römhild sich ihm gegenüber nicht so gehen ließ wie einem anderen Untergebenen gegenüber. Durch manches, was von Helmuts Wesen ausging, fühlte er sich beinahe gehemmt, und jener merkte bald, daß ein ruhiger, fester Blick seiner Augen seinen Herrn zu beruhigen pflegte.

Helmut erkannte immer mehr, daß der Dienst, den er angenommen hatte, kein leichter sein würde, aber er war nun einmal auf zwei Jahre vertraglich gebunden, und immerhin hatte er jetzt wenigstens die Möglichkeit, sich seinen Unterhalt zu verdienen und sich eine feste Grundlage für sein ferneres Leben zu schaffen. Sein Dienst nahm ihn jetzt vor der Abreise noch nicht so sehr in Anspruch, daß er nicht für sich selbst einige freie Zeit gehabt hätte. Er hatte noch allerlei zu erledigen – und an mancherlei zu denken. Ja, seine Gedanken schweiften immer wieder zu Regina Darland. Er fühlte, wie sehr sich ihr Bild in sein Herz gegraben hatte. Er beschäftigte sich mehr, als ihm gut war, mit der Frage, ob sie wirklich seinem Herrn ganz verfallen sei, ob dieser wirklich schon ein Recht habe, sie seine Braut zu nennen. Und eines Tages gab ihm Römhild auf diese Frage eine ziemlich klare Antwort, eine Antwort freilich, die ihm die Röte des Unwillens ins Gesicht trieb. Wieder einmal hatte Römhild einen Anfall seiner unangebrachten Vertraulichkeit. Er hatte gerade einen Brief von Herrn Darland erhalten und las ihn in Helmuts Gegenwart, der ihm eine Erfrischung gebracht hatte, durch. Mit einem häßlichen Lachen legte Römhild den Brief hin und sagte:

»Ja, ja, das möchte er wohl, ich soll verzichten auf den Lohn und Dank, soll die Prinzessin nicht weiter mit meinen

Wünschen behelligen. Aber das gibt es nicht, gerade weil sie sich sträubt, erscheint sie mir besonders begehrenswert. Ich liebe nicht die Weiber, die sich einem an den Hals werfen. Wehren müssen sie sich, erkämpfen muß man sich den Genuß ihres Besitzes; wenn es sein muß, mit Gewalt. Je spröder, desto besser, um so süßer der Sieg, nicht wahr, Waldeck, das ist doch auch Ihre Ansicht von den Weibern?«

Helmut hatte gesehen, daß der Brief am Kopfende den Namen der Firma Darland trug. Er wußte daher sogleich, daß Römhild Regina Darland meinte. Es trieb ihm das Blut in die Stirn, daß Römhild so unehrerbietig von ihr sprach, und die Grausamkeit, die aus seinen Worten klang, erregte ihn um so mehr, als er wußte, daß sie Regina galt. Ein brennender Schmerz und ein heftiger Groll gegen Römhild erfüllten ihn. Wie konnte dieser in solchem Tone von einer Dame sprechen, von Regina Darland, von der Frau, die er jetzt schon als seine Braut bezeichnete? Daß sie ihm dazu noch kein Recht gegeben hatte, war ihm auf einmal klar geworden. Zugleich aber erkannte er, daß Römhild Reginas Vater in irgendeiner Beziehung in der Hand hatte und ihn zwingen wollte, ihm seine Tochter zur Frau zu geben. Die widerstreitendsten Empfindungen bewegten Helmut, und es zuckte ihm in den Händen, er hätte Römhild am liebsten in sein brutales Gesicht geschlagen, in dem eine grausame Gier lauerte. Aber er mußte sich bezwingen, und rauh und hart kam es über seine Lippen: »Verzeihung, gnädiger Herr, wenn ich Ihnen auf diese Frage die Antwort schuldig bleibe.«

Römhild lachte roh auf.

»Na, na, ein keuscher Josef sind Sie doch nicht, ein Kerl von Ihrem Aussehen hat die Weiber ohne weiteres am Bändel. Sie brauchen sich wohl nicht besonders anzustrengen, bei Ihnen sind sie von vornherein kirre. Aber das wünsche ich mir gar nicht. Sträuben müssen sie sich, die Weiberchen, mit Händen und Füßen, das ist mir gerade recht. Wenn man ihrer nur zuletzt Herr wird. Und wenn ich nun gar eine heiraten will, die muß mir alle Tage Nüsse zu knacken geben, sonst wird es langweilig. Na, zwei Jahre hat sie noch Zeit, sich mit dem Gedanken vertraut zu machen. Hoffentlich wird sie nicht zu zahm, daran liegt mir nichts. Machen Sie kein so blödes Gesicht, Waldeck, Sie sehen mich ja an, als wollte ich kleine Kinder fressen. Jeder nach seinem Geschmack, nicht? Sie sind wohl für das Dichterwort: Komm den Frauen zart entgegen? Na schön! Nehmen Sie das Tablett da weg und verschwinden Sie, ich brauche Sie nicht mehr, Sie können den Nachmittag für sich verwenden.«

Helmut war froh, daß er sich entfernen konnte. Der Grimm in ihm drohte ihn zu ersticken. Ein tiefinniges Erbarmen mit Regina Darland war in ihm wach geworden, und ihm war, als müsse er sie warnen – sie und ihren Vater.

Er zog sich auf sein Zimmer zurück und warf sich in einen Sessel, seinen Kopf in die Hand stützend. Finster brütete er vor sich hin. Würde er es ertragen, Tag für Tag mit diesem Menschen zusammen zu sein, den er jetzt schon verachtete, und gegen den er einen tiefen Groll empfand – Regina Darlands wegen? Regina Darland? Sie stand vor seinem geistigen Auge wie eine holde Lichtgestalt. Was war sie ihm? Weshalb bedrückte es ihm so sehr das Herz, daß sie Römhilds Gattin werden sollte? Nur, weil er so unehrerbietig von ihr sprach? Nicht auch deswegen, weil – ja – weil er sie keinem andern Manne gönnte? Konnte es sein, daß dieses Mädchen ihm teuer geworden war, trotzdem er sie kaum kannte? Liebe auf den ersten Blick? Gab es so etwas? Hatte es ihn getroffen?

Er atmete tief auf und erhob sich jäh. Fort mit solchen Gedanken, was sollte ihm das? Zu seinem sonstigen Mißgeschick auch noch eine unglückliche Liebe, das fehlte ihm gerade noch. Und unglücklich mußte so eine Liebe sein. Er konnte doch nicht daran denken, eine Frau an sich zu binden. Regina Darland die Braut eines Dieners? Was für ein Unsinn! Aber sie saß anscheinend sehr fest in seinem Herzen, und um keinen Preis wollte er ruhig zusehen, wie Römhild sie mit seiner unreinen Leidenschaft besudelte. Was konnte er aber dagegen tun? Er wußte es nicht. Aber heftige, heiße Sehnsucht, Regina noch einmal vor seiner Abreise zu sehen, stieg plötzlich in ihm auf. Nur zwei Tage blieben noch. Und nur heute hatte er vielleicht noch frei. So mußte er heute versuchen, ihr noch einmal zu begegnen, und wenn er stundenlang in der Nähe ihres Hauses warten sollte.

Er hatte die Zeit heute benutzen wollen, um die Papiere seiner Mutter durchzusehen, Briefe und allerlei andere Schriften, die sie hinterlassen hatte, und wovon er nur Wichtiges weiter aufbewahren wollte. Aber das konnte geschehen, wenn er wieder zurückkam. Jetzt erst zu Regina.

Er bat Römhild, ihm zu gestatten, einige persönliche Angelegenheiten erledigen zu dürfen. Dieser nickte ihm gewährend zu und übergab ihm einen Brief, der fertig neben ihm lag.

»Nehmen Sie den Brief mit zum Postkasten! Ich brauche Sie nicht vor neun Uhr. Amüsieren Sie sich«, sagte er mit einem faunischen Lächeln.

Helmut entfernte sich, und erst draußen bemerkte er, daß der Brief an Herrn Darland adressiert war, und – daß Römhild vergessen hatte, das Kuvert zu schließen. Der Brief brannte Helmut wie Feuer in der Hand. Er hätte viel, sehr viel darum gegeben, wenn er ihn hätte lesen können. Nicht aus Neugier, sondern aus Sorge um Regina Darland. Mit brennenden Augen starrte er auf die offenstehende Klappe des Kuverts, und schnell, als müsse er einer Versuchung entfliehen, steckte er den Brief in die Tasche. Er wollte ihn erst schließen, kurz bevor er ihn in den Kasten warf. Schnell durchkreuzte er den Garten und trat auf die Straße hinaus. In tiefe Gedanken verloren, ging er weiter, nach der Haltestelle der Bahn, die ihn zur Stadt führen sollte, in die Nähe der Fasanenstraße. Denn es stand fest bei ihm: zum mindesten mußte er einen Abschiedsblick zu den Fenstern hinaufsenden, hinter denen Regina wohnte. Vielleicht sah er sie für einen Moment hinter den Scheiben. Auf dem Wege zur Haltestelle kam er an einem Briefkasten vorüber. Ganz still und menschenleer lag die Villenstraße um diese Zeit. Er zog den Brief aus der Tasche und hatte den festen Willen, das Kuvert zu schließen und den Brief in den Kasten zu werfen, ohne Kenntnis von seinem Inhalt genommen zu haben. Aber etwas war mächtiger in ihm als sein Wille. Er unterlag einem Zwange, der ihn nötigte, den Brief aus dem Kuvert zu ziehen und ihn zu entfalten. Dabei dachte er, halb bewußt nur: das ist die zweite unehrliche Tat, die du begehst. Die erste war, daß du dir selbst ein Zeugnis ausstelltest, mit dem Namen deiner Mutter; die zweite ist, daß du diesen Brief lesen wirst, der nicht für dich bestimmt ist.

Trotz dieser Erkenntnis richtete er sich entschlossen auf und las – weil er instinktiv fühlte: er mußte erfahren, welchen Zwang Römhild ausüben konnte, um Regina Darland in seine Gewalt zu bekommen. Mit großen Augen überflog er die Zeilen.

»Mein lieber Darland! Ihren Brief habe ich erhalten. Was sind das für Torheiten? Was zwischen uns vereinbart ist, bleibt bestehen; ich werde nach meiner Heimkehr in spätestens zwei Jahren der Gatte Ihrer Tochter Regina. Es macht mir nichts aus, daß sie mich vorläufig nicht will. Eines Tages wird sie wollen müssen. Und Sie werden ein Machtwort sprechen, wenn sie sich sträubt. Oder wird sie ihren Vater als Betrüger ins Gefängnis wandern sehen wollen? Sie wissen, mit mir ist nicht zu spaßen, ich habe Sie in der Hand, und wenn Sie unsern Pakt nicht halten, halte ich ihn auch nicht. Trauen Sie mir doch keine törichten Sentimentalitäten zu. Ich will Ihre Tochter zur Frau, sie muß diesen Preis für die Ehre ihres Vaters zahlen. Als mein Schwiegervater sind Sie für alle Zeiten sicher, daß nie ein Mensch erfahren wird, welche Schuld auf Ihnen lastet. Am Tage meiner Hochzeit mit Ihrer Tochter wandern die Beweise dafür ins Feuer, wohlgemerkt erst nach der Trauung. Und nun kein Wort mehr darüber. Übermorgen reise ich ab. Sie haben also zwei Jahre Zeit, Regina mit dem Gedanken vertraut zu machen, daß sie meine Frau werden muß. Ihr Sträuben macht mir, wie gesagt, keinen Kummer, ich liebe allzu fügsame Frauen ohnedies nicht und werde zur Zeit schon mit ihr fertig werden.

Inzwischen begrüße ich Sie, mein lieber Schwiegervater in spe, und sage Ihnen zugleich Lebewohl. Sie werden zuweilen kurze Nachrichten von mir erhalten, damit Sie nicht vergessen
                      Ihren Fred Römhild.«

Mit einem tiefen Seufzer ließ Helmut den Brief sinken. Ganz bleich war er geworden. Nun wußte er, womit Römhild Regina Darland zwingen wollte, seine Frau zu werden, und womit er ihren Vater zwang, sie ihm auszuliefern. Anscheinend sehr gegen dessen Willen. Es blitzte in Helmuts Augen auf. Seine Zähne bissen sich fest aufeinander, so daß die Muskeln seines Gesichts zuckten. Jetzt bedauerte er es nicht mehr, den Brief gelesen zu haben, nun wußte er wenigstens, was dem Mädchen drohte, deren Anblick sich ihm gleich beim ersten Sehen ins Herz gegraben hatte. Vielleicht – vielleicht gelang es ihm auf irgendeine Weise, sie vor dem ihr drohenden Schicksal zu bewahren. Wie das gelingen könnte, ahnte er freilich noch nicht. Aber zwei Jahre lagen vor ihm. Während dieses Zeitabschnittes würde er Römhilds steter Begleiter sein. Und vielleicht gelang es ihm, ihn an einer Stelle zu fassen, wo er schwach war, damit sich ihm eine Handhabe bot, Regina zu retten und mit ihr ihren Vater, der sicherlich schwer unter seiner Römhild bekannten Schuld litt. Sein Gesicht bekam einen harten Ausdruck. Von dieser Stunde an betrachtete er seinen Herrn als seinen Feind, dem er mit allen Mitteln das Recht auf Regina Darland streitig machen würde. Durfte er selbst auch nicht dieses holde, süße Geschöpf für sich gewinnen, so sollte doch auch Römhild sie nicht in seine Gewalt bekommen. Denn was ihr dann bevorstand, wußte er nach dem letzten Gespräch mit seinem Herrn – und nach diesem Briefe.

Schnell steckte er den Bogen wieder in den Umschlag und warf diesen sodann in den Briefkasten. Wenige Minuten später bestieg er die Elektrische und fuhr bis zu der Station Zoologischer Garten. Dort stieg er aus und ging langsam die Hardenbergstraße entlang bis zur Fasanenstraße. Ehe er diese noch erreicht hatte, sah er eine junge Dame aus der Fasanenstraße in die Hardenbergstraße einbiegen. – Es war Regina. Sein Herz tat einen starken, schnellen Schlag. Und nun erblickte Regina auch ihn, und in ihr feines, liebliches Gesicht stieg jäh eine brennende Röte, die ihn ganz unsinnig glücklich machte. Er zog den Hut und war unbeschreiblich froh, daß er nicht Livree trug, sondern einen seiner neuen Zivilanzüge, in dem er sehr vorteilhaft und vornehm aussah. Regina blieb vor ihm stehen und reichte ihm mit einem reizenden Lächeln die Hand.

»Das ist aber ein glücklicher Zufall, daß ich Ihnen noch einmal vor Ihrer Abreise begegne!«

Er sah sie mit einem Blicke an, der sie nicht im Zweifel darüber lassen konnte, daß auch er diesen ›Zufall‹ als einen glücklichen pries.

»Ich freue mich sehr, mein gnädiges Fräulein, daß ich mich durch den Augenschein davon überzeugen kann, daß Sie keine nachteiligen Folgen des kleinen Unfalls verspüren, vor dem ich Sie bewahren durfte. Ganz offen gesagt, ich hatte den dringenden Wunsch, mir diese Gewißheit verschaffen zu können. Es freut mich sehr, daß ich Ihnen begegne.«

»Oh, Sie hätten doch nur meine Eltern aufzusuchen brauchen, die sich ungemein freuen würden, Ihnen doch noch danken zu können. Wollen Sie mich nicht zu ihnen begleiten? Auch meine Schwester Gitta würde sich außerordentlich freuen.«

Seine Stirn rötete sich, er mußte daran denken, daß ihre Schwester und ihr Vater ihn möglicherweise wiedererkennen würden als Diener des Herrn Römhild, der die Blumen für Regina gebracht hatte.

»Ich bedaure, keine Zeit zu einem solchen Besuch zu haben. Aber vielleicht gestatten Sie mir, Sie ein Stück Wegs zu begleiten?«

Sie errötete wieder, weil sie fühlte, daß er lieber mit ihr allein sein wollte.

»Ich will nur in ein Geschäft in der Tauenzienstraße, um mir Material zu einer Handarbeit zu kaufen. Wenn Ihnen das auf dem Wege liegt?«

»Das trifft sich gut, auch ich habe in dieser Straße noch einiges zu besorgen.«

So ging er neben ihr her, wieder den Weg zurück, den er gekommen war, und eine Weile blieben die beiden jungen Menschen, von ihren Gefühlen überwältigt, stumm. In diesem Schweigen lag aber mehr als in vielen Worten.

Endlich zwang sich Helmut zum Sprechen.

»Ich schätze mich in der Tat glücklich, Sie noch einmal getroffen zu haben. Gar zu gern wollte ich Ihnen sagen, daß es mir leid tut, gerade jetzt von hier fortgehen zu müssen. Ich bedauerte es tief, daß ich nichts mehr würde von Ihnen hören dürfen. Aber nun Sie mir das Schicksal noch einmal in den Weg führt, darf ich das als ein gutes Omen ansehen, daß wir uns nicht für immer aus den Augen verlieren werden. Ihr liebenswürdiges junges Schwesterchen sagte mir gelegentlich unseres Telephongespräches: Mein kleiner Finger sagt mir, daß wir uns doch eines Tages kennenlernen werden! Das klang mir wie eine Verheißung, daß ich auch Ihnen nicht das letztemal begegnet sein würde. Auch das heutige Mal wird hoffentlich nicht das letzte sein. Jedenfalls werde ich mir erlauben, Ihnen zuweilen einen Kartengruß von meiner Reise zugehen zu lassen. Ich werde auf dieser nebenbei auch als Berichterstatter für eine hiesige Zeitung tätig sein.«

Überrascht und erfreut hob sie das errötende Gesicht zu ihm auf.

»Ah, so wird man lesen können, was Sie auf Ihren Reisen erleben und sehen?«

»Wenn Sie es lesen wollen, gewiß!«

»Oh, bitte, nennen Sie mir die Zeitung, für die Sie schreiben werden.«

Er nannte ihr die Zeitung und fügte hinzu:

»Ich habe als Pseudonym für diese Reiseberichte meinen Namen etwas abgekürzt, die Artikel werden unter dem Namen H. Wald erscheinen.«

Sie atmete tief auf.

»Ich werde keinen dieser Artikel ungelesen lassen.«

In seine Augen trat ein helles Leuchten.

»So werde ich all meine Berichte nur für Sie schreiben, bitte gestatten Sie mir das.«

Wieder stieg das Rot verräterisch in ihr Gesicht.

»Wie käme ich dazu?«

Ernst sah er in ihre Augen.

»Ich stehe ganz allein in der Welt, keinen Menschen habe ich, an den ich denken könnte, wenn ich diese Berichte schreibe. Wir kennen uns freilich erst seit kurzer Zeit, aber – an Millionen Menschen geht man im Leben vorbei, ohne daß einer einen bleibenden Eindruck hinterläßt. Und dann begegnet man plötzlich einem einzelnen Menschen, der einen spüren läßt, daß er Art von unserer Art ist, und daß man ihn nicht vorübergehen lassen dürfe, ohne seine Hand zu fassen und ihm zu sagen: verweile! So erging es mir mit Ihnen. Und es ist ein herrliches Bewußtsein für mich, daß ich Sie wiedersah und Ihnen das gar noch sagen kann. Ich fühle, es ist ein großes Glück für mich, daß ich Ihnen begegnen durfte. Bitte, zürnen Sie mir nicht, wenn ich das Ihnen gegenüber ausspreche.«

Sie schüttelte leise den Kopf, ohne ihn anzusehen.

»Nein, o nein, ich zürne Ihnen nicht, wie sollte ich. Es stimmt mich vielmehr froh, daß Sie mir das sagen, denn – für mich war es doch auch ein Glück, Ihnen begegnet zu sein. Das Schicksal wollte es, daß Sie mich vor einem Unglück bewahrten, dessen Größe gar nicht zu ermessen war. Aber – auch ohne das – es wäre sehr traurig gewesen, wären wir uns nie wieder begegnet.«

Er faßte ihre Hand mit warmem Druck.

»Ich danke Ihnen für diese Worte. Und nun verstehen Sie es vielleicht, wenn ich Ihnen sage, daß es mir Freude machen wird, meine Berichte für Sie zu schreiben, als für den einzigen Menschen, mit dem es sich mir zu sprechen verlohnt. Zwischen vielen anscheinend allgemein gehaltenen Worten sollen Sie immer wieder eines finden, das nur Ihnen persönlich gilt, das Ihnen sagen wird, daß ich dabei an Sie denke. Wollen Sie mir das gestatten?«

Mit großen, ernsten Augen sah sie zu ihm auf.

»Es wird mich stolz machen – und froh.«

Ein heißes Glücksgefühl stieg in ihm auf. Wohl sagte er sich, daß er, der arme, vermögenslose Mensch, der sein Brot vorläufig noch als Diener verdienen mußte, vielleicht ein Unrecht damit beging, solche Worte an Regina Darland zu richten, allein sein Herz hatte ihn dazu gedrängt. Ihm war, als dürfe er nicht ohne jede Verbindung mit ihr bleiben. Und nur auf sein Herz hörend, sagte er warm:

»Ihre Worte beglücken mich. Und – wenn Sie das Maß Ihrer Güte voll machen wollen, geben Sie mir zuweilen ebenfalls ein kurzes Lebenszeichen. Nur einen kurzen Gruß, der mir sagen wird, daß Sie hin und wieder an mich denken. Wollen Sie mir das versprechen?«

»Ja! Ich bitte dann nur um eine Angabe, wie eine solche Botschaft von mir Sie zu erreichen vermag.«

Er überlegte, dann erwiderte er lebhaft:

»Sie brauchen für mich bestimmte Nachrichten nur an die Redaktion der Zeitung zu senden, für die ich schreibe.

Diese wird immer wissen, wo mich Post erreicht, und ich werde bestimmen, daß man sie mir nachsendet.«

Er hätte auch Regina, genau wie der Zeitung, Angaben über seine Reiseroute machen können. Römhild hatte ihn ja sofort darüber informiert, welche Orte man besuchen würde. Hatte es getan, damit »er sich informiere«. Allein er sagte sich: vielleicht würde Römhild Herrn Darland von unterwegs Nachrichten zukommen lassen, und dann könnte es auffallen, stellte es sich heraus, daß ihrer beider Reiseroute die gleiche sei.

Die Zeitung würde ihm ja ohnedies von Zeit zu Zeit Post zukommen lassen. Dann konnten diesen Sendungen getrost Briefe von Reginas Hand beigefügt werden.

Regina neigte lächelnd das Haupt.

»Dann macht es ja gar keine Schwierigkeiten, Ihnen zuweilen eine Nachricht zu senden. Ich muß Ihnen doch zuweilen sagen, wie mir Ihre Berichte gefallen haben.«

Seine Brust hob ein tiefer Atemzug.

»Ich freue mich aufrichtig, daß fortan nicht jede Verbindung zwischen uns zerrissen ist. Sie werden mich sehr glücklich machen, wenn Sie mir zuweilen einen Gruß senden.«

Mit einer leichten, schelmischen Verwirrung sagte sie leise:

»Sind Sie so leicht glücklich zu machen?«

Mit einem Blick, der sie tief berührte, sah er sie an.

»Das Glück hat mich bisher so stiefmütterlich behandelt, daß ich sehr leicht zufriedengestellt bin. Aber was Sie mir versprochen haben, ist sehr, sehr viel für mich. Bedenken Sie doch, ich habe plötzlich wieder einen Menschen gefunden, der sich meiner erinnern will, zu dem ich sprechen darf, den meine Gedanken suchen dürfen. Wieviel das für mich bedeutet, ahnen Sie vielleicht nicht, da Sie nicht wissen, wie bitter es ist, ganz einsam zu sein.«

»Stehen Sie wirklich so ganz allein, haben Sie keine Eltern, keine Geschwister mehr?«

»Niemanden!«

Ein reizendes Lächeln huschte um ihre Lippen.

»Dann muß man sich Ihrer ja erbarmen!«

Strahlend sah er sie an.

»Ja, das muß man, wenn man ein so gütiges Herz hat wie Sie.«

»Woher wissen Sie, daß ich ein gütiges Herz habe?«

»Es liegt ja offen in Ihren Augen.«

Sie begann schnell von etwas Nebensächlichem zu sprechen. Er merkte, daß sie etwas beunruhigt war und ablenken wollte. So ging er darauf ein. Sie plauderten noch über mancherlei, bis Regina vor einem Geschäft stehenblieb.

»Hier will ich Einkäufe machen.«

»Darf ich warten und Sie dann auf dem Heimwege begleiten?«

Sie dachte daran, daß er vorgegeben hatte, keine Zeit zu haben, aber sie sprach es nicht aus.

»Wenn Sie noch solange Zeit haben?«

»Für Sie gewiß, ich beeile mich dann doppelt mit meinen Kommissionen.«

»Gut, so warten Sie.«

Er dankte ihr mit so strahlenden Augen für diese Erlaubnis, daß sie dunkel erglühte und schnell das Geschäft betrat.

Bald hatte sie ihren Einkauf erledigt und trat wieder hinaus. Und dann gingen sie denselben Weg zurück, gingen beide in stummem Einverständnis sehr langsam, damit ihr Zusammensein nicht abgekürzt würde, und als sich Helmut dann endlich an der Ecke der Fasanenstraße von Regina verabschiedete, wußten sie beide, daß dieses Zusammensein sie so nahe gebracht hatte, wie es sonst eine jahrelange Bekanntschaft nicht vermocht hätte. Sie hielten sich fest bei den Händen, sahen sich in heimlicher Erregung, die sie erblassen machte, in die Augen, lange und tief, und sagten dann beide wie aus einem Munde: »Auf Wiedersehen!«

Dann huschte Regina davon, nach wenigen Schritten wandte sie sich noch einmal um, und er gewahrte, daß ihre Augen feucht schimmerten.

»Glückliche Reise und glückliche Heimkehr!« rief sie mit bebender Stimme zurück.

Und sie sah, daß er dastand mit dem Hut in der Hand und ihr mit heißen, brennenden Augen nachstarrte. Sie wußte, so würde er immer vor ihrem geistigen Auge stehen, und sie fühlte, daß ihr Herz mit ihm ginge, so wie er es wußte, daß das seine bei Regina Darland zurückbleiben würde.

In tiefe Gedanken versunken, die sich fast ausschließlich mit Regina Darland beschäftigten, war Helmut wieder in die Villa Römhild zurückgekehrt. Es blieben ihm noch einige Stunden Zeit, und er konnte nun seinen Vorsatz, die hinterlassenen Papiere seiner Mutter durchzusehen und Unwichtiges zu vernichten, durchführen. Sobald er sich umgekleidet hatte, machte er sich daran. Es waren hauptsächlich alte Briefe, die seine Mutter aufbewahrt hatte, und die er noch keiner Durchsicht unterzogen hatte. Manche Erinnerungen an einstige bessere Zeiten wurden dabei in ihm wach, aber auch manches traurige Ereignis wurde wieder lebendig. Seine Mutter war, ehe sie sich in erster Ehe mit seinem Vater verheiratete, eine Komtesse Hochberg gewesen. Sie hatte mehrere Geschwister gehabt. Alle diese waren aber vor ihr gestorben, ohne Nachkommen hinterlassen zu haben. Nur von einem Bruder seiner Mutter wußte er das nicht genau. Dieser war in seinen Jugendtagen ein großer Leichtfuß gewesen. Er hatte so viele tolle Streiche gemacht, daß die Familie ihn endlich hatte fallen lassen. Helmut entsann sich der Worte seiner Mutter, sie habe gerade diesen Bruder am meisten geliebt, leider aber sei sie unvermögend gewesen, ihm in irgendeiner Weise helfen oder ihn halten zu können. Sie hatte auch gesagt, ihre Geschwister würden es sehr übel vermerkt haben, hätte sie sich nicht ebenfalls von ihm losgesagt. Dieser Bruder seiner Mutter, Hans war sein Name gewesen, galt als verschollen. Er war nach Amerika gegangen, und niemals hatte man wieder etwas von ihm gehört.

In verschiedenen Briefen, die von seiner Mutter Geschwister herrührten, fanden sich Stellen, die auf diesen Bruder Hans Bezug nahmen. Aus allen diesen ging hervor, daß niemand eine besonders hohe Meinung von ihm gehabt haben konnte. Dennoch hatte Helmuts Mutter, sooft auf den Onkel Hans die Rede gekommen war, immer wieder versichert, trotz seiner tollen Streiche habe sie ihn für den wertvollsten ihrer Geschwister gehalten und ihn tief betrauert. Ihrer Meinung nach war er dort drüben vor die Hunde gegangen.

Helmut wußte selber ein Lied zu singen von der Härte und der Engherzigkeit der Familie seiner Mutter. Diese freilich war ganz anders gewesen als ihre Schwestern, Brüder und Vettern. Er konnte sich sehr wohl denken, daß ein heißblütiger und warmherziger Mensch wie Graf Hans von ihnen erbarmungslos verurteilt worden war. Der Hochmut und der kalte Stolz der Hochberg waren bekannt, sie hatten kein Verständnis für irgend jemanden, der nicht von ihrer Art war.

Da Helmut für keinen einzigen dieser Verwandten irgendwelche Sympathien empfand, vernichtete er kurzerhand alle diese Briefe als unwichtig und belanglos. Schlugen sie doch ohne Ausnahme einen steifen, kalten Ton an, auch der Mutter gegenüber.

Aber an den verschollenen Oheim war er nun wieder erinnert worden und er mußte viel an ihn denken. Was wohl aus ihm geworden sein mochte? War er wirklich untergegangen da drüben im harten Daseinskampf, oder lebte er noch irgendwo in der Welt, vielleicht im Elend? Und dabei mußte er denken, wie verächtlich sich seine mütterlichen Verwandten wohl von ihm abgewendet haben würden, wäre die Kunde zu ihnen gedrungen, daß er eine Stelle als Diener angenommen hatte. Sicherlich würden sie sich dann auch von ihm losgesagt haben. Nun, er kam nicht mehr in diese Gefahr, es lebte niemand mehr von seinen Verwandten, wenn nicht jener Graf Hans noch am Leben war.

Und mit dem würde er schwerlich jemals zusammentreffen. Sein Papierkorb füllte sich mit zerrissenen Briefen und Papieren aller Art. Auch die mit der Unterschrift seiner Mutter versehenen Briefbogen, von denen er einen benutzt hatte, um sich ein Zeugnis auszustellen, zerriß er und warf sie zu den übrigen. Was er aufbewahren wollte, war ein kleines Häufchen, das bequem in einer Brieftasche Platz hatte. Als er fertig war, nahm er den Papierkorb und ging hinunter zu der Zentralheizung des Hauses. In deren Feuerung warf er all diese Papiere und sah zu, bis sie verbrannt waren. Ihm war, als ginge mit ihnen seine ganze Vergangenheit in Flammen auf, als binde ihn jetzt weiter nichts an diese als allein die Erinnnerung an seine Mutter.

Als er wieder in seinem Zimmer angelangt war und Ordnung geschafft hatte, wurde er zum Essen in die Dienerstube gerufen. Hier hörte er wieder allerlei pikante Histörchen über seinen Herrn, der bei der ganzen Dienerschaft sehr unbeliebt war. Man freute sich, daß er jetzt zwei Jahre auf Reisen ging. Einem Teil der Dienerschaft war bereits gekündigt worden; sie sollte morgen das Haus verlassen, und die anderen, die zurückblieben, um das Haus in Ordnung zu halten, freuten sich auf die faule Zeit. Helmut mußte wieder allerlei Sticheleien über sich ergehen lassen, weil er so zurückhaltend war, aber er ertrug das mit ruhiger, verschlossener Miene und entfernte sich, sobald er gegessen hatte, froh, daß er nun bald von diesen gemeinsamen Mahlzeiten erlöst war.

Er hatte sich gerade eine Zigarette angebrannt und wollte sie in Ruhe rauchen, als er das Auto vorfahren hörte, das Römhild von einer Ausfahrt zurückbrachte. Gleich darauf wurde Helmut zu seinem Herrn gerufen, der ihm allerlei Aufträge erteilte, und der anscheinend in sehr wenig guter Stimmung war. Er schimpfte auf Berlin, es sei nichts los, alles darin sei langweilig, und es sei die höchste Zeit, daß er fortkomme. Daraus entnahm Helmut, daß sein Herr sich nicht gut amüsiert hatte. Mit wahrhaft stoischer Ruhe, wie er sie dem ehemaligen Kammerdiener seines Stiefvaters abgelauscht hatte, verrichtete er seine Dienste. Römhild beobachtete ihn.

»An Ihnen ist ein Graf verlorengegangen, Waldeck, ich kann mir nicht denken, daß Ihr Graf Reichenau sich gräflicher bewegt hat als Sie. Großartig haben Sie ihm das abgelauscht.«

Helmut bekam einen roten Kopf, erwiderte aber nichts darauf. Daß es Römhild nicht unangenehm war, daß seine Art mehr der eines Herrn glich als der eines Dieners, wußte er, und deshalb nahm er Spötteleien ruhig in Kauf.

Römhilds Stimmung besserte sich sehr bald, und neckend fragte er Helmut:

»Na, haben Sie heute Abschied genommen vom Liebchen?«

Helmuts Stirn rötete sich. Er fand diese Frage sehr taktlos, wie er Römhilds ganzes Wesen taktlos fand. Er hätte ihm am liebsten eine schroffe Antwort gegeben, aber er konnte sich beherrschen und sagte nur leichthin:

»Es gab für mich keinen Abschied zu nehmen in der Weise, wie der gnädige Herr es meinen.«

Wieder lachte Römhild.

»Na, da sind Sie besser daran als ich, bei mir hat es Abschied von diversen Liebchen gegeben – und alle hielten sie die Hand auf.«

Aber nachdem er das gesagt hatte, schlug seine Stimmung schon wieder um, und er hatte an allerlei herumzunörgeln, so daß Helmut froh war, als er endlich verabschiedet wurde. Aber immerhin war es ihm lieber, wenn Römhild in unangenehmer Art den Herrn herauskehrte, als wenn er sich zu unangebrachten Vertraulichkeiten verleiten ließ. Er ahnte, daß er in dieser Beziehung noch allerlei unliebsame Überraschungen erleben würde.

Am übernächsten Morgen reiste Herr Alfred Römhild mit seinem Diener von Berlin ab. Zunächst ging es nach Genua, wo er sich einige Tage aufhalten wollte. Von Genua ging die Reise durch ganz Italien und dann zunächst nach Griechenland. Von da aus wollte er mit dem Dampfer nach Alexandrien fahren. Für Kairo war längere Rast vorgesehen, um von dort aus alle die Ausflüge machen zu können, die ihn, Römhild, locken würden. Helmut hatte in der ersten Zeit nicht viel zu klagen. Römhild befand sich dank der mannigfachen neuen Eindrücke in so animierter Stimmung, daß er ziemlich erträglich war. Nur war es Helmut sehr unangenehm, daß er ihn ungeniert überall zum Vertrauten seiner zahlreichen Liebesabenteuer machte, und daß er ihn dadurch oft in sehr peinliche Situationen brachte. Schaudernd dachte Helmut daran, daß dieser Mann es wagen durfte, seine Augen zu Regina Darland zu erheben und sie zur Frau zu begehren. Und nie verließ ihn der Wunsch, dieses Verlangen Römhilds zu durchkreuzen. Wie ihm das möglich sein würde, wußte er nicht, aber er sehnte sich so intensiv danach, Regina vor einem unwürdigen Schicksal zu bewahren, daß er gewillt war, alles daranzusetzen.

Das, was er für Regina fühlte, seitdem er sie kannte, verblich durchaus nicht, als er von ihr getrennt und weit von ihr entfernt war. Im Gegenteil, er fühlte immer intensiver, wie teuer sie ihm geworden war, und sein Herz tat rasche, laute Schläge, wenn er sich ins Gedächtnis zurückrief, wie verräterisch sie einige Male errötet war, als er mit ihr gesprochen hatte.

Schon in Genua hatte er sich einen guten fotografischen Apparat gekauft und auch schon Zeit und Gelegenheit gefunden, verschiedene interessante Aufnahmen zu machen und einige kurze Feuilletons dazu zuschreiben. Das waren seine ersten Reiseberichte für die Berliner Zeitung, und er wußte, daß Regina diese eifrig lesen würde. Es gelang ihm, scheinbar unverfänglich und für andere unwichtig, einige Worte einfließen zu lassen, die Regina verraten mußten, daß er dabei an sie gedacht hatte. So flocht er in den ersten Artikel ein:

»Man kann leider nicht alle interessanten Szenen schildern und auf die Platte bringen, wie man das wohl möchte. Manche Bilder nimmt man für immer in sich auf, ohne daß man sie fotografisch festhalten kann. Und doch arbeitet mein Apparat vorzüglich, trotzdem ich ihn in Genua gekauft habe und nicht schon vor meiner Abreise in Berlin, wie ich das vorhatte. Aber an dem Tage, als ich das tun wollte, hatte ich sehr viel Wichtigeres in der Tauenzienstraße zu erledigen und hatte darüber den Ankauf eines Kodaks vergessen. Was hätte ich an jenem Tage nicht vergessen –!«

Er konnte ja leider nicht sehen, wie das Blut in Regina Darlands Gesicht stieg, als sie in seinem Feuilleton auf diese Worte stieß.

Schon in Genua hatte Römhild Helmut eines Abends aufgefordert, Zivilkleider anzuziehen und ihn in ein vornehmes Vergnügungslokal zu begleiten, wie das später oft geschah. Er mußte mit ihm an einem Tische sitzen und ihn mit einer jungen, hübschen Pariserin bekannt machen, die in diesem Lokal verkehrte und anscheinend von mehr oder minder jungen und alten Lebemännern viel umworben war. Sie hatte eine spöttische, abweisende Art, grausam blitzende Augen und viel Temperament. Römhild beauftragte Helmut, diese ›Dame‹ aufzufordern, an ihrem Tische Platz zu nehmen, und die schöne Französin folgte dieser Aufforderung ziemlich schnell, denn Helmut gefiel ihr sehr. Er sprach ein elegantes Französisch und teilte ihr mit, daß sein Begleiter sie unbedingt hätte kennenlernen wollen.

»Was liegt mir an ihm, mit Ihnen wollte ich soupieren«, sagte sie abweisend.

Das übersetzte Helmut seinem Herrn freilich nicht, aber dieser merkte wohl an der Geste der Französin, was sie sagen wollte. Es flimmerte um so begehrlicher in seinen Augen auf, und nach einer Weile, als sich herausstellte, daß die Französin ein wenig Deutsch verstand und radebrechte, gab Römhild Helmut einen Wink, er möge verschwinden. Helmut war froh, das tun zu dürfen, und er erhob sich mit einer kurzen Entschuldigung. Die Französin glaubte, er wolle sich nur für einige Minuten entfernen, und hielt bei Römhild aus. Dieser war am nächsten Tage sehr aufgeräumt und erklärte Helmut, die Französin sei ein rassiges Weib gewesen. Daraus schloß Helmut, daß sie sich schließlich doch mit Herrn Römhild abgefunden hatte.

Solche Dienste mußte Helmut seinem Herrn noch öfter leisten, aber sie fielen ihm bedeutend schwerer als die niedrigste Arbeit, die von ihm verlangt wurde. Römhild hatte schnell begriffen, daß er bei seinen Abenteuern viel schneller vorankam, wenn Helmut die Bekanntschaften vermittelte, weil alle Frauenaugen wohlgefällig auf diesem ruhten, und das nutzte er zu Helmuts Leidwesen nur zu oft aus.

Sonst fand Helmut seinen Dienst ganz erträglich. Er hatte Zeit genug, seine Nebenbeschäftigung als Berichterstatter auszuüben und sich immer wieder für Regina Darland bestimmte Zwischensätze auszudenken. Da sein Herr in den besten und vornehmsten Hotels abstieg, fand sich auch für ihn immer ein gutes Unterkommen und gute Verpflegung. Vor allem aber lernte er die Welt kennen, die, wie seine Verhältnisse einmal waren, ihm sonst verschlossen geblieben wäre, und vor allen Dingen war er der Sorge um das tägliche Brot enthoben.

In Athen bekam Helmut zum ersten Male Post durch die Redaktion der Berliner Zeitung, für die er schrieb. Er erfuhr zu seiner Freude, daß seine in der Form von Feuilletons gehaltenen Berichte sehr gefielen, und daß man gern jede Woche einen derartigen Beitrag von ihm zu bringen wünschte. Das Honorar habe man ihm auf sein Bankkonto überwiesen. Das war eine gute Nachricht für ihn. Denn nunmehr konnte er hoffen, sich bei der Zeitung so einzuarbeiten, daß er auch für später imstande war, sich eine Position zu schaffen, wenn sein Vertrag als Diener abgelaufen sein würde. Aber so sehr er sich darüber freute, noch größere Freude machte ihm eine ganz unscheinbare Ansichtspostkarte, eine Aufnahme der Kaiser Wilhelm-Gedächtniskirche mit der Tauenzienstraße. Sie enthielt nur wenige Worte:

»Herzliche Grüße! Ihre Feuilletons gefallen mir sehr gut, und sie werden auch in meiner Familie mit großem Interesse gelesen. Man weiß, daß mein Lebensretter sie geschrieben hat, und meine Schwester bringt mir jubelnd jede Zeitungsnummer, die etwas von Ihnen enthält. Weiterhin glückliche Reise! Zwei Postkarten von Ihnen erhalten. Dank!

Ihre R. D.«

Wie rasch pochte Helmuts Herz, als er diese Worte las und sie wieder und wieder daraufhin prüfte, was wohl zwischen den Zeilen stehen möchte. Er war sehr froh, daß er seine Post immer selbst abholen konnte, da er sie sich postlagernd senden ließ, sonst wären vielleicht auch Reginas Karten durch Römhilds Hände gegangen, und es wäre immerhin möglich, daß dieser Reginas Handschrift kannte und ihm die Buchstaben R.D. auffallen würden.

Glücklich und froh ging er durch die Straßen Athens nach dem Hotel zurück, wo sein Herr bereits auch auf seine Post wartete, die Helmut zugleich mit abgeholt hatte.

Auf dem Dampfer, der Römhild und seinen Diener nach Griechenland gebracht hatte, war ersterer mit einigen

Herrschaften bekannt geworden, mit denen er Ausflüge in die Umgebung von Athen machte. Helmut war somit in der Lage, häufig über seine Zeit verfügen zu können. Er machte, um sie auszufüllen, fleißig Aufnahmen und schrieb einige weitere Feuilletons. Diese Arbeit machte ihm von Tag zu Tag größere Freude und hob ihn über sein sonst nicht sehr beneidenswertes Dasein hinaus. In solchen Stunden konnte er vergessen, daß er eine ziemlich untergeordnete Stellung einnahm. Aber er hoffte, daß er nach Ablauf seines Vertrages wieder ein freier Mann sein würde, um sich seinen Unterhalt auf angenehmere Art verdienen zu können.

Einige Unruhe empfand er, wenn sein Herr unterwegs zuweilen eine Nummer jener Berliner Zeitung in die Hand bekam, für die er schrieb. Er fürchtete, daß seine Feuilletons ihn verraten könnten, wenn Römhild sie zu Gesicht bekam. Aber er hätte ganz unbesorgt sein können, Römhild las nur die Börsenberichte und ab und zu einen politischen Artikel, soweit die Politik Einfluß auf die Börse haben konnte. Sonst ignorierte er den Inhalt der Zeitungen. Helmut mußte ihm diesbezügliche Nachrichten auch aus französischen und englischen Zeitungen übersetzen, und danach gab er zuweilen irgendeinen Börsenauftrag telegrafisch auf. Er hatte eine gute Nase für Dinge, die ihm Geld brachten.

So war Römhild mit seinem Diener in jeder Beziehung sehr zufrieden; er hielt ihn gut, solange er selbst bei guter Laune war, und Mißstimmungen gingen immer schnell vorüber. War er verstimmt, dann war er freilich unberechenbar und verlor jede Selbstbeherrschung, und nur Helmuts ruhiger, fester Blick hatte dann einigen Einfluß auf ihn. Er schnauzte Helmut dann freilich an, verbat sich »solche Blicke« und der Zorn kochte jäh in ihm auf, aber ein wenig nahm er sich dann doch zusammen. Daß sein Herr sehr jähzornig und sehr grausam war, hatte Helmut bald erkannt, und wenn er ihn so unbeherrscht sah, überkam ihn immer wieder das Grauen, wenn er dabei an Regina dachte und sie sich als Römhilds Opfer vorstellte.

Bis jetzt hatte Römhild noch nicht in Erfahrung gebracht, daß sein Diener ein Freiherr von Waldeck war. Bei Paßkontrollen und bei sonstigen Visitationen hatte es Helmut immer so einzurichten gewußt, daß Römhild seinen Paß nicht zu sehen bekam. Er hoffte auch, ihn ihm in Zukunft vorenthalten zu können. Es lag ihm daran, daß Römhild es nicht erfuhr, einen Freiherrn zum Diener zu haben, wenn ihm das auch schwerlich unangenehm gewesen wäre.

In Griechenland wollte man sich mehrere Wochen aufhalten. Römhild hatte Griechenland nach seinem Geschmack gefunden, und Helmut brauchte hier nur seine Dienerrolle zu spielen. Zu anderen Zwecken bedurfte Römhild seiner jetzt überhaupt nicht. Eines Tages kam er aber dahinter, daß Helmut mit einer Schreibmaschine umzugehen wußte. Römhild hatte für die Reise eine solche mitgenommen. Und bei einer Gelegenheit erbot sich Helmut, einige Briefe für seinen Herrn zu schreiben, weil dieser keine Zeit dazu hatte. Römhild war sehr erfreut, als er merkte, daß sein Diener die Maschine beherrschte, und da ihm jederlei Arbeit unangenehm war, betraute er Helmut bald mit allerlei Korrespondenzen. Das war diesem sehr angenehm, denn in Abwesenheit seines Herrn konnte er nun auch seine Manuskripte für die Berliner Zeitung auf der Maschine tippen. Daß er freilich in der Folge von seinem Herrn auch dazu mißbraucht wurde, dessen nicht gerade delikate Liebesbriefe nach seinem Diktat zu schreiben, war eine neue Qual für Helmut. Er bekam dadurch neue unerfreuliche Einblicke in den Charakter seines Herrn, dessen Schamlosigkeit in solchen Dingen ihm oft die Röte in die Stirn trieb. Römhild merkte sehr wohl, daß sein Diener in solchen Dingen viel feinfühliger war als er, und daß er ihn dadurch in Verlegenheit brachte, aber er war ein Mensch, dem es Vergnügen machte, andere zu quälen.

Es bildete sich durch alles das ein ganz sonderbares Verhältnis zwischen Herrn und Diener heraus, aber das empfand nur Helmut als peinlich, niemals sein Herr. Helmut war jedoch schon jetzt auf dem Standpunkt angelangt, daß er jeden Tag seiner Dienstbarkeit zählte. Und es quälte ihn viel mehr, daß ihn Römhild in vielen delikaten Dingen zu seinem Vertrauten machte, als daß er ihm Dienste leisten mußte.

Er freute sich nur, daß seine Reiseberichte gefielen und daß durch die Honorare langsam ein kleiner Fonds anwuchs, der ihm für später Boden unter die Füße gab. Auch von seinem Gehalt sparte er soviel wie möglich. Er hatte nur geringe Ausgaben.

Und absichtslos schlich sich in all seine Pläne, die er für die Zukunft schmiedete, das Bild Regina Darlands mit ein.

Mr. John Highmont saß auf der großen Terrasse seiner herrlichen Villa in San Franzisko. Er hatte einen Tisch neben seinem Liegestuhl stehen, und auf diesem Tische lagen neben einem Stoß Zeitungen eine Zigarettendose, die mit Brillanten besetzt war, in denen die Sonne funkelte, und ein dazu passendes Feuerzeug. Auf einem silbernen Tablett daneben stand eine Kristallkaraffe mit goldig schimmerndem Wein und eine Schale mit Früchten, wie sie in solcher Herrlichkeit nur Kalifornien hervorbringt. John Highmont blätterte zerstreut in den Zeitungen und ließ ab und zu seinen Blick über die tiefblauen Wasser des Golden Gate hinwegfliegen, die von einigen kleinen Dampfern und schlanken Segelbooten belebt waren.

Es war ein wundervolles Bild, das sich seinen Augen darbot. Dicht unter ihm lag ein parkähnlicher Garten in vollster Blütenpracht, darüber hinaus tauchten ähnlich schöne und vornehme Villen auf wie die, die John Highmont selbst besaß, und fern am Horizont sah man die Silhouette einer kleinen Insel.

John Highmont war ein hochgewachsener Herr mit grauem Haar und einem sehr charakteristischen, scharfgeschnittenen Gesicht. Dies Antlitz trug aber einen Leidenszug, als sei er eben erst von einer Krankheit genesen. Und so war es auch. Vor einigen Monaten hatte er mit seiner Frau und seinem einzigen Sohn zusammen eine Autotour unternommen. Dabei war ein großes Unglück passiert. Sein sonst überaus tüchtiger und zuverlässiger Chauffeur hatte, als ein anderes Auto ihm bei einer gefährlichen Kurve entgegenkam, die Herrschaft über seinen Wagen verloren. Dieser war mit seinen Insassen seitlich in einen Abgrund gestürzt. Der andere Wagen dagegen war mit seinen Insassen ohne Schaden davongekommen. Aber John Highmonts Gattin und Sohn sowie der Chauffeur waren tot unter dem zerstörten Auto hervorgezogen worden. Nur John Highmont war mit dem Leben davongekommen, hatte aber verschiedene schwere Verletzungen davongetragen und war erst vor wenigen Tagen von seinem Krankenlager aufgestanden. Mehr als seine Krankheit hatte ihn der Tod seiner Frau und seines zwanzigjährigen Sohnes niedergedrückt. Solange sein Zustand sehr besorgniserregend war, hatte man ihm den Tod seiner Angehörigen verschwiegen.

Als man ihm dann schonungsvoll die schreckliche Wahrheit beibrachte, war er von neuem zusammengebrochen. Er hatte seine Frau sehr geliebt und seinen einzigen Sohn vergöttert. Nun war er allein zurückgeblieben, und eine tiefe Schwermut hatte ihn befallen. Nie in seinem Leben hatte etwas einen so tiefen Eindruck auf ihn gemacht wie der Verlust dieser beiden geliebten Menschen.

Und John Highmont hatte wahrlich schon schwere Zeiten hinter sich.

Als junger Mann war er, arm wie ein Bettler, nach San Franzisko gekommen, gerade in der Zeit, als das große Erdbeben diese blühende Stadt vernichtet hatte. Ein Zufall hatte ihm geholfen, zwei Damen, Mutter und Tochter, aus den zusammenbrechenden Trümmern eines Hauses zu retten und in Sicherheit zu bringen. Der Vater und Gatte dieser beiden Damen war ein sehr reicher Mann gewesen, der sich zur Zeit der Katastrophe auf Reisen befunden hatte. Als er angstvoll auf die Schreckensbotschaft nach Hause zurückgekehrt war, fand er zwar sein Haus als Trümmerhaufen vor, aber Kind und Gattin zu seiner Freude gesund und wohlbehalten unter John Highmonts Schutz. Die Dankbarkeit gegen den Retter seiner Frau und Tochter hatte Mr. Vally veranlaßt, sich John Highmonts anzunehmen. Er hatte ihm einen Posten in seinem Betriebe angewiesen. Mr. Vally besaß große Obstplantagen und Konservenfabriken, und John Highmont hatte sich überraschend gut eingearbeitet und war bald höher und höher gestiegen. Die Gattin seines Chefs war ihm stets außerordentlich dankbar gewesen, und ihr Töchterchen hatte mit leidenschaftlicher Zuneigung an ihm gehangen. Nach Jahren war sie mit Einverständnis ihrer Eltern John Highmonts Gattin geworden und hatte bis zu ihrem grauenvollen Ende sehr glücklich mit ihm gelebt. John Highmont war nun, nach dem Tode seiner Frau und seines Sohnes, unumschränkter Erbe des hinterlassenen Vermögens seines Schwiegervaters. Jahrelang hatte er nach dessen Tode die Geschäfte in musterhafter Weise geführt, und sein Sohn hatte sein Nachfolger werden sollen. Nun war das alles anders geworden. John Highmont wußte, daß er ein siecher Mann bleiben würde, und hatte in diesen Tagen eingewilligt, seine Plantagen und Fabriken in ein Aktienunternehmen zu verwandeln. Wohl wollte er den Hauptanteil der Aktien für sich behalten, aber um weiter die Führung der Geschäfte in der Hand zu behalten, fühlte er sich nicht mehr kräftig genug. Es wurden zwei tüchtige Direktoren, Männer, die schon jahrelang im Betriebe standen, eingesetzt, und nun hatte John Highmont Zeit, sich zu schonen und über sein Unglück nachzudenken.

Andere Angehörige hatte er nicht mehr, wenigstens niemanden, der ihm nahestand. In seinem früheren Leben hatte es ihm an Angehörigen freilich nicht gefehlt, allein diese hatte er fast vergessen. Erst in den Tagen der Einsamkeit und Verlassenheit seines Herzens hatten seine Gedanken, in die Vergangenheit schweifend, sich dieser Verwandten aufs neue erinnert. Und das hatte ihn veranlaßt, Erkundigungen über sie einzuziehen. Er hatte ein Detektivbüro damit beauftragt und erwartete nun Nachricht von diesem.

Müde schweifte sein Blick ins Weite. War noch einer jener Menschen, die durch die Bande des Blutes zu ihm gehörten, und die ihn wegen seiner Jugendtorheiten dennoch hatten fallen lassen, am Leben? Oder hatten sie Nachkommen hinterlassen? Er fröstelte zusammen in dem warmen Sonnenschein. So blutleer war sein Körper geworden nach dem großen Blutverlust bei seiner Verwundung. Er fror eigentlich immer, und das rief ihm ins Gedächtnis zurück, wie oft er in seiner Jugend gefroren hatte, mitten zwischen kaltsinnigen, gefühlsarmen Menschen. Gerade diese Kaltherzigkeit hatte ihn wieder und wieder in wilder Auflehnung gegen sie zu unsinnigen Streichen veranlaßt. Und im Grunde hatte er aufgeatmet, als sie sich alle von ihm lossagten, seine hochmütigen, stolzen Verwandten. Wie seltsam, daß ihm jetzt, nach langen Jahren, die er in Glückseligkeit und sonniger Wärme verlebt hatte, bei diesen Frostanfällen seine kaltherzigen Verwandten wieder eingefallen waren. Ach, in wie vielen Jahren des Kampfes und des nachfolgenden Glücks hatte er ihrer nicht mehr gedacht! Daß er es jetzt tat, bewirkte die große Einsamkeit seines Herzens, an die er sich nicht gewöhnen konnte. Vielleicht war unter all diesen Menschen oder ihren Nachkommen doch einer, der sein heißes, sich nach Liebe sehnendes Herz geerbt hatte? Vielleicht ein Kind seiner Schwester Nora? Diese war am warmherzigsten von seinen Geschwistern gewesen, und er erinnerte sich, wie traurig sie ihm nachgesehen hatte, damals, als man ihn als einen Verlorenen in die Welt hinausjagte. Ob seine Schwester Nora noch am Leben war? Oder ob sie Kinder hinterlassen hatte, die nicht so kalt und hochmütig waren wie die übrigen Sprossen seines Geschlechts? Wie mochte es da drüben in der Heimat jetzt aussehen? Wenn er nicht so elend geworden wäre, jetzt würde er vielleicht Lust verspüren, die fast vergessenen Stätten seiner Kindheit, seiner Jugend wieder einmal aufzusuchen. Aber jetzt war er nur noch ein menschliches Wrack! Ein Mensch ohne Saft und Kraft! Jetzt konnte er nicht mehr daran denken, eine so weite Reise zu machen. Und er mußte in der Sonne bleiben, weil er fror, immer nur fror. Wie seltsam das war! Früher war ihm immer und überall zu heiß gewesen, er hatte es nie verstehen können, daß es Menschen gab, die froren. Nun verstand er es. Wieder schauerte er zusammen und drückte auf eine elektrische Klingel, die auf dem Tischchen neben ihm angebracht war. Sofort erschien ein Diener in einer dunklen, vornehmen Livree.

»Füllen Sie mir ein Glas mit Wein, George!«

Der Diener füllte das hohe Glas aus der Kristallkaraffe mit dem funkelnden Wein und reichte es seinem Herrn. Dieser schlürfte langsam den feurigen Trank und sah zu seinem langjährigen Diener empor.

»Die Post noch nicht da, George?«

»Soeben ist sie gekommen, Mr. Highmont, ich sah Edgar damit eintreten, mußte mich aber beeilen, Ihrem Rufe zu folgen. Darf ich sie holen?«

»Ja, geh! Ich warte darauf, schnell!«

George ging und kam gleich darauf mit einer Postmappe zurück, die er vor seinen Herrn hinlegte. Er nahm die Zeitungen fort, schob das Tablett beiseite, holte einen Brieföffner herbei und legte seinem Herrn alles handlich zurecht, wie er es gewöhnt war.

»Soll ich Mr. Smith rufen, Mr. Highmont?« fragte er, als er fertig war. Mr. Smith war der Sekretär Mr. Highmonts.

»Nein, lassen Sie ihn, George, er hat für mich zu tun, ich sehe die Post vorläufig selber durch. Sie können gehen! Doch halt, bringen Sie mir erst noch eine warme Decke, ich habe schon wieder kalte Füße.«

George brachte die Decke und hüllte seinen Herrn sorglich ein. Es lag etwas Mitleid in seinen Augen, denn er wußte, daß sein Herr vor seinem Unfall eine kraftstrotzende Persönlichkeit gewesen war. Es betrübte ihn, diesen Hünen nun so hinfällig zu sehen. Aber er wußte, Mitleid vertrug dieser nicht; deshalb zeigte er es nicht. Als er seinen Herrn eingehüllt hatte, sah er ihn fragend an. Mr. Highmont winkte ab. Da ging er davon, aber er blieb im Hause in seiner Nähe, jedes Winkes seines Herrn gewärtig.

Mr. Highmont seufzte ein wenig und nahm die Posttasche, die er mit einem kleinen Schlüssel öffnete, den er an einem Bunde bei sich trug. Dann entnahm er der Mappe die Postsachen. Eine Anzahl Briefe, die er nur flüchtig betrachtete, legte er beiseite zur Erledigung durch seinen Sekretär. Nur wenige hielt er zurück und öffnete sie langsam mit dem kostbaren eleganten Brieföffner, der ein Geschenk seiner verstorbenen Gattin war. Er legte einen Moment seine Wange an das Messer aus Elfenbein, es fühlte sich glatt und kühl an, und ihm war, als streichle die Hand der geliebten Frau über sein Gesicht. Wie ein Stöhnen brach es aus seiner Brust, und eine Weile starrte er düster vor sich hin. Dann raffte er sich auf und entnahm den geöffneten Kuverts die einliegenden Schreiben. Zuerst griff er nach dem, das die Firma eines von ihm beauftragten Detektivbüros trug. Sein Inhalt lautete, wie folgt:

»Sehr geehrter Mr. Highmont! In Erledigung Ihres Auftrages haben wir sofort die nötigen Nachforschungen angestellt. Wir bedauern, Ihnen mitteilen zu müssen, daß alle die Personen, deren Namen Sie uns angegeben haben, nicht mehr am Leben sind. Nachkommen haben sie, bis auf eine, nicht hinterlassen. Diese eine Person war die Gräfin Nora Reichenau, verwitwete Freifrau von Waldeck, geborene Komtesse Hochberg. Aus ihrer ersten Ehe mit dem Freiherrn von Waldeck stammt ein einziger, jetzt etwa dreißigjähriger Sohn, der Freiherr Helmut von Waldeck. Die zweite Ehe mit dem Kammerherrn Grafen von Reichenau ist kinderlos geblieben. Demnach ist der junge Freiherr Helmut von Waldeck die einzige für Sie in Frage kommende Person.

Um unseren Auftrag restlos auszuführen, habe ich selbst die Nachforschungen nach dem Freiherrn Helmut von Waldeck übernommen und folgendes in Erfahrung gebracht, wofür ich jede Garantie für die Wahrheit meiner Mitteilungen übernehme:

Freiherr Helmut von Waldeck hat im Hause seines Stiefvaters gelebt, bis dessen Tod und der Fall der Dynastie seine Mutter zwangen, eine kleine Amtswohnung zu beziehen, die man ihr anwies. Er wohnte auch dann noch bei seiner Mutter und besuchte die Technische Hochschule zu Charlottenburg, wo er fünf Semester studierte. Als seine Mutter drei Jahre nach ihrem zweiten Gatten starb, wurde Freiherr von Waldeck nicht nur heimatlos, da die Amtswohnung in andere Hände überging, sondern verlor auch den letzten Rest von Existenzmitteln, da mit dem Tode seiner Mutter auch deren Pension erlosch. Kleine Reste einstigen Vermögens hat auch hier die Inflation verschluckt. Freiherr von Waldeck ging völlig mittel- und existenzlos aus dem Heim seiner Mutter und war nicht mehr imstande, sein Studium als Ingenieur fortzusetzen. Nachdem er die Kleider und die Wäsche seiner Mutter zu Geld gemacht hatte, um einige wenige Existenzmittel in die Hand zu bekommen, konnte er beim Verlassen der Dienstwohnung die Überreste des mütterlichen Nachlasses in einem Handkoffer verpacken.

Mutig nahm der junge Herr indessen den Existenzkampf auf. Er bezog ein mehr als bescheidenes Zimmer in einem sogenannten Gartenhaus, also in dem Hinterhaus einer der üblichen Mietskasernen Berlins, und zwar bei einer Frau Haller.

Diese suchte ich selber auf, um weiteres über den jungen Freiherrn in Erfahrung zu bringen. Die wackere, saubere

Frau hat mir das Lob des jungen Herrn in allen Tonarten gesungen. Er hat mannhaft um eine neue Existenz gekämpft, was für ihn, den halbfertigen Ingenieur, in unserer Zeit keine Kleinigkeit war. Keine Arbeit hatte er gescheut, hat sich durchgehungert, um nur seiner Wirtin die Miete nicht schuldig bleiben zu müssen, hat unermüdlich nach einer Stellung Umschau gehalten, und, als ihm dies nicht gelang, versucht, auf jede mögliche Weise sein Leben zu fristen. Zuletzt hat er mit Seife gehandelt, wodurch er aber kaum noch das Leben zu fristen vermochte. In seiner Verzweiflung hat er dann nochmals versucht, eine Stellung zu erhalten, und endlich war es ihm geglückt. Seine Wirtin berichtete mir, daß er ein sehr gutes Unterkommen gefunden haben müsse, denn er sei sehr froh gewesen und habe die betreffende Stellung schon nach einigen Tagen angetreten. Welcher Art diese gewesen sei, wußte sie nicht, auch nicht, wohin sich der junge Herr gewandt habe. Es war ihr nur bekannt, daß er sich sogleich abgemeldet habe. Was sie mir sonst noch über den jungen Herrn berichtete, war nur Lobenswertes, und wenn eine Berliner Zimmervermieterin in dieser anerkennenden Weise von einem Mieter spricht, der sie verlassen hat, so ist das gültiger und bedeutungsvoller als ein Ehrendiplom. So honett und bescheiden sei er gewesen, trotzdem er ein Freiherr gewesen sei, und ein gutes, warmes Herz habe er gehabt und nie gemurrt, daß es ihm so schlecht gehe. Nie habe er den Mut verloren, und keinen Pfennig sei er schuldig geblieben; sie sei sehr traurig gewesen, daß sie ihn als Mieter verloren habe, trotzdem sie manchmal auf ihr Geld habe warten müssen. Immer habe sie aber gewußt, daß ihre Bezahlung sicher sei, sobald er nur wieder etwas verdient haben würde. Daß sie den Aufenthalt des jungen Herrn nicht angeben konnte, machte mich nicht verlegen. Er hatte sich polizeilich abgemeldet, und ich recherchierte nun weiter und erfuhr, wohin er sich gewandt habe. Es wurde mir eine Villa Römhild als sein neues Domizil bezeichnet. Etwas erstaunt begab ich mich nach der sehr vornehmen und eleganten Villa Römhild und fand diese mit fest verschlossenen Fensterläden vor. Auf mein Klingeln an der Gartenpforte erschien ein Diener und erkundigte sich nach meinem Begehr. Ich fragte, ob ich Herrn Helmut von Waldeck sprechen könne, denn ich wollte mir am liebsten unter einem Vorwande von ihm selbst weitere Informationen holen. Aber der Diener lachte und sagte:

›Hier gibt es nur einen gewöhnlichen Helmut Waldeck. Wenn er Ihnen gesagt hat, daß er ein ›Herr von‹ sei, dann hat er Sie angekohlt. Vornehm genug sah er freilich aus, und wir nannten ihn in der Dienerstube immer den Herrn Grafen, weil er ja auch bei einem Grafen vorher als Diener in Stellung war. Unser Herr hat ihn auch nur deswegen als Diener engagiert, weil er so mordsfein aussah. Wir anderen waren dem Herrn allesamt nicht nobel genug, um ihn auf seiner Weltreise zu begleiten. Deshalb hat er sich so einen feinen Alex engagiert. Wenn Sie ihn sprechen wollen, dann kommen Sie zu spät, er ist vor einiger Zeit mit unserem Herrn abgereist. Der macht eine Reise um die ganze Welt und kommt erst in zwei Jahren wieder. Sie kriegen wohl Geld von Waldeck?‹

Ich wußte nun, daß der junge Freiherr, weil sich ihm keine andere Existenzmöglichkeit bot, sich mutig entschlossen hatte, eine Stellung als Diener anzunehmen. Dieser Entschluß mag ihm nicht leicht geworden sein, aber es ist ihm wohl nichts anderes übriggeblieben. Immerhin ehrenwert, das muß man sagen. Wahrscheinlich hat er seinen

Freiherrntitel abgelegt, da er ihm in seiner neuen Stellung nur hinderlich gewesen sein mag. Ob er seinen Herrn ins Vertrauen gezogen hat, weiß ich nicht. Jedenfalls war der Diener fest davon überzeugt, daß ich falsch informiert sei. Ich habe ihn dabei gelassen. Ich sagte ihm nur, ich hätte nach dem vornehmen Exterieur des jungen Mannes gleichfalls angenommen, daß er von Adel sei, und im übrigen sei er mir nichts schuldig. Ich hätte ihn nur gern engagiert und nicht gewußt, daß er schon in festen Händen sei. Der Diener meinte etwas neidvoll:

›Ja, der bei seinem Aussehen hat es leicht, gute Stellungen zu bekommen, aber jetzt ist er jedenfalls auf zwei Jahre vertraglich an unseren Herrn gebunden.‹

Ich schwatzte noch ein wenig mit dem Diener und machte ihn redselig, brachte ihn sogar dazu, mir die Reiseroute zu verraten, die sein Herr zwecks Nachsendung wichtiger Nachrichtenangaben hinterlassen hatte, und diese Route habe ich mir, so gut es ging, eingeprägt. Jedenfalls will dieser Herr Römhild, der übrigens einer von den Neureichen ist, über Italien und Griechenland nach Ägypten reisen. Von da aus soll es nach Indien, Ceylon und den Sundainseln gehen. Dann ist ein Abstecher nach Australien vorgesehen und an den anschließend ein Aufenthalt in China und Japan. Als nächste Station ist dann Hawaii ins Auge gefaßt, und von da aus gedenken die Reisenden Amerika aufzusuchen. Ganz genau habe ich, wie gesagt, die Route nicht mehr im Kopfe, aber das weiß ich gewiß, daß auch ein Besuch in Kalifornien geplant ist, und daß San Franzisko mit auf der Liste stand. Das dürfte aber immerhin mindestens ein Jahr, wenn nicht noch länger dauern. Immerhin würde also der junge Herr in seiner Eigenschaft als Diener des Herrn Römhild San Franzisko berühren, und, wenn Sie wünschen und es für Sie wichtig ist, will ich nochmals den Diener ausfragen und versuchen, in Erfahrung zu bringen, zu welchem Zeitpunkt ungefähr Herr und Diener in Kalifornien eintreffen werden. Ich halte mich und mein Bureau weiter Ihren Diensten empfohlen und lege meine Rechnung bei, falls Sie den Abschluß meiner Nachforschungen wünschen.

Mit ergebenster Empfehlung stets gern zu Diensten,
zeichne ich hochachtungsvoll
Gustav Greiner
Weltbureau für Nachforschungen
aller Art.«

Aufatmend ließ Mr. Highmont die engbeschriebenen Briefblätter sinken und verfiel in tiefes Sinnen. Was er über Helmut von Waldeck aus diesem Schreiben erfahren hatte, war nicht eindruckslos an ihm vorübergegangen. Ein Freiherr von Waldeck, der Sohn einer Gräfin Hochberg als Diener eines Neureichen? Das imponierte ihm, das rüttelte ihn auf aus seiner Gleichgültigkeit. Da war ein Mensch in Not, der ihm durch Bande des Blutes verbunden war, ein tapferer Mensch, der, mußte es sein, seinen Stolz zu bezwingen verstand, der mutig die niedrigste Arbeit verrichtete, weil es ehrliche Arbeit war, und weil er nicht wie mancher vornehme Standesgenosse lieber Schulden machte. Er fühlte es warm in sich aufsteigen, las den Brief noch einmal langsam durch und freute sich über das Lob, das man dem jungen Manne spendete. Ja, er freute sich, weil er hoffen konnte, daß dieser junge Mann Art von seiner Art war. Der Sohn seiner Schwester Nora? Ja – Noras Sohn! Er rief sich das Bild seiner Schwester ins Gedächtnis zurück, dieser Schwester, die ihm immerhin die liebste gewesen war, und die ihm bei seinem Scheiden wenigstens traurig nachgesehen hatte, wenn sie auch zu schwach und hilflos gewesen war, ihn zu halten oder nur ihn zu verteidigen. Sie stand ja selbst unter dem Zwange der anderen und mußte sich ihm fügen. Aber leid hatte es ihr getan, als man ihn fallenließ, das hatte er in ihren traurigen Augen gelesen. Und der Sohn dieser Schwester war in Not, in so tiefer Not, daß er sich als Diener verdingen mußte, um leben zu können. Und er selbst saß in einem Überfluß, den kein Mensch mehr mit ihm teilte, den er selbst nicht genießen konnte. Was war da zu tun?

Zwei Jahre war Helmut vertraglich gebunden? Nun, Verträge können gelöst werden. Aber vielleicht waren diese zwei Jahre eine gute, wenn auch harte Schule für den jungen Mann, man durfte ihn eigentlich nicht vorzeitig daraus erlösen. War er wirklich ein Charakter, so konnte er dabei gewinnen. Ja, mochte er dieser Prüfung bis zum Ende unterworfen bleiben, dann konnte man weiter sehen, was die Lehrzeit aus ihm gemacht hatte.

John Highmont oder vielmehr Graf Hans Hochberg – er hatte seinen Grafentitel längst abgelegt und seinen deutschen Namen ins Englische übersetzt – drückte, sich hoch aufrichtend, auf die Klingel, und als George erschien, gebot er ihm, Mr. Smith, den Sekretär zu rufen. Dieser, ein blonder, schlanker Mensch mit hellblauen Augen und etwas vorgeneigter Haltung, erschien gleich darauf und trat mit einer Verbeugung zu Mr. Highmont hin.

»Bitte, lieber Smith, lassen Sie den Betrag dieser Rechnung an die Adresse hier überweisen. Und dann schreiben Sie diesem Herrn Greiner, er möge in Erfahrung zu bringen suchen, wann ungefähr Herr Römhild – bitte notieren Sie den Namen – mit seinem Diener in San Franzisko eintreffen würde. Weiter brauchte ich ihn dann vorläufig nicht mehr in Anspruch zu nehmen. Bei weiterem Bedarf würde ich mich seines Büros gern bedienen.«

Smith verneigte sich wieder,

»Sonst noch Befehle, Mr. Highmont?«

»Hier ist noch Post zur Erledigung für Sie. Das weitere werde ich erst durchsehen.«

Mister Smith entfernte sich mit einer Verbeugung. Mister Highmont warf einen Blick in die weiteren Posteingänge, machte einige darauf bezügliche Notizen für seinen Sekretär und gab, als er damit fertig war, seinem Diener den Befehl, seinen Wagen vorfahren zu lassen. Seit seinem Unfall hatte er sich noch nicht wieder entschließen können, ein Auto zu besteigen. So benutzte er dann zu seinen Ausfahrten eine Equipage, die aus früherer Zeit noch in seiner Remise gestanden hatte. Langsam, auf einen Stock gestützt, begab er sich nach dem Portal, vor dem die Equipage hielt.

George hüllte seinen Herrn in eine warme Decke und stieg zum Kutscher auf den Bock. Und nun fuhr der Wagen langsam durch die Gärten und die Anlagen nach dem Meeresstrande, an den Badeplätzen vorbei, woselbst sich die erfrischungsbedürftigen Menschen tummelten. John Highmont seufzte auf. Er war einst ein kühner Schwimmer gewesen, wie er überhaupt in jedem Sport Meisterleistungen aufzuweisen gehabt hatte. Sein junger Sohn hatte tapfer Schritt mit ihm gehalten, und in jauchzender Lebenslust und in dem frohen Bewußtsein ihrer Kraft hatten sie einander zu übertreffen gesucht. Nun war das alles anders geworden. Sein Sohn und Erbe lag in der Totengruft, und er selbst war nur noch ein Schatten seiner selbst. War es nicht besser für ihn, gleichfalls Schluß zu machen mit dem traurigen Rest, der geblieben war?

Aber bei diesem Gedanken richtete er sich entschlossen auf. Nein, es war trotz allem noch zu viel Lebenskraft und Lebenswille in ihm, noch konnte er nützen und schaffen, noch konnte er vielleicht das Schicksal eines Menschen, der durch die Bande des Blutes zu ihm gehörte, zu einem guten Ende leiten. Und gar so elend und kraftlos wie jetzt würde er auf die Dauer doch nicht bleiben. Das fehlende Blut konnte durch eine vernünftige Diät ersetzt, die entschwundene Kraft durch eine entsprechende Lebensweise wenigstens zum Teil zurückerobert werden. Und seitdem er wußte, daß noch ein Mensch lebte, der eines Stammes mit ihm und obendrein anscheinend ein tüchtiger, warmherziger Bursche war, fühlte er etwas wie eine neue Spannkraft in sich.

Ja, er wollte leben, wollte warten auf den jungen Freiherrn von Waldeck, der ihm vielleicht etwas sein konnte, der die trostlose Einsamkeit seines Herzens verscheuchen konnte. Aber – er mußte erst ihn unverbindlich kennenlernen.

4

Alfred Römhild hatte bereits Karten für den Luxusdampfer bestellt, der ihn mit seinem Diener nach Alexandrien hinüberbringen sollte. Es blieben ihm nur noch drei Tage bis zur Abfahrt des Dampfers, und diese wollte er zu einem Ausflug in das Innere von Griechenland benutzen. Er hatte bisher, wie er Helmut gegenüber äußerte, noch nichts von den berühmt schönen Griechinnen gesehen, und man hatte ihm gesagt, zu diesem Zwecke müsse er in die Gebirgsdörfer hinaufgehen. Dort würde er die schönsten Mädchen des Landes finden.

Helmut mußte ihn begleiten. Er war sehr froh darüber, weil er hoffte, Aufnahmen und Stoff für einige interessante Feuilletons zu finden. In den Hafenstädten war auch hier, wie überall, der typische internationale Betrieb, ohne hervorragende Eigenart. Da konnte man nicht viel Neues kennenlernen. Er begleitete also seinen Herrn ganz frohen Herzens, wenn er auch fürchten mußte, daß dieser wieder einmal wie schon oft, sich in recht heikle Liebesabenteuer verstricken würde. Er hatte ihn bereits des öfteren aus recht unangenehmen Situationen befreien müssen.

Römhild hatte schon verschiedentlich bemerkt, daß Helmut photographische Aufnahmen machte, ohne eine Ahnung zu haben, zu welchem Zwecke das geschah. Er glaubte, es sei nur eine Liebhaberei seines Dieners, und er zog ihn zuweilen damit auf oder machte ihn scherzhaft auf ein hübsches Mädchen aufmerksam, das er aufnehmen sollte. Auch heute, in der romantischen Abgeschiedenheit eines Gebirgsdorfes, forderte er ihn auf, ein junges Mädchen aufzunehmen, das einen Esel vor sich her trieb, der schwere Fruchtkörbe trug. Da die Szene sehr charakteristisch war, kam Helmut seinem Wunsche nach. Während er seine Vorbereitungen traf, schäkerte Römhild mit dem allerdings sehr hübschen, fast schönen Mädchen, das ihn mit seinen schwarzen Glutaugen etwas scheu und ängstlich betrachtete. Helmut merkte sehr wohl, daß sein Herr wieder einmal Feuer fing, es entging ihm aber auch nicht, daß ein junger Bursche in der malerischen Tracht des Gebirgsdorfes mit zornigen Augen aus dem verfallenen Torwege eines Gasthauses herüberstarrte und anscheinend von heftiger Eifersucht geplagt war.

Schnell beendete Helmut seine Aufnahme und hoffte, sein Herr würde nun mit ihm weitergehen. Aber dieser dachte nicht daran. Er hatte herausgebracht, daß die hübsche Kleine in den Gasthof gehörte, und er beschloß, hier zu bleiben, bis zum nächsten Tage, fest davon überzeugt, die Gunst der hübschen Griechin erringen zu können. Die Kleine ging halb belustigt, halb ängstlich auf seine Scherze ein. Als er ihr aber ein Kettchen aus hübschen Glasperlen – solche kleinen Präsente hielt Römhild immer bereit, um sich Frauengunst zu erkaufen – lockend vor die Augen hielt, bekamen diese Augen einen begehrlichen Glanz. Sie wurde zutraulicher und warf dem jungen Burschen, der ihr einige Worte zurief, die wahrscheinlich drohend oder warnend gemeint waren, einen ärgerlichen Blick zu. Und die Worte, die diesen Blick begleiteten, schienen den jungen Burschen zurückzuweisen. Dessen Augen hefteten sich nun drohend auf Römhild, was Helmut wohl bemerkte. Römhild aber schäkerte unbekümmert weiter mit der jungen Schönen.

Als man den Torweg des Gasthofes erreicht hatte und in das Haus eintrat, war der junge Bursche verschwunden. Ein älterer Mann, anscheinend der Wirt, erschien und redete in einem sehr schlechten Englisch auf die beiden Gäste ein, ihnen Quartier und Nachtmahl mit eindringlichen Worten anbietend. Das junge Mädchen, anscheinend seine Tochter, verschwand mit einem schelmischen, verheißenden Lächeln und einem letzten begehrlichen Blick auf die bunte Halskette, die Römhild langsam wieder in seine Rocktasche gleiten ließ. Helmut machte auf Römhilds Weisung dem Wirt begreiflich, daß sie ein Abendessen und ein Nachtlager wünschten. Goldene Berge versprechend, führte der Wirt seine Gäste in zwei Zimmer mit sehr primitiver Einrichtung, die aber wenigstens relativ sauber waren. Dann rief er nach seiner Tochter, sie solle Wasser und Handtücher herbeischaffen. Kaum, daß sie das Zimmer betreten hatte, gab er ihr in griechischer Sprache einige Anweisungen – anscheinend, daß sie den Fremden freundlich entgegenkommen solle – und verschwand dann mit der Verheißung, er wolle seinen Gästen ein fürstliches Mahl richten lassen.

Während die junge Griechin in Römhilds Zimmer das primitive Waschgestell in Ordnung brachte, ließ sie alle Künste der Koketterie spielen. Als er sie jedoch anfassen wollte, schlug sie ihn auf die Hände, was ihn selbstverständlich erst recht entflammte. Ärgerlich gab er seinem Diener ein Zeichen, sich zu entfernen. Sogleich verschwand Helmut und suchte die für ihn bestimmte Kammer auf. Diese lag zwar neben dem Zimmer seines Herrn, aber um die Ecke des Hauses. Infolgedessen ging sein Fenster nach einer anderen Seite hinaus.

Er hörte das Scherzen und Lachen Römhilds und des Mädchens herüberklingen und trat, um nicht lauschen zu müssen, an das offene Fenster. Und da sah er den jungen Burschen von vorhin mit einem Altersgenossen zusammenstehen und eifrig und zornig auf diesen einreden. Helmut trat ein wenig von dem Fenster zurück und stellte seinen Apparat ein, um den malerischen Hof des Anwesens, samt den beiden jungen Männern aufzunehmen. Er war kaum damit fertig, als er sah, daß die beiden Freunde vorsichtig an die Hausecke heranschlichen und, um diese herumlungernd, nach dem offenen Fenster von Römhilds Zimmer hinauflauschten. Der eifersüchtige Liebhaber machte zornige, drohende Gesten nach dem Fenster hinauf, und sein Begleiter schien ihn durch sein Zusprechen noch mehr aufzureizen.

Helmut packte schnell seinen Apparat wieder weg und sah dann nochmals hinaus. Die beiden Freunde standen noch immer als Lauscher an der Ecke. Helmut sah, daß der Eifersüchtige wütend ein Messer aus seinem Gürtel zog und damit nach dem Fenster hinaufdrohte. Ihm wurde klar, daß seinem Herrn wieder einmal Unheil drohte, wenn er nicht von diesem Mädchen abließ. Er wußte aber längst aus Erfahrung, daß Römhild von einem Abenteuer nicht abzubringen war, und so hatte es keinen Zweck, ihm Vorhaltungen zu machen. Er schuf sich dadurch nur Unannehmlichkeiten. So konnte er nichts tun, als selber die Augen offenhalten. Finster zog Helmut die Stirn zusammen. Er kannte Römhild hinreichend, um zu wissen, daß Regina Darland an seiner Seite die Hölle erwarten würde, wenn es ihm wirklich gelingen sollte, sie zu seiner Frau zu machen. Diese immerwährende Sorge und Angst um Regina ließen sie ihm immer fester an sein Herz wachsen. Seine Gefühle für sie gewannen täglich an Tiefe und Innigkeit, und sein Groll auf Römhild wurde immer stärker. Wie konnte ein Mann wie er es bei seiner Veranlagung und bei seinem Charakter wagen, ein Mädchen wie Regina zur Frau zu begehren?

Von drüben her erklang der leise Aufschrei einer weiblichen Stimme und dann ein unterdrücktes Lachen und ein hastiges Hin und Her, als wenn zwei Menschen einander zu haschen suchten. Dann wurde die Tür aufgerissen und zugeschlagen, und flinke Füße huschten die knarrende Treppe hinunter. Helmut hörte die junge Griechin ein Liedchen trällern, und gleich darauf rief sein Herr nach ihm.

Er schien sehr guter Laune zu sein, sah vergnügt und unternehmend aus und machte seine Scherze mit Helmut, wobei er ungeniert durchblicken ließ, daß er seines Erfolges bei der jungen Griechin sicher sei.

»Sie wehrt sich noch ein bißchen, aber sonst hätte es auch keinen Reiz für mich. Nach dem Abendessen hat sie mir ein Stelldichein drüben an dem verfallenen Brunnen bewilligt. Wir haben uns durch die Zeichensprache verständigt. Das war sehr reizvoll. Eine kleine aparte Schönheit, dieses griechische Dorfmädel. Aber auf Sie macht so etwas anscheinend keinen Eindruck, Sie scheinen ein verdammt kaltschnäuziger Kerl zu sein. Ich habe noch nie bemerkt, daß Sie unterwegs eine Liebschaft angefangen haben.«

So sagte er, Helmut ein wenig spöttisch ansehend. Diesem waren solche Bemerkungen seines Herrn sehr peinlich, zumal er nicht darauf antworten konnte, was und wie er wollte. Darum sagte er nur ausweichend:

»Es käme mir nicht zu, gnädiger Herr, Sie mit derartigen Dingen zu behelligen. Ein guter Diener ist in solchen Dingen zurückhaltend.«

»Ach so, das haben Sie wohl bei Ihrem Grafen gelernt. Na schön, wie Sie wollen. Amüsieren Sie sich auf Ihre Art. Nach dem Essen brauche ich Sie also nicht mehr.«

»Sehr wohl, gnädiger Herr. Aber ich möchte nicht verfehlen, dem gnädigen Herrn zu sagen, daß der Bursche, der vorhin im Torweg stand, anscheinend eifersüchtig ist und sicherlich nichts Gutes im Schilde führt. Der Landbevölkerung hier soll es bei derartigen Gelegenheiten auf einen Messerstich nicht ankommen.«

Römhild lachte.

»Ah, also ein Nebenbuhler ist auch schon da? Nun, ich werde mich dann doppelt meines Erfolges freuen. Die Kleine bekommt ihre Halskette, und das wird mir zum Siege verhelfen, darauf verstehe ich mich bei den Weibern. Machen Sie sich keine Sorge, der Bursche wird nichts davon merken, daß ich ihm Hörner aufsetzen werde.«

Helmut wußte, daß er wieder einmal in den Wind gesprochen hatte, und beschloß, nichts mehr zu sagen, aber die Augen offen zu halten. Denn wenn er auch Römhild einen Denkzettel gegönnt hätte, so lag es doch in seinem Interesse, ihn vor ernsten Gefahren zu bewahren, und außerdem hielt er das für seine Pflicht.

Unten in einem düsteren, unbehaglichen Gastzimmer wurde von dem Wirte und seiner Tochter das Mahl aufgetragen, das eine dicke Matrone, wohl die Mutter des Mädchens, von der Küche aus zu einem Fenster hereinreichte. Römhild forderte Helmut auf, mit ihm am Tische zu essen, und dabei kniff er verstohlen die hübsche Griechin in die Arme, so daß diese erst leise aufschrie und dann kokett zu ihm auflachte. Sie versuchte auch mit Helmut zu kokettieren, weil dieser ihr noch viel besser gefiel als sein Herr, aber er sah kaum nach ihr hin und machte ein todernstes Gesicht. Außerdem lockte er die begehrliche Schöne nicht mit einer bunten Halskette.

Das Essen war leidlich zubereitet, wenn es auch kein fürstliches Mahl war, wie der Wirt versprochen hatte, aber der gute Landwein half es würzen und brachte Römhild in die nötige Stimmung für sein bevorstehendes Abenteuer.

Gleich nach dem Essen zog Helmut sich auf einen Wink seines Gebieters zurück. Er sah beim Durchschreiten des Torweges, und als er die Treppe hinaufstieg, den eifersüchtigen Liebhaber der Kleinen aus einem Verschlage herauslugen. Als er Helmut erkannte, zog er sich schnell zurück. Dieser beschloß jedoch, für seinen Herrn auf der Hut zu sein, denn er erblickte auch von dem kleinen Treppenfenster aus den anderen Burschen, der anscheinend zwecklos im Hofe herumlungerte, dabei aber aufmerksam nach allen Seiten ausspähte.

Es war schon sehr dämmerig, und Helmut mußte seine Augen sehr anstrengen, um alles das feststellen zu können. Als er sein Zimmer betrat, sah er nach dem verfallenen Brunnen hinüber, der von Büschen und Sträuchern umgeben war, die Schutz genug boten für ein verschwiegenes Stelldichein. Helmut blieb im Dunkeln an dem offenen Fenster sitzen und harrte der Dinge, die kommen sollten. Und sie kamen. Zunächst erblickte er, als es dunkel geworden war, im blassen Mondlicht eine Männergestalt, in der er unschwer seinen Herrn erkannte. Sie verlor sich langsam, wie absichtslos dahinschlendernd, zwischen den Büschen am Brunnen.

Eine Weile danach huschte eine schlanke Frauengestalt leise und behend ebenfalls nach dem Gebüsch hinüber. Aber kaum war sie verschwunden, so lösten sich lautlos zwei schwarze Schatten von der Hauswand und schlichen, Deckung suchend, gleichfalls nach dem Brunnen hinüber. Im Mondlicht sah Helmut etwas in den Händen dieser Schatten aufblitzen – blanken Stahl. Da sprang er auf. Nur einen Moment dachte er: Überlaß ihn seinem Schicksal; wenn sie ihn umbringen, ist Regina frei! Aber schnell wehrte er diesen Gedanken von sich. Wenn sich Römhild auch, seiner Warnung spottend, selbst in Gefahr begeben hatte, so war es doch die Pflicht seines Dieners, ihm beizustehen. Die Burschen sahen verwegen genug aus, um erkennen zu lassen, daß es ihnen auf ein Menschenleben nicht ankam. Daß die hohe Obrigkeit in diesen abgelegenen Gebirgsdörfern nur lässig ihres Amtes waltete, wußte er. Hatten die Burschen ihre Opfer zur Strecke gebracht, verschwanden sie in die Berge, bis Gras über die Geschichte gewachsen war, und das geschah hier sehr schnell.

Helmut eilte also lautlos die Treppe hinab, glitt durch den Torweg und schlich ebenso vorsichtig hinter den Burschen her. Er mußte sich beeilen, denn sie hatten das Gebüsch bald erreicht, aus dem jetzt das leise Lachen der jungen Griechin herüberscholl. Die beiden Burschen schwangen bei diesem Lachen drohend die im Mondschein blitzenden Messer und glitten schnell an das Gebüsch heran. Helmut eilte ihnen nach und kam gerade noch zurecht, um im Scheine des Mondes zu sehen, wie der eine der Burschen die junge Griechin aus den Armen seines Herrn riß, und wie der andere sich wütend auf Römhild warf, ihn zu Boden zerrte und das lange Messer schwang, um es ihm in den Hals zu stoßen. Römhilds Leben hing an einem Haar. Das wußte er auch, denn er starrte angstvoll, mit hervorquellenden Augen in das haßerfüllte Gesicht des eifersüchtigen Liebhabers, während der andere Bursche das Mädchen festhielt und am Schreien hinderte. Römhild gab sich verloren und keuchte unter dem würgenden Griff seines Gegners. Aber in dem Moment, da das todbringende Messer auf ihn herabsausen wollte, wurde die Hand des Burschen plötzlich am Gelenk gefaßt und herumgedreht, so daß das Messer herabfiel. Helmut war es, der diesen rettenden Griff ausgeführt hatte. Er riß mit einem zweiten Griff den Angreifer zu Boden, so daß er Römhilds Hals freigab und niederstürzte. Der andere Bursche ließ das Mädchen los, das schreiend davonlief, und wollte sich auf Helmut werfen. Dieser unterlief ihn aber und brachte ihn dadurch ebenfalls zu Fall, wobei auch ihm das Messer entfiel. Mit schnellem Entschluß schleuderte Helmut die beiden Messer in den Brunnen und stand nun in Bereitschaft, einem neuen Angriff zu begegnen. Aber die beiden Burschen liefen, kaum daß sie sich aufgerichtet hatten, davon, weil das Geschrei des Mädchens das Haus rebellisch machte. Sie verschwanden spurlos im Dunkeln. Helmut half seinem Herrn empor. Dieser rang noch mühsam nach Luft. Helmut stützte ihn und führte ihn dem Hause zu. Da kam ihm schon der Wirt mit einer Laterne entgegen, den Helmut schnell verständigte, daß sein Herr, auf einem Abendspaziergang begriffen, von zwei Strolchen überfallen worden sei, die ihm mit dem Messer hatten zu Leibe gehen wollen. Er habe sie rechtzeitig daran hindern können, habe ihnen die Messer abgenommen und in den Brunnen geworfen. Die Strolche seien ausgerissen, weil das schreiende Mädchen die Bewohner des Hauses geweckt habe.

Das Mädchen schrie und jammerte noch immer, ohne ein Wort zu sagen. Sie schien es gern Helmut zu überlassen, die etwas fragwürdige Situation zu erklären. So gebot ihr der Vater nur, ruhig zu sein und sich zu Bett zu begeben. Er erging sich dann in Beteuerungen, wie peinlich ihm dieser fatale Zwischenfall sei, und fragte Römhild besorgt, ob ihm etwas geschehen sei.

»Abends sollten Sie nicht mehr hinausgehen, Herr; es ist immer gefährlich; zu viel Gesindel lungert überall herum, vollends, wenn es weiß, daß ein reicher, vornehmer Fremder unterwegs ist. Bleiben Sie in Ihrem Zimmer, Herr, und den Heiligen sei Dank, daß Ihnen nichts geschehen ist.«

Römhild antwortete gar nicht, ihm war sehr übel. Als der Alte sich abgewandt hatte, warf er dem Mädchen, das verstummt war und ihn vorwurfsvoll ansah, die bunte Halskette zu, die es eilig in ihrem Kleide barg und davonlief.

Römhild sah ihr mit blutunterlaufenen Augen nach. Der

Griff des Burschen an seinem Hals hatte ihm das Blut in den Kopf getrieben. Helmut mußte ihn stützen, als er die Treppe hinaufstieg. In seinem Zimmer angekommen, fiel Römhild mit einem Fluch in einen Sessel, und dann sah er zu Helmut auf.

»Waldeck, heute danke ich Ihnen mein Leben, ich weiß es. Der rabiate Bursche hätte mich kaltblütig umgebracht, sein Messer schwebte dicht über meinem Halse, und ich gab keinen Heller mehr für mein Leben.«

»Der Bursche war durchaus nicht kaltblütig, gnädiger Herr, er war rasend eifersüchtig.«

»Ach, Unsinn, er hatte es wohl auf meine Börse abgesehen. Aber gleichviel, Sie haben mir das Leben gerettet, das vergesse ich Ihnen nicht.«

Er entnahm seiner Brieftasche einige große Kassenscheine und wollte sie Helmut geben. Dem stieg das Blut in die Stirn, und er trat zurück.

»Ich tat nur meine Pflicht, gnädiger Herr, und bitte Sie, mich nicht dadurch zu kränken, daß Sie mir Geld dafür anbieten.«

Kopfschüttelnd sah ihn Römhild an.

»Donnerwetter nochmal, Waldeck, Sie sind doch ein verdammt feiner Kerl! Aber dumm sind Sie, auf diese Weise kommen Sie nicht vorwärts im Leben. Sie haben sich doch das Geld redlich verdient, denn wenn Sie die beiden Strolche nicht so famos abgeführt hätten, wäre es Ihnen genauso ans Leben gegangen wie mir. Großartig haben Sie die Burschen abgetan. Wo haben Sie denn das gelernt?«

Helmut konnte ihm nicht wohl sagen, daß er diese Griffe von einem jungen Japaner gelernt hatte, der sein Studienkollege an der Hochschule gewesen war. Er wollte aber nicht lügen und entgegnete daher:

»Ich habe mal einen Japaner kennengelernt, der hat mir diese Kunstgriffe beigebracht.«

»Fabelhaft! Das müssen Sie mir auch beibringen. Aber jetzt gehe ich zu Bett, mir ist nicht ganz wohl, und von den Griechinnen habe ich vorläufig genug. Morgen gehen wir nach Athen zurück und warten da auf unsern Dampfer.«

»Das ist wohl das beste, gnädiger Herr, ich halte es für geraten, den Burschen nicht noch einmal zu begegnen. Sie könnten sich andere Messer verschafft haben, und es ist gut, wenn wir bei Tageslicht diese Gegend verlassen.«

»Ja, ja, das wollen wir tun. Und – da Sie zu stolz sind, mein Geld anzunehmen – da haben Sie meine Hand, ich danke Ihnen, Sie haben seit heute einen Stein mehr bei mir im Brett. Ich werde es Ihnen nicht vergessen, daß ich Ihnen mein Leben danke.«

Aber wie bald hatte Alfred Römhild vergessen, daß Helmut ihm das Leben gerettet hatte. –

Am nächsten Morgen verließen Herr und Diener den Gasthof, von dem wortreichen Wirt bis vor die Tür begleitet. Seine Tochter war nicht mehr zu sehen, und Römhild bedauerte das nicht einmal. Er hatte hier keinen Sieg erfochten, und das wurmte ihn im stillen doch! Er war ein Mensch, den unerfüllte Wünsche lange quälten. Helmut war froh, daß dieses Abenteuer noch so gut abgelaufen war, es hätte auch anders kommen können. Und als am übernächsten Tage der Dampfer abfuhr und Griechenland hinter ihnen zurückblieb, atmete er erlöst auf. Er hatte zwar ebenso charakteristische wie interessante Aufnahmen gemacht und Stoff für einige nette Feuilletons gesammelt, aber gute Erinnerung an das Land der Griechen nahm er doch nicht mit. –

Regina Darland saß am Fenster ihres Zimmers mit einer Handarbeit beschäftigt, als ihre Schwester Brigitta in ihrer raschen, frischen Art bei ihr eintrat und ein Zeitungsblatt triumphierend in der Hand hielt.

»Was bring' ich dir, Regi?«

Diese errötete leicht und sah von ihrer Arbeit erwartungsvoll zu der Schwester auf.

»Eine Zeitung, wie ich sehe«, erwiderte sie so ruhig, wie es ihr möglich war.

»Eine Zeitung, wie ich sehe«, äffte ihr Brigitta mutwillig nach. »Ja, aber was für eine? Du wirst staunen über das glänzende Feuilleton, das dein Lebensretter wieder geschrieben hat. Weiß du, ich habe nie etwas für Reisebeschreibungen übrig gehabt, ich fand sie immer zum Sterben langweilig. Aber alles, was aus H. Walds Feder stammt, ist riesig interessant für mich. Erstens, weil er dein Lebensretter ist, zweitens, weil er wirklich sehr elegant und sehr fesselnd schreibt und meistens auch sehr humorvoll. Und drittens – nun – drittens, weil meine Schwester Regi immer einen roten Kopf bekommt, wenn sie diese Feuilletons liest.«

»Aber Gitta, was hast du für Einfälle!«

Gitta warf ihr die Zeitung in den Schoß und umhalste sie lachend.

»Du weiß schon, daß ich immer blendende Einfälle habe. Lies nur heute diesen Bericht über die Akropolis. Der ist in Licht und Sonne getaucht, aber mitten darin findet sich ein sehnsüchtiger Stoßseufzer: ›Aber alle die Schönheit, die mich blendet, gäbe ich hin für eine einzige Minute, die ich in einer bestimmten Gesellschaft auf der Tauenzienstraße verplaudern dürfte.‹ – Wie findest du das, Regi? Derartige Sehnsuchtsrufe kehren immer wieder in seinen Artikeln.

Weißt du, er muß einmal mit einem sehr geliebten Wesen auf der Tauenzienstraße geplaudert haben, meinst du nicht auch?«

Regina wurde noch viel röter.

»Wie kann ich das wissen?«

»Ja, wenn du es nicht weißt! Ich würde es unbeschreiblich nett finden, wenn du es wüßtest. Endlich einmal ist mit diesem Jung Siegfried ein bißchen Romantik in unser Leben gekommen! Mir wäre es sehr recht, hättest du dich in ihn verliebt und er sich in dich. Eigentlich müßtest du das schon aus Dankbarkeit tun, denn dein Leben gehört doch gewissermaßen nun ihm.«

»Aber Gitta, schwatze doch keinen Unsinn!«

»Bitte, das ist kein Unsinn. Das hat viel mehr Sinn, als wenn du zum Beispiel diesen unausstehlichen Alfred Römhild heiraten würdest.«

Ganz entrüstet sah Regina die Schwester an.

»Aber Gitta, nun höre mit derartigen Redensarten auf! Wie kommst du nur auf den Einfall, daß ich Herrn Römhild heiraten könnte!«

»Nun, wenn du nicht darauf kommst, er hat das sicherlich schon lange vor.«

»Das scheint eine fixe Idee von dir zu sein! Das kann ja gar nicht in Frage kommen. Du weißt selber, daß er mir sehr unsympathisch ist, daß ich daraus nie ein Geheimnis gemacht habe.«

Brigitta warf sich der Schwester gegenüber in einen Sessel.

»Nun ja, daß du ihn nicht magst, weiß ich, und es ist mir durchaus verständlich. Aber er hat ganz bestimmt die Absicht, dich zu seiner Frau zu machen! Sonst würde er dir nicht immerfort so kostbare Blumenspenden geschickt haben und auch jetzt noch nach seiner Abreise schicken lassen.«

»Sehr zu meinem Leidwesen, Gitta; du weißt, daß ich seine Blumen immer in Mamas Zimmer stellen lasse, weil ich sie nicht mag. Daß jetzt in seiner Abwesenheit immer noch Blumen in seinem Namen geschickt werden, verstehe ich nicht, er hat wohl vergessen, in der Gärtnerei Gegenorder zu geben. Daran, daß er abgereist ist, auf mindestens zwei Jahre, kannst du doch erkennen, daß er nicht ernstlich daran denkt, mich zu seiner Frau zu machen. Ich hatte wirklich eine Weile gefürchtet, er könne sich mit dieser Absicht tragen, und ich habe deshalb deutlich markiert, daß er keine Aussichten bei mir hat. Aber nun er so lange fortgegangen ist, sehe ich zu meiner Beruhigung, daß er nicht daran denkt.«

»So sicher ist das nicht! Aber wenn ich nur sicher bin, daß du ihn nicht magst. Es wäre ja entsetzlich, wenn er mein Schwager würde. Du magst lieber deinen Jung Siegfried heiraten, der gefällt mir besser.«

»Aber Gitta, du kennst ihn ja nicht einmal!«

»Aber ich habe am Telephon seine Stimme gehört und sein Lachen, und das ist oft charakteristischer für einen Menschen, als wenn man ihn sieht. Beides hat mir ausgezeichnet gefallen. Und – er hat meiner Herzensschwester das Leben gerettet – und schreibt zudem so wunderhübsche Reiseberichte, aus denen man gleich ersieht, was für ein Mensch er ist. Also – meinen Segen hast du, Regi!«

Damit umarmte Brigitta ihre Schwester und küßte sie. Dann wirbelte sie wieder hinaus.

»Ich gehe jetzt Besorgungen machen, Regi; bis zum Tee bin ich wieder zu Hause.«

Damit warf sie ihrer Schwester von der Tür her noch

eine Kußhand zu und verschwand. Regina entfaltete nun hastig die Zeitung und suchte nach dem Feuilleton von H. Wald. Mit heißen, brennenden Augen las sie jedes seiner Worte mit so intensiver Aufmerksamkeit, daß ihr keine Silbe entging. Sie entdeckte auch die von der Schwester zitierte Stelle, aber außerdem fand sie noch manches Wort heraus, das Gitta entgangen war, und aus dem sie herauslas, daß Helmut Waldeck ihrer gedacht hatte. Daß er ein Freiherr von Waldeck war, ahnte sie nicht, denn am ersten Tage ihrer Bekanntschaft hatte er sich ihr nur als Waldeck vorgestellt. Außerdem wußte sie nur, daß er Helmut hieß, und daß sein Pseudonym H. Wald lautete. Es war ihr auch unbekannt, welchen Beruf er hatte, ob er Journalist oder Schriftsteller von Beruf war, oder ob seine Betätigung mit der Feder nur eine Nebenbeschäftigung von ihm war. Ach, so bedauernswert wenig wußte sie überhaupt von ihm. Nur eines war ihr seit langer Zeit kund und offenbar, daß er ihrem Herzen teuer war! Ja, über alles teuer, und es machte sie darum glücklich, zu wissen, daß er ihrer gedachte und ihr davon fast in jedem seiner Feuilletons Kunde gab. Fand sie in seinen Zeilen einmal kein Zeichen seines Gedenkens, war sie sehr betrübt, bis sie in einem späteren Artikel wieder eins entdeckte.

Jedesmal, wenn sie ihren Eltern diese Berichte zu lesen gab, war sie von banger Sorge erfüllt, diese möchten die fraglichen Stellen ebenfalls herausfinden. Bisher war das aber wohl nicht der Fall gewesen, wenigstens hatten sie niemals etwas darüber geäußert. Und Gitta – das wußte sie – war verschwiegen. Wenn sie die Schwester auch gern ein wenig neckte, so würde sie dennoch niemals etwas von dem verraten, was Regina geheimhalten wollte. Manchmal machte sie sich darüber Vorwürfe, daß sie ihren Angehörigen verraten hatte, diese Serie von Reiseberichten stamme aus der Feder ihres Lebensretters. Aber sie war bisher nicht daran gewöhnt gewesen, ein Geheimnis vor Eltern und Schwester zu haben, und es bedrückte sie schon ein wenig, daß sie ihnen nichts erzählt hatte von ihrem letzten Zusammentreffen mit ihm. So ganz beiläufig hatte sie nur erwähnt, daß der junge Mann unter einem Pseudonym von seiner Reise Berichte an die Zeitung senden würde. Man hatte sie nicht gefragt, wann sie das erfahren hatte, und angenommen, daß es schon bei der ersten Begegnung geschehen sei. Nur Gitta, die zuweilen das Gras wachsen hörte, ahnte wohl, daß die Schwester nochmals mit Helmut Waldeck zusammengetroffen sei. Aber um keinen Preis hätte sie den Eltern etwas von dieser Vermutung erzählt.

Nach Beendigung ihrer Lektüre begab Regina sich in das Wohnzimmer hinüber. Sie hatte gehört, daß der Vater nach Hause gekommen war, und wollte ihn begrüßen und den Eltern die Zeitung geben. Es freute sie immer, sprachen ihre Eltern sich anerkennend über diese Berichte aus.

Sie begrüßte ihren Vater herzlich, und er strich ihr mit großer Zärtlichkeit über das Haar. Seitdem er Alfred Römhild als Preis für seine Ehre und seine Existenz die Hand seiner Tochter hatte versprechen müssen, fühlte er sich Regina gegenüber dauernd befangen. Noch hatte er nicht den Mut gefunden, ihr zu sagen, daß ihre Hand Alfred Römhild versprochen sei. Er hatte gemeint, es sei dazu noch lange Zeit. Aber in den letzten Tagen hatte seine Frau, die auch noch nichts von seinem Plane wußte, verschiedene lächelnde Andeutungen gemacht, daß Regina wohl etwas mehr als nur Dankbarkeit für ihren Lebensretter empfinde. Darüber war er sehr erschrocken. Das fehlte noch, daß Regina ihre Liebe einem andern zuwandte als Römhild. Bisher, das wußte er, war Reginas Herz frei gewesen. Und es mußte um jeden Preis vermieden werden, daß sich das änderte.

Karl Darland, der die letzte Zeit unsagbar unter dem Gedanken gelitten hatte, daß seine Ehre und seine Existenz in der Hand eines Mannes wie Alfred Römhild lagen, bedrückte der Gedanke, seine Tochter opfern zu müssen, unbeschreiblich. Und ein Opfer war es, das Regina bringen mußte, das wußte er, denn sie hatte nie ein Hehl daraus gemacht, daß Römhild ihr unsympathisch, ja widerwärtig sei. Er konnte sich auch nicht damit trösten, daß Regina ein sorgenfreies Leben in Glanz und Luxus an Römhilds Seite führen würde. Er wußte, daß seiner Tochter Sinn nicht nach äußerem Glanz strebte. Ihr tief angelegter Charakter sehnte sich nach anderen Dingen, die nichts mit Geld und Geldeswert zu tun hatten.

Frau Darland, eine noch sehr hübsche und stattliche Frau, nahm Regina das Zeitungsblatt ab.

»Wieder ein Bericht von H. Wald, Regi?«

»Ja, Mutter, er ist wie immer sehr interessant.«

Die Mutter lächelte Regina zu.

»Ich freue mich schon darauf. Aber jetzt könntest du Anna ein wenig helfen, die Toasts zum Tee zu bereiten.«

Frau Darland hielt darauf, daß ihre Töchter sich auch im Haushalt und in der Küche nützlich machten. Seitdem die Inflation ihren Gatten in eine ziemlich bedrängte Lage gebracht hatte – wie sehr bedrängt diese war, ahnte sie noch nicht einmal –, war das zweite Mädchen abgeschafft worden, und man behalf sich mit der Köchin und einer Aufwärterin, und so mußten Regi und ihre Schwester tüchtig mit zugreifen, was ihnen ja auch nicht schadete, und was sie gern taten.

Regina kam der Aufforderung ihrer Mutter sogleich

nach, und Frau Darland entfaltete die Zeitung, während ihr Gatte die Börsenberichte durchsah. Als Frau Darland fertig war, sagte sie mit einem schelmischen Lächeln:

»Es sollte mich doch sehr wundern, wenn die Sehnsucht nach Berlin, die immer wieder aus den Zeilen dieses Herrn Wald klingt, nicht mit Regi zusammenhinge.«

Karl Darland sah mit zusammengezogener Stirn zu seiner Gattin hinüber.

»Du hast mir schon mehrfach derartige Andeutungen gemacht, Maria, ich hoffe aber, daß du dich irrst, wenn du annimmst, daß zwischen Regi und diesem jungen Manne irgendwelche tiefergehenden Gefühle erwacht sind.«

»Aber Karl, deshalb brauchst du doch nicht so sorgenvoll auszusehen. Dieser Herr Waldeck scheint doch ein sehr honetter junger Mann zu sein, und schließlich kommt Regi nun langsam in das heiratsfähige Alter, sie wird bald zwanzig Jahre alt.«

Karl Darland legte seine Zeitung fort.

»Ich bitte dich, Maria, wir kennen diesen jungen Mann doch gar nicht! Wir wissen nicht einmal, ob er eine sichere Existenz hat. Ich hoffe, du bist vernünftig genug, etwaige vage Träume Regis nicht zu unterstützen. Von einer solchen Verbindung kann keine Rede sein.«

»Darüber können wir aber doch erst eine Entscheidung treffen, wenn sich wirklich etwas Ernstes daraus entwickeln würde.«

»Dann wäre es schon zu spät. Der Fall darf überhaupt nicht eintreten«, sagte Karl Darland ungewöhnlich heftig.

Seine Gattin sah ihn betroffen an.

»Du scheinst das sehr schwer zu nehmen, Karl. Noch ist es ja nicht soweit, aber warum sollte Regina ihrem Herzen nicht folgen dürfen, wenn es für diesen jungen Mann spricht, der auf dem besten Wege zu sein scheint, sich eine solide Existenz zu gründen. Regina und Gitta sind keine sogenannten guten Partien, um die sich die Männer reißen, obgleich ich ohne Muttereitelkeit behaupten kann, daß sie beide sehr hübsche Mädchen sind. Jedenfalls muß man alles tun, um sie nicht an einer anständigen Versorgung zu hindern.«

Karl Darland sah angelegentlich zum Fenster hinaus, um den Augen seiner Frau nicht zu begegnen, als er sagte:

»Darum mache dir keine Sorge, für Regina habe ich bereits eine glänzende Partie ins Auge gefaßt. Ich wollte dir nur noch nicht davon reden, weil es noch nicht eilt. Aber – ich habe Regis Hand bereits einem Manne versprochen, der ihr ein glänzendes Los zu bieten vermag.«

Frau Darland fuhr überrascht empor.

»Karl! Davon hatte ich doch keine Ahnung. Und Regi doch sicherlich auch nicht.«

»Nein, weil die Sache erst perfekt werden soll, wenn der Freier, dem ich Regis Hand zugesagt habe, wieder von seiner Reise zurück ist.«

Maria Darland wurde ein wenig bleich.

»Zugesagt? Du hast einem Manne Regis Hand zugesagt, ohne daß sie – und ich davon wissen?«

»Nun ja doch, es sollte ... sollte erst spruchreif werden, wenn es soweit ist. Aber deine Worte über diesen jungen Herrn Waldeck zwingen mich, dir alles aufzudecken, damit du nicht etwa eine Torheit Regis befürwortest.«

Schnell erhob sich Frau Darland. Sie war blaß geworden, und ihre Augen bekamen einen angstvollen Ausdruck. Ihre Hand legte sich mit hartem Druck auf den Arm ihres Gatten.

»Ein Freier, der noch auf Reisen ist? Karl – du meinst doch um Gottes willen nicht Alfred Römhild?«

Er vermied es noch immer, sie anzusehen. Seine Stirn zog sich zusammen, während er sich mit einer Härte wappnete, die nicht in seinem Wesen lag.

»Warum sagst du, ›doch um Gottes willen‹ nicht Römhild? Könntest du dir eine glänzendere Partie für Regi denken als ihn?«

Sie rüttelte wie außer sich an seinem Arm.

»Eine glänzendere wohl nicht. Aber sag', Karl, meinst du wirklich ihn? Diesem Manne willst du deine Tochter doch wohl nicht ausliefern?«

»Was hast du gegen ihn?«

»Nichts, was ich in Worte zu fassen vermöchte; nichts, was ich beweisen könnte, aber alles in mir sträubt sich gegen diesen Menschen. Nenne es Instinkt, was sich in mir zur Wehr setzt, aber ich weiß, daß Regi an seiner Seite tiefunglücklich würde. Ich fühle es, er ist ein schlechter Mensch, und seitdem du so viel mit ihm zu tun hast, bist du auch ein anderer Mensch geworden. Nähert er sich mir, liegt es mir wie ein Alp auf der Brust. Denn ich ahne, fühle, daß er nichts Gutes mit dir im Sinne hat. Und Regi verabscheut ihn, wie ihn auch Gitta verabscheut. Das kann ja dein Ernst nicht sein, Karl, diesem Manne willst du doch unser geliebtes Kind nicht ausliefern?«

Er löste seinen Arm aus ihrem beschwörenden Griff und fiel wie kraftlos in einen Sessel.

»Es bleibt mir keine Wahl, Maria, er hat mein Wort, und er wird es einfordern, erbarmungslos. Ich habe ihn oft genug gebeten, mir mein Wort zurückzugeben – er tut es nicht«, stieß er heiser hervor.

Sie umfaßte ihn angstvoll.

»Aber Karl, komm' doch zu dir, er kann dich doch nicht zwingen?«

Mit einem jammervollen Blick sah er zu ihr auf.

»Meinst du denn, ohne Zwang hätte ich ihm Reginas Hand zugesagt, Maria? Du mußt es wissen, er hat die Macht – unsere ganze Existenz ist in seine Hand gegeben. Wird unsere Tochter Regina nach seiner Rückkehr nicht seine Frau – dann sind wir alle verloren.«

Sie sank neben ihn in einen Sessel und umkrampfte seine Hand.

»Mein Gott, ich ahnte es längst, daß dieser Mensch einen verhängnisvollen Einfluß auf dich ausübt. Besinne dich doch, Karl, du kannst unmöglich dein geliebtes Kind diesem Menschen opfern wollen. Kannst doch Regina nicht zwingen zu einer Verbindung mit einem Manne, den sie verabscheut.«

Er faßte angstvoll ihre Hand.

»Hilf mir, daß Regina ihre Aversion gegen ihn besiegt, daß sie einwilligt; ich sagte dir doch, sonst sind wir verloren, er hat unser Schicksal in seiner Hand.«

Sie stöhnte auf.

»Du bist ihm Geld schuldig – viel Geld?«

Er ließ wie kraftlos seine Stirn an ihre Schulter sinken.

»Auch Geld, Maria, aber – das ist nicht alles. – Er hält meine Ehre in seiner Hand. Bin ich ihm nicht zu Willen, liefert er mich der Staatsanwaltschaft aus.«

»Allmächtiger Gott!« stöhnte sie.

»Du sollst nun alles erfahren, Maria, damit du erkennst, wie ernsthaft unsere Lage ist. Aber nicht jetzt, heute abend, wenn wir allein sind, will ich dir alles gestehen. Jetzt könnten die Kinder uns stören. Aber das eine weißt du nun, Regi darf ihr Herz nicht an einen anderen Mann verlieren, sonst wird ihr das Opfer, das sie unweigerlich bringen muß, noch schwerer. Nur sie kann uns retten. Aber sage es ihr jetzt noch nicht, laß ihr noch Zeit, nur hüte sie, daß sie sich nicht an einen anderen Mann verliert. Sonst ist alles aus. Gönnen wir ihr so lange wie möglich ihre Freiheit, Römhild ist erst einige Monate fort, und er wird zwei Jahre fernbleiben. Erst nach seiner Rückkehr wird er mein Wort einfordern. Dann mußt du mir helfen.«

»Helfen, mein Kind zu opfern? Wie grausam, Karl!« stöhnte Maria Darland auf.

Er nahm ihre Hände beschwörend in die seinen.

»Begreife doch, Maria, es geht um unser aller Existenz. Handelte es sich nur um mich – wie gern wollte ich mich opfern. Aber es geht auch um dich und um die Kinder. Doch still jetzt, ich höre Regi! Heute abend sprechen wir weiter, du sollst alles erfahren und dann selbst entscheiden.«

Die Teestunde verlief heute sehr still. Die Schwestern merkten, daß die Eltern bedrückt waren, und selbst Gittas Plaudermund verstummte.

Frau Maria Darland konnte die Zeit fast nicht erwarten, bis sie sich mit ihrem Gatten in das Schlafzimmer zurückziehen konnte. Das Schlafgemach der Töchter lag durch die ganze Wohnung von dem der Eltern getrennt, und so waren diese ganz ungestört. Und nun legte Karl Darland seiner Gattin eine umfassende Beichte ab. Als er durch die Inflation in immer größere geschäftliche Schwierigkeiten gekommen war, hatte er, um sich durch eine Spekulation zu retten, ihm anvertraute Mündelgelder zu dem ihm verlokkend erscheinenden Geschäft verwandt. – Römhild selbst war es gewesen, der ihn damals zu diesem riskanten Unternehmen verleitet hatte. Römhild hatte nicht nur darum gewußt, daß Karl Darland zu diesem Zwecke das Vermögen seines Mündels angriff, sondern hatte sogar lachend seine anfänglichen Bedenken niederzuschlagen verstanden. Mit voller Absicht war er darauf ausgegangen, Darland zu einem Schritt vom geraden Wege zu verleiten, denn er trachtete schon immer danach, Menschen in seine Gewalt zu bekommen, um ihnen hernach seinen Willen aufzwingen zu können. – Die Spekulation schlug fehl, wie vorauszusehen war. Eine unausweichliche Katastrophe drohte.

Inzwischen hatte Römhild Regina kennengelernt. Ihre Schönheit erweckte auf der Stelle den Wunsch in ihm, sie zu seiner Frau zu machen; und je abweisender sie ihm begegnete, desto größer wurde seine Begier nach ihrem Besitz.

Regina ahnte nicht, daß Römhild ihren Vater in seiner Hand hatte. Als Darland in jenen kritischen Tagen außer sich bei Römhild erschien und den schwerreichen Mann beinahe kniefällig anflehte, ihn nicht fallenzulassen, sagte dieser endlich seine Hilfe unter der Bedingung zu, daß er ihm seine Tochter Regina zur Frau geben würde. Karl Darland war entsetzt, denn inzwischen hatte er Römhilds schlechten Charakter kennengelernt und zudem erfahren müssen, daß dieser ihn nur darum auf die schiefe Ebene gelockt hatte, um ihn in seine Hand zu bekommen. Schrecklich klar war es ihm überdies geworden, daß Römhild nicht, wie er angegeben, mit ihm gearbeitet, sondern gegen ihn operiert hatte. So wehrte er sich, so lange es ging, gegen seines Peinigers Verlangen und Bedingungen, bis dieser schließlich kurz und bündig erklärte, füge er sich nicht, würde er ihn ungesäumt bei der Staatsanwaltschaft anzeigen. Da erst stimmte der gebrochene Mann zu. Römhild aber ging ganz sicher. Er ließ sich die Zusage Darlands, ihm seine Tochter als Gattin zu überlassen, schriftlich geben, und der gequälte Vater mußte in diesem Dokument obendrein bekennen, Mündelgelder unterschlagen zu haben, und daß ihm die fraglichen Beträge lediglich unter der Bedingung zur Verfügung gestellt seien, daß Regina Darland seine Frau würde. Römhild verpflichtete sich, erst am Tage nach der Hochzeit mit Regina das Schriftstück mit der gravierenden Beichte wieder an Herrn Darland zurückzugeben. Mithin hatte dieser seine Tochter Regina für seine Ehre und eine große Summe Geldes, die ihn retten sollte, an Römhild sozusagen verkauft. Seit jener Zeit war er dann wie durch ein Wunder über seine anderen geschäftlichen Schwierigkeiten wieder hinweggekommen und befand sich jetzt in leidlich gesicherten Verhältnissen. Aber vergebens hatte er seither Römhild wieder und wieder gebeten, ihn von seinem Versprechen zu entbinden und ihm das ihn belastende Schreiben zurückzugeben. Er verpflichtete sich, Römhild einen Teil des geliehenen Geldes sofort zurückzuzahlen, den anderen Teil in vierteljährlichen Raten. Aber Römhild hatte das immer wieder strengstens zurückgewiesen. Je deutlicher er merkte, daß Regina ihm auswich, und je klarer es ihm wurde, daß der Vater es als ein großes Unglück für seine Tochter ansah, sie mit ihm zu verbinden, desto fester bestand er auf seinem Schein. Daß Helmut von Waldeck den letzten Absagebrief Römhilds an Karl Darland gelesen hatte, und daß also nun auch dieser um seine Schuld wußte, ahnte Herr Darland nicht. Noch weniger aber ahnte er, daß Helmut von Waldeck unablässig darüber nachgrübelte, wie er Regina retten könnte.

Frau Maria Darland hörte diese Beichte ihres Mannes mit Entsetzen an, aber sie konnte ihren Gatten, den sie herzlich liebte, nicht verdammen. In jener bösen Inflationszeit war mancher ehrenhafte Mann in schlimmer Bedrängnis zu Handlungen verleitet worden, die er sonst nie begangen haben würde.

Nun sah auch sie wohl oder übel ein, daß es nur diese eine Rettung gab vor einer Katastrophe, die auch ihre Kinder mit in Elend und Schande hineinziehen mußte. Schweren Herzens versprach sie daher ihrem Manne, Regina zum mindesten vor einer andern Liebe zu bewahren, soweit es in ihrer Macht lag, und ihr selbst, wenn es an der Zeit war, die notwendigen Eröffnungen zu machen. Sie bat ihren Mann nur, Regina so lange wie möglich zu verheimlichen, was ihr drohte. Erst wenn es unbedingt sein mußte, sollte sie eingeweiht werden.

Das versprach der unglückliche Vater, gönnte er doch nur zu gern seiner Tochter noch eine Zeit der Ruhe und des Friedens. Denn daß es für sie damit vorbei sein würde, sobald sie erfuhr, welches Opfer sie der Ehre ihres Vaters in naher Zukunft bringen sollte, war den Eltern nur zu klar.

Von diesem Tage an tat Frau Maria alles, was in ihrer Kraft stand, um Regina zu beeinflussen, sich mit ihrem Herzen nicht an Helmut Waldeck zu hängen. Aber dazu war es schon zu spät, Reginas Herz gehörte ihm schon, und sie war eine von den Frauen, die nur einmal lieben können und dann mit der ganzen Inbrunst ihres starken Empfindens. Die Mutter ahnte zudem nicht, daß Regina zuweilen einen Gruß an Helmut Waldeck sandte, und daß auch dieser Regina liebte und mit Sehnsucht ihrer gedachte. Regina hatte auf einer ihrer Karten geschrieben: »Bitte zu bedenken, daß meine Eltern und meine Schwester Ihre Berichte lesen. Es genügt, wenn Ihre Berichte das Wort: ›Gedenken‹ enthalten, dann weiß ich, daß Sie meiner gedacht haben.« Und so wagte Helmut fortan nie mehr eine seiner nur für

Regina bestimmten Bemerkungen zu machen. Aber das Wort: »Gedenken« fehlte nie mehr in seinen Berichten, und das war für Regina ein stilles Glück.

Regina merkte sehr wohl, daß die Mutter sie zu beeinflussen suchte, sich im Herzen nicht mit Helmut Waldeck zu befassen, und so suchte sie soviel wie möglich Gleichmut zu heucheln, wenn seine Berichte in der Familie zirkulierten. Gitta konnte dann ganz böse auf sie werden und ihr Undank gegen ihren Lebensretter vorwerfen, aber Regina verriet ihr nichts von ihrem wahren Empfinden. So wurde ihre Mutter wenigstens etwas ruhiger, wenngleich ihre Sorge die Tochter nach wie vor angstvoll umkreiste. Und es war wirklich nicht zum Verwundern, wenn die geängstigte Frau innige Gebete zum Himmel schickte, daß Alfred Römhild auf seiner Weltreise sich in eine andere Frau so verlieben möchte, daß Regina ihm nicht mehr begehrenswert erschiene.

5

Inzwischen war Alfred Römhild mit seinem Diener in Kairo angelangt. Er hatte im Luxushotel Shepheard Wohnung genommen, wie er sich ja auf dieser Reise allen erdenklichen Luxus leistete, was ohne weiteres auch für Helmut manche Annehmlichkeit im Gefolge hatte und ihm Gelegenheit gab, das elegante internationale Treiben der vornehmen Gesellschaft im Bild festzuhalten. Nachdem sich Römhild einige Zeit in Kairo amüsiert und alle Genüsse ausgekostet hatte, die hier zu haben waren, erfuhr er, daß in dem Schwefelbade Heluan ebenfalls elegantes mondänes Leben herrsche, und daß man dort viele außerordentlich schöne eingeborene Frauen zu Gesicht bekommen könne, wenn diese auch noch immer einen leichten Schleier trügen, der sie angeblich verhüllen sollte. Diese Schleier waren aber nicht imstande, die Schönheit dieser Frauen neidisch vor den Blicken der Männer zu verbergen. Da Römhild in der Zeit seines Aufenthaltes in Kairo vergeblich Ausflüge nach den Pyramiden und in die Fellachendörfer gemacht hatte, um »schöne Weiber« zu sehen und allerlei pikante Abenteuer zu erleben, reizte ihn die Aussicht, in Heluan zu finden, was er bisher in Ägypten versäumt hatte. Seine Entrüstung über die Enttäuschung, statt schöner Fellahmädchen nur schmutzige alte Weiber oder halbnackte Kinder zu Gesicht bekommen zu haben, machte sich in heftigen Ausfällen Luft. Er behauptete, die Fellachen hielten ihre schönen jungen Weiber verborgen, was eine Gemeinheit gegen die Fremden sei, denen doch der Mund wässerig gemacht würde nach schönen Fellahmädchen.

Helmut hörte solche Ausfälle ruhig und ernst an. Er war sehr froh, wenn seinem Herrn die Lust an gar zu vielen Abenteuern verging, denn gewöhnlich war auch er durch diese oftmals in sehr unerfreuliche Situationen gekommen, wie damals in Griechenland, wo er sein Leben für seinen Herrn hatte in die Schanze schlagen müssen. Daran schien Römhild schon längst nicht mehr zu denken, wie er sich immer gern vergeßlich zeigte, wenn er jemandem Dank schuldig war. Nach wie vor hatte Helmut entweder unter seinen bösen Launen oder unter seinen unangebrachten Vertraulichkeiten zu leiden. Die erste Zeit in Kairo hatte Helmut mit Römhild als dessen Gesellschafter auftreten müssen. Da wurde die Livree verbannt, und Helmut mußte sich in Zivilkleider stecken, mußte mit seinem Herrn alle Vergnügungslokale aufsuchen und mit ihm an einem Tische essen. Selbstverständlich mußte er den Dolmetscher spielen, und nachdem er ihn mit verschiedenen Herrschaften bekannt gemacht hatte, durfte er wieder in sein bescheidenes Dienerdasein zurücksinken.

Dann hatte Helmut wieder Zeit für seine Reiseberichte und streifte mit dem photographischen Apparat auch in den verschwiegensten Eingeborenenvierteln umher, immer nach Neuem und Interessantem suchend.

Und nun sollte es nach Heluan gehen, wonach man wieder auf kurze Zeit nach Kairo zurückkehren wollte. Von hier aus beabsichtigte Römhild dann nach Luxor zu gehen, um die Tempelruinen und die Königsgräber zu besichtigen, und danach einen Ausflug in die afrikanische Wildnis zu machen, längs des Bahr el Gazal, eines Nebenflusses des Nils. Dazu mußte er durch Helmut eine kleine Gefolgschaft zusammenstellen lassen, es mußten Araber gemietet und Zelte und alles sonst noch Nötige besorgt werden. Römhild wollte eben den Weltreisenden markieren, wenn ihm auch im Grunde an solchen Expeditionen nichts lag. Aber ein Prinz Rohan hatte eine solche Expedition in Booten unternommen und war davon begeistert gewesen, und was ein Prinz konnte, das mußte Römhild kraft seines Geldbeutels auch können. Daß sein Diener Feuer und Flamme für diese bevorstehende Expedition war, weil er sich eine gute Ausbeute für seine Reiseberichte versprach, ahnte Römhild selbstverständlich nicht, sonst hätte er sie vielleicht aufgegeben. Anderen Menschen eine Freude zu verderben oder sie zu quälen, war ein Genuß für ihn.

Vorläufig begleitete Helmut seinen Herrn nach Heluan,

wo sie in der großartigen und eleganten Hotelstadt Al Hayat Wohnung nahmen. Hier fanden sie die Elite der internationalen Lebewelt versammelt. Auf den Terrassen gruppierten sich die schönsten und elegantesten Frauen in wahren Gedichten von Sommertoiletten; dazwischen in hellen Sommeranzügen die Herren, die anscheinend nichts anderes zu tun hatten, als mit den Damen zu flirten und Eiscreme mittels Strohhalmen emporzuziehen.

Für Römhild, der seine Unbeholfenheit in solchen Kreisen immer durch eine süffisante Miene bemäntelte, waren vornehmlich die wenigen orientalischen Frauen mit den leichten Gesichtsschleiern interessant. Mit kühnen Eroberblicken schaute er ihnen in die mehr oder minder glutvollen Augen, und ein genießerisches Lächeln spielte um seine dicken Lippen. Es machte ihm nicht viel aus, daß die Frauen viel interessierter auf Helmut blickten, der seine Livree wieder hatte ablegen müssen, um seinem Herrn als Dolmetscher und Gesellschafter zu dienen. Und wie froh war Helmut, daß er nicht das Kleid der Dienstbarkeit trug, als er hier in Heluan zufällig einen alten Bekannten traf, der viel im Hause seines Stiefvaters verkehrt hatte. Zum Glück begegnete er diesem Baron Sanden, als er nicht in Römhilds Gesellschaft war.

Dieser begrüßte ihn erfreut, bedauerte, daß er ihn so lange nicht gesehen habe, und fragte nach seinem Ergehen. Helmut hatte sich schnell gefaßt und erklärte dem Baron, daß er durch mißliche Verhältnisse gezwungen worden sei, eine Stellung bei einem Neureichen anzunehmen. Gleichzeitig bat er darum, ihn nicht zu kennen, falls er ihm in Gesellschaft des Herrn Römhild begegnete. Der Baron vermied diskret, nach der Art dieser Stellung zu fragen. Es war ihm bekannt, daß Graf Reichenau seinen Stiefsohn und seine Witwe in sehr wenig günstigen Vermögensverhältnissen zurückgelassen hatte. In dieser Zeit hatte übrigens jeder mit sich selbst zu tun, und der Baron brachte Helmut volles Verständnis entgegen. Hätte er allerdings geahnt, daß der junge Freiherr von Waldeck die Stelle eines Dieners bekleidete, wäre er doch wohl erschrocken. Aber das blieb ihm und Helmut erspart. Wohl begegnete Helmut dem Baron noch einige Male in Römhilds Gesellschaft, aber er grüßte ihn dann gar nicht oder nur verstohlen, und so blieb es Helmut erspart, sich dem alten Freunde seiner Eltern in seiner Stellung als Diener zu präsentieren, und auch, daß Römhild erfuhr, daß er ein Freiherr von Waldeck, und daß Graf Reichenau sein Stiefvater und nicht sein Herr gewesen war. Jedenfalls atmete Helmut auf, als der Baron bei einer nochmaligen zufälligen Begegnung davon sprach, daß er am nächsten Tage abreisen müsse, da sein Dampfer schon am übernächsten Tage abginge.

Römhild fand in Heluan zunächst keinerlei Anschluß, und Helmut mußte weiterhin als Dolmetscher und Gesellschafter fungieren. So war Römhild ziemlich mißmutig, bis er sich in ein galantes Abenteuer mit einer »Eingeborenen« einließ, das ihn einige Tage vollauf beschäftigte. Helmut merkte zu seiner Erleichterung, daß es hierbei keine Unannehmlichkeiten geben würde, denn diese neue Geliebte seines Herrn war keine Eingeborene, sondern eine schlaue kleine Französin, die eine Dame als Kammerjungfer mitgebracht und wegen einer Unehrlichkeit entlassen hatte. Sie hatte sich, spekulativ wie sie war, die Tracht einer Eingeborenen verschafft und machte Jagd auf reiche Kurgäste. Römhild ging der raffinierten kleinen Person glatt ins Netz und sonnte sich in dem Bewußtsein, eine rassige Eingeborene erobert zu haben. Helmut, der zufällig den wahren

Sachverhalt erfuhr, ließ ihn in seinem guten Glauben, um ihn von schlimmeren Torheiten abzuhalten, und so verlief dies Abenteuer ganz glatt, bis Römhild nach einigen Tagen abgekühlt war und seine schöne Eingeborene einfach sitzenließ. Er reiste mit Helmut nach Kairo zurück, sehr befriedigt von seinen Erfolgen in Heluan.

In Kairo angekommen, mußte Helmut alles zur Abreise nach Luxor vorbereiten, wo Römhild ebenfalls einige Wochen Aufenthalt nehmen wollte, und zwar in dem ihm gerühmten prachtvollen und eleganten Palace Hotel. Helmut mußte dort ein Appartement bestellen. Römhild hatte gehört, man könne im Palace Hotel reizende kleine Pavillons mieten, die inmitten eines wundervollen tropischen Gartens lägen. Diese Pavillons seien für Gäste geeignet, die Geld genug hätten, sie zu bezahlen, und die ganz zurückgezogen zu leben wünschten. Das wollte Römhild allerdings nicht, aber er wollte ungestört sein, um unbeobachtet eventuelle Abenteuer erleben zu können. Und dazu waren diese Häuschen sehr geeignet und wurden wohl zu diesem Zweck oftmals gemietet.

Als Römhild mit Helmut ankam, wurde ihm einer dieser kleinen Pavillons angewiesen, der im hinteren Teile des Gartens lag, dicht neben den Tempelruinen. Die zuständige Bedienung lag wie die des ganzen Hotels in den Händen arabischer Diener und Dienerinnen. In den Speisesälen servierten arabische Kellner, und auch Römhild nahm seine Mahlzeiten zumeist in den Speisesälen ein. Nur wenn er Damenbesuche empfing und diese ihm beim Tafeln Gesellschaft leisteten, ließ er sich die Speisen in dem größten Raume des Pavillons servieren. Letzterer enthielt drei Zimmer für Römhild und eines für Helmut. Das Helmuts lag nach den Tempelruinen hinaus, die er bequem von seinem Fenster aus aufnehmen konnte, während Römhilds Appartements auf der einen Seite die Aussicht auf den in wundervoller Blütenpracht stehenden Garten, auf der anderen Seite nach dem Hauptgebäude des Hotels hatten. Zumeist waren die Jalousien nach der Sonnenseite herabgelassen, und deswegen herrschte eine ganz erträgliche Temperatur in dem ganzen Gebäude.

Eine schöne junge Araberin, die Frau eines arabischen Kellners, brachte die Zimmer in Ordnung. Helmut hatte gleich am ersten Tage heimlich eine Aufnahme von ihr gemacht, als sie mit einem Tablett voller Früchte auf den Pavillon zukam. In ihren Bewegungen lag eine graziöse, fast königliche Anmut. Römhild verliebte sich auf der Stelle in dieses bildschöne Geschöpf und stellte ihr nach, wo und wie er konnte. Es hielt ihn auch nicht davon ab, ihr nachzustellen, als er erfuhr, daß sie verheiratet sei. Er äußerte Helmut gegenüber, sie sei viel zu schön für einen Kellner und es geniere ihn durchaus nicht, daß sie einen Gatten habe. Sie erschien ihm dadurch nur noch begehrenswerter, weil sie einem andern gehörte, und weil sie ihm stolz und unnahbar auswich.

Seine begehrliche Leidenschaft für das anmutige Geschöpf steigerte sich immer mehr, und all die schönen Frauen, denen er sich sonst hätte nähern können, reizten ihn in keiner Weise. Er wollte Zenaide, so hieß die Araberin, um jeden Preis für sich gewinnen.

Helmut merkte auf der Stelle, daß wieder einmal alle Begierden in Römhild erwacht waren, und ihm wurde sehr unbehaglich zumute, denn er beobachtete, daß Zenaide zuweilen verstohlen mit ihrem Manne zusammentraf, und daß dieser anscheinend leidenschaftlich verliebt in seine Gattin war. Er konnte von dem jungen Paare eine Aufnahme machen, als es unter einer Palmengruppe zusammenstand und sich in den Armen hielt. Diese Aufnahme war Helmut besonders gut gelungen, aber er beschloß, sie nicht zu veröffentlichen, sondern in seiner Sammlung für sich zu behalten.

Dieses heimliche, stille Glück wollte er nicht profanieren. Er kam sich sowieso schon wie ein Räuber vor, weil er die Aufnahme gemacht hatte.

Gern hätte er Zenaide vor den Nachstellungen seines Herrn geschützt, aber er wußte, alles, was er in dieser Beziehung tun würde, würde nur Öl ins Feuer gießen. Es beruhigte ihn keinesfalls, daß Zenaide Römhild gegenüber vorläufig noch abweisend blieb, denn er wußte, dieser war in der Wahl seiner Mittel, Frauen zu gewinnen, nicht bedenklich. Daß Römhild hier nicht mit einer Glasperlenkette oder ähnlichen Bijouterien zum Ziele kommen würde, sah er selber bald ein. Hier mußte er tief in seinen Säckel greifen, und so erstand er einen wundervollen Halsschmuck, der einige Tausende kostete. So viel war Römhild dieses schöne Weib wert. Und das wollte viel heißen, denn auch bei seinen Liebesabenteuern blieb er immer der berechnende Kaufmann, der seine Ware nie zu hoch bezahlen wollte.

Hinter dem Häuschen lag, nach den Tempelruinen zu, noch ein Stück Garten, den niemand als die Bewohner des Pavillons betreten durften. Hier pflegte Römhild in einer Hängematte zu liegen, wenn dieser Teil des Gartens nachmittags im Schatten lag. Das geschah auch eines Tages, an dem Helmut von seinem Herrn den Auftrag erhalten hatte, sich nach einem Motorboot zu erkundigen, das er zu seiner Expedition nach dem Bahr el Gazal benutzen wollte. Helmut sollte sich über Preise und andere Bedingungen informieren. Dieser Auftrag sollte Helmut nur entfernen, denn Römhild wollte allein im Garten sein, wenn Zenaide ihm den Fünfuhrtee brächte. Römhild hatte Helmut gesagt, er bedürfe seiner nicht mehr vor dem Abend, aber dieser war sehr schnell mit seinem Auftrag fertig geworden und hatte keine Lust, länger in der Sonnenhitze umherzulaufen. Deshalb begab er sich wieder in den Pavillon und suchte sein Zimmer auf, ohne sich seinem Herrn bemerkbar zu machen. Er wollte die Zeit benützen, um einen seiner Reiseberichte im Konzept fertig zu machen. Denn mit der Maschine konnte er jetzt nicht schreiben, da deren Geklapper ihn seinem Herrn verraten hätte. Da die Jalousien vor seinem Fenster noch halb herabgelassen waren, ließ er sie in diesem Zustande, trotzdem jetzt auf dieser Seite Schatten war. Durch die halbdichten Gardinen konnte er zwar seinen Herrn sehr deutlich in der Hängematte liegen sehen, aber dieser ihn nicht erblicken, zumal sein Gesicht abgewandt war. Darum wagte Helmut es, die Gardine einen Spalt auseinanderzuziehen, um seinen photographischen Apparat am Fenster placieren zu können. Er wollte bei dem günstigen Lichte noch einige Aufnahmen von den Tempelruinen machen.

Während er noch mit dem Einstellen des Apparates beschäftigt war, sah er die schöne Zenaide mit dem Teetablett den Garten betreten und nach der Hängematte hinüberschreiten. Sie hatte wohl keine Ahnung, daß Römhild seinen Diener beurlaubt hatte, und daß dieser ohne Wissen seines Herrn sich in seinem Zimmer befand.

Neben der Hängematte stand ein kleiner Tisch, auf dem ein Buch und Rauchutensilien für Römhild von seinem Diener bereitgelegt worden waren. Auf diesen Tisch pflegte Zenaide das Teetablett zu stellen und alles für Römhild zurechtzurücken. Sie tat das auch heute, und ihre graziösen Bewegungen verleiteten Helmut, seinen Apparat wieder einmal auf sie zu richten. In diesem Moment richtete sich Römhild jäh in der Hängematte auf, so daß er nun seitlich in derselben saß und die Füße auf der Erde hatte. Dann umfing er Zenaide schnell mit beiden Armen und zog sie neben sich nieder. Unwillkürlich knipste Helmut in diesem Moment und hatte nun seinen Herrn auf dem Film, wie er die sich erschrocken wehrende Zenaide umschlungen hielt. Mechanisch drehte Helmut seinen Apparat weiter, so daß er zu einer neuen Aufnahme bereit war. Er sah, daß Zenaide sich vergeblich aus Römhilds Umklammerung zu befreien suchte. Dieser lachte und sprach lockend auf sie ein.

Zenaide war einige Jahre Dienerin in einer deutschen Familie gewesen, die sich, Geschäfte des Familienoberhauptes halber, jahrelang in Luxor aufgehalten hatte. Dabei hatte sie die deutsche Sprache so weit erlernt, daß man sie gern im Palace Hotel deutschen Gästen zur Bedienung überwies. So konnte sie sich auch ganz leidlich mit Römhild verständigen. Dieser zog nun, sie mit dem einen Arme noch immer festhaltend, das Etui mit dem kostbaren Geschmeide aus seiner Rocktasche und drückte es mit derselben Hand auf. So hielt er es Zenaide vor die Augen, und diese starrte eine Weile wie hypnotisiert darauf nieder. Sie vergaß, sich länger zu wehren, und Römhild nahm das Geschmeide aus dem Etui und legte es um Zenaides schönen gebräunten Hals. Dann hielt er ihr einen Taschenspiegel vor, und die Evanatur in Zenaide wurde lebendig. Sie blieb neben Römhild sitzen und betrachtete sich mit entzückten Blicken. Sehr zu ihrem Leidwesen nahm Römhild ihr dann das Schmuckstück wieder ab und steckte es zu sich. Dann überfiel er sie mit stürmischen Küssen und redete hastig auf sie ein. Sie saß wie erstarrt da, und erst nacheiner Weile versuchte sie, sich seinen Zärtlichkeiten zu entziehen.

Aber diese Abwehr war wohl nicht mehr allzu ernst gemeint, denn Römhild erhob sich plötzlich, sie mit sich emporhebend, und wollte sie so ins Haus tragen.

In diesem Moment knipste Helmut wieder an seinem Apparat und hatte nun Römhild mit Zenaide auf dem Arme auf dem Film.

Diese suchte sich halb lachend, halb protestierend aus Römhilds Gewalt zu befreien, aber er ließ sie nicht los und eilte mit ihr nach dem Pavillon.

Helmut dachte an den Gatten Zenaides und an dessen Liebe zu der kleinen, törichten Frau, die jetzt vielleicht eine schwache Stunde hatte und sich für ein kostbares Geschmeide verkaufen wollte. Ohne sich lange zu besinnen, verließ er sein Kämmerchen und trat wie zufällig Römhild gegenüber, der eben mit Zenaide in seinem Zimmer verschwinden wollte. Als Zenaide Helmut sah, schrie sie auf und löste sich mit einer jähen Bewegung aus Römhilds Armen.

Und ehe er noch wußte, was geschehen war, lief sie hinaus durch den Garten und hinüber nach der kleinen Hinterpforte, die zu den Tempelruinen rührte.

Helmut sah ihr nach, und als sie verschwunden war, wandte er sich seinem Herrn zu. Dieser faßte sich mühsam, seine Augen funkelten leidenschaftlich erregt.

»Was fällt Ihnen ein, was suchen Sie hier? Ich hatte Ihnen doch gesagt, sie sollten vor Abend nicht wiederkommen!« schrie er Helmut an.

»Sie hatten mir gesagt, ich möchte mich nach einem Motorboote erkundigen und Sie bedürften meiner nicht vor Abend, gnädiger Herr. Die Angelegenheit mit dem Boot habe ich erledigt, und nun wollte ich meine übrige freie

Zeit benutzen, um Briefe zu schreiben, deshalb kam ich wieder zurück.«

»Der Teufel soll Sie holen! Sie sind mir sehr zur Unzeit zurückgekommen. Nun habe ich eine günstige Gelegenheit durch Ihre Schuld verpaßt. Machen Sie, daß Sie mir aus den Augen kommen!«

Helmuts Stirn hatte sich rot gefärbt. Diesen Ton vertrug er noch immer schlecht, und es zuckte ihm jedesmal in den Fingern, Römhild ins Gesicht zu schlagen. Aber er bezwang sich, sah seinen Herrn nur groß an und ging schnell in sein Zimmer zurück. Er war immerhin froh, daß er seinem Impulse gefolgt war. Diesmal hatte er Zenaide vor einer Torheit bewahrt, und noch konnte sie ihrem jungen, heftig verliebten Gatten frei in die Augen sehen. Aber wie lange würde es dauern, bis Römhild mit dem kostbaren Schmuck sein Ziel erreicht hatte? Zenaides Augen hatten recht begehrlich gefunkelt, und sie hatte sich gar nicht sehr ernsthaft gesträubt, als Römhild sie davontrug. Vielleicht war er ein Tor gewesen, sich da hineinzumischen, aber er hatte es tun müssen.

Und wieder, wie so oft, malte er sich aus, was für ein Schicksal Regina Darland erwarten würde, gelänge es diesem Manne, sie zu seiner Frau zu machen.

»Es darf nicht geschehen – um keinen Preis«, sagte er leise vor sich hin. Und seine Sehnsucht flog zu Regina, deren Bild so klar und deutlich vor seinen geistigen Augen stand. In Gedanken verloren, jetzt nicht mehr fähig, seinen Artikel zu schreiben, stützte er den Kopf in die Hand und dachte an die ferne Geliebte seines Herzens.

Darin wurde er durch das Klingelzeichen seines Herrn gestört, der inzwischen seinen Groll bezwungen hatte und sich damit tröstete, daß Zenaide ihm ein andermal nicht entgehen würde. Als Helmut eintrat, sagte er, etwas gnädiger als vorhin:

»Wie steht es mit dem Motorboot, was haben Sie ausgerichtet?«

»Es steht jederzeit bereit, nur einen Tag zuvor muß Benachrichtigung erfolgen, wenn der gnädige Herr fahren will. Das Boot faßt außer der nötigen Bagage, den Zelten und so weiter gut zehn Mann. Mehr sind auch wohl nicht vonnöten. Der Preis wurde nach einigem Handeln akzeptabel. Wir müssen den Nil aufwärts fahren, bis der Bahr el Gazal in diesen mündet. Dann noch einen Tag und eine Nacht den Bahr el Gazal entlang, weiter braucht der gnädige Herr nicht vorzudringen, um etwas von der afrikanischen Wildnis kennenzulernen. Man soll dann schon auf einige wilde Stämme stoßen, denen freilich weiße Reisende nicht mehr ganz fremd erscheinen, wenn sie auch ganz ihren alten Sitten und Gebräuchen treu geblieben sind. Der Motorbootführer hat auch den Prinzen Rohan und noch einige andere Herren bei einer solchen Fahrt bei sich an Bord gehabt.«

»Gut! Und meint er, daß diese Expedition gefährlich werden kann?«

»Wenn man die Leute nicht reizt und sie nicht in ihren Sitten und Gebräuchen stört, nicht. Aber der Motorbootführer sagt, es sei gut, erhielte man die Stämme durch kleine Geschenke bei guter Laune. Er hat mir ein Verzeichnis von Gegenständen mitgegeben, die besonders beliebt sind. Es sind alles Dinge von geringem Wert, wie Weckeruhren, Taschenmesser, Feuerzeuge und für die Frauen bunte Tücher und glänzender Firlefanz. Den Häuptling des einen Stammes soll man besonders beglücken können mit japanischen Papierlaternen und dazugehörigen Lichtern.«

»Gut, besorgen Sie das alles in den nächsten Tagen. Ich weiß noch nicht, wann wir die Reise antreten werden, aber es soll jedenfalls alles in Bereitschaft sein. Wahrscheinlich werde ich erst aufbrechen, wenn ich meinen Aufenthalt hier zu Ende geführt habe. Wir reisen dann gleich weiter den Nil abwärts, aber wahrscheinlich von hier aus mit einem Nildampfer. Doch wie gesagt – jetzt habe ich hier erst andere Dinge vor und will zu einem Abschlusse kommen.«

Helmut wußte sehr wohl, was er damit meinte. Er wollte noch einen Versuch machen, Achmed, den Mann Zenaides, vor einem Kummer zu bewahren.

»Gnädiger Herr, darf ich mir erlauben, Ihnen zu sagen, daß Zenaides Gatte, Achmed, in seine Frau sehr verliebt ist und wahrscheinlich sehr eifersüchtig sein wird.«

Römhild winkte hastig ab.

»Unken Sie doch nicht immer! Er braucht ja nichts davon zu erfahren, daß ich ihm Hörner aufsetzen will. Das überlassen Sie nur Zenaide, die will den Schmuck besitzen, den ich dir gezeigt habe. Ich kenne doch die Weiber, seien Sie ganz ruhig.«

Helmut verneigte sich mit ernstem, unbeweglichem Gesicht. Er hatte mehr getan, als ihm zukam. Und eines war sicher, nochmals ließ er sich nicht verleiten, seinem Herrn zu Hilfe zu kommen, begab dieser sich bei seinen Liebeshändeln in Gefahr. Mochte er tun, was ihm beliebte, er würde sich nicht mehr darum kümmern. Wenn Zenaide wirklich ihren Gatten aus Gier nach dem glänzenden Schmuck betrügen wollte, dann konnte er es doch nicht hindern.

»Haben Sie noch Befehle, gnädiger Herr?«

»Nein, vorläufig nicht, ich will mich wieder in die Hängematte legen. Aber halt, Sie können mir das Moskitonetz bringen, die Biester ärgern einen schon am hellen Tage.«

Helmut kam seinem Befehl nach und war dann entlassen. Und nun machte er seinen Reisebericht fertig.

Einige Tage ging das Spiel zwischen Römhild und der jungen Araberin weiter. Helmut hatte viel freie Zeit, sein Herr sah es jetzt immer sehr gern, wenn er sich außerhalb des Pavillons aufhielt. Er gab sich auch Mühe, seine Augen zu verschließen, um nichts zu sehen und zu hören, aber es entging ihm nicht, daß der Kellner Achmed, sobald er freie Zeit hatte, den Pavillon umschlich, in dem seine junge Frau die Bedienung übernommen hatte. Und es lag dann entschieden der Ausdruck eifersüchtigen Argwohns in seinen Zügen. Helmut zwang sich, keine Notiz davon zu nehmen, er wollte nichts sehen und hören, um sich nicht einmischen zu müssen. Es erschien ihm kaum zweifelhaft, daß Römhild abermals einer Katastrophe zutrieb. Er nahm sich jedoch fest vor, sich ganz neutral zu verhalten. Er wollte nicht abermals sein Leben in Gefahr bringen, um seinen Herrn vor den Folgen einer Torheit zu behüten.

Daß dieser das Spiel mit Zenaide fortführte und sie immer wieder zu betören versuchte, wußte er, aber er hatte noch nichts Gravierendes bemerkt. Aber eines Nachmittags, als er wieder einmal in seinem Zimmer saß, hörte er Römhild unter seinem Fenster zu Zenaide sagen:

»Jetzt darfst du mir nicht mehr ausweichen, Zenaide, sonst bekommt eine andere den Halsschmuck. Heute abend hat Achmed bei einer großen Reisegesellschaft zu servieren, da kann er nicht abkommen. Es gibt für dich also keine Ausrede mehr, du mußt heute abend zu mir kommen.«

Darauf hörte Helmut Zenaides mangelhaftes Deutsch:

»Zenaide haben so große Angst, in deine Haus ist eine

Diener – er darf nicht wissen, Achmed schlägt mich tot oder dich, Herr, ich wage nicht zu kommen am Abend in dein Haus, Achmed sein voll – Eifer – Eifersicht – Ich nicht wagen.«

Römhild mochte wohl einsehen, daß es besser sei, wenn Zenaide nicht zu ihm kam, denn ihn gelüstete nicht nach einem Zusammenstoß mit dem herkulisch gebauten Achmed.

»Gut, dann kommst du heute abend in die Tempelruinen; weißt du, wo wir uns schon einmal begegnet sind. Dort erwarte ich dich, Zenaide, mein süßes Täubchen.«

»Aber du bringen das Schmuck mit, Herr, und gibst mir. Und nur dies eine Mal mussen ich zu dich in das Tempel kommen – nur dies eine Mal!« sagte Zenaide ängstlich.

»Ja doch, nur dieses eine Mal, wenn du nicht freiwillig wiederkommst. Aber nun geh und halte Wort. Mein Diener wird bald wieder zurückkommen, und er darf nichts merken.«

Ahnungslos war Römhild, daß Helmut das alles gehört hatte, und noch ahnungsloser war Zenaide. Helmut verließ leise sein Zimmer und trat nach einer Weile mit lauten, festen Schritten wieder ein. Da war Zenaide schon längst verschwunden.

Römhild empfing Helmut anscheinend ganz unbefangen; nur ein eigenartiges, unangenehmes Feuer in seinen Augen zeugte von seiner heimlichen Erregung. Er berichtete Helmut, daß eine große Reisegesellschaft im Palace-Hotel eingetroffen sei, die morgen die Tempelruinen und die Königsgräber besuchen wolle und heute abend eine große Festtafel abhalte.

»Wenn Sie Lust haben, das anzusehen, können Sie es tun, oder auch sonst über Ihre freie Zeit verrügen. Ich habe etwas vor und werde wohl erst spät nach Hause kommen. Sie brauchen nicht auf mich zu warten, ich rufe Sie, wenn ich heimkomme und Ihrer bedarf.«

Helmut verneigte sich dankend.

»Wenn Sie gestatten, gnädiger Herr, werde ich den Abend am Nilufer zubringen. Es verkehren heute abend Dampfer mit festlicher Beleuchtung.«

»Ah so, die üblichen Promenadenfahrten auf dem Nil. Nun gut, sehen Sie sich das ruhig an, es sieht sehr hübsch und festlich aus.«

So sagte Römhild, sehr befriedigt, daß Helmut für den Abend aus dem Wege war, denn er wußte noch nicht, ob er Zenaide von den Tempelruinen aus nicht doch noch mit in den Pavillon bringen würde. Und wenn er sich auch sonst vor Helmut nicht besonderen Zwang auferlegte, so wollte er es doch vermeiden, daß Zenaide ihm begegnete.

Helmut verließ also, nachdem er sein Abendessen eingenommen hatte, das Hotel. Durch eines der offenen Fenster des Speisesaals sah er Achmeds herkulische Gestalt an der Festtafel beschäftigt. Wieder stieg das Mitleid mit ihm in Helmut auf, aber er zwang sich dazu, seine Gedanken von dieser Angelegenheit abzulenken. Er konnte nichts verhindern und wollte sich nicht mehr mit den Amouren seines Herrn befassen, mochten sie ausgehen, wie sie wollten.

Mit langsamen Schritten schritt er zu dem Nilufer, wo reges Leben und Treiben herrschte. Er warf sich in den warmen Nilsand und ließ seine Augen über den Strom gleiten. Glühlodernde Lichter hellten den Himmel auf und tauchten ihn in eine unbeschreibliche Farbenpracht. Dazwischen sah man, wenn man gute Augen hatte, gleich geheimnisvollen Lichtern, schon den matten Glanz einiger Sterne schimmern. Das Gestrüpp am gegenüberliegenden

Ufer zeichnete sich in grotesken Silhouetten von dem lodernden Abendhimmel ab. Helmut sah, schönheitstrunken, in diese Farbensymphonie. Alles Quälende fiel von ihm ab, nur an Regina dachte er sehnsuchtsvoll. Wenn sie jetzt an seiner Seite sitzen würde, Hand in Hand mit ihm, welch ein seliges Genießen würde das sein.

Dann schweifte sein Blick rückwärts zu den Tempelruinen, die auch etwas Licht von dem lodernden Himmel abbekamen. Aber sie versanken mehr und mehr in den tiefen Schatten der Nacht.

Helmut mußte an Römhild und Zenaide denken. Trafen sie jetzt dort zusammen? Und Achmed? Aber er lenkte seine Gedanken schnell wieder ab, sie sollten ihn nicht in dem Genuß dieses herrlichen Abends stören.

Hätte er geahnt, daß Achmed jetzt beim Servieren für eine Stunde abkömmlich war, mithin Pause hatte, wäre er vielleicht etwas weniger gelassen geblieben.

Von einer großen Unruhe und unbestimmter, aber quälender Eifersucht getrieben, benutzte Achmed diese Ruhepause, um sich nach seiner jungen Frau umzusehen. Um diese Zeit war sie mit ihrer Arbeit fertig und pflegte in dem Zimmerchen, das sie mit ihrem Gatten teilte, zu sitzen, um Nähereien oder dergleichen zu besorgen. Achmed wollte sie bei ihrer Beschäftigung überraschen. Sie wußte nur, daß er heute abend langen Dienst hatte, allein von dieser Pause ahnte sie nichts. Er schlich längs der Mauer des Gebäudes, in dem sich sein und Zenaides Zimmer befand, dahin, und als er gerade um die Ecke biegen wollte, wo der Eingang lag, sah er sein Weibchen mit einem großen dunklen Tuch um Haupt und Schultern aus der Tür treten. Trotzdem sie sich sorglich verhüllt hatte, erkannte er sie gleich an der Haltung und dem Gange. Mißtrauisch wich er wieder um die Ecke zurück. Wohin wollte sie? Was hatte sie um diese Zeit noch im Freien zu suchen?

Er spähte hinter ihr her, ohne sich ihr bemerkbar zu machen, und sah, daß sie zu dem Pavillon hinüberhuschte, in dem der Deutsche wohnte, den sie bediente, und auf den er instinktiv eifersüchtig war. Seine herkulische Gestalt duckte sich wie die eines Raubtieres zusammen. Lautlos, die Schatten der Büsche und Bäume als Deckung benutzend, schlich er hinter ihr her und sah, daß sie den Garten des Pavillons betrat. Er atmete wie erlöst auf, als sie, ohne einzutreten, den Pavillon links liegen ließ und durch den Garten nach der kleinen Hinterpforte eilte. Diese öffnete sie und huschte hinaus. Ihre dunkle Gestalt war nur den Luchsaugen ihres Gatten noch erkenntlich. Er stutzte. Was wollte sie um diese Zeit da draußen? Hier ging doch der Weg nur hinüber nach den Tempelruinen, die um diese Zeit selten ein Mensch zu betreten pflegte. Lautlos schlich er hinter ihr her. Ja, sie betrat die Tempelruinen und glitt schnell und sicher, wie nach einem bestimmten Ziele, in die dunklen Schatten der Tempelmauern. Achmed folgte ihr, ohne daß sie es ahnte. Er vermied jedes Geräusch. Und als er wieder um einen Granitpfeiler bog, sah er bei dem schwachen Lichte des Sternenhimmels eine männliche Gestalt stehen, auf die seine Frau zueilte. Mit brennenden Augen und fast rasend vor Eifersucht erkannte er den Deutschen aus dem Pavillon. Er biß die Zähne wie im Krampf aufeinander, als er sah, wie der Fremde die Arme ausbreitete, und daß Zenaide sich wie besinnungslos in diese Arme stürzte. Da wurde es erst schwarz und dann rot vor seinen Augen. Er duckte sich wie ein Raubtier im Sprunge und schnellte auf die beiden zu, die ihn noch immer nicht bemerkten.

Mit einem keuchenden Laut entriß er seine Frau dem

Fremden und schleuderte sie zur Seite. Sie schrie nur leise auf und taumelte entsetzt in die Knie. Und nun hatte sich Achmed schon auf Römhild gestürzt, riß ihn zu Boden und umklammerte, sinnlos vor Wut, dessen Hals mit seinen starken, muskulösen Händen. Er hätte ihn im Paroxysmus seiner Eifersucht erwürgt, wenn Römhild nicht im Fallen mit der Hand einen großen Stein berührt hätte, der neben ihm lag. In seiner Todesangst holte er aus und schlug den erfaßten Stein mit aller Wucht gegen Achmeds Kopf. Leider hatte er nur zu gut getroffen, ein Blutstrahl schoß aus Achmeds Schläfe, der würgende Griff seiner Hände löste sich im Nu, und der herkulische Araber fiel lautlos zurück – er war zu Tode getroffen, lag leblos da, mit starr geöffneten Augen, das Antlitz in Wut und Zorn erstarrt.

Römhild sprang auf, als er merkte, daß sein Hals befreit war, und wollte in feiger Angst vor Achmed davonstürmen. Aber ein Blick auf die leblose Gestalt hemmte seinen Schritt. Erschrocken beugte er sich herab und sah in zwei gebrochene Augen. Jetzt kam auch Zenaide auf den Knien herbeigekrochen und sprach in arabischer Sprache bittend und jammernd auf Achmed ein, ahnungslos, daß er tot war. Römhild hielt ihr den Mund zu.

»Schweig! Siehst du denn nicht, daß er tot ist?«

Sie schrie leise auf und warf sich über den Toten, ihn mit jammernder Zärtlichkeit beschwörend, ihr zu verzeihen, aufzuwachen.

Römhild, der nach Atem rang, übersah seine Lage sofort. Das konnte eine verdammt schlimme Situation für ihn werden. Man würde ihn ins Gefängnis stecken, und wie sollte er beweisen, daß er nur in der Notwehr gehandelt hatte. Instinktiv regte sich in ihm der Wunsch, zu fliehen, alles abzuleugnen. Aber das Weib? Würde es ihn nicht verraten?

Er riß Zenaide von dem Toten zurück, neben dessen blutender Stirn der große Stein lag, so, als sei Achmed auf diesen heraufgefallen. Es durchzuckte Römhild. Ja, wenn man Achmed hier fand, konnte man annehmen, er sei im Dunkeln gestürzt und mit der Stirn auf den Stein geschlagen. Das konnte Rettung bedeuten, wenn nur das Weib zum Schweigen gebracht wurde.

Wieder riß er sie zurück.

»Schweig doch, in Dreiteufelsnamen, rufe nicht Leute herbei durch dein Jammern. Dadurch kannst du nichts ungeschehen machen – du – du siehst doch, er ist gestürzt, hat sich den Kopf aufgeschlagen.«

Sie schüttelte in leidenschaftlichem Jammern den Kopf.

»Nein, nein, du hast ihn getötet, ich habe gesehen, wie du ihn mit dem Stein schlugst.«

»Nun ja, mag sein, er wollte mich erwürgen. Er oder ich – er sollte doch nur von mir ablassen. Ich kann nichts dafür.«

»Du hast ihn getötet!« jammerte sie wieder.

Er schüttelte sie an den Schultern.

»Schweig still und höre mir gut zu. Wir müssen fort von hier! Du und ich! Wir dürfen nicht bei ihm gefunden werden, sonst kommen wir beide ins Gefängnis. Du bist so gut schuld wie ich und ich so wenig wie du. Komm fort, wenn du nicht eingesperrt werden willst. Man muß glauben, er sei hier im Dunkeln gestürzt, man wird das auch glauben. Niemand wird ahnen, daß er uns hier bei einem zärtlichen Stelldichein ertappte. Erführe man es, was würde dann aus dir? Bedenke das. Und komm, fort von hier.«

Sie sah ihn entsetzt an, begriff nur langsam, was er meinte, und schauerte angstvoll zusammen. Hatte er nicht recht? Würden nicht alle Menschen auch auf sie mit Fingern zeigen? Ja – ja – sie hatte genausoviel schuld wie der

Herr, der sie mit seinem verfluchten Schmuck an sich gelockt hatte. Und nun war ihr armer Achmed tot. Aber wenn er nicht getötet worden wäre, dann hätte er erst den Deutschen umgebracht und dann sie – ja, das hätte er getan. Und so war alles, wie schlimm es auch war, doch noch besser für sie.

Nicht ganz klar in ihren Gedanken, aber sinnlos vor Furcht und Angst, ließ sie sich willenlos von Römhild fortziehen, nachdem dieser den Stein noch dichter gegen Achmeds blutende Stirn gedrückt hatte, um es noch glaubhafter erscheinen zu lassen, dieser sei gestürzt und auf den Stein aufgeschlagen. Stumm schlichen die beiden Menschen nebeneinander hin, zu der Gitterpforte, die in das Gärtchen zum Pavillon führte. Hastig zog Römhild die zitternde, leise vor sich hinweinende Frau hinter sich in den Garten und schloß die Pforte ab. Dann ging er mit Zenaide in den Schatten des Pavillons. Ein rascher Blick überzeugte ihn dann, daß das Fenster des Dienerzimmers nicht erhellt war. Also war – so nahm Römhild wenigstens an – Waldeck nicht daheim. Er ahnte nicht, daß dieser, in seine Träume versunken, am offenen Fenster saß, das nur die Jalousie abschloß.

Helmut war eben erst zurückgekommen und hatte sich in einen an dem Fenster stehenden Lehnsessel geworfen. Er wußte ja, sein Herr hatte mit Zenaide ein Stelldichein in den Tempelruinen und würde sie vielleicht hierherführen. Dann wollte er durch Licht in seinem Zimmer nicht verraten, daß er schon zurückgekommen sei. Als er, durch einen Spalt der Persienne ins Freie spähend, Römhild und seine Begleiterin den Garten betreten sah, verhielt er sich ganz ruhig, in der sicheren Annahme, daß die Araberin seinem Herrn in dessen Zimmer folgen würde. Sie schien durchaus gutwillig mit ihm zu gehen. Also, warum sich einmischen?

Aber dann hörte er das leise Weinen Zenaides und horchte betroffen auf. Er bemerkte, daß die beiden dicht unter seinem Fenster, eng an die Mauer des Pavillons gedrückt, stehenblieben. Dabei hörte er Römhild leise sagen:

»Also jetzt hör' auf zu flennen, Zenaide, niemand darf dich in Tränen sehen. Vergiß nicht, du weißt von nichts. Wenn man dich nach Achmed fragt, hast du ihn seit sieben Uhr nicht zu Gesicht bekommen. Du schleichst dich in dein Zimmer, ohne daß dich jemand sieht, legst dich gleich zu Bett und stellst dich schlafend. Weckt man dich, um dich nach deinem Manne zu fragen, sagst du, du hättest ihn nicht gesehen, und stellst dich besorgt. Folgst du meinem Rat, dann kann uns beiden nichts geschehen. Ich gehe auch sofort zu Bett, und mein Diener wird, sobald er heimkommt, mich von einem Unwohlsein befallen im Bett finden. Ich werde ihm sagen, daß ich heute abend den Pavillon nicht verlassen hätte. Sei klug! Achmed ist gestürzt und hat sich totgefallen.«

Zenaide weinte auf:

»Du hast ihn getötet, du erschlugst ihn mit dem Steine.«

»Schweig doch! Du weißt, ich tat es in der Notwehr, weil er mich töten wollte. Bedenke, daß du mit mir ins Gefängnis mußt, wenn es herauskommt. Sei vernünftig! Hier hast du den Schmuck, der für dich bestimmt war, und da ist das Geld. Du wirst noch mehr bekommen, wenn du schweigst, dann brauchst du nicht mehr zu arbeiten. Nimm! Morgen erhältst du noch mehr, wenn du, wie jeden Tag, die Zimmer hier sauber machst. Benimm dich vernünftig. Sei klug. Und vergiß nicht, du weißt nicht, wo Achmed ist, hast ihn seit sieben Uhr nicht mehr gesehen. Und nun fort und schnell zu Bett! Laß dich von niemandem sehen. Du bist seit sieben Uhr nicht aus deinem Zimmer gekommen. Geh!«

Das alles hatte Helmut gehört, und es war nicht schwer für ihn, sich nun die ganze Sache in den Tempelruinen zu vergegenwärtigen. Er war erschüttert. Der arme Achmed! Seine Eifersucht hatte ihn wohl instinktiv seiner Frau nachgetrieben, und dort in den Ruinen hatte er sie sicherlich in Römhilds Armen gefunden und sich auf den Nebenbuhler gestürzt, um ihn zu töten. Statt dessen hatte Römhild ihn getötet.

Helmut strich sich mit der Hand über die heiße Stirn. Da hatte sich sein Herr eine böse Suppe eingebrockt. Und er wußte nun darum, hatte alles erlauscht. Was sollte er mit dieser Wissenschaft beginnen? Den Täter anzeigen? Ihn des Mordes, wenigstens des Totschlags beschuldigen? Daraufhin, daß er dies Geheimnis seiner Schuld erlauscht hatte? Nein, das konnte er nicht. So sehr ihm Römhild verhaßt war, er konnte ihn nicht denunzieren.

Die Gedanken stürmten durch seinen Kopf. Und plötzlich zuckte er zusammen und starrte mit großen brennenden Augen ins Leere. Das war Rettung für Regina! Mit der Kenntnis von dem, was anscheinend in den Tempelruinen geschehen war, hatte er Römhild in der Hand, so wie dieser die Ehre von Reginas Vater. Ja – das konnte Regina retten vor dem Schicksal, die Frau dieses minderwertigen Menschen zu werden!

Er grübelte angestrengt nach und überlegte sich, wie sich das alles zu Reginas Gunsten verwenden ließe, und er gelangte zu dem Resultat, daß er, würde Römhild hier nicht als Mörder oder Totschläger verhaftet, ihn eines Tages vor die Wahl stellen könnte, entweder Regina freizugeben, ohne ihren Vater zu vernichten, oder von ihm des Totschlages an Achmed beschuldigt zu werden. Er wußte, Römhild würde es darauf nicht ankommen lassen, seine Angst vor dem Gefängnis würde stärker sein als seine Begierde, Regina in seine Gewalt zu bekommen.

Helmut atmete tief auf, als er so weit in seinen Gedanken gekommen war. Aber dann fragte er sich, ob er verheimlichen durfte, was er erlauscht hatte, ob es nicht ein Unrecht war, den Toten da drüben ohne Sühne ins Grab senken zu lassen. Aber, sagte er sich wiederum, lebendig wurde Achmed nicht dadurch, daß sein Mörder seine gerichtliche Strafe erhielt. Und ungesühnt blieb sein Tod doch nicht, Römhild würde seine Strafe für alle seine Vergehen eines Tages schon finden. Niemand konnte Helmut zwingen, das Erlauschte preiszugeben, und er würde es auch nicht tun, würde es nur zu gegebener Zeit benützen, um Regina zu befreien, sie vor einem schrecklichen Schicksal zu bewahren.

Dieser Vorsatz wurde immer fester in Helmuts Innern. Er überlegte sich alles genau, wie er sich zu verhalten hätte, und wie er eventuell sich Beweise von Römhilds Schuld verschaffen könnte. Er war noch nicht ganz im klaren darüber, sagte sich aber, er müsse nun offiziell nach Hause kommen. Was für eine Komödie würde Römhild ihm wohl vorspielen, um sich vor jedem Verdacht zu schützen? Und was würde er wohl beginnen, wenn er ahnte, daß er Zeuge seines Gespräches mit Zenaide gewesen war!

Er erhob sich und schlich aus seinem Zimmer hinaus, um alsbald mit möglichst viel Geräusch zurückzukehren. Als er sein Gemach betrat, schloß er mit einem scharfen Ruck hinter sich ab.

Gleich darauf ertönte die Klingel aus dem Zimmer seines Herrn. Sich straff aufrichtend, ging Helmut mit entschlossenem Gesicht hinüber. Er fand Römhild im Bett, mit blassem, leidendem Gesicht, das dieser nicht einmal zu heucheln brauchte. Römhild hatte, als er sich in seinem Schlafzimmer im Spiegel betrachtete, entsetzt bemerkt, daß sein Gesicht, seine Krawatte und sein Hemd mit Blutspritzern bedeckt waren. Schnell hatte er, so gut es ging, diese Spuren beseitigt, sich entkleidet und zu Bett gelegt. Angstvoll hatte er nochmals alles überlegt, wie er sich verhalten sollte.

Er hoffte, Zenaides sicher zu sein, denn diese würde namenlose Angst vor dem Gefängnis haben und ihn nicht verraten. Überdies würde er nun schleunigst hier abreisen. Zum Glück hatte er schon von seiner geplanten Expedition gesprochen und sein Diener ja bereits mit dem Motorbootführer verhandelt. So konnte er also, ohne Aufsehen zu erregen, morgen das Motorboot zur Abfahrt am nächsten Tage bestellen lassen. Früher konnte er freilich nicht fort. Aber er würde froh sein, hatte er Luxor erst im Rücken. Auf der Rückfahrt würde er dieses gar nicht mehr berühren, er würde gleich im Motorboot bis nach Alexandrien fahren und darauf verzichten, von Luxor aus einen der eleganten Nildampfer zu benutzen.

Die verdammten Weiber, in was für scheußliche Situationen sie einen brachten. Von allem andern abgesehen, war dies hier eine teure Affäre. Der Schmuck war dahin, ohne daß er seinen Lohn dafür bekommen hätte. Und Geld mußte er Zenaide auch geben, eine ganz hübsche runde Summe, damit sie schwieg. Wenn er doch auf seinen Diener gehört hätte. Und es überkam ihn etwas wie Sehnsucht nach Helmuts ruhigem, ernstem Gesicht. Wenn dieser wüßte? Aber er durfte nichts wissen, sonst geschah ihm, was er über so manchen Menschen verhängt hatte, daß ihn ein anderer in der Gewalt hatte und ihm seine Wünsche diktieren konnte. Wenn Waldeck doch endlich kommen wollte, wo steckte er nur an diesem Abend so lange?

Als er endlich hörte, wie Helmut laut und geräuschvoll in sein Zimmer trat, atmete er auf. Nun galt es, geschickt Komödie zu spielen. Er klingelte also, und als Helmut bei ihm eintrat, sagte er wehleidig:

»Na, endlich kommen Sie, Waldeck! Ich habe Sie sehnlichst erwartet. Leider konnte ich heute abend nicht ausgehen. Kaum waren Sie fort, als mich ein scheußliches Unwohlsein befiel, ich muß etwas Unrechtes gegessen haben, habe mich übergeben und ein tolles Nasenbluten bekommen. Ganz elend ist mir.«

Das Nasenbluten hatte er vorsichtigerweise erwähnt, für den Fall, daß Helmut morgen bei Tageslicht doch noch irgendeine Blutspur an seinen Kleidern entdecken würde.

Helmuts Gesicht verriet nichts von dem, was er dachte.

»Es tut mir leid, gnädiger Herr, daß ich von Ihrem Unwohlsein keine Ahnung hatte, sonst wäre ich früher zurückgekommen. Ich habe am Nilufer gesessen. Kann ich etwas für Sie tun?«

»Geben Sie mir etwas Eumed, ich habe arges Kopfweh und möchte schlafen. Schade, daß ich nicht ausgehen konnte, ich hatte mich heute abend mit einer entzückenden Französin verabredet. Sie wird mich für sehr unhöflich halten.«

»Soll ich der Dame Nachricht geben von Ihrem Unwohlsein?« fragte Helmut mit undurchdringlicher Miene.

»Nein, nein, ist nicht nötig; unter uns, es war keine ›Dame‹. Sie wird sich mit einem anderen Kavalier getröstet haben. Aber wissen Sie, ich habe den Krempel hier eigentlich satt, es bekommt mir nicht. Morgen machen Sie die Sache mit dem Motorbootführer ab, übermorgen fahren wir los.«

Helmut reichte ihm mit ruhiger Miene ein Glas, in dem

er eine Tablette Eumed in Wasser aufgelöst hatte. Römhild trank, weil er von aller Aufregung wirklich Kopfweh hatte.

»Sehr wohl, gnädiger Herr, ich werde alles anordnen, was nötig ist. Haben Sie sonst noch Befehle?«

Römhild hätte Helmut am liebsten gebeten, er möge noch bei ihm bleiben, denn er fürchtete sich vor dem Alleinsein und vor den Gedanken an den Toten, der mit blutiger Stirn da drüben in den Tempelruinen lag. Aber er sagte matt:

»Nein, nein, gehen Sie nur zur Ruhe. Und – bedauern Sie mich ein bißchen, daß ich heute den ganzen Abend nicht ausgehen konnte, sondern im Bett liegen mußte.«

»Das tut mir, in der Tat, sehr leid, gnädiger Herr, aber ich hoffe, daß Ihr Unwohlsein morgen vorüber sein wird.«

»Das hoffe ich auch.«

»Gute Nacht, gnädiger Herr!«

»Gute Nacht, Waldeck!«

Helmut verließ das Zimmer, froh, daß er nicht weiter Komödie spielen mußte.

Drüben im Speisesaal des Palace Hotels sollte nach der einstündigen Pause weiter serviert werden, und alle Kellner waren zur Stelle, außer Achmed Dabrazahr. Es wurde nach ihm gerufen, gesucht, aber er war nirgends zu finden. Der Chef war außer sich und schimpfte auf Achmed. Einer von dessen Kollegen meinte:

»Er ist vielleicht drüben im Gesindehaus bei seiner jungen Frau.«

Sogleich wurde ein Kellner dorthin geschickt. Dieser rüttelte an der Tür des Zimmers, das Zenaide mit Achmed bewohnte. Es war verschlossen. Drinnen lag Zenaide im Bett, atemlos vor Angst und Unruhe. Sie hatte Zeit gehabt, sich klarzumachen, daß der deutsche Herr, der ihren Gatten erschlagen hatte, recht hatte, daß eine Unvorsichtigkeit ihrerseits auch sie ins Gefängnis bringen könnte. Und wenn auch dieses schlimmste nicht eintraf, so würden doch alle Menschen erfahren, daß sie für einen Schmuck ihre Ehre an einen Fremden hatte verkaufen wollen. Nein, kein Mensch durfte darum wissen, was in den Ruinen des Amonstempels geschehen war, sonst war sie verloren. Sie barg, nachdem sie ihr Zimmer unbemerkt erreicht hatte, das zuckende Gesicht in den Kissen ihres Bettes und suchte das Grauen zu verwinden, das sie schüttelte. Achmed war tot, Achmed, den sie trotz allem geliebt hatte. Der Fremde galt ihr nichts – gar nichts, sie mochte ihn nicht leiden, aber der Schmuck – dieser wundervolle Schmuck, der ihr gehören sollte, wenn sie nur einmal freundlich zu dem Deutschen sein würde! Der Schmuck hatte sie verlockt und verführt. Nun hatte sie ihn bekommen, ohne daß sie hatte tun müssen, was der Fremde dafür verlangt hatte, aber dafür hatte es Achmed das Leben gekostet. Ach, nun lag er bleich und starr drüben in den Ruinen, den verfluchten Stein, der ihn getötet hatte, an seinem blutigen Haupte. Aber was wäre geschehen, hätte der Fremde Achmed nicht erschlagen? Dann würde sie längst schon ihr Leben unter des Gatten Händen ausgehaucht haben! Dann wäre Achmed der Mörder des Fremden geworden und wäre doch dem Henker verfallen gewesen.

Und sie ... oh, sie liebte das Leben! Sie besaß jetzt den herrlichen Schmuck, und außer dem vielen Gelde, das sie schon von ihm erhalten hatte, wollte der Fremde ihr noch mehr schenken. Viel, viel, so daß sie nicht mehr zu arbeiten brauchte. Sie konnte dann ihre Stellung hier aufgeben, denn in der Nähe der Tempelruinen mochte sie um keinen Preis mehr leben!

Sie konnte ihr Heimatdorf aufsuchen und sich dort ein Häuschen kaufen und ein Stück Feld. Und Achmed – ach, er würde ihr verzeihen, nun er als verklärter Geist auf sie herabschaute und wußte, daß sie ihm gar nicht wirklich untreu geworden war, daß sie nur den Schmuck hatte haben wollen. Ja, Achmed würde ihr verzeihen! Sie konnte doch nichts dafür, daß der Deutsche ihn erschlagen hatte, um sein eigenes Leben – und das ihre – zu retten. Ja, Achmed mußte verzeihen, er war ja ebenso schuldig wie sie und der Fremde, denn er hatte sie schließlich beide umbringen wollen in seiner sinnlosen Eifersucht.

So redete sich Zenaide in ihrer primitiven Einstellung selbst gut zu, und ihre Gewissensbisse wurden immer sanfter, und schließlich redete sie sich ein, sie sei an dieser Angelegenheit der einzig leidende Teil, denn sie habe nun wohl den Schmuck und das Geld, aber keinen Mann mehr.

Sie lag ganz still in ihrem Bett und legte sich mit der naiven Schlauheit ihrer Rasse die Rolle zurecht, die sie zunächst spielen mußte. Als schließlich an ihre Tür geklopft wurde, erschrak sie wohl heftig, aber sie besann sich gleich, was sie zu tun hatte. Sie stellte sich schlafend und erst als nochmals laut geklopft wurde, riß sie sich zusammen und rief mit scheinbar schlaftrunkener Stimme wie mit einem unterdrückten Gähnen:

»Was will man von mir?«

Der Kollege ihres Mannes, der nach ihm ausgeschickt war, rüttelte an der Klinke:

»Mach auf, Zenaide, wecke deinen Mann, er hat es wohl verschlafen.«

Zenaide biß sich auf die Lippen. Dann sagte sie verwundert:

»Achmed? Suchst du Achmed hier bei mir? Er ist nicht

hier, er hat ja heute abend drüben im großen Speisesaal zu tun.«

»Schwatz' nicht solchen Unsinn. Er ist doch bei dir. Öffne die Tür, damit ich selber ihn wecken kann. Schnell, schnell, sonst bekommt er einen bösen Tadel.«

Nun erhob sich Zenaide mit einem Satz, warf sich ein großes Tuch um und öffnete die Tür. Sie zeigte dem Einlaßbegehrenden ein blasses, erschrockenes Gesicht, was ja wohl verständlich erschien.

»Was willst du nur? Sieh dich doch um, Achmed ist gewiß nicht hier. Ich habe ihn seit sieben Uhr nicht mehr gesehen, da war er hier, um sich frisch umzuziehen für die Festtafel.«

Verdutzt sah sich der Kollege Achmeds um.

»Insch Allah! Er ist wirklich nicht da! Wo mag er sein? Der Chef ist sehr böse. Er gab uns eine Stunde Pause, weil das Festmahl unterbrochen wurde wegen allerlei Vorträgen. Nun soll es weitergehen, und alle sind zur Stelle außer Achmed.«

Wie ratlos schüttelte Zenaide den schönen Kopf, und ihre großen dunklen Augen sahen den anderen ratlos fragend an und so unschuldig und unwissend, daß er glauben mußte, sie habe wirklich keine Ahnung, wo ihr Mann sein könnte.

»Ich kann nur sagen, daß ich ihn seit sieben Uhr nicht mehr gesehen habe. Ich war sehr müde und bin gleich zur Ruhe gegangen, weil ich heute frei hatte und der deutsche Herr im Pavillon mich nicht mehr brauchte. Bitte sieh doch, ob du Achmed nicht finden kannst, damit er keinen Tadel bekommt.«

Der Kellner nickte.

»Allah mag wissen, wo ich ihn suchen soll, aber ich will versuchen, ihn zu finden.«

Zenaide hob bittend die Hände.

»Tue das! Du weißt, Achmed ist sonst sehr plichteifrig und gewissenhaft. Es macht mir Sorge, daß er nicht zur Stelle ist. Ich kleide mich schnell an und laufe zum Chef, um für Achmed zu bitten.«

»Das kann nicht schaden, Zenaide! Eile dich! Ich muß jetzt weiter.«

Und Achmeds Kollege ging schnell hinaus und lief aus dem Hause. Er kehrte auf seinen Posten zurück und meldete das Ergebnislose seines Auftrags.

Es wurde weiter nach Achmed gesucht und geforscht, aber er blieb verschwunden, und man mußte ihn ersetzen. Zenaide kam zu dem Chef und bat diesen jammernd um Nachsicht für Achmed. Sie wisse auch nicht, wo er sei, und sie mache sich Sorge, denn es sei doch nicht Achmeds Art, von der Arbeit fortzubleiben. Das sah der Chef auch ein und beruhigte sie. Es hatte niemand gesehen, wie Achmed sich entfernte, und sein Verschwinden war und blieb unerklärlich. Zenaide spielte ihre Rolle so gut, daß man sie zu trösten und zu beruhigen versuchte, und schließlich schickte sie der Chef wieder zur Ruhe. Sie könne jetzt doch nichts ausrichten und möge zu schlafen versuchen. Morgen früh werde Achmed schon wieder auftauchen. Wer mochte wissen, wohin er geraten sei.

Der Chef war Engländer und hatte mit Zenaide englisch gesprochen.

Sie beherrschte diese Sprache vollständig in Wort und Schrift wie die meisten Angestellten des Hotels. Daß sie außerdem etwas Deutsch sprach, war ihr und Achmeds Verhängnis gewesen. Sonst wäre sie wahrscheinlich nicht zu Römhilds Bedienung ausersehen worden.

Zenaide begab sich wieder in ihr Zimmerchen und

brauchte eine tiefe Niedergeschlagenheit nicht zu heucheln. Sie fühlte sich sehr elend. Allein trotz allem Jammer und aller Gewissensnot schlief sie dennoch bald ein.

Am nächsten Morgen fanden Besucher der Tempelruine den toten Achmed. Es gab ein aufgeregtes Her und Hin. Alle, die es anging, und auch viele, die es nicht anging, kamen herbei, um sich den toten arabischen Kellner anzusehen. Und alle überlegten sich und stellten Mutmaßungen auf, wie das Unglück, denn dafür hielten sie es, wohl geschehen sein könnte.

Römhild wachte am anderen Morgen nach einer unruhigen Nacht mit schlechter Laune auf. Er brachte das Gespräch noch einmal auf die Blutflecke, und Helmut bestätigte ihm, daß sein Nasenbluten gestern abend wohl sehr stark gewesen sein müsse, denn die neue Krawatte sei ganz verdorben, trotzdem der gnädige Herr wohl schon versucht habe, die Blutflecke selbst zu entfernen. Und auch auf den hellen Schuhen des gnädigen Herrn habe er noch Blutspritzer gefunden. Römhilds Gesicht war bei dieser Meldung Helmuts ziemlich fahl geworden, und er hatte mit ganz unsicherer Stimme geantwortet:

»Ja, es war toll, ich konnte das Nasenbluten lange nicht stillen. Sie wissen ja, ich leide immer einmal daran.«

Tatsächlich hatte Römhild einmal in Helmuts Gegenwart Nasenbluten gehabt, und darüber war er jetzt sehr froh.

Helmut fragte scheinbar unbewegt, was mit den Schuhen und mit der Krawatte geschehen solle, und Römhild hatte unsicher geantwortet:

»Sehen Sie zu, ob Sie die Flecke nicht entfernen können.«

»Das habe ich schon versucht, gnädiger Herr, aber es gelang mir nicht.«

Römhild hätte unter anderen Umständen jetzt sicherlich gesagt, Helmut möge die Sachen verschenken, wenn er sie nicht für sich selbst verwenden könne.

Aber in diesem Falle schien es ihm zu gefährlich, irgend etwas, das ihn verdächtigen könnte, aus den Händen zu geben. So sagte er leichthin:

»Packen Sie die Sachen getrost ein, wie sie sind. Wir können sie vielleicht irgendwo chemisch reinigen lassen. Hier ist jetzt keine Zeit dazu. Und sprechen Sie nicht über mein Nasenbluten, das ist mir immer unangenehm. Wo bleibt denn übrigens Zenaide mit dem Frühstück? Es ist doch wohl Zeit?«

Ruhig sah Helmut nach der Uhr.

»Es fehlt noch eine Viertelstunde, gnädiger Herr.«

»Nun gut, ich werde in zehn Minuten aufstehen und mich auf den Diwan legen. So ganz wohl fühle ich mich heute immer noch nicht.«

Helmut verließ daraufhin Römhild und ging ins Hotel hinüber, um zu sehen, ob Zenaide schon im Dienst war, und – ob man noch nichts über Achmeds Verschwinden wußte. Und da hörte er, daß Achmed in den Tempelruinen tot aufgefunden worden sei.

Er ging zu seinem Herrn zurück. Ehe er sich in dessen Zimmer begab, nahm er die verräterische Krawatte und die blutbespritzten Schuhe und barg sie in seinem eigenen Koffer. Er wollte sie sich als Beweise sichern, wenn der Tag gekommen sein würde, an dem er sie gebrauchen konnte. Sein Herr würde ihm sicherlich, fern von Luxor, eines Tages den Befehl geben, diese beiden Gegenstände zu vernichten. Das sollte jedoch nicht geschehen. Und Helmut wollte sich noch andere Beweise von der Schuld Römhilds verschaffen, das hatte er sich diese Nacht überlegt.

Er begab sich in das Zimmer Römhilds und berichtete diesem, ihn unverwandt ansehend, daß der Kellner Achmed, Zenaides Mann, seit gestern abend verschwunden gewesen sei, daß man ihn aber heute morgen tot in den Tempelruinen gefunden habe.

Römhild konnte es nicht verhindern, daß er sehr blaß wurde.

»Um Gottes willen! Wie ist denn das geschehen? Die arme Zenaide – so ist sie Witwe geworden.«

»Ja, gnädiger Herr! Wie es geschehen ist, weiß ich noch nicht. Ich hörte nur, man würde ihn jetzt gleich herüberbringen.«

Helmut trat dabei ans Fenster.

»Da kommen sie schon, gnädiger Herr! Wollen Sie sehen? Ich helfe Ihnen beim Aufstehen.«

Aber Römhild wehrte entsetzt ab.

»Nein, nein! Ich mag das nicht sehen, so etwas wird man lange nicht wieder los. Schließen Sie die Jalousien, die Sonne scheint ohnedies schon ins Zimmer.«

Trotzdem warf er einen angstvollen Blick hinter seinem Diener her durch das Fenster, ehe dieser die Persiennen herabließ. Und da erblickte er auf einer schnell herbeigeschafften Tragbahre einen mit einem Tuche verhüllten menschlichen Körper. Langsam trug man ihn vorüber. Helmut sah mit ernsten Augen dem Zuge nach, und es tat ihm sehr leid, daß dieses Menschenleben ausgelöscht worden war, weil begehrliche Augen nach seinem jungen schönen Weibe geblickt hatten. Er hatte die Jalousien noch nicht herabgelassen, als er Zenaide herbeistürzen und sich über den Toten werfen sah.

Der Anblick war ihm peinlich. So schnell es nur gehen wollte, verdunkelte er das Zimmer.

»Mir scheint, gnädiger Herr«, wandte er sich an seinen Gebieter, »wir werden heute auf Zenaides Kommen verzichten müssen. Sie eilte herbei und warf sich wie verzweifelt über den Toten.«

Römhild richtete sich auf. Er sah sehr elend aus. »Scheußliche Angelegenheit. Sehen Sie doch hinüber und suchen Sie zu erfahren, wie das Unglück geschehen ist. Es kann sich doch nur um ein solches handeln.«

Helmut half ihm wie jeden Morgen beim Anziehen. Dann verließ er das Zimmer und eilte in das Hotel hinüber. Dort hörte er, daß Achmed wahrscheinlich im Dunkeln Erfrischung in den Tempelruinen gesucht habe und dabei vermutlich ausgeglitten und mit der Schläfe auf einen Stein gefallen sei. Sein Tod müsse sofort eingetreten sein. Helmut hörte sich das ruhig an. Römhild hatte Glück, daß man dem Ableben Achmeds die von ihm gewünschte Deutung gegeben hatte. Er fragte, ob im Augenblick eine andere Dienerin die Bedienung im Pavillon seines Herrn übernehmen werde, da Zenaide vermutlich nicht dazu imstande sei, aber man sagte ihm, sie habe sich bereit erklärt, ihre Arbeit auch heute zu verrichten. Sie müsse ja jetzt doppelt bestrebt sein, ihren Posten zu behalten, da ihr Mann nun tot sei. Sie sei wohl sehr verzweifelt gewesen, aber die Mohammedaner pflegen sich im allgemeinen schnell zu fassen. Alles sie betreffende wäre Kismet, und sie fügten sich deswegen ergebener in alles als andere Menschen. Wenn sich der Paroxysmus ihres Schmerzes ausgetobt habe, käme eine gewisse stoische Ergebung über sie.

Helmut meldete darauf, sein Herr wolle am nächsten Morgen seine längst geplante Expedition antreten, und somit werde von morgen an der von ihm gemietete Pavillon frei. Das nahm man im Bureau zur Kenntnis. Niemandem fiel es auf, daß der reiche Fremde abreisen wollte. Helmut dachte mit einem bitteren Lächeln daran, wie günstig sich doch alles für Römhild fügte. Kein Mensch außer Zenaide würde erfahren, daß die Vernichtung eines Menschenlebens sein Gewissen belaste, hätte er nicht zufällig am gestrigen Abend beider Gespräche belauscht. Aber – ganz ungesühnt sollte Achmed Dabrazahrs Tod nicht bleiben, das gelobte sich Helmut. Eines Tages würde er selbst als dessen Rächer auftreten und zugleich Regina Darland aus schlimmer Sklaverei befreien. Den gültigen Beweis für Römhilds Tat wollte er sich noch verschaffen, ehe er Luxor mit ihm verließ.

Helmut kehrte zu seinem Herrn zurück und teilte ihm mit, Achmed Dabrazahr sei wahrscheinlich im Dunkeln ausgeglitten und mit dem Kopf so unglücklich auf einen großen Stein aufgeschlagen, daß er sofort tot gewesen sei. Römhild atmete auf und murmelte einige bedauernde Worte, worauf Helmut ihm mitteilte, was man ihm über Zenaide gesagt hatte. Sie werde bald in dem Pavillon erscheinen und ihren Dienst wieder aufnehmen. Das Frühstück werde sogleich einer der Kellner bringen.

Römhilds Stimmung wurde daraufhin schnell eine bessere. Er fühlte sich, nun er wußte, daß man fest an einen Unfall Achmeds glaubte, sehr viel freier und ruhiger. Sein Gewissen beschwichtigte er damit, daß er sich sagte, er habe ja nur in der Notwehr gehandelt. Daß er trotzdem schuld an Achmeds Tode war, weil er dessen Gattin nachgestellt hatte, daran dachte er nicht. So zart war sein Gewissen nicht. Es rührte sich immer nur dann, wenn er fürchten mußte, für eine seiner Taten zur Verantwortung gezogen zu werden.

Immerhin blieb er bei seinem Vorsatz, morgen abzureisen, denn man konnte nicht wissen, ob es nicht doch noch Unannehmlichkeiten geben würde.

Am liebsten wäre er Zenaide nicht mehr begegnet, aber er mußte doch noch einmal mit ihr sprechen, um ihr Verhaltungsmaßregeln zu geben. Sie sollte auch noch eine kleine Summe bekommen, damit sie möglichst hier ihren Dienst aufgeben und verschwinden konnte.

Er frühstückte mit ganz gutem Appetit, und als er eine Viertelstunde darauf Zenaide auf den Pavillon zukommen sah, schickte er Helmut fort, mit dem Auftrage, alles mit dem Bootsführer zu besprechen. Helmut ging auch ruhig hinunter an das Nilufer, wo die für die Expedition gemietete Dahabije verankert lag. Das war ein sehr geräumiges, mit einem guten Motor versehenes Boot, das im Bedarfsfalle aber auch mit Segeln getrieben werden konnte. Und das war nötig, da man nicht berechnen konnte, wie weit man mit dem Motor kam.

In Ruhe besprach Helmut alles mit dem Bootsführer, Ismael Biramar, und dieser erklärte sich bereit, schon heute alle Ladung einzunehmen. Helmut hatte die nötigen Besorgungen längst gemacht, und alles lagerte auf Abruf auf einem Speicher. Das wurde nun samt und sonders in dem Boote verstaut: Kisten mit Geschenken für die Häuptlinge der wilden Stämme, Gewehre, Munition für die etwaige Jagd, Tauschartikel und Lebensmittel. Die Koffer sollten erst herangeschafft werden, wenn Helmut mit Packen fertig sein würde. Bis dahin konnte es wohl Abend werden.

»Tut nichts, wir bleiben an Bord, es soll alles nach deines Herrn Wunsch gerichtet werden, dessen sei versichert. Insch Allah!« sagte Biramar.

Damit war Helmuts Auftrag erfüllt, und er konnte zum Pavillon zurückkehren.

Dort war inzwischen Zenaide etwas beklommen und sehr bedrückt und traurig angelangt. Römhild hatte sie sogleich in sein Zimmer gezogen und auf sie eingesprochen. Er wagte heute nicht, ihr irgendwie zu nahe zu kommen, aber er fragte sie aus, wie sie sich verhalten habe. Sie erstattete ihm Bericht und sagte, ihn mit ihren schwarzen Augen vorwurfsvoll ansehend:

»Niemand weiß, was du getan, Herr, und mein armer Achmed ist stumm und tot. Nur ich weiß, daß du ihn getötet hast.«

Er hielt ihr die Hand auf den Mund.

»Sprich das nie mehr aus, du bringst uns beide sonst ins Unglück. Du weißt doch, daß alles nur ein Zufall war. Und hier hast du Geld, wir werden nicht noch einmal ohne Zeugen zusammensein. Mein Diener wird jetzt immer dabeisein. Und morgen reise ich ab. Dann wirst auch du gut tun, sobald wie möglich von hier fortzugehen. Du kannst unbesorgt deine Stellung hier verlassen. Du gibst an, du könntest die traurigen Erinnerungen hier nicht ertragen. Dann wird man dich ruhig gehen lassen. Mit dem Gelde, das ich dir gab, wirst du dir eine neue Existenz gründen können. Auch den Schmuck kannst du verkaufen. Aber nicht hier, vielleicht in Kairo. Du wirst schon sehen. Also sei gescheit und gehe bald von hier fort.«

»Das will Zenaide auch tun, Herr, sie mag nicht hierbleiben, wo Achmed gestorben ist. Er wird mir verzeihen! Ich werde dich nicht verraten, Herr, es war ja wirklich mehr ein Unglück, als – ach, das sein alles so schlimm. Es sein gut, daß du fortgehen, Herr, ich dich nicht mehr sehen mag.«

»Nun gut, ich werde dir tunlichst aus dem Wege gehen.

Auch mir liegt nichts an deinem Anblick. Du kostest mich eine Menge Geld, ohne daß ich etwas anderes davon gehabt hätte als Unglück und Ärger. Verrichte also hier deine Arbeit, ich gehe fort. Und vergiß so schnell wie möglich, was gesehen ist. Unabänderlichem soll man nicht nachtrauern.«

»Zenaide weiß, Herr. Kismet. Aber Achmed war gut zu Zenaide, und wir waren glücklich und zufrieden, bis du gekommen. Ich sein sehr voll Unglück. Kismet.«

Damit steckte Zenaide sorglich das für ihre Begriffe märchenhaft viele Geld ein, von dem sie sich in ihrem Heimatdorf ein kleines Anwesen kaufen wollte. Dort konnte man annehmen, sie habe sich das viele Geld verdient, und man würde sie anstaunen und bewundern. Kismet! Was sollte sie anderes tun? Niemand würde ahnen, daß das, was sie besaß, Schweigegeld war, damit sie nicht verriet, wer ihren Gatten erschlagen hatte. Kismet!

Als Helmut in den Pavillon zurückkam, fand er seinen Herrn nicht mehr vor. Und Zenaide räumte in den Zimmern auf. Helmut schien sie gar nicht zu beachten. Er begann sofort, die Koffer zu packen, und hatte noch allerlei zu ordnen. Als sein Herr nach Tische wieder in dem Pavillon erschien, mußte Helmut ihn, wie immer, bedienen und ihm berichten, ob alles zur Abreise bereit sei. Er schien sehr zufrieden zu sein, und seine Stimmung besserte sich, je weiter der Tag fortschritt, ohne daß sich etwas Beunruhigendes ereignet hätte. Helmut mußte nur immer wieder staunen über die Gemütsruhe seines Herrn, dem es so wenig auszumachen schien, daß er ein Menschenleben auf dem Gewissen hatte. Römhild brachte es sogar fertig, Helmut gegenüber eine zynische Bemerkung über Zenaide zu machen, die Helmut aufs höchste empörte.

Er sagte mit einem widerwärtigen Lächeln:

»Nun ist die schöne Zenaide Witwe, aber jetzt reizt sie mich nicht mehr. Ich habe immer nur Gefallen an Weibern, die schwer für mich zu erringen sind. Jetzt ständen mir Tür und Tor offen, aber nun läßt sie mich kalt.«

Helmut mußte seine ganze Selbstbeherrschung aufbieten, um seinem Herrn nicht seine Verachtung ins Gesicht zu schleudern. Er blieb stumm, und Römhild zuckte die Achseln und war wieder einmal davon überzeugt, daß sein Diener in manchen Dingen ein blöder Trottel sei, so brauchbar er auch sonst sein mochte.

Helmut traf inzwischen die letzten Vorbereitungen zur Abreise und ließ am Abend die Koffer nach der Dahabije schaffen. Zenaide war am Nachmittag noch einmal nach dem Pavillon gekommen und hatte auch Römhild den Tee gebracht. Es war gewesen wie jeden Tag, aber Helmut merkte, daß Römhild kein Wort mehr mit ihr sprach, und daß auch Zenaide stumm wieder verschwand, nachdem sie das Geschirr bereitgestellt hatte.

Am nächsten Morgen konnte Römhild kaum die Zeit erwarten, auf die Dahabije zu kommen. Damit hatte Helmut gerechnet. Er übereilte sich nicht und packte die letzten Kleinigkeiten in eine Handtasche. Sein Herr befahl ihm, so schnell wie möglich nachzukommen.

Zenaide war, wie jeden Morgen, herübergekommen, um aufzuräumen, und als Römhild an ihr vorüberging, sagte er so laut, daß es Helmut hören mußte:

»Adieu, Zenaide, ich wünsche Ihnen alles Gute.«

Sie sah ihm mit scheuen Augen nach, blickte sich dann unsicher nach dem Diener um und erwiderte leise:

»Kehre niemals wieder!«

Als Römhild verschwunden war, wandte Helmut sich nach Zenaide um.

»Ich kann mir denken, daß du wünschest, daß mein Herr niemals wiederkehrt. Er hat dir nur Unglück gebracht.«

Sie richtete sich erschrocken von ihrer Arbeit auf und sah ihn an.

»Was willst du damit sagen? Ich sprach das nur so vor mich hin.«

Helmut stellte ruhig ein Schreibzeug und Feder und Tinte vor sie hin auf den Tisch und zog alsdann ein Blatt Papier aus seiner Brieftasche. Das legte er neben das Schreibpapier und sagte gebieterisch zu Zenaide:

»Setze dich her und schreibe dies ab. Ich habe es dir in englischer Sprache aufgesetzt, weil ich weiß, daß du sie besser beherrschst als die deutsche.«

Sie stutzte über seinen Ton und sah ihn unruhig an. Er deutete stumm auf das von ihm Geschriebene. Sie beugte sich darüber und las – und dann taumelte sie zurück.

»Du – weißt, was in den Tempelruinen geschah?« stieß sie entsetzt hervor.

Er neigte das Haupt.

»Ja, ich weiß es. Und ich weiß auch, daß dir der Herr einen Schmuck und Geld geschenkt hat, damit du schweigen sollst. Aber zittere nicht so. Dir soll nichts geschehen, das schwöre ich dir. Niemand soll von mir erfahren, warum dein Gatte ums Leben kam. Aber du mußt doch selbst wünschen, daß sein Tod gesühnt wird. Du sollst straffrei ausgehen, aber der Mann, der Achmed Dabrazahr mit einem Steine erschlug, soll seine Strafe bekommen. Nicht durch die Gerichte, nur durch mich. Und dazu brauche ich diesen Schein von dir. Eines Tages will ich ihn benutzen, um ihn zu strafen. Also schreib.«

Seine Worte klangen so fest und bestimmt, daß sie einsah, hier half kein Wehren. Und es war auch etwas wie

Genugtuung in ihr, daß Römhild nicht straffrei ausgehen sollte, daß Achmeds Tod gesühnt werden würde. Dann würde er seine Ruhe im Jenseits finden. Ja, sie mußte tun, was dieser seltsame Diener verlangte, der mehr einem Herrn glich als sein Herr selber. Zögernd sah sie zu ihm auf.

»Schwöre mir, daß mir kein Schaden erwächst aus dieser Schrift!« bat sie mit zitternder Stimme.

»Ich schwöre es dir! Aber nun schreib schnell, ich habe keine Zeit mehr zu warten.«

Noch ein ängstlicher Blick, ein tiefer Seufzer, dann schrieb Zenaide in englischer Sprache:

»Ich, Zenaide, die Witwe Achmed Dabrazahrs, bescheinige hiermit der Wahrheit gemäß, daß Alfred Römhild während seines Aufenthaltes in Luxor mir nachstellte und meinen Gatten, Achmed Dabrazahr, am 3. Oktober 19.. in den Ruinen des Amontempels mit einem Steine erschlug, als dieser uns bei einem zärtlichen Stelldichein ertappte und Römhild erwürgen wollte. Alfred Römhild hat mir Geld und einen Schmuck geschenkt, damit ich schweigen sollte, und er hat mir auch gedroht, ich käme ins Gefängnis, wenn ich die Wahrheit sagen würde. Ich bezeuge das, so wahr mir Allah verzeihen und helfen möge.

Luxor, am 5. Oktober 19..

Zenaide, die Witwe Achmed Dabrazahrs.«

Als sie fertig war, legte sie die Feder hin und sah angstvoll zu Helmut auf.

»Du hast mir gelobt, daß du mich nie verraten wirst!« sagte sie in beschwörendem Tone.

Helmut faltete aufatmend das Papier zusammen und barg es in seiner Brieftasche.

»Sei ruhig. Und wenn dich etwas trösten kann in deiner Gewissensqual, so denke daran, daß du mit deinem Schreiben eine gute Tat getan hast, die einem anderen Menschen Erlösung bringen wird von schwerer Pein. Das soll helfen, dich zu entsühnen. Leb' wohl, Zenaide! Und möge dir Allah Frieden und Ruhe geben.«

Sie sah ihn mit großen Augen an.

»Ich danke dir. Insch Allah!«

Helmut ergriff die Handtasche, sah sich noch einmal in den Räumen des Pavillons um und ging dann mit stummem Gruße an der zitternden Zenaide vorüber.

Draußen drückte er fest auf seine Brusttasche und atmete tief und befreit auf.

Reginas Rettung! klang es in ihm, und sein Herz war voll Dankbarkeit gegen das Schicksal, das ihm diesen Trumpf in die Hand gegeben hatte, der zur gegebenen Zeit Reginas Vater von dem Zwange befreien sollte, seine Tochter verkaufen zu müssen.

Schnell schritt er zum Nilufer hinunter. Seine Augen schweiften umher. Den Strom entlang zogen Schafe, Büffel und Kamele dahin, teilweise frei, teilweise schwer beladen. Hagere, von der Sonne ausgedörrte Gestalten schritten als Treiber nebenher, den Oberkörper zumeist entblößt, den Turban von fragwürdiger Beschaffenheit um das Haupt gewickelt.

Abschiednehmend ließ Helmut seine Blicke noch einmal über Luxor gleiten. Er war froh, daß es ihm an einem freien Tage möglich gewesen war, die Königsgräber allein zu besuchen. Sein Herr hatte sie überhaupt nicht zu Gesicht bekommen, aber er interessierte sich auch nicht besonders dafür. Und daß ihm jetzt der Boden unter den Füßen brannte, konnte sich Helmut wohl denken.

Römhild befand sich schon an Bord der Dahabije und sah Helmut ungeduldig entgegen.

»Wo bleiben Sie so lange, Waldeck? Schnell, schnell, wir wollen flottmachen.«

Helmut warf die Handtasche hinüber und schwang sich mit einem kraftvollen Satze in das Fahrzeug. Gleich darauf setzte sich die schlanke Dahabije in Bewegung. Außer der Bootsbemannung waren noch zwei Araber, zwei Neger und zwei Weiße an Bord, die Helmut für seinen Herrn für diese Expedition verpflichtet hatte. Alle sprachen englisch, und so konnte Helmut gut den Dolmetscher für seinen Herrn spielen. Nur der Bootsführer Biramar sprach ausschließlich arabisch. Aber diesem konnten wieder die Araber als Dolmetscher dienen.

Alfred Römhild atmete auf, wie von einer schweren Last befreit, als die Dahabije ungehindert stromaufwärts glitt. Die Bootsleute stimmten einen eintönigen, schwermütig klingenden Gesang an, während sie ihre Arbeit verrichteten. Helmut machte in der Kajüte alles für seinen Herrn zurecht, und dieser saß auf Deck und starrte in Gedanken verloren vor sich hin. Luxor war ein Unglücksplatz für ihn gewesen. Dorthin würde er nie in seinem Leben mehr zurückkehren. Und es war bezeichnend für ihn, daß er das nutzlos ausgegebene Geld fast mehr bedauerte als den Tod Achmed Dabrazahrs. Was galt ihm das Leben eines armen Arabers?

Weiter und weiter glitt die Dahabije zwischen den Ufern des Nils dahin, die hier noch flach waren und eine weite Aussicht gestatteten. Weiter aufwärts tauchten Erhebungen auf, die die Wüste umrahmten.

Bis zum Bahr el Gazal begegneten sie vielerlei Fahrzeugen, anfänglich auch noch Dampfern. Die Ufer waren belebt von Karawanen und Viehtreibern. Wagen mit Waren beladen sah man wenig, weil sie in dem tiefen Sande schlecht vorwärts kamen. Nur in der Ferne sah man auf der neu angelegten Autostraße die Kraftwagen schnell vorübergleiten. Das Auto hatte sich auch diese Gegenden erobert, wenn es auch große Schwierigkeiten gekostet hatte.

6

John Highmont hatte sich in den letzten Monaten sehr gut erholt und einen Teil seiner Kräfte wieder zurückerlangt. Es war, als habe er neuen Lebensmut bekommen, seit er erfahren hatte, daß ihm noch ein Neffe lebte. Wenn er auch nicht mehr wie früher Tag für Tag in seinen Fabriken und Plantagen arbeitete, weil der Betrieb jetzt ohnedies Aktiengesellschaft geworden war und von tüchtigen Direktoren geführt wurde, so hatte er doch genug zu tun mit der Verwaltung seines großen Vermögens.

Er hatte langsam wieder Freude an der Arbeit gewonnen, und sein Sekretär, Mister Smith, mußte ihn über alle öffentlichen Angelegenheiten auf dem laufenden halten. Durch den Detektiv Greiner hatte er noch in Erfahrung gebracht, daß Alfred Römhild, bei dem sein Neffe als Diener in Stellung war, wahrscheinlich im nächsten Herbst in Kalifornien eintreffen würde, denn er hatte daheim die Weisung zurückgelassen, ihm für diese Zeit Post nach San Franzisko zu senden. Ein bestimmtes Hotel hatte er nicht angegeben. Alle Briefscharten sollten vom 1. Oktober 19..

an postlagernd daselbst zur Verfügung stehen. Vorher wollte er Post in Honolulu auf Hawaii erwarten. Ende Oktober gedachte er dann von San Franzisko nach Valparaiso in Chile weiter zu reisen. Daß er von dort aus Argentinien aufsuchen würde und später von Buenos Aires aus die Heimreise mit dem Dampfer anzutreten gedachte, war ebenfalls in dem daheim hinterlassenen Ortsverzeichnis angegeben.

Aber das interessierte John Highmont nicht mehr. Er wollte nur wissen, zu welcher Zeit ungefähr Römhild in San Franzisko sein würde.

Ungeduldig sah er diesem Zeitpunkt entgegen. An dem Tage, an dem Helmut mit seinem Herrn sich auf der Dahabije eingeschifft hatte und den Nil aufwärts fuhr, saß John Highmont wieder auf seiner Terrasse und diktierte seinem Sekretär einige Briefe. Dabei nahm er immer wieder eine Photographie in die Hand und blickte darauf nieder. Diese Photographie war eine Vergrößerung einer Amateuraufnahme, die der findige Detektiv in Deutschland aufgetrieben und seinem Auftraggeber zugesandt hatte. Dieses Lichtbild hatte der Detektiv bei einem nochmaligen Besuche der Villa Römhild einem der zurückgebliebenen Diener abgelockt und dafür ein nobles Trinkgeld entrichtet. Der Diener hatte nämlich verstohlen eine Aufnahme von seinem Herrn gemacht, kurz vor dessen Abreise, und zufällig hatte in diesem Moment Helmut neben Herrn Römhild gestanden. Die Dienerschaft hatte sich über dieses Bild weidlich amüsiert, weil ihr Herr darauf, wie im Leben auch, viel eher einem Lakaien glich als sein vornehm aussehender Diener. Weder Römhild noch Helmut hatten eine Ahnung davon, daß eine Aufnahme von ihnen gemacht sei, und der Diener hatte sehr beglückt das fürstliche Trinkgeld für das Bild eingesteckt, wenn er auch nicht verstand, weshalb dem fremden Herrn, der ihn schon einmal so dringend nach Helmut Waldeck ausgefragt hatte, so viel daran zu liegen schien, ein Bild von diesem zu besitzen.

John Highmont hatte jedenfalls dem Detektiv viel mehr für das ihm eingesandte Bild bezahlt, als der Diener erhalten hatte. Seine Freude war sehr groß, ein so gutes und scharfes Bild seines Neffen zu besitzen. Er hatte es sogleich vergrößern und verschärfen lassen und konnte sich nun immer wieder an dem Anblick Helmuts erfreuen, der eine überraschende Ähnlichkeit mit seinem verunglückten Sohne hatte.

Mehr und mehr erwärmte sich sein Herz für diesen ihm noch ganz unbekannten Neffen. Aber so sympathisch ihm dessen Gesicht und Erscheinung war, so unsympathisch erschien ihm Alfred Römhild, in dessen Zügen sich deutlich genug niedrige Charaktereigenschaften ausprägten.

Für alle Fälle hatte John Highmont bald nach Empfang des Briefes sein Testament gemacht, und zwar zugunsten seines Neffen. Er war noch immer nicht ganz auf der Höhe mit seinem Befinden und wußte nur zu gut, wie schnell der Tod den Menschen zur Strecke bringen konnte. Er wollte sein Haus auf alle Fälle bestellt wissen, und da ihm Helmuts Bild einen überaus günstigen Eindruck gemacht hatte und alles, was er über ihn erfuhr, ihm sehr sympathisch war, sah er gern in ihm seinen Erben. Allerdings hoffte er, sich noch einige Jahre an Helmuts Gesellschaft erfreuen zu dürfen, aber jedenfalls wollte er sichergehen.

Er hegte den lebhaften Wunsch, Helmut zunächst einmal kennenzulernen, ohne ihm ihre verwandtschaftlichen Beziehungen zu verraten, und ohne daß er ahnte, er habe ihn zu seinem Erben bestimmt. Um das ins Werk zu setzen, beschloß er, im September 19.. sich per Dampfer nach Hawaii zu begeben und dort Römhilds und dessen Dieners Ankunft abzuwarten. Dort würde er sich die Listen aller einlaufenden Schiffe verschaffen, um dadurch zu erfahren, mit welchem beide Herren eintreffen würden.

Hatte er ferner herausgebracht, welchen Steamer Römhild und Helmut zur Weiterreise nach San Franzisko benutzen würden, konnte er sich auf dem gleichen einschreiben lassen. Fehlte es ihm auf Hawaii möglicherweise an einem Anlaß, Römhild und Helmut kennenzulernen, fand er an Bord die beste Gelegenheit, das unauffällig nachzuholen.

Einige Tage waren vergangen, als der alte Herr abermals einen Brief von dem Detektiv Greiner aus Berlin erhielt, obwohl ihm kein weiterer Auftrag erteilt worden war. Der Brief lautete:

»Sehr geehrter Mr. Highmont!

Ohne daß ich weiter in Ihrer Angelegenheit nachgeforscht hatte, enthüllte mir der Zufall etwas, was ich für sehr wichtig für Sie halten muß. Ich gebe Ihnen bekannt, was ich in Erfahrung gebracht habe, ohne Ihnen meine Ermittlungen in Rechnung zu stellen. Ist das von mir Mitgeteilte wichtig für Sie, werden Sie sich ohnedies erkenntlich zeigen, andernfalls ist die Angelegenheit erledigt.

Ich lese seit einiger Zeit mit Vergnügen in einer großen Berliner Zeitung eine Serie von Reisefeuilletons, die so hervorragend gut und geistvoll geschrieben sind, daß ich stets mit Ungeduld auf das nächstfolgende warte. Diese Feuilletons sind illustriert, und die eingesandten Photos müssen ausgezeichnet sein, da selbst die zuweilen mangelhafte Reproduktion eine sehr gute bildhafte Wiedergabe der geschilderten Ereignisse und Ansichten darstellt.

Ich kam nun kürzlich mit einem jungen Bekannten zusammen, einem Redakteur der Zeitung, in der jene Artikel erscheinen, und sprach ihm meine Anerkennung über diese Lektüre aus. Er meinte, diese Feuilletons erfreuten sich großer allgemeiner Beliebtheit und würden noch lange fortgesetzt werden, da sich deren Verfasser auf einer Reise um die Welt befinde und vertraglich verpflichtet sei, mindestens jede Woche einen Reisebericht zu senden. Diese sind mit dem Namen H. Wald signiert, und im Laufe des Gesprächs verriet mir der Redakteur – ahnungslos, wie interessant mir das war –, daß H. Wald ein Pseudonym sei für einen jungen Freiherrn Helmut Waldeck. Und da durchfuhr es mich wie ein Blitz, daß diese Reiseberichte in der Reihenfolge ungefähr dieselbe Route befolgten, wie Herr Römhild sie mit seinem Diener genommen hat. Es war mir nun nicht mehr zweifelhaft, daß der Verfasser dieser Reiseberichte identisch sein müsse mit eben dem Freiherrn von Waldeck, der so nahe mit Ihnen verwandt ist, und ich nahm an, daß diese zufällige Entdeckung für Sie wichtig sein könnte. Baron Helmut von Waldeck dürfte mithin nicht nur Diener, sondern auch Reiseberichterstatter sein. Er wird die günstige Gelegenheit, die ihn auf eine Weltreise führte, ausnützen, um sich eine weitere Verdienstmöglichkeit zu schaffen. Ich finde das sehr smart, und ich freue mich so an den eleganten, geistvollen Berichten, daß ich Ihnen deren Kenntnis nicht vorenthalten möchte. Mit gleicher Post gehen die bisher erschienenen Nummern als eingeschriebene Drucksachen an Sie ab, und Ihr Einverständnis voraussetzend, habe ich für Sie auf die weiteren Nummern der Zeitung abonniert, die Ihnen regelmäßig schnellstens zugesandt werden sollen. Ich hoffe, wie gesagt, daß ich Ihnen damit einen kleinen Dienst erwiesen habe, und empfehle mich Ihnen. Stets gern zu Ihren Diensten zeichnet

> hochachtungsvoll
> Gustav Greiner,
> Weltbureau für Nachforschungen aller Art.«

Dieser Brief interessierte John Highmont ungemein und mehr noch die Reiseberichte seines Neffen, aus denen er diesen immer näher und besser kennenlernte. Er war Gustav Greiner sehr dankbar und gab Mr. Smith Befehl, jenem eine bestimmte Summe anzuweisen.

John Highmont freute sich des flüssigen Stiles seines Neffen, seiner geistvollen Plaudereien und seiner oft humorvollen Schilderungen. Und zugleich imponierte es ihm gewaltig, daß der junge Mann so tüchtig und betriebsam war und diese Reise, die er doch nur als Diener mitmachte, benutzte, um sich für später eine gute Position zu sichern. Er wunderte sich freilich, daß ein Mann mit einem derartigen Stil und mit solchen Geistesgaben keine andere Existenzmöglichkeit in Deutschland gefunden hatte als eine Dienerstelle. Aber es imponierte ihm doch sehr, daß sein Neffe das Leben so energisch anfaßte und sich durch keinen Mißerfolg hatte unterkriegen lassen.

Fortan konnte er es kaum erwarten, bis er wieder eine neue Nummer mit einem solchen Feuilleton erhielt, und es war ihm sehr wertvoll, auf diese Weise fast immer über den Verlauf der Weltreise des Herrn Römhild orientiert zu sein. Ob dieser wohl wußte, daß sein Diener der Verfasser dieser Berichte war? Wohl kaum, und wahrscheinlich ahnte er nicht einmal, daß sein Diener ein Stiefsohn des Grafen Reichenau war. Helmut würde darüber wohl geschwiegen haben.

Wie nahe John Highmont mit dieser Vermutung der Wahrheit kam, ahnte er freilich nicht.

So gab es zwei Menschen, die Helmuts Reiseberichte mit brennendem Interesse lasen: in Deutschland ein reizendes, braunäugiges Mädchen mit goldbraunem Haar und in Kalifornien der reiche John Highmont. Sie wußten beide nichts voneinander und verfolgten doch beide die Reiseroute Helmuts mit dem warmherzigsten Interesse.

Inzwischen war die Dahabije, die Alfred Römhild gemietet hatte, den Nil aufwärts bis zur Mündung des Bahr el Gazal gefahren. Es war eine sehr interessante Fahrt. Zuweilen plätscherte der Nil langsam und träge dahin, dann ging es wieder durch wirbelnde Stromschnellen, bis der Strom wieder ruhig und lautlos in breiter Bahn dahinglitt.

Zuweilen war die Hitze fast unerträglich, weswegen der Uferschlamm oftmals sehr übel roch. Dann bekam Römhild sofort schlechte Laune, schimpfte auf alles, was ihn ärgerte, und wollte umkehren lassen. Aber dann kam man wieder durch interessante Gegenden, Felsen türmten sich hüben und drüben steil empor, und alsdann wurde Römhild wieder friedlich und warf den Bootsleuten Münzen zu, damit sie singen sollten. Sumpfgegenden und flaches Land wechselten mit felsigen Ufern, und je näher man dem Bahr el Gazal kam, desto interessanter wurde die Landschaft.

Auf dem Bahr el Gazal fuhr man dann ein Stück in das schwarze Zentralafrika hinein. Man kam an Negerdörfern vorüber und stieg aus, um sich mit deren Bewohnern anzufreunden. Man gab Geschenke, Glasperlen, bunte Tücher und noch buntere Papierlaternen und tauschte sie gegen die gern geübte Gastfreundschaft aus. Für Helmut gab es jetzt Stoff und Bilder genug. Er nahm auf, was er vor den Apparat bekam, und die Negermädchen stellten sich ihm gern zur Verfügung. Solange man die Leute nicht irritierte, waren sie friedlich, aber Römhild konnte es schließlich nicht unterlassen, zudringlich gegen eine junge, prachtvoll gewachsene Negerin zu werden, die Tochter eines Häuptlings, den man nach tagelanger Wanderung in das Innere besucht hatte. Die Aufnahme der Reisenden war gut gewesen, dank zahlreicher buntfarbiger Nichtigkeiten, die der Stammesälteste zum Geschenk erhalten hatte. Um seine Gäste zu erheitern, hatte er die Aufführung origineller Tänze und Spiele anbefohlen, bei denen sich seine außerordentlich schöne Tochter besonders hervortat. Kaum daß Römhild diese erblickte, stand sein Herz schon in lichten Flammen. Unfähig, sein Temperament zu zügeln, attakkierte er die schwarze Venus in einer Weise, daß der ganze Stamm darüber in Erregung geriet. Helmut vermochte die Situation schließlich nur dadurch zu retten, daß er dem Häuptling erklärte, Römhild habe seiner Tochter durch sein Benehmen nur die höchste Ehre erweisen wollen, wie solches in seiner Heimat Sitte sei. So lief die Geschichte noch einigermaßen glimpflich ab. Als die Dinge sich bedrohlich zuzuspitzen schienen, hatte Römhild nicht geringe Angst gehabt. Seine Feigheit trat auch in diesem Falle wieder einmal deutlich zutage. Aber kaum, daß die Gefahr beseitigt war und man in Ruhe abreisen konnte, war er vollkommen wieder obenauf. Mit zynischem Lachen sagte er zu Helmut:

»Eine schwarze Geliebte hatte ich noch nie, und man sollte das doch auch mal probieren. Die Häuptlingstochter hatte jedenfalls einen wunderbaren Wuchs, um den sie unsere Damen beneiden könnten.«

Helmut wurde daraufhin sehr energisch und stellte ihm vor, daß solche Zwischenfälle vielleicht zu einer ernsten Katastrophe führen könnten. Er werde keinen Schritt weiter mitgehen, wenn Römhild ihm nicht verspräche, solche Unvorsichtigkeiten nicht wieder zu begehen. Auch der Bootsführer pflichtete Helmut bei, als sie wieder bei der Dahabije anlangten und von ihrem Erlebnis berichteten. Römhild hatte Helmuts Vorhaltungen nicht ernst nehmen wollen, aber da nun auch der Bootsführer ernstharte Ermahnungen vom Stapel ließ, gab er klein bei und redete von »falscher Auffassung eines kleinen harmlosen Scherzes«. Helmut hatte für seinen Apparat wiederum reiche Ausbeute gefunden, aber er atmete doch auf, als sein Herr nach einigen Wochen erklärte, er habe nun genug von der afrikanischen Wildnis und verlange dringend nach den Segnungen der Zivilisation. So brach man die Zelte ab und ging wieder an Bord der Dahabije. Man fuhr den Bahr el Gazal hinunter bis zur Mündung und dann stromabwärts den Nil entlang. Da Römhild gut bezahlte, war Biramar bereit, ihn hinzufahren, nach welchem Orte er wollte. Römhild beschloß, einige Tage in Kairo Station zu machen, und so ging es ohne Aufenthalt an Luxor und seinen Tempelruinen vorbei. Römhild warf einen unsicheren Blick auf diese, ließ sich jedoch nicht anmerken, daß diese Trümmer unliebsame Erinnerungen in ihm wachriefen.

Er lohnte die gemieteten Leute ab und ging mit Helmut nach Kairo. Hier nahm er nicht wieder im Hotel Shepheard Wohnung, sondern im Mena House. Vier Tage lang genoß er alle Ausschweifungen, die Kairo zu bieten hatte, um dann übersättigt seine Reise fortzusetzen. Es sollte nun durch den Suezkanal direkt nach Indien gehen, wo er längeren Aufenthalt nehmen wollte. Auch Ceylon gedachte er zu besuchen.

Helmut hatte in Kairo zur Abfassung einiger Artikel für seine Zeitung Muße gefunden und auch seine Aufnahmen zu entwickeln vermocht. Nach wie vor wußte er in den Text seiner Berichte das kleine Wort »Gedenken« so geschickt einzuflechten, daß wohl Regina daraus entnehmen konnte, sein Geist beschäftige sich dauernd nur mit ihr, daß es einem Uneingeweihten aber niemals auffallen konnte.

Helmut hatte inzwischen von Regina eine weitere Karte erhalten. Auch sie sagte einem Dritten so gut wie nichts. Allein auch Helmut verstand es, zwischen den Zeilen zu lesen, und fühlte sich beglückt durch das, was dort zwar nicht stand, aber was ihm dennoch offenbar wurde. Das Herz wurde ihm warm und weit, sooft er Reginas gedachte, und jedesmal faßte er dann nach seiner Brieftasche, die das Geständnis Zenaides barg, jenes Blatt, das dereinst Regina retten sollte.

Während der Seereise nach Indien hatte Helmut wiederum viel Zeit für seine literarischen Arbeiten. Er gewann diese Tätigkeit von Tag zu Tag lieber, sein Stil wurde immer flüssiger, und sein Humor brach sich immer siegreicher Bahn, seit der Druck von seinem Herzen genommen war, daß Regina eines Tages gezwungen werden könnte, Römhilds Frau zu werden. Alles, was ihn in seiner jetzigen Stellung quälte und peinigte, vergaß er bei Abfassung seiner Skizzen, und er freute sich sehr, als die Berliner Zeitung ihm eines Tages mitteilte, seine Schilderungen fänden großen Anklang beim Publikum und man hoffe daher, in auch in Zukunft als Mitarbeiter begrüßen zu dürfen. Welche Freude! Welche Befriedigung das gewährte! Helmut begann seine Zukunft in rosigerem Lichte zusehen. Gelang es ihm, eine feste Position bei der Zeitung zu erringen, durfte er damit auf eine bestimmte Einnahme rechnen, dann – ach dann konnte er vielleicht daran denken, daß Regina Darland die Seine wurde. Römhild brauchte er nicht mehr zu fürchten. Er mußte von Regina ablassen, wenn er nicht als Achmed Dabrazahrs Mörder oder Totschläger den Gerichten übergeben werden wollte. Und er durfte auch keinen Druck mehr auf Reginas Vater ausüben. Ja – Helmut war voller Hoffnungen für die Zukunft, und es bekümmerte ihn nur sehr, daß es noch so lange dauern würde, bis er wieder heimkehren und die Geliebte wiedersehen konnte. Seltsamerweise dachte er gar nicht daran, daß sie einen andern Freier vorziehen könnte. Niemand als Römhild hatte er gefürchtet, und diese Furcht war inzwischen behoben. Er fühlte instinktiv, daß Regina ihn liebte wie er sie. Denn sie war nicht eine der leichtsinnigen koketten Mädchen, die sich gedankenlos in irgendeinen Flirt verstricken. Er war überzeugt, daß es ihr ergangen war wie ihm, daß beim ersten Sehen der Keim einer tiefen, starken Liebe in ihrem Herzen Wurzel gefaßt hatte. Ihre Augen, diese wundervollen, samtbraunen Augen, in denen es glänzte, als seien Sonnenfunken darin gefangen, und nicht minder das zarte Rot, das ihre Wangen färbte, hatten ihm verraten, daß er ihr nicht gleichgültig war.

Die Reise nach Indien verlief bei dem günstigsten Wetter, und Römhild hatte genug ihn interessierende Gesellschaft gefunden, so daß Helmut viel freie Zeit hatte, bis der Dampfer endlich zu Anfang des Dezember in Bombay einlief.

7

Es war um die Weihnachtszeit. Regina und Gitta Darland wollten Weihnachtsemkäufe machen. Die beiden Schwestern hatten ihr nicht sehr reichlich bemessenes Taschengeld seit Monaten nach Möglichkeit gespart, um die Eltern mit irgend etwas erfreuen zu können. Lange hatten sie beraten, was sie kaufen wollten. Sie fühlten beide instinktiv, daß die Eltern schon seit geraumer Zeit in sehr bedrückter Stimmung waren. Regina hatte die Mutter wiederholt in Tränen gefunden, wenn sie unerwartet nach Hause kam, und wenn diese dann auch immer schnell die Augen trocknete und irgendeine Begründung dafür vorbrachte, die Regina beruhigen sollte, so fühlte diese doch, daß ein schwerer Kummer die Mutter niederdrückte. Und der Vater lief auch mit sorgenvoller Miene umher, und man sah selten ein Lächeln auf seinem Gesicht. Die Schwestern hatten sich oft heimlich darüber unterhalten und versucht, den wahren Grund dafür zu finden, aber Regina war ganz ratlos, und selbst die immer resolute und hellhörige Gitta konnte nicht dahinterkommen.

Nun wollten die beiden jungen Mädchen wenigstens das ihre dazu tun, das kommende Weihnachtsfest so freundlich wie möglich zu gestalten. Deshalb berieten sie eingehender als sonst, womit sie den Eltern eine Freude machen könnten. Sie wußten, daß in letzter Zeit von dem Frühstücksservice, das die Familie täglich benutzte, einige Teile entzweigegangen waren. Man hatte sie durch Teile eines anderen Services ersetzt, aber die Mutter hatte davon gesprochen, daß sie gern ein echt Meißener Service haben möchte. So gingen denn die Schwestern nach der Kaiser-Wilhelm-Gedächtniskirche, der gegenüber sich die Verkaufsräume der Meißener Porzellan-Manufaktur befanden. Sie wollten sich erst einmal erkundigen, ob der von ihnen ersparte Betrag ausreichen würde, vier Tassen, ebensoviele Frühstücksteller, Kaffee- und Teekanne, Sahnengießer und Zuckerdose zu erstehen. Sie gingen in den weiten Ausstellungsräumen der Manufaktur umher, sahen sich immer wieder die begehrten Sachen an und warteten, bis ein Verkäufer frei war, der ihnen Auskunft geben konnte.

Die Schwestern merkten nicht, daß ein schlanker junger Herr immer wieder sehr interessiert zu ihnen hinüberschaute. Sein Interesse galt unbedingt mehr der blonden Gitta als ihrer schönen Schwester. Er hörte einen Teil ihres Gesprächs und war gerührt von ihrer Sorge, ob das Taschengeld auch für die beabsichtigte Festüberraschung reichen würde. Und er hörte auch, daß Gitta – den Namen hatte er bald erlauscht – noch einiges Geld übrigbehalten müsse, weil sie noch Garn gebrauchte für die Kaffeedecke und die Servietten – in Weiß und Blau zum Service passend – die sie für die Mutter arbeitete.

Gunter Willbrecht, so hieß der junge Mann, hatte das Geschäft betreten, um einer ihm ziemlich gleichgültigen Tante, die sehr viel darauf hielt, daß sie von dem vermögenden Neffen immer nette und möglichst wertvolle Dinge bekam, irgendein Geschenk zu erstehen, das sie in jeder Hinsicht befriedigen würde. Er schwankte zwischen verschiedenen in den Verkaufsräumen ausgestellten Gegenständen, aber das Interesse für die reizenden Schwestern, oder vielmehr nur für die jüngere dieser, hielt ihn immer wieder von dem eignen Einkauf ab.

Schließlich kam ihm ein Gedanke, wie er auf unverfängliche Weise die Bekanntschaft der jungen Damen machen könnte. Ermutigt wurde er dazu durch ein leichtes Erröten, das Gittas Wangen überlief, als sie zufällig in sein Gesicht schaute und den bewundernden Blick seiner Augen auf sich gerichtet sah. Er blieb also, als sie gerade an der Ecke einer großen Tafel wieder zusammentrafen, vor den Schwestern stehen, verneigte sich und sagte verbindlich:

»Verzeihung, meine Damen, wenn ich es wage, eine große Gefälligkeit von Ihnen zu erbitten. Mein Name ist Willbrecht. Ich befinde mich gewissermaßen in Angst und Not, weil ich für eine etwas anspruchsvolle Tante ein Weihnachtspräsent kaufen muß und nicht weiß, was ich wählen soll. Ich habe bemerkt, daß Sie die vielen schönen Sachen hier sehr verständnisvoll betrachten, und habe mich darum nach langem Zögern entschlossen, Sie um Rat zu fragen. Darf ich so unbescheiden sein, Ihre Zeit für eine Weile in Anspruch zu nehmen? Ein so unbeholfener Junggeselle wie ich weiß sich allein nicht zu helfen.«

Gitta wurde unter seinen bittenden Blicken noch röter. Dieser junge Mann mit dem gebräunten sympathischen Gesicht und den ehrlichen blauen Augen gefiel ihr sehr gut. Er hatte braunes Haar, das den schmalen Kopf in der üblichen Scheitelfrisur umgab, und seine schlanke, kräftige Gestalt verriet, daß er sportlich gut trainiert war. Wie gesagt, er gefiel ihr, gefiel ihr viel besser als je zuvor ein Mann. Aber gerade das hinderte sie, ihm zu antworten. Sie überließ das der Schwester, die, ebenfalls angenehm berührt durch die bescheidene Artigkeit des jungen Herrn, lächelnd und hilfsbereit zu diesem aufsah.

»Wir würden Ihnen sehr gern raten, mein Herr, wenn wir nur eine Ahnung von dem Geschmack Ihrer Frau Tante hätten und – wenn Sie uns sagen wollten, wieviel Sie ungefähr für das Geschenk anzulegen gedenken.«

Er verneigte sich wiederum.

»Sie sind außerordentlich liebenswürdig, ich danke Ihnen sehr, daß Sie sich meiner Not erbarmen wollen. Meine Tante ist eine nicht ganz leicht zu befriedigende Dame. Sie liebt alles, was schön und wertvoll ist, und das Geschenk muß unbedingt etwas vorstellen, wenn ich mit ihm Ehre bei ihr einlegen soll. Auf den Preis darf es mir daher nicht ankommen, es ist nicht wichtig, ob einige hundert Mark mehr oder weniger ausgegeben werden – lieber mehr als weniger.«

In Gittas Augen zuckte es auf. Sie mußte lachen, ihr Frohsinn brach sich Bahn.

»Ihre Frau Tante ist in der Tat zu beneiden, einen so noblen Neffen zu haben, aber noch beneidenswerter ist der Neffe, der nicht lange zu überlegen braucht, ob er einige hundert Mark mehr für ein Geschenk ausgeben darf oder nicht. Wir, meine Schwester und ich, sind nicht in der glücklichen Lage«, sagte sie lachend.

»Aber Gitta!« wehrte Regina ab.

»Was denn, Regi? Wir brauchen doch kein Geheimnis draus zu machen, daß unser ›fürstliches‹ Taschengeld uns eben nur ›unfürstliche‹ Geschenke gestattet.«

Regina mußte lachen, und der junge Herr lachte auch und fand Gittas unbekümmerte Frische entzückend.

»Also Sie werden mir helfen, ja?« fragte er bittend.

»Selbstverständlich, liebend gern, es macht allemal Spaß, Geschenke aussuchen zu dürfen. Also darf ich vorschlagen?« ging Gitta beherzt an die Sache heran.

»Bitte sehr, mein gnädiges Fräulein.«

»Wie ist es denn mit Sammeltassen?« fragte Gitta.

»Sammeltassen?« fragte er, sich noch hilfloser stellend, als er war. »Darf ich fragen, was das ist?«

Nun griff auch Regina ein. Mit ihrem reizendsten Lächeln sagte sie:

»Sammeltassen sind momentan das Ziel der Wünsche der meisten Hausfrauen. Man will seine Vitrinen füllen, und so setzt man seinen Ehrgeiz darein, möglichst viele und möglichst kostbare Sammeltassen zu bekommen, die man bei großen Gesellschaften dann auch in Gebrauch nimmt. Man kann Mokkatassen, Teetassen und Kaffeetassen sammeln. Früher mußten alle Tassen gleich sein, mußte eine der andern genau gleichen, wenn sie auf den Tisch kamen. Heute will man alle Tassen voneinander verschieden haben, und je kostbarer die Einzelstücke sind, desto mehr Freude hat man daran. Gelegentlich läßt man sich eine oder mehrere von lieben Freunden und Verwandten schenken, wenn man sie sich nicht selber kaufen kann. Besitzt also Ihre Frau Tante keine Sammeltassen, dann können Sie ihr sicherlich eine Freude damit machen.«

»Reizend! Entzückend«, sagte Gunter Willbrecht, sah dabei aber immerfort in Gittas Gesicht. Und sich zusammennehmend, fuhr er fort: »Das ist wirklich eine reizende Idee. Nein, meine Tante besitzt ganz bestimmt noch nichts dergleichen. Ich erinnere mich, immer nur ganz gleiche Tassen auf ihrem Tisch gesehen zu haben.«

»Dann folgen Sie getrost unserm Rat, und Sie werden viel Freude mit Ihrer Gabe bereiten«, sagte Gitta lebhaft.

Wieder verneigte er sich.

»Sie würden Ihrer Güte die Krone aufsetzen, wollten Sie mir auch noch behilflich sein, die Sammeltassen auszusuchen, damit ich in jedem Falle das Richtige treffe. Darf ich auf Ihre Unterstützung hoffen?«

Die Schwestern erklärten sich bereit, und man ging von einer Vitrine zur andern; die Schwestern nahmen es mit ihrer Aufgabe sehr gewissenhaft, suchten die schönsten Tassen aus und berücksichtigten in ihrem praktischen Sinn auch noch, daß Gunter Willbrecht auch preiswert kaufte. Er entschied sich für ein Dutzend Kaffeetassen, und als diese ausgesucht waren und zusammen etwa vierhundert Mark kosteten, entschloß er sich, noch zwölf Mokkatassen hinzuzufügen. Nun begann das Aussuchen von neuem, und der junge Herr war so begeistert von der Hilfe der Schwestern, daß er ihnen immer wieder dankte und dabei so charmant plauderte, daß diese mit ihm einen sehr vergnügten Nachmittag verlebten. Zum Schluß, als die ausgesuchten Objekte schon zum Verpacken fortgebracht worden waren, half Gunter Willbrecht als Revanche den Schwestern bei Berechnen ihres Einkaufs. Und so wurde auch das Frühstücksservice gekauft. Gitta strahlte, als sie noch mehr als fünf Mark übrigbehielt, und rief vergnügt:

»Regi, jetzt können wir uns bei Miericke noch eine Tasse Schokolade mit Schlagsahne genehmigen.«

Regina stimmte zu, und Gunter Willbrecht, der sich nun eigentlich dankend hätte empfehlen müssen, machte ein todtrauriges Gesicht und sagte seufzend, mit einem humorvollen Ausdruck in seinen Augen:

»Schokolade mit Schlagsahne ist auch mein Schwarm! Wäre es sehr unbescheiden, wenn ich um die Erlaubnis bäte, mich anschließen zu dürfen?«

Regi und Gitta sahen sich einen Moment unschlüssig an. In Gittas Augen flammte aber das Verlangen auf, »ja« zu sagen. Regi merkte das und wollte der Schwester den Spaß nicht verderben. Waren doch jetzt ohnedies die guten Stunden in ihrem Leben gezählt. Was war schließlich auch dabei, wenn dieser artige junge Mann, der Gitta immer wieder mit so warmer Bewunderung ansah, in ihrer Gesellschaft eine Tasse Schokolade trinken würde. So sagte sie entschlossen:

»Wir dürfen Sie in keinem Falle hindern, sich einem Genuß hinzugeben, für den wir das vollste Verständnis besitzen.«

Gunter Willbrecht verneigte sich und sah mit strahlenden Augen, daß die reizende blonde Gitta ihrer Schwester heimlich dankend den Arm drückte. Sie war also jedenfalls einverstanden, wenn er sich ihnen anschloß. Aber er wollte das auch noch von ihr bestätigt haben und fragte sie darum mit einem flehenden Blick:

»Sie gestatten doch auch, mein gnädiges Fräulein?«

Gitta wurde wieder ein wenig rot, sagte dann aber, um ihre Verwirrung zu verbergen, ziemlich ruppig:

»Meinetwegen! Mir ist das ganz gleich!«

Es zuckte in seinen Augen auf. Gerade diese backfischartige Ruppigkeit verriet ihm, daß sie seine Begleitung gern annahm und das nur verbergen wollte.

Und so begleitete er die Schwestern zu Miericke hinüber, nachdem er unten an ein elegantes Auto herangetreten war und dem Chauffeur einige Worte gesagt hatte. Die Schwestern sahen ihm nach, als er das tat, und Gitta flüsterte Regi leise zu:

»Mein Gott, ein Auto hat er auch noch! Und was für eines!«

Regi mußte lachen.

»Das hindert aber gottlob nicht, daß er ein goldiger Mensch ist.«

Gitta warf der Schwester einen unruhigen Blick zu.

»Findest du, daß er goldig ist?«

»Aber sehr.«

»Du, ich bitte mir aus, daß du in Gedanken Helmut Waldeck nicht untreu wirst«, sagte Gitta halb ernst, halb schelmisch.

Regi vermochte nicht zu antworten, denn Gunter Willbrecht war schon wieder an ihrer Seite und geleitete sie sorglich über den Fahrdamm. Bei Miericke suchte er mit Kennermiene einen möglichst ruhigen Tisch aus, wo sie ungestört waren. Und da saßen sie fast noch eine Stunde und kamen sich dabei immer näher. Alle drei waren sehr zufrieden mit diesem Nachmittage, und als man endlich doch an den Aufbruch denken mußte, fragte Gunter Willbrecht artig, ob er die Damen in seinem Auto nach Hause fahren lassen dürfe. Die Schwestern wollten das nicht annehmen. Er begriff sofort, daß es ihnen ein wenig zu vertraulich erschien, falls er mit ihnen führe, und darum fügte er schnell hinzu:

»Ich habe ohnedies hier in der Nähe geschäftlich noch zu tun, und mein Chauffeur langweilt sich nur. Bitte gestatten Sie mir, zum Dank für Ihre liebenswürdige Hilfe, daß ich Sie nach Hause fahren lassen darf. Sie haben ohnedies meinetwegen schon so viel Zeit versäumt.«

Dieses artige Anerbieten durften die Schwestern nicht ablehnen.

Regi sagte nur:

»Ich möchte mir vorher aber noch eine Zeitung kaufen.«

Sie wußte, heute würde wieder ein Feuilleton von H. Wald in dem Blatte stehen. Gunter Willbrecht aber sagte lebhaft:

»Ah, diese Zeitung kaufe ich mir auch, ich lese mit großem Interesse die Reiseberichte von H. Wald.«

Mit dieser Bemerkung schmeichelte sich Gunter Willbrecht noch mehr bei Regina ein, und Gitta sagte stolz:

»Der Verfasser dieser Artikel ist der Lebensretter meiner

Schwester, selbstverständlich interessieren uns seine Berichte aus diesem Grunde doppelt.«

»Oh, davon müssen Sie mir ein andermal mehr erzählen, ich hoffe doch, daß wir uns heute nicht zum letzten Male begegnet sind. Sie müssen mir gestatten, Ihnen zu berichten, ob meine Tante mit dem von Ihnen ausgesuchten Geschenk zufrieden ist. Es läge mir auch viel daran, zu erfahren, ob Ihre Eltern sich über das Frühstücksservice gefreut haben.«

Unschlüssig sahen sich die Schwestern an, und Gitta sagte zögernd:

»Wie sollten wir uns das mitteilen können?«

Ein Lächeln umspielte seinen Mund, das ihr das Herz recht warm machte.

»Wenn Sie nur wollten, daß wir uns das mitteilen, wüßte ich schon, wie es einzurichten wäre.«

»Nun also, gesetzt den Fall, daß wir es wollten?« half Regi der Schwester, in deren Augen sie das Verlangen brennen sah.

Gunter Willbrecht blickte Regi dankbar an.

»Dann würde ich vor allen Dingen die Damen bitten, mir ihren Namen zu nennen.«

Die Schwestern lachten unwillkürlich auf:

»Ach, haben wir das noch nicht getan?«

»Leider nein!«

»Wir heißen Darland.«

»Also Fräulein Regina und Fräulein Brigitta Darland! Gottlob, daß ich das nun endlich weiß, nun brauche ich nicht mehr in Sorge zu sein, daß Sie ganz spurlos aus meinem Leben verschwinden werden.«

»Waren Sie deswegen in Sorge?« fragte Regi lachend.

Er seufzte tief auf, seine Blicke auf Gitta richtend:

»Ehrlich gesprochen, in großer Sorge! Ich fürchtete, die Damen würden die Grausamkeit besitzen, spurlos und namenlos zu verschwinden, trotzdem wir doch einen so reizenden Nachmittag zusammen verlebt haben. Für mich war er wenigstens sehr reizend. Und ich bin ein bedauernswert einsamer Mensch. Ich habe niemanden, der zu mir gehört«, sagte er, um das Mitleid der Schwestern zu erregen.

»Und Ihre Frau Tante?« fragte Gitta, sich wieder hinter Ruppigkeit gegen das neue, seltsame Gefühl verschanzend, das in ihr aufgewacht war.

Mit drollig-vorwurfsvollem Tone erwiderte er:

»Nun ja, Sie kennen meine Tante nicht! Deshalb muß ich Ihnen diese Frage verzeihen. Zu dieser Tante gehört auch ein Onkel, und wenn ich rachsüchtig wäre, müßte ich Ihnen wünschen, daß Sie nur einmal einen Heiligen Abend im Hause dieser beiden Menschen verbringen müßten. Aber ich bin nicht rachsüchtig und gönne es Ihnen von Herzen, daß Sie im Kreise Ihrer Lieben so recht glücklich und zufrieden sein können.«

Etwas betreten sah ihn Gitta an.

»Mein Gott, sind denn Ihr Onkel und Ihre Tante wirklich so schlimm? Sie sehen gar nicht so bedauernswert aus.«

»Ich leide still und ergeben«, erwiderte er ihr mit unwiderstehlichem Humor.

Die Schwestern mußten lachen. Und Regina sagte schnell: »Nun müssen wir uns aber wirklich verabschieden.«

»Um Himmels willen, warten Sie nur noch einige Minuten!« rief er erschrocken. »Ich muß doch noch erfahren, wo Sie wohnen, und welche Telephonnummer Sie haben.«

»Müssen Sie das wirklich wissen?«

»Unbedingt, mein gnädiges Fräulein.«

»Wozu?« fragte Gitta wieder ziemlich schnippisch.

»Ich sagte Ihnen ja, wir müssen uns berichten, welchen Eindruck unsere Weihnachtsgeschenke gemacht haben. Sie glauben, daß Ihre Eltern mich empfangen würden, wenn ich mir erlaubte, Ihnen einen Besuch zu machen?«

Wieder sahen sich die Schwestern unschlüssig an, und wieder brannte, trotzdem sie sich bemühte, ganz gleichgültig auszusehen, in Gittas Augen der Wunsch, sie möchte diesem charmanten jungen Herrn nicht zum letzten Male begegnet sein. Regi beschloß daher, die Verantwortung auf sich zu nehmen und sagte lächelnd:

»Ich glaube, mich dafür verbürgen zu können. Unsere Eltern sollen durch uns erfahren, wie wir uns kennengelernt haben, und dann werden Sie sicherlich empfangen werden.«

Sie sagte ihm ruhig und freundlich Adresse und Telephonnummer, falls er zur Sicherheit erst noch einmal anfragen wollte.

»Ich bin Ihnen sehr dankbar, mein gnädiges Fräulein. Dann darf ich vielleicht so unbescheiden sein und morgen telephonisch bei Ihnen anfragen, wie Ihnen der Einkauf bekommen ist, und ob Ihre Eltern mir gestatten werden, nach dem Feste meinen Besuch zu machen. Denn vorher wäre es vermessen, in eine Häuslichkeit einzudringen, in der Weihnachtsvorbereitungen getroffen werden. Und jetzt steigen Sie bitte in meinen Wagen, und lassen Sie sich von meinem Chauffeur nach Hause fahren.«

Er begleitete die Schwestern die wenigen Schritte bis zum Wagen, half ihnen artig beim Einsteigen und gab dem Chauffeur das Ziel an. Dann trat er, den Hut in der Hand, zurück, bis der Wagen an ihm vorübergefahren war.

Gitta kniff vor lauter Erregung Regina fest in den Arm:

»Mein Gott, Regi, ist das ein entzückender Mensch!«

Regi lachte: »Ich glaubte, er sei dir unausstehlich!«

Verblüfft sah Gitta sie an: »Wie kommst du denn darauf?«

»Du warst so abweisend – sagen wir ruhig ›ruppig‹.«

Gitta erschrak: »Hatte es den Anschein? Ich habe das nicht so schlimm gemeint, du weißt doch, ich kann es nicht so leicht zeigen, wenn mir jemand gefällt.«

»Nun, dieser Herr Willbrecht kann gewiß nicht auf den Gedanken kommen, daß er dir gefallen hat.«

Gitta zog trotzig die Stirn zusammen: »Das soll er auch nicht.«

»Dann hätte ich seinen Besuch wohl lieber abweisen sollen?«

Mit einem tiefen Aufatmen barg Gitta ihr Gesicht an der Schulter Regis.

»Ich sagte dir doch, er gefällt mir, sehr sogar, aber das darf man doch einen jungen Herrn nicht gleich merken lassen. Fein, daß du ihm gesagt hast, er solle anrufen. Ich hätte es ja nicht erwarten können, würde er erst nach dem Feste wieder von sich hören lassen. Sag' doch, Regi, gefällt er dir auch?«

»Außerordentlich! Er ist ein charmanter, reizender Mensch.«

Etwas beunruhigt sah Gitta von der Seite in das Gesicht der Schwester.

»Du, aber so gut gefällt er dir doch nicht wie Helmut Waldeck?«

Da schlug die Röte in Regis Gesicht, und sie erwiderte leise:

»Nein doch, sei nur ruhig, so gut wird mir kein anderer Mensch gefallen, sei nur ruhig, aber das darfst du Mutti nicht sagen, sie scheint Angst davor zu haben, daß – nun ja, daß Helmut Waldeck mir teuer sein könnte.«

Gitta küßte die Schwester auf die Wange.

»Darüber sei nur beruhigt. Aber es ist lieb von dir, daß du das mal ehrlich ausgesprochen hast. Ich war dir schon böse, weil ich dachte, du seiest Helmut Waldeck gegenüber ganz gleichgültig.«

Regi seufzte ein wenig.

»O nein, gewiß nicht, er hat mir doch das Leben gerettet – und – das gehört nun ihm, wenn er es haben will.«

Mit einem energischen Gesicht nickte Gitta.

»Er wird es schon wollen. Du, das sagt mir mein kleiner Finger.«

»Der ist immer so furchtbar klug, dein kleiner Finger.«

»Ist er auch, darauf kannst du dich verlassen.«

Innig aneinander geschmiegt, saßen die Schwestern fortan stumm nebeneinander, bis der Wagen vor dem elterlichen Hause hielt. Sie stiegen aus, und Regi gab dem Chauffeur, wie sie es im letzten Augenblick besprochen hatten, ein Trinkgeld. Dann eilten sie ins Haus, denn oben an dem Fenster stand die Mutter und sah erstaunt auf das elegante Auto herab.

Die alte Dame erhielt von Gitta einen etwas konfusen Bericht, wie sie zu der Fahrt in dem eleganten Auto gekommen wären. Erst als Regi klar und ruhig erzählte, kam Sinn in alles, und die Mutter freute sich, daß ihre Kinder einen angenehmen Nachmittag gehabt hatten. Selbstverständlich erfuhr sie nicht, in welchem Geschäft die Geschenke gekauft worden, und auch nicht, welcher Art sie gewesen waren, sonst wäre ja die Weihnachtsüberraschung verdorben gewesen.

Erst war Frau Darland etwas unruhig gewesen über diese Begegnung, weil sie, wie jetzt immer, fürchtete, Regi könne für irgendeinen jungen Mann ein tiefergehendes Interesse haben. Die Sorge, daß sie Helmut Waldeck, ihren Lebensretter, lieben könnte, hatte sich verwischt, weil Regi zu vorsichtig war. Da die Mutter aber aus dem Bericht der Schwestern entnahm, daß ihre Älteste innerlich ganz unbeteiligt war, und daß anscheinend ihr Nestküken ein wenig Feuer gefangen hatte, wurde ihr leichter um das Herz, und sie hätte keine Mutter sein müssen, hätte sie nun nicht dem Besuch Gunter Willbrechts mit Interesse entgegengesehen.

Gitta aber holte das Adreßbuch herbei und schlug den Namen Willbrecht auf. Nur wenige waren es, die ihn führten, und nach eingehendem Studium rief sie lebhaft:

»Das muß er sein. Gunter Willbrecht, Doktor-Ingenieur, Besitzer einer chemischen Fabrik, bewohnt anscheinend eine Villa am Wannsee. Ach Gott, Regi, der scheint ja scheußlich reich zu sein. Er sah auch wirklich sehr elegant aus.«

Regi lachte. »Das ist doch kein Unglück, Gitta!«

Kläglich und kleinlaut sah Gitta zu ihr hinüber.

»Ach, weißt du, mir wäre es lieber, er wäre arm. Nach den reichen Männern sehen die meisten Frauen am liebsten, und obendrein sind diese Männer sehr verwöhnt und anspruchsvoll.«

»Den Eindruck machte er keineswegs, Gitta. Im Gegenteil, er war einfach und bescheiden. Ich war daher erstaunt, daß er für seine Tante ein so teures Geschenk einkaufte. Und dann gar das Auto und der Chauffeur in vornehmer Livree! Elegant sah er ja freilich aus, aber wie gesagt, sein bescheidenes Wesen sprach nicht dafür, daß er ein reicher Mann sein könnte. Jedenfalls aber schien er doch recht viel Gefallen an dir zu finden.«

»Glaubst du wirklich, daß ein so dummes, unscheinbares Mädchen wie ich ihm gefallen könnte?«

»Dumm? Nun, zu Zeiten hörst du sogar das Gras wachsen. Du bist eigentlich überhaupt viel zu klug. Und unscheinbar? Laß mal sehen? Nun, es geht an! Ich kann mir denken, daß dich mancher ganz gern anschaut«, neckte Regi.

Gitta fiel ihr um den Hals.

»Ach Regi, es ist doch wundervoll, wenn man einen Menschen so gut leiden mag, gleich so auf den ersten Blick. Wenn ich nur nicht zu ruppig gewesen bin! Vielleicht kommt er gar nicht?«

Regi strich ihr die hellblonden Locken aus der Stirn.

»Er wird schon wissen, daß so ein kleines dummes Mädel nur ruppig ist, wenn es einen Schutzwall braucht vor den eignen weichherzigen Gefühlen. Er sah mir ganz so aus, als ob er dich richtig einschätzte, und als ob es ihm gerade gefiel, daß du etwas ablehnend warst.«

»Hättest du nur recht, Regi! Aber das weiß ich, wenn er nicht morgen anklingelt, dann bin ich sehr unglücklich.«

Aber er klingelte an – und sandte sogar zwei schöne Rosensträuße. Für Regi große gelbe Teerosen und für Gitta die kleinen rosig angehauchten Rosen, die man ›Mädchenerröten‹ nennt. Auf seiner Karte stand:

»In Dankbarkeit für freundliche Hilfe! Ihr ergebener Gunter Willbrecht.«

Da schien für Gitta die Sonne doppelt hell an diesem kurzen Wintertage.

Alfred Römhild weilte nun schon einige Wochen in Indien. Es war merkwürdig, wie sehr die Wünsche von Herrn und Diener in bezug auf die zahlreichen Sehenswürdigkeiten, die dieses wunderbare Land bot, auseinandergingen.

Nur Helmut hatte im Grunde einen wahren Genuß an

allem, was sich seinen Augen offenbarte, und was er in Wort und Bild für seine Zeitung festhalten konnte.

Römhild wunderte sich zuweilen, daß sein Diener so viele photographische Aufnahmen machte, und ahnte nicht, daß er im geheimen noch viel mehr aufnahm. Wie in allen Ländern interessierte sich Römhild auch hier in Indien am meisten für Vergnügungslokale jeder Art, und er war unersättlich, wenn es galt, neuen Ausschweifungen nachzugehen. Helmut war froh, daß Römhild derartige Stätten niedrigen Genusses zumeist allein aufsuchte. Die freie Zeit, die er infolgedessen hatte, war ihm überaus wertvoll für seine Arbeiten. Er schwelgte förmlich in den Schönheiten dieses Landes, konnte aber seine Augen auch nicht vor dem unbeschreiblichen Elend verschließen, vor all dem Schmutz und der Not, die mehr oder minder groß in den einzelnen Distrikten war. Aber auch dieser Schattenseiten des orientalischen Lebens gedachte er in seinen Berichten. Allzu Krasses jedoch wußte er zu mildern, indem er ihm gewisse humoristische Seiten abzugewinnen suchte. Das Indien, das seinem Herrn interessant erschien, vermied Helmut nach Möglichkeit kennenzulernen. Laster und Ausschweifungen gab es überall, sie waren sozusagen international. Es schien ihm nicht lohnend, ein Wort darüber zu verlieren.

Aber dann kam auch hier in Indien für Helmut ein Erlebnis bedrückender Art, woran wiederum sein Herr die Schuld trug. Römhild hatte in einer Gesellschaft, in der allerlei Orgien gefeiert wurden, erfahren, in verschiedenen Distrikten Indiens sei die Armut in den Familien, die ihre Söhne studieren und somit zu Amt und Würden kommen lassen wollten, so groß, daß sie ihre jungen Töchter als sogenannte ›Zeitfrauen‹ an reiche Fremde verkauften. Diese armseligen Geschöpfe mußten diesen gegenüber alle Pflichten einer Ehefrau auf sich nehmen, ohne indes das kleinste Recht einer solchen zu erwerben. Sie waren sozusagen rechtlose Sklavinnen. Verließen die Fremden Indien wieder, blieben diese armen Geschöpfe rechtlos zurück, hatten keine Ansprüche mehr an ihre ehemaligen Herren, die ihre Jugend und Schönheit ausgenutzt hatten, und kehrten dann zumeist arm und elend wieder zu ihren Eltern zurück – um vielleicht bald einem andern Käufer zu dem gleichen Zweck überwiesen zu werden. Der Landessitte entsprechend galten diese Mädchen durchaus nicht für bemakelt. Sie wurden sogar von ihren Angehörigen hoch geachtet, weil sie eben ihren Brüdern durch ihr Opfer das Studium ermöglichten. War einer dieser Brüder nach beendetem Studium endlich in Amt und Würden, dann war er freilich dazu verpflichtet, für diese rechtlosen Schwestern und die Eltern nach Möglichkeit zu sorgen.

Römhild hatte kaum von diesen Zeitfrauen gehört, als es bei ihm feststand, sich eine solche Gefährtin für einige Zeit zu kaufen. Gerade die absolute Rechtlosigkeit und Wehrlosigkeit dieser armen Geschöpfe reizte seine grausamen Begierden, und schon an einem der nächsten Tage hatte er eine junge Inderin entdeckt, die ihm sehr begehrenswert erschien. Es war ein schlankes, bildschönes Geschöpf mit großen dunklen Augen und geschmeidigen, gazellenhaften Bewegungen. Er mietete sich einen Bungalow vor der Stadt, der inmitten eines in märchenhaftem Blumenflor prangenden Gartens lag, und engagierte einen Koch und einen Diener für die ganzen Hausarbeiten. Helmut stand auch hier, wie immer, nur seinem Herrn zur Verfügung. Als der Bungalow gemietet und Römhild eingezogen war, sagte er zu Helmut: »Morgen kommt endlich eine Frau ins Haus!«

Verwundert sah Helmut ihn an. »Wie belieben gnädiger Herr das zu meinen?«

Römhild lachte zynisch. »Sie haben schon recht gehört, ich bekomme eine Frau, habe mir eine für vier Wochen gekauft. So lange bleiben wir hier.«

Helmut wußte nicht, wie er sich das deuten sollte.

»Das ist wohl nur ein Scherz, gnädiger Herr.«

»Absolut nicht! Haben Sie noch nicht davon gehört, daß man sich hier eine Frau regelrecht kaufen kann – wenn man will, auch mehrere?«

Und er berichtete Helmut von dieser Sitte oder vielmehr Unsitte.

Dieser hörte tief erschüttert zu. Wie groß mußte die Not einer Familie sein, um einen solchen Handel einzugehen! Er vermochte nicht zu sprechen, weil er wußte, daß sein Herr seine Bedenken gar nicht verstehen würde.

Römhild sah ihn mit faunischem Lächeln an.

»Ja, ja, mein Lieber, dies Indien ist wirklich das Land der Wunder. Nirgends sonst gibt es so etwas noch. Und das Mädchen, das ich mir gekauft habe, ist noch keine fünfzehn Jahre alt. Sie werden ja hier schon als Kinder verheiratet, weil sie früher reif werden. Aber diese kleine Laila ist noch ganz unschuldig. Denken Sie nur, sie hat noch nie einen Mann auch nur geküßt! Sie werden sehen, sie ist eine Schönheit! Kostet allerdings eine Stange Gold, ihre Eltern wollten sie nicht billiger hergeben, denn sie ist die einzige Tochter. Aber es sind zwei Söhne in der Familie, denen Laila das Studium ermöglichen soll. Aber zum Glück kostet hier ein Studium nicht so viel wie bei uns daheim. Die Menschen hierzulande sind ja unglaublich bescheiden und völlig anspruchslos. Na, was sagen Sie dazu?«

»Es ist furchtbar!« stieß Helmut erschüttert hervor.

Römhild lachte.

»Wieso? Kann ich gar nicht finden. Ist ja großartig bequem für die Fremden. Man braucht sich nicht mit zweifelhaften Dämchen abzugeben, hat ein schönes, unschuldiges Geschöpf, das einem gehorsam sein muß, und für das es nach Landesbegriffen eine Schande wäre, würde man sie vor der Zeit wieder heimschicken. Ich finde das großartig. Man lernt auf einer Weltreise doch immer wieder etwas Neues kennen. Also furchtbar kann ich das wirklich nicht finden.«

»Nicht für Sie, gnädiger Herr, aber für das arme Geschöpf.«

»Ach Unsinn, kommen Sie mir nicht mit solchen Bedenken. Die Kleine wird glückselig sein, wenn sie einmal ein paar Wochen ein gutes Leben hat. Haben Sie eine Ahnung, wie diese Menschen leben? Eine Handvoll Reis und, wenn es hoch kommt, ein paar Datteln dazu. Damit müssen sie den ganzen Tag auskommen. Wenn Sie wüßten, was für ein Jubel in der elenden Hütte von Lailas Eltern herrschte, als ich den Kaufpreis für sie bezahlte. Morgen hole ich sie her. Sie muß dann selbstverständlich zuerst einmal gebadet werden und muß andere Kleider bekommen. Damit habe ich ihre Mutter betraut. Also lassen Sie für Laila das Zimmer neben dem meinen zurechtmachen, das nur den Ausgang durch mein Zimmer hat. Man kann ja nicht wissen, ob sie nicht Lust hat, durchzugehen, sie muß erst an ihre neuen Pflichten gewöhnt werden.«

Helmut verneigte sich stumm und ging hinaus. Ihm war das Herz so schwer geworden von dem, was er gehört hatte, daß er kaum die nötigen Anordnungen für den Diener herausbrachte.

Als am anderen Tage die kleine Laila, von ihrer Mutter

selbst gebracht, in dem Bungalow eintraf, war Helmut noch mehr erschüttert. Das zufriedene, eitle und wohlgefällige Lächeln der Mutter, die scheuen, angstvollen Augen Lailas und das satte Besitzerlächeln Römhilds, als er den Arm um Lailas schlanke Gestalt legte und sie ins Haus führte, peinigten ihn in gleicher Weise. Römhild winkte der Mutter zu, sie möge sich entfernen, und diese tat es mit hervorgestammelten Segenswünschen auf das Haupt dieses ›Wohltäters‹, der sie und ihre Familie aus Not und Elend gerettet habe.

Dann ließ Römhild ein üppiges Mahl für sich und Laila auftragen, bei dem süße, schwere Weine nicht fehlen durften. Helmut hätte am liebsten das Zimmer nicht betreten, aber Römhild ließ ihn direkt rufen und fragte lachend:

»Na, Waldeck, was sagen Sie zu dieser reizenden Lotosblume? Ist sie nicht bezaubernd? Sehen Sie nur, wie sie noch scheu und ängstlich herumguckt. Sie wagt es noch nicht, an ihr Glück zu glauben. Und ein bißchen widerspenstig wird sie wohl sein! Hoffentlich; Sie wissen ja, ich mag die sanften, bereitwilligen Weiber nicht. Na, kleine Katze, hast du auch Krällchen?«

Damit zog er Laila fest in seine Arme, doch diese wehrte sich, sah angstvoll zu Helmut hinüber und stieß einige hastige Worte hervor, die wohl ein Bitten um Hilfe und Gnade waren. Römhild lachte, und Helmut hätte ihn am liebsten ins Gesicht geschlagen und die Kleine befreit.

»Haben Sie noch Befehle, gnädiger Herr?« würgte er hervor.

»Nein, Waldeck, Sie werden jetzt gute Zeit haben, Laila wird mich während der nächsten Wochen so vollkommen in Anspruch nehmen, daß ich kaum für etwas anderes Zeit haben werde. Mir scheint, ich muß mir die kleine Widerspenstige erst zähmen. Also gehen Sie, und wenn ich Sie nicht herbeirufe, brauche ich Sie nicht. Halten Sie mir auch die Diener fern. In meinen und Lailas Zimmern hat niemand etwas zu suchen.«

Helmut wandte sich zum Gehen. Da rief ihm Laila noch etwas nach, was er nicht verstand. Es klang aber wie ein Hilferuf. Mit zusammengepreßten Lippen ging Helmut hinaus.

Er setzte sich draußen auf die Veranda, die das ganze Haus umgab, und starrte in die Blütenpracht des Gartens. Es war ihm ein fast unerträglicher Gedanke, daß dieses arme Kind Römhilds Willkür preisgegeben sein sollte. Aber er konnte ihr nicht helfen. Mit einem Seufzer steckte er sich eine Zigarette in Brand und nahm sein Ausgabenbuch heraus, in das er alle für seinen Herrn verausgabten Beträge notierte. Dieser hatte ihm heute morgen wieder fünf englische Pfundnoten gegeben. Davon sollte er die laufenden Ausgaben bestreiten. Es verblieben ihm noch vier Pfund und Kleingeld in der Höhe von einem halben Pfund. Er hatte das Geld nachgezählt und steckte es griffbereit in seine Tasche. Das Notizbuch verwahrte er auch wieder und suchte dann sein Zimmer auf, um an einem neuen Reisebericht zu schreiben. Damit füllte er jede freie Minute aus.

Die Zeit bis zum Abend verging bald. Aus dem Zimmer seines Herrn hatte er noch nichts wieder gehört, weil das seine zu weit abseits lag. Aber als er am Abend ins Freie trat, um sich zu erfrischen, hörte er den lauten, qualvollen Aufschrei einer Frauenstimme, der aus dem Retiro seines Herrn herausdrang. Dieser Schrei erschütterte ihn. Am liebsten wäre er hineingestürmt und hätte das arme Geschöpf aus den Händen seines Peinigers befreit. Denn das wußte er schon, sanft ging Alfred Römhild nicht mit seinen Opfern um. Ihn überkam ein Gefühl, als müsse er Römhild alles vor die Füße werfen und davongehen. Ihn hielt aber nicht nur sein Vertrag bei ihm fest, sondern auch seine Sorge um Regina, die um keinen Preis in des Unholds Hände fallen sollte.

Um nichts mehr zu hören, bog er um die Ecke des Hauses und setzte sich in einen Sessel von Bambusrohr. Von dem Diener hatte er gehört, daß der ›Sahib‹ vor kurzer Zeit wieder Wein und einen Imbiß für sich und Laila verlangt habe. Dem Diener schien es nicht auffällig oder anstößig zu erscheinen, daß der ›Sahib‹ sich eine Frau auf Zeit gekauft hatte. Es war ja nichts Außergewöhnliches, und als Hauptsache sah er an, daß der Sahib gut bezahlt hatte.

Römhild verlangte nicht nach Helmut, und dieser atmete auf, als es anscheinend ganz still in den Zimmern seines Herrn wurde.

Wie lange er so gesessen hatte, wußte er nicht. Seine Gedanken flogen sehnsüchtig in die Heimat zu Regina Darland. Und um seine Sehnsucht zu betäuben, rauchte er eine Zigarette nach der andern. Eben hatte er sich eine neue angesteckt, als er in seiner unmittelbaren Nähe ein leises Geräusch vernahm. Er stutzte. Der Koch und der Diener waren, wie er wußte, schon zur Ruhe gegangen, in der Annahme, auch Helmut habe sich auf sein Zimmer zurückgezogen. Was war das für ein Geräusch? Er nahm die Zigarette aus dem Munde und legte sie neben sich auf den Tisch. Und da wurde es ihm erst offenbar, welche balsamischen Düfte aus dem Garten zu ihm emporstiegen. Aber das hielt ihn nicht ab, angestrengt auf das Geräusch zu hören. Wo kam es her? Er glaubte, ein Tier sei im Dunkel der Nacht auf die Veranda geschlichen, und faßte hastig, aber lautlos nach seinem Browning, den er sich angeschafft hatte, da ihn sein Herr schon oft in gefährliche Situationen gebracht hatte. Die Waffe schußbereit in der Hand, wandte er sich lautlos nach der Stelle, von der das Geräusch herkam, und plötzlich wurde ihm klar, daß hier ein Fenster leise, leise geöffnet worden war. Nun fiel ihm erst ein, daß dieses Fenster zu dem Zimmer Lailas gehörte, das nur den Ausgang durch das Zimmer seines Herrn besaß. Sofort war er im Bilde. Das Geräusch hatte Laila verursacht. Lautlos trat er an das Fenster heran. Es war sehr schmal, aber seine an die Dunkelheit gewöhnten Augen bemerkten, daß sich ein schlanker, kindhafter Mädchenkörper durch das schmale Fenster zwängte. Er stand wie gelähmt da und ließ es geschehen. Und fast schlangengleich wand sich Laila durch den schmalen Fensterspalt und glitt lautlos heraus. Helmut streckte impulsiv die Arme aus und fing sie auf, damit sie beim Herabspringen kein stärkeres Geräusch verursachte. Laila schrak zusammen, sah entsetzt zu ihm empor und sank wie erschöpft zu seinen Füßen nieder. Sie umklammerte ihn und flüsterte leise:

»Rette mich, Sahib, oh, rette mich! Laß mich fort, ich kann nicht bei ihm bleiben, viel lieber will ich sterben.«

Sie sagte das in englischer Sprache, die sie anscheinend vollkommen beherrschte.

Helmut hob sie auf und führte sie leise die Verandastufen hinab in den Garten, so weit vom Hause entfernt, daß sie niemand hören konnte.

»Was ist geschehen?« fragte er mitleidig.

»Frage nicht, Sahib, bitte, hilf mir fort, ich will lieber sterben als zu ihm zurück.«

»Wo willst du aber hin, Laila? Zu deinen Eltern zurück?«

Sie schüttelte angstvoll den Kopf.

»Nein, o nein, wenn er mich bei den Eltern findet, muß ich wieder mit ihm gehen, oder die Eltern müssen das Geld zurückgeben. Und das brauchen die Brüder so nötig zum Studium. Sie sind ja auch schon fort zur Universität. Ich wollte ja tun, was die Eltern und der Sahib von mir verlangten, aber es ist zu grauenvoll, zu abscheulich! Er hat mich geschlagen, und nun schläft er, liegt vor der Tür zu meinem Zimmer, damit ich nicht entfliehen kann, wenn er schläft. Hilf mir, Sahib, laß mich fort – in den Tod.«

Helmut war tief erschüttert von ihrer Not.

»Sei ruhig, Laila, du sollst nicht sterben. Ich werde dir helfen, aber du mußt mir aufmerksam zuhören. Hier hast du Geld; es ist alles, was ich bei mir habe. Damit wirst du, wenn du sparsam bist, wochenlang dein Leben fristen können. Hast du nicht Freunde, bei denen du dich verbergen kannst?«

Sie zitterte am ganzen Körper und schluchzte auf.

»Nur eine Freundin, Assuna, die seit dem Tode ihrer Eltern allein in einer Hütte wohnt – aber – sie ist arm wie ich und verdient nur das Nötigste mit Teppichknüpfen.«

»Nun wohl, so flüchte dich zu ihr. Geld hast du nun ja, um Nahrung zu kaufen, damit du deine Freundin nicht belästigen brauchst. Wird sie dich aufnehmen?«

»Das wird sie tun. Wenn jemand dort nach mir suchen würde, wird sie mich hinter dem Teppich, den sie webt, verbergen. Aber niemand wird mich suchen, ich hinterließ dem Sahib einen Zettel, auf den ich schrieb, daß ich in den Tod gehen würde. Er wird es glauben, wenn er mich nicht bei den Eltern findet. Oh, guter Sahib, wie soll ich dir danken, daß du mich retten willst.«

Und sie sank herab und küßte seine Füße in der Ekstase ihres Schmerzes, ihrer Angst und ihrer Dankbarkeit.

Er hob sie auf, drückte ihr die vier Pfundnoten und das Kleingeld in die zitternde Hand und schob sie bei den Schultern zur Gartenpforte hinaus.

»Wenn du mir danken willst, so lasse es niemanden erfahren, daß ich um deine Flucht weiß und sie begünstigt habe, es könnten mir große Unannehmlichkeiten dadurch erwachsen.«

»Kein Wort davon kommt über meine Lippen, Sahib.«

»Ich bin kein Sahib, Laila, bin nur ein Diener. Und noch einen Rat! Verbirg dich, solange der Sahib hier ist. Er wird höchstens vier Wochen hierbleiben. Sobald du hörst, daß er abgereist ist, kannst du zu deinen Eltern zurückkehren. Ich werde versuchen, Ihnen Kunde zu geben, daß du lebst, ohne ihnen zu verraten, wo du bist. Sprechen deine Eltern auch englisch?«

»Der Vater ja, die Mutter nicht.«

»Nun gut, so werde ich dafür sorgen, daß die Eltern dich nicht noch einmal gegen deinen Willen verkaufen.«

Sie küßte den Saum seines Rockes und flüsterte ihm Dank- und Segenswünsche zu. Dann war sie plötzlich in der Nacht verschwunden, denn ihr war gewesen, als rühre sich etwas im Innern des Bungalows.

Regungslos sah Helmut ihr nach und lauschte nach dem Hause hinüber. Aber diesmal hatte sich wohl nur ein Tier geregt, alles blieb still. Leise schlich Helmut in das Haus zurück und suchte sein Lager auf. Er fühlte eine große Erleichterung und Befriedigung über Lailas Rettung. Wenn sein Herr freilich dahinterkommen würde, daß er seine Hand dabei im Spiele gehabt hatte, dann konnte er sich auf allerlei Schlimmes gefaßt machen. Aber auch darauf wollte er es ankommen lassen. Das Geld, das er Laila gegeben hatte, war für seine bescheidenen Verhältnisse viel, er mußte morgen von seinem eigenen Geld fünf Pfundnoten kaufen, um es seinem Herrn zu ersetzen. Aber um der guten Sache willen wollte er gern das Opfer gebracht haben.

Er konnte sich denken, wie Römhild das arme Kind gequält hatte, und dabei hatte er sicherlich so unmäßig viel Wein getrunken, daß er schließlich doch eingeschlafen war. Nun mochte er auch vor Lailas Tür liegen, bis er endlich aus seinem Rausche wieder erwachte. Dann würde er selbstverständlich wieder heftig toben, Helmut kannte solche Anfälle genau. Aber das wollte er gern über sich ergehen lassen.

Ganz zufrieden mit sich schlief er ein.

Aber schon am frühen Morgen wurde er durch lautes, anhaltendes Klingeln aus dem Zimmer seines Herrn geweckt. Absichtlich ließ er sich länger Zeit als sonst, und als er auf die Veranda herauskam, sah er am Fenster zu Lailas Zimmer den Koch und den Diener mit bestürzter Miene stehen. Und drinnen tobte Römhild in sinnloser Wut.

Schnell trat Helmut ein. Römhild bot eines teils lächerlichen, teils widerwärtigen Anblick mit seinem aufgedunsenen Gesicht und den blutunterlaufenen Augen. Er rannte wütend auf und ab und schlug immer wieder mit den Fäusten auf den Tisch. Quer über sein Gesicht zogen sich zwei rote Striche, wie von Krallen herrührend. Die rührten wohl von Lailas Nägeln her, als sie sich gegen ihn gewehrt hatte.

»Wo ist sie, diese Bestie, schaffen Sie mir diese wilde Katze wieder, suchen Sie das ganze Haus und den Garten ab, sie muß sich versteckt haben!« So schrie er Helmut wütend an.

Dieser blieb ganz ruhig.

»Wen meinen Sie, gnädiger Herr?«

»Wen ich meine? Sie sind und bleiben ein Trottel, Waldeck. Laila meine ich selbstverständlich! Sie ist auf und davon, durch das Fenster, sehen Sie sich das an. Da kann doch kaum ein Hering durch, aber sie muß sich da hinausgeschlängelt haben, während ich schlief.«

»Vielleicht ist sie auch durch Ihr Zimmer hinausgegangen, gnädiger Herr! Sie ist vielleicht nur ein wenig ins Freie gegangen«, sagte Helmut harmlos,

»Ins Freie gegangen!« äffte ihn Römhild wütend nach. »Sie ist auf und davon. Durch mein Zimmer ist sie nicht entwischt, ich lag wohlweislich vor der Tür, weil sie mir gestern schon einige Male hatte entwischen wollen. Gebissen und gekratzt hat sie mich, wenn ich bloß in ihre Nähe kam. Sie wollte keine Vernunft annehmen. Dann habe ich sie einfach in ihr Zimmer gesperrt, weil ich müde war, und habe gedacht, ich hätte sie sicher. Aber sie ist durch diesen schmalen Fensterspalt entwichen, wie eine Katze. Sie muß wieder her, ich will nicht umsonst das viele Geld für sie bezahlt haben.«

»Vielleicht ist sie zu ihren Eltern zurück, gnädiger Herr!«

»Zweifelsohne ist sie das. Aber ich lasse nicht mit mir spaßen, lasse mich nicht um mein Geld bringen, sie muß wieder her, und wenn sie die Eltern nicht herausgeben, werde ich die Polizei benachrichtigen.«

»Wenn ich Ihnen raten darf, gnädiger Herr, dann lassen Sie sich lieber nicht mit der Polizei ein. Die englische Polizei ist gegen diese Unsitte, und Sie könnten nur Unannehmlichkeiten haben.«

Das sagte Helmut aufs Geratewohl, er wußte nicht, ob solche Frauenverkäufe von der englischen Regierung geduldet wurden. Römhild blieb vor ihm stehen und starrte ihn an.

»Woher wissen Sie das? Die englische Regierung wird sich um andere Dinge zu kümmern haben, es ist doch ganz offiziell, daß man sich hier Zeitfrauen kauft.«

»Nun ja, die Regierung duldet hier stillschweigend manches, was sie verbieten müßte, sobald sie in Anspruch genommen wird. Wenn Sie aber in diesem Falle die Polizei anrufen, dann weiß man nie, wem sie recht gibt. Für einen Engländer würde sie vielleicht eintreten, aber kaum für einen Deutschen. Seien Sie vorsichtig, gnädiger Herr!«

Römhild fluchte vor sich hin und lief wieder wütend auf und ab.

Helmut erbot sich, die Eltern Lailas aufzusuchen und zu sehen, ob sie dorthin zurückgekehrt sei und vielleicht gutwillig wieder zurückkäme. Er mußte diese Komödie spielen, um seine Beteiligung bei Lailas Flucht zu vertuschen. Und mit Befriedigung merkte er, daß Römhild davon abkam, die Polizei in Anspruch zu nehmen. Er hoffte auch, den Eltern Lailas einen Wink geben zu können, daß ihre Tochter in Sicherheit sei. Verdient hatten sie es seiner Meinung nach nicht, da sie herzlos ihre Tochter verkauft hatten, aber er hatte das Laila versprochen. Römhild aber lehnte ab.

»Ich werde selber hingehen und mein Recht einfordern. Entweder das Geld oder das Mädel. Schnell, ich will mich ankleiden.«

Helmut verrichtete seinen Dienst tadellos wie immer; als Römhild bald darauf gefrühstückt hatte und nochmals in Lailas Zimmer ging, fand er erst den für ihn hinterlassenen Zettel. Er war in englischer Sprache geschrieben. Römhild hielt ihn Helmut vor die Nase.

»Ich kann das nicht lesen, was heißt denn das?«

Helmut las:

»Ich will sterben, Sahib, ich kann nicht bei dir bleiben. Schone meine Eltern und verzeihe mir. Laila.«

Über dieses rührende Gestammel lachte Römhild wütend auf.

»Sterben! So ein Unsinn, das ist eine Falle. Sie ist wieder daheim, und ich werde sie holen. Aber sie müssen mich begleiten, Waldeck, ich kann mich mit ihren Eltern nur durch Zeichensprache verständigen, das ist mir heute zu schwierig. Also kommen Sie. Den Zettel nehme ich mit.«

Sie gingen zu Lailas Eltern. Aber diese waren so fassungslos erschrocken und jammerten so heftig, daß Laila in den Tod gegangen war, daß nichts mit ihnen anzufangen war.

Als Römhild sein Geld zurückverlangte, berichteten sie jammernd, das hätten die beiden Söhne mitbekommen, damit sie studieren könnten; es sei fast nichts übriggeblieben. Römhild schimpfte und fluchte, was die Eltern zu ihrem Glück nicht verstanden. Er drohte mit der Polizei, aber schließlich gab er Fersengeld, als die Eltern immer wieder jammerten, daß ihre Tochter, ihre schöne gute Laila in den Tod gegangen sei. Römhild brüllte Helmut an, er möge die Leute zur Ruhe bringen, sonst schiebe man schließlich ihm die Schuld noch zu, daß er Laila in den Tod getrieben habe. Er bekam schließlich doch Angst und dachte nicht mehr daran, die Polizei zu Hilfe zu rufen. Helmut unterstützte diese seine Angst noch, und Römhild stürmte davon.

Helmut fand, daß die jammernden Eltern nun genug dafür gestraft seien, daß sie ihre Tochter verkauft hatten, und den Vater fest am Arm fassend, sagte er leise:

»Seid ruhig! Laila lebt! Sie wird wiederkommen, wenn der Sahib fortgereist ist. Schweigt still darüber.«

Der Vater übersetzte das der Mutter, die nun Helmuts Rocksaum küßte. Und der Vater gab seinem Dank ebenfalls Ausdruck. Helmut wehrte ab.

»Hört mir zu. Wenn ihr Laila noch einmal an einen Fremden verkaufen wollt, dann müßt ihr das Geld zurückzahlen, das euch der Sahib gegeben hat. Hütet euch! Ich lasse euch überwachen. Laila hat genug für euch und eure Söhne getan, ihr dürft ihr kein solches Opfer mehr auferlegen.«

Und er machte ihnen gehörig Angst, so daß sie ihm hoch und heilig versicherten, sie würden Laila nie mehr verkaufen.

»Ihr würdet sie auch bestimmt in den Tod treiben, nur durch ein Wunder ist sie davor bewahrt geblieben, ihr junges Leben hinzuwerfen. Also haltet euer Wort, sonst wird die Strafe für euch sehr hart sein.«

So hatte Helmut getan, was er konnte, Lailas Geschick günstig zu beeinflussen. Und den beiden Eltern noch einmal strenges Stillschweigen auferlegend, ging er davon. Er meldete seinem Herrn, daß Lailas Eltern ihren Jammer um die verlorene Tochter jetzt ganz still trügen. Er werde daher keine weiteren Unannehmlichkeiten von der Sache haben. Römhild erging sich noch einmal in Flüchen und Verwünschungen. Jeden Tag schickte er Helmut zu Lailas Eltern, um nachforschen zu lassen, ob das Mädchen sich wieder eingefunden oder ob man über ihren Verbleib etwas in Erfahrung gebracht habe. Helmut ging auch jeden Tag hin und legte den Eltern diese Frage vor, aber er tat es nur der Form wegen, denn er wußte, daß Laila nicht mehr auftauchen würde, solange sein Herr in der Stadt war. Römhild mußte daher annehmen, daß er Laila in den Tod getrieben habe, und wenn ihn das auch nicht sehr beschwerte, ein wenig Unruhe schaffte es ihm doch, und das gönnte ihm Helmut. Das war immerhin schon ein wenig Strafe für den Mord an Achmed Dabrazahr.

Römhild hielt es nicht mehr lange in seinem hübschen Bungalow aus. Die Stadt war ihm verleidet. Und nach zwei Wochen gab er Helmut Befehl, zu packen und die Leute zu entlassen. Er setzte seine Reise durch Indien fort, blieb noch einige Zeit an den Ufern des Ganges, kehrt aber dann nach Bombay zurück, wo er sich abermals in allerlei Orgien stürzte, bis er auch hier übersättigt war und weiterging nach Ceylon. Hier machte er Ausflüge ins Gebirge, blieb längere Zeit in einem Höhenkurort, wo er ebenfalls ein dermaßen ausschweifendes Leben führte, daß nur ein so gesunder und robuster Körper wie der seine es aushalten konnte.

Helmut hatte Zeit genug für seine Nebenbeschäftigungen und konnte wundervolle Reiseberichte nach Berlin senden. In Kolombo hatte er wieder eine Karte von Regina und günstige Nachrichten von seiner Zeitung erhalten. Ober beides freute er sich sehr. Aber außer seinen Reiseberichten hatte er wenig Freude an seinem jetzigen Dasein. Mit Römhild war immer schwerer auszukommen, und er lernte ihn mehr und mehr verachten. Unter diesen Umständen wurde der Dienst für ihn von Stunde zu Stunde quälender, und seufzend zählte er die Tage, die ihm so langsam vergingen, wie es immer Tage der Fron tun. Noch war nicht das eine Jahr von seiner Vertragszeit vergangen, und schon war dieser Vertrag für ihn zur peinigenden Fessel geworden. Von Ceylon aus sollte es nun nach den Sundainseln gehen, und Helmut konnte wenigstens darauf hoffen, immer wieder Neues und Schönes zu sehen. Das war sein einziger Trost. Er sagte sich oft, daß er all das Schöne nicht zu sehen bekommen hätte, wäre er von Römhild nicht engagiert worden. Damit half er sich immer wieder über schlimme Stunden hinweg, die er in seiner Dienstbarkeit erlebte.

8

John Highmont bedurfte jetzt der Ärzte nicht mehr. Er war wieder so weit hergestellt, daß er tun und lassen konnte, was ihm beliebte. Um sich gründlich zu erholen, hatte er seine Villa in San Franzisko verlassen und seine Ranch, eine Art Rittergut, aufgesucht. Diese hatte er sich bei der Umwandlung seiner gesamten Besitzungen und Plantagen zu einer Aktiengesellschaft vorbehalten.

Er litt jetzt auch nicht mehr an den nervösen Anfällen, die ihn bisher gehindert hatten, ein Auto zu benutzen, und zum ersten Male wieder hatte er sich entschlossen, die Reise im Kraftwagen zurückzulegen. Diese Ranch lag etwa in der Mitte zwischen San Franzisko und Los Angeles, und die letzte Strecke der Fahrt führte stundenlang am Stillen Ozean entlang.

Dann ging es ein wenig bergan, durch herrliche Obstgärten und zuletzt durch einen zauberhaft schönen, mit Zypressen und Palmen bestandenen Park bis vor das Portal eines herrlichen Schlosses, das in weißer Fleckenlosigkeit zwischen dunklen Baumgruppen lag. Eine von Blumen fast überwucherte Terrasse breitete sich vor der Vorderfront des Schlosses aus, das den Namen »Castle Highmont« trug. Ins Deutsche übersetzt würde das »Schloß Hochberg« heißen. Dieses Zugeständnis an seine feudale Vergangenheit – er war ja in einem Schloß Hochberg geboren – hatte er sich geleistet. Jenes Schloß, in dem seine Wiege gestanden hatte, war freilich ein recht verfallenes Gebäude gewesen. Um so schöner und stolzer ragten die Zinnen von Castle Highmont empor. Es beherrschte, an der höchsten Stelle des Berges liegend, die ganze Gegend. Man konnte von seinen Fenstern aus bis aufs Meer hinaus schauen. Von der der Hauptfront gegenüberliegenden Seite überblickte man ein weites, fruchtbares Tal.

Hier hatte John Highmont früher mit seiner Frau und seinem Sohne gelebt, und es überfielen ihn hier zunächst so viele schmerzliche Erinnerungen, daß er in den ersten Tagen glaubte, nicht bleiben zu können. Aber dann milderte sich sein Schmerz zu sanfter Wehmut, er fühlte sich gerade hier seinen lieben Angehörigen, die er verloren hatte, am nächsten und wurde wieder ruhiger.

Schloß Highmont war wundervoll ausgestattet mit herrlichen Kunstwerken und wertvollen Möbeln in allen Stilarten. Die Fußböden, aus Marmorquadern oder Steinmosaik, waren mit kostbaren Teppichen belegt. Durch die hohen Glastüren trat man in eine von Säulen gestützte Wandelhalle, aus der man auf die breiten Terrassen treten konnte, von denen wiederum rechts und links breite Freitreppen in den Park hinabführten. Die Anfahrt lag nach der Südseite hinaus; sie war von einem breitausladenden Dache überdeckt, das auf Säulen ruhte.

Hier in dieser fürstlichen Umgebung nahm John Highmont sein altes Leben wieder auf. Er arbeitete jeden Tag einige Stunden mit seinem Sekretär, telefonierte und depeschierte, wie es seine Geschäfte erforderten, und brachte allen öffentlichen Angelegenheiten wieder Interesse entgegen. Zuweilen lud er sich einige Gäste ein. Niemals zu viele auf einmal, um sich nicht zu überanstrengen, und meistens nur Herren aus seinem Bekanntenkreise. Auch die Direktoren der Aktiengesellschaften kamen zuweilen, um ihm persönlich Bericht zu erstatten, und so führte dieser reiche Mann alles in allem genommen ein erträgliches Leben.

Nur fühlte er sich nach wie vor im Herzen sehr einsam, und immer intensiver wurde seine Sehnsucht nach seinem Neffen.

Über dessen Aufenthaltsorte wurde er immer auf dem laufenden erhalten durch die in der Berliner Zeitung erscheinenden Reiseberichte, die pünktlich durch Eilsendung in seine Hand gelangten. Selbstverständlich erfuhr er stets erst nach etwa zwei bis drei Monaten, wo Helmut von Waldeck geweilt hatte, aber er merkte doch, wie ihm dieser näher und näher kam.

Daß Helmut das Leben mit offenen Augen und scharfen Sinnen erfaßte, ersah er aus diesen Berichten. Er freute sich darüber sehr und fühlte immer mehr, daß sein Neffe nicht nur Blut von seinem Blut, sondern auch Art von seiner Art war. Die Ungeduld, ihn persönlich kennenzulernen, wurde immer größer. Wenn er Helmuts Photographie ansah, sagte er sich, er würde ihm wenigstens zum Teil den Sohn ersetzen können. Und wenn er selber erst bei ihm war, dann sollte auch Schloß Highmont zu neuem Leben erwachen; für einen so jungen Menschen taugte die Abgeschiedenheit nicht. Es würden wieder junge Menschen hier verkehren und schöne Frauen, unter denen sich sein Erbe die schönste und lieblichste aussuchen sollte. Und – vielleicht erlebte er es dann noch, daß trippelnde Kinderfüße über die weichen Teppiche oder über die Parkwege liefen. War John Highmont in seinen Gedanken so weit gekommen, dann konnte er ins Träumen geraten, wie eben nur ein Deutscher zu träumen vermag.

Überall fast, wohin Alfred Römhild kam, war er sofort im Handumdrehen auch in irgendwelche geschäftliche Unternehmungen verstrickt.

Er witterte wie ein Jagdhund auf der Fährte, wie und wo Geld zu verdienen war, und da er über die nötige Skrupellosigkeit verfügte und nicht lange fragte, ob bei einem Geschäft auch alles reinlich zuging, so heimste er auch auf dieser Reise überall Gewinne ein, die seine Reisekosten um das Vielfache überstiegen. So beteiligte er sich auf Sumatra an einem lukrativen Exportgeschäft, kaufte auf Java Bergwerksaktien für ein Butterbrot, die gleich danach enorm in die Höhe stiegen, und verkaufte sie wieder, bevor er Java verließ, mit einem fast vierfachen Gewinn. Gerade zeitig genug, ehe sie wieder in rapider Weise fielen. Auf Ceylon hatte er Edelsteine gekauft, an denen er das Doppelte zu verdienen hoffte, und so ging es weiter. Diese Erfolge trösteten ihn über die Schlappen, die er in Liebesangelegenheiten zuweilen davongetragen hatte. Auf Java und Sumatra amüsierte er sich übrigens sehr gut, und Helmut fand reiche Ausbeute für seinen Apparat und genügend Stoff für seine Feuilletons. Während des Aufenthaltes in Niederländisch-Indien geschah zu Helmuts Erleichterung nichts, was ihn in peinliche oder schwierige Situationen gebracht hätte.

Von Java aus ging die Reise weiter nach Borneo.

Nachdem Herr und Diener alle größeren Orte auf der Insel besucht hatten, gelüstete es Römhild, eine Expedition in das Innere des Landes zu machen. Er hatte von den

Dyaks gehört, die als Kopfjäger bekannt waren. Heute waren diese schon ein wenig kultivierter und bereits davon abgekommen, die Köpfe ihrer Feinde in ihren Behausungen als Zierate anzubringen. Zwar gab es in diesen Hütten noch genug Menschenschädel zu sehen, aber diese stammten aus früheren Zeiten, waren also sozusagen vererbt worden. Ganz im Innern von Borneo sollten allerdings auch heute noch einige wilde Stämme hausen, die die Kopfjagd betrieben und auf ihren Kriegszügen nicht auf diese Siegestrophäen verzichteten. Und selbst bei den etwas zivilisierten Dyakstämmen, so erzählte man sich, sei es nicht ausgeschlossen, daß bei bestimmten religiösen Festen noch Menschenopfer dargebracht würden, wenn man sich in aller Heimlichkeit irgendeines Feindes bemächtigen konnte. Auch dann wurde der Schädel des Getöteten präpariert und den Siegestrophäen zugestellt. Doch das geschah, wie gesagt, ganz in der Stille, und meistens wurden in der Neuzeit nur noch Tiere geopfert, deren Schädel dann ebenfalls aufbewahrt wurden.

In Römhilds Augen blitzte eine grausame Gier auf, als er von diesen noch möglichen Menschenopfern sprach. Seiner Wesensart nach hätte er sich nicht gescheut, einem derartigen Opfer beizuwohnen, wenn es nur ohne Gefahr für ihn selber abgehen würde. Und es stand fest bei ihm, als er erfuhr, eines dieser religiösen Feste solle um die nächste Vollmondzeit stattfinden, daß er versuchen würde, sich diese Zeremonie anzusehen. Helmut hatte jedoch aus anderer Quelle erfahren, daß es unbedingt lebensgefährlich sei, wenn man von den Dyaks bei einer solchen Gelegenheit abgefaßt wurde. Wohl waren sie so weit zivilisiert, daß Weiße für sie tabu waren. Aber bei der Feier dieser Feste verfielen sie in eine Art Blutrausch, und bekamen sie dann einen Menschen in ihre Gewalt, den sie nur mit dem leisesten Schein des Rechtes abstrafen konnten, so war sein Leben verwirkt. Im Blutrausch würde man ihn, alten Instinkten folgend, abschlachten und seinen Kopf als Trophäe betrachten. Denn sie sahen es als eine feindliche Handlung an, wenn jemand es wagte, ihre Feste zu belauschen. Als Römhild daher davon sprach, er wolle ein solches Fest heimlich belauschen, warnte Helmut ihn und gab seine Gründe dafür an.

Er weigerte sich entschieden, sich seinem unternehmungslustigen Herrn auf diesem Ausfluge anzuschließen. Da maß ihn Römhild mit blitzenden Augen.

»Ah, Sie sind zu feige, mich zu begleiten?« höhnte er.

Helmut erblaßte ein wenig, sah ihn aber groß und ernst an und erwiderte:

»Ich denke, gnädiger Herr, daß ich Ihnen zur Genüge bewiesen habe, daß ich keine Feigheit kenne. Hier handelt es sich aber nicht darum, Mut zu beweisen. Man soll sein Leben nicht mutwillig um eines Nichts willen aufs Spiel setzen. Sie sollten nicht auf diesem Wagnis bestehen, gnädiger Herr.«

»Ich fürchte mich nicht wie Sie. Wenn Sie nicht mitkommen wollen, dann lassen Sie es bleiben. Ich werde andere Begleiter finden.«

Damit war Helmut vorläufig in tiefste Ungnade gefallen. Als dies Gespräch zwischen Herrn und Diener stattfand, hatten sie mit dem von Römhild zusammengestellten Expeditionskorps im Walde Rast gemacht. Das bewußte Dyakdorf lag etwa einen Tagesmarsch weit entfernt. Römhild fragte nun die für die Expedition gemieteten Leute – es waren lauter verwegene, kühne Männer – ob einer von ihnen ihn begleiten wolle. Aber als sie hörten, um was es sich handelte, lehnten sie ab, bis auf einen, den die von Römhild ausgesetzte hohe Belohnung reizte, und der noch wenig Erfahrungen mit den Dyaks gemacht hatte. Er willigte ein. Und Römhild sah höhnisch zu Helmut hinüber, der diesem Blick aber ruhig standhielt. Helmut dachte bei sich, daß er nicht verpflichtet sei, abermals sein Leben zu wagen, um eine Laune seines Herrn befriedigen zu helfen. Und sollte Römhild bei diesem wagehalsigen Versuch sein Leben einbüßen, so war er ohne Schuld, er hatte ihn gewarnt. Ganz bestimmt wußte Helmut, daß Römhild in seiner grausamen Gier, einem solchen Opfer zuzusehen, sich nicht klarmachte, er könnte im schlimmsten Falle selbst das von den Dyaks bei solchem Feste ersehnte Opfer werden. Er hielt es daher für seine Pflicht, ihm das nochmals deutlich klarzumachen. Er tat das auch, als Römhild später allein am Lagerfeuer saß. Aber dieser verhöhnte Helmut nur, denn er glaubte, Helmut wolle seine Feigheit begründen und bemänteln, und hörte nicht auf irgendwelche Warnungen. Seine Gier nach dem grausamen Schauspiele war schon zu groß, als daß er trotz seiner persönlichen Feigheit darauf hätte verzichten mögen. In der Annahme, die dummen Dyaks überlisten zu können, glaubte er nicht an eine wirkliche Gefahr, weil man ihm eben gesagt hatte, ein Weißer sei für die Eingeborenen tabu. Helmut war jedenfalls der Meinung, seine Pflicht voll und ganz getan zu haben. Hätte er Achtung für seinen Herrn empfunden, hätte er ihn ganz gewiß nicht allein gehen lassen.

Am nächsten Morgen, als Helmut sich ein Stück von dem Lager entfernt hatte, um Aufnahmen zu machen, kam der einzige Neger, der sich bei der Expedition befand, hinter ihm her. Helmut stand zu diesem in einem eigenartigen Verhältnis. Er hatte ihn eines Tages, als er in die Wildnis eingedrungen war, um einige besonders interessante Aufnahmen zu machen, in einer gräßlichen Situation gefunden. Man hatte ihn so fest an einen Baum gebunden, daß er sich nicht rühren konnte, und ihn mit den Füßen in einen Ameisenhaufen gestellt. Es war eine besonders große und gefräßige Ameisenart, und sie liefen selbstverständlich über den ganzen Körper des armen Kerls, der vor Schmerz schon halb von Sinnen war. Helmut war sehr erschrocken über diese Begegnung und war nicht sicher, ob die Feinde des Negers nicht in der Nähe lauerten. Aber er konnte die Leiden des armen Burschen nicht mit ansehen, und kurz entschlossen zerschnitt er dessen Fesseln. Der Neger fühlte sich kaum frei, als seine Lebensgeister sich wieder regten und er mit einem Satze aus dem Ameisenhaufen emporschnellte. Betroffen sah ihm Helmut nach und wußte nun, was er vorhatte. In der Nähe plätscherte durch den Urwald ein schmaler Fluß, und der Neger warf sich instinktiv in dessen Flut, um seine Peiniger loszuwerden. Nach einigen Minuten kam er, von diesen befreit, wieder aus dem Wasser heraus und schritt auf Helmut zu, dem er seinen Dank auf alle mögliche Weise zu zeigen versuchte. Was er dabei sprach, konnte Helmut nicht verstehen, aber er nahm den Neger mit zu dem Lager hin. Hier verstanden einige der Leute dessen Sprache. Er erzählte, daß er von einem Eingeborenenstamme zu dieser gräßlichen Strafe verurteilt worden sei, weil er sich gegen dessen Häuptling vergangen habe. Er bat, im Lager bleiben zu dürfen, und man behielt ihn auch bei der Expedition. Der Neger, Zumba mit Namen, hing Helmut in hündischer Treue an und vergaß nicht, daß er ihm sein Leben verdankte, und daß er ihn von einer gräßlichen Qual erlöst hatte, denn die Ameisen hätten nicht viel von ihm übriggelassen.

Da Helmut sich nach Zumbas Ansicht viel zu weit vom Lager entfernt hatte, kam er ihm nach, um ihn, wenn es nötig war, vor Gefahren zu schützen. Mit naivem Interesse verfolgte er Helmuts Hantierungen mit dem photographischen Apparat. Er hatte schon einige fertige Aufnahmen gesehen und sie wie ein Wunder angestarrt. Er wich nicht von Helmuts Seite, bis dieser fertig war und wieder zum Lager zurückkehrte.

Römhild hatte ein gewisses Interesse für Zumba und ließ sich durch den Dolmetscher immer wieder übermitteln, welche Qualen er ausgestanden hatte, während die Ameisen ihn peinigten. Helmut ekelte es an, wenn Römhild darüber wie über einen guten Scherz lachen konnte.

Der Tag des Vollmonds war angebrochen, und Römhild machte sich schon frühzeitig mit seinem einzigen Begleiter auf den Weg, um ja nicht zu spät zu kommen. Als er an Helmut vorüberging, warf er ihm noch einige höhnische Worte zu. Helmut entgegnete nichts, sondern sah ihn nur groß und ernst an.

Als er sich mit seinem Begleiter entfernt hatte, hörte Helmut, daß Zumba auf den Dolmetscher eifrig einredete und aufgeregt gestikulierte. Zunächst achtete er nicht weiter darauf, aber nach einer Weile fiel ihm Zumbas Verhalten auf, und er fragte den Dolmetscher, was der Neger wolle. Dieser berichtete, Zumba habe gesagt, die beiden würden nicht wiederkommen, die Dyaks dürften überall Wachen ausgestellt haben, um vor Zeugen sicher zu sein, und denen würden die beiden ohne allen Zweifel in die Hände fallen. Derselben Überzeugung waren auch alle übrigen, und Helmut wurde nun doppelt besorgt. Nun es ernst wurde, regte sich in ihm das strenge Pflichtbewußtsein. Er konnte sich jetzt nicht mehr damit beruhigen, daß Römhild sich selber leichtsinnig in Gefahr begeben habe, und es ging gegen sein Gefühl, ruhig hierzusitzen und abzuwarten, ob Römhild wiederkommen würde oder nicht.

Nachdem er eine ganze Zeit mit sich gerungen hatte, fragte er die Männer, ob sie gewillt seien, mit ihm zu gehen, um seinem Herrn und ihrem Kameraden im schlimmsten Falle zu Hilfe zu kommen. Aber alle lehnten das ab. Helmut erhob sich, legte seine Pfeife fort und sah nach seiner Waffe.

»Dann gehe ich allein«, sagte er ruhig und bestimmt.

Sie rieten ihm alle ab. Er könne doch nicht helfen, wenn Gefahr im Verzuge sei, und die Dyaks würden sich ein Opfer gerade heute nicht entgehen lassen. Er habe ja seinem Herrn Vorhaltungen genug gemacht. Dieser aber habe nicht auf ihn gehört. Und ihr Kamerad sei selber schuld, käme er in Gefahr. Er kenne die Dyaks und wisse, was ihm bevorstehen könne. Wenn er der Belohnung halber doch mitgegangen sei, so sei es seine Angelegenheit.

Aber Helmut wollte nicht auf sie hören, wiewohl er ihnen recht geben mußte. Zumba sah mit unruhigen Augen zu, wie Helmut sich fertig machte, und fragte den Dolmetscher, was er vorhabe. Der Dolmetscher gab ihm Bescheid, und da sprang auch Zumba auf, nahm das Gewehr, mit dem man ihn ausgerüstet hatte, und mit dem er gut umzugehen wußte, und folgte Helmut, ohne ein Wort zu verlieren. Dieser wandte sich ihm zu und sah nach dem Dolmetscher zurück.

»Was will Zumba?«

Dieser fragte den Neger und erhielt die Antwort:

»Zumba läßt seinen Lebensretter nicht allein.«

Helmut schlug Zumba auf die Schulter.

»Braver Zumba!«

Das mußte Zumba verstanden haben, seine Augen glänzten auf, und er schritt neben Helmut her, als sei das selbstverständlich. Eine von Römhild versprochene Belohnung hätte ihn nicht zu diesem Gange veranlassen können, aber Helmut ließ er nicht allein in eine Gefahr gehen.

Als der Vollmond aus den Wolken trat, waren Zumba und Helmut in der Nähe des Dorfes angelangt und merkten, daß auf dem in dessen Mitte gelegenen freien Platze große allgemeine Aufregung herrschte. Von Römhild war keine Spur zu entdecken. Aber während sie noch nach ihm auspähten, ließ sich plötzlich aus den Ästen eines Baumes lautlos ein Mensch vor ihnen auf den Boden gleiten. Es war Römhilds Gefolgsmann. Er flüsterte ihnen zu, daß Römhild trotz seiner Warnung zu nahe an die Opferstelle herangegangen sei, und daß man ihn entdeckt und unter wildem Geschrei davongeführt habe. Er liege gebunden hinter einem der Zelte, und ohne Zweifel werde man ihn nun als Opfer ausersehen haben.

Helmut ließ sich das Zelt näher bezeichnen und verständigte Zumba durch Zeichen, daß sich dort sein Herr gefangen befinde, und daß er ihn befreien wolle, wenn es irgend anginge.

Zumba nickte nur. Dann krochen beide zu der bezeichneten Stelle hin, an der das Zelt oder vielmehr eine zeltartige Hütte stand. Zum Glück waren die Dyaks schon dermaßen in Ekstase, daß sie nicht mehr so wachsam waren wie vorher. Die Aussicht, für ihre Feier ein Menschenopfer zur Verfügung zu haben, hatte sie förmlich berauscht. So gelang es Helmut, unter Zumbas Führung unbemerkt an das Zelt heranzukommen. Wirklich sahen sie Römhild auf dem Boden liegen; vollständig gefesselt, aber unbewacht, da man seiner sicher zu sein glaubte.

Schnell war Helmut an Römhild herangekrochen, der mit angstverzerrtem Gesicht dalag, und dessen Augen aus dem Kopf zu quellen schienen.

Helmut beugte sich über ihn.

»Keinen Laut, halten Sie sich ganz still, bis wir die Fesseln gelöst haben«, flüsterte er ihm zu.

Ein leises Stöhnen war die Antwort. Zumba war schon am Werk. Sein scharfes Messer zertrennte die Baststricke, mit denen des Opfers Hände auf dem Rücken gefesselt waren. Nun lauschten die Befreier nach dem Festplatze hinüber, wo alles eifrig zu dem Opfer vorbereitet wurde. Laut jubelnd umtanzten sie den Opferstein und schrien und tobten, als sei die Hölle losgelassen. Das war die Rettung für den Gefangenen und die Helfer. Zumba und Helmut hoben den steif gewordenen Römhild vorsichtig empor und stellten ihn auf die Füße. Und nach den ersten schwankenden Schritten begann er mit seinen Befreiern um die Wette zu laufen, in den schützenden Wald hinein. Sie liefen alle, so schnell sie konnten, denn sie wußten, daß sie um ihr Leben liefen. Hinter ihnen verklang mehr und mehr der Lärm der Dyaks. Und sie waren zum Glück schon weit genug entfernt, als die Flucht des Gefangenen, der zum Opferstein geführt werden sollte, entdeckt wurde. Sie hörten nicht mehr den zornigen Aufschrei der Enttäuschten, die nun nach allen Seiten auseinandertaumelten, um auf den Gefangenen Jagd zu machen. Zum Glück fanden sie nicht die richtige Spur, und so gelang es den Flüchtenden, atemlos und entkräftet, aber unversehrt das Lager zu erreichen, wo sie mit Hallo empfangen wurden. Nachdem sich Römhild und seine Befreier durch Speise und Trank gestärkt hatten, wurde der Rückmarsch angetreten, denn man nahm an, die Dyaks würden nun die ganze Gegend durchstreifen und unsicher machen. Das Lager bot mithin keinerlei Sicherheit mehr.

Somit hatte Helmut abermals das Leben seines Herrn gerettet, und wieder schwor Römhild, ihm das nie zu vergessen, und bat sogar um Verzeihung, daß er Helmut Feigheit zum Vorwurf gemacht hatte.

Zumba wurde gebührend von Römhild belohnt und auf dessen Empfehlung auf einer Plantage angestellt, wo er sich ganz wohl fühlte.

9

Gunter Willbrecht hatte bei Darlands Besuch gemacht und war liebenswürdig aufgenommen worden. Es war in der Woche nach dem Weihnachtsfest gewesen, und Gitta hatte schon mit Ungeduld auf sein Kommen gewartet. Aber als er dann erschien, hatte sie ihn trotz aller guten Vorsätze von allen Familienmitgliedern am wenigsten freundlich behandelt. Frau Darland forderte ihn auf, er möge doch bald wieder einmal vorsprechen und im kleinen Kreise den Tee mit ihnen nehmen, und gern nahm er diese Einladung an. Als er sich empfohlen hatte und Regina ihrer Schwester Vorhaltungen wegen ihres Betragens dem Gaste gegenüber machte, begann Gitta, sich heftige Vorwürfe zu machen. Sie nahm sich sogar vor, käme er demnächst zum Tee, wolle sie sehr sanft und liebenswürdig sein. Aber wiederum mißlang ihr das, wiewohl sie sich ehrliche Mühe gab, es zu sein.

Aber seltsamerweise schien Gunter Willbrecht durch

Gittas backfischmäßige Ruppigkeit keineswegs abgeschreckt zu werden. Allerdings waren Regina und ihre Mutter sehr liebenswürdig und nett zu ihm, und auch Gittas Vater rang seiner versorgten Stimmung liebenswürdige Worte für den Gast ab, aber diesem schien hauptsächlich an Gittas Gunst gelegen zu sein. Trotzdem lächelte er nur, wenn Gitta gegen ihn auftrotzte, er schien sie besser zu verstehen als sie sich selber.

Mit der Zeit wurde Gunter Willbrecht ein immer häufigerer Gast im Darlandschen Hause. Gelegentlich holte er Mutter und Töchter in seinem Auto ab und machte mit ihnen Ausflüge. Er war auch einige Male zum Mittag- und Abendessen bei Darlands eingeladen und schickte dann der Hausfrau herrliche Blumen als Dank. Die Eltern der Schwestern gönnten ihren Töchtern nur zu gern diesen liebenswürdigen Verkehr, zumal sie die Überzeugung gewonnen hatten, daß Gunter Willbrechts Aufmerksamkeiten in der Hauptsache Gitta galten.

Regina war es bisher noch verborgen geblieben, daß sie seitens der Eltern dazu ausersehen war, Römhilds Gattin zu werden. Niemals wurde sein Name im Familienkreise genannt.

Höchstens daß Gitta ihrer Schwester gegenüber einmal bissige Ausfälle machte, wenn sie just an ihn dachte. So ahnte Regina nichts von dem, was ihr bevorstand. Daher lebte sie in der seligen Hoffnung, daß Helmut eines Tages von seiner Reise zurückkehren und sie ihn dann wiedersehen würde. Weiter gingen ihre Gedanken und Wünsche einstweilen nicht.

Sie hatte alle Reiseberichte Helmuts sorgfältig gesammelt, las sie immer wieder durch und fand darin immer wieder ein Wort, das ihr bedeutungsvoll und für sie bestimmt zu sein schien, und dann konnte sie in stilles, sie beglückendes Träumen versinken. Sie sprach sich jetzt auch offener Gitta gegenüber aus, seit diese selber in eine Herzensaffäre verstrickt war. Die Schwestern hatten überhaupt keine Geheimnisse mehr voreinander. So wußte Gitta auch darum, daß Regi Helmut Waldeck einige Male eine Karte gesandt hatte, und daß er ausschließlich für sie bestimmte Worte in seine Berichte einflocht. Nun war Gitta einig bemüht, solche Stellen ausfindig zu machen und ihnen eine besondere Bedeutung zu geben. Als Helmut eines Tages in einem seiner Berichte schilderte, er habe in einem indischen Hotel einen jungen Mann beobachtet, wie er am Frühstückstisch das Bild einer geliebten Frau, das er eben erst in einem Briefe erhalten, an die Lippen drückte, da machte Gitta große Augen und hörte wiederum einmal das Gras wachsen. Zumal da auf die Schilderung dieser Szene die Worte folgten: »Der Verliebte ahnte vielleicht nicht einmal, wie glühend er beneidet wurde. Er kümmerte sich auch nicht darum, sondern verlor sich ganz in das *Gedenken* an die ferne Braut.«

Da sprang Gitta auf, schüttelte ihre Schwester bei den Schultern und fragte erregt:

»Hast du das mit Verstand gelesen, Regi, was er hier von dem jungen Manne und dem Bilde der von ihm geliebten Frau schreibt?«

Regi errötete tief und nickte nur leise.

»Und – was wirst du tun?« examinierte Gitta weiter.

»Was soll ich denn tun, Gitta?«

Diese entnahm einem Schränkchen eine Kassette, in der Photos der Familienmitglieder aufbewahrt wurden. Sie suchte stumm unter diesen Bildern, bis sie gefunden hatte, was sie suchte. Es war die letzte, sehr wohlgelungene photographische Aufnahme Regis. Man hatte solche in Postkartengröße anfertigen lassen, um sie an Freunde und Verwandte zu verschenken. Diese Photographie legte Gitta vor Regi hin.

»Die mußt du ihm schicken, Regi, sogleich!«

Regi wurde dunkelrot, sie hatte bereits mit dem Wunsche gekämpft, Helmut diese Aufnahme zu senden, hatte sich nur nicht zu dem Entschluß durchringen können.

»Das geht doch nicht, Gitta, das kann ich doch nicht tun.«

»Warum denn nicht?«

»Er hat mich doch nicht einmal darum gebeten.«

»Ach, bist du dumm, Regi. Spricht nicht eine dringende Bitte aus diesem Sehnsuchtsschrei? Anders kann er dich doch nicht darum ersuchen, weil du ihm verboten hast, deutlicher zu werden.«

»Aber, ich kann ihm doch mein Bild nicht aufdrängen, er hat mir doch auch keines von sich geschenkt.«

»Nun bitt' ich dich, wie sollte er das einrichten können? Er kann dir doch nicht ein Photo von sich hier ins Haus schicken.«

»Aber er hätte doch seinen Berichten auch mal eine Aufnahme von sich selber beifügen können.«

Gitta schüttelte mitleidig den Kopf.

»Du bist wirklich sehr begriffsstutzig, Regi; wenn er seine Aufnahme macht, knipst er doch immer selber, und da kann er sich doch nicht selbst mit aufnehmen. Also jetzt spreche ich ein Machtwort, du schickst ihm diese Aufnahme.«

»Ich kann doch nicht, Gitta«, sagte Regi gequält.

»Ich möchte wissen, warum nicht.«

Da huschte ein Lächeln über Regis Gesicht.

»Warum kannst du denn nicht liebenswürdig zu Gunter Willbrecht sein?«

Gitta stutzte, nun wurde sie rot. Dann sagte sie mit einem energischen Zurückwerfen des Kopfes:

»Gut, jetzt weiß ich Bescheid. Sag' mir doch mal die Adresse von Helmut Waldeck.«

Regi nannte sie ihr, und Gitta notierte sie sich auf einem Stück Papier. Dann setzte sie sich an den kleinen Schreibtisch, den die Schwestern gemeinsam zu benutzen pflegten, und schrieb mit ihrer großen, energischen Schrift auf die Rückseite des Photos:

»Dem Lebensretter meiner geliebten Schwester deren Bildnis in Dankbarkeit und mit herzlichen Grüßen. Gitta Darland.«

Und auf einen Briefbogen setzte sie die Worte:

»Sehr geehrter Herr Waldeck! Wenn meine Schwester nicht den Mut zum Handeln besitzt, ich habe ihn. Sie müssen doch wenigstens ein Bild von der Dame Ihr eigen nennen, die Ihnen ihr Leben verdankt. Sie weiß momentan noch nicht, was ich beabsichtige, aber ich werde es ihr nachträglich mitteilen. Und wenn Sie mir etwa dafür danken wollen, ohne mich meinen Eltern zu verraten, dann adressieren Sie bitte unter meinem Namen postlagernd Charlottenburg 2. Ich werde gelegentlich dort nachfragen, wenn es an der Zeit ist, daß eine Antwort von Ihnen da sein kann. Ich wünsche Ihnen weiter eine gute Reise und uns viele schöne Berichte darüber.«

Mit einem energischen Schwung setzte sie ihren Namen darunter und löschte mit dem Löscher über das Papier.

»Was hast du nur vor, Gitta?« fragte Regi unruhig.

»Das wirst du gleich erfahren. Aber erst gib mir mal dein großes Ehrenwort, daß du mich nicht hindern wirst, die

Briefchen mit Inhalt abzuschicken; gibst du mir das nicht, dann schicke ich es ohne deine Einwilligung ab, und du erfährst nichts davon.«

»Also gut, ich gebe dir mein Ehrenwort.«

Gitta hielt darauf der Schwester hin, was sie geschrieben hatte. Diese errötete bald, bald erblaßte sie.

»Ach Gitta, was soll er denken?«

»Heilfroh wird er sein. Und ich kann die ewige Quälerei zwischen euch nicht mehr mit ansehen. Wenn er jetzt weiß, daß und wie er an mich schreiben kann, dann wird ihm ein Stein vom Herzen fallen, und er kann dann auf diesem Wege seinem Herzen Luft machen, ohne die Zensur der Eltern fürchten zu müssen.«

»Ach, Gitta, begehen wir da nicht ein Unrecht?«

»Ich tue es ja allein, du bist ganz schuldlos, und wenn das ein Unrecht ist, nehme ich es in Gottesnamen auf mich. Gelegentlich rechne ich auf Gegendienste, geliebte Schwester!«

Nun sahen sie sich lachend an. Und der Brief Gittas mit Regis Bild ging noch an demselben Tage an Helmut ab.

Gleich darauf wurde Gunter Willbrechts Besuch gemeldet, und er wurde von Regi und ihrer Mutter sehr freundlich, von Gitta mit trotziger Zurückhaltung begrüßt. Er teilte den Damen mit, daß er sie bitte, ihm die Zusage zu geben, bei einem Feste in seinem Hause anwesend zu sein. Seine Tante werde die Repräsentation übernehmen, das verstehe sie großartig. Er habe so viele Verpflichtungen, auch der Familie Darland gegenüber, daß er sich sehr freuen würde, sie alle bei sich zu sehen.

Frau Darland sagte gern zu, freute sie sich doch, daß ihren Töchtern eine Festlichkeit bevorstand. Gunter Willbrecht wandte sich an die Schwestern:

»Ich bin nun schon so gewohnt, Sie als freundliche Helferinnen in Anspruch zu nehmen, und ich würde mich glücklich schätzen, wenn Sie mir ein wenig raten wollten, wie man eine derartige Abendfestlichkeit recht wirksam gestaltet. Sie haben darin wahrscheinlich mehr Erfahrung als ich.«

»Ich denke, Ihre Frau Tante wird repräsentieren?« fragte Gitta mit ihrem gewohnten trotzigen Tone.

Er sah sie an, daß ihr das Blut jäh ins Gesicht schoß. Daß er das Fest nur ihretwegen gab, konnte er ja nicht sagen, aber sie mußte doch wohl etwas Ähnliches aus seinen Augen lesen, und darum klopfte ihr das Herz bis zum Halse hinauf, und sie wußte wieder keine andere Rettung vor den auf sie einstürmenden Gefühlen, als daß sie den Kopf zurückwarf und aus dem Zimmer ging. Frau Darland hatte ebenfalls für eine Weile das Zimmer verlassen, um in der Küche eine Erfrischung für den Gast zu bestellen. So war Gunter Willbrecht ein paar Minuten mit Regi allein. Er sah mit einem unbeschreiblichen Blick nach der Tür, hinter der Gitta verschwunden war, und sagte dann aufseufzend:

»Ich kann es anfangen, wie ich will, immer reize ich Ihr Fräulein Schwester zum Zorn. Das tut mir sehr leid. Ich möchte bei meinem Fest ganz besonders gern ihre speziellen Wünsche erfüllen, und nun verweist sie mich trotzig an meine Tante. Diese würde ja das Fest sehr prätentiös und großartig richten, ob sie damit aber den Geschmack junger Damen trifft, bezweifle ich. Es tut mir sehr leid, daß Ihr Fräulein Schwester mich anscheinend nicht ausstehen kann.«

Es lag aber bei diesen Worten ein leiser Humor in seinen Augen, und Regina dachte daran, daß Gitta ihr geholfen hatte, Helmut Waldeck auf unverfängliche Art ihr Bild zu senden. Ebenso, daß Gitta ihr gesagt hatte, sie rechne gelegentlich auf Gegendienste. So sagte sie tapfer:

»Das glauben Sie nur ja nicht, Herr Willbrecht. Ich weiß im Gegenteil, daß Sie meiner Schwester sehr sympathisch sind. Sie meint nur, eine junge Dame dürfe einen jungen Herrn nie merken lassen, daß er ihr sympathisch sei, und deshalb verschanzt sie sich hinter Trotz. Sie dürfen das nicht allzu ernst nehmen.«

Er lächelte sein gutes, warmes Lächeln.

»Offen gestanden, ich habe es auch gar nicht besonders ernst genommen, aber ich bin doch sehr froh, daß Sie mir bestätigen, was ich hoffe und wünsche. Aber soweit ich Ihr Fräulein Schwester kenne, weiß ich, daß sie mir keinen ihrer eventuellen Wünsche bezüglich meines Festes mitteilen wird, und deshalb bitte ich Sie inständigst, sie einmal ein wenig auszuforschen, was ihr bei einem Abendfeste besondere Freude machen würde. Wollen Sie mir diesen Wunsch erfüllen?«

Regi fühlte sehr wohl, welche Gefühle Gunter Willbrecht für ihre Schwester hegte, und sie freute sich herzlich darüber. Wußte sie doch, daß Gitta ihrerseits ihm ganz ähnliche Empfindungen entgegenbrachte.

»Sehr gern erfülle ich Ihnen diesen Wunsch, Herr Willbrecht. Gitta kann sehr stolz sein, daß Sie so viel Rücksicht auf ihre Wünsche nehmen.«

Erschrocken hob er die Hand.

»Aber um Gottes willen, sagen Sie ihr das nicht, sie würde mich sonst sicherlich noch viel schlechter behandeln.«

Nun mußten sie beide lachen.

»Nein, nein, ich verrate nichts. Und wenn Sie es haben wollen, werde ich Ihnen auf ein Zettelchen schreiben, wie sich Gitta so ein Fest bei Ihnen denkt. Dies Zettelchen werde ich Ihnen zuschicken.«

»Herrlich! Wie soll ich Ihnen nur danken für Ihre Güte?«

»Danken Sie mir nicht, ich will ja doch meiner Schwester damit eine Freude machen.«

»Sie haben einander sehr lieb, Ihre Schwester und Sie?«

»O ja, wie könnte es anders sein?«

»Nun, man lernt auch andere geschwisterliche Verhältnisse kennen. Das gerade hat mir so sehr an Ihnen beiden gefallen, daß Sie so innig aneinander hängen; es ist immer ein gutes Zeichen.«

Ernst sah Regi ihn an.

»Das kommt wohl daher, daß wir schon mancherlei Sorgen miteinander getragen haben. Unser armer Vater hatte schwere geschäftliche Verluste gehabt; teils durch den Krieg, teils durch die Inflation, und dadurch wurde vieles anders bei uns, und wir haben bemerkt, wie vieles auf den Eltern lastet. Da haben wir das Unsere dazu beigetragen, daß die Sorgen nicht gar zu schwer wurden. Es ist ja nun schon wieder viel besser geworden, aber immerhin muß noch manches unsere Eltern schwer bedrücken. Gitta und ich fühlen das, und das Bestreben, alles tragen zu helfen, ohne daß wir viele Worte darüber verlieren, bindet uns fest aneinander. Wir verstehen uns wirklich sehr gut, und Gittas Lebensfrische und Tapferkeit richtet nicht nur die Eltern auf, sonder auch mich. Sie ist ein liebes, weichherziges Geschöpf, aber sie verschanzt sich immer hinter einem etwas ruppigen Ton, um nur ja nicht zu verraten, wie ihr ums Herz ist.«

Seine Augen glänzten bei diesen Worten Regis, und er sah ihr voll ehrlicher Teilnahme in die Augen.

»Wie lieb von Ihnen, mir das zu sagen. Ich danke Ihnen für Ihr Vertrauen. Ich glaube und hoffe, daß wir einmal sehr gute Freunde werden, mein gnädiges Fräulein.«

Sie reichte ihm mit einem schönen, warmen Lächeln die Hand.

»Ich glaube, das sind wir schon, Herr Willbrecht.«

Sie konnten nicht weitersprechen, denn Gitta kam jetzt mit ihrer Mutter zurück, und hinter ihnen erschien das Hausmädchen und brachte eine Erfrischung. Gunter nahm dankend ein Glas Wein und berichtete, daß Fräulein Regina ihm einige wertvolle Winke für das Programm seines Festes gegeben habe. Da flog ein unruhiger Blick Gittas zu ihm hinüber, aber er fragte sie nicht mehr nach ihren Wünschen. Und doch hatte sie sich draußen schon ausgedacht, wie sie ihm unbefangen einige Ratschläge erteilen könne. Diese Gelegenheit schien nun für sie verpaßt zu sein, wie manche andere.

Als sich Gunter Willbrecht empfohlen hatte und die Schwestern wieder allein in ihrem Zimmer saßen, sagte Gitta ganz verstört:

»Nun habe ich es gründlich mit ihm verdorben, jetzt will er gar nichts mehr von mir wissen.«

Regi strich ihr das hellblonde Gelock aus der Stirn.

»Du hättest ihm ruhig sagen können, wie du dir ein Fest in seinem Hause gedacht hättest. Er hat uns doch genau seine Villa von innen und außen beschrieben und auch seinen Garten, der bis dicht an den Wannsee herangeht.«

»Das wagte ich doch nicht, Regi.«

»Nun, aber mir könntest du vielleicht sagen, wie du es dir gedacht hättest.«

»Er hat sich ja schon bei dir Rat geholt«, entgegnete Gitta betrübt.

»Nun ja, ich habe ihm gesagt, wie es dir und mir gefallen würde, aber – ich möcht doch gern von dir wissen, ob ich dabei auch deine Wünsche getroffen habe.«

Da wurde Gitta lebhaft und kramte ihre Wünsche aus. Regi hörte aufmerksam zu und machte wie ganz beiläufig einige Notizen. Gitta achtete gar nicht darauf, phantasierte weiter, und Regi notierte wohlweislich nur das, was ihr an diesen Phantasien ausführbar erschien. So hatte sie Material genug, und als Gitta zu Ende war, sagte sie ihr, daß sie Gunter Willbrecht ganz ähnliche Angaben gemacht habe, und was sie als unausführbar weggelassen habe.

Gitta seufzte.
»Du wirst ihm schließlich viel besser gefallen als ich.«
Regi lachte.
Wir haben schon eine richtige Freundschaft geschlossen, so mit Handschlag und allem Zubehör.«
Wieder seufzte Gitta.
»Wie ich dich darum beneide, Regi!« sagte sie leise.
Regi umfaßte sie und streichelte ihre Wangen.
»Gönne mir nur seine Freundschaft, die ist harmlos. Für dich hegt er sicherlich viel tiefere Empfindungen.«
Schluchzend warf sich Gitta in ihre Arme.
»Ach, Regi, ich muß ihm doch unausstehlich erscheinen!«
»Ich glaube das Gegenteil.«
»Meinst du wirklich? Woraus schließt du das?«
»Diesmal sagt das *mein* kleiner Finger«, neckte sie.
Da mußte Gitta lachen.

Helmut von Waldeck erhielt Gitta Darlands Brief mit Regis Photo, als er mit seinem Herrn über Neuguinea in Australien eingetroffen war. In Sydney wurde ihm diese postlagernde Sendung ausgeliefert. Und was er bei dem Anblick von Regis Bildnis empfand, können nur Liebende in ähnlicher Situation begreifen. Mit einem unaussprechlichen Glücksgefühl ging er an diesem Tage umher. Ihm war, als schwebe er auf Wolken. Und immer wieder drückte er seine Brieftasche, in der er das Bild geborgen hatte, fest an sich, als müsse er sich versichern, daß es kein Traum sei, daß er Regis Bild auf dem Herzen trug.

Es machte ihm heute nichts aus, daß sein Herr wieder einmal sehr schlechter Laune war. Seit den Geschehnissen auf Borneo hatte Römhild ihm gegenüber eine Zeitlang einen sehr vertraulichen Ton angeschlagen. Allein Helmut waren solche Stimmungen seines Herrn ihm gegenüber fast unerträglich, denn dann ließ er sich noch mehr gehen als sonst und gab Einblicke in seinen Charakter, die ihn vollends abstoßend erscheinen lassen mußten.

Nach einiger Zeit sagte sich Römhild, jetzt habe er genügend seine Dankbarkeit bewiesen, und Waldeck sei ihm ja nur in das Dyakdorf nachgekommen, weil er sich seiner anfänglichen Feigheit geschämt habe. Im Grunde sei es überhaupt nur seine Pflicht gewesen, seinen Herrn nicht in der Gefahr allein zu lassen. Genoß er alle Annehmlichkeiten dieser Weltreise mit ihm, so sollte er auch die »paar Unannehmlichkeiten« mit in Kauf nehmen. Und von Stund an ignorierte er es ganz und gar, daß er Helmut schon zum zweiten Male sein Leben verdankte.

Helmut rechnete auf keinerlei Dank und war zufrieden, daß sein Herr sich jetzt ein wenig davor hütete, aufs neue ähnliche gefährliche Situationen aufzusuchen. Oft genug beklagte sich Römhild über sein »Pech«, weil eben einige Male seine Torheiten nicht ganz günstig für ihn ausgegangen waren. Daß er viel mehr Glück hatte, als er verdiente, konnte ihm Helmut dann freilich nicht sagen, aber er dachte es bei sich.

Helmut beeilte sich nun, Gittas Briefchen zu beantworten, und nach einigem Zögern wagte er es auch, ein Schreiben an Regi beizulegen. Wußte er nun doch, daß es durch Gitta in ihre Hände gelangen würde. Seine Dankbarkeit

Gitta gegenüber war sehr groß. Und ehe er diesen Brief schloß und zur Post gab, legte er nach einigem Zögern eine Photographie von sich mit in den Brief. Es war eine Aufnahme, die er selber von sich gemacht hatte, denn sein Apparat besaß eine Vorrichtung, die es ihm ermöglichte, aus einer gewissen Entfernung zu knipsen. Dieses Bildchen hatte er in Indien von sich aufgenommen, am Eingange zu einem Felsentempel. Selbstverständlich trug er darauf nicht seine Dienerlivree, sondern einen seiner leichten Tropenanzüge. Er hatte von diesem Felsentempel für seine Zeitung verschiedene Aufnahmen gemacht und zufällig auch sich selbst aufgenommen. Das Bild war ausgezeichnet gelungen und sehr scharf.

Als dieser Brief an Gitta mit dem Bilde und der Einlage expediert war, überkam ihn freilich ein Zagen, ob er recht gehandelt habe, Regi von seinen Wünschen für die Zukunft zu schreiben. Noch stand er ja mit wenig festen Füßen im Leben, wenn sich ihm seine Zukunft auch in etwas günstigerem Licht zeigte als vor Jahresfrist. Aber er hatte so schreiben müssen, wie er es getan hatte, weil Regis Augen ihn aus dem Bilde so ermutigend anschauten. Er war überglücklich gewesen, endlich eine Gelegenheit zu haben, ihr seine Empfindungen schildern zu können. Er fühlte jetzt auch die Kraft in sich, ihr eines Tages ein sorgenloses Dasein bieten zu können, wenn auch kein glänzendes. Glücklicher würde sie an seiner Seite werden als an der Römhilds. Und – Gott sei Dank – Römhild konnte er unschädlich machen.

So beruhigte er sich und rechnete aus, wann er auf seinen Brief Antwort haben könnte. Eher als auf Hawaii würde ihn schwerlich eine solche erreichen. Wie würde sie ausfallen?

Dieser Gedanke beschäftigte ihn in der folgenden Zeit unaufhörlich. Und nun ging die Fahrt mit seinem Herrn wieder kreuz und quer durch Australien. Römhild hörte schließlich von den Goldfeldern und wollte unbedingt die Goldgräber bei ihrer Arbeit sehen. So ging es also wieder mit einer kleinen Expedition in das Innere Australiens hinein, durch unwirtliche Gegenden, wo das Trinkwasser knapp wurde, und wo Römhild es verwünschte, sich auf diese Tour eingelassen zu haben. Helmut trug alle Strapazen mit stoischem Gleichmut. Die zwei Jahre der Dienstbarkeit bei Römhild mußten überstanden werden, und immerhin fand er auch hier wieder reiches Material für seine Zeitung.

Und auch hier schlugen Römhilds Pläne wieder zum Glück für ihn aus. Als dieser die Goldsucher bei der Arbeit gesehen und von ihrer Ausbeute gehört hatte, überkam ihn der Wunsch, ein Stück Land zu erwerben, das dicht an die Goldfelder grenzte. Es wurde ihm abgeraten, weil dieses Terrain als absolut wertlos galt. Er hatte aber wieder einmal die Witterung, die ihn fast nie betrog. Und er kaufte dies Land sozusagen für ein Butterbrot. Nachdem er es nach allen Seiten durchstreift hatte, verpflichtete er eine Anzahl Arbeiter, für ihn nach Gold zu suchen. Er blieb selbst dabei, wich ihnen nicht von der Seite und bezeichnete selber die Stellen, wo gegraben werden sollte. Und seine Witterung hatte ihn nicht betrogen, es wurden plötzlich auf seinem Grund und Boden ungeahnte Goldfunde gemacht. Die Kunde davon verbreitete sich wie ein Lauffeuer, und von allen Seiten drängten sich die Geldleute an Römhild heran, um sich bei der Ausbeutung zu beteiligen. Noch ehe es publik geworden war, hatte Römhild alles angrenzende Land, das noch nicht in festen Händen war, an sich gebracht. Mit dem ihm eignen Geschick, das alles in seinen Händen zu Gold werden ließ, suchte er sich unter den Geldleuten die aus, die ihm am meisten konvenierten, gründete in knapp vier Wochen ein Konsortium, brachte von dem eingeschossenen Gelde erst einmal eine halbe Million Mark für sich in Sicherheit, indem er es nach der Schweiz auf sein Konto überweisen ließ, machte aus dem Unternehmen eine Aktiengesellschaft und behielt sich selbstverständlich eine hübsche Anzahl der Aktien vor. Mit Sicherheit suchte er die Leute aus, die er für das Unternehmen brauchte, und so kam alles in die Reihe. Er war noch nicht ganz zwei Monate in Australien, als schon der volle Betrieb auf den Goldfeldern eröffnet war. Sich nun weiter mit der Sache zu befassen, lag nicht in Römhilds Absicht. Auf alle Fälle hatte er schon sein Schäfchen in Sicherheit, und nun sollten die anderen für ihn arbeiten. Das war immer sein Prinzip gewesen. Nicht ganz drei Monate nach seinem Eintreffen in Sydney schiffte er sich dort mit Helmut wieder ein. Dieser mußte unwillkürlich Römhilds Geschäftstüchtigkeit bewundern. Aber er fühlte doch, daß es auch hier nicht ganz sauber zuging, und für ihn wäre dergleichen nichts gewesen.

Ihn hätte solcher Gewinn nicht glücklich machen können.

Von Sydney aus ging die Reise nach Japan. China wollte Römhild der dortigen politischen Verhältnisse halber nicht besuchen, und auch aus dem Grunde nicht, weil er länger in Australien verweilt hatte, als es seine Absicht gewesen war.

Japan sagte ihm nicht sehr zu. In diesem Lande erschien ihm alles wie eine aufgebaute Theaterdekoration. Es gab nichts Großartiges, was ihm imponierte. Das Volk der Japaner erschien ihm puppenhaft unbedeutend, und er ahnte nicht, welche zähe Energie und Beharrlichkeit in diesem kleinen Menschenschlage steckte. Helmut dagegen hatte desto mehr Verständnis für die Japaner und bereicherte sein Wissen wieder um ein beträchtliches.

Es war Ende August, als Römhild programmäßig seine Reise von Japan nach Hawaii fortsetzte. Helmut trat sie voller Erwartung an, denn er hoffte, auf Hawaii Antwort auf seinen Brief von Regina Darland zu bekommen.

Das Fest in Villa Willbrecht war zu Gittas Erstaunen ganz so verlaufen, wie sie es sich heimlich gewünscht hatte. Regi verriet mit keinem Worte, daß sie dabei ihre Hand mit im Spiele gehabt hatte.

Es war für die Schwestern ein wundervoller Abend gewesen, hauptsächlich für Gitta, die in einem Kleide von zartrosa weicher Seide wie eine taufrische Rosenknospe aussah. Wohl war ihre Schwester Regi schöner als sie, aber für Gunter Willbrecht gab es an diesem Abend nur eine, die ihn entzücken konnte, und das war die kleine trotzige Gitta, die heute, als sie mit ihm tanzte, einige Male ihren mädchenhaften Trotz vergaß und ihn mit seltsam feuchtschimmernden Augen ansah, wenn er so gütig und herzlich mit ihr sprach. Freilich, wenn sie dann so weich war, daß sie alles um sich her vergaß und sich am liebsten vor ihrem eigenen Trotz hilfesuchend in seine Arme geflüchtet hätte, dann gab sie sich, alle Energie aufbietend, einen Ruck und machte wieder eine rettende ruppige Bemerkung. Aber das focht Gunter Willbrecht gar nicht an. Er kümmerte sich auch nicht darum, daß seine gestrenge Tante ihm vorhielt, er habe bereits zweimal mit »dieser kleinen Darland« getanzt und dürfe das nicht wieder tun. Er holte sich Gitta noch zu einem dritten und vierten Tanze, und als die Tante dann energisch zu ihm sagte:

»Du hast meine Mahnung in den Wind geschlagen, Gunter, und hast schon zum vierten Male mit der kleinen Darland getanzt. Was soll man davon denken?«

Da antwortete er lachend:

»Jeder, was er will, Tante Berta.«

»Aber du zeichnest sie dadurch besonders aus, Gunter.«

Wieder lachte er.

»Das will ich ja auch.«

»Um Gottes willen, du willst doch dieses junge Mädchen nicht etwa zu deiner Frau machen?«

»Von Herzen gern, wenn sie mich zum Manne haben will.«

»Aber Gunter, das ist doch keine Partie für dich!«

Er machte eine hastig abwehrende Bewegung.

»Verlange bloß nicht, daß ich eine sogenannte Partie machen soll. Das habe ich gottlob nicht nötig.«

»Aber du könntest, ganz abgesehen vom Gelde, auch sonst eine glänzendere Verbindung eingehen. Du weißt doch, ich habe dir eine Andeutung gemacht, wen ich für dich in Aussicht genommen hatte.«

»Verzeih, liebe Tante, aber meine Frau suche ich mir selber aus; ganz nach meinem Herzen. Du brauchst dich wirklich nicht zu bemühen.«

Sehr indigniert brach die Tante das Gespräch ab. Sie hatte Gunter mit der Tochter des Chefs ihres Mannes verloben wollen, damit ihr Gatte dadurch eventuell avancieren konnte. Sie dachte in allen Dingen zuerst an sich, denn selbstverständlich profitierte auch sie davon, wenn ihr Gatte ein höheres Gehalt bezog. Nun war diese Hoffnung vernichtet, durch dieses junge blonde Ding, das ja fast noch in den Kinderschuhen steckte.

Gitta hatte an diesem Abend eine Feindin gewonnen,

ohne sich dessen bewußt zu sein. Vielleicht hätte sie wenig danach gefragt, wäre ihr der Inhalt des Gespräches zwischen Gunter und seiner Tante bekannt gewesen.

Ihr junges Herz hatte sich Gunter längst schon zu eigen gegeben, wenn es sich auch noch so trotzig zur Wehr setzte.

Und ihre Eltern merkten sehr wohl, wie sehr sich Gunter Willbrecht um Gitta bemühte. Sie sahen den Glanz und den Reichtum, der ihn umgab, und waren tief bewegt bei dem Gedanken, daß ihre Gitta vielleicht Herrin dieses Hauses werden könnte. Allerdings dachten sie erst in zweiter Linie an Gunters Reichtum, vor allem galt es ihnen viel, daß er ein so wertvoller Mensch war. Als solchen hatten sie ihn kennengelernt. Und wenn sie von einem solchen Glück für ihr Kind träumten, dann wurde ihnen das Herz um so schwerer, fiel es ihnen ein, daß der Zeitpunkt immer näher kam, wo sie Regi an Römhild ausliefern mußten. Fast ein Jahr war bereits von der Frist verstrichen, die Römhild ihnen gelassen hatte. Noch einmal ein Jahr, dann würde er kommen und seinen Preis einfordern. Und dann durfte Regi sich ihm nicht verweigern – sonst ging auch Gittas Glück in Scherben. Denn Gunter Willbrecht würde sich hüten, eine Frau zu heiraten, deren Vater – ein Ehrloser war.

Mit schwerem Herzen sagten die Eltern nach diesem Festabend, es sei an der Zeit, Regi nunmehr auf das vorzubereiten, was ihr bevorstand. Aber sie fürchteten sich beide davor.

Wieder vergingen einige Monate, in denen Gunter Willbrecht nach wie vor im Darlandschen Hause verkehrte oder mit dessen Bewohnern in Gesellschaften zusammentraf. Und langsam gab Gitta ihren heimlichen Widerstand gegen ihn auf. Regi war ihm heimliche Helferin. Es eilte ihm nicht, das bindende Wort zu sprechen, denn Gitta erschien ihm noch allzu jung. Sie mußte noch etwas älter werden, ehe er sie an seine Seite stellte. Aber er machte gar kein Hehl daraus, auch ihren Eltern gegenüber nicht, daß er sich ernsthaft um sie bewerbe.

Regi wartete in dieser Zeit mit immer banger klopfendem Herzen, was Helmut Waldeck – sie ahnte ja noch immer nicht, daß er ein Freiherr von Waldeck war, so wenig sie auch davon ahnte, daß er als Römhilds Diener diese Weltreise machte – ihr auf ihre Zeilen antworten würde. Auch ihre Angehörigen wußten weder von dem einen, noch von dem anderen. Wohl trafen zuweilen kurze Briefe von Römhild ein, die versteckt aber doch deutlich genug verrieten, daß er auf seinen Schein pochte. Frau Maria Darland sah heraus, daß ihr heißer Wunsch, Römhild möchte auf dieser Weltreise sein Herz an eine andere Frau verlieren und auf ihre Tochter verzichten, nicht in Erfüllung gegangen war. Wenigstens bis jetzt noch nicht. Immer wieder schoben die Eltern es hinaus, Regi von dem ihr bevorstehenden Schicksal in Kenntnis zu setzen.

Gitta war oft genug und viel früher, als eine Antwort von Helmut eintreffen konnte, auf dem Postamt gewesen, um nach einem postlagernden Brief für sie zu fragen. Es war selbstverständlich vergeblich. Aber eines Tages hielt sie doch den längst erwarteten Brief in Händen. Beschwingten Fußes eilte sie mit stürmischer Freude nach Hause, wo Regi wie immer ungeduldig wartete. Zum Glück waren die Eltern nicht daheim, die Schwestern waren allein. Gitta öffnete das an sie adressierte Kuvert, und als sie den Inhalt herauszog, sah sie sogleich, daß auch ein Brief für Regi sich darin befand. Jauchzend reichte sie ihn ihr hin, und dann sah sie auch das Bildchen, das Helmut beigelegt hatte. Sie blickte begierig darauf nieder, denn sie kannte ja Helmut noch nicht persönlich. Sehr befriedigt sah sie auf seine interessante, echt männliche Erscheinung. Dann reichte sie Regi das Bild hinüber und vertiefte sich in den Inhalt des an sie gerichteten Schreibens.

Es lautete:

»Mein sehr verehrtes gnädiges Fräulein! Sie ahnen wohl kaum, eine wie große, innige Freude Sie mir gemacht und welchen heißen Wunsch Sie mir erfüllt haben, als Sie mir das Bild Ihres Fräulein Schwester sandten. Gott lohne Ihnen diese Tat! Ich kann Ihnen nie genug dafür danken, auch dafür nicht, daß Sie mir nun großmütig einen Weg erschlossen haben, auf dem es mir möglich sein wird, zuweilen eine Nachricht an Ihr Fräulein Schwester gelangen zu lassen oder eine Nachricht von ihr zu erhalten, auf der nicht wie bisher tausend neugierige Augen ruhen dürfen. Sie haben mir eine so große Wohltat erwiesen, daß ich tief gerührt bin durch Ihre Güte. Gestatten Sie mir die innige Bitte, mir weiter Ihre großmütige Hilfe angedeihen lassen zu wollen.

In dankbarer Ergebenheit Ihr

Helmut Waldeck.«

Gitta war tief befriedigt von der Wirkung ihres energischen Schrittes. Still saß sie da und blickte erwartungsvoll zu der Schwester hinüber, die anscheinend einen viel längeren Brief erhalten hatte, und auf deren Gesicht immer wieder die Farbe wechselte.

Der Brief an Regi hatte folgenden Inhalt:

»Mein sehr verehrtes gnädiges Fräulein! Endlich, endlich ist es mir vergönnt, Ihnen schreiben zu dürfen. Allzu lange mußte ich mich mit mühsam erklügelten Worten Ihnen verständlich zu machen suchen. Ich habe nicht geahnt, wie schwer es mir werden würde, ohne direkte Verbindung mit Ihnen zu bleiben, sonst hätte ich doch vielleicht den Mut gehabt, Sie zu bitten, Ihnen zuweilen ein paar Zeilen zukommen lassen zu dürfen. Daß Ihr gütiges Fräulein Schwester sich meiner Herzensnot erbarmt und meine Sehnsucht nach einem Bilde von Ihnen stillte, ist anbetungswürdig von ihr. Sie können nicht ahnen, wie sehr ich mir so ein Bild gewünscht habe. Sah ich Sie auch täglich und stündlich vor meinen geistigen Augen, so fürchtete ich doch immer wieder, dies Bild meiner Phantasie könnte mir verblassen.

Nun habe ich Ihr Bild – und bin so glücklich, wie ich es fern von Ihnen überhaupt sein kann. Bitte, zürnen Sie mir nicht, wenn ich solchen Gefühlen Worte verleihe. Ich dürfte es ja eigentlich nicht, denn ich bin nichts als ein armer Schlucker, der mühsam genug um seine Existenz ringen muß.

Als ich von Ihnen ging, stand es noch viel schlechter um mich, und ich durfte Sie nicht beunruhigen mit der Bitte, mich nicht zu vergessen oder mir Nachricht zu geben. Jetzt steht es besser um mich, ich darf hoffen, in nicht zu ferner Zeit festen Boden unter die Füße zu bekommen und Ihnen dann ein sorgenloses, wenn auch bescheidenes Dasein bieten zu können. Deshalb wage ich es, Ihnen zu sagen, daß Sie mir unsagbar teuer sind, daß es für mich nur eine Glücksmöglichkeit gibt, wenn Sie Ihr Leben mit mir teilen wollen. Ich will heute noch keine Antwort von Ihnen haben auf dieses Geständnis. – Sie sollen sich in keiner Weise an einen Mann binden, der noch schwer zu ringen hat, ehe er es wagen kann, ein zweites Schicksal an das seine zu fesseln. Nur eines wüßte ich gern – ob ich hoffen kann, daß Sie mich nicht vergessen werden, daß ich eine Glücksmöglichkeit habe. Weiter sage ich Ihnen heute nichts – aber bitte, lassen Sie mich auf die Antwort nicht länger warten, als es sein muß. Ich hoffe, in Hawaii Ihre Antwort zu bekommen. Und mein Herz harrt dieser sehr unruhig entgegen.

Ich küsse Ihre lieben Hände und erwarte mein Schicksal. Ihr getreuer und ergebener

Helmut Waldeck.«

Auch unter Regis Brief schrieb er einfach diesen Namen, denn sein Freiherrntitel, auf den er nie ehr viel Wert gelegt hatte, erschien ihm längst nur als ein lästiges Anhängsel.

Regi hatte den Brief zu Ende gelesen und atmete tief auf. Mit großen, leuchtenden Augen sah sie zu Gitta hinüber, aber sie war sehr blaß.

»Nun?« fragte Gitta atemlos.

Regi drückte den Brief an ihr Herz.

»Ach, Gitta!«

»Mein Gott, was denn? Weshalb siehst du denn so blaß aus? Hast du keine guten Nachrichten?«

Die Tränen stürzten Regi aus den Augen.

»Die besten, herrlichsten, Gitta, ich bin nur tief ergriffen. Verzeih, wenn ich dich den Brief nicht lesen lasse, er ist nur für mich bestimmt. Aber das sollst du wissen, daß er – daß ich ihm sehr teuer bin. Er ist dir sehr – sehr dankbar. Und – ach, Gitta – ich bin sehr glücklich, wenn auch für ihn und mich der Weg nicht leicht sein wird. Er ist arm, er muß sich erst eine Existenz gründen. Er wird mir nur ein bescheidenes Los zu bieten haben. Aber was braucht man mehr, als daß man sich liebt!«

Gitta umarmte die Schwester.

»Da brauchst du nicht bange zu sein, der macht schon

seinen Weg. Sieh dir doch nur sein energisches Gesicht an – prachtvoll sieht er aus. Ich bin sehr zufrieden mit meinem künftigen Schwager.«

»Ich mit dem meinen auch«, neckte Regina, und lachend fielen sich die Schwestern um den Hals.

Regina beantwortete noch an demselben Tage Helmuts Brief und sandte das Schreiben ungesäumt an die Zeitung, damit es schnell weiterbefördert würde. Sie war ebenso glücklich über Helmuts Brief wie über sein gut gelungenes Bild; und sie war Gitta richtig dankbar, daß sie die Initiative ergriffen hatte. Sie selbst hätte niemals den Mut dazu gehabt.

Wenige Tage, nachdem der Brief an Helmut fort war, raffte sich endlich Frau Darland dazu auf, Regi auf ihr Schicksal, Römhilds Frau werden zu müssen, vorzubereiten. Sie fing es ganz vorsichtig an. Eines Nachmittags, als sie mit Regi allein war, sagte sie:

»Hast du bemerkt, Regi, daß Gunter Willbrecht sich eifrig um Gitta bemüht?«

»Ja, Mutti, ich habe es sehr wohl bemerkt.«

»Und Gitta scheint damit einverstanden zu sein, trotzdem sie immer ein wenig aufbegehrt.«

»Das ist nun einmal ihre Art, Mutti, Gitta will doch nie zeigen, wie ihr ums Herz ist.«

»Es wäre allerdings eine fabelhafte Partie für Gitta.«

»Das ohne Zweifel!«

»Nun, ich denke, du wirst auch mit der Partie, die Vater für dich ins Auge gefaßt hat, sehr zufrieden sein können«, stieß Frau Darland mit schwerem Herzen hervor.

Regina stutzte, sah die Mutter betroffen an und wurde ein wenig unruhig. Dann fragte sie unsicher:

»Wie meinst du das, Mutter? Vater soll eine Partie für

mich ins Auge gefaßt haben? Davon weiß ich doch gar nichts.«

Maria Darland wagte ihre Tochter nicht anzusehen, sie stichelte unsicher an einer Handarbeit herum. Dann sagte sie leise, mit heiserer Stimme: »Wir wollten nicht zu frühzeitig mit dir darüber sprechen. Jedenfalls hat sich schon vor Jahresfrist ein Mann mit der Bitte an Vater gewandt, dich ihm zur Frau zu geben, wenn – wenn er von seiner Reise zurückgekehrt sein würde. Und – Vater hat ihm auch deine Hand zugesagt, denn eine ähnlich glänzende Partie dürfte dir nie wieder geboten werden.«

Regi ließ ihre Arbeit sinken, so daß sie zu Boden fiel. Mit erblaßtem Gesicht erhob sie sich und trat dicht an die Mutter heran.

»Um Gottes willen, Mutter, von wem sprichst du? Wem hat Vater meine Hand zugesagt?« fragte sie mit zitternden Lippen.

Die Mutter hätte am liebsten laut aufgeweint. Aber sie bezwang sich und sagte ganz ruhig:

»Da staunst du, nicht wahr? Ich will es dir also sagen, wer dein künftiger Ehemann sein wird – Alfred Römhild!«

Regina fuhr zurück, als habe man sie ins Gesicht geschlagen.

»Römhild!« rief sie wie außer sich. Und dann sagte sie fest und bestimmt, wenn auch ihre Stimme bebte: »Niemals, Mutter!«

Auch die Stimme der Mutter bebte, als sie erwiderte:

»Aber Regi, einen derartigen Freier schlägt man doch nicht aus. Du weißt doch, daß Vater euch keine nennenswerte Mitgift geben kann, und wenn heute ein Mann um ein Mädchen wirbt, ohne Wert auf eine Mitgift zu legen, so ist das ein großer Glücksumstand. Römhild verzichtet auf jede Mitgift. Er liebt dich sehr, du weißt, wie er dich schon vor seiner Reise mit Aufmerksamkeiten überschüttet hat. Du wirst es gut haben, wirst die Herrin seines vornehmen Hauses sein, wirst dir jeden Wunsch erfüllen können. Man wird dich von allen Seiten beneiden.«

Heftig schüttelte Regi den Kopf.

»Niemand hätte ein Recht mich zu beneiden, wenn ich Römhilds Gattin würde, Mutter, denn dann würde ich das unglücklichste Geschöpf unter der Sonne. Ich liebe ihn nicht nur nicht, ich verachte und verabscheue ihn.«

»Aber Regi, wie kannst du so etwas sagen? Er hat dir doch nie Gelegenheit gegeben, ihn zu verachten«, kam es gepreßt aus dem Munde der armen Mutter.

Regi sah ihre Mutter groß an.

»Aber Mutter, ich weiß doch, daß auch du eine starke Antipathie gegen Römhild hattest. Wir wissen beide, daß er kein guter Mensch ist, und haben beide gefühlt, daß er einen unheilvollen Einfluß auf Vater ausgeübt hat.«

»Darin haben wir uns getäuscht, Regi, er hat im Gegenteil Vater aus einer sehr bedrängten Lage gerettet, damals, als er so große Verluste hatte. Vater ist ihm großen Dank schuldig.«

Regi krampfte die Hände zusammen.

»Trotzdem durfte Vater ihm niemals meine Hand zusagen, zum mindesten nicht, ehe er nicht wenigstens mit mir darüber gesprochen hatte.«

»Das wollte Römhild nicht, du solltest es erst erfahren, wenn er längere Zeit fort sein würde. Nur hinreichend zeitig genug sollten wir es dir sagen, damit du dich an den Gedanken gewöhnen könntest, seine Frau zu werden, sobald er von seiner Weltreise zurückkommen würde. Er – er liebt dich sehr und will nur dich zu seiner Frau machen.«

»Aber ich liebe ihn überhaupt nicht – im Gegenteil, er ist mir widerwärtig.«

Mit feuchten Augen und schmerzlichem Blick sah die Mutter zu ihr auf.

»Kind, vergiß doch nicht, daß er Vater geholfen hat.«

Regi seufzte tief auf.

»Ich weiß nicht, Mutter, woran es liegt, daß ich ihm nicht dankbar sein kann. Es ist nicht nur Abscheu, was mich gegen ihn beseelt, nein – auch Furcht, eine unsinnige Furcht habe ich immer vor ihm empfunden. Nun weiß ich, was mir diese Furcht einflößte – sein – ja – sein begehrlicher Blick, sobald er mich ansah. Nein, Mutter, nein, ich kann niemals seine Frau werden, niemals!«

Frau Maria faßte zitternd ihre Hand.

»Regi, du bist nur erschrocken, mache dich nur erst mit diesem Gedanken vertraut. Ihr jungen Mädchen habt immer nur eine phantastische Vorstellung von Liebe und Ehe. In jeder vernünftigen Ehe kommt die Liebe von selbst«, sagte sie gegen ihre Überzeugung.

Regi preßte die Hände aufs Herz.

»Das kann vielleicht möglich sein, wenn eine Frau einen Mann hochachtet, wenn er ihr zum mindesten vor der Ehe sympathisch ist. Römhild ist mir furchtbar unsympathisch, selbst jetzt noch, da ich weiß, daß er Vater nicht, wie ich fürchtete, unheilvoll beeinflußte, sondern ihm sogar geholfen hat. Aus einem edlen Herzen heraus hat er das sicher nicht getan, sondern wahrscheinlich nur, um Vater zu bewegen, ihm meine Hand zuzusagen. Ja, jetzt wird es mir klar: er begehrt mich mit einer unreinen Leidenschaft, und die Ahnung von deren Vorhandensein flößte mir Grauen ein. Nie habe ich eine seiner Blumen in meinem Zimmer dulden mögen, ich kam mir durch seine Aufmerksamkeiten gedemütigt und beleidigt vor. Oh, mein Gott, Mutter, hilf mir doch! *Das* darf Vater doch nicht von mir verlangen, das doch nicht!«

Die Not und Angst, die aus Regis Worten klangen, erschütterten Frau Maria auf das tiefste. Sie barg ihr Gesicht in Regis Händen und flüsterte mit beinahe erstickter Stimme:

»Regi, Vater mußte zustimmen – Römhild zwang ihn dazu – er – er hält Vaters, hält unser aller Schicksal in den Händen.«

Regina schauerte zusammen.

»Dann gnade uns Gott, Mutter! Aber lieber ertrage ich das Schlimmste mit dir und Vater, als daß ich Römhilds Frau werde.«

Angstvoll blickte die Mutter zu ihr empor.

»Regi, es kommt dir zu unerwartet, du kannst dich nicht so schnell mit diesem Gedanken vertraut machen. Bedenke erst in Ruhe alles und sage dir, von deiner Entscheidung hängt nicht allein dein Schicksal, sondern auch das unsere – auch das Gittas ab.«

Regi zuckte zusammen.

»Wieso auch das Gittas? Sie wird Gunter Willbrechts Frau werden, und in seiner Hut ist sie gut aufgehoben. Um Gitta sorge dich nicht.«

»Ach Kind, Gunter Willbrecht wird sich nie um Gitta bewerben, wenn er ahnt, was wir ihm verbergen müssen.«

Regi schüttelte die Mutter ganz verzweifelt an den Schultern.

»Um Gottes willen, was – was müssen wir ihm verbergen? Daß Vater von Römhild wahrscheinlich Geld geliehen hat? Nicht wahr, das ist es doch, womit er Vater in der Hand hat? Aber das wird Gunter Willbrecht nicht bekümmern. Er ist reich, ihm macht das nichts. Er liebt Gitta, und sie liebt ihn wieder, und beide werden gewiß glücklich miteinander werden. Um Gitta brauchst du dich nicht zu sorgen.«

Frau Darland sank ganz zerbrochen in sich zusammen.

»Willst du denn nicht versuchen, dich an den Gedanken zu gewöhnen, Vaters Wort einzulösen? Es muß leider sein, Regi.«

»Nein, Mutter, nein, ich kann es nicht – ich kann es ganz bestimmt nicht«, sagte Regi fest, denn sie dachte daran, was sie Helmut Waldeck geschrieben hatte. Er hatte ihr Wort, daß sie auf ihn warten würde. Und nichts konnte sie bestimmen, dieses zu brechen.

Es klang so viel fester Wille aus ihren Worten, daß die Mutter sich sagte, Regi müsse auch das Schlimmste erfahren, um einzusehen, daß sie sich opfern müsse. Sie faßte der Tochter Hand mit krampfhaftem Druck. »Kind«, sagte sie ganz gebrochen, »da sollst du auch das Letzte erfahren: Römhild hält Vaters Ehre in den Händen. Wirst du nicht seine Frau, so liefert er Vater den Gerichten aus – er wird ins Gefängnis kommen. In seiner Verzweiflung und um uns nicht brotlos und existenzlos zu machen, hat Vater in einer bösen Stunde sich an ihm anvertrauten Mündelgeldern vergriffen, hat damit spekuliert, auf Römhilds Rat und mit dessen Wissen. Die Spekulation schlug fehl – und Vater mußte die von Römhild gebotene Hilfe annehmen. Römhild half aber nur unter der Bedingung, daß Vater ihm deine Hand zusagte, Vater mußte das schriftlich tun. Zugleich mit dem Bekenntnis seiner Schuld. An seinem Hochzeitstag mit dir will Römhild Vater das unselige Schriftstück zurückgeben und seine Schuld streichen. Nun weißt du alles.«

Regi war kraftlos in ihren Sessel zurückgesunken und

starrte die Mutter geisterbleich an. Sie zitterte am ganzen Körper, und nur mühsam drängten sich jetzt die Worte über ihre Lippen:

»Siehst du, ich wußte, ich fühlte es, daß er Vater unheilvoll beeinflußte. Oh, er hat es schlau angefangen, Vater in seine Hand zu bekommen. Armer Vater! Aber – Mutter – liebe Mutter, diesem Menschen könnt ihr mich doch nicht ausliefern?«

Sie stieß die letzten Worte hervor wie einen Schrei höchster Not.

Verzweifelt sah die Mutter sie an.

»Was können wir anders tun, Regi?«

Diese richtete sich mühsam auf.

»Ich weiß nicht, Mutter – ich – bitte – laß mich jetzt auf mein Zimmer gehen. Das alles ist so furchtbar, so entsetzlich – ich vermag es noch nicht zu fassen.«

Wie eine Blinde mit ausgestreckten Händen ging Regi schnell hinaus. Sie mußte allein sein, mußte versuchen, mit sich ins reine zu kommen.

Angstvoll sah ihr die Mutter nach, sie wußte, was sie Regi zugemutet hatte. Wie sie sich aber entscheiden würde, wußte sie noch nicht. Denn sie ahnte ja nicht, daß Regis Herz einem anderen gehörte.

Als ihr Gatte nach Hause kam, berichtete sie ihm weinend von ihrer Unterredung mit Regina. Er sank stöhnend in einen Sessel, und sie mußte nun wieder ihn trösten und aufrichten. Als Gitta eine Weile später kam, merkte sie instinktiv, daß die Eltern wieder Sorgen hatten, und sie bemühte sich daher, sie aufzuheitern. Sie wollte dann Regi herbeiholen, aber die Mutter hielt sie fest.

»Laß Regi in Ruhe, Gitta, sie hat arges Kopfweh und wollte allein sein.«

Gitta ließ also von ihrem Vorhaben ab, aber es erschien ihr seltsam, daß Regi sich wegen eines an sich unbedeutenden Unwohlseins abschloß. Sie kannte es überhaupt nicht, daß Regi von Derartigem geplagt wurde. Als die Schwester auch nicht zu Tisch kam, fühlte sie sich sehr beunruhigt.

»Bitte, Mutti, laß mich nach Regi sehen, sie muß doch ernstlich krank sein, sonst würde sie doch zu Tisch kommen.«

»Laß sie nur in Ruhe«, gebot der Vater rauher, als es sonst seine Art war.

Brigitta sah betroffen vom Vater zur Mutter. Sie fühlte instinktiv, daß hier etwas nicht in Ordnung war. Aber sie schwieg und wollte abwarten, bis sie mit Regina gesprochen hatte, denn sie merkte mit ihrem klugen Sinn, daß mit Regina etwas geschehen war, was die Eltern mit Sorge erfüllte. Wie ein Blitz durchzuckte es sie: sollten die Eltern wirklich dahintergekommen sein, daß Regina an Helmut Waldeck geschrieben hatte?

Erst als Gitta zur Ruhe ging und zu diesem Zweck das mit Regi gemeinsam benutzte Schlafzimmer aufsuchte, sah sie die Schwester wieder und erschrak über deren bleiches, verstörtes Gesicht. Angstvoll umfaßte sie die Schwester.

»Regi, was ist denn nur geschehen?«

Matt wehrte diese ab.

»Es ist nichts, Gitta – bitte frage nicht!«

»Aber um nichts siehst du doch nicht so elend aus! Du hast geweint, lange geweint, das sieht man deinen Augen an. Und Mutti hat auch geweint, und der Vater sieht so vergrämt aus. Sag' mir doch, was es gegeben hat.«

Es zuckte in Regis Gesicht, und als sich Gitta in ihre Arme warf, sagte sie leise:

»Ich will es dir sagen, Gitta, wenn du mich dann nie mehr deswegen ansprechen willst. Versprich mir das.«
»Nun gut, ich verspreche es dir.«
Regi holte tief Atem.
»Also, Mutter hat mir heute gesagt, daß Vater meine Hand Alfred Römhild versprochen hat. Wenn er von seiner Reise zurückkommt, soll ich seine Frau werden. Du kannst dir denken, wie mich das getroffen hat.«
Gitta war sehr blaß geworden.
»Aber Regi, daran ist doch gar nicht zu denken, wie konnte Vater das tun?«
»Römhild hat ihm einmal einen großen Dienst erwiesen. Und da versprach er ihm seine Tochter zur Frau«, erwiderte Regi heiser.
»Aber – du liebst doch Helmut Waldeck! Und überhaupt, Römhild ist doch ein gräßlicher Mensch. Niemals darfst du den heiraten.«
Leise strich Regi über Gittas Haar.
»Ich würde viel lieber sterben, Gitta, als mich Römhild für das Leben überlassen. Aber nun halte dein Versprechen; wir wollen nicht mehr darüber reden.«
»Darf ich dich auch nicht trösten?«
»Es ist besser, ich werde ganz allein damit fertig. Und nun wollen wir zur Ruhe gehen.«
Aber schlafen konnte Regi in dieser Nacht nicht. Auch die Eltern konnten es nicht. Nur Gitta schlief ein, freilich auch erst nach langer Zeit.

John Highmont hatte wirklich die Reise nach Hawaii angetreten und in Honolulu im Hotel Royal Wohnung genommen. Da an allen möglichen wirklichen und eingebildeten Krankheiten leidende Amerikaner gern Kuraufenthalt in

Honolulu nehmen, fehlte es nicht an dem nötigen Komfort. John Highmont hatte ein geräumiges Appartement im Royal-Hotel gemietet. Gleich nach seiner Ankunft war sein Sekretär mit dem Auftrage in die Stadt entlassen, in allen Hotels herumzufragen, ob ein Herr Römhild Zimmer für die nächste Zeit bestellt habe. Und Mister Smith brauchte nicht weit zu gehen, er erfuhr in demselben Hotel, das sein Herr bewohnte, daß für die Ankunft des nächsten Dampfers von Japan für Herrn Alfred Römhild und seinen Diener Zimmer bestellt worden seien, und zwar telegraphisch, und daß man für den Erwarteten Zimmer auf derselben Etage reserviert habe, die John Highmont bewohnte.

Befriedigt vernahm John Highmont diese Kunde.

Er hatte die Seereise sehr gut überstanden, und mit einer Frische, wie er sie lange nicht mehr gezeigt hatte, sagte er zu seinem Sekretär:

»Lieber Smith, diesen Mister Römhild muß ich unbedingt kennenlernen. Ich habe in einer Zeitung gelesen, daß er in Australien phänomenale Goldfelder gekauft und eine Aktiengesellschaft zu deren Ausbeutung gegründet hat. Ich möchte irgendwie Fühlung mit ihm nehmen, ohne daß er einen besonderen Grund dahinter sucht. Sie helfen mit, das zu arrangieren.«

Mister Smith verbeugte sich. Er hatte keine Ahnung, daß Mister Highmont auch ihm gegenüber einen Vorwand erfunden hatte, der bemänteln sollte, daß ihm an der Bekanntschaft mit Römhild viel gelegen sei. John Highmont hatte vor, nicht nur die Heimreise mit Römhild anzutreten, sondern ihn auch in Kalifornien in sein Haus einzuladen. Dies alles lediglich aus dem Grunde, um Helmut kennenlernen zu können. Nur daraufkam es ihm an. Helmut sollte eine Zeitlang von ihm beobachtet werden, ehe er sich ihm als seinen Onkel zu erkennen gab.

Es dauerte immerhin noch eine Woche, bis der Dampfer eintraf, mit dem Römhild erwartet wurde. John Highmont wäre am liebsten zur Anlegestelle gegangen, aber er vermochte sich doch zu bezwingen und postierte sich nur auf der Terrasse des Hotels, um die ankommenden Gäste sehen zu können.

Er brauchte nicht lange nach Helmut zu suchen. Römhild war der einzige Passagier des Dampfers, der im gleichen Hotel abstieg, und John Highmont erkannte sowohl ihn als auch seinen Neffen nach der Photographie, die er von beiden besaß. Er blieb ganz still sitzen und sah dem jungen Manne entgegen, der seine schlichte Dienerlivree trug und sich um das Gepäck seines Herrn kümmerte, ohne viel auf die Menschen zu achten, die sich mit Highmont auf der Terrasse befanden. Mr. Smith saß neben seinem Herrn, und dieser flüsterte ihm zu:

»Dies ist der bewußte Mr. Römhild, Mr. Smith!«

»All right, Mr. Highmont!« erwiderte der Sekretär und sah scharf zu Römhild hinüber. Dabei streiften seine Augen aber auch dessen Diener, und unwillkürlich richtete sich Mister Smith interessiert empor. Es fiel ihm an diesem Diener eine Ähnlichkeit auf, er wußte nur nicht, mit wem. Der Eindruck verwischte sich jedoch schnell wieder, und er wandte sein volles Interesse wiederum Römhild zu, der ihm freilich nicht sehr sympathisch erschien. Aber danach ging es nicht, er hatte den Auftrag, irgendwie auf unverfängliche Weise die Bekanntschaft zwischen seinem Herrn und jenem zu vermitteln, und somit mußte das möglich gemacht werden.

Römhild ahnte nichts von dem Interesse, das die beiden

Herren ihm entgegenbrachten. Noch weniger ahnte Helmut, daß das Interesse des hochgewachsenen grauhaarigen Herrn ihm galt. Einen Moment freilich blieb Helmuts Blick auf Mr. Highmont ruhen, weil ihn dessen Gesicht irgendwie interessierte. Aber dann wurde er so stark von seinem Herrn in Anspruch genommen, daß er auf nichts weiter achtete als auf diesen. John Highmonts Augen flogen aufleuchtend hinter Helmut her. Wahrlich, wenn dieser junge Mann nicht die Dienerlivree getragen hätte, so hätte man ihn für den Herrn und seinen Herrn für den Diener halten müssen. Mit Wohlgefallen sah John Highmont, wie elastisch und sicher Helmut ausschritt, wie er seinen wohltrainierten Körper in der Gewalt hatte. Und sein Gesicht hatte edle Züge und zeugte von Intelligenz und großen Geistesgaben. John Highmonts Herz klopfte laut und stark. Er hatte sogleich festgestellt, wie sehr Helmut seinem verstorbenen Sohne glich. Sie hätten Brüder sein können. Und auch ihm selbst sah er ein wenig ähnlich. Mr. Smith hatte diese Ähnlichkeit auch schon bemerkt, es war ihm nur nicht klargeworden, daß der Diener dieses Mr. Römhild dem verstorbenen Sohn seines Chefs ähnelte. Mr. Smith hätte es wohl auch despektierlich gefunden, bei einem Diener eine Ähnlichkeit mit dem Sohn seines Chefs zu konstatieren.

Helmut packte schnell und gewandt die Sachen seines Herrn aus und sorgte wie immer tunlichst für dessen Behaglichkeit. Römhild war sehr schlechter Laune und nörgelte an allem herum. Helmut ließ sich dadurch nicht im geringsten stören. Er war es ja gewohnt, daß sein Herr launisch und unbeherrscht war, und er hatte jetzt nur den einen Gedanken, so schnell wie möglich seine Pflicht zu erfüllen, damit er zum nächsten Postamt gehen und nach postlagernden Sendungen für sich fragen konnte. Daß dies bald geschehen würde, wußte er genau, denn sein Herr pflegte ihn nach Ankunft in einem neuen Ort so gut wie immer fast unverzüglich zum nächstgelegenen Postamt zu schicken.

Heute trieb Römhild ihn gar noch besonders zur Eile, weil er wichtige Berichte seitens der neu gegründeten Aktiengesellschaft in Australien erwartete.

So konnte Helmut schon etwa zwei Stunden nach der Ankunft des Dampfers zur Post gehen. Nachdem ihm ein Paket Briefe für seinen Herrn ausgehändigt war, fragte er nach Eingängen für sich selbst. Er erhielt zwei Briefe, einen mit dem Firmenaufdruck der Berliner Zeitung, der andere – wie hart und laut klopfte sein Herz – ja, der trug die Schriftzüge einer Damenhand, die ihm bekannt war durch gelegentliche Postkartengrüße. Ja, es war der heißersehnte Brief von Regina Darland! Er steckte das Schreiben der Zeitung zu sich. Die Briefe seines Herrn hatte er schon in einer dazu bestimmten Aktenmappe verstaut, die er unter den Arm klemmte. Und dann zog er sich in einen Winkel des Postamtes zurück und öffnete Reginas Brief. Er konnte nicht warten, bis er wieder im Hotel war und wahrscheinlich gleich wieder von seinem Herrn mit Beschlag belegt wurde.

Mit etwas unsicheren Händen faltete er den Bogen auseinander und las:

»Mein lieber Herr Waldeck!

Ihren Brief und Ihr Bild vom Eingang des Felsentempels habe ich durch Vermittlung meiner Schwester erhalten. Ich war erst sehr erschrocken, als mir Gitta eröffnete, daß sie Ihnen mein Photo schicken wollte, nebst einem Briefe von sich, in dem sie Ihnen freistellte, ihr unter ihrer postlagernden Adresse Antwort zu senden. Gitta ist viel unternehmender als ich und glaubte, daß es Ihnen eine kleine Freude machen würde, ein Bild von mir zu besitzen. Nachdem ihr Brief an Sie mit der Einlage fort war, hatte ich große Sorge, wie Sie das auffassen würden – aber jetzt habe ich Ihre Antwort erhalten und – nun bin ich ruhig – und – sehr froh und glücklich. Ich danke Ihnen für jedes Wort, das Sie mir geschrieben haben, und kann Ihnen darauf nur eines antworten: ich werde auf Sie warten und werde mit jedem Lose, das Sie mir zu bieten haben, zufrieden sein. Das sollen Sie wissen. Sie sollen ganz ruhig und meiner sicher sein. Weiter brauche ich Ihnen nichts zu sagen, nicht wahr? Alles, was noch zu sagen wäre, wollen wir uns sagen, wenn wir uns einst wiedersehen. Gott möge mit Ihnen sein auf allen Wegen und Sie vor allen Gefahren beschützen. Und – wenn Sie zuweilen einige Zeilen an die postlagernde Adresse meiner Schwester senden wollen, werde ich sehr glücklich sein, immer zu wissen, wie es Ihnen geht. Meine Schwester läßt Sie herzlich grüßen, sie ist sehr stolz darauf, Ihnen und mir einen Weg zur Verständigung gebahnt zu haben. Sie dürfen es nicht mißverstehen, daß ich ein Geheimnis vor meinen Eltern habe, es fällt mir schwer, denn ich bin derartige Heimlichkeiten nicht gewöhnt. Aber meine Eltern haben anscheinend sehr viele Sorgen. Ich merke das an ihrer steten Bedrücktheit, und ich will ihre Sorgen nicht noch vermehren. Es ist Zeit genug, wenn sie erfahren, wie wir zusammenstehen, wenn Sie erst wieder zurück sind. Etwas Unrechtes tue ich ja nicht. Nun brauche ich Ihnen nichts mehr zu sagen, mein lieber Herr Waldeck; nur eines noch –

das Leben, das Sie mir erhielten, gehört Ihnen, es hat nur noch Wert für mich, soweit ich es Ihnen schenken kann.

Gott mit Ihnen! Herzinnige Grüße!

Ihre Regina Darland.«

Ach, wie war Helmuts Herz voll Sonne und Licht, nachdem er diesen Brief gelesen hatte! Schnell zog er Regis Bild hervor und sah sich noch einmal satt an den geliebten Zügen. Er sprach leise, zärtliche Worte mit dem Bilde, als hätte er Regina selber vor sich. Aufatmend steckte er Brief und Bild zu sich und mußte dabei denken, was wohl Römhild dazu sagen würde, wüßte er, was seine Brieftasche barg. Aber Römhild fürchtete er nicht mehr. Nur war er nicht sicher, ob Regis Eltern zufrieden sein würden mit dem bescheidenen Lose, das er ihrer Tochter zu bieten vermochte, wenn er Karl Darland von seinem Peiniger befreit hatte. Aber – er fühlte so viel Kraft in sich, sein Leben in einen sicheren Hafen zu steuern, in dem auch Regina geborgen sein würde. Am Abend dieses Tages, als er von seinem Herrn entlassen worden war, beantwortete er sogleich Reginas Brief, und diesmal schrieb er ihr nicht so beherrscht und gehalten wie sonst. Diesmal ließ er sein heißes Fühlen ausströmen und machte kein Hehl aus seiner Glückseligkeit über ihren Gruß. Keine Ahnung kam ihm, daß inzwischen Reginas Leben von düsteren Schatten bedroht war, daß sie schon bereut hatte, ihm diesen Brief geschrieben zu haben, der ihr Versprechen enthielt, auf ihn zu warten und ihm ihr Leben zu eigen zu geben.

Nichts konnte Helmut in diesen Tagen aus seiner inneren Glückseligkeit reißen, immer wieder las er Regis Zeilen, vertiefte sich in die Züge ihres süßen Gesichts und sprach, sobald er allein war, leise und zärtlich mit dem Bilde.

Aber dabei versäumte er keine seiner Pflichten als Diener und als Berichterstatter. Jetzt mußte er Geld verdienen, mußte alles tun, um sich eine feste Existenz zu gründen. Er hatte ja schon die bindende Zusage seiner Zeitung, ihn als ständigen Mitarbeiter zu verpflichten. Man stellte es ihm nun im letzten Schreiben anheim, noch mehr Reisefeuilletons zu schreiben als bisher. Man wollte zwar auch jetzt nur jede Woche eines davon bringen, aber man war ja nicht an die Zeit gebunden und konnte die Feuilletons länger hinausschieben. So durfte Helmut also noch fleißiger sein als bisher und freute sich, daß sein Bankkonto erheblich dadurch anwachsen würde.

Inzwischen hatte Römhild schon durch das geschickte Eingreifen Mr. Smiths die Bekanntschaft John Highmonts gemacht. Die Persönlichkeit des reichen Kaliforniers imponierte Römhild sehr, und er bildete sich viel darauf ein, daß dieser bedeutende Mann sich so intensiv mit ihm beschäftigte.

Er sprach im Laufe der Unterhaltung von seinen Goldfeldern in Australien, und John Highmont heuchelte großes Interesse daran, wie er auch anscheinend interessiert lauschte, wenn Römhild Reiseabenteuer zum besten gab. Zwar erkannte John Highmont schnell, ein wie wertloser Mensch Römhild war, aber ihm sollte er ja nur als Mittel zum Zweck dienen. Er entzückte Römhild durch seine große Liebenswürdigkeit, und es währte nicht lange, da hatte Römhild schon eine Einladung nach Schloß Highmont in der Tasche. Sobald er nach Kalifornien kam, sollte er dort längeren Aufenthalt nehmen.

Römhild war sehr geschmeichelt und vor allen Dingen

hochbeglückt darüber, daß Mr. Highmont ein so gutes Deutsch sprach. Dieser hatte sich zwar nicht als Deutscher zu erkennen gegeben, aber er sagte, er stehe viel mit deutschen Firmen in Verbindung. So konnte Römhild sich endlich wieder einmal in deutscher Sprache unterhalten, und so interessiert und aufmerksam wie John Highmont hatte noch selten ein Mensch auf seine Berichte gelauscht. Selbstverständlich schilderte Römhild seine Reiseerlebnisse immer so, daß er die Heldenrolle darin spielte. Aber John Highmont durchschaute ihn und brachte auf diese Weise unschwer heraus, daß sein Neffe viel mehr als Held aufgetreten war als sein Herr. Mit keinem Wort aber verriet John Highmont sein Interesse an Helmut, und so bildete sich Römhild ein, daß er eine dem Kalifornier fabelhaft imponierende Persönlichkeit sei.

Selbstverständlich machte er John Highmont den Vorschlag, dessen Konserven in Deutschland zu vertreten. Dieser erwiderte darauf lächelnd:

»Ich habe mich ganz von den Geschäften zurückgezogen und bin momentan nicht orientiert, welche Abkommen mit deutschen Vertretern getroffen sind. Selbstverständlich werden unsere Erzeugnisse auch in Deutschland viel verbraucht, aber, wie gesagt, über diesen Punkt müssen Sie sich mit unseren Direktoren unterhalten. Ich werde Sie gern in unsern Betrieb Einsicht nehmen lassen. Er ist groß genug, um auch Ihnen einiges Interesse abzunötigen.«

»Oh, was das anbetrifft, ich interessiere mich für jede Art von Geschäften. Ich werde mich gern umsehen, wenn Sie es mir gestatten wollen.«

»Selbstverständlich! Ich fühle, daß Sie ein bedeutender

Geschäftsmann sind, und für solche haben wir stets ein offenes Ohr.«

Römhild protzte Helmut gegenüber in seiner plumpen Art alsbald damit, in wie vertraulicher Weise John Highmont, der reiche Kalifornier, mit ihm verkehre. Helmut konnte sich das kaum vorstellen, sagte sich aber, daß Römhild sich diese Vorliebe nur einbilden müsse, oder daß Mr. Highmont besondere Zwecke damit verfolge. Jedenfalls interessierte John Highmont Helmut sehr. Er bewunderte dessen fabelhaft vornehme und imposante Persönlichkeit und ahnte nicht, daß dieser Mann sich nur aus dem Grunde mit Römhild befaßte, weil er dessen Diener war.

Eines Tages traf John Highmont mit Helmut, zufällig oder beabsichtigt, am Meeresstrande zusammen, als Helmut gerade mit Aufnahmen für seine Zeitung beschäftigt war. Wie ein müßiger Neugieriger blieb John Highmont neben Helmut stehen und sah ihm eine Weile zu. Dann sagte er:

»Sie scheinen es vortrefflich zu verstehen, mit dem photographischen Apparat umzugehen.«

Helmut wurde ein wenig verlegen.

»Ich gebe mir viel Mühe, gute Aufnahmen zu machen, Mr Highmont.«

»Sie sind doch der Diener von Mr. Römhild, nicht wahr?«

Helmut verneigte sich artig.

»So ist es, Mr. Highmont.«

»Nun, da Mr. Römhild in Kalifornien einige Wochen mein Gast sein wird, können Sie in Schloß Highmont auch Aufnahmen machen.«

Helmuts Augen strahlten.

»Wenn Sie mir das gestatten würden, Mr. Highmont, wäre ich Ihnen sehr dankbar.«

»Selbstverständlich – ich bin nämlich selber ein begeisterter Amateurphotograph, aber mit wenig Geschick und geringen Erfolgen. Es gibt aber bei mir genug interessante Motive. Sie haben wohl viele Aufnahmen auf Ihren Reisen gemacht? Wie mir Ihr Herr erzählte, haben Sie außer Amerika alle Erdteile bereist.«

Helmut fand es fabelhaft, daß dieser reiche Mann sich so freundlich mit einem schlichten Diener unterhielt, gar nicht, als stehe dieser auf einer andern gesellschaftlichen Stufe. »Das ist eben Amerika«, dachte er bei sich. Aber jedenfalls hegte er eine große Sympathie und Hochachtung für diesen Mann, dem man in allem den großen Herrn anmerkte. Seine Art, sich mit ihm zu unterhalten, war bei aller Freundlichkeit weit entfernt von Römhilds unangebrachten Vertraulichkeiten.

»So ist es, Mr. Highmont, mein Herr hat vor, um die ganze Welt zu reisen, und wir sind bereits siebzehn Monate unterwegs. Ich habe allerdings eine große Anzahl Aufnahmen gemacht.«

»Hm! Es würde mich sehr freuen, könnte ich diese Aufnahmen einmal sehen. Würden Sie mir einen Einblick gestatten?«

»Gern, Mr. Highmont, wenn Sie sich damit befassen wollen. Darf ich sie Ihrem Diener übergeben, damit dieser sie auf Ihr Zimmer bringt? Sie haben dann Muße, sie durchzusehen.«

»Sehr freundlich von Ihnen, aber offen gestanden, es wäre mir lieber, wenn Sie dabei wären und mir die nötigen Erklärungen geben könnten. Ich werde Ihren Herrn darum bitten, Sie zu diesem Zweck für einige Stunden zu beurlauben. Eventuell stelle ich ihm meinen Diener so lange zur Verfügung, denn ich möchte nicht, daß Sie Ihre sicher sehr seltenen Freistunden dazu benützen.«

Helmut verneigte sich unwillkürlich, wie sich ein Herr aus der guten Gesellschaft in solcher Situation verneigt hätte, und Mr. Highmont sagte lächelnd:

»Mir scheint, als paßten Sie recht wenig für die Stellung, die Sie jetzt einnehmen.«

Helmuts Stirn rötete sich jäh.

»Ich verstehe nicht ganz, wie Sie das meinen, Mr. Highmont.«

Dieser merkte Helmuts Verlegenheit und wollte diese nicht noch mehr steigern. So sagte er nur:

»Ich meine, daß Sie ein sehr gewandter Diener mit ausgezeichneten Manieren sind. Sicherlich waren Sie früher in sehr guten Häusern tätig.«

Wieder wurde Helmut rot.

»Man lernt viel auf Reisen«, sagte er, so ruhig er es vermochte.

»Wenn man die Augen offenhält, gewiß. Aber ich will Sie jetzt nicht länger stören. Sie wollen sicher noch diese Gruppe von Mischlingsfrauen aufnehmen, die mit ihren Aloha-Kränzen die Fremden an den Dampfern erwarten. Eine hübsche Sitte, dies Begrüßen der Gäste zum Willkommen mit Kränzen, wenn sie auch nur geübt wird, um die üblichen fünf Cents dafür einzuheimsen.«

»Der Fortschritt der Kultur, Mr. Highmont! Früher forderte die Sitte vermutlich kein Entgelt, wie man früher zweifelsohne keine Autos und keine Motorboote hier benutzte. Ich hatte mir diese Inseln idyllischer vorgestellt und war sehr überrascht, hier einen richtigen Großstadtbetrieb zu sehen. Aber immerhin, hier am Strande sieht man manches Idyll, das ich gern festhalten möchte. Gestern habe ich die Wellenreiter in der Waiki-Bucht aufgenommen, schade, daß man die Farben nicht auf die Photos zaubern kann. Das Meer leuchtete hellgrün mit blauen Streifen, und die Beach-girls und die Beach-boys bevölkerten den Strand wahrscheinlich genauso wie in alten Zeiten, als die Polynesier sich noch nicht so viel mit amerikanischen Rassen aller Art vermischt hatten.«

Helmut hatte sich fortreißen lassen und für eine Weile vergessen, daß er der Diener Alfred Römhilds war und mit einem Bekannten seines Herrn sprach.

Um Mr. Highmonts Lippen zuckte es wie feiner Humor.

»Sie scheinen ein sehr kluger und nachdenklicher Mensch zu sein.«

»Verzeihung, Mr. Highmont, ich will nicht lästig fallen.«

»Absolut nicht, ich plaudere gern mit klugen Menschen, ganz gleich, welcher Sphäre sie entstammen. Also, Sie bringen mir Ihre Aufnahmen, und ich bespreche mit Ihrem Herrn, wann er Sie mir einige Stunden überlassen kann.«

Diesmal machte Helmut eine ganz dienerhafte Verbeugung, und Mr. Highmont ging freundlich grüßend davon. Helmut sah ihm nach, seltsam angezogen von diesem alten Herrn, und dachte:

»Wenn man so einen Gebieter hätte!«

Und dann ging er eifrig wieder an seine Arbeit, um möglichst viele interessante Aufnahmen machen zu können. Er nahm später auch noch eine der primitiven Einwohnerhütten auf, die aber kaum noch bewohnt waren und den zahlreichen die Insel besuchenden Fremden nur gezeigt wurden, um ihnen etwas vorzutäuschen.

So geht es ja mit den meisten früher unzugänglichen Ländern, die mit der Kultur ins Land gekommenen Autos zerstören jede Idylle. Davon bekam Helmut gleich wieder ein kleines Beispiel, als ein Auto ihn fast überfahren hätte. Er mußte lachen, als er hastig beiseite sprang:

»Das wäre wirklich ein unrühmlicher Tod gewesen, wäre ich ausgerechnet auf einer Hawaii-Insel unter ein Auto gekommen. So was darf einem doch nicht mal in Berlin passieren«, sagte er vor sich hin.

Und dann beeilte er sich, nach dem Royal-Hotel zurückzukommen, denn um diese Zeit erwartete Römhild ihn, und wehe ihm, wenn dieser nur eine Minute hätte auf ihn warten müssen.

Mr. Highmont hatte es so eingerichtet, daß er die offiziellen Mahlzeiten in Römhilds Gesellschaft einnahm. Das geschah allerdings nicht, um mit ihm Zusammensein zu können, sondern um immer mehr Gelegenheit zu haben, durch Römhild auch Helmut näherzukommen. Und während er heute mit dem Berliner beim Dinner saß, sagte er lächelnd:

»Ich habe heute Ihren Diener beobachtet, wie er photographische Aufnahmen am Strande machte.«

»Ja, das ist seine Leidenschaft, er photographiert alles, was nicht niet- und nagelfest ist«, erwiderte Römhild lachend.

Dieses Lachen ging Mr. Highmont jedesmal auf die Nerven, denn es verriet sehr viel von Römhilds niedriger Gesinnungsart.

»Er scheint viel Geschick zu haben, überhaupt sind Sie um diesen Diener zu beneiden, er ist in der Tat erstklassig.«

Ein eitles Lächeln erschien um Römhilds dicklippigen Mund. Er hatte es gern, wenn eine Sache, die ihm gehörte, von andern bewundert wurde. Sein Diener war für ihn auch nur eine Sache.

»Ja, das ist er; ehe er zu mir kam, diente er in einem sehr vornehmen Hause. Er war Diener des Kammerherrn eines Hohenzollernprinzen, eines Grafen Reichenau.«

John Highmont stutzte ein wenig. Graf Reichenau? Das war doch der zweite Mann seiner Schwester Nora gewesen. Es ging ihm ein Licht auf; sicherlich hatte Helmut keine Zeugnisse als Diener gehabt und darum den Grafen Reichenau als Referenz angegeben. Er mußte ein wenig lachen.

»So, so, dann war er jedenfalls in einem sehr feudalen Hause.«

Römhild nickte selbstgefällig, als sei er dadurch auch zu einer gewissen Feudalität gekommen. Ihm schien, als habe er dem reichen Kalifornier mit seinem vornehmen Diener gewaltig imponiert.

»Ja, ja, und ich bin auch sehr zufrieden mit ihm.«

»Das kann ich mir denken. Ich sprach einige Worte mit ihm, weil ich selbst ein begeisterter Amateurphotograph bin. Sie haben mir schon so viel Interessantes von Ihren Reisen erzählt, daß ich ihn fragte, ob er unterwegs viele Aufnahmen gemacht habe. Er bejahte das, und es wäre mir sehr willkommen, könnte ich seine Aufnahmen einmal sehen. Er erwiderte mir auf meine dahingehende Anfrage, daß er sie mir nur zeigen könne, wenn sein Herr das gestatte und ihm solange Urlaub geben würde. Ich wende mich daher gleich an Sie, und zwar mit der Bitte, mir Ihren Diener einige Stunden zu diesem Zweck zu überlassen. Solange Sie ihn entbehren müssen, stelle ich Ihnen gern den meinen zur Verfügung.«

Römhild fühlte sich wiederum sehr geschmeichelt.

»Selbstverständlich, Mr. Highmont. Sie brauchen nur zu bestimmen, wann er zu Ihnen kommen soll.«

»Wann können Sie Ihn am besten entbehren?«

»Gleich nachdem ich zum Frühstück angekleidet bin.«

»Gut, so darf ich bitten, daß Sie ihn mir morgen vormittag in meine Zimmer hinüber senden. Ein Diener von mir wird sich Ihnen gleichzeitig zur Verfügung halten. Ich habe Ihrem Helmut bereits gesagt, daß er in Schloß Highmont ebenfalls nach Belieben Aufnahmen machen kann.«

Römhild verbeugte sich. Er sah darin nur eine Gefälligkeit, die ihm erwiesen wurde.

»Sehr liebenswürdig, Mr. Highmont. Das kann er sich in der Tat zur Ehre anrechnen.«

So hatte John Highmont erreicht, was er hatte erreichen wollen. Er würde morgen vormittag Helmut stundenlang bei sich haben und somit in der Lage sein, ihn ohne Zeugen zu sprechen. Das war eine gute Gelegenheit, etwas tiefer schürfen zu können, um ihn besser kennenzulernen.

Am andern Vormittage, kurz nach zehn Uhr, stand Helmut mit seinen zahlreichen Photos vor Mr. Highmont. Dieser saß am Schreibtisch und nickte ihm freundlich zu.

»Bitte, nehmen Sie Platz«, sagte er, auf einen Sessel neben dem Schreibtisch deutend.

Helmut zögerte, er wußte nicht, ob er als Diener dieser Aufforderung Folge leisten durfte.

»Ich kann ja stehen, Mr. Highmont.«

»Ausgeschlossen, ich denke doch, wir werden einige Stunden Zeit haben, Mr. Römhild hat mir das versprochen. Sagte er Ihnen nichts davon?«

Ein schwaches Lächeln huschte um Helmuts Mund.

»Ja, aber er hat mir auch gesagt, ich solle mich so aufführen, daß er Ehre mit mir einlege.«

Humorvoll sah John Highmont zu ihm auf.

»Nun, daran braucht Mr. Römhild nicht zu zweifeln, ich bin überzeugt, daß er immer und überall Ehre mit Ihnen einlegen wird. Sie dürfen sich ruhig setzen, in Amerika macht man keinen Unterschied zwischen Herr und Diener, solange der letztere nicht im Amt ist. Für mich sind Sie ein liebenswürdiger junger Mann, der mir seine sicherlich sehr interessanten Aufnahmen zeigen will, wofür ich Ihnen dankbar sein werde. Also, bitte, setzen Sie sich – hier sind Zigarren – Zigaretten. Bedienen Sie sich.«

Helmut ließ sich daraufhin in dem Sessel nieder, dankte jedoch für das Rauchzeug. Er packte seine Aufnahmen aus. Sie waren der Reihe nach geordnet, so wie er sie aufgenommen hatte. Eine nach der anderen legte er vor John Highmont hin und gab ihm die nötigen Erklärungen dazu. Manche dieser Aufnahmen hatte John Highmont schon als Illustration zu Helmuts Reisefeuilletons gesehen. Hier wirkten sie allerdings schärfer und deutlicher, zumal John Highmont sie durch eine Lupe betrachtete.

So kamen die beiden Herren ins Plaudern, und beide vergaßen nach und nach den Standesunterschied. Helmut plauderte leicht und unbefangen wie mit seinesgleichen, denn John Highmont verstand es, ihm die Zunge zu lösen. Nach einer Weile ließ er auch für sich und Helmut eine Erfrischung bringen. Dann, als sie wieder allein waren, sagte er plötzlich:

»Offen gesagt, Sie gefallen mir sehr. Würden Sie nicht Lust haben, im meine Dienste zu treten?«

Helmut sah ihn betroffen an. Dann erwiderte er:

»Verzeihen Sie, Mr. Highmont, ich habe mit meinem Herrn einen Vertrag abgeschlossen und bin noch auf sieben Monate gebunden.«

»Nun, Verträge kann man lösen.«

»Verträge vielleicht, aber ich habe meinem Herrn mein Wort gegeben, ihn während der ganzen Reise zu begleiten.«

John Highmont gefiel diese Auffassung sehr. Aber er prüfte Helmut weiter.

»Sie könnten bei mir eine viel günstigere Stellung einnehmen.«

Helmut richtete sich hoch.

»Verzeihung, Mr. Highmont, aber bei uns gilt es nicht als ganz fair, würde ein Gentleman dem andern einen Diener abspenstig machen.«

Nun lachte John Highmont und nickte ihm freundlich zu.

»Bravo! Sie gefallen mir immer besser.«

»Ich wollte Sie nicht zurechtweisen, Mr. Highmont, sondern nur erklären, daß in Deutschland in manchen Dingen andere Sitten herrschen als in Amerika.«

»So habe ich es auch aufgefaßt. Aber weil Sie mir so gut gefallen, werde ich mit Mr. Römhild sprechen, vielleicht überläßt er Sie mir, wenn ich ihm einen passenden Ersatz stelle.«

»Auch dann müßte ich darauf verzichten, in Ihre Dienste zu treten. Ich will ganz offen sein, Mr. Highmont; wenn ich meine Stellung bei Herrn Römhild aufgebe, werde ich keine Dienerstelle wieder annehmen.«

»Ach, das interessiert mich, ich – nun ja – ich hatte auch eigentlich nicht vor, Sie als Diener zu engagieren. Ich merke längst schon, daß Sie zu einem solchen Posten nicht taugen – vor allen Dingen nicht bei einem Mr. Römhild.«

Helmut bedauerte, daß er diesen Mann, dem er so viel Sympathie entgegenbrachte, auf einigen Taktlosigkeiten ertappen mußte. Aber er sagte sich zu seiner Entschuldigung: Das ist eben Amerika, wo anscheinend keiner auf den andern Rücksicht nimmt. Er antwortete ruhig:

»Wenn man gezwungen ist, sein Brot zu verdienen, kann

man sich seine Brotgeber nicht aussuchen. Wenn Sie aber mit Ihren Worten eine Kritik an meinem Herrn üben wollen, darf ich das nicht anhören. Ich bitte Sie, davon in meiner Gegenwart abzusehen.«

Wieder schmunzelte John Highmont über diese Zurechtweisung.

»Abermals bravo, junger Mann! Sie gefallen mir immer besser. Verzeihen Sie, ich wollte Sie mit all meinen scheinbar taktlosen Worten nur ein wenig auf die Probe stellen, denn ich habe die Hoffnung noch nicht aufgegeben, daß ich Sie eines Tages doch bewegen kann, in mein Haus zu kommen, wenn ich Ihnen nur die entsprechende Stellung geben kann.«

»Sie sind sehr gütig, Mr. Highmont, und ich betrachte es als eine Auszeichnung, daß Sie ein so großes Interesse für mich an den Tag legen. Ich unterschätze das ganz gewiß nicht. Vor nicht sehr langer Zeit wäre mir Ihr Anerbieten als ein großes Glück erschienen. Ich will damit nicht sagen, daß ich das Interesse einer so prominenten Persönlichkeit, wie Sie es sind, nicht auch heute noch als ein großes Glück betrachte. Sobald ich meine Stellung bei Herrn Römhild aufgebe, werde ich mir eine neue Existenz gründen müssen. Wenn es nicht sehr unbescheiden ist, bitte ich Sie, mich dann vielleicht einmal bei Ihnen melden zu dürfen. Ein Mann wie Sie wird vielleicht auch einen Menschen gebrauchen können, der arbeiten will und arbeiten kann, wenn ihn auch das Schicksal zeitweise auf eine falsche Bahn gewiesen hat.«

John Highmont nickte ihm ernst zu.

»Mein Wort, ich werde Ihnen eine Stelle offenhalten, die Ihnen ganz bestimmt zusagen wird.«

»Wenn es Ihnen leichter fällt, Mr. Highmont, können

wir uns auch in englischer Sprache unterhalten, ich beherrsche sie vollständig.«

»Nein, nein, danke, ich übe mich ganz gern in der deutschen Sprache.«

»Sie beherrschen sie allerdings vollkommen.«

John Highmont ging nicht darauf ein und sagte ablenkend:

»Sie waren als Diener bei einem Grafen Reichenau in Stellung, ehe Mr. Römhild Sie engagierte?«

Helmuts Gesicht erblaßte. Wenn es jetzt um sein Leben gegangen wäre, er hätte John Highmonts großen ernsten Augen gegenüber nicht lügen können. Nach einigem Zögern sagte er halblaut:

»Ich lebte allerdings im Hause des Grafen Reichenau, aber – in einer anderen Eigenschaft. Nicht als Diener. Ich bitte Sie, Mr. Highmont, diese Erklärung als eine vertrauliche zu betrachten und diskret zu behandeln. Ich mag Ihnen keine Unwahrheit sagen, auch nicht, falls ich dadurch Unannehmlichkeiten mit meinem Herrn haben würde. Ich war nie vorher als Diener in Stellung. Ich habe vielmehr vorher fünf Semester auf der Hochschule in Charlottenburg studiert und wollte Ingenieur werden. Die Inflation brachte meinen Stiefvater, der mir dies Studium ermöglichen wollte, um sein gesamtes Privatvermögen. Als er starb, war meine Mutter nur auf eine kleine Pension angewiesen, und mit dem Tode meiner Mutter fiel auch diese fort. So konnte ich mein Studium nicht fortsetzen, suchte verzweifelt nach einer andern Existenz, ohne Erfolg und – nahm schließlich, um nicht zu verhungern, die Dienerstelle bei Herrn Römhild an. Dabei habe ich mich fälschlich als ehemaligen Diener meines Stiefvaters ausgegeben, denn ich traute mir zu, den Posten eines solchen gut ausfüllen zu können. Ich bitte Sie, meinem Herrn nichts davon zu sagen. Ich hoffe, er ist zufrieden mit mir.«

John Highmont mußte seine Bewegung erst niederkämpfen.

»Sie sollen niemals bereuen, mir die Wahrheit gesagt zu haben. Kein Wort über das, was wir hier sprechen, wird Ihr Herr jemals erfahren. Aber – wenn Sie sagen, daß Sie sich als Diener Ihres Stiefvaters ausgaben – war denn Graf Reichenau Ihr Stiefvater?«

»Ja, Mr. Highmont, und ich bin in Wahrheit ein Freiherr von Waldeck, habe aber diesen Titel abgelegt, als ich bei Herrn Römhild in Dienst trat.«

»Fiel Ihnen das nicht schwer?«

Helmut lächelte.

»Ich habe nie viel Gewicht auf diesen angeborenen und nicht selbsterworbenen Titel gelegt.«

Wieder mußte John Highmont seine Bewegung niederkämpfen. Art von meiner Art, dachte er befriedigt, und Helmut wuchs ihm immer mehr ans Herz.

»Wie mir scheint, haben Sie fast amerikanische Ansichten, Sie wollen alles nur sich selbst verdanken. Der deutsche Adel pochte immer mehr, als es gut war, auf seine ererbten Titel und Güter.«

»Auch das ist jetzt anders geworden, Mr. Highmont, seit der Adel außer Kurs gesetzt wurde und seine ererbten Reichtümer durch die Inflation zum mindesten sehr stark dezimiert wurden.«

»Nun, Sie haben jedenfalls bewiesen, daß Sie lieber die bescheidenste Arbeit verrichten wollen, als auf Ihren Namen hin Schulden zu machen. Wie gesagt, Sie gefallen mir immer mehr, und ich möchte alles aufbieten, Sie an mich zu fesseln. Ich habe gleich bei Ihrem Anblick gespürt, daß Sie eine besondere Persönlichkeit sind. Und es soll nicht an mir liegen, wenn Sie nicht sehr schnell aus einer Stellung entlassen werden, die nicht für Sie paßt. Ich werde mit Mister Römhild sprechen und Ihnen dann sagen, wie ich mir Ihre Stellung in meinem Hause denke.«

Helmut sah ihn mit sehr ernsten Augen an.

»Sie können sich nicht denken, Mr. Highmont, wie tief Ihre Worte auf mich wirken, und wie gern ich mich von Ihnen engagieren ließe. Aber – jetzt kann ich um keinen Preis auf Ihr großherziges Anerbieten eingehen, ich – ja – ich habe eine Mission zu erfüllen, und das kann nur geschehen, wenn ich mit meinem Herrn nach Deutschland zurückkehre. Ich kann Ihnen nichts Näheres über diese Mission sagen. Sie betrifft das Geheimnis eines andern Menschen. Aber wie sehr ich Ihnen dankbar sein würde, wenn Sie mir gestatteten, mich nach Erfüllung dieser Mission bei Ihnen melden und anfragen zu dürfen, ob Sie Ihre Absicht in bezug auf meine Person nicht geändert haben, können Sie sich nicht denken. Es liegt mir ungeheuer viel daran, mich emporzuarbeiten, und alle meine Kraft würde ich gern in Ihre Dienste stellen, wenn Sie mich entsprechend beschäftigen wollten. Darf ich also einmal darauf zurückkommen?«

John Highmont hätte nun schon in diesem Augenblick sein Geheimnis lüften können, denn er war längst davon überzeugt, daß er sich nie mehr würde von Helmut trennen wollen. Aber er rang es sich selber ab, Helmut erst noch näher kennenlernen zu wollen. In Schloß Highmont wollte er dann den Schleier lüften und sich ihm als Onkel zu erkennen geben. Dann würde er ihm vielleicht berichten, welche Mission er zu erfüllen hatte, und dann konnte man weitersprechen. Er reichte Helmut die Hand.

»Meine Worte sind nicht in den Wind gesprochen, Herr von Waldeck. Ich erwarte, daß Sie sich bei mir melden.«

Mit einem festen, dankbaren Händedruck umschloß Helmut die Hand John Highmonts, und dieser spürte den Druck dieser warmen, festen Männerhand bis in sein Herz hinein. Mit großen Augen sahen sich die beiden an. Dann atmete Helmut tief auf und sagte bewegt:

»Ich danke Ihnen, Mr. Highmont, von ganzem Herzen für diese Erlaubnis. Aber bitte, nennen Sie mich jetzt nicht anders, als es sich für Herrn Römhilds Diener gehört. Ich möchte nicht, daß er erfährt, wes Standes ich eigentlich bin, nicht, weil ich fürchte, ihm dann weniger zu gelten, sondern nur, weil ich nicht möchte, daß er davon viel Aufhebens macht – und – das würde er bestimmt tun.«

John Highmont lächelte fein.

»Das nehme ich auch an. Er ist jetzt schon sehr stolz darauf, einen Diener zu besitzen, der in einem gräflichen Hause war und – selber wie ein Graf aussieht. Aber nun lassen Sie uns weiter Ihre interessanten Aufnahmen betrachten.«

Sie vertieften sich wiederum in diese Beschäftigung, und Helmut wußte, da er nicht mehr unbedingt nur als Diener zu gelten hatte, so geistvoll und interessant über seine Reise zu plaudern, daß John Highmont unschwer in ihm den Verfasser der eleganten, humor- und geistvollen Reisefeuilletons erkannte. Aber darüber verlor er vorläufig kein Wort.

Die Stunden vergingen beiden Herren sehr schnell, und Helmut war das Herz voll. Er dachte an Regina. Wenn ihm Mr. Highmont wirklich eine gute Anstellung gab, wo er seine Kräfte regen konnte, dann würde sich sicher auch sein Einkommen vergrößern. Und wenn er dann nebenbei seine schriftstellerische Tätigkeit ausübte, konnte er seiner Frau schon ein annehmbares Dasein bieten. Wie sehr verlangte sein Herz danach, Regina für immer an sich zu fesseln.

10

Regina Darland hatte qualvolle Tage hinter sich. Die Eröffnung der Mutter, die ein tiefes Entsetzen in ihr ausgelöst hatte, wirkte auf sie dermaßen niederdrückend, daß sie in der nächsten Zeit nicht mit einem Wort darauf zurückzukommen vermochte. Die Mutter merkte ihr das an und schwieg ebenfalls. Sie umgab sie nur mit nimmermüder Liebe und Fürsorge, und auch der Vater hatte einen verhalten-zärtlichen Ton für sie. Aber sie empfand diese besorgte Zärtlichkeit nur als neue Qual, wußte sie doch, daß alles nur ein heimliches Flehen war, sie solle das verlangte Opfer bringen. Ach, in ihr war in all ihrer Herzensnot nur eine Stimme wach:

»Lieber sterben, als Römhilds Frau werden.«

Damit war aber den Eltern und Gitta nicht geholfen, das wußte sie, und sie war nicht egoistisch genug, nur an sich zu denken.

Gitta umsorgte die Schwester mit rührender Liebe. Aber in anderer Weise als die Eltern, indem sie immer wieder versuchte, Regi aufzumuntern.

Bei Gitta stand es ganz fest, daß man es im Ernst gar nicht von Regi verlangen durfte, diesen abscheulichen Römhild zu heiraten. Sie in ihrer energischen Art hätte das auch den Eltern rundheraus gesagt, wenn man ihr ein solches Opfer zugemutet hätte. Sie ahnte freilich nicht, daß Römhild ihres Vaters Ehre in den Händen hielt, sie glaubte nur, Römhild habe dem Vater Geld geliehen, das dieser nicht wieder zurückzahlen konnte. Ihrer Meinung nach mußte Regi vor diesem Opfer bewahrt bleiben, wenn man nur imstande war, Römhild das Geld zurückzuzahlen. Sie hoffte geradezu auf irgendein Wunder, zerbrach sich den Kopf, wie man das Geld zu schaffen vermöge, und träumte davon, entweder in der Lotterie zu spielen, um selbstverständlich das große Los zu gewinnen, oder ein Filmstar zu werden und so viel Geld zu verdienen, daß sie des Vaters Schuld an Römhild begleichen könnte. Freilich, an Gunter Willbrecht durfte sie dann nicht denken. Der würde dann gewiß nichts mehr von ihr wissen wollen, wenn sie ein Filmstar geworden war, denn er hatte keine große Meinung von weiblichen Filmstars, das hatte er einmal ganz offen ausgesprochen. Und das erschien ihr dann wieder unerträglich, von ihm abfallend kritisiert zu werden. Nur eines stand für sie unumstößlich fest, Regi durfte nicht geopfert werden. Aber wie sie es verhindern sollte, wußte auch sie nicht. Sie kam auf die Idee, Helmut Waldeck offen mitzuteilen, wozu man Regi zwingen wollte, und ihm den Vorschlag zu machen, schnell heimzukommen, Regi einfach zu entführen und sich heimlich mit ihr zu verheiraten. Dann mochte der greuliche Römhild versuchen, ihre süße Regi in seine Gewalt zu bekommen. Die Eltern konnten ja dann nichts daran ändern, das mußte Römhild einsehen.

Diesen letzten Gedanken überlegte sie immer wieder, und eines Tages, als sie Regis heimlichen Kummer nicht mehr mit ansehen konnte, setzte sie sich hin und schrieb mit ihrer steilen, energischen Handschrift an Helmut:

»Sehr geehrter Herr Waldeck!

Hier hat sich seit dem Eingange Ihres letzten Briefes an meine Schwester etwas sehr Trauriges ereignet, und ich weiß mir keinen anderen Rat, um meine süße Schwester vor einem großen Unglück zu bewahren, als Ihnen heimlich – kein Mensch weiß davon, auch Regi nicht – anzuvertrauen, daß meine arme Schwester von meinen Eltern an einen ganz greulichen Menschen verheiratet werden soll. Regi ist deswegen so furchtbar niedergeschlagen und traurig und hat mir gesagt, daß sie viel lieber sterben möchte, als sich an diesen Menschen binden. Aber ich fürchte, es liegen Dinge vor, die meine armen Eltern selbst zwingen, Regi zu opfern, wie Abraham seinen Sohn Isaak opfern wollte. Ich weiß mir keinen Rat als den einen: Sie müssen helfen. Dieser greuliche Mensch kommt ungefähr im Mai nächsten Jahres von einer großen Reise zurück. Bevor er eintrifft, müssen Sie unbedingt hier sein und Regi vor ihm schützen. Niemand anders als Sie kann ihr helfen. Und Sie werden das schon tun, ich habe das größte Vertrauen zu Ihnen. Bitte, enttäuschen Sie mich nicht und geben Sie mir irgendeine kurze Nachricht. Ich bin vielleicht sehr töricht – aber ich weiß mir und Regi nicht anders zu helfen. Sie soll und darf diesen Menschen nicht heiraten und will es auch nicht. Bitte, wenn Sie irgendwie helfen können, kommen Sie zeitig genug zurück. Im vollsten Vertrauen auf Sie mit herzlichem Gruß
      Ihre Gitta Darland.«

»So«, sagte sie vor sich hin, als sie fertig war, »wenn er nun nicht hilft, dann weiß ich keinen Rat. Aber er wird schon. Wenn er nur kommt, dann will ich ihm schon sagen, er soll Regi entführen. Schreiben kann ich das nicht.«

Ohne Säumen trug sie den Brief zur Post, damit er so schnell wie möglich an die Zeitung gelangte, die ihn weiterbefördern würde.

Zwar bekam sie in den nächsten Tagen verschiedene Male ein ängstliches Herzklopfen, ob sie auch das Rechte getan habe, aber sie tröstete sich immer wieder. Jedenfalls hatte sie es unternommen, um Regi zu retten, und der liebe Gott würde nun schon weiterhelfen.

Sie suchte in der nächsten Zeit Regi immer wieder durch Orakelsprüche zu trösten, und eines Tages hub sie an:

»Du willst zwar nicht, daß ich von deinem Kummer sprechen soll, Regi, aber du sollst wenigstens wissen, daß ich mit dir fühle und mich um dich sorge. Und verzage nur nicht; das eine ist gewiß, ich lasse es nicht zu, daß du Römhild heiratest. Und der liebe Gott auch nicht, der hat es ja auch nicht zugelassen, daß Abraham seinen Sohn Isaak opferte. Er wird es ebensowenig gestatten, daß der Vater dich Römhild, diesem Scheusal, ausliefert. Er wird ganz gewiß auch diesmal einen Engel zu Hilfe senden, daran glaube nur bestimmt.«

Regi zwang sich zu einem Lächeln.

»Laß nur, Gitta, sprich nicht davon. Ich muß erst ruhig werden und selbst wissen, was ich zu tun habe.«

Wenn die Mutter ihr zärtlich über das Haar strich, zwang sie sich zu einem Lächeln. Aber im stillen mußte sie doch wieder denken: wie konnte mein Vater nur daran denken, so etwas von mir zu fordern. Es wäre doch sehr viel leichter für mich, zu sterben, als dieses Opfer zu bringen.

Endlich, nach einigen Wochen wagte es die Mutter, das Thema noch einmal zu berühren. Sie war wieder mit Regi allein und fragte zaghart:

»Hast du dir überlegt, Regi, ob du dich entschließen können wirst, Römhilds Frau zu werden?«

Da sah Regi sie mit einem Blick an, der die Mutter erschütterte.

»Nein, Mutter, ich habe noch keinen Entschluß fassen können, in mir ist alles so wund und weh, ich habe viel mehr zu verwinden, als du ahnst.«

Die Mutter erschrak.

»Was denn, Regi, sage mir doch um Gottes willen, was dir noch auf dem Herzen lastet.«

Da erhob sich Regi und sagte heiser und gepreßt:

»Es ist ja nicht nur, daß ich einen verhaßten Mann heiraten soll – ich habe auch einen andern lieb, Mutter – und den müßte ich verraten.«

Damit ging sie schnell aus dem Zimmer. Die Mutter sah ihr entsetzt nach. Nun wurde ihr das Herz noch viel schwerer. Sie saß in sich versunken da, bis Gitta eintrat. Da richtete sie sich auf und fragte ihre jüngste Tochter:

»Gitta, Regi hat mir eben gesagt, daß sie einen andern Mann liebhat. Weißt du, wer das ist?«

Tapfer sah Gitta die Mutter an.

»Ja, Mutter, ich weiß es, aber wenn du denkst, daß ich dir den Namen verrate, so irrst du dich. Was Regi dir nicht anvertrauen will, kommt auch nicht über meine Lippen. Aber das sage ich dir, Regi wird sterben, wenn ihr sie zwingt, diesem Manne untreu zu werden. Das ist keine überschwengliche Rede, ich meine es ganz ernsthaft.«

Da schluchzte die Mutter haltlos auf und barg ihr Gesicht in den Händen. Sofort war Gitta bei ihr, umfaßte sie und streichelte ihr Haar, das in dieser traurigen Zeit ganz grau geworden war.

»Mutti, liebe Mutti, was ist denn nur geschehen? Weshalb wollt ihr denn Regi mit diesem abscheulichen Römhild verheiraten. Sag' mir doch alles, was euch drückt. Aus Regi ist nichts herauszubekommen. Ich bin doch kein Kind mehr. Euch alle bedrückt etwas, und ich soll es nicht wissen. Vielleicht wüßte ich einen Rat. Ein blindes Huhn findet auch einmal ein Korn. Nicht wahr, Vater schuldet Römhild Geld, viel Geld?«

»Frag' doch nicht, Gitta, es hat keinen Zweck, daß auch du dir noch Sorgen machst. Helfen kannst du doch nicht, kein Mensch kann helfen.«

»Aber süße, liebe Mutti, ist es denn so gräßlich viel Geld, daß Vater es nicht zurückzahlen kann? Ich will noch viel sparsamer sein, auf alles verzichten. Vielleicht können wir auch etwas verdienen, Regi und ich. Vielleicht bekommt Vater auch das Geld von anderer Seite geliehen!«

Die Mutter schüttelte hilflos den Kopf.

»Quäle mich nicht, Gitta, wir haben schon alles versucht. Römhild gibt Regi nicht frei. So entsetzlich es ist, ich sehe keine andere Möglichkeit, als daß Regi ihn heiratet.«

Gitta sprang auf.

»Das wird sie nie tun, nie – und ich würde es auch nicht zulassen, es wäre Regis Unglück, es darf nicht sein.«

Matt wehrte die Mutter ab.

»Gib mir jetzt Ruhe, Gitta, ich muß mich fassen; Vater kommt bald heim. Der Umstand, daß Regi einen andern liebt – mein Gott, ich fürchtete es schon immer – kompliziert die Sache natürlich noch mehr. Geh, Gitta, du kannst noch einige Gänge machen. Da liegt der Zettel, was alles zu besorgen ist, ich kann mich nicht auf die Straße wagen mit meinem verweinten Gesicht.«

Seufzend machte sich Gitta zum Ausgehen fertig, und als

sie betrübt und traurig dahinschritt, wurde sie plötzlich angerufen.

»Mein gnädiges Fräulein, ich bemühe mich schon eine ganze Weile, einen Gruß bei Ihnen anzubringen.«

Sie fuhr auf und blickte erschrocken empor.

»Ach, Sie sind es, Herr Willbrecht? Verzeihen Sie, daß ich Sie nicht bemerkt habe, ich war so in Gedanken versunken.«

»Das merkte ich, und anscheinend waren es leider sehr düstere Gedanken?«

Sie nickte betrübt und sah zu ihm auf. Er schritt wie selbstverständlich an ihrer Seite weiter.

»Ja wirklich, ich bin sehr traurig, Herr Willbrecht, ich habe wirklich einen großen Kummer.«

»Darf ich den nicht kennenlernen? Ich möchte Ihnen sehr gern helfen«, sagte er warm und mit einem so zärtlichen Unterton, daß sie jäh errötete.

»Ach nein, Sie können nicht helfen, wenn ich auch glaube, daß Sie es tun würden. Sie sind ein sehr guter Mensch, das weiß ich, wenn ich auch zuweilen ein bißchen ruppig zu Ihnen bin.«

Seine Augen leuchteten auf. So lieb und warm hatte sie sich ihm noch nie gezeigt.

»Nun also, wollen Sie sich mir nicht anvertrauen? Vielleicht kann ich doch helfen? Ich möchte Sie gern wieder froh machen.«

»Ach, wie gern möchte ich selber wieder froh sein, aber bei uns zu Hause sieht es jetzt immer düster aus.«

Gunter Willbrecht hatte längst bemerkt, daß Gittas Eltern anscheinend mit großen Sorgen kämpften. Und Gittas wegen hätte er so gern geholfen. Er riet auf pekuniäre Sorgen.

»Das tut mir herzlich leid. Wollen Sie mir nicht anvertrauen, was Sie drückt? Ich bin doch ein ehrlicher Freund Ihrer Familie und werde es ganz bestimmt keinem Menschen erzählen, was Sie mir jetzt mitteilen.«

Sie nickte ihm vertrauend zu.

»Das weiß ich. Aber – ich weiß doch nicht – es geht nämlich um Regi. Ich werde Ihnen sagen, was ich selber weiß, denn Sie sind ja wirklich unser treuer Freund. Aber bitte, niemandem etwas wiedersagen, auch zu Hause nicht. Ich muß mir nun mal mein Herz erleichtern und habe außer den Meinen keinen andern Menschen, dem ich so vertraue wie Ihnen. Also denken Sie sich, meine Schwester soll einen Mann heiraten, den sie verabscheut, der Vater hat ihm ihre Hand zugesagt. Und – sie liebt doch einen andern und will viel lieber sterben, als den gräßlichen Menschen heiraten.«

Er sah sie voll warmer Teilnahme an.

»Es kann doch Ihre Schwester niemand zwingen, jemanden zu heiraten, den sie verabscheut.«

»Ja, das ist es ja eben, ich kann nicht dahinterkommen, was Vater eigentlich veranlaßt hat, Regis Hand diesem Menschen zu versprechen. Wenn er auch sehr reich ist, so ist er doch ein schauderhafter Mensch, und ich kann es sehr gut verstehen, daß meiner Regi das Sterben leichter dünkt als das Leben mit einem solchen Manne.«

Voll heimlicher Rührung sah er in ihre schönen Augen.

»So, das können Sie verstehen?«

»Selbstverständlich! Sie liebt eben einen andern. Aber auch ohnedies würde sie den reichen Mann nicht heiraten. Sie würde viel lieber mit dem andern, der arm ist, Not und Sorge auf sich nehmen. Wenn dieser Mann nur nicht gerade so weit fort wäre! Er befindet sich auf Reisen, und man weiß nicht, wann er wiederkommt. Dann würde ich ihm einfach sagen, er soll Regi entführen und sich heimlich mit ihr trauen lassen.«

Es zuckte leise um seinen Mund. Er hätte das ganze reizende Persönchen am liebsten in seine Arme genommen und getröstet.

»Wirklich? Würden Sie ihm das anraten?«
»Ganz gewiß!«
»Ich ahne nun schon, wer der andere ist, mein gnädiges Fräulein.«
»Ach Unsinn! Wie können Sie das ahnen.«
»Nun, man macht so seine Beobachtungen. Es ist mir längst aufgefallen, daß Ihr Fräulein Schwester sich außerordentlich für die Reiseberichte des Herrn Wald interessiert.«
»Pöh! Daraus können Sie gar nichts schließen, ich interessiere mich auch dafür, und Sie doch auch?«
»Ja, aber anders! Aber seien Sie unbesorgt, ich verrate nichts. Ich weiß ja auch, daß dieser Herr Wald der Lebensretter Ihres Fräulein Schwester ist.«

Ihr Trotz gewann wieder die Oberhand.

»Nun, dann ist es nur gut, daß Sie seinen richtigen Namen nicht wissen, Wald ist nämlich nur sein Pseudonym.«

Er seufzte.

»Nun sind Sie wieder schroff und hart zu mir und ich war so froh und glücklich, daß Sie heute mal ein wenig nett zu mir waren«, sagte er mit stark betonter Trauer.

Unsicher sah sie ihn an.

»Ach Gott, Sie dürfen das nicht so schwer nehmen. Ich – ich bin nun mal so kratzbürstig, wie Regi immer sagt. Aber – ich – ich meine es doch gar nicht so schlimm, Sie müssen nicht traurig deswegen sein, bitte nicht.«

Wie süß konnte der kleine trotzige Mund bitten. Gunter

Willbrecht sah gleich wieder strahlend aus. Sie schritten nunmehr in bestem Einvernehmen weiter, und Gunter erkundigte sich, wann die Verlobung Regis mit dem »abscheulichen« Herrn stattfinden sollte.

»Ach, hoffentlich bleibt er noch lange fort, er ist noch sieben Monate auf Reisen. Wenn er doch nie wiederkommen würde.«

»Nun, vielleicht findet sich auch eine andere günstige Lösung dieser Frage. Wenn die Sache erst in sieben Monaten akut wird – bis dahin kann viel geschehen.«

Und Gunter überlegte, ob er bis dahin nicht die kleine Gitta zu seiner Braut machen könnte. Dann würde er ein Anrecht darauf haben, sich mit seinem künftigen Schwiegervater auch über diese Sache auszusprechen, und vielleicht konnte er dann helfen. Seine künftige Schwägerin Regi war es wert, daß man ihr zu Hilfe kam. Es konnte sich ja nur um Geldangelegenheiten handeln, und er war, gottlob, in der Lage, helfend einzugreifen. So nahm er alles nicht allzu schwer und versuchte Gitta wieder aufzuheitern, was ihm auch gelang, denn sie dachte daran, daß ja ihr Brief an Helmut Waldeck unterwegs sei, und daß von diesem Hilfe kommen könnte. So gab sie sich dem Glück hin, an Gunter Willbrechts Seite ihre Besorgungen machen zu dürfen, und er begleitete sie auch wieder bis zur Tür ihrer elterlichen Wohnung, bestellte einen ergebenen Gruß an die Eltern und an die Schwester und versprach, in den nächsten Tagen vorzusprechen.

Das geschah auch, und Gunter bot alles auf, die trübe Stimmung in der Familie Darland etwas aufzuheitern. Er forderte die Damen auf, mit ihm eine Ausfahrt zu machen. Der Wald beginne eine wundervolle Herbstfärbung anzunehmen, das müsse man sehen.

Es war einige Wochen später, als Gitta wieder einmal auf dem Postamt nachfragen wollte, ob ein Antwortschreiben von Helmut eingelaufen sei. Sie trat rasch und ein wenig verlegen an den Schalter heran und fragte nach postlagernden Briefen für sich.

Dabei entging ihr, daß dicht neben ihr Gunter Willbrecht aus der Telephonzelle trat, wo er gerade ein Gespräch erledigt hatte. Er erblickte Gitta, sah ihr verlegenes Gesicht und hörte ihre Nachfrage. Es durchzuckte ihn seltsam schmerzlich, als er sah, daß sie einen Brief erhielt und ihn erfreut ans Herz drückte. Was war das? Sollte er sich in diesem jungen Geschöpf getäuscht haben? Unterhielt Gitta Darland einen heimlichen Briefwechsel, und sicherlich mit einem Manne, von dem ihre Eltern nichts wissen durften?

Sehr betroffen wollte er sie an sich vorüber lassen, ohne sie anzusprechen, aber da blickte sie auf und gerade in sein erblaßtes Gesicht hinein.

Es bedrückte ihn noch mehr, daß sie keinerlei Verlegenheit zeigte und ihn ganz unbefangen begrüßte.

»Wie kommen Sie denn auf dies Postamt, Herr Willbrecht. Das liegt doch weitab von Ihrer Wohnung?«

»Ich mußte jemand telephonisch anrufen und ahnte nicht, daß ich Sie hier treffen würde. Ich – ich sah, daß Sie einen postlagernden Brief abholten.«

Nun erschrak sie doch ein wenig und fragte beklommen:

»Sie werden das doch nicht den Eltern verraten? Die dürfen nichts davon wissen.«

»Was Sie Ihren Eltern verheimlichen müssen, ist sicher ein Unrecht«, sagte er schmerzlich.

Sie stutzte und sah ihn unruhig an. Und plötzlich durchfuhr es sie, was in ihm vorgehen mochte. Da huschte schnell ein Schelmenlächeln über ihr Gesicht.

»Ach, jetzt begreife ich erst, was Sie denken. O nein, Herr Willbrecht, ein Unrecht ist das bestimmt nicht, wenn ich meiner Schwester Regi helfe. Dieser Brief geht eigentlich Regi an.«

Er atmete wie erlöst auf.

»Gott sei Dank«, rief er, wie von einem schweren Druck befreit.

Schmollend sah sie ihn an.

»Eigentlich müßte ich Ihnen böse sein. Glauben Sie nun wenigstens, was ich Ihnen sage?«

»Unbedingt, ich hätte ja an allen Menschen irre werden müssen, wenn Ihre Augen mich belogen hätten.«

Sie waren aus dem Postamt getreten und ein Stück die Straße entlang gegangen. Nun hielt sie ihm den Brief ganz dicht vor die Augen.

»Aber der Brief ist an mich adressiert. Glauben Sie mir trotzdem, daß es sich um eine Regi betreffende Angelegenheit handelt?«

»Ja, ich glaube Ihnen.«

»Nun, das muß belohnt werden. Warten Sie einen Augenblick, ich werde schnell mal den Brief öffnen.«

»Sind Sie dazu berechtigt?«

Sie nickte energisch. »Er ist doch an mich adressiert.«

»Aber ich denke, er ist für Ihre Schwester Regina bestimmt.«

»So warten Sie doch«, fuhr sie ihn fast zornig an.

Und sie öffnete das Kuvert und zog einen andern Brief heraus. Etwas enttäuscht sah sie darauf nieder.

»Ach, es ist nur ein Schreiben für Regi drinnen«, sagte sie und hielt ihm das Kuvert mit Regis Anschrift entgegen.

»Hatten Sie denn auch ein Schreiben für sich selbst erwartet?«

»Nun ja, ich glaubte, es könnte schon Antwort auf ein von mir herführendes sein. Ich habe nämlich dem Manne, den meine Schwester liebt, mitgeteilt, Regi sei in Gefahr, und daß er sich beeilen solle, nach Hause zu kommen, um ihr helfen zu können. Aber das ist erst mal eine Antwort auf ein Schreiben Regis, das acht Tage früher abgegangen ist. Nun muß ich auf meine Antwort noch warten. Wenn er dann endlich nach Hause kommt, werde ich ihm sagen, was ich für unerläßlich halte, damit der abscheuliche Mensch, vor dem Regi sich fürchtet, das Nachsehen hat. Regi ahnt von dem allen nichts. Aber wenn ich mich dieser Sache nicht annehme, kommt es zu einer Katastrophe. Man hat seine Sorgen, Herr Willbrecht.«

Dieser mußte wieder einmal alle seine Selbstbeherrschung aufbieten, um seine Ruhe zu bewahren. Gitta war zu reizend in ihrer Besorgnis um die Schwester. Und er bedauerte, einen Moment an ihr gezweifelt zu haben.

Im besten Einvernehmen schritten beide nebeneinander hin, und Gitta machte ihrem Begleiter gegenüber all ihren Sorgen Luft. Er war wirklich ihr bester Freund, und sie wußte gar nicht, wie felsenfest ihr Vertrauen auf ihn war.

Herzlich verabschiedeten sie sich voneinander, und Gitta eilte nach Hause, um Regi Helmuts Brief zu bringen.

Sie fand die Schwester allein daheim und legte ihr wortlos den Brief in den Schoß.

»Ich lasse dich allein damit, Regi!« sagte sie leise und ging hinaus.

Mit zitternden Händen griff Regi nach dem Brief. Es war die Antwort Helmuts auf ihr Schreiben, das ihn so sehr beglückt hatte, und lautete:

»Regina, liebe, teure Regina! So darf ich Sie nennen nach Ihrem lieben, lieben Brief, der mich so sehr glücklich gemacht hat. Ach, Regina, wenn Sie wüßten, wie schön und hold mir nun das Leben erscheint, seit ich weiß, daß Sie auf mich warten, daß Sie mir Ihr geliebtes Leben zu eigen geben wollen. Noch bin ich nicht in der Lage, Ihnen ein schönes, lebenswertes Dasein zu bieten, aber ich werde so weit kommen, glauben Sie es mir. Alle meine Kräfte werde ich regen, um so für Sie sorgen zu können, wie ich es wünsche. Und ich fühle die nötigen Kräfte in mir. Seit ich Sie liebe, weiß ich, daß ich für Sie alles tun kann. Warten Sie nur auf mich, liebe, süße Regina, meine Sehnsucht nach einem Wiedersehen mit Ihnen ist riesengroß, aber ich muß aushalten auf meinem Posten bis zu meiner Rückkehr. Jetzt werde ich aber die Trennung leichter ertragen, jetzt, da ich weiß, daß Sie mir gehören wollen, daß Sie sich mir zu eigen geben wollen. Wie dankbar bin ich dem Geschick, daß es Sie lehrte, mich lieb genug zu haben, um einst meine Frau werden zu können. Nicht wahr, Regina, Sie lieben mich, wie ich Sie liebe; bitte sagen Sie es mir, nur ein einziges Mal. Verzeihen Sie, wenn ich heute ein wenig aus den Fugen bin, ich las Ihren lieben Brief so oft und meinte, dabei Ihr süßes, liebes Gesicht, Ihre wundervollen Augen zu sehen, die mir gleich bei unserer ersten Begegnung wie zwei verheißungsvolle Sterne entgegenleuchteten. Regina! So jubelt mein Herz! Ich bin wie trunken vor Glück. Bitte, bitte, schreiben Sie mir, sooft Sie können, ich hungere nach lieben Worten von Ihnen und zähle Tage und Stunden, bis ich Sie wiedersehen darf! Gott mit Ihnen, Regina, er möge Sie beschützen und behüten. Süße, geliebte Regina! Ich küsse Ihre lieben Hände und Ihre Sonnenaugen, wenigstens im Geiste, bis ich es in

Wirklichkeit tun darf. Auf Wiedersehen, Regina! Ihr glücklicher, Ihnen treu ergebener
Helmut Waldeck.«

Heiße Tränen stürzten aus Reginas Augen. Sie warf die Arme über den Tisch und barg ihr Gesicht in den Händen. Den Brief Helmuts umklammerte sie, als müsse er ihr einen Halt geben. Wie glücklich hätte sie sein können über diesen Brief, wenn Alfred Römhild nicht gleich einem drohenden Schatten ihren Weg in die Zukunft verdunkelt hätte.

Doppelt elend fühlte sie sich, weil ihr Unglück auch das Helmut Waldecks bedeutete.

Von einem krampfhaften Schluchzen geschüttelt lag sie da, bis Gitta erschrocken hereinkam und sie mitleidig umfing.

»Meine Regi, was ist dir denn? Ich glaubte, du würdest glücklich sein über diesen Brief, und nun finde ich dich in Tränen.«

»Überlasse mich mir selber, Gitta, endlich einmal muß ich mir meinen Kummer vom Herzen weinen. Ich bin ja so unglücklich, so jammervoll trostlos. Da habe ich einen Brief von Helmut Waldeck, der mich überglücklich machen könnte, und nun muß ich doch darüber weinen, weil ich weiß, daß ich auch ihn unglücklich machen muß. Warum hat mir der liebe Gott diese harte Strafe als Prüfung auferlegt?«

Gitta barg Regis Gesicht an ihrer Brust und streichelte ihr Haar.

»Fasse dich doch, meine Regi, es wird noch alles gut werden. Du kannst ganz beruhigt sein, wir lassen es nicht zu, daß du Römhild heiratest, weder ich – noch Helmut Waldeck. Gedulde dich nur ein Weilchen, er wird schon kommen und dich aus aller Pein erlösen. Denn daß du es nur weißt, ich habe ihm schon geschrieben, daß er kommen und dich erretten soll. Das wird er gewiß tun, er läßt es nicht zu, daß du Römhilds Frau wirst.«

Regi war erschrocken emporgefahren.

»Mein Gott, Gitta, was hast du getan? Was hast du ihm geschrieben?«

Gitta berichtete ziemlich genau den Inhalt ihres Briefes an Helmut. Trostlos schüttelte Regi den Kopf.

»Ach, meine gute, liebe Gitta, du hast es gut gemeint, aber so geht es doch nicht, leider nicht. Das alles ist ja viel komplizierter, als du denkst.«

»Nun, so mußt du mir eben reinen Wein einschenken. Tappt man immer im dunkeln, kann man nicht richtig helfen.«

»Ich darf dir nicht mehr sagen, als du schon weißt, Gitta.«

Diese stampfte wie ein trotziges Kind mit dem Fuße auf.

»Wie ein dummes Kind wird man behandelt!«

»Forsche nicht weiter, Gitta, sei froh, daß du nicht mehr weißt. Du darfst nicht mehr wissen, denn – sonst könnte auch dein Glück in Scherben gehen. Ich beschwöre dich, Gitta, frage nicht weiter, nicht mich und nicht die Mutter, es ist das beste für dich. Dann kannst du wenigstens noch glücklich werden.«

Fahle Blässe überzog Gittas Wangen. Mit großen, leeren Augen starrte sie die Schwester an.

»Kann denn das alles auch mich angehen, Regi?« fragte sie verzagt.

»Nur, wenn du darum weißt; deshalb verbergen wir es dir, nicht, weil wir dich für zu unreif halten. Sei vernünftig und forsche nicht weiter.«

Gitta fiel wie kraftlos in einen Sessel.

»Nun bin ich ganz ratlos, Regi. Und – ich will doch nicht allein glücklich sein, wenn ihr alle unglücklich seid.«

Regi faßte ihre Hand.

»So denke daran, daß mit dir auch Gunter Willbrecht unglücklich werden müßte. Das ist das Schwerste, Gitta, zu wissen, daß man auch einen geliebten Menschen mit in sein Unglück hineinziehen muß. Das wird dir Kraft geben, vernünftig zu sein. Wenn du alles wissen würdest, müßtest du Gunter Willbrecht unglücklich machen. Und das hast du nicht nötig. Sei vernünftig.«

Gitta schluchzte nun auch auf.

»Mein Gott, wie schrecklich ist das alles! Und an all diesem Elend ist dieser greuliche Römhild schuld. Nicht umsonst war mir immer, als liefe mir eine giftige Kröte über den Weg, wenn ich ihm begegnete. Ich habe es gespürt, daß er uns Unglück bringen würde. Aber nun sage mir, Regi, habe ich etwas sehr Dummes angestellt, als ich an Helmut Waldeck schrieb?«

Regi suchte sich zu fassen. Sie barg Helmuts Brief auf ihrem Herzen und sagte leise:

»Nein, nein; du hast mir damit ja nur das Schwerste abgenommen. Ich muß ihm sofort schreiben, daß nun alles anders geworden ist, und daß ich nie im Leben seine Frau werden kann. Denn – wenn ich Römhild auch nicht heiraten werde – so darf ich doch auch nicht Helmut Waldecks Frau werden. Bitte, Gitta, laß mich jetzt allein, ich will gleich seinen lieben Brief beantworten, ich darf ihn doch nicht noch länger in dem Wahne lassen, daß wir uns jemals angehören dürfen.«

Mit blassem, trostlosem Gesicht ließ Gitta die Schwester allein, nachdem sie sich beide innig umarmt hatten.

Regi schrieb nun an Helmut Waldeck, und ihr Herz zuckte dabei in wilder Qual.

Helmut Waldeck erhielt Gittas Briefchen, in dem sie ihn um Rettung ihrer Schwester anflehte, an demselben Tage, an dem er mit John Highmont seine Aufnahmen betrachtet hatte. Voll froher Zuversicht für die Zukunft, die ihm John Highmonts Versprechen eingeflößt hatte, war er nach der Post gegangen, um Briefe für seinen Herrn abzuholen. Zugleich fragte er auch nach Eingängen für sich, obwohl er nicht glaubte, schon wieder Post zu erhalten. Um so erfreuter war er, als ihm ein Brief ausgehändigt wurde. Er öffnete ihn gleich auf der Post. Und als er ihn gelesen hatte, wußte er, daß Regis Eltern ihr endlich eröffnet hatten, sie solle Römhilds Frau werden. Hätte er keine Waffe gegen Römhild in den Händen gehabt, die ihm helfen würde, Regi zu befreien, würde er sich sehr erschüttert gefühlt haben. So aber tat es ihm nur weh, daß Regi Schmerzen leiden mußte. Er blieb gleich auf dem Postamte und schrieb einige Zeilen als Antwort an Gitta. Nur erst Regi von ihrem Kummer erlösen. Im Hotel wollte er dann auch gleich noch, sobald er Zeit hatte, an Regi schreiben. Vielleicht kam auch dieser Brief noch zur Zeit fort, um mit dem zur Abfahrt bereitliegenden Dampfer abgehen zu können. Jedenfalls sollte Gitta so schnell wie möglich Antwort erhalten, damit sie Regi schon zu trösten vermochte.

»Kleine tapfere Gitta!« sagte er immer wieder tief gerührt still vor sich hin.

Und er hätte seinem Schreiben Flügel wünschen mögen.

Er beeilte sich nun, seinem Herrn die Post zu bringen. In dieser schien etwas sehr Ungünstiges für Römhild enthalten zu sein, denn er schimpfte wieder einmal und behandelte Helmut mit seiner ganzen brutalen Gemeinheit. Dieser setzte dem allen nur seine undurchdringlichste Miene entgegen, wiewohl es in seinem Gesicht zuckte. Ihn konnten Ausfälle solcher Art weder beleidigen noch kränken, dazu war ein Mensch wie Römhild überhaupt nicht imstande, aber Helmut bedurfte doch aller Kraft, um sich beherrschen zu können. Während Römhild noch wütete, kam ein Radiotelegramm für ihn an, und dieses mußte die schlechte Nachricht, die er erhalten hatte, wiedergutmachen, denn seine Stimmung schlug sofort ins Gegenteil um, er lachte vor sich hin und patschte sich auf die Knie.

»Verdammte Bande, bringen einen so in die Wolle mit einer falschen Alarmnachricht. Nämlich die Goldonkels in Australien schicken mir eine falsche, nur für die Börse bestimmte Nachricht ein, die nur die Aktien im Kurs drücken soll, damit wir Gelegenheit haben, den größten Teil davon billig an uns zurückzubringen. Na, Waldeck, seien Sie froh, daß Sie nichts mit der Börse zu tun haben, das kostet Nerven.«

So sagte er nun wieder in seiner vertraulichen Art. Nun war er wieder sehr vergnügt und ließ sich umkleiden für den Fünfuhrtee.

Danach wurde Helmut entlassen und hatte eine freie Stunde, die er dazu benutzte, um auch an Regi zu schreiben.

Dieser Brief kam gerade noch zur letzten Minute vor Abfahrt des Dampfers zurecht. – – –

Die letzten beiden Wochen auf Hawaii vergingen sehr schnell für ihn, denn seine Tage waren bis zum Rande mit Arbeit gefüllt. Es ergab sich, daß John Highmont noch einige Male mit Helmut sprechen konnte, es wollte Helmut scheinen, als wenn der reiche und anscheinend sehr mächtige Kalifornier ihm zuweilen absichtlich in den Weg lief. Und das war auch so.

John Highmont hatte seinen langjährigen Diener George beauftragt, möglichst unauffällig darüber zu wachen, wann der Diener des Mr. Römhild das Hotel mit seinem Apparat verließ. Sobald John Highmont das gemeldet wurde, verließ auch er das Hotel und suchte mit Helmut zusammenzutreffen.

Zu seinem Diener hatte Highmont gesagt:

»Ich will dir im Vertrauen sagen, George, daß dieser junge Mann gar kein Diener ist, er spielt diese Rolle nur in einer geheimen Mission.«

George verneigte sich.

»Das habe ich mir schon gedacht, Mister Highmont, man sieht ja auf den ersten Blick, daß er eher einem Herrn gleicht als einem Diener.«

»Nun gut, du bist klug wie immer, mein alter George. Aber – kein Wort darüber, zu keinem Menschen.«

Damit hatte der alte Herr vorgebeugt für die Zukunft, in der Helmut von Waldeck als sein Erbe in seinem Schlosse residieren würde. Mit Georges Beihilfe konnte also John Highmont immer wieder seinen Neffen treffen und sich mit ihm unterhalten. Helmut entging es nicht, daß Mr. Highmonts Interesse an ihm sehr groß sein mußte. Aber keine Ahnung kam ihm, worauf dieses Interesse basieren konnte. Römhild war sehr stolz auf den Verkehr mit dem Millionär, wenn er das auch nicht aussprach. Er merkte sehr wohl, wie dieser von allen Seiten mit größter Hochachtung behandelt wurde. Und die bestimmte, herrenmäßige Art des Kaliforniers imponierte ihm. Daß John Highmont ihn nur als Mittel zum Zweck benutzte, kam ihm nicht in den Sinn. In jedem Falle war er sehr befriedigt, daß er nach Schloß Highmont eingeladen war.

Eines Tages war es nun soweit, daß der Dampfer nach Kalifornien abgehen sollte. Helmut hatte die Koffer seines Herrn und auch die seinen gepackt und bewachte deren Überbringung zum Dampfer. Er traf dabei mit dem Diener George zusammen, der von einem andern Diener Highmonts das Gepäck seines Herrn aufgeben ließ. Unwillkürlich hatte George Helmut gegenüber einen etwas unterwürfigen Ton angenommen, was sich dieser gar nicht erklären konnte. Auch heute war er Helmut behilflich bei der Aufgabe des Gepäcks, wofür sich dieser artig bedankte. Aber er dachte nicht weiter darüber nach.

Am Spätnachmittag stach der Dampfer in See. Noch von Bord aus machte Helmut einige Aufnahmen von der Insel. Dann mußte er seinem Herrn wieder zur Verfügung stehen.

Während der Reise suchte John Highmont abermals Helmut so viel wie möglich zu begegnen.

Am andern Tage saß er mit Römhild auf Deck, dicht an der Reling, und sie plauderten über Kalifornien. Plötzlich aber brachte Highmont das Gespräch auf Helmut, als dieser seinem Herrn Bücher und Zeitungen gebracht und neben ihn hingelegt hatte.

Nachdem er in seiner ruhigen Art wieder verschwunden war, sagte der Kalifornier:

»Mir scheint, Ihr Diener ist viel zu schade für die Stellung, die er bei Ihnen einnimmt.«

Römhild sah ihn erstaunt an.

»Nun, ich denke doch, es ist eine sehr gut dotierte Stellung.«

»Hm! Sie sagten mir, was für ein Gehalt er bezieht. Dafür würden Sie bei uns kaum einen Diener von solchen

Qualitäten bekommen. Ich würde ihn sofort für das doppelte Gehalt engagieren, wenn er frei wäre.«

Römhild lachte etwas beklommen auf.

»Um des Himmels willen, Mr. Highmont, lassen Sie ihn das nicht hören, sonst fordert er sofort Gehaltserhöhung. Bei uns ist das ein sehr anständiges Gehalt für einen Diener.«

»So, so? Nun, das mag sein. Ich beneide Sie jedenfalls um ihn.«

»Na, na! Ihre Dienerschaft ist doch auch erstklassig.«

»Gewiß, ich würde ihn auch nicht als Diener engagieren.«

»Als was denn sonst?«

»Nun, als Sekretär vielleicht.«

»Dafür haben Sie doch Mr. Smith.«

»Ja, und mit ihm bin ich ebenfalls sehr zufrieden. Aber es würden sich auch noch andere Posten in meinem Hause für den jungen Mann finden. Würden Sie ihn nicht eventuell früher von seinem Vertrage entbinden?«

Kaum daß Römhild merkte, daß sein Diener dem Kalifornier so besonders gefiel, stieg er bei ihm sofort im Werte. Er lachte in seiner unangenehmen Art auf und stieß Highmont in die Seite:

»Sie kleiner Schäker, das möchten Sie wohl. Nein, nein, ich bin mit Waldeck so außerordentlich zufrieden, daß ich mir gar nicht denken kann, wie ich ohne ihn meine Reise beenden sollte. Ich hoffe ihn auch für später behalten zu dürfen.«

»Machen Sie sich auch klar, daß Sie dem jungen Manne vielleicht hinderlich sind, eine bessere Lebensstellung zu erhalten?«

»Na, ich kann ihn ja später etwas im Gehalt aufbessern, darauf kommt es mir nicht an. Aber, wie gesagt, Mr. Highmont, bei aller Freundschaft und Sympathie, die ich für Sie empfinde, kann ich mich doch nicht entschließen, Ihnen Waldeck abzutreten. Sie ahnen ja nicht, wie wertvoll er für mich ist. Er ist gewissermaßen mein Maskottchen. Zweimal hat er mir schon das Leben gerettet. Nein, nein, ich trete nicht von meinem Vertrage zurück. Und ich bitte Sie, setzen Sie ihm nicht etwa Raupen in den Kopf.«

Highmont lachte ein wenig.

»Ich glaube, das habe ich schon getan. Aber er hat es abgelehnt, seinen Herrn vor Ablauf seines Vertrages zu verlassen.«

Römhild stutzte.

»Na, erlauben Sie mal, das ist wohl amerikanisch?«

Gemütsruhig nickte Highmont.

»Ganz recht, wir überlassen jedem die Entscheidung, ob er emporkommen will oder nicht. Aber er scheint ein echter Deutscher zu sein. Trotz seiner energischen Art, das Leben anzufassen; denn er sagte mir, obwohl er seinen Vertrag vielleicht lösen könne, würde er sein Wort halten, da er Ihnen versprochen habe, Sie auf Ihrer ganzen Reise zu begleiten.«

Römhild wußte nicht, was er dazu sagen sollte, und wenn John Highmont erwartet hatte, daß jener die Anständigkeit seines Dieners mit dem gleichen Anstand erwidern und ihn freigeben würde, hatte er sich in seinem Gegenüber sehr geirrt. Dieser würde sich nicht ein Jota von seinem Vertrag abhandeln lassen, ganz gleich, ob er Helmut seine Karriere verderben würde oder nicht. Er zuckte nur die Achseln und sagte:

»Vertrag ist Vertrag!«

John Highmont dachte nicht daran, das Thema jetzt weiter zu verfolgen, er wollte von seinem Neffen erst hören, was für eine Mission er noch zu erfüllen habe. Diese schien es zu sein, die ihn einstweilen noch an Römhild fesselte.

Er wußte jetzt, daß Römhild höchstens für Geld seinen Diener freigeben würde, also wenn er ein Geschäft damit machen konnte. Und so sagte er lachend:

»Es war ja alles nur ein Scherz, Mr. Römhild!«

Nun lachte dieser ebenfalls. Aber Helmut war entschieden im Wert bei ihm gestiegen, da er verstanden hatte, Mr. Highmonts Interesse zu erregen. – –

Bei strahlendem Sonnenschein fuhr der Dampfer durch das Golden Gate in San Franzisko ein. John Highmont wurde von seiner Dienerschaft erwartet, und ein großes, elegantes Auto stand bereit, um ihn und seinen Gast zunächst in seine Villa in San Franzisko zu fahren. Am nächsten Morgen sollte die Fahrt nach Schloß Highmont weitergehen.

Schon die Stadtvilla Highmonts imponierte Alfred Römhild gewaltig. Aber er ließ es sich nicht anmerken und erzählte in ziemlich aufschneiderischem Ton von seiner Villa daheim. Die war gewiß sehr schön und geräumig und mit großer Pracht ausgestattet, aber hier in diesem Hause zeugte alles von einer selbstverständlichen Vornehmheit, die ihn doch etwas beklommen machte.

Helmut aber freute sich an der vornehmen Ausstattung dieses Hauses und war nun sehr voll Erwartung, wie Schloß Highmont auf ihn wirken würde.

Der ganze Haushalt funktionierte tadellos, trotzdem Mr. Highmont doch schon eine ganze Weile hier nicht mehr seine ständige Wohnung hatte. Und Helmut war sehr überrascht über das schöne, geräumige Zimmer, das ihm angewiesen wurde, und das sich kaum von dem seines Herrn unterschied. Er zögerte, einzutreten, als ihn George zu diesem Gemach führte.

»Das ist wohl ein Irrtum, dies Zimmer ist unmöglich für mich bestimmt«, sagte er zurücktretend.

Aber George verneigte sich vor ihm wie vor einem Gast des Hauses:

»Es hat schon seine Richtigkeit, Mr. Highmont selbst hat dieses Zimmer für Sie bestimmt.«

So trat Helmut ein und sah sich bewundernd in dem schönen Raume um. Noch mehr erstaunte er darüber, daß er seine Mahlzeiten in seinem Zimmer serviert bekam und nicht mit den übrigen Domestiken speisen mußte. Er sagte sich, daß er diesen Vorzug dem Umstand verdankte, daß er Mr. Highmont gebeichtet hatte, wer er in Wirklichkeit war. Er fand das außerordentlich taktvoll und großherzig von dem Hausherrn.

Sein Herr spreizte sich in dem ihm angewiesenen Zimmer und kam sich sehr bedeutend vor, daß der reiche Kalifornier ihn als seinen Gast so hoch ehrte, und er fragte sich im stillen, was John Highmont wohl damit bezweckte.

Wahrscheinlich will mich der schlaue Kalifornier mit irgendeinem Geschäft hereinlegen; na, warten wir ab. Alfred Römhild ist gewiß ebenso schlau wie er, dachte er und lachte befriedigt vor sich hin.

Jedenfalls sparte er hier die hohen Hotelkosten, und er nahm mit Wonne überall jeden Vorteil wahr.

Am nächsten Morgen, gleich nach dem opulenten Frühstück, das auch Helmut vorgesetzt wurde, genau wie seinem Herrn, ging die Fahrt weiter nach Schloß Highmont. Mr. John fuhr im ersten Auto mit Römhild zusammen, und im zweiten Auto fuhr Helmut mit Mr. Smith und George, die ihn beide mit größter Zuvorkommenheit und Höflichkeit behandelten. Das große Gepäck war, außer dem Handgepäck, gestern vorausgesandt worden. Das Handgepäck war hinten auf den Autos befestigt.

Mit seinen für alle Schönheit offenen Augen sah Helmut

während der Fahrt um sich. Rechts lag das Meer mit seinen blauen Wogen, die ab und zu weiße Lichter aufgesetzt bekamen durch den sich an der Brandung bildenden Gischt. Links zogen sich in endloser Ausdehnung Obstplantagen hin bis zu den in der Ferne aufsteigenden Bergen. George und Mr. Smith erklärten Helmut bereitwillig die Umgegend. Es war eine herrliche Fahrt. Vom Meere her wehte eine frische Brise, die selbst die kalifornische Hitze erträglich machte.

Und so kam man nach Schloß Highmont. Als es Helmut in der Ferne in seiner weißen Pracht oben auf dem Berge auftauchen sah, richtete er sich hoch empor.

»Was ist das?« fragte er, fassungslos vor Bewunderung.

»Das Haus unseres Herrn!« erwiderte Mister Smith.

»Ein herrlicher, wundervoller Anblick, es liegt da oben wie ein Märchenschloß«, sagte er.

»Oh, warten Sie erst, bis Sie droben sind, dann werden Sie erst die ganze Schönheit dieses Baues ermessen können.«

Helmut kam in den nächsten Stunden nicht aus dem Staunen heraus. Die Auffahrt bis zu dem Portikus, das großartige Vestibül, die Halle mit ihrer kunstvoll vornehmen Ausstattung, auf deren Marmorfußboden die kostbarsten Teppiche lagen, die weiten Säle, einer immer schöner als der andere, die wunderbare teppichbelegte Marmortreppe, die zu den oberen Etagen führte, und die herrlichen Säulenhallen vor den Fenstertüren – das alles betrachtete er mit fassungslosem Staunen und Entzücken.

Sein Herr war ebenfalls sprachlos und kam sich nun doch klein und unbedeutend vor mit seiner am Hertasee gelegenen Villa.

»Donnerwetter, der Kalifornier muß ja schwerreich sein, wenn er sich das alles leisten kann«, sagte er zu Helmut, als dieser seine Koffer auspackte in den beiden herrlichen Räumen, die Römhild zur Verfügung gestellt waren. »Da staunen Sie wohl auch, Waldeck, wie?«

Helmut richtete sich auf, einen Stoß Oberhemden auf dem Arm.

»Ich habe noch nie in meinem Leben eine so vornehm wirkende Pracht gesehen.«

»Nicht wahr, nicht mal in dem prinzlichen Palais, in dem doch ihr voriger Herr wohnte.«

Ein Lächeln glitt über Helmuts Gesicht.

»Da war es viel einfacher als selbst in Ihrer Villa, gnädiger Herr.«

Das richtete Römhilds Selbstbewußtsein wieder etwas auf. Wenn selbst ein Hohenzollernprinz bescheidener wohnte als er, konnte er immerhin zufrieden sein. Aber er beschloß, nach seiner Heimkehr mancherlei in seiner Villa ändern zu lassen, er wollte sich alles gut merken.

»Wissen Sie was, Waldeck, Mr. Highmont hat Ihnen ja erlaubt, Aufnahmen hier in seinem Schlosse zu machen. Da müssen Sie mir mancherlei photographieren, was ich ebenfalls in meiner Villa anbringen lassen möchte.«

Helmut verbeugte sich.

»Ich werde alles aufnehmen, wozu mir Mr. Highmont Erlaubnis gibt.«

»Na, das lassen Sie meine Sorge sein, ich werde schon dafür aufkommen, daß er alles erlauben wird, was von Interesse für mich ist. Er schätzt mich ja sehr. Das kommt auch Ihnen zugute, nicht? All das wäre Ihnen doch nicht vor Augen gekommen, hätten Sie nicht die Stelle bei mir erhalten.«

»Gewiß nicht, gnädiger Herr, ich bin auch dankbar dafür.«

»Na schön! Mr. Highmont hat mir auf dem Dampfer erzählt, daß er versucht habe, Sie mir wegzuengagieren. Toll;

so was bringen bloß Amerikaner fertig. Sie nehmen doch nicht etwa an, daß ich Sie von Ihrem Vertrage entbinde? Mr. Highmont hat das alles freilich nur so quasi scherzhaft gesagt, aber der Teufel traue dem Apotheker! Ich weiß nicht so recht, was er vorhat.«

»Sie können unbesorgt sein, gnädiger Herr, Mr. Highmont hat sicherlich nur gescherzt, und ich werde meinen Vertrag einhalten.«

»Na schön, Sie können auch weiter bei mir bleiben, ich bin bereit, den Vertrag zu verlängern – und werde Ihnen auch noch etwas zulegen.«

»Darüber werden wir sprechen, wenn mein Vertrag abgelaufen ist, gnädiger Herr«, erwiderte Helmut vorsichtig.

»Na schön, mir soll es recht sein.«

Damit war dies Gespräch zu Ende, und Helmut wurde entlassen, als er damit fertig war, die Sachen seines Herrn auszupacken.

Als er auf den hohen, weiten Gang hinaustrat, sah er George an einer Säule lehnen und sich aufrichten. Schnell trat er zu ihm heran.

»Ich will Ihnen jetzt Ihre Zimmer anweisen, Mr. Waldeck, bitte, wollen Sie mir folgen.«

Helmut verneigte sich und folgte ihm. Und zu seiner grenzenlosen Bestürzung wurden ihm zwei Prachträume auf derselben Etage angewiesen, mit dem Ausblick nach dem Meere, das unten am Fuße des Berges seine Wogen heranrollte.

»Hier soll ich doch nicht wohnen, Mr. George?«

»Doch, Mr. Waldeck, die Zimmer liegen gleich neben denen von Mr. Highmont, er wünscht Sie in seiner Nähe zu haben, weil er mit Ihnen noch über die Photos sprechen möchte.«

Also, dachte Helmut, die Lage der Zimmer ist der Bequemlichkeit Mr. Highmonts wegen gewählt worden. Aber warum ich solche Prachtzimmer angewiesen bekomme, verstehe ich nicht. Ich weiß doch, daß, je fürstlicher ein Haus geführt wird, desto einfacher die Dienerzimmer gehalten werden.

Und es wurde ihm ein wenig unheimlich zumute.

George zog sich zurück, und Helmut war allein. Ziemlich beklommen fiel er in seinen Sessel und sah mit großen Augen um sich. Diese Zimmer waren bis ins kleinste kostbar und kunstvoll ausgestattet. Er mußte jedes Stück bewundern. Aber es kam keine reine Freude in ihm auf, er konnte sich nicht erklären, weshalb man ihn mit dieser auserlesenen Pracht umgab.

Gitta war fast jeden Tag zum Postamt gegangen, um nach einem Lebenszeichen von Helmut zu fragen. Ihre Geduld wurde auf eine harte Probe gestellt, denn erst am zehnten Tag, nachdem ihr jener andere Brief für Regi ausgefolgt war, erhielt sie endlich nicht nur einen weiteren für sich, sondern auch einen für Regi. Der für Regi bestimmte steckte wie immer in einem an sie adressierten Kuvert. Aber der andere Umschlag enthielt nur einen Brief für sie selbst. Weil sie in großer Unruhe war, erbrach sie ihn gleich auf der Post. Immer größer wurden ihre Augen während des Lesens.

»Mein sehr verehrtes gnädiges Fräulein!

Wie soll ich Ihnen nur danken, daß Sie mir so viel Vertrauen entgegenbringen und mir offen gesagt haben, was Ihrer Schwester Regina droht, und wie traurig sie darüber ist. Ich antworte Ihnen gleich auf der Post, wo ich Ihren Brief empfing. Ich werde noch heute einen weiteren Brief an Ihre Schwester abgehen lassen. Wahrscheinlich aber erreicht er den zur Abfahrt bereitliegenden Dampfer nicht mehr rechtzeitig. Sie aber sollen so schnell wie möglich beruhigt werden und auch Regina beruhigen. Sagen Sie ihr, sie möge allen Sorgen Valet sagen. Niemals werde ich es zulassen, daß sie dem Manne ausgeliefert wird, der sie gegen ihren Willen zur Frau begehrt. Bauen Sie ganz fest auf mich, ich bin zur rechten Zeit zur Stelle und bringe alles in Ordnung. Darauf gebe ich Ihnen mein Wort. Nicht die leiseste Sorge sollen Sie und Ihre Schwester sich machen. Ich bin in großer Eile! Beruhigen Sie Regina, wenn mein Brief an sie erst später eintreffen sollte. Es ist überhaupt kein Grund zur Sorge vorhanden. Regina gehört mir, und ich lasse sie gewiß keinem andern! Ich verbleibe mit dankbarem Handkuß Ihr treu ergebener

Helmut Waldeck.«

Wie ein belebender Strom ging es von diesem Briefe auf Gitta über. Sie wußte nicht, weshalb sie ein so felsenfestes Vertrauen zu Helmut hatte. Es wurde nur noch von dem Vertrauen zu Gunter Willbrecht übertroffen. Sie wußte nun auch, daß der Brief an Regi doch noch den gleichen Dampfer erreicht hatte, da sie ihn in der Hand hielt, und sie beeilte sich nun, heimzukommen.

Leider war Regi nicht allein, sie saß mit der Mutter im Wohnzimmer, und da es ein trüber, regnerischer Herbsttag war, brannte schon das elektrische Licht.

»Wo warst du denn, Gitta?« fragte die Mutter.

»Ich? Ach – ich habe mich nur ein wenig ausgelaufen. Ich halte es nicht aus, den ganzen Tag im Zimmer zu sitzen, selbst nicht, wenn es regnet. Es hat übrigens jetzt aufgehört, und du solltest ein wenig ins Freie gehen, Mutti; du warst heute noch nicht an der frischen Luft. Regi ist ja am Vormittag ausgewesen, um Besorgungen zu machen, aber du mußt ein wenig hinaus. Die Luft ist herrlich frisch und klar.«

So lockte Gitta die Mutter hinweg, und diese ließ sich auch zum Ausgehen verleiten, da sie Kopfweh hatte.

Die Schwestern brachten der Mutter Überzeug und Schuhe herbei, und Regi sagte zu Gitta, als sie alles zusammensuchten:

»Ich werde Mutti begleiten, damit sie nicht allein geht.«

»Auf keinen Fall«, flüsterte Gitta ihr zu, »ich habe etwas Wichtiges für dich.«

So blieb Regi daheim. Kaum daß die Mutter fort war, zog Gitta die Schwester in ihr Zimmer, drückte sie in einen Sessel und sagte erregt:

»Oh, Regi, ich habe eine ganz wundervolle Nachricht von Helmut Waldeck und auch einen Brief für dich. Aber erst lies, was er an mich geschrieben hat, dann lasse ich dich mit deinem Briefe allein.«

Und Regi las nun, was Helmut an Gitta geschrieben hatte. Aber so sehr sie dieses Schreiben bewegte, glaubte sie doch nicht, daß Helmut Waldeck ihr wirklich helfen konnte. Er stellte sich das alles wohl viel leichter vor und wußte nicht, was auf dem Spiele stand. Als sie fertig war, sah sie zu Gitta auf.

»Nun, Regi, ist das nicht wundervoll? Ich habe mir ja gleich gedacht, daß er der Retter sein wird. Und nun hoffe ich, toll belobt zu werden, weil ich auf den guten Gedanken kam, seine Hilfe anzurufen.«

Regi zwang sich zu einem Lächeln.

»Du hast wirklich großes Lob verdient, Gitta. Aber – nun laß mich bitte erst meinen Brief lesen, damit ich damit fertig bin, ehe Mutti wieder heimkommt.«

Sie küßten sich, und Gitta huschte hinaus, sehr viel leichteren Herzens. Regi öffnete schnell Helmuts Schreiben und las:

»Meine – *meine* Regi! Niemand lasse ich Dich, Du gehörst mir, und ich werde auch Deine lieben Eltern davon überzeugen, daß Du nur mir gehören kannst. Bitte, sei ganz ruhig – heute kann ich Dich nur mit dem trauten Du anreden. Ich ahne, daß schon ein sehr verzagtes Briefchen von Dir an mich unterwegs ist, in dem Du mir sagen wirst, daß Du Dich von mir lösen mußt, weil ein böser Mensch Deine armen Eltern geängstigt hat mit der Drohung, daß sie Dich ihm zur Frau geben müssen.

Du wirst staunen, daß ich das weiß. Ich weiß noch viel mehr, meine Regi. Wieweit Dich Deine Eltern eingeweiht haben über den Grund, weshalb Dein Vater Alfred Römhild sein Wort verpfändete, Dich ihm zur Frau zu geben, entzieht sich freilich meiner Kenntnis. Aber was man Dir auch sagte, sei ganz ruhig und glaube fest daran, daß ich das Mittel kenne, Dich zu befreien. Römhild selbst soll Deinem Vater sein Wort zurückgeben und obendrein alles das, was er Deinem Vater an Deinem und seinem Hochzeitstage auszuliefern verhieß. Du wirst staunen, daß ich den Namen des Mannes kenne, den man Dir als Gatten aufzwingen will. Es macht Dich vielleicht stutzig, daß ich das alles weiß, aber ich kann Dir jetzt noch nicht erklären, wie ich zur Kenntnis dieser Angelegenheiten gekommen bin. Der liebe Gott hat es wohl so gefügt, um Dich retten und mir erhalten zu können. Also sei ganz ruhig, meine Regi, härme Dich nicht mehr und suche Deine Eltern irgendwie zu trösten, ohne daß Du zu viel verrätst. Es wäre mir lieb, könntest Du verheimlichen, was ich Dir hier mitteile. Ich habe Dir alles nur geschrieben, damit Du Dich beruhigst und nicht mehr in Angst und Sorge bist. Sei ganz getrost, ich bin zur rechten Zeit zur Stelle, um Dich zu schützen und auch Deinen Vater von schwerer Sorge zu befreien. Deiner Schwester Gitta innigsten Dank, daß sie mir so viel Vertrauen geschenkt hat. Sie ist ein tapfres, kluges Geschöpf. Ich denke an sie wie an eine liebe kleine Schwester. Und nun schreibe mir bitte gleich ein Wort, das mir sagt, Du seiest wieder ruhig und zufrieden, denkst nicht daran, mich aufzugeben, aus welchem Grund immer Du auch glaubtest, es tun zu müssen. Und nicht wahr – Du gibst auch mir das traute Du, wir gehören doch zusammen, untrennbar. Ich küsse im Geiste Deine lieben Hände und Deine Augen – bis es mir vergönnt ist, in Wirklichkeit Deine Lippen zu küssen.

Dein Helmut.«

Regi mußte diesen Brief einige Male durchlesen, bis sie vollkommen begriff, daß Helmut Waldeck wirklich über alles unterrichtet sein mußte, was ihren Vater bestimmt hatte, Römhild ihre Hand zu versprechen. Und der sichere, bestimmte Ton und nicht minder die unbedingte Zuversicht, die aus Helmuts Worten klang, beruhigte auch sie und wälzte den Stein hinweg, der ihr auf der Brust lag. Freilich liefen ihr die Tränen aus den Augen, und ein wenig verzagt war sie noch immer, aber mit den Tränen löste sich auch die Qual, die sie so lange bedrückt hatte. Sie brachte Helmut ebenfalls unbegrenztes Vertrauen entgegen und glaubte es ihm, daß er tatsächlich ein Mittel hatte, um Römhild für den Vater und sie unschädlich zu machen.

Als nach einer Weile Gitta leise die Tür öffnete und erwartungsvoll ins Zimmer sah, erhob sich Regi und zog sie ins Zimmer herein. Die Schwester innig umarmend, küßte sie diese und sagte, unter Tränen lächelnd:

»Ach, Gitta, wie gut, daß du an Helmut geschrieben hast. Er kann wirklich helfen und wird es tun; ist das nicht wundervoll? Irgendein wunderbares Ereignis hat es gefügt, daß er um all meine Nöte weiß. Er kennt Römhild, weiß, weshalb und wie er Vater und mich bedrängt, und wird zur rechten Zeit hier sein, um mich zu erretten und Römhild, ich weiß nicht, wodurch, veranlassen, Vater sein Wort zurückzugeben. Aber alles dieses muß Geheimnis zwischen uns bleiben, Gitta. Was ich den Eltern sagen werde, um sie ein wenig zu beruhigen, weiß ich noch nicht; irgend etwas muß ich erfinden, weil ich ihnen die Wahrheit noch nicht enthüllen darf. Hörst du, Gitta, wir müssen schweigen. Ich habe nur dir dies alles offenbart, weil du ja die erlösende Tat getan hast, und – weil ich dir beweisen will, daß ich dich ganz gewiß nicht für ein dummes Kind halte. Ach, Gitta, wüßtest du, wie leicht mir nun ums Herz ist.«

Gitta war ebenfalls erstaunt und überrascht; eine so prompte Wirkung ihres Schreibens hatte sie nicht erwartet. Der Kopf war ihr ein bißchen wirr, aber sie faßte doch das eine, daß Regi von ihrer Qual und Sorge erlöst war, und das war im Augenblick die Hauptsache. Gitta sagte halb lachend, halb weinend:

»Sagte ich's nicht, ein blindes Huhn findet auch mal ein Korn. Ich bin glücklich, daß du nun wieder froh und friedlich bist. Wenn ich das alles auch nicht verstehe und begreife, so fühle ich doch, daß ich keine Dummheit gemacht habe. Und du kannst ganz ruhig sein, ich verrate kein Wort von allem, was du mir gesagt hast.«

»Das weiß ich, Gitta, und nun will ich dir aus Helmuts Brief eine Stelle zeigen, die dich angeht.«

Und sie zeigte ihr den Schluß von Helmuts Brief, in dem er von Gitta sprach. Dabei las Gitta nun freilich auch mit, daß Helmut Waldeck Regi mit du anredete. Da weinte sie ein wenig und küßte die Schwester wieder.

»Ach, Regi, wie lieb von ihm, so von mir zu schreiben. Das macht mich unbändig stolz und nicht minder das Bewußtsein, daß ich mal was Gescheites getan habe. Wenn ich diesen Helmut nur erst richtig kennenlernen könnte. Aber ein Prachtmensch muß er schon sein. Ich kann dir nur Glück wünschen, daß er dich zu seiner Gattin machen will. Er wird freilich an dir auch eine herrliche Frau haben.«

»Und nun gehst du wieder hinaus, Gitta, und siehst, daß du Mutter davon abhalten kannst, zu mir zu kommen. Ich möchte diesen Brief ohne Säumen beantworten. In meinem letzten Schreiben mußte ich ihm sagen, ich sei gezwungen, ihn aufzugeben und daß wir uns nie angehören könnten. Nun darf ich das gottlob zurücknehmen.«

Gitta entfernte sich und setzte sich ins Wohnzimmer. Ganz verträumt sah sie vor sich hin. Wie wunderbar mußte es doch sein, wenn man so geliebt wurde wie Regi von Helmut Waldeck. Aber ebenso wunderbar mußte es sein, wenn man so wiederlieben durfte, wie Regi es tat. Und da mußte sie an Gunter Willbrecht denken und schloß die Augen, so daß er im Geiste vor ihr stand mit seinem energischen Gesicht und den guten, offnen Augen, die sie immer so warm und zärtlich anblickten. Konnte es sein, daß er sie liebte? Und – war das, was sie für ihn empfand, Liebe?

Sie schrak erst auf aus ihren Träumen, als Frau Darland zurückkam. Sie sprang auf und umarmte die Mutter und plauderte so lebhaft mit ihr, daß diese gar nicht daran dachte, nach Regi zu fragen.

Regi hatte inzwischen ihren Brief beendet und huschte zur Korridortüre hinaus, um ihn in den Postkasten zu werfen. Als sie zurückkam und in das Wohnzimmer zu Mutter und Schwester trat, glänzten ihre Augen so hell wie seit Jahren nicht. Sie umarmte die Mutter herzlich und küßte sie wie früher.

Erfreut sah die Mutter in der Tochter Gesicht, strich ihr zärtlich über das Haar und sagte überrascht:

»Meine Regi, du siehst so viel froher und ruhiger aus als sonst.«

»Ja, Mutti, ich bin auch viel froher und fühle mich ruhiger. Wir alle wollen jetzt nicht mehr betrübt sein, der liebe Gott wird schon alles fügen, wie es gut und richtig ist. Vielleicht verzichtet Römhild doch noch auf meine Hand, vielleicht verliebt er sich unterwegs in eine andere Frau, oder es geschieht sonst etwas, das uns Rettung bringt. Laß uns nur auf Gott vertrauen, Mutti, er kann Wunder tun. Wir wollen jetzt gar nicht mehr an Römhild denken. Ist er zurück, werden wir weitersehen. Du sollst dich jedenfalls nicht mehr sorgen, und Vater auch nicht. Wie es der liebe Gott fügt, so wird es gut und richtig sein. Vater soll sich ganz fest darauf verlassen, daß noch alles gut wird, und das sollst du auch tun, Mutti. Wir wollen zuversichtlich dem Kommenden entgegensehen.«

Auch Frau Maria Darland wurde bei diesen Worten Regis das Herz etwas leichter, wenn sie auch nur annahm, daß Regi tapfer dem Unvermeidlichen entgegensähe. Vielleicht hatte sie sich damit abgefunden, im schlimmsten Falle Römhilds Frau zu werden.

Als der Vater nach Hause kam, staunte er über die frohe,

heitere Stimmung seiner Damen. Regi sagte ihm ungefähr dasselbe wie der Mutter, und er atmete erleichtert auf. Der letzten Tage Qual war groß gewesen für ihn wie für alle diese Menschen; ihnen war, als atmeten sie in reinerer Luft als zuvor.

Helmut von Waldeck saß noch ganz benommen in seinem Prachtzimmer, als es an die Tür klopfte. Er schrak empor und rief zum Eintritt. Und da wurde die Verbindungstür, die nach den Zimmern des Schloßherrn führte, aufgemacht, und auf der Schwelle erschien John Highmont.

Helmut sah ihn etwas beklommen an.

»Ich wollte nur sehen, ob Sie gut untergebracht sind, Herr von Waldeck.«

Helmut verneigte sich.

»Ich bin so untergebracht, Mr. Highmont, daß ich mich dadurch beinahe verwirrt fühle. Ist es denn kein Irrtum, daß ich diese Prachtzimmer bewohnen soll? Die meinem Herrn angewiesenen sind kaum so vornehm und schön wie diese.

John Highmont lächelte.

»Es liegt mir auch daran, daß Sie sich hier wohler fühlen als Ihr Herr.«

»Ich bin aber doch nur sein Diener.«

John Highmont winkte leicht ab.

»Für mich sind Sie der Freiherr von Waldeck. Und, wenn Sie wahrnehmen, daß meine Dienerschaft Ihnen in keiner Weise kollegial begegnet, so erklären Sie sich das, bitte, damit, daß ich die Parole ausgegeben habe, Sie hätten die Rolle eines Dieners nur in einer geheimen Mission übernommen und seien in Wirklichkeit kein Diener.«

»Aber warum das alles, Mr. Highmont? Ich bin sehr betreten über die große Auszeichnung, mit der Sie mich behandeln.«

»Nun, Sie sollen hier später als ein anderer auftreten. Oder gereut es Sie schon, daß Sie mir zugesagt haben, zu mir zu kommen, wenn Sie Ihre Mission erfüllt haben und Ihres Vertrages entbunden sind?«

»Nein, das gereut mich wahrhaftig nicht, ich kann ja dabei nur gewinnen und, von alledem abgesehen, ich hege eine so große Hochachtung und Bewunderung für Sie, daß ich mich namenlos darauf freue, eines Tages Ihr Angestellter sein zu dürfen. Ich weiß schon jetzt, daß Sie mir eine Position anbieten werden, in der ich besser zu zeigen vermag, was ich schaffen und leisten kann als in meiner jetzigen Niedrigkeit. Aber alles das erklärt mir nicht, weshalb Sie mich mit so großer Auszeichnung behandeln. Denn noch bin ich nichts als der Diener einer Ihrer Gäste.«

»Für mich doch! Aber – bitte lassen Sie uns Platz nehmen.«

Er ließ sich nieder und deutete auf einen der andern Prunksessel, die im Zimmer standen. Unsicher und beklommen ließ sich Helmut darin nieder.

»Also, ich bin Ihnen nicht unsympathisch, Herr von Waldeck?«

Helmut sah ihn groß und ernst an.

»Wenn ich mir erlauben darf, es Ihnen zu sagen – nein, Sie sind mir im Gegenteil sehr sympathisch und waren es vom ersten Augenblick an. Sofort als ich Sie auf der Terrasse des Hotels Royal in Honolulu sah, fühlte ich für Sie eine sehr starke Sympathie und ein mir unerklärliches Interesse.«

John Highmont beugte sich vor und sah ihn mit seltsam warmen Blicken an.

»Sie haben wohl gehört, daß ich meine Frau und meinen einzigen Sohn vor nahezu zwei Jahren bei einem schweren Autounglück verloren habe?«

»Ja, Mr. Highmont.«

Dieser seufzte tief auf.

»Es war ein harter Schlag für mich, und daß ich jetzt wieder darüber sprechen kann, ohne verzweiflungsvoll meinen Schmerz hinauszuschreien, erscheint mir selbst wie ein Wunder. Dieser mein einziger Sohn würde jetzt so ungefähr vierundzwanzig Jahre alt sein. Kurz vor seinem Tode ist eine sehr gute photographische Aufnahme von ihm gemacht worden. Sie haben sich wohl in Ihren Zimmern noch nicht umgesehen, warten Sie einen Moment, ich will Ihnen dieses Photo herüberholen, ich ließ es in Ihr Zimmer stellen.«

John Highmont erhob sich und holte vom Kaminsims des Nebenzimmers ein in einen kostbaren, aber sehr schlichten Rahmen gefaßtes Bild. Er hielt es Helmut vor die Augen. Dieser sah auf das Bild herab und zuckte leise zusammen. Er erinnerte sich einer Aufnahme von sich, die ihn etwa im gleichen Alter gezeigt hatte, und er mußte denken, daß das Gesicht des verstorbenen jungen Highmont dem seinen sehr ähnlich sei. Er sah fragend zu John Highmont empor, dessen leidgereiftes Gesicht sich schmerzlich verzogen hatte. Tief aufatmend sagte er:

»Jetzt kann ich mir erklären, was Sie auf mich aufmerksam werden ließ, Mr. Highmont; ein Zufall hat es gefügt, daß ich Ihrem verstorbenen Sohn ähnlich sehe. Diese Ähnlichkeit würde Ihnen noch mehr aufgefallen sein, hätten Sie mich in demselben Alter kennengelernt.«

John Highmont nickte stumm, sah noch einmal vergleichend von dem Photo zu Helmut hinüber und stellte das

Bild auf den zwischen ihnen stehenden Tisch. Dann sagte er:

»Ja, mir scheint, hätte mein Sohn Ihr Alter erreicht, und hätte er so im Lebenskampf stehen müssen wie Sie jetzt, so würde er Ihnen außerordentlich ähnlich sein. Aber – das ist kein Zufall und auch kein Wunder.«

Erstaunt sah Helmut ihn an.

»Wie meinen Sie das, Mr. Highmont?«

Dieser hatte sich wieder niedergelassen und beugte sich vor, Helmut fest ansehend.

»Haben Sie meinen Namen schon einmal ins Deutsche übersetzt?«

Helmut schüttelte den Kopf.

»Highmont? Hochberg!« sagte er und stutzte ein wenig.

John Highmont nickte.

»Ganz recht, Hochberg. Und Sie befinden sich in Schloß Hochberg. Weckt das keine Erinnerungen in Ihnen?«

Helmuts Augen weiteten sich.

»Schloß Hochberg? Ja, meine Mutter ist in einem Schloß Hochberg geboren, das freilich ein alter, verfallener Bau war. Sie war eine Komtesse Hochberg.«

Wieder nickte John Highmont mit einem leisen Lächeln.

»Ganz recht. Und Ihre Mutter hatte, soviel ich weiß, neben anderen Brüdern, Schwestern, Vettern und Basen einen Bruder, der ein schlimmer Luftikus war und zum Entsetzen seiner steifnackigen Verwandtschaft sehr viele dumme und tolle Streiche machte.«

Helmut zuckte zusammen.

»Ja, meiner Mutter Bruder Hans; sie hat ihn sehr bedauert und betrauert, weil er verschollen war, und behauptete immer, er sei der wertvollste unter ihren Geschwistern gewesen.«

»So, hat sie das gesagt, meine gute Nora? Nun, sie war mir auch die liebste unter meinen Geschwistern und die einzige, die mir traurig nachsah.«

Jetzt sprang Helmut erschrocken auf. Er starrte Highmont an.

»Sie – Sie sind – Graf Hans Hochberg – der verschollene Bruder meiner Mutter?«

Auch Highmont erhob sich.

»Ja, Helmut, ich bin dein Onkel Hans. Aus Hochberg machte ich Highmont, aus Johannes John, und der Graf wurde über Bord geworfen als unnützer Ballast, als es galt, mein Brot zu verdienen. In welchen Eigenschaften ich das alles versucht habe – nun – ein Dienerposten war zufällig nicht darunter, aber ich bin Straßenkehrer, Schneeschipper, Kellner, Zeitungsverkäufer und dergleichen mehr gewesen, ehe ich als armer Kerl, ziemlich zerlumpt und bettelhart arm, nach San Franzisko verschlagen wurde, wo das Glück auf mich wartete, trotzdem ich mitten in das Erdbeben hineingeriet. Aber das sollst du alles später erfahren, mein lieber Neffe Helmut. Jetzt reich' mir erst mal deine Hand, ich habe es gleich gespürt, wir sind von einer Art und gleichen Blutes, wenn du auch kein solcher Bruder Leichtfuß gewesen bist wie ich. Aber dazu hat mich meine adelstolze Sippe nur getrieben mit ihrem Formelkram, ihrer Herzenskälte. Das ertrug ich nicht, und es machte mir Spaß, ihnen einen moralischen Schauder nach dem andern über ihren steifen Rücken hinabzujagen, bis sie mich selbst davonjagten. Aber, wie gesagt, das erzähle ich dir später; erst will ich dir erklären, wie es kam, daß ich in Honolulu war und mich sehr contre coeur mit deinem nichts weniger als sympathischen Herrn anfreundete. Und vor allen Dingen sage mir jetzt einmal, ob du dich ein bißchen freust, daß ich noch am Leben bin, und daß wir uns hier bei den Händen halten.«

Helmut umspannte Highmonts Hände mit einem fast krampfhaft festen Druck.

»Onkel Hans – mein Gott – das erschüttert mich tief und freut mich unsagbar – ich habe zuweilen daran denken müssen, ob du noch am Leben sein möchtest, hielt es aber nicht für möglich, weil niemals die geringste Kunde von dir zu uns kam.«

»Nein, ich war fertig mit allen denen, die mich einst fallenließen. Daß deine Mutter meiner gedachte, ahnte ich nicht. Ich erinnerte mich erst meiner Verwandten, als ich ganz einsam geworden war. Da forschte ich nach ihnen. Fand aber nur noch dich.«

Er zog Helmut neben sich auf einen Diwan und berichtete, wie er ihn gefunden hatte, und wie lange er darauf hatte warten müssen, ihn persönlich kennenzulernen.

Aufmerksam hörte Helmut zu, und seine Augen ließen nicht von dem einzigen Verwandten, zu dem ihn das Schicksal geführt hatte. Und als Highmont seinen Bericht beendet hatte, sagte er herzlich:

»Und nun wirst du doch bei mir bleiben, Helmut, du siehst meinem Sohne so ähnlich, daß du ihn mir ein wenig ersetzen kannst.«

Etwas beklommen sah Helmut zu ihm auf.

»Onkel Hans, jetzt verstehe ich alle deine Worte, mit denen du mich von Römhild lösen wolltest. Wie gern ich bei dir bleiben möchte, kannst du dir denken. Aber noch bin ich an Römhild gebunden, nicht nur durch mein Wort und meinen Vertrag, sondern auch noch durch eine Mission. Ich sprach dir schon davon, noch ehe ich ahnte, daß du mir verwandt seiest, denn ich hatte von Anbeginn an ein großes, unerklärliches Vertrauen zu dir. Du sollst jetzt aber alles wissen, ich will kein Geheimnis vor dir haben, und du wirst verstehen, daß ich vor allem meine Mission erfüllen muß. Es heißt für mich, eine mir teure und geliebte Frau vor einem schlimmen Schicksal zu bewahren. Ich werde jetzt kaum noch Zeit haben, dir das alles zu berichten, Römhild kann jede Minute nach mir verlangen. Wenn es dir recht ist, komme ich heute abend, sobald ich von meinem Herrn entlassen bin, zu dir und berichte dir alles.«

»Willst du denn jetzt noch als Römhilds Diener fungieren? Ich habe gedacht, dich sofort von deinem Vertrag lösen zu können, wenn ich deinem Herrn sage, wer du bist. Eventuell löse ich dich durch eine Geldsumme von ihm, mir scheint, bei ihm kann man mit Geld alles erreichen.«

»Daran zweifle ich kaum, Onkel Hans, aber – ich will nicht aus seinen Diensten scheiden, bevor ich nicht in Deutschland mit ihm angekommen bin. Du wirst das verstehen, sobald du alles weißt. Und ich bitte dich sehr, laß Römhild nichts von unserer Verwandtschaft ahnen.«

»Das wird mir sehr schwer werden. Ich will mich doch deiner Gesellschaft freuen, habe mich schon die ganze Zeit darauf gefreut. Nun soll ich dich diesem unsympathischen Menschen noch überlassen?«

»Er wird dir noch viel unsympathischer werden, Onkel Hans, wenn du alles erfährst, was ich von ihm weiß. Aber bitte, tue, um was ich dich gebeten habe. Wir werden auch ohnedies viel zusammen sein können. Alle Zeit, die Römhild mir läßt, und in der du mich brauchen kannst, werde ich dir widmen. Es werden sich Vorwände finden lassen, daß Römhild nichts argwöhnt, wenn du mich in deine Nähe ziehst. Du sagst, dein Diener George halte mich für einen Menschen, der die Dienerrolle in einer heimlichen

Mission spielt, nun, von jetzt an tue ich das wirklich. George wird also nichts dabei finden, wenn wir in Abwesenheit Römhilds wie Gleichberechtigte miteinander verkehren. So wird sich schon alles einrichten lassen. Ich – ich bin ja so von Herzen froh und glücklich, daß ich dich gefunden habe, Onkel Hans.«

Sie drückten sich beide die Hände und sahen sich mit großen, ernsten Augen an. Keine Ahnung kam Helmut, daß Highmont in ihm seinen Erben sah, er hoffte nur, daß ihm Onkel Hans eine sichere Lebensstellung bieten würde, in der er Regina ein sorgloses Dasein ermöglichen konnte. Reginas wegen freute er sich darüber. Aber jetzt schoß nur das warme, herzliche Gefühl in ihm auf, einen sympathischen Blutsverwandten gefunden zu haben.

John Highmont nickte ihm nun zu.

»Gut, mein Junge, du wirst wissen, was du tun und lassen mußt. Es soll also alles nach deinen Wünschen gehen. Ich gehe jetzt mit Römhild zu Tisch und werde dieser Tage noch einige Gäste einladen, damit ich nicht allein die Kosten der Unterhaltung im Verkehr mit ihm zu tragen brauche. Ich denke da an einige deutschsprechende Herren. Auch der eine Direktor unserer Aktiengesellschaft spricht fließend deutsch. Den werde ich zu mir bitten. Ich habe ohnedies einiges Geschäftliche mit ihm zu verhandeln. Und er kann Römhild mit sich nehmen auf unsere Plantagen und ihn dort und in den großen Konservenfabriken herumführen. Da ist er für ein paar Tage unschädlich gemacht; ich werde dafür sorgen, daß er dich inzwischen hierläßt. Du mußt nun schon auf deinem Zimmer speisen, aber ich werde dir Mr. Smith zur Gesellschaft schicken, er nimmt ebenfalls an, daß du nur in Erfüllung einer Mission den Diener spielst, und wird die Mahlzeiten mit dir einnehmen. Er ist ein sehr gebildeter und belesener Mensch.«

»Ich danke dir, Onkel Hans. Und nun muß ich mich erst einmal wieder nach meinem Herrn umsehen, er wird Toilette für die Abendtafel machen wollen. Er wird mich schon erwarten. Selbstverständlich muß es ihm verborgen bleiben, wie fürstlich ich hier untergebracht bin; er kümmert sich eigentlich auch niemals darum, wie und wo ich logiere.«

»Gut, mein Junge, so gehe! Nach der Tafel sehe ich dich dann bei mir, du brauchst nur hier durch diese Tür zu treten. George weiß Bescheid.«

Sie sahen sich tief in die Augen und reichten sich die Hände.

Als Helmut zu Römhild ins Zimmer trat, lag dieser auf einer Chaiselongue und hatte anscheinend geschlafen.

»Gnädiger Herr, es ist Zeit zur Toilette für das Diner.«
Römhild gähnte.
»Na schön, dann muß ich wohl aufstehen. Legen Sie alles zurecht, Waldeck. Smoking genügt doch wohl, trotzdem hier alles comme il faut ist.«

»Gewiß, gnädiger Herr, Smoking genügt.«
»Wissen Sie, ob außer uns noch andere Gäste im Hause sein werden?«

»Vorläufig nicht, aber ich hörte, daß Gäste erwartet werden.«

»Hm! Wie sind Sie denn untergebracht in diesem Palast?«

»Sehr gut, gnädiger Herr!«
Römhild machte nun Toilette, und Helmut bediente ihn mit der ihm eigenen Noblesse, die seinem Herrn immer ein

bißchen imponierte. Und zur rechten Zeit, als der Gong ertönte, war Römhild fertig. Helmut spritzte ihm noch etwas Kölnisches Wasser an, befeuchtete auch ein Tuch damit und reichte es seinem Herrn, und dann entfernte dieser sich.

Gewohnheitsgemäß stellte Helmut die gestörte Ordnung wieder her, dann begab er sich in sein Zimmer zurück. Er hatte gerade noch Zeit, sich ein wenig zu erfrischen, als George eintrat, um den Tisch in dem ebenfalls für Helmut bestimmten Nebengemach zu decken. Wenige Minuten später trat Mister Smith ein, begrüßte Helmut artig, und beide ließen sich am Tisch nieder. Gleich darauf begann ein Diener zu servieren. Es wurde ein sehr sorgfältig zubereitetes Mahl aus Suppe, Fisch und Geflügel mit allerlei delikaten Beilagen aufgetragen. John Highmont liebte keine überladenen, üppigen Mahlzeiten, aber alle Gerichte waren in vollendeter Weise zubereitet und gut ausgewählt. Dazu wurde ein leichter Wein gereicht. Helmut und Smith unterhielten sich ausgezeichnet. Nun Helmut wußte, daß ihn der Sekretär nicht für einen Diener hielt, brauchte er sich nicht zu bemühen, die Allüren eines solchen vorzutäuschen. Er konnte sich gehenlassen, und schon das empfand er als Wohltat. Er war noch etwas benommen von der Entdeckung, daß John Highmont sein Onkel Hans war. Das alles war gar zu überraschend für ihn gekommen. Aber das Gefühl der Zugehörigkeit zu ihm wurde immer stärker in ihm, und er freute sich, daß er nach dem Diner, und nachdem er seinem Herrn die letzten Dienste getan hatte, wieder mit dem Onkel plaudern und sich einmal das Herz freireden durfte von allem, was ihn bewegte.

Er hatte gerade seine Mahlzeit mit Mr. Smith beendet, als Römhild ihn schon wieder zu sich rief. Dieser war etwas mißlaunig. Mr. Highmont hatte ihn gleich nach Tisch höflich aber bestimmt gebeten, ihn nun für den Abend zu entschuldigen, er sei müde von der Reise und wolle sich zur Ruhe begeben.

»Sie sind gewiß auch müde, Mr. Römhild, und es wird auch für Sie das beste sein, zur Ruhe zu gehen. Morgen werden mehr Gäste im Hause sein, und Sie werden genug Unterhaltung haben, wenn auch ich selbst nicht viel dazu beitragen kann. Das Frühstück nehmen meine Gäste immer allein ein, nur zum Lunch und zum Diner sind wir beisammen. Es stehen Ihnen alle Räume des Hauses nebst Park und Terrassen zur Verfügung, Bibliothek, Schreibzimmer, Billardzimmer, das Schwimmbassin und die Halle für gymnastische Übungen. Vielleicht ist es am zweckmäßigsten, ich postiere einen meiner Diener in Ihrem Vorzimmer, damit er Sie überall herumführen kann und Ihnen zur Verfügung steht, denn Ihr Diener weiß im Hause vorläufig so wenig Bescheid wie Sie selber. Also gute Nacht, Mister Römhild, ich wünsche wohl zu ruhen.«

Damit hatte sich John Highmont ohne weiteres zurückgezogen, und Römhild war nur auf seine eigne Gesellschaft angewiesen. Da er nicht wußte, was er vor Langeweile machen sollte, entschloß er sich tatsächlich, ebenfalls zur Ruhe zu gehen, nachdem er Helmut gegenüber sich über den langweiligen Abend ordentlich ausgeschimpft hatte.

Helmut zweifelte nicht, daß sein Onkel ihn nur möglichst bald von seinem Dienst hatte befreien wollen. Sobald er Römhild die letzten Dienste getan hatte, wurde er auch von ihm entlassen.

Er suchte sein Zimmer auf und klopfte sofort bescheiden an die Tür des Nebenzimmers. George schien bereitzustehen und ließ ihn eintreten. Dann führte er ihn mit einer respektvollen Verbeugung in das daranstoßende Gemach. Es war Highmonts Arbeitszimmer. Wie alle Räume des Schlosses waren auch die des Hausherrn vornehm und kostbar ausgestattet. John Highmont saß am Schreibtisch und rauchte eine kurze Pfeife, was er mit Vorliebe tat, wenn er allein war. Er reichte Helmut mit strahlenden Augen die Hand und deutete auf einen seitwärtsstehenden Sessel. George hatte sich gleich wieder entfernt.

»Nimm Platz, Helmut. Ich bin froh, daß dich Römhild so bald entlassen hat. Ich glaube, er war etwas ungehalten, daß ich ihm so früh Nachtruhe verordnete.«

Helmut lachte.

»Sehr erfreut war er nicht darüber, aber er ist dann doch zu Bett gegangen.«

»Well, da ist er besorgt und aufgehoben. Offen gesagt, nun er für mich seinen Zweck erfüllt hat, ist er mir noch unausstehlicher als zuvor. Das ist eigentlich undankbar, wie?«

»Ich denke nicht, Onkel Hans; er ist sehr stolz darauf, daß du ihn eingeladen hast, und – offen gesagt – ich konnte mir gar nicht erklären, daß du an der Gesellschaft dieses Mannes Gefallen finden könntest.«

Herzlich und warm sah ihn sein Onkel an.

»Aber nun weißt du, weshalb ich aus der Not eine Tugend machte. Willst du rauchen? Zigarre, Zigarette oder Pfeife? Kannst alles haben, wie du siehst.«

»Dann bitte ich um eine Zigarette. Wenn ich auf dieser Reise schon mal Zeit hatte, zu rauchen, mußte es immer eine Zigarette sein, weil die am schnellsten erledigt ist.«

»So bediene dich. Herrgott, mein Junge, wie bin ich froh, dich gefunden zu haben, und daß ich nun nicht mehr so einsam und verlassen bin.«

»Nicht froher als ich, Onkel Hans. Ich kenne es seit Jahren nicht mehr, zu einem Menschen zu gehören. Es ist mir noch immer wie ein schönes Märchen, daß ich dich gefunden habe oder vielmehr du mich. Aber nun will ich dir erst einmal erzählen von meiner Mission, und was damit zusammenhängt.«

Und er berichtete kurz und klar, wie er sich durchgehungert hatte, bis er den Entschluß gefaßt, die Dienerstelle bei Römhild anzunehmen, und wie ihm schon in den ersten Tagen die Erkenntnis gekommen war, welche Schwierigkeiten ihm überall entgegentraten, weil er in Römhild einen verachtenswerten und unleidlichen Menschen erkannt hatte. Er machte kein Hehl daraus, wie das Zeugnis Zustandekommen war, weil er sonst auch diese Stellung nicht erhalten haben würde. Dann berichtete er von seiner Bekanntschaft mit Regina Darland, und wie er erschrocken war, als ihn sein Herr mit Blumen zu ihr geschickt hatte. Nichts verschwieg er dem Onkel, nicht den Eindruck, den Regina auf ihn gemacht hatte, nicht, was er an der geschlossenen Korridortür bei Darlands erlauscht hatte, nichts von den unangebrachten Vertraulichkeiten seines Herrn. Er beichtete auch, den offen gelassenen Brief seines Herrn an Darland gelesen zu haben, und wie er dabei von heißer Angst um Regina Darland erfaßt worden sei, woran er dann gemerkt hatte, wie lieb und teuer sie ihm geworden war.

Kurzum, alles berichtete er getreulich. Er erzählte vom zweiten Zusammentreffen mit Regina und von dem Nachrichtendienst zwischen ihr und ihm, der ihn trotz seiner Spärlichkeit dennoch so hoch beglückt hatte. Von seiner Nebenbeschäftigung als Reiseberichterstatter sprach er und von seinen Hoffnungen und Wünschen, Reginas Vater und sie selber von dem auf ihnen lastenden Druck befreien zu können.

Dann schilderte er die diversen Abenteuer, durch die er Römhild nur noch mehr hatte verabscheuen lernen, und wobei er seinem Herrn einige Male, allerdings nur aus seinem Pflichtgefühl heraus, das Leben rettete.

Auch das verschwieg er nicht, wie er Römhild in seine Hand bekommen hatte, ohne daß dieser bisher etwas von seinem Wissen über die Art von Achmed Dabrazahrs Tod ahnte. Er zeigte dem Onkel das Bekenntnis von Zenaide Dabrazahr und steckte es sorglich wieder zu sich.

Und nun sprach er über seine Genugtuung, über ein Mittel zu verfügen, um Regina zu befreien und sie somit vor einem schweren Schicksal zu bewahren. Er zeigte dem Onkel Gittas Briefe, zeigte ihm auch, was Regina ihm geschrieben hatte, und berichtete über den Ausfall seiner Antworten. Zuletzt zog er Reginas Bild hervor, reichte es dem Onkel mit leuchtenden Augen und sagte bewegt:

»Du wirst nun verstehen, daß ich mit Römhild zurückkehren muß. Er wird auf seinem Schein bestehen. Wodurch und inwieweit er Reginas Vater in der Hand hat, weiß ich nicht, aber er wird seine Überlegenheit ausnutzen wollen. Dann werde ich zu ihm gehen und ihm das Bekenntnis Zenaide Dabrazahrs vorhalten. Ich werde ihm sagen, daß ich gesonnen bin, ihn erbarmungslos den Gerichten auszuliefern, wegen des an Achmed Dabrazahr begangenen Totschlages, wenn er nicht auf Regina verzichtet und ihren Vater von seinem Versprechen entbindet. Selbstverständlich muß ich erst mit Herrn Darland sprechen. Er muß mir mitteilen, welche Waffen Römhild gegen ihn in der Hand hat. Und dann denke ich schnell mit Römhild fertig zu werden.«

Aufmerksam hatte John Highmont seinem Neffen zugehört und lange auf das Bild Regina Darlands gesehen. Es sprach etwas Warmes, Liebes und Reines aus Reginas Zügen zu ihm, aber er wollte doch Helmut noch einmal auf eine schwere Probe stellen.

»Das alles ist mir sehr interessant gewesen, Helmut, aber nun ich deine Lebenspläne kenne, muß ich dir etwas sagen, was diese vielleicht hinfällig machen wird. Du sollst wissen, daß du mein Erbe sein wirst, und daß ich beabsichtige, dich ganz als mein Sohn zu betrachten. Aber – wenn ich nun eine andere Frau für dich ausgewählt hätte, eine Frau, die besser zu deinen veränderten Verhältnissen passen würde; wenn ich dir erklärte, daß ich dich nur unter der Bedingung zu meinem Erben machen würde, daß du diese andere Frau heiratetest?«

Helmut sah ihn ganz bestürzt an.

»Lieber Onkel, so sehr ich mich freute, dich gefunden zu haben, so sehr bestürzt es mich, daß du in mir deinen Erben sehen willst, den Erben all deiner Reichtümer. Das macht mich mehr betroffen, als daß ich mich darüber freuen könnte. Du darfst mir daher nicht zürnen, wenn ich dir sage, daß nichts mich bewegen kann, von Regina Darland zu lassen. Ich habe sie ehrlich lieb, und sie besitzt mein Wort. Bitte, sei mir nicht böse. Du wirst einen anderen Menschen finden, den du mit deinem Reichtum beglücken kannst, und der bereit ist, die ihm von dir bestimmte Frau aus deinen Händen zu empfangen. Ich wäre sehr traurig, wenn das eine Mißstimmung zwischen uns bringen würde. Aber Regina Darland ist die einzige, die ich an meine Seite stellen kann. Auch sie verzichtet mit Seelenruhe auf einen reichen Mann und will nur mir angehören. Wir werden uns schon durchschlagen, darum ist mir jetzt nicht mehr bange. Ich gestehe ganz offen, daß ich mich freute, als John Highmont so viel Interesse an mir nahm, um mir eine gute Stellung anzubieten, und daß ich dabei dachte, nun würde ich schneller imstande sein, meiner Regina ein sorgloses, wenn auch bescheidenes Dasein zu bieten. Wolltest du mir dieses Wort halten, trotzdem du für mich nun nicht mehr John Highmont sondern mein Onkel Hans bist, wäre ich dir sehr dankbar. Aber auch wenn du das rückgängig zu machen gedenkst, werde ich mich schon durchsetzen, wie du dich auch durchgesetzt hast. Nur bitte ich dich herzlich, laß dadurch keine Mißstimmung zwischen uns treten – ich – ich habe dich schon so liebgewonnen, als daß ich dich wieder verlieren möchte.«

Dabei sah er dem Onkel so herzlich bittend in die Augen, daß dessen Blick sich feuchtete. Er faßte Helmuts Hand mit warmem Druck.

»Ich wollte dich nur auf die Probe stellen, mein Junge, und es freut mich, daß du bestanden hast. Also heirate deine Regina, bringe sie mir, sie soll mir willkommen sein und wird hoffentlich in mein ödes Haus etwas Licht und Wärme bringen. Oder – weißt du, was ich tue – ich komme mit nach Deutschland, sehe von ferne der Erfüllung deiner Mission zu und trete dann als dein Onkel in Aktion. Aber nun stelle ich selbst die Bedingung, daß vorher kein Mensch davon erfährt, daß ich dein Onkel, daß du mein Erbe bist. Doch das können wir noch in Ruhe besprechen, heute wollen wir schlafen gehen; ich gestehe, daß ich müde bin. Solche Emotionen zeigen mir immer wieder, daß ich mit meinen Kräften noch nicht wieder auf der Höhe bin.«

Onkel und Neffe umarmten sich herzlich, ehe sie sich trennten. Helmut ging mit unbeschreiblichen Gefühlen in sein Zimmer zurück und glaubte noch mehr als zuvor, geträumt oder ein Märchen erlebt zu haben. Welche wundersame Fügung in allem! Er vermochte es noch nicht zu fassen. Seine Gedanken flogen zu Regina. Was würde sie sagen, wie würde sie das alles aufnehmen? Aber das eine wußte er, daß er ihr nicht mehr und nicht weniger gelten würde als zuvor, nun er der Erbe seines Onkels war. Sie sollte aber nicht eher etwas davon erfahren, als bis sie die seine geworden war. Dann sollte ihr auch kund werden, daß er in der Stellung als Römhilds Diener diese Reise gemacht hatte. Ein wenig bange war er doch immer gewesen, wie sie diese Eröffnung aufnehmen würde. Aber nun hatte er ihr etwas dafür zu bieten, nun war er nicht mehr der arme Diener Waldeck sondern der Freiherr Helmut von Waldeck, der Neffe und Erbe seines Onkels, des Grafen Hans Hochberg.

Er lachte ein wenig in sich hinein. War es nicht, als sei er mit einem Zauberstabe berührt worden? Und seine Regina würde in Zukunft mit ihm durch diese märchenhaften Räume wandeln, die sollten ihr ein Heim werden. Regina! Das hieß »Königin«! Ja, wie eine junge Königin würde sie sich in Schloß Highmont ausnehmen.

Und er träumte weiter, bis sich ihm im Schlafe Traum und Wirklichkeit verwischten.

Helmuts Leben nahm künftig eine ganz andere Gestalt an. Wohl fungierte er nach wie vor als Römhilds Diener, aber sein Onkel wußte ihm immer wieder eine Erleichterung dieses Dienstes zu schaffen. Auch schrieb Helmut seine Reiseberichte weiter und machte von Schloß Highmont und seiner Umgebung herrliche Aufnahmen. Sein Onkel, der sich nun in der Hauptsache Helmuts Gesellschaft sicherte, während er Römhild seinen anderen eingetroffenen Gästen überließ, interessierte sich nach wie vor für Helmuts Feuilletons und Aufnahmen. Eines Tages sagte er:

»Fast alle deine Aufnahmen könnten die schönsten Kunstblätter werden. Und deine Feuilletons – ich habe sie alle gesammelt und verwahrt, solltest du in die englische Sprache übersetzen. Ich bin unter anderm auch an einem großen Verlag in Philadelphia beteiligt, der nicht nur eine Tageszeitung sondern auch verschiedene Sammlungen von Kunstblättern und auch illustrierte Reisewerke herausgibt. Wenn du erst frei über deine Zeit verfügen kannst, wirst du für unsere Zeitungen die ganze Reihenfolge deiner Feuilletons übersetzen; dann kannst du ebenfalls in englischer Sprache ein Werk über deine ganze Reise verfassen, und diesem werden wir in vorzüglichen Reproduktionen die meisten deiner Aufnahmen beifügen. Das kann der Anfang sein zu einem Lebenswerk für dich. Denn wie ich dich kennengelernt habe, wird es dir nicht genügen, als mein Erbe ein unausgefülltes Leben zu führen.«

»Ganz gewiß nicht, Onkel Hans, ich werde mich nur glücklich fühlen, wenn ich schaffen und arbeiten kann.«

»Well! Und dir in unseren Konservenfabriken und Plantagen einen Posten anzubieten, habe ich keine Neigung. Dazu scheinst du mir weder die nötige kaufmännische Bildung noch besondere Anlagen zu haben. Deine Begabung ist eine vornehmlich ästhetische, und es verlangt dich nach literarischer und sonstiger künstlerischer Betätigung.«

Helmut atmete tief auf.

»Ich kann dir nur sagen, daß ich tief gerührt bin über das Verständnis, das du mir entgegenbringst. Ich hatte mir ganz in dieser Art, nur natürlich auf einer viel bescheideneren Grundlage, meine zukünftige Existenz aufbauen wollen, weil ich tatsächlich selber erkannt habe, daß in dieser Weise meine Kräfte am besten ausgenützt werden können.«

»Gut, also sind wir darin einig; das freut mich.«

»Wie soll ich dir nur danken, Onkel Hans?«

Dieser winkte ab.

»Die Triebfeder zu allem, was ich für dich zu tun gedenke, ist bloßer Egoismus. Ich muß jemanden haben, für den ich leben kann. Die Einsamkeit dieses Hauses hat mich zuweilen melancholisch gemacht. Die Arbeit, die du auf die von mir bezeichnete Weise ausüben wirst, wird es dir möglich machen, den größten Teil des Jahres mit deiner Frau und mir hier in Schloß Highmont zu verleben. Es ist groß genug, so daß ich euch in eurem jungen Glück nicht zu stören brauche. Ihr könnt allein sein, wenn ihr es wollt, werdet aber doch immer einige Zeit für mich disponibel sein. Ich hoffe, mich mit deiner schönen und voraussichtlich auch sehr liebenswerten Regina so anzufreunden, daß sie mir ein bißchen von eurem Sonnenschein abgibt. So habe ich mir die Zukunft gedacht. Langsam regen sich meine Kräfte wieder, und ich merke, daß ich bereits wieder anfange, dem Leben Lebenswertes abzugewinnen, seit ich mich nicht mehr allein weiß. Ich hoffe, wir werden harmonisch miteinander leben können. Einige Wochen jedes Jahres werden wir auch in San Franzisko wohnen, und wenn du zuweilen in die Weite schweifen mußt, um weitere Motive für dein Schaffen zu suchen, dann kann ich mich ja anschließen, denn es hält mich nichts fest. Nur – laßt mich bitte nicht zu viel allein.«

Aus seinen letzten Worten klang wieder der ganz bittre Schmerz seiner Vereinsamung, so daß Helmut erschüttert die Arme um ihn legte.

»Onkel Hans, es wird uns beide stolz und glücklich machen, wenn wir dir etwas sein dürfen. Du gibst uns so viel, wir müßten beschämt vor dir stehen, könnten wir nicht einen Teil unserer Dankbarkeit durch herzliche Liebe und Fürsorge zum Ausdruck bringen. Alles, was du mir bietest, vor allem deine Liebe und Güte, macht mich überreich; gib mir nur recht viel Gelegenheit, dir dafür etwas zuliebe tun zu können.«

John Highmont faßte seine Schultern. Sein Blick war feucht. Er schüttelte Helmut ein wenig.

»Ja, etwas zuliebe sollt ihr mir tun; so ist es recht. Dann wird mein einsames Herz wieder Wärme spüren. Ach, Helmut – wie du meinem Jungen gleichst – sogar deine Stimme gleicht der seinen, wenn sie so innige, aus tiefstem Herzen kommende Worte ausspricht.«

Er wandte sich ab, um seine Rührung zu verbergen.

So gingen die Wochen hin, die Römhild in Schloß Highmont verbringen sollte. Römhild war mit dem Direktor der Aktiengesellschaft vier Tage in den Plantagen und in den Fabriken gewesen, und alles hatte ihn außerordentlich interessiert. Geschäfte hatte er aber nicht mit der Firma machen können, sie war in Deutschland schon genügend vertreten. Und das war John Highmont sehr lieb. Er wollte nichts mehr mit Römhild zu tun haben, sobald er seine Rolle als Helmuts Herr ausgespielt hatte.

Schweren Herzens sahen Neffe und Onkel der bevorstehenden Trennung entgegen. Es konnte doch immerhin noch ein halbes Jahr vergehen, bevor sie sich wiedersahen. Helmut versprach, so oft wie möglich zu schreiben und den Onkel immer auf dem laufenden zu halten. Und John Highmont verlangte ihm das feste Versprechen ab, sich nicht wieder verleiten zu lassen, etwaige Abenteuer Römhilds mit seiner eigenen Sicherheit zu bezahlen. Römhilds Leben sei das nicht wert. Wenn dieser es aufs Spiel setzen wollte, um seine niedrigen Leidenschaften zu befriedigen, so mochte er es auf eigne Gefahr tun. Helmut versprach dies seinem Onkel ganz fest. –

In den letzten Tagen liefen auch schnell hintereinander Regis Briefe ein, die sich Helmut mit der Post seines Herrn in San Franzisko vom Postamt abholte. Es war der Brief, in dem ihm Regi absagte, und der andere, den sie befreiten Herzens an ihn geschrieben hatte. Der erste lautete wie folgt:

»Mein lieber Herr Waldeck!

Heute muß ich Ihnen eine sehr traurige Eröffnung machen, ich fürchte, sie wird für Sie ebenso schmerzlich sein wie für mich, und das betrübt mich am meisten. Ich erfuhr vor wenigen Tagen von meinen Eltern, daß sie meine Hand einem Manne versprochen haben, der mir in tiefster Seele verhaßt ist. Wie ich mich vor diesem fürchterlichen Zwange retten soll, weiß ich nicht; ich weiß nur, daß ich viel lieber tot wäre, als daß ich die Frau jenes Mannes werde. Und doch steht nicht nur die Existenz meiner Eltern, sondern auch die meiner Schwester auf dem Spiele. Gälte es nur mein Schicksal, dann brauchte ich ja nur zu sterben, um allem mir drohenden Leide zu entgehen. Aber ich weiß nicht, ob ich das Recht für mich in Anspruch nehmen darf, mir selbst zu helfen. Ich bin so elend und verstört, daß ich keinen klaren Gedanken fassen kann. Nur das weiß ich, daß ein unseliges Verhängnis es mir verbietet, Ihnen anzugehören. Das muß ich Ihnen sagen, und ich bitte Sie, suchen Sie es mit Fassung zu ertragen und bedenken Sie, daß

mir jede trübe Stunde, die ich Ihnen bereiten muß, doppelt schmerzlich ist. Versuchen Sie, mich zu vergessen – daß ich Sie darum bitten muß – mein Gott, warum nur muß ich das? Ich kann nicht mehr schreiben – verzeihen Sie mir – und vergessen Sie
  Ihre unglückliche Regina Darland.«

Helmut fühlte, der Brief war mit ihrem Herzblut geschrieben, er empfand mit inniger Teilnahme, wie zerrüttet sie gewesen war, als sie ihm diesen Brief glaubte schreiben zu müssen.

Aufatmend griff er zu dem zweiten Schreiben und las:

»Helmut – lieber, geliebter Helmut!

Wie hold und schön ist die Welt nun wieder für mich. Gesegnet sei meine Gitta, daß sie es wagte, Dir meinen Kummer zu beichten und Dich um Deine Hilfe zu bitten. Nie habe ich geglaubt, daß Du mir helfen könntest. Ich hätte ja nie vermocht, Dir zu beichten, was mein armer Vater auf sich geladen hat, was ihn zwang, sein Kind an einen Elenden zu verkaufen, den er haßt und verabscheut wie ich, und der ihn erst in Schuld und Schande verstrickte, um ihn ganz in seiner Hand zu haben. Ich weiß nicht, wie Du das alles in Erfahrung brachtest, aber da Du alles weißt und mich doch liebbehalten hast und nicht von mir lassen willst, bin ich so froh und dankbar, daß ich nun wieder leichter atmen kann. Noch liegt vieles Unklare vor mir, aber Du sagtest ja, daß Du mich retten wirst, ohne daß mein Vater preisgegeben zu werden braucht. Dadurch wäre auch das Glück meiner kleinen Schwester gefährdet gewesen. Ich vertraue Dir so grenzenlos, daß ich fest daran glauben will, daß Du mir Erlösung bringen wirst. Die Eltern werde ich vorläufig dadurch zu beruhigen versuchen, daß ich mich ihnen gegenüber in mein Schicksal ergeben zeige, weil ich Deinem Willen gemäß ihnen nicht sagen darf, was unsere Erlösung bewirken und wer sie uns bringen wird.

Wenn Du wüßtest, mein Helmut, wie leicht Du mir das Herz gemacht hast, Du würdest sehr viel Freude an Deinem Werke haben. Was ich in meinem vorigen Briefe schrieb, sollst Du vergessen. Ich bin so glücklich, daß ich Dir nun nicht wehe tun muß, und so stolz und beseligt, daß ich Dich lieben darf und von Dir geliebt werde. Wie ich Dir schon mein Leben verdanke, so verdanke ich Dir nun auch Erlösung von schwerer Pein. Nichts mehr von mir gehört mir selber, alles, alles gehört Dir. Und das macht mich so glücklich, wie ich nie mehr zu werden hoffte. Gott behüte Dich auf allen Wegen, ich will dafür beten, daß er Dich gesund und wohlbehalten wieder zu mir zurückführt. Und ich will gar nicht weiter forschen und fragen, alles ruht gut und sicher in Deinen lieben Händen, das weiß ich gewiß. All meine Gedanken flüchten zu Dir, weil bei Dir ihre Heimat ist.

Deine – Deine Regina.«

Er benahm sich nach der Lektüre dieses Briefes, wie alle Verliebte es in solchen Fällen tun. Was er der fernen Geliebten nicht zuliebe tun konnte, tat er dem Briefe, bis er ihn zuletzt mit leuchtenden Augen auf dem Herzen barg.

Ehe er Schloß Highmont verließ, beantwortete er Reginas Briefe und bat sie, ihn nicht zu lange auf Nachricht warten zu lassen. Er gab ihr seine oder vielmehr seines Herrn Reiseroute ganz genau an, so daß sie ihm gleich direkt die Briefe schicken konnte. Das Datum, bis zu dem die Absendung einer für einen bestimmten Ort vorgesehenen Nachricht spätestens zu erfolgen hatte, gab er ihr ebenfalls an. Daß er sich nun in seinem Schreiben keinerlei Zwang auferlegte und all seine Liebe und Sehnsucht auf sie ausströmen ließ, war selbstverständlich. Jetzt hatte er ihr nicht nur seine Liebe, sondern auch ein glänzendes Los zu bieten. Aber das sollte sie erst aus seinem Munde erfahren. –

Der Abschied von seinem Onkel war für beide schwerer, als sie es gedacht hatten. Sie waren sich in den auf Schloß Highmont verlebten Wochen so nahegekommen, hatten sich auch so lieb gewonnen, daß sie beide sehr bekümmert über den Abschied waren. Aber Sir John versprach Helmut, schon in New York mit ihm zusammenzutreffen und wenigstens die Überfahrt nach Deutschland mit ihm gemeinsam zu machen. Denn es stand bei dem alten Herrn fest, daß er in Deutschland sein wollte, wenn Helmut sich mit Regina Darland verlobte.

Die Reise Römhilds sollte nun weitergehen nach Chile und Argentinien und dann wieder nordwärts nach Brasilien, Mexiko, Texas, Florida und zuletzt nach New York. Von New York aus gedachte Römhild nach Deutschland zurückzukehren. Das wußte John Highmont von Römhild selber.

Dieser wäre gern noch in Schloß Highmont geblieben, aber von selten des Schloßherrn erfolgte keine Bitte um Verlängerung seines Aufenthaltes. Es war John Highmont immer schwerer geworden, Römhilds Gesellschaft zu ertragen; je mehr er ihn kennenlernte, desto widerwärtiger wurde er ihm. Und die Trennung von Helmut konnte er doch nicht verhindern, nur hinausschieben.

John Highmont begleitete Römhild bis San Franzisko, wodurch dieser sich abermals sehr geehrt fühlte, nicht ahnend, daß diese Begleitung nur seinem Diener galt. In der Villa Highmonts warteten Römhild und sein Diener die Abfahrtszeit des Dampfers ab.

An Bord begleitete John Highmont Helmut nicht, er verabschiedete sich von ihm unter vier Augen in seinem Arbeitszimmer. Und hier händigte er Helmut einen Scheckbrief aus. Helmut erschrak über die Summe, die sein Onkel ihm zur Verfügung stellte, und wollte sie zurückweisen, aber dieser klopfte ihm auf die Schulter:

»Es wäre sinnlos, mein Junge, ließe ich dich darben, während ich im Überfluß lebe. Du weißt nicht, was dir noch begegnet, wie du Geld brauchen kannst, wenn du auch, um keinen Verdacht bei Römhild zu erwecken, keine großen Ausgaben machen kannst. Nimm ruhig, was ich dir biete, es ist für mich wirklich nur eine Kleinigkeit. Und du schreibst mir recht oft und teilst mir rechtzeitig mit, wann und mit welchem Dampfer ihr von New York abreisen werdet. Dann werde ich – ganz zufällig an Bord auftauchen und Römhilds Gesellschaft noch einmal in Kauf nehmen.«

Mit einer herzlichen Umarmung und festem Händedruck schieden sie, während ihre Augen mit einem feuchten Schimmer ineinanderruhten.

Dann verließ Helmut mit seinem Herrn das Haus seines Onkels. Mr. Smith und George begleiteten sie an Bord, um ihnen alles so bequem wie möglich zu machen. Und als Herr und Diener dann an Bord das erstemal wieder allein waren, sagte Römhild hämisch:

»Na, jetzt haben Sie aber wochenlang ein wahres Schlaraffenleben geführt, Waldeck. Dieser reiche Kalifornier scheint einen kleinen Spleen zu haben. Ich glaube, er hätte Sie mir gar zu gern abspenstig gemacht, aber alles können sich diese Misters doch nicht für Geld kaufen.«

Helmut sah ihn ruhig und ernst an.

»Nein, gnädiger Herr, alles ist nicht für Geld feil, aber ich habe in Schloß Highmont die herrlichste Zeit meines Lebens verbracht und kann Mr. Highmont nicht dankbar genug sein.«

»Na na, zuerst gebührt Ihre Dankbarkeit wohl mir, denn nur mir haben Sie es zu verdanken, daß Sie überhaupt in Schloß Highmont verweilen durften.«

Helmut verneigte sich.

»Das schließt aber nicht aus, daß ich auch Mr. Highmont dankbar bin, gnädiger Herr.«

Römhild zuckte die Achseln, er ärgerte sich, daß Helmut nicht ihm allein dankbar war. Er forderte von allen Menschen Dankbarkeit für jede Kleinigkeit, während er selbst ein sehr wenig dankbares Gemüt hatte. Daß Helmut ihm zweimal unter eigner Lebensgefahr das Leben gerettet und ihm in mancher schwierigen Situation beigestanden hatte, war ihm längst aus dem Sinn gekommen. Und weil er nun wußte, daß Helmut in Schloß Highmont eine gute Zeit gehabt hatte – er ahnte freilich nicht, wie gut diese Zeit wirklich gewesen war, deshalb suchte er ihm nunmehr möglichst viele Widerwärtigkeiten aufzupacken und ihm recht fühlbar zu machen, daß er nur ein ganz gewöhnlicher Diener sei. Was er nur herausfinden konnte, um ihn zu demütigen und zu schikanieren, das tat er. Er meinte dabei noch erzieherisch zu wirken.

»Der Bursche glaubt sonst wahrhaftig, er ist nur für ein Herrenleben engagiert«, dachte er. Und so befahl er Helmut, daß er gleich einmal seine sämtlichen Stiefel wichse, obwohl nicht ein einziges Paar schmutzig war, und als Helmut die Stiefel, die er ohne Widerrede nochmals geputzt hatte, in den Schrank eingereiht hatte, sah er sie kritisch durch und bemängelte alles mögliche. Der eine war zu blank, der andere zu matt. Er *wollte* eben nörgeln. Und zum Schluß sagte er hämisch:

»Sie haben wie es scheint, das Arbeiten ganz verlernt, ich muß Sie mal wieder ein bißchen an die Longe nehmen, verstanden?«

Helmut erwiderte kein Wort, richtete sich nur auf, und sah ihn fest und ruhig an. Dieser Blick irritierte Römhild noch immer.

»Gucken Sie mich nicht so unbotmäßig an!« schnauzte er wütend.

Es zuckte in Helmuts Gesicht, aber er preßte die Lippen zusammen und schwieg.

So drangsalierte ihn Römhild noch eine ganze Zeit. Er legte es geradezu darauf an, daß Helmut die Geduld verlieren sollte, aber es gelang ihm nicht. Und er ahnte nicht einmal, welche Nichtachtung Helmut seinen Launen entgegenbrachte.

Diese Stimmung hielt bei Römhild an, bis sie Valparaiso erreichten. Sie hatten ziemlich stürmische See gehabt, und Römhild kämpfte die ganze Zeit mit einer leichten Seekrankheit. Daß sein Diener nicht davon befallen wurde, ärgerte ihn um so mehr, als dieser es ruhig dem erfahrenen Steward überließ, Römhild bei seinen Anfällen zu Hilfe zu kommen. Denn Helmut dachte daran, was er seinem Onkel versprochen hatte.

Als Römhild ihn kurz vor der Landung anbrüllte, warum er sich während seiner Krankheit nicht um ihn gekümmert habe, erwiderte Helmut ruhig:

»Der Steward verstand es besser, Ihnen Hilfe zu bringen, als ich; als Krankenwärter bin ich nicht geschult.«

»So, und wenn ich nun an Land krank werde?«

»Sie werden jederzeit eine Krankenpflegerin oder einen Krankenpfleger bekommen, gnädiger Herr.«

»So, Ihretwegen kann ich also krepieren, Ihnen macht das nichts?«

Helmut richtete sich auf.

»Ich denke, ich habe zweimal bewiesen, daß ich nicht ruhig zugesehen habe, als Sie sich in Lebensgefahr befanden«, sagte er ruhig.

Das traf Römhild doch, er wurde etwas verlegen, und dann lachte er unsicher.

»Nun ja, im ganzen bin ich immer mit Ihnen zufrieden gewesen, aber seit Mr. Highmont so viel Aufhebens von Ihnen gemacht hat, haben Sie einen kleinen Tick bekommen. Sie leiden entschieden an etwas Überhebung.«

Mit einem unbeschreiblichen Blick sah Helmut ihn an.

»Das werden Sie mir schon wieder austreiben, gnädiger Herr, wenn Sie mich weiter so behandeln, wie in der letzten Zeit.«

»Oh, wie empfindlich, Herr Graf!« höhnte Römhild.

Helmut ignorierte das und fragte nur:

»Haben Sie sonst noch Befehle, gnädiger Herr?«

»Nein, scheren Sie sich zum Teufel, bis wir an Land gehen.«

In Valparaiso und Santiago kostete Römhild wieder alle Genüsse aus, die ihm zusagten, Genüsse niedriger Art, wenn sie auch mit falschem Glanz übertüncht waren. Es gefiel ihm aber doch nicht sonderlich in Chile, und nach einigen Wochen ging die Reise weiter nach Argentinien; diesmal auf dem Landwege, mit der neu erbauten Bahn durch die wildzerklüfteten Berge. Diese Fahrt erschien Helmut unbeschreiblich schön, weil er wunderbare Felspartien aufnehmen konnte. Römhild aber schimpfte den ganzen Tag über den Staub und den Schmutz, der ihn arg belästigte. Noch mehr aber ärgerte er sich, als der Zug die Ebene durcheilte. Er schlug ein ungeahntes Tempo an, und der Staub drang durch die feinsten Ritzen und legte sich in einer dicken Schicht über alle Passagiere. Hier in der Ebene gab es auch für Helmut keine lohnenden Motive. Aber mit der Zeit wurde es wieder besser, man kam in schönere Gegenden, durch fruchtbares Land und dann über weite, sozusagen unabsehbare Wiesengelände, auf denen ein Viehreichtum weidete, der märchenhaft erschien. Man kam an einsamen Gehöften, Ranchos genannt, vorbei, auf denen man die Rancheros mit ihren Leuten bei der Arbeit sah.

Römhild hatte vorgehabt, erst einige andere Städte Argentiniens zu besuchen, ehe er nach Buenos Aires ging, aber er änderte seine Pläne. Alle diese Städte reizten ihn nicht, sie versprachen ihm kein Amüsement, und so fuhren sie durch bis Buenos Aires.

Hier fühlte sich Römhild im richtigen Fahrwasser. In dieser Stadt, wo der Mädchenhandel in Blüte stand, fand er genügend ihn befriedigende Abenteuer. Aber Helmut verstand es, ihn davon abzubringen, wenn er ihn mit in diese Affären hineinziehen wollte. Es stellte sich heraus, daß Römhild hier sehr gut mit der deutschen Sprache auskam. Reichte die nicht aus, so brauchte er nur seinen Geldbeutel reden zu lassen, dann wurde er immer verstanden.

So hatte Helmut in Buenos Aires wieder viel freie Zeit und konnte zahlreiche Aufnahmen machen. Er photographierte mehr als je. Wußte er doch, wie er später all diese

Aufnahmen gut verwenden konnte. Und jetzt brauchte er sich nicht mehr wie bisher auf der Reise zu überlegen, wieviel er für Filme und photographische Artikel ausgeben durfte. So hatte er reichlich zu tun, und Buenos Aires war auch für ihn eine schöne und interessante Stadt. Er fuhr auch in seiner freien Zeit den Rio de la Plata hinauf, um ebenfalls Aufnahmen zu machen, und ergriff überhaupt jede Gelegenheit, seine Sammlung zu bereichern.

Am Ende des Aufenthaltes in Buenos Aires bekam er auch wieder einen lieben Brief von Regina und beantwortete ihn sofort. Mit seinem Onkel stand er ebenfalls in regem Briefwechsel. Sooft Helmut Zeit und Gelegenheit dazu hatte, schrieb er lange, herzliche Briefe an seinen Wohltäter und sprach mit ihm über alles, was ihn interessierte und bewegte.

In Buenos Aires bekam Römhild kurz vor der geplanten Abreise Post aus Australien. Helmut sah an dem firmierten Kuvert, daß die Nachricht von der von Römhild gegründeten Aktiengesellschaft im Goldlande Australien kam. Und wiederum bekam Römhild nach der Lektüre dieses Briefes einen Wutanfall, aber diesmal war er begründet. Die Direktoren der Gesellschaft teilten Römhild mit, daß die Goldfunde versiegten, daß kaum noch etwas gewonnen werde, und daß man mühsam die Kunde darüber zurückhalte, damit es an der Börse keinen Kurssturz gäbe. Man fragte ihn, was man beginnen solle.

Darauf entwickelte sich ein reger telegraphischer Verkehr. Dieser war in einer Chiffreschrift abgefaßt, die Helmut nicht hatte geheimbleiben können, und er entnahm aus diesen Depeschen, die er immer befördern mußte, daß Römhild einen betrügerischen Coup plante. Er verbot, das geringste über das Versiegen des Goldes verlauten zu lassen, bis er Gegenorder gegeben habe. Die Zeit, die ihm dadurch blieb, benutzte er, um an den Börsen in Buenos Aires, New York und anderen Orten mit großem Börsenverkehr, wo er seine Aktien deponiert hatte, seinen gesamten Aktienbesitz zum jetzigen Kurse, der nur künstlich gehalten wurde, zu verkaufen. Diese großen Verkäufe, die schließlich von den betreffenden Börsen gemeldet wurden, halfen dazu, die Aktien völlig zu entwerten, denn inzwischen war es wohl durchgesickert, daß die Goldfunde versiegten. Aber Römhild hatte seine Aktien noch sehr gut an den Mann gebracht, und er ging mit einem kolossalen Gewinn aus der Sache hervor und gab erst, als er sich gesichert hatte, nach Australien Bescheid, man möge um jeden Preis verkaufen.

So gab es einen großen Sturz für alle, die von diesem Unternehmen ein glänzendes Geschäft erhofft hatten. Römhild ging mit einer guten Million Gewinn aus der Sache hervor, und nur Helmut wußte, daß er diesen Gewinn einem Betrug zu verdanken hatte.

Das gab Helmut eine neue Waffe in die Hand, von der Römhild ebenfalls nichts ahnte. Er gehörte zu den Menschen, die nur sich allein für klug halten.

Diese Börsenmanöver hielten Römhild etwas länger in Buenos Aires auf, als er vorgehabt hatte, und die in Chile eingesparte Zeit war hier wieder draufgegangen.

Helmut hatte mit seinem Onkel über diese Angelegenheit korrespondiert, und John Highmont, der alles noch viel besser beurteilen konnte als Helmut, war außer sich über dieses betrügerische Verhalten Römhilds. Aber auch er konnte nichts mehr daran ändern, und Helmut war zufrieden, daß er nun noch über eine weitere wirksame Waffe Römhild gegenüber verfügte. Jetzt sollte dieser nur noch wagen, einen Druck auf Karl Darland auszuüben, dann würde man ihn mit derselben Waffe zur Strecke bringen.

Die Reise ging weiter nach Brasilien, und Helmut konnte wundervolle Aufnahmen machen von dem Hafen von Rio de Janeiro, dem schönsten der Welt mit seinem jäh aus dem Meere emporsteigenden Felsen und der landschaftlich zauberhaften Küste.

In Rio de Janeiro verfiel Römhild in einen wahren Vergnügungstaumel. Zynisch sagte er zu Helmut:

»Jetzt winken mir bald Ehefesseln, da muß ich mich noch einmal austoben.«

Helmut hätte ihn für diese Bemerkung am liebsten in das Gesicht geschlagen, und es kostete ihn viel Selbstbeherrschung, sich das versagen zu müssen.

Auch hier arbeitete Helmut fleißig, ebenso bei verschiedenen Ausflügen in das Innere des Landes. Römhild zog ihn damit auf. Er begriff nicht, daß Helmut überall mit seinem Apparat herumlief, wobei es ihm nicht einmal darauf anzukommen schien, die schönsten Mädchen zu knipsen. Allerdings erschienen die Mädchen, deren Schönheit Römhild entflammte, Helmut zumeist nicht schön, und er wunderte sich im stillen, daß Römhild sich so leidenschaftlich für diese Frauen interessieren konnte.

Der Aufenthalt in Brasilien war sehr lehrreich für Helmut, und er verließ dieses schöne Land mit reicher Ausbeute. Ebenso erging es ihm in Mexiko und Texas. In Florida begegneten Römhild und er wiederum internationalem Leben und Treiben. Hier in den Seebädern verkehrte die ganze vornehme und sich vornehm dünkende Welt von Nord- und Südamerika; auch Europäer waren anzutreffen.

Von Florida aus gab Helmut seinem Onkel telegraphische Nachricht, wann Römhild nach New York kommen würde, und für welchen Dampfer er dort Karten bestellt habe. Helmut freute sich unsagbar, seinen Onkel wiederzusehen. Vor allem aber atmete er auf bei dem Gedanken, daß nun bald die zwei Jahre seiner Dienstbarkeit vorüber sein würden. Sein Vertrag mit Römhild würde gerade in der Zeit der Überfahrt von New York nach Deutschland ablaufen. Er wußte schon jetzt, daß Römhild versuchen würde, den Vertrag mit ihm zu verlängern, aber das kam für ihn selbstverständlich nicht in Frage.

Daß Römhild von Florida aus an Karl Darland geschrieben hatte, wußte Helmut, denn er selbst hatte den Brief nach dem Postamt getragen. Zu gleicher Zeit hatte er aber noch einmal an Regina geschrieben:

»Meine geliebte Regina!

Ungefähr zu gleicher Zeit wie dieses mein Schreiben wird ein Brief Römhilds an Deinen Vater eintreffen. Ich kenne dessen Inhalt zwar nicht, vermute aber, daß Römhild Deinen Vater darin an die Einlösung seines Wortes erinnert haben wird. Er kommt Anfang Mai nach Berlin zurück und wird Deine Hand von Deinem Vater fordern. Suche Deinen Vater darüber zu beruhigen und bitte ihn, er soll Römhild in diesem Falle sagen, er möge Dir noch acht Tage Zeit lassen. Dies ist erforderlich, damit ich Zeit habe, sehr Wichtiges zu erledigen. Keinesfalls darfst Du Dich ängstigen, mein geliebtes Herz; sei ganz ruhig und zuversichtlich, Römhild soll keine Macht über Dich und Deinen Vater haben, der nun bald von all seiner Not befreit sein wird.

Daß ich Anfang Mai auch in Berlin eintreffe, meine Regina, und Dich endlich, endlich wiedersehen werde, Dich endlich in meinen Armen halten darf, erfüllt mich mit so großer Freude, daß ich kaum die letzten Wochen noch ertragen kann. Mir scheint, sie sind schwerer zu ertragen als alle Zeit vorher, die mich von Dir trennte. Freust Du Dich auch auf dieses Wiedersehen? Ja, ich weiß, daß Du es tust, weiß, daß auch Du unserem Wiedersehen und unserer endlichen Vereinigung mit Sehnsucht entgegensiehst. Sorge Dich nicht um unsere Zukunft, Regi, ich werde in der glücklichen Lage sein, Dir ein sorgenfreies Leben bieten zu können. Schön und herrlich soll es werden! Dies wird mein letzter Brief an Dich sein, denn bald nach seinem Eintreffen bei Dir werde ich selbst in Berlin sein. Ich werde so schnell wie möglich Mittel und Wege finden, mit Dir zusammentreffen zu können. Du brauchst Dich um nichts zu kümmern. Grüße mir Deine Schwester herzlich, ihr bin ich so viel Dank schuldig, den ich mit treuer, schwägerlicher Liebe abzutragen hoffe.

Leb' wohl, meine Regi! Nie wieder wollen wir uns trennen, wenn wir endlich vereint sein werden. Auf frohes, glückliches Wiedersehen! Mit innigen Grüßen
       Dein getreuer Helmut.«

In New York erhielt Helmut Regis letzten Brief. Sie schrieb:

»Mein geliebter Helmut!

Mir klopft das Herz, wenn ich daran denke, daß Du mir nun immer näher kommst. Die Zeiten sind gottlob vorbei, in denen Du mir ferner und ferner gerückt wurdest. Schon sind es nur noch Wochen, bis Du wieder in Berlin eintriffst. Und ich zürne jedem Tag, der mich Dir noch fernhält.

Hier bei uns herrscht eine seltsame Stimmung, die Eltern

sind wieder viel sorgenvoller und unruhiger, weil sie nun glauben, daß der Zeitpunkt heranrückt, da sie mich opfern müssen. Es fällt mir schwer, sie nicht darüber aufklären zu dürfen, daß Du Rettung bringen wirst. Aber ich halte mein Versprechen und verrate nichts. Du wirst schon wissen, wozu es gut ist.

Andererseits hoffe ich, daß meinen Eltern eine große Freude bevorsteht und vor allem meiner Gitta. Ihr Herz gehört einem jungen Manne, der viel bei uns verkehrt, und der sie wiederliebt. Mir hat er das anvertraut, Gitta soll es erst von ihm hören, wenn sie ihren achtzehnten Geburtstag hinter sich hat, der in einigen Wochen ist. Er heißt Gunter Willbrecht und ist ein sehr sympathischer und vornehm denkender Mensch, den wir alle sehr gern haben. Ich hoffe meiner Schwester Glück bei ihm in guter Hut. Bis Du zurück bist, hat die Verlobung wohl schon stattgefunden, deshalb will ich Dir das heute sagen, da dies Deiner Bestimmung gemäß mein letzter Brief an Dich sein wird. Bald, bald sehe ich Dich wieder, ich wage es noch nicht zu glauben. Und doch schlägt Dir mein Herz voll Sehnsucht und Unruhe entgegen. Gott mit Dir auf allen Wegen; komme gesund heim! Mit herzlichem Gruß von Gitta und vielen innigen Grüßen von mir.

Deine Regi.«

Wie im stillen Einverständnis sandten sich die beiden Liebenden niemals Küsse auf brieflichem Wege, es wäre ihnen wie eine Entweihung erschienen, den gültigsten Beweis ihrer Liebe auf diese Art auszutauschen.

Gitta Darland feierte ihren achtzehnten Geburtstag. Sie war jetzt zu einer holdseligen Jungfrau herangereift. Die backfischartige Ruppigkeit hatte sie abgelegt, sie war in allen Sorgen und Ängsten um die Eltern und die Schwester weicher und reifer geworden. Dazu hatte vor allem auch die Liebe beigetragen, die sie für Gunter Willbrecht empfand. Sie wußte nun längst, daß sie ihn liebte, und wenn er kam oder sie ›ganz zufällig‹ traf, dann klopfte ihr Herz in rasendem Tempo, und das Rot stieg ihr zu Gunters Entzücken verräterisch in die Wangen. Aber er hatte sich selbst das Wort gegeben, zu ihr nicht vor ihrem achtzehnten Geburtstag von seiner Liebe zu sprechen. Den Eltern und Regi hatte er sich jedoch anvertraut. Die wußten, wie es um ihn stand, und sie rechneten es ihm hoch an, daß er sich so lange bezwingen wollte. Die Eltern schwankten jetzt immer zwischen der Freude an dem Glück ihrer Jüngsten und der Sorge um Regis Schicksal hin und her. Denn obwohl Regi ganz ruhig und gefaßt erschien und nie mehr betrübt und traurig aussah, fürchteten sie sich doch vor Römhilds Rückkehr.

Als nun der Brief eintraf, den Römhild von Florida an Karl Darland geschrieben hatte, da waren die Eltern wieder sehr unglücklich.

Römhilds Brief lautete kurz und bündig:

»Mein lieber Darland!

Anfang Mai komme ich von meiner Reise zurück. Ich hoffe, es ist nun alles in Ordnung. Bald nach meiner Heimkehr soll meine offizielle Verlobung mit Regina stattfinden. Sie haben sie sicherlich vorbereitet auf das Glück, das ihr bevorsteht. Es wird nicht leicht einem Mädchen eine ähnliche Partie geboten. Mein Reichtum hat sich durch glückliche Spekulationen während meiner Reise um eine Million vermehrt. Ich kann also meine schöne Frau verwöhnen, so viel ich will. Es kommt lediglich auf ihr Verhalten an, ob ich es will. Aber dringen Sie nicht in sie, mir besonders willig entgegenzukommen. Ich ziehe sie mir schon und spiele ganz gern den Petrucchio, der das widerspenstige Kätzchen zähmt. Also, auf Wiedersehn Anfang Mai, ich melde mich zurück, sobald ich eintreffe, und werde mir gleich in den ersten Tagen das Jawort meiner schönen Braut holen. Bis dahin begrüße ich Sie und Ihre Familie bestens.

Ihr Römhild.«

Frau Maria Darland fühlte sich am meisten durch diesen Brief getroffen. Ihr heißes Gebet, daß Römhild sich in eine andere Frau verlieben und Regina vergessen möge, hatte also nicht Erfüllung gerunden. Nun kam das Unglück immer näher. Regis Ruhe und frohe Zuversicht hielt sie für eine Maske, sie mußte ja zusammenbrechen, wenn Römhild auftauchte und vor sie hintrat. Angstvoll forschte sie in den Zügen ihrer Tochter, als der Vater Regi schonungsvoll mitteilte, daß Römhild nun bald kommen würde, und daß er noch immer auf seinem Schein bestände. Aber Regi sah tapfer Vater und Mutter an und sagte ruhig:

»Sorgt euch nur nicht, ich weiß, daß der liebe Gott helfen wird. Und laßt euch nicht die Stimmung verderben; Gittas Geburtstag soll in keiner Weise getrübt werden. Wir wollen froh mit ihr sein. Dieser Tag bringt ihr wahrscheinlich ein großes Glück, dafür wollen wir dem Schicksal dankbar sein. Und kommt Römhild und hält um meine Hand an, dann, lieber Vater, sage ihm, er soll mir noch acht Tage Zeit gewähren; es wird sich dafür ein Grund finden lassen.«

Die Eltern wußten nicht, wie sie Regis Ergebung auffassen sollten. Aber da sie sich froh und heiter gab und geschäftig Gittas Gabentisch schmückte und selber den Geburtstagskuchen für die Schwester bereitete, suchten auch die Eltern Ruhe und Frohsinn vorzutäuschen.

Gitta wurde am Morgen ihres Geburtstages an ihren Gabentisch geführt. Sie fiel den Eltern und Regi dankbar um den Hals, denn sie hatten ihr viele schöne Gaben aufgebaut. In der Mitte des Tisches prangte ein kostbares Arrangement aus roten Rosen, an dem in schmalem Kuvert ein Kärtchen hing. Es war eine Visitenkarte Gunter Willbrechts, und auf dieser stand:

»Die herzlichsten Glückwünsche zum Geburtstage von Ihrem ergebenen Gunter Willbrecht, der sich erlauben wird, im Laufe des Vormittages persönlich seine Glückwünsche zu wiederholen.«

Oh, da glühten Gittas Wangen mit den roten Rosen um die Wette.

Sie lauschte nun den ganzen Vormittag unruhig hinaus, wenn draußen die Klingel anschlug und kündete, daß jemand Einlaß begehrte. Die Zeit verging ihr viel zu langsam, trotzdem sie sich immer wieder glückstrahlend mit ihren Geschenken beschäftigte. Wehmütig ruhten Frau Marias Augen auf ihren Töchtern. Sie ahnte, daß der heutige Tag die Erfüllung eines großen Glückes für ihre jüngste Tochter bringen würde, und sie freute sich darüber, aber zugleich war ihr Herz voll Unruhe und Angst wegen Reginas Schicksal.

Gegen elf Uhr klingelte es wieder, und Gitta zuckte zusammen. Regi aber ging hinaus, um zu öffnen, weil das Mädchen Besorgungen für den Haushalt machte. Und sie ließ Gunter Willbrecht ein. Freundschaftlich drückten sie sich die Hand.

»Ist das Geburtstagskind zu Hause, Fräulein Regina? fragte Gunter etwas erregt.

Sie nickte ihm lächelnd zu.

»Gitta sitzt an ihrem Gabentisch, lieber Freund, gehen Sie nur hinein.«

Er hielt sie fest.

»Fräulein Regina – können Sie mir nicht zu einem ungestörten Alleinsein mit Gitta verhelfen?«

Mit lächelndem Blick sah sie zu ihm auf.

»Das wird schon gehen, wenn Sie nur ein Weilchen Geduld haben wollen. Sobald unser Mädchen zurückkommt, lasse ich Mutter in einer häuslichen Angelegenheit abrufen und – dann werde ich schon dafür sorgen, daß sie nicht so bald wieder ins Wohnzimmer zurückkommt. Vater ist nicht daheim, dann sind Sie ganz ungestört.«

Er drückte ihr mit krampfhaftem Druck, der sie schmerzte, die Hand.

»Ich danke Ihnen!«

Sie ließ ihn ins Wohnzimmer eintreten. Als Freund der Familie hatte er sich schon längst das Recht erworben, im Wohnzimmer empfangen zu werden. Frau Maria begrüßte ihn herzlich, während Gitta still neben ihrem Gabentische stehenblieb. Nachdem er die Mutter begrüßt hatte, wandte er sich mit aufstrahlendem Blick an Gitta. Wie sie so in ihrem weißen, festlichen Kleide neben seinen Rosen dastand, ›selbst wie eine Rose jung‹, klopfte ihm das Herz rasch und laut. Er verbeugte sich vor ihr und nahm die Hand, die sie ihm mit einem Lächeln entgegenstreckte, fest in die seine.

»Darf ich Ihnen meine Glückwünsche noch einmal persönlich überbringen, Fräulein Gitta?«

Sie nickte ihm verwirrt zu.

»Wunderschöne Rosen haben Sie mir gesandt, Herr Willbrecht, ich habe mich sehr darüber gefreut.«

»Die Rosen sollten mich nur anmelden. Das also ist Ihr Gabentisch? Sie müssen mir gestatten, auch etwas darauf niederzulegen, ich mochte nicht mit leeren Händen kommen.«

»Ihre Hände waren doch reich genug mit Rosen gefüllt«, sagte sie mit einem Lächeln.

»Ich habe aber schon lange auf der Lauer gelegen, um Ihnen noch einige kleine Wünsche abzulauschen. Die wollte ich gern erfüllen, und ich denke, daß meine Sendung in einer kleinen Stunde eintreffen wird.«

»Sie verwöhnen Gitta, Herr Willbrecht«, sagte die Mutter.

Ehe er antworten konnte, klopfte es an der Tür, und die Dienerin rief Frau Maria in einer scheinbar sehr dringenden Angelegenheit ab. Regina hatte das tadellos arrangiert. Nun war Gunter Willbrecht mit Gitta allein. Er trat dicht vor sie hin.

»Als ich vorhin hier eintrat und Sie neben meinen Rosen stehen sah, fiel mir ein Gedicht von Goethe ein.«

Fragend sah sie mit ihren schönen blauen Augen, die einen weichen Schimmer bekommen hatten, zu ihm auf.

»Welches Gedicht?« fragte sie unsicher.

Er sah sie mit einem zärtlichen Blick an.

»Sieht von Rosen sich umgeben,
Selbst wie eine Rose jung.
Einen Blick, geliebtes Leben,
Und ich bin belohnt genug.«

Die heiße Glut ihrer jungen Liebe schlug ihr ins Gesicht. Sie vermochte nicht, ihn anzusehen. Da faßte er ihre Hände und zog sie zu sich heran.

»Gitta! Wollen Sie nicht die letzten beiden Zeilen dieses Gedichtes erfüllen? Einen Blick, geliebtes Leben, und ich bin belohnt genug.«

Scheu sah sie zu ihm auf. Seine Worte klangen so warm und zärtlich, daß sie leise erzitterte unter dem Ansturm der Gefühle, die sie in ihr auslösten.

Der Blick sagte ihm genug. Er zog sie fest in seine Arme.

»Süße Gitta, weißt du, wie schwer es mir geworden ist, auf den heutigen Tag zu warten, an dem aus dem Kinde endlich die Jungfrau emporgeblüht sein würde? Nicht wahr, du weißt, daß ich dich liebhabe, von ganzem Herzen, wie ich auch weiß, daß du mir dein junges Herz geschenkt hast. Oder, habe ich mich geirrt?«

Sie schüttelte stumm erglühend den Kopf und ließ es geschehen, daß er sie in seine Arme zog und ihren zuckenden Mund mit dem ersten Liebeskuß bedeckte. Er fühlte ihr leises Erbeben, fühlte beseligt, daß sie seinen Kuß mit der Hingabe des jungen Weibes erwiderte, und für eine Weile versank die Welt für die beiden jungen Menschen. Sie sprachen nicht weiter, ihre Lippen hatten Schöneres und Lieberes zu tun. Erst nach langer Zeit hob Gunter Gittas Köpfchen empor und fragte lächelnd:

»Nun weiß ich noch immer nicht, ob ich mich geirrt habe.«

Da flog ihr altes Schelmenlächeln um ihren Mund.

»Oh, Gunter, so schwer von Begriffen wirst du doch nicht sein«, neckte sie.

Das war wieder ganz die alte Gitta, und er lachte und zog sie wieder an sich.

»Ich will nun aber hören, ob du mich liebhast.«

Sie legte die Arme um seinen Hals. Und dann flüsterte sie ihm ins Ohr:

»Ja, ja, ich liebe dich, schon so lange, lange.«

Da vergaßen sie wieder beide eine Weile alles um sich her. Und erst, als nach geraumer Zeit Frau Maria Darland ins Zimmer trat, fuhren sie beide auseinander. Gunter hielt aber Gitta fest und trat mit ihr der Mutter entgegen.

»Liebe, teure Mutter, Sie wissen, daß ich mir heute Gittas Jawort holen wollte, und ich habe nicht lange gezögert, es zu tun. Gitta hat mir versprochen, meine Frau zu werden.«

Es gab nun die übliche Aufregung und Rührung. Auch Regi wurde gerufen, und gleich darauf kam auch der Vater. Und mitten in die Rührung und Freude hinein langte eine Kiste an, die für Gitta bestimmt war. Sie war von Gunter angefüllt worden mit allem, was er für Gitta hatte erdenken können.

»Ich wollte doch nicht mit leeren Händen zum Geburtstage meiner Braut kommen«, sagte er.

Gitta sah ihn schelmisch an. – »Als du diese Kiste hierher beordertest, wußtest du doch noch gar nicht, ob ich deine Braut werden wollte.«

Er lachte.

»Doch, das wußte ich schon lange. Aber nun packe nur aus, Gitta, ob ich auch alles richtig getroffen habe.«

Und Gitta packte aus und jubelte immer wieder laut auf und fiel Gunter um den Hals. Nichts hatte er vergessen. Eine Riesenbonbonniere mit Gittas Lieblingskonfekt, Bücher, die sie gern hatte haben wollen, eine entzückende Handtasche, die sie sich gewünscht hatte, die aber die Eltern als zu teuer nicht kaufen konnten, und so ging es weiter. Ganz unten in der Kiste aber lagen zwei Etuis. In dem einen befanden sich die Verlobungsringe, die Gunter bereits hatte gravieren lassen, und in dem andern ein sehr kostbares Armband, mit Saphiren und Brillanten besetzt, das Gitta einmal in einem Schaufenster bewunderte hatte, als sie mit Gunter davorgestanden war. Das war Gunters kostbares Brautgeschenk. Gittas achtzehnter Geburtstag war also mit Glück und Freude sehr reich angefüllt.

Gunter mußte zu Tisch bleiben, Regi hatte vorahnend dafür gesorgt, daß ein Festmahl aufgetragen wurde, und Karl Darland holte eine der letzten Flaschen Sekt aus dem Keller, damit man auf das Wohl des Brautpaares anstoßen konnte.

Aus Frau Marias Herzen flog ein Gebet zum Himmel, daß das Glück ihrer Gitta nicht getrübt werden möge durch die Schuld ihres Vaters, daß aber auch ihre Regi sich nicht zu opfern brauche. Sie glaubte freilich nicht an eine Erfüllung dieses Gebetes; sie war davon überzeugt, Regi würde das Opfer bringen müssen, um sie alle vor dem Verderben zu bewahren.

Regi sah der Mutter alle diese Ängste an, und nach Tisch zog sie diese in das Nebenzimmer und umarmte sie.

»Liebe, liebe Mutter, sei doch ruhig und freue dich an Gittas Glück. Ich will dir ganz leise etwas zuflüstern, das du ganz für dich behalten mußt. Ich brauche Römhilds Frau nicht zu werden, und alles wird gutgehen. Es ist ein Geheimnis, das ich nicht lüften darf, aber ich kann dein gequältes Gesicht nicht länger mit ansehen. Sei ganz getrost, auch deine Regi wird glücklich werden. Nur darfst du nicht fragen, aber sei versichert, alles wird gut.«

Mit großen Augen sah die Mutter die Tochter an. Sie wollte forschen, fragen, aber Regi legte nur den Finger an die Lippen und ließ sie stehen.

Frau Maria blieb eine Weile wie gelähmt stehen, und dann rang es sich aus ihrem Herzen: »Herrgott, du kannst Wunder tun, ich will glauben, daß du auch an meiner Regi ein Wunder tun wirst. Ganz fest will ich es glauben; du wirst sicher helfen, lieber Vater im Himmel.«

Und ein stiller Trost zog in ihre gemarterte Seele, als sie Regi so froh und unbekümmert sah.

Der Tag verging wie ein rechter Festtag. Gunter fuhr die Damen nach Tisch durch den Grunewald, in dem alles frühlingshaft zu grünen und zu blühen begann. Den Tee nahmen sie alle zusammen im Hause Darland ein, und zum Abend lud Gunter seine Schwiegereltern und die Schwestern zu einem kleinen Festmahl in ein vornehmes Restaurant ein. Er machte dabei mit seinen Schwiegereltern aus, daß das offizielle Verlobungsfest in seiner Villa stattfinden solle, denn er müsse so viele Menschen einladen, daß im Darlandschen Hause nicht Platz genug sein würde. Seine Dienerschaft sei ohnedies auf derartige große Festlichkeiten eingestellt, und alles werde so am besten erledigt.

Die Karten sollten am nächsten Tage bestellt und dann abgeschickt werden; das Verlobungsfest aber sollte erst am achten Mai stattfinden.

Gitta und Regi drückten sich unter dem Tisch fest die Hände. Bis zum achten Mai würde vielleicht schon Helmut Waldeck zurück sein. Gitta meinte, erst dann vollkommen glücklich sein zu können, wenn auch Regis Glück gesichert sei.

11

Helmut war mit seinem Herrn in New York eingetroffen. Er wußte, daß sein Onkel in den nächsten Tagen hier anlangen, und auch, in welchem Hotel er absteigen würde. Regis letzten Brief hatte er viele Male gelesen, und immer wieder ruhten seine Augen auf dem Namen »Gunter Willbrecht«. Er hatte auf der Hochschule einen Studienfreund gehabt, der diesen Namen führte, und war fest davon überzeugt, dieser sei der von Regi erwähnte Gunter Willbrecht. Mit ihm hatte sich Helmut sehr gut verstanden, ja, sie waren herzlich befreundet gewesen. Aber als an Helmut die Notwendigkeit herantrat, sein Studium abzubrechen, war er ohne Abschied auch aus dem Leben dieses Freundes gegangen. Er wußte, Gunter war schon damals ein reicher Mann, hatte er doch seinen verstorbenen Vater beerbt, der ein großes Fabriketablissement und eine Villa am Wannsee besaß. Er war in besseren Zeiten einige Male als Gast in dieser Villa gewesen – und – er war davon überzeugt, Gunter würde ihm die nötigen Mittel zur Beendigung seines Studiums vorgestreckt haben, auf ein kurzes Wort hin, wenn er ihn nur über den Wandel seiner Verhältnisse aufgeklärt hätte. Aber er hatte dem Freunde nichts schuldig sein wollen, da er sich schon damals sagen mußte, selbst als fertiger Ingenieur würde ihm nur schmales Einkommen gewiß sein, das ihm die Rückzahlung dieser Schuld kaum ermöglichte. So hatte er sich stillschweigend von Gunter Willbrecht getrennt, der sich vergeblich den Kopf darüber zerbrach, was aus Helmut geworden sein mochte, und wohin er geraten sei.

Und nun sollte dieser Gunter Willbrecht aller Wahrscheinlichkeit nach sein künftiger Schwager werden. Er kannte Gunter genug, um zu wissen, daß Regis Schwester bei ihm in guter Hut sein würde. Und da er sich Gitta gegenüber sehr verpflichtet fühlte, freute ihn das auch für sie.

New York gefiel Helmut nicht so besonders. Auch Römhild fühlte sich hier nicht sehr wohl. Er hatte auch nicht viel für sich erwartet und erledigte nur einige Geschäfte, bei denen Helmut als Dolmetscher fungieren mußte. Es lohnte sich für Helmut nicht, hier viele Aufnahmen zu machen, denn New York war schon so häufig in Wort und Bild beschrieben worden, daß seine Zeitung kaum viel mit einem Feuilleton darüber würde anfangen können.

Die Plätze auf dem zur Heimfahrt bestimmten Dampfer waren belegt, und der Tag der Abfahrt rückte immer näher. Es waren die letzten Apriltage, und Helmuts Vertrag lief am ersten Mai ab. Eigentlich hatte er seinen Dienst aber erst am dritten Mai angetreten. Am neunundzwanzigsten April sollte der Dampfer in See stechen, also lief Helmuts Vertrag auf hoher See ab. Weil er sich aber von Römhild nichts schenken lassen wollte, beschloß er, ihm bis zum dritten Mai zu dienen. Am fünften Mai würde der Dampfer in Hamburg einlaufen, also konnte sich Helmut die letzten beiden Tage auf dem Dampfer bereits als freier Herr betrachten.

Dies alles besprach Helmut mit seinem Onkel, den er gleich nach dessen Ankunft in seinem Hotel aufgesucht hatte. Und sein Onkel riet ihm, Römhild noch vor der Abreise von New York mitzuteilen, daß er spätestens am dritten Mai aus seinem Dienste ausscheiden würde.

Onkel und Neffe hatten sich sehr herzlich begrüßt, und

Helmut stellte mit großer Freude fest, daß sein Onkel sehr viel frischer und wohler aussah als zu der Zeit, da er ihn in Honolulu kennenlernte.

»Das ist dein Verdienst, Helmut! Seit ich wieder jemanden habe, der zu mir gehört, habe ich angefangen, das Leben wieder liebzugewinnen. Ich freue mich über alle Maßen, daß ich nun nicht mehr allein zu sein brauche. Wir werden uns nicht wieder trennen. Ich bleibe in Deutschland, bis du deine Regina heiratest, und kehre dann mit euch beiden nach Kalifornien zurück. Ihr müßt den alten einsamen Onkel schon mit in Kauf nehmen.«

Helmut drückte ihm warm die Hand.

»Alt bist du noch nicht, Onkel Hans, du hast noch ein junges, warmes Herz, und einsam sollst du, wenn ich es verhindern kann, nie mehr sein.«

John Highmont hatte seinen Sekretär und George in seiner Begleitung. Beide sollten ihn nach Deutschland begleiten.

»Während der Überfahrt werde ich beide einweihen, daß du mein Neffe bist, und daß du zu ganz besonderem Zweck den Diener Römhilds gespielt hast. Sie werden darüber schweigen, solange ich es will. Es ist aber gut, wenn sie alles wissen und in dir den künftigen Erben ihres Herrn sehen. Vor allen Dingen rate ich dir, dich gleich hier in New York neu auszustatten. Hier hast du verschiedene Adressen. Ich bitte dich, nicht zu sparen, du mußt daran denken, daß du künftig offiziell als mein Neffe auftreten sollst. Was ein Gentleman zu einer vornehmen Ausstattung braucht, weißt du. Laß alles, was du kaufst, in neue Kabinenkoffer packen und unter meiner Adresse an Bord senden. Notiere dir alles, damit du nichts vergißt, denn du wirst nicht viel Zeit haben, um dich auszustatten.«

Helmut sah ein, daß sein Onkel in allen Dingen recht hatte. Er verabschiedete sich alsbald, um gleich noch die nötigen Besorgungen zu machen, da ihm heute der ganze Tag zur Verfügung stand, da Römhild einen größeren Ausflug in die Umgegend machte. Neffe und Onkel verabschiedeten sich herzlich. Sie würden sich erst an Bord des Dampfers wiedersehen.

Doch hatten sie noch besprochen, daß Römhild auch nach Auflösung von Helmuts Dienstverhältnis nichts davon erfahren sollte, daß dieser mit John Highmont irgendwie zusammenhing. Und sie vereinbarten ferner, daß sie in Hamburg im Hotel ›Vier Jahreszeiten‹ zusammen wohnen wollten, wo John Highmont für sich und seinen Neffen sowie für seine Begleitung schon Zimmer bestellt hatte.

Mit einem seltsamen Gefühl begab sich Helmut in einige Geschäfte, in denen er sich zu equipieren gedachte. Es fiel ihm ein, wie glücklich er sich schon gefühlt hatte, als er sich in Berlin auf Römhilds Kosten seine Dienerausstattung bestellen durfte. Wie ganz anders würde er jetzt für sich wählen dürfen. Wunderbar hatte sich sein Leben in diesen zwei Jahren gewandelt, und sein Herz war voller Dankbarkeit.

Nach Erledigung aller dieser Besorgungen blieb ihm nur noch wenig zu tun. Er ging in das Hotel zurück, in dem sein Herr Wohnung genommen hatte. Hier erfuhr er, daß dieser noch nicht zurückgekehrt war. Er nahm ein frühes Abendessen ein, um seinem Herrn nach dessen Heimkehr sofort zur Verfügung stehen zu können. Und er beschloß, heute abend noch mit Römhild über den Ablauf seines Vertrages zu sprechen. Er war kaum fertig mit seiner Mahlzeit, als das Auto vorfuhr, das seinen Herrn zurückbrachte.

Dieser rief ihn gleich zu sich und ließ sich beim Umkleiden helfen. Er hatte bereits gespeist und ließ sich, nachdem er ein Bad genommen hatte, einen bequemen Hausanzug bereitlegen.

»Ich gehe nicht mehr aus. Dies New York ist mir zu anstrengend, da geht alles in wilder Hast durcheinander. Kein Mensch hat Zeit! Das ist noch viel schlimmer als in Berlin«, sagte er.

Nachdem er die Kleider gewechselt hatte, legte er sich auf einen allerdings nicht sehr bequemen Diwan. Er ächzte und stöhnte.

»Nicht einmal ein bequemes Polstermöbel findet man in diesen Hotels! Ich bin überhaupt reisemüde und will froh sein, wenn ich wieder zu Hause meine Ordnung habe.«

Helmut räumte im Zimmer auf und sagte dabei ganz ruhig, wie selbstverständlich:

»Ich kann mir denken, gnädiger Herr, daß Sie nach Hause zurückverlangen. Zwei Jahre so aus dem Koffer leben, ist schon anstrengend. Und damit Sie nicht in Ihrer Bequemlichkeit und Ordnung gestört werden, möchte ich Ihnen den Vorschlag machen, nach Berlin zu depeschieren und einen Ihrer Diener nach Hamburg zu beordern, damit er zur Stelle ist, wenn Sie eintreffen.«

Römhild sah ihn an, als habe er hebräisch gesprochen.

»Was soll denn das heißen? Wozu soll denn ein Diener nach Hamburg kommen; ich bin doch während der ganzen Reise mit Ihnen ausgekommen.«

Helmut stand ruhig vor ihm.

»Sie vergessen, gnädiger Herr, daß mein Vertrag am ersten Mai abläuft.«

Römhild richtete sich mit einem Ruck auf und lachte dröhnend:

»Ah so, das sollte eine sanfte aber nachdrückliche Mahnung sein, daß ich Ihren Vertrag verlängern soll.«

»Nein, gnädiger Herr, das soll es ganz gewiß nicht sein. Ich gedenke am ersten Mai meine Stellung bei Ihnen aufzugeben, oder vielmehr am dritten Mai. Da ich erst am dritten angetreten bin, will ich auch bis zum dritten meine Obliegenheiten erledigen. Wir kommen am fünften Mai in Hamburg an, und so dürfte es gut sein, wenn Sie sich einen andern Diener dorthin bestellen. Er kann Sie ja an der Anlegestelle erwarten.«

Römhild hatte sich von seinem Staunen erholt und sah Helmut spöttisch an.

»Ach so, das soll so eine Art Pression sein, damit ich Ihnen ein höheres Gehalt zahle, wenn Sie länger bei mir bleiben.«

»Nein, gnädiger Herr, das soll nichts anderes heißen, als daß ich meine Stellung bei Ihnen aufgebe.«

»Machen Sie keine Witze.«

»Es ist mein voller Ernst.«

Nun stieg Römhild die Röte des Zornes ins Gesicht.

»Das ist ja toll! Sie wollen mir jetzt einfach den Stuhl vor die Tür setzen? Wollen mich mitten in der Reise verlassen?«

»Die Reise ist in Hamburg sowieso zu Ende, und es ist vertraglich ausgemacht, daß sie höchstens zwei Jahre dauern und ich nach diesen zwei Jahren frei sein soll.«

»So, und wenn ich Sie nun daraufhin Knall und Fall einfach hier in New York zurücklasse?« höhnte Römhild.

Helmut blieb ganz ruhig:

»Vertraglich sind Sie verpflichtet, mich nach Ablauf von zwei Jahren auf Ihre Kosten heimreisen zu lassen, wenn Sie noch länger unterwegs bleiben wollten. Aber ich bin gern bereit, sofort von meinem Vertrage zurückzutreten und die Heimreise auf meine eignen Kosten zu machen, wenn Ihnen das lieber ist.«

Wutentbrannt sah ihn Römhild an.

»Das ist wohl der Dank, daß ich Ihnen eine solche Reise ermögliche. Sie sind ein ganz undankbarer Mensch, wissen Sie das?«

»Als Ihnen Mr. Highmont sagte, ich könnte bei ihm eine sehr viel bessere und höher dotierte Stellung bekommen, und er Sie bat, mich freizugeben, dachten Sie lediglich an sich und sagten: ›Vertrag ist Vertrag‹. Ich hätte damals vielleicht mein Glück machen können, denn Mr. Highmont machte mir ein sehr günstiges Anerbieten. Ich sagte ihm jedoch, ein Vertrag binde mich an Sie, und ich gedächte, diesen Vertrag zu halten. Ich habe es auch getan, obwohl es mir manchmal wirklich nicht leicht geworden ist. Jetzt aber endet mein Vertrag, und ich möchte nicht einen Tag länger in Ihren Diensten bleiben, als ich dazu gezwungen bin.«

»So? Und warum nicht?«

»Weil ich es ohne Zwang keinen Tag länger ertragen würde«, sagte Helmut ruhig und bestimmt.

Römhild brauste auf.

»Sie, werden Sie nicht unverschämt! Mir können Sie nichts vormachen, Sie spitzen sich darauf, daß Mr. Highmont wirklich für Sie eine Anstellung offenhält. Aber da irren Sie sich, der hat sich nur einen Witz gemacht. Es fällt ihm gar nicht ein, Sie zu engagieren.«

Auch das vermochte Helmut nicht aus der Ruhe zu bringen.

»Ich spitze mich ganz gewiß nicht darauf, daß Mr. Highmont mich engagieren will, und weiß sehr gut, daß er Ihnen und mir das nur im Scherz gesagt hat. Ich will aber trotzdem meine Beziehung zu Ihnen lösen und bitte Sie in Ihrem eignen Interesse, wegen eines Dieners nach Hause zu depeschieren. Den letzten Tag auf dem Dampfer kann der Steward Ihre Bedienung übernehmen. Bis zum dritten Mai stehe ich Ihnen zur Verfügung.«

Römhild ärgerte sich maßlos, daß Helmut ihm den Dienst aufsagte. Er fühlte sehr wohl, daß dessen Verhalten eine gewisse Verachtung seiner Person zum Ausdruck brachte. Außerdem hatte er sich so an Helmuts tadellose Bedienung gewöhnt, daß er sich nur ungern dazu entschließen konnte, einen andern Diener täglich um sich zu haben. Aber er wollte sich nicht anmerken lassen, wie sehr er sich ärgerte, und sagte darum recht von oben herab:

»Nun gut, ich werde ein Telegramm aufgeben. Ihnen ist es anscheinend zu gut bei mir gegangen, nun sticht Sie der Hafer. Aber daß Sie ein so undankbarer Mensch sein könnten, ahnte ich nicht.«

Fest und ruhig sah Helmut ihn an.

»Ich war Ihnen dankbar, bis ich es nicht mehr sein konnte. Aber wir wollen uns gegenseitig nicht den Vorwurf der Undankbarkeit machen. Schließlich hätte ich dazu etwas mehr Veranlassung als Sie. Denn Sie haben mir dafür, daß ich zweimal mein Leben wagte, um das Ihre zu retten, damit gedankt, daß Sie mich, wenn Sie die Laune ankam, in unerhörter Weise schikanierten. Doch das erwähne ich nur, weil Sie mir Undankbarkeit vorwerfen.«

Darauf antwortete Römhild sehr gewöhnlich:

»Machen Sie, daß Sie hinauskommen, ich brauche Sie heute nicht mehr.«

Helmut entfernte sich nach einer sehr formellen Verneigung. Draußen atmete er auf. Es war heute das erstemal, daß er Römhild energisch gegenübergetreten war. Dieser war wohl sehr erstaunt gewesen, daß der sonst so ruhige und geduldige Diener einmal in einem andern Ton zu ihm sprach. Aber er sollte einen noch viel energischeren Ton von ihm zu hören bekommen.

Römhild strafte seinen Diener in den nächsten Tagen mit Verachtung. Er kehrte den Herren sehr entschieden heraus, wenn er sich auch nicht mehr zu Wutanfällen hinreißen ließ. Aber er ersparte Helmut sonst nichts in diesen Tagen.

Er hatte wirklich nach Hause depeschiert und einen anderen Diener nach Hamburg bestellt. Nun gab er sich den Anschein, als ertrüge er Helmuts Anwesenheit nur schwer. Alles, was dieser tat oder unterließ, war falsch und trug ihm eisigen Tadel oder beißenden Hohn ein. Nichts konnte er seinem Herrn mehr recht machen, und Helmut fühlte sehr wohl, daß er ihm gern noch irgend etwas am Zeuge geflickt hätte. Deshalb bemühte er sich mehr denn je, seine Obliegenheiten tadellos zu erledigen.

Nun waren sie an Bord des Dampfers gegangen, und Helmut hatte nur einen Moment seinen Onkel von weitem gesehen. Dieser war sogleich wieder verschwunden und schien die Absicht zu haben, vorläufig Römhild nicht in den Weg zu laufen.

Am Abend traf Helmut an einer dunklen Stelle an Deck mit Mr. Highmont zusammen und berichtete diesem von seiner Auseinandersetzung mit Römhild. John Highmont lächelte.

»Wenn er mich hier an Bord entdeckt, wird er sogleich wieder Verdacht schöpfen, daß ich hinter deiner Kündigung stehe. Das müssen wir ihm ausreden, er darf noch nicht ahnen, daß ich dir den Rücken decke.«

Und sie verabredeten genau, wie und wo sie zusammentreffen wollten, damit Römhild nichts davon merkte.

Highmont war am Abend nicht im Speisesaale erschienen. Erst am nächsten Tage beim Lunch betrat er ihn und mußte dicht an Römhilds Platz vorüber.

»Ah, Mr. Highmont? Sind Sie es wirklich?« fragte Römhild erstaunt.

»Ich bin nicht weniger erstaunt als Sie, Mr. Römhild. Ist Ihre Reise noch nicht beendet?«

»Nein, aber bald! Ich bin auf dem Heimwege. Aber wie kommen Sie auf diesen Dampfer und auf den Weg nach Deutschland?«

»Dringende Geschäfte rufen mich plötzlich dahin.«

»Wollen Sie nicht an meinem Tisch Platz nehmen?«

»Sehr liebenswürdig, wenn Sie gestatten, aber ich habe meinen Sekretär bei mir, mit dem ich speisen will.«

»Nun, Mr. Smith ist ja ein ganz angenehmer Gesellschafter. Bitte, nehmen Sie Platz.«

John Highmont ließ sich nieder, und sie wechselten einige Worte. Dabei fixierte Römhild den Kalifornier sehr scharf und sagte plötzlich:

»Was sagen Sie dazu, daß mein Diener mir plötzlich den Dienst aufgesagt hat, da sein Vertrag in diesen Tagen abläuft?«

John Highmont zeigte ein sehr gleichgültiges Gesicht.

»Ihr Diener? Ach, ich erinnere mich, er war ja wohl ein sehr anstelliger Mensch? Man ist immer unangenehm berührt, wenn man einen guten Diener verliert.«

»Nun, Mr. Highmont, offen gestanden, ich hatte den Verdacht, daß Sie hinter dieser Kündigung stecken, daß Sie ihn vielleicht engagiert hätten, denn Sie waren einmal sehr darauf aus.«

»Was wollen Sie, eine Laune. Aber Sie irren, ich will Ihren Diener ganz gewiß nicht engagieren. Das war doch nur ein Scherz.«

Scharf sah Römhild ihn an.

»Können Sie mir Ihr Ehrenwort geben, daß Sie ihn nicht in Ihre Dienste nehmen werden?«

John Highmont zuckte die Achseln.

»Ich werfe nicht leichtsinnig mit meinem Ehrenwort um mich, und hier scheint es mir nicht geboten zu sein, es zu geben. Aber wenn es Sie beruhigt, so gebe ich Ihnen mein Ehrenwort, daß ich Ihren Helmut nicht in meinen Dienst nehmen werde. Zufrieden?«

»Gewiß, selbstverständlich. Ich bitte um Verzeihung, aber es kam mir einigermaßen sonderbar vor, daß Waldeck mir die Stellung aufsagte. Er hat doch immerhin eine gute Position bei mir gehabt.«

»Nun, Sie wissen, daß ich darüber etwas anderer Ansicht bin. Aber jedenfalls, wenn der Vertrag zu Ende ist, können Sie ihn nicht halten. Vertrag ist Vertrag, so sagten Sie mir erst vor wenigen Wochen, und das mußte ich gelten lassen.«

»Jedenfalls ist es das erstemal, daß jemand mir den Dienst aufsagt.«

»So? Nun, bei uns drüben ist das nichts Besonderes, da sind die Diener viel öfter mit ihrer Herrschaft nicht zufrieden als umgekehrt.«

Jetzt kam Mr. Smith herbei und wurde aufgefordert, mit Platz zu nehmen. Römhild fand im Laufe der Unterhaltung, daß der Kalifornier recht wenig liebenswürdig sei. Er kehrte sehr deutlich den Herrn heraus, und Römhild ärgerte sich, daß er ihn aufgefordert hatte, bei ihm Platz zu nehmen. Römhild war überhaupt schlechter

Laune, und was er davon auf Helmut abladen konnte, tat er nur zu gern. Seine Gedanken flogen weit voraus – hin zu Regina Darland. Diese gewann nun wieder Bedeutung für ihn, obwohl er während der Reise wenig genug an sie gedacht hatte. Es war eine grausame Freude in ihm, daß er nun Darland und durch ihn Regina wieder fühlen lassen konnte, daß beide in seiner Gewalt waren. Er malte sich mit immer reizvolleren Farben aus, wie er Regina sich unterordnen wollte, wie sie alles würde tun müssen, was er verlangte. Wenn er sich ihre feine, vornehme und reizvolle Persönlichkeit ihm gegenüber in einem richtigen Sklavenverhältnis vorstellte, genoß er seine Freude daran im voraus. Hätte Regina in seiner Seele lesen können, welch ein Schicksal er ihr zu bereiten gedachte, hätte sie ein Grauen gepackt.

Helmut ahnte das alles und dankte Gott, daß er ihm die Macht gegeben hatte, Regina vor diesem Schicksal zu bewahren.

Der letzte Tag von Helmuts Dienstbarkeit war angebrochen, und schon zeitig rief Römhild ihn in seine Kabine und kommandierte ihn mit einer wahren Wollust hin und her. Er mutete ihm die niedrigsten Dienste zu, überhäufte ihn mit Arbeit und mit beißendem Spott und Hohn. Helmut hatte alle Selbstbeherrschung nötig, um ihn nicht in sein gemeines Gesicht zu schlagen, und nur der Gedanke, in kurzer Zeit Abrechnung mit ihm halten zu können, half ihm diese letzten Demütigungen ertragen. Bis zum späten Abend hielt ihn sein Herr im Gange, und es war erst kurz vor Mitternacht, als Römhild ihn endlich entließ.

»Haben Sie sonst noch Befehle?« fragte Helmut mit unerschütterlicher Ruhe.

»Nein, scheren Sie sich zum Teufel! Wir sind nun wohl miteinander fertig. Sie werden sich sicherlich noch einmal zurücksehnen nach der guten Stellung, die Sie bei mir gehabt haben.«

Es flog ein fast humoristisches Lächeln um Helmuts Mund.

»Ich glaube nicht!«

»Hinaus!«

Helmut verneigte sich und verließ die Kabine. Er hörte, daß Römhild in seiner Wut einen harten Gegenstand hinter ihm herwarf, der mit lautem Krach an die Tür schlug. Daß Römhild Helmut nichts hatte anhaben können, daß er keinerlei Macht über ihn besaß, ärgerte ihn maßlos. Selten war er einem Menschen gegenüber so machtlos gewesen. Und neben seiner Grausamkeit war eine unedle Herrschbegier sein hervorragendster Charakterzug.

Helmut begab sich in seine Kabine. Es war ein kleines, fast lichtloses Loch über dem Maschinenraum, wie sie vielfach für die Dienerschaft der Passagiere erster Klasse verwendet wurden. Seine Sachen waren schon gepackt, und er trug sie hinüber zu einer Kabine, die sein Onkel schon für ihn belegt hatte, und die dicht an die seine grenzte. Hier hatte Helmut auf seines Onkels Wunsch schon Nacht für Nacht auf dem Dampfer geschlafen, weil er nicht wollte, daß Helmut sich in der düsteren, schlecht gelüfteten Dienerkabine aufhielte.

Als Helmut seine Kabine betrat, stand George bereit, ihm zu helfen. George und Mr. Smith wußten längst, daß Helmut ein Freiherr von Waldeck und ihres Herrn Neffe und Erbe sei. Sie erwiesen ihm darum die ihm gebührende Ehrerbietung. Helmut dankte George sehr freundlich für seine Dienste. Er wußte, daß er nie in seinem Leben einen

Diener unfreundlich oder gar ungerecht behandeln würde, denn er hatte an sich selbst erfahren, wie unangenehm das war.

Mr. Highmont hatte sich schon zur Ruhe begeben, denn er war noch sehr vorsichtig, weil er unbedingt wieder ganz gesund werden wollte. Er ließ Helmut nur sagen, dieser solle am nächsten Morgen mit ihm zusammen in seiner Kabine frühstücken. Mr. Highmont bewohnte eine der großen Luxuskabinen.

Mit einem herrlichen Gefühl des Befreitseins legte sich Helmut an diesem Abend zu Bett. Seine Livreen und Dienstkleidung hatte er Römhild wieder zur Verfügung gestellt mitsamt dem dazugehörigen Koffer. Dieser hätte das in seiner Wut und im Bestreben, Helmut Verlegenheiten zu bereiten, sonst zweifelsohne gefordert. Daß Helmut ihm zuvorgekommen war, ärgerte ihn um so mehr.

Die letzten beiden Tage bekam Römhild weder Helmut, noch Mr. Highmont zu Gesicht. Nur der Sekretär erschien im Speisesaale und meldete Römhild, sein Herr sei durch sein Befinden gezwungen, die Mahlzeiten auf seinem Zimmer einzunehmen. Mr. Highmont speiste mit Helmut in seiner Kabine, und die beiden Herren fühlten sich sehr froh und glücklich, dort ungestört beisammen sein zu dürfen.

Als der Dampfer in Hamburg einlief, blieben Onkel und Neffe so lange an Bord, bis Mr. Smith ihnen meldete, daß Römhild von einem anderen Diener abgeholt und davongefahren sei.

Nun gingen Onkel und Neffe ebenfalls an Land. Helmut hatte sich in seinem Äußeren völlig verwandelt. Er hatte sich in New York vollständig neu equipiert und wirkte nunmehr sehr elegant und herrenmäßig. Es war kein Wunder, daß die Augen der Vorübergehenden interessiert auf diese beiden vornehmen Gestalten blickten.

Sie fuhren im Auto nach den ›Vier Jahreszeiten‹. Dort wurden sie von Mr. Smith und George empfangen, die mit dem Gepäck vorausgefahren waren und sich dann überzeugt hatten, daß Römhild hier nicht abgestiegen war. Denn Helmut hatte nicht mehr in Erfahrung bringen können, ob und wo Römhild in Hamburg zu logieren gedenke.

Er hätte aber ganz ruhig sein können; Römhild war, verärgert und reisemüde, wie er war, sogleich nach Berlin weitergereist, und sein Diener hatte nicht viel Freude am Wiedersehen mit seinem Herrn.

So sehr sich Helmut auch sehnte, nach Berlin zurückzukommen, um Regina endlich wiederzusehen, mußte er seinem Onkel zuliebe dennoch bis zum nächsten Tag in Hamburg bleiben. Erst am Morgen des sechsten Mai fuhren sie von Hamburg nach Berlin, wo John Highmont im Hotel Adlon ein Appartement bestellt hatte, bestehend aus zwei Schlafzimmern für sich selbst und Helmut, einem zwischen diesen Zimmern liegenden Salon, einem Zimmer für Mr. Smith und einem Gelaß für George.

Hier in Deutschland, so hatte John Highmont beschlossen, wollte er unter seinem deutschen Namen und Titel auftreten. Er hatte verschiedene Gründe dafür. Einer dieser war, daß er nicht von Römhild in der Fremdenliste gefunden werden wollte, denn dieser würde ihn sonst ganz gewiß mit seinem Besuch belästigt haben. Und daran lag ihm absolut nichts.

Als Helmut vor dem Hotel Adlon aus dem Wagen stieg, sah er das Blumengeschäft, in dem er damals für Römhild hatte die Rosen für Regina besorgen müssen. Mit einigen

Worten entschuldigte er sich bei seinem Onkel, der ihm lächelnd nachsah, weil er wußte, was Helmut in diesem Blumengeschäft wollte. Helmut suchte herrliche rote Rosen aus und schickte sie mit einem Billett an Regina. Auf der Karte stand nur: »Eben eingetroffen! Innige Grüße. Morgen oder übermorgen Weiteres. Helmut.«

Mehr wollte er nicht schreiben, denn er wußte nicht, ob das Billett nur von Regina gelesen werden würde. Sie sollte nur wissen, daß er in Berlin war.

Schnell folgte er nun seinem Onkel in das Hotelvestibül und begab sich mit ihm in die bestellten Zimmer.

Nachdem er sich erfrischt und umgekleidet hatte, nahm er mit seinem Onkel den Lunch ein, und dabei besprach er mit ihm, was er für Pläne für die nächsten Tage hatte. Er hatte sich schon überlegt, er wollte auch jetzt Gittas Vermittlung in Anspruch nehmen, um ein Alleinsein mit Regina herbeizuführen. Und da er von dieser erfahren hatte, daß sich Gitta mit Gunter Willbrecht verloben würde, wahrscheinlich also jetzt schon verlobt war, dachte er, es sei das beste, sich zunächst mit Gunter Willbrecht in Verbindung zu setzen.

Nach dem Lunch suchte Helmut Gunter Willbrechts Telephonnummer heraus und klingelte bei ihm an. Ein Diener meldete sich, und Helmut fragte, ob Herr Willbrecht zu Hause und zu sprechen sei. Der Diener wollte den Namen wissen, aber Helmut sagte lachend:

»Den will ich ihm selber sagen, melden Sie nur, ein alter Studienfreund sei am Apparat.«

Gleich darauf meldete sich Gunter. »Wer dort?«

»Bist du es, Gunter?«

»Ja, aber wer ist dort?«

»Kennst du meine Stimme nicht mehr?«

»Leider nein – oder doch – das kann doch nicht sein? Helmut?«

»Ja, Gunter, Helmut Waldeck!«

»Wirklich, du, Helmut? Nun, du kannst dir denken, wie sehr ich mich freue, endlich wieder von dir zu hören. Du warst ja wie vom Erdboden verschwunden, jahrelang.«

»Allerdings, es lagen Verhältnisse vor, die mich zwangen, mein Studium abzubrechen. Ich war lange im Auslande. Aber nun habe ich Sehnsucht, dich einmal wiederzusehen. Du wohnst noch in deiner Villa am Wannsee?«

»Richtig! Und du?«

»Im Adlon; ich bin heute erst in Berlin eingetroffen. Kann ich dich wiedersehn, und wo und wann? Ich möchte etwas mit dir besprechen.«

»Bestimme du, bis sieben Uhr bin ich frei, dann habe ich Minnedienst, ich bin verlobt.«

»Ah, mit Gitta Darland?« entfuhr es Helmut.

»Alle Wetter! Das weißt du?«

»Ich ahnte es.«

»Aber erlaube mal, ich bin erst seit einigen Tagen verlobt.«

Helmut lachte.

»Ich weiß, ich weiß! Das alles kann ich dir aber nicht am Telephon auseinandersetzen. Also wann sehen wir uns?«

»Sogleich, wenn du willst, ich fahre ohnedies jetzt nach der Stadt. Ich habe etwas zu erledigen. In einer guten Stunde kann ich bei dir im Hotel sein.«

»Famos, es eilt mir sehr! Auf Wiedersehn. Ich freue mich, Gunter.«

»Ich auch!«

Sie hängten beide ab, und Helmut ging lächelnd zu seinem Onkel, um ihm zu berichten, was er mit Gunter besprochen hatte.

John Highmont legte sich nun beruhigt zu seinem Mittagsschläfchen nieder, er wußte, seines Neffen Angelegenheit war in gutem Fahrwasser.

Eine Stunde, nachdem Helmut seinen Onkel verlassen hatte, wurde er vom Portier angeklingelt, der ihm meldete, ein Herr Willbrecht wünsche ihn zu sprechen. Helmut fürchtete, daß sein Onkel gestört werden könnte, falls er Gunter im Salon empfinge, und eilte daher hinunter, um den Freund zu begrüßen. Diese Begrüßung fiel von beiden Seiten sehr herzlich aus. Es war um diese Zeit in den Hotelräumen ziemlich leer, und Helmut zog sich mit Gunter in einen völlig menschenleeren Raum neben dem Vestibül zurück. Hierhin ließ er eine Flasche Wein bringen, denn er wollte mit dem Freunde auf das Wiedersehn nach langer Zeit anstoßen.

Gunter sah ihn lächelnd an.

»Du siehst fabelhaft aus, Helmut, bist breiter und anscheinend auch größer geworden und hast was Bedeutendes und Charakteristisches bekommen. Anscheinend geht es dir gut?«

»Ja, jetzt geht es mir sehr gut, Gunter, wenn ich auch ziemlich schwere Jahre hinter mir habe. Hast du Zeit, berichte ich dir alles in gedrängter Kürze.«

»Aber erst verrate mir mal, woher du weißt, daß ich mich mit Gitta Darland verlobt habe.«

»Also, um das Wichtigste gleich vorwegzunehmen – ich weiß es von ihrer Schwester Regina.«

Gunter staunte.

»Von Regina? Ja, aber wie denn?«

»Sie hat es mir geschrieben und – damit du nicht zu schnell aus dem Staunen herauskommst – ich hoffe, daß wir Schwäger werden.«

Gunter Willbrecht sah wirklich einen Moment nicht sehr geistreich aus, dann aber blitzte es in seinen Augen auf.

»Warte mal – warte mal, das ist doch – hm? H. Wald? Bist du etwa unter die Zeitungsschreiber gegangen? Hast du etwa die famosen Reisefeuilletons geschrieben?«

»Ja, Gunter.«

»Herrgott, da gehen mir zwar verschiedene Lichter auf, aber dunkel bleibt mir doch noch mancherlei. Mensch, Helmut, jetzt mußt du aber Farbe bekennen. Das ist ja eine epochale Entdeckung.«

Helmut mußte lachen. »Es wird dir doch nicht unangenehm sein, daß ich dein Schwager werde?«

»Ganz gewiß nicht. Wenn das nur wirklich sicher ist. Ich habe da von meiner Braut so etwas gehört von einem greulichen Freier, dem Regi geopfert werden soll, wie Isaak von Abraham. Wie soll ich das alles zusammenbringen? Daß Regina eine stille Liebe zu einem andern im Herzen trägt, weiß ich bereits von Gitta, aber die Zusammenhänge fehlen mir.«

»Sollst du sofort bekommen, Gunter. Aber, dein Aufschrei, ob ich unter die Zeitungsschreiber gegangen bin, ist mir auf die Nerven gefallen. Du wirst mir hoffentlich nicht deine Freundschaft kündigen, wenn ich dir sage, daß dies eine sehr noble Beschäftigung ist, gegen andre gehalten, die ich ebenfalls habe verrichten müssen.«

»Na, meinetwegen kannst du die Straßen gekehrt haben, ein anständiger Kerl bist du trotzdem geblieben, das weiß ich.«

»Ich denke, das kann ich dir versichern. Aber – ehe ich auspacke – gib mir dein Wort, daß du nicht eher über alles sprichst, als ich es dir erlaube.«

»Du hast mein Wort!«

Die Freunde tranken sich zu, und Helmut begann dann in kurzen Worten von seinem Ergehen zu erzählen. Mit warmer Teilnahme hörte Gunter zu, und als Helmut berichtete, daß er eine Dienerstelle angenommen hatte, sagte er erschrocken:

»Aber Helmut, warum kamst du nicht zu mir, ich hätte dir doch helfen können.«

Helmut schüttelte den Kopf und erklärte ihm, warum er das nicht hätte annehmen können. Er berichtete nun von seiner Bekanntschaft mit Regi, von allem, was er erlebt hatte, und wie er dann, allerdings durch eine Indiskretion, aus Römhilds Brief erfahren hatte, daß dieser Darland in der Hand hätte. Von Darlands Vergehen sprach er aber nicht, er wollte es diesem ersparen, auch noch vor Gunter beschämt dastehen zu müssen. Gunter richtete sich mit einem Ruck empor.

»Ach, dachte ich es mir doch, mein Schwiegervater ist Römhild Geld schuldig? Ich hatte mir schon vorgenommen, mit ihm darüber zu sprechen, wenn ich erst mit Gitta verlobt wäre. In diesen Tagen bin ich nur noch nicht dazugekommen. Aber selbstverständlich werde ich meinem Schwiegervater das nötige Geld zur Verfügung stellen, damit er sich von diesem Menschen lösen kann. Das fehlte gerade noch, daß Regi ihm ausgeliefert würde.«

Helmut sah ihn ernst an.

»Die Sache ist nicht so leicht, wie du denkst. Römhild hat Darlands schwierige Situation ausgenützt, ihn ganz in seine Gewalt zu bekommen. Erlasse mir Einzelheiten, über die ich nicht sprechen will und kann. Genug, Darland unterschrieb jedenfalls ein Versprechen, Römhild seine Tochter Regina zur Frau zu geben, sobald er von seiner Weltreise heimgekehrt sein würde.«

»Das ist ja toll! In keinem Falle lassen wir das zu! Und – diesem Kerl, diesem Römhild habe ich eine Einladung zu meiner Verlobungsfeier gesandt, weil meine Firma in geschäftlichen Verbindungen mit ihm steht und ich ihn nicht gut übergehen konnte.«

Helmut sann nach. Dann hob er den Kopf.

»Laß sein, laß sein, er mag ruhig kommen. Vielleicht ist es ganz gut so. Die Angelegenheit drängt. Und sei ganz ruhig – ich löse Darland von diesem Zwang. Römhild ist jetzt in meine Hand gegeben. Jetzt werde ich ihm Bedingungen diktieren. Und deshalb soll mein etwas beschwerliches und demütigendes Dienerdasein gesegnet sein, es hat mir diesen Kerl in die Hände geliefert. Also höre weiter.«

Und er berichtete nun von allem anderen, was Gunter wissen mußte, um ihn zu verstehen und über alles im Bilde zu sein. Auch von Gittas tapferer Beihilfe schwieg er nicht, und Gunters Augen leuchteten auf.

Dann berichtete Helmut auch, wie, wo und wann er seinen Onkel gefunden, und was sich in Schloß Highmont und auf dem Dampfer auf der Fahrt nach Deutschland ereignet hatte.

»Ich bin also nunmehr meines Dienstverhältnisses zu Römhild ledig, und mein Onkel ist mit hier«, so schloß er seinen Bericht.

Gunter hatte mit allen Zeichen der Erregung zugehört. Nun sagte er ernst:

»Du kannst mir ruhig sagen, Helmut, was meinen Schwiegervater in Römhilds Hand gegeben hat. Das ändert nichts an meiner Liebe zu Gitta und an meinem Verhältnis zu ihr. Aber ich möchte klar sehen.«

»Mein lieber Gunter, was Karl Darland eigentlich getan hat, weiß ich selbst nicht, ich kann mir nur denken, daß Römhild ihn zu irgendeinem falschen Schritt gedrängt hat, der ihn in seine Macht gab, weil er eben in seiner wilden Begierde auch Regi in seine Hände bekommen wollte, was ihm sonst nie gelungen wäre. Ich suche aber morgen Darland auf und bitte ihn, mir alles zu erklären, denn nur so kann ich wirksam für ihn eintreten. Ich werde ihm dann raten, dir auch ruhig ein volles Geständnis abzulegen, er wird sich dann um so freier fühlen, denn mir scheint, er hat schwer gelitten unter Römhilds Zwang. Und nun habe ich eine große Bitte an dich, da du jetzt alles weißt. Ich möchte Regina sehen, ohne Zeugen, und wollte dich deshalb bitten, deine Braut zu bestimmen, ihre Schwester irgendwohin zu bringen, wo ich mit ihr Zusammensein kann. Du wirst verstehen, wie sehnsüchtig ich auf ein solches Alleinsein warte. Und Regina darum zu bitten, kann ich nicht wagen, solange nicht alles geklärt ist. Du kannst Gitta so viel sagen, wie unbedingt nötig ist.«

»Ich verstehe, und die Sache läßt sich ganz leicht arrangieren. Morgen vormittag wollte ich mit Gitta allerlei Besorgungen machen zu unserer am Abend des achten Mai stattfindenden Verlobungsfeier, zu der du selbstverständlich feierlich geladen bist. Regi wird uns auf dieser Fahrt begleiten, und wir wollten im Anschluß daran eine Ausfahrt in den Grunewald machen. Ich werde Gitta unter dem Siegel der Verschwiegenheit in alles einweihen, und wir werden auf unserer Fahrt vor meiner Villa halten, wo ich den Schwestern eine Erfrischung anbiete. Du hast weiter nichts nötig, als dich vorher bei mir einzufinden. Meine Dienerschaft erhält Anweisung, dich einzulassen. Und das Weitere überlasse Gitta und mir. Es wird uns leicht werden, Regi in das Zimmer zu bugsieren, in das man dich führt. Dann wird alles Weitere wiederum dir überlassen bleiben.«

»Du verpflichtest mich zu lebhaftem Danke. Aber bitte, verrate vorläufig niemandem, daß ich ein Freiherr von Waldeck und der Neffe des Grafen Hochberg bin. Ich möchte alles, was zu berichten und zu beichten ist, vor allem Regina selber mitteilen.«

»Sei unbesorgt, ich schweige wie das Grab. Aber wie wirst du dich bei meiner Verlobungsfeier Römhild gegenüber benehmen, da du doch nicht hindern willst, daß er kommt?«

»Das weiß ich noch nicht, ich werde mich vom Augenblick inspirieren lassen. Habe ich Regi morgen gesprochen, werde ich auch zuvor noch ihren Vater aufsuchen und alles Nötige mit ihm besprechen.«

»Gut! Und was tun wir nun?«

Helmut sah nach der Uhr.

»Ich möchte dich meinem Onkel vorstellen, Gunter, er wird seine Mittagsruhe inzwischen beendet haben und sich freuen, dich kennenzulernen.«

»Nun, die Freude wird beiderseitig sein, denn wie es scheint, ist er ja ein famoser alter Herr. Du hast aufregende Erlebnisse hinter dir, Helmut, und eigentlich bist du darum zu beneiden. Mein Leben ist im Vergleich mit dem deinen sehr ruhig und gleichmäßig verlaufen.«

»Ich möchte allerdings manche Stunde der letzten zwei Jahre nicht aus meinem Gedächtnis streichen, aber immerhin waren die meisten doch mit sehr viel Bitterkeiten angefüllt. Und vor meiner Abreise war ich so wenig auf Rosen gebettet, daß mir die Dienerstelle bei Römhild wahrlich als eine Wohltat und Erlösung erschien.«

»Kann ich mir denken, ich sagte das auch nur im Scherz. Aber gottlob, nun bist du durch all diese Widerwärtigkeiten hindurch und wärest wohl auch ohne die Hilfe deines Onkels durchgekommen.«

»Allerdings, wenn auch in bedeutend bescheidenerem Maße. Aber ich kann dir sagen, auf die ersten zehntausend Mark, die hier bei der Deutschen Bank für mich deponiert sind, die Honorare für mehr als hundert Feuilletons, bin ich sehr, sehr stolz. Ich habe sie mir unter vielen Schwierigkeiten verdient.«

»Aber sie sind glänzend, diese Feuilletons, und dein Onkel hat ganz recht, wenn er sagt, daß auf diesem Gebiet deine Stärke liegt. Und – Schloß Highmont möchte ich schon kennenlernen.«

Helmut sah ihn lächelnd an.

»Wann willst du heiraten?«

»Nun, so bald wie möglich. Aber Gitta ist noch sehr jung, gerade erst achtzehn Jahre geworden, und wenn sie auch über ihre Jahre hinaus reif ist in jeder Beziehung, so werde ich doch wohl noch ein halbes Jahr warten müssen. Und wann willst du deine Regina heiraten?«

Helmuts Augen glänzten sehnsüchtig auf.

»Ich habe zum Glück einen Vorwand, den Hochzeitstermin möglichst kurz einzustellen, denn mein Onkel will unserer Hochzeit hier beiwohnen, und wir sollen ihn dann gleich nach Kalifornien begleiten. So werde ich, wenn alles gut geht, zeitiger in den Ehehafen einlaufen als du. Aber ich will dir einen Vorschlag machen, laßt Kalifornien das Ziel eurer Hochzeitsreise sein. Mein Onkel wird sich freuen, euch als Gäste bei sich begrüßen zu können.«

»Hm! Wäre nicht übel, aber das will auch überlegt sein. Da muß Gitta ein Wort mitsprechen.«

»Richtig, was die Frau will, will Gott«, scherzte Helmut.

Sie besprachen noch einiges, und dann sagte Helmut:

»Jetzt werde ich nachsehen, ob mein Onkel bereit ist, dich zu empfangen. Bitte, gedulde dich einige Minuten. Und – noch eines, verschweige der Familie Darland, außer Gitta, vorläufig noch, daß du mich kennst und gesprochen hast.«

»Ich sagte dir ja, daß ich wie ein Grab schweigen werde.«

Helmut suchte alsdann seinen Onkel auf. Dieser saß oben in einem Lehnsessel, die kurze Shagpfeife im Munde, und sah amüsiert auf die Straße hinab.

»Sonderbar, Helmut, wie sich Berlin seit meinen Jugendtagen verändert hat. Damals flanierten hier Unter den Linden Offiziere im bunten Tuch, und die ehrsamen Berliner Bürger führten ihre Töchter spazieren und warteten, bis Majestät aus dem Tiergarten kam. Das ist alles ausgelöscht wie Bilder auf einer Schiefertafel mit dem nassen Schwamm. Und ganz neue Bilder erscheinen nun unter dem Griffel. Na ja, ein bißchen verstaubt war das früher, trotz der bunten Farbenpracht, es scheint schon jetzt ein frischerer Zug durch das alles zu gehen.«

Helmut lächelte.

»Ich kann mir denken, wie das alles auf dich wirkt. Aber – hast du gut geschlafen?«

»Sehr gut, eine volle Stunde.«

»Wirst du dann Lust haben, meinen Studienfreund Willbrecht kennenzulernen? Ich möchte ihn dir vorstellen.«

»Sehr gern. Wie hat er denn deine Beichte aufgenommen?«

»Wie ich gedacht habe. Er hätte sich auch nicht von mir losgesagt, wenn ich Straßenkehrer geworden wäre.«

»Das gefällt mir. Also herauf mit ihm!«

Und wenige Minuten später stand Gunter Willbrecht vor John Highmont, und dieser schüttelte ihm kräftig die Hand, da er gleich Sympathie für ihn empfand. Und Gunter sah mit Bewunderung in das scharfgeschnittene Gesicht des Kaliforniers. Sie plauderten eine Weile sehr angeregt. Dann bemerkte Helmut, er habe Gunter gebeten, seine Hochzeitsreise nach Schloß Highmont zu machen.

John Highmont nickte lächelnd:

»Das würde mich sehr freuen! Ich hoffe, wieder Leben und Freude in meinen Mauern einzufangen, und Ihre künftige junge Frau scheint ein sehr liebenswerter, tapferer Mensch zu sein. Bringen Sie sie mir! Es soll mich freuen!«

Länger als eine Stunde verbrachte Gunter bei Helmut und seinem Onkel, es wurde noch allerlei besprochen. Dann entfernte er sich, nicht, ohne John Highmont dringend eingeladen zu haben, seinem Verlobungsfeste beizuwohnen, worauf dieser humorvoll erwiderte:

»Wenn es sich einrichten läßt, daß Helmut mich als Staffage gebrauchen kann, komme ich gern. Das wird sich selbstverständlich nach den Ergebnissen der nächsten zwei Tage richten. Sollte ich Helmuts Kreise in irgendeiner Weise stören, werden wir uns später an einem andern Orte und hoffentlich bei einer andern Verlobungsfeier sehen.«

Römhild war gleich am nächsten Vormittage bei Karl Darland gewesen. Kurz und bündig verlangte er Regina zu sprechen, um ihr offiziell den nun einmal nötigen Antrag machen zu können.

Karl Darland hatte nun zwar durch seine Frau erfahren, er möchte sich nicht ängstigen, und was er Römhild erwidern sollte, aber er fühlte doch wieder die unheilvolle Macht dieses Mannes und brachte nur unsicher hervor, daß Römhild Regina noch acht Tage Zeit lassen möge. Römhild sah ihn drohend an.

»Ich hoffe, daß dies keine Spiegelfechtereien sind, Regina hat lange genug Zeit gehabt, sich vorzubereiten. Jedenfalls wünsche ich sie sofort zu sprechen«, sagte er mit glitzernden Augen, denn er wollte sich wenigstens an Regis Angst weiden.

So blieb dem armen Vater nichts anderes übrig, als Regina rufen zu lassen. Sie betrat wenige Minuten später das Zimmer ihres Vaters. Daß Römhild anwesend war, wußte sie so gut wie Mutter und Schwester, die sie angstvoll ansahen. Aber sie erhob sich mutig und unverzagt. Waren doch soeben erst Helmuts Rosen gekommen. Sie wußte ihn in Berlin, und das gab ihr Kraft. Mit einem beruhigenden Lächeln zu ihrer Mutter hinüber verließ sie das Zimmer und trat gleich darauf bei ihrem Vater ein. Als sie Römhilds gierige Augen auf sich gerichtet fühlte, lief ihr allerdings ein Schauer über den Rücken, aber sie bot alle Selbstbeherrschung auf, verneigte sich, wie sie es früher immer getan hatte, kühl und fremd vor Römhild und sah den Vater an.

»Was wünschest du, Vater?«

Dieser warf ihr einen verzweifelten Blick zu.

»Herr Römhild wünscht dich zu sprechen, Regi.«

Regi klopfte nun doch das Herz voll Unruhe, aber tapfer sah sie Römhild an.

»Darf ich wissen, was Sie mir zu sagen haben?«

Römhild verschlang sie fast mit seinen Blicken. Nie war sie ihm so begehrenswert erschienen. In seinen Augen lauerten wilde Wünsche, die Regi erbeben ließen. Wie furchtbar wäre es gewesen, wenn sie jetzt nicht gewußt hätte, daß Helmut hier war, um sie zu schützen.

»Was ich Ihnen zu sagen habe, wissen Sie ja schon von Ihrem Vater, Regina. Ich will mir Ihr Jawort holen, weil das die Form verlangt.«

Sie richtete sich stolz auf.

»Ich muß Sie bitten, mich nicht bei meinem Rufnamen zu nennen, Sie haben kein Recht dazu.«

Er lachte hämisch.

»Daß ich dazu ein Recht habe, steht fest. Ich habe das Wort Ihres Vaters, daß Sie meine Frau werden.«

»Aber noch nicht das meine, und ehe Sie das nicht haben, bitte ich um die Anrede: Fräulein Darland.«

Wieder lachte er, und seine Augen glitzerten wie die eines gefährlichen Raubtieres, das mit seinem Opfer spielt.

»Schön, dann bitte ich also um Ihr Jawort, Fräulein Darland.«

Regina hatte sich gut in der Gewalt.

»Sie haben wohl von meinem Vater gehört, daß meine Schwester Gitta sich verlobt hat und übermorgen ihre Verlobung gefeiert wird.«

»Von Ihrem Vater weiß ich das nicht, aber ich habe zu Hause eine Einladung von Herrn Willbrecht zu dieser Verlobungsfeier erhalten.«

Regina zuckte leicht zusammen. Der Gedanke, daß Römhild der Verlobungsfeier ihrer Schwester beiwohnen würde, war für sie sehr betrüblich.

»Gunter hat Sie eingeladen? Ich wußte nicht, daß Sie mit ihm bekannt seien.«

»Nun, wir sind sozusagen auch nur Geschäftsfreunde, er hat wohl nur einer Form genügt.«

»Sicherlich, und ohne zu ahnen, daß auch wir mit Ihnen bekannt sind«, erwiderte Regi bitter.

Er sah sie noch immer in derselben Weise an wie vorhin.

»Ah, Sie meinen, sonst hätte er mich nicht eingeladen? Nun, das kann sein, aber Sie tun sehr gut daran, ihn nicht zu hindern, mich in Zukunft noch mehr als bisher zu seinen Freunden zu zählen. Ich möchte nicht gern gezwungen sein, ihn näher über meine Beziehungen zu Ihrem Vater aufzuklären. Also, was hat die Verlobungsfeier Ihrer Schwester mit uns zu tun? Es wäre doch ganz nett, würden wir unsere Verlobung an demselben Abend kundgeben.«

»Um Gottes willen!« stieß Regi heraus.

»Wieso ›um Gottes willen‹?« fragte er hart und laut.

Regi bezwang sich. Sie mußte vorsichtig sein. Und so sagte sie wie beiläufig:

»Wissen Sie nicht, daß es Unglück bringt, wenn zwei Schwestern sich zusammen an einem Tage verloben? Man sagt, daß der Verlobte der einen Schwester in kurzer Zeit sterben müsse.«

Römhild überschlich ein unbehagliches Gefühl.

»Das ist ja Unsinn!« stieß er hervor.

Die Angst machte Regi erfinderisch.

»Es mag ein Aberglaube sein, aber niemals würde ich dareinwilligen, daß meine Verlobung, mit wem es auch sei, auf einen Tag mit der meiner Schwester fiele. Überhaupt, es ist jetzt bei uns keinerlei Sinn für andere Angelegenheiten, und Sie müssen meinem Vater schon gestatten, daß er Ihnen noch einige Zeit die Einlösung seines Versprechens vorenthält.«

Römhild fühlte, daß Regi sich gern noch eine Frist vorbehalten wollte. Daß sie nicht gern und freudig seine Frau werden wollte, wußte er zur Genüge. Und er hätte sich nicht abbringen lassen von seinen Wünschen, die in einer sofortigen Verlobung gipfelten, wenn er nicht sehr besorgt um sein Leben gewesen wäre. Ohne Aberglauben war er auch nicht, und so beschloß er, noch einige Tage zu warten.

»Also gut, Sie sollen sehen, daß ich Ihren Wünschen, wenn irgend tunlich, immer nachkomme. Wir werden also unsere Verlobung noch um acht Tage verschieben. Dann lasse ich mich aber nicht länger hinhalten, bitte, machen Sie sich das klar.«

Regi atmete auf.

»In acht Tagen sollen Sie meine Entscheidung haben.«

Er lachte spöttisch.

»Entscheidung sagen Sie? Aber meinetwegen, nennen wir es so. Heute in acht Tagen werden wir Verlobung feiern, nicht einen Tag später. Ich lasse mich nicht länger hinhalten.«

Regi neigte nur stumm den Kopf und ging hinaus. Sie war am Ende ihrer Kraft, ging auf ihr Zimmer und weinte sich erst einmal aus, ehe sie zu Mutter und Schwester zurückkehrte. Zitternde Angst wollte sie anfallen, daß Helmuts Hilfe versagen könnte. Aber da sah sie seine Rosen stehen. Sie barg ihr Gesicht in den kühlen Blumen, und ihre Tränen fielen darauf nieder. Und neue Zuversicht kam gleichzeitig in ihr Herz.

Römhild hatte hinter ihr hergesehen, und als Karl Darland glaubte, eine Entschuldigung vorbringen zu müssen, wehrte er heftig ab.

»Lassen Sie nur, ich werde das Täubchen schon kirre kriegen, gerade so liebe ich die Frauen, immer ein bißchen spröde. Na, wir haben ja nichts weiter zu besprechen, vorläufig wenigstens, und ich habe keine Zeit mehr, es gibt mancherlei für mich zu erledigen. Wir sehen uns ja übermorgen abend in Villa Willbrecht.«

Damit verabschiedete er sich und ging, Darland ganz gebrochen zurücklassend.

12

Am Abend dieses Tages kam Gunter Willbrecht zum Abendessen zu Darlands. Er fand die Familie etwas niedergeschlagen und ahnte sofort, woher diese Stimmung kam, als Gitta ihn fragte:

»Ist es wahr, Gunter, daß du einen Herrn Römhild zu unserer Verlobung eingeladen hast?«

»Ja, Gitta, er gehört zu unseren Geschäftsbekannten, die ich mit einladen mußte.«

»Ist er dir vielleicht sympathisch?«

»Nein, ganz im Gegenteil, ich kann ihn nicht ausstehen, aber manchmal kann man bei einer Einladung nicht bloß auf persönliche Sympathien Rücksicht nehmen.«

Gitta sprach nicht weiter darüber, aber als sie später mit Gunter allein war, sagte sie leise und betrübt:

»Gunter, ich sagte dir doch einmal, daß mein Vater einem greulichen Menschen die Hand meiner Schwester versprochen habe. Dieser greuliche Mensch ist Römhild.«

Er küßte sie tröstend.

»Das habe ich erst heute erfahren, Gitta, und da war die Einladung schon fort. Es tut mir leid, aber du hattest mir den Namen nicht genannt. Sei aber nicht traurig und habe keine Angst um Regi. Ich habe eine wunderschöne Überraschung für sie, morgen vormittag fahren wir mit ihr aus und landen in meinem Wigwam. Dort wird Regi von jemand erwartet, der ihr heute Rosen geschickt hat.«

»Gunter!« schrie Gitta auf.

Er hielt ihr die Hand vor den Mund.

»Still, es soll eine Überraschung sein.«

»Aber wie kommst du zu dieser Überraschung?« fragte sie erregt.

Er küßte sie lachend.

»Das darf ich nicht verraten. Aber glaube nur an etwas ganz Wunderschönes und sei ganz ruhig und suche auch Regi zu beruhigen. Nur verrate ihr kein Wort, versprich es mir.«

»Ich verspreche es dir ganz fest. Ich werde Regi doch diese Überraschung nicht verderben. Oh, sie soll sich schön machen morgen, dafür werde ich Sorge tragen.«

Gitta war nun wieder voll froher Hoffnung und heiterte ihre Angehörigen auf.

Am nächsten Morgen konnte sie sich gar nicht schön genug machen. Regi war voll banger Erwartung und wäre am liebsten zu Hause geblieben, aber Gitta ließ ihr keine Ruhe.

»Du hast doch Gunter und mir versprochen, uns zu begleiten.«

»Ja, Gitta, aber – ich bin in Unruhe, Helmut Waldeck könnte mir eine Botschaft schicken, und dann bin ich nicht da.«

Gitta wußte gleich Rat. Mit einem schelmischen Lächeln sagte sie:

»Ich will dir etwas verraten Regi; ich habe eine geheime Kunde von Helmut Waldeck, über die ich aber nicht sprechen darf. Daher weiß ich bestimmt, daß er heute vormittag anderweitig beschäftigt ist. Du kannst ruhig mit uns ausfahren. Aber mache dich recht hübsch, ich werde es auch tun. Gunter hat es gern, wenn wir gut angezogen sind.«

»Legt er wirklich so viel Wert darauf?«

»Ja.«

»Und du weißt wirklich genau, daß heute vormittag keine Kunde von Helmut bei uns eintrifft?«

»Ja, das weiß ich ganz genau.«

»Weiter wirst du mir vermutlich nichts verraten?«

»Nein, viel mehr weiß ich selber nicht. Also los, wir ziehen unsere neuen Frühjahrskomplets an.«

»Gleich das Neueste?«

»Unbedingt, das Wetter ist wundervoll!«

Die Schwestern kleideten sich mit großer Sorgfalt an, Regi ahnungslos, warum das geschah. Eine halbe Stunde später traf Gunter mit seinem Auto ein, und nachdem sich die Schwestern herzlich von der Mutter verabschiedet hatten, fuhren sie davon. Es wurden erst verschiedene Läden besucht, wo man Bestellungen für die Verlobungsfeier machte, und dann fuhr Gunter die Damen nach dem Wannsee.

»Ich schlage vor, wir machen bei mir Station, und ich lasse euch eine Erfrischung vorsetzen. Einverstanden?«

Gitta bejahte lebhaft, und so war Regi jeder Antwort überhoben. Der Wagen bog durch das große Tor in den Garten der Villa ein und fuhr am Portal vor. Gunter gab Befehl, eine Erfrischung zu bringen, und nachdem die Damen auf seinen Wunsch Hüte und Mäntel abgelegt hatten, führte er sie in einen kleinen Salon. Hier plauderten sie eine Weile über oberflächliche Dinge, dann aber sagte Gunter, nachdem die Erfrischung gebracht worden war, lachend:

»Regi, ich würde es sehr nett von dir finden, wenn du da drüben im Nebenzimmer einige Bilder ansehen wolltest, ich möchte nämlich mit Gitta etwas besprechen, was nur uns beide angeht.« Regi erhob sich mit einem schelmischen Lächeln:

»Also gut, ich werde mir die Bilder eingehend betrachten.«

Sie nickte den beiden zu, die ihr fast atemlos nachsahen, und betrat, die Verbindungstür öffnend, das Nebenzimmer. Gunter und Gitta fielen sich in die Arme.

»Sag', Gunter, ist Helmut Waldeck dort drüben?«

»Ja doch, du kleiner Schlauberger. Aber wir kümmern uns gar nicht um die beiden, wir müssen ihnen Zeit lassen.«

Gitta war sehr damit einverstanden. Brautleute haben immer allerlei zu besprechen, wobei sie keine Zeugen gebrauchen können. Und es war ihnen kein Opfer, Helmut und Regina sich selbst zu überlassen.

13

Regina wurde bei ihrem Eintritt etwas geblendet durch das in das Zimmer fallende helle Sonnenlicht. Sie legte die Hand vor die Augen und schritt auf einen Sessel zu, in den sie sich niederlassen wollte. Da hörte sie plötzlich, daß außer ihr noch ein Mensch in diesem Raume weilte, der sich schnell aus einem Sessel erhoben hatte.

»Regina!«

Sie zuckte zusammen und wandte ihre Augen hinüber

nach der andern Seite. Und da sah sie Helmut stehen, mit ausgebreiteten Armen und mit einem zärtlich sehnsüchtigen Blick in den Augen. Ihr war, als drehe sich das ganze Zimmer um sie, und sie taumelte fassungslos und willenlos auf ihn zu.

»Helmut!« rief sie mit halberstickter Stimme.

Aber da hielt er sie schon in seinen Armen, und seine Lippen preßten sich heiß und innig auf die ihren. Eine Weile waren sie stumm, ganz erfüllt von dem herrlichen Gefühl, nun endlich vereinigt zu sein, und wieder und wieder preßten sich ihre Lippen aufeinander.

Endlich richtete sich Regi wie aus einem Traume empor. »Wie kann das nur sein?« fragte sie leise.

»Daß ich bei dir bin, Regi, daß ich dich in meinen Armen halte, erscheint es dir so unbegreiflich?« fragte er zärtlich.

Sie sah zu ihm auf mit den sammetbraunen Augen.

»Daß du bei mir bist! O mein Gott, wie glücklich macht mich das.«

»Hier hattest du mich nicht erwartet, mein geliebtes Herz, nicht wahr?«

»Wie sollte ich denn? Sag' mir doch, wie kamst du hierher? Wußte Gitta davon?«

»Gunter hat es ihr wohl gesagt.«

»Gunter? Kennst du ihn?«

»Wir waren Studienfreunde. Und als du mir schriebst, er werde sich mit Gitta verloben, da stand es bei mir fest, daß er und Gitta mir helfen müßten, mit dir unter vier Augen allein zu sein. Unser erstes Wiedersehen durfte nicht in Gegenwart anderer stattfinden.«

Und er küßte sich erst wieder einmal an Regis Lippen satt und sah ihr immer wieder in das holde, süße Gesicht, in dem die Liebesrosen glühten und blühten.

Dann zog er sie neben sich auf einen Diwan nieder, und sie hatten sich zunächst nichts anderes zu sagen, als daß sie sich liebten, daß sie sich namenlos nacheinander gesehnt hatten und nun unaussprechlich glücklich waren, sich in den Armen halten zu dürfen.

Aber dann richtete sich Regi auf und sah ihn angstvoll an.

»Helmut – wirst du mich wirklich vor Römhild schützen können? Er war gestern bei Vater und – oh – es war so gräßlich, ihm zu begegnen und anhören zu müssen, wie er mich schon ganz als sein Eigentum betrachtete. Nur schwer konnte ich ihn dazu bewegen, mir noch eine Woche Zeit zu lassen.«

Und sie berichtete, wie die Unterredung mit Römhild verlaufen war. Helmuts Stirn zog sich zusammen, seine Augen blickten drohend und finster.

»Er soll dich und deinen Vater das letztemal geängstigt haben, sei ganz ruhig.«

Sie sah ihn unsicher an.

»Wirst du ihn wirklich bewegen können, mich freizugeben und – Vater nicht unglücklich zu machen?«

»Da ich ihm nur die Wahl lassen werde, dich freizugeben und deinen Vater in Ruhe zu lassen oder selbst ins Gefängnis zu wandern, wird er ganz gewiß das erstere wählen.«

»Du weißt etwas von ihm, was ihn ins Gefängnis bringen würde?«

»Ja, Regi, er ist ganz in meine Hand gegeben. Sei ganz unbesorgt und vertraue mir. Heute laß uns nicht mehr von alledem sprechen, ich werde heute nachmittag zu deinem Vater kommen, gegen vier Uhr. Wird er zu Hause sein?«

»Ich werde dafür sorgen.«

»Gut, so sorge auch dafür, daß wir ungestört zusammen

sprechen können. Werde ich dich dann auch zu sehen bekommen?«

»Ich bleibe bestimmt zu Hause.«

»Gut, und morgen abend treffen wir uns hier in diesen Räumen zur Verlobungsfeier deiner Schwester.«

Sie faßte seine Hand mit aufstrahlendem Blick, aber dann erblaßte sie.

»Oh, Helmut, weißt du, daß auch Römhild hier sein wird?«

»Ich weiß es von Gunter. Aber sorge dich nicht, vielleicht paßt das sehr gut in meine Pläne, dann brauche ich ihn nicht in seinem Hause aufzusuchen.«

Sie warf sich an seine Brust.

»Wie dankbar bin ich dem Himmel, daß er dich in meinen Weg führte. Erst hast du mir das Leben gerettet, nun rettest du mich vor Schlimmerem als vor dem Tode.«

Er zog sie an sich, und sie wußten wieder lange Zeit nichts von der ganzen Welt, sie fühlten nur, daß sie beieinander waren, sich in den Armen hielten und sich liebhatten.

Sie wußten nicht, wie lange Zeit darüber vergangen war, als es leise an die Tür klopfte.

»Regi, jetzt müssen wir heim!« rief Gitta.

Diese fuhr auf aus Helmuts Armen.

»Ja, Gitta!« rief sie und erhob sich.

Helmut lächelte.

»Das war deine Schwester, niemand als ihr könnte ich verzeihen, daß sie uns gestört hat.«

Sie faßte seinen Arm.

»Komm zu ihr und Gunter.«

Aber er küßte sie erst noch einmal mit verzehrender Glut, ehe er sich dazu entschließen konnte. Drüben fielen sich die Schwestern lachend und weinend in die Arme, und Helmut und Gunter drückten sich bewegt die Hände.

Dann wandte sich Gitta an Helmut. Sie reichte ihm strahlend beide Hände.

»Nun lerne ich Sie endlich von Angesicht zu Angesicht kennen«, sagte sie herzlich.

Er küßte dankbar ihre Hände.

»Wir sehen uns heute nicht zum ersten Male, Fräulein Gitta.«

Sie sah ihn erstaunt an.

»Doch, ich habe Sie bestimmt noch nie gesehen.«

»Ganz gewiß haben Sie das getan, wie auch ich Sie schon gesehen habe. Aber wie und wo das geschah, kann ich Ihnen heute noch nicht verraten, da muß ich vorher eine Generalbeichte ablegen, die für heute zu lang sein würde. Auch morgen wird sich dazu keine Gelegenheit finden, aber übermorgen, nach Ihrer Verlobungsfeier, werde ich mir erlauben, Ihre Zeit dazu in Anspruch zu nehmen. Inzwischen werden wir uns hoffentlich noch einige Male sehen.«

»Gut! Aber eines sagen Sie mir bitte noch, können Sie Regi wirklich vor diesem widerwärtigen Römhild beschützen?«

»Ja, das verspreche ich Ihnen.«

Gitta atmete auf und fiel Regi wieder um den Hals.

»Dann erst werde ich mich meines Glückes freuen können!«

Die Schwestern mußten sich beeilen, heimzukehren. Gunter forderte Helmut auf, mitzufahren.

»Ich bringe erst die Damen nach Hause, dann fahre ich dich ins Hotel.«

»In welchem Hotel wohnen Sie, Herr Waldeck?« fragte die praktische Gitta.

Er gab ihr Bescheid und fügte, zu Regi gewandt, hinzu:

»Wenn es nötig sein sollte, kannst du mich im Hotel anklingeln, Regi, ich gebe dir meine Zimmernummer.«

Und während Gunter und Gitta schon das Zimmer verlassen hatten, küßte Helmut Regi noch einmal innig auf den Mund.

»Ich möchte dich noch nach so vielem fragen, Helmut; wie schade, daß wir keine Zeit mehr haben.«

Er küßte ihre Hand.

»Und ich habe dir noch vielerlei zu sagen, aber es ist gut, daß es heute nicht angeht, ich möchte erst noch einiges geklärt sehen, bevor ich meine Generalbeichte ablege.«

Sie gingen hinaus, und wenige Minuten später trug sie das Auto von hinnen. In der Fasanenstraße setzte Gunter die beiden Schwestern ab, nach einem kurzen, innigen Abschied. Dann fuhren die beiden Herren weiter und besprachen dabei noch allerlei für den morgigen Abend, der die endgültige Entscheidung bringen sollte.

14

Regina hatte ihren Vater gebeten, am Nachmittag zu Hause zu bleiben, da ihn jemand zu sprechen wünsche. Er wollte wissen, wer das sei, aber sie schüttelte den Kopf. »Ich darf dir nichts sagen, lieber Vater, aber – ich glaube, der Besuch wird dir dein schweres Herz erleichtern. Mehr darf ich nicht verraten.«

Er sah sie mit trüben Blicken an.

»Mir ist, als könnte mir nie mehr leicht ums Herz sein.«

Regi umarmte und küßte ihn.

»Sei nur ganz getrost, lieber Vater, es wird alles gut werden.«

Punkt vier Uhr wurde Herrn Darland ein Herr Waldeck gemeldet. Er saß mit seinen Damen im Wohnzimmer und erhob sich schnell.

»Ist das der Betreffende, Regi?«

»Ja, Vater«, sagte sie mit klingender Stimme, und ihre Augen leuchteten.

Da begab sich Karl Darland in sein Arbeitszimmer, wohin der Besuch geführt worden war. Gitta und Regi hielten sich krampfhaft bei den Händen und sahen dem Vater nach, und Frau Maria Darland war bleich geworden, und aus ihrem Herzen stieg ein heißes Gebet zum Himmel empor, daß dieser Besuch wirklich ihrem Gatten und Regi Erlösung bringen möge, wie Regi ihr das zugesichert hatte.

Als Karl Darland sein Arbeitszimmer betrat, stand Helmut mitten drin und verbeugte sich tief. Karl Darland sah mit brennenden Augen auf den schlanken, hochgewachsenen jungen Herrn. Er neigte das sorgenschwere Haupt und bat Helmut durch eine Handbewegung, Platz zu nehmen.

»Meine Tochter hat mir Ihren Besuch angemeldet, Herr – Waldeck. Ich habe Sie erwartet.«

»Dafür danke ich Ihnen, Herr Darland.«

»Darf ich fragen, in welcher Angelegenheit Sie mich zu sprechen wünschen, Herr Waldeck?«

»Gewiß. Ich will ohne Umschweife auf den Zweck meines Besuches kommen. Durch Ihr Fräulein Tochter weiß ich, daß Sie in einer unheilvollen Verbindung mit Herrn Alfred Römhild stehen. Ich weiß, daß dieser Mensch es gewagt hat, die Augen zu Ihrem Fräulein Tochter zu erheben und sie zur Frau zu begehren. Sie haben ihm das Wort –

und sogar eine schriftliche Zusage geben müssen, die Verlobung zwischen ihm und Fräulein Regina Darland solle stattfinden, sobald Römhild von seiner Reise um die Welt zurückgekehrt sein würde. Das ist nun geschehen, und er ist gestern schon bei Ihnen gewesen, um Sie an Ihr Versprechen zu mahnen.«

Darland war etwas bleich geworden und fragte erregt:

»Und was gibt Ihnen ein Recht, sich in diese unsere interne Angelegenheit zu mischen?«

Helmut erhob sich.

»Meine Liebe zu Ihrem Fräulein Tochter, die von ihr erwidert wird. Regina hat mir versprochen, meine Frau zu werden. Gestatten Sie mir, Ihnen mitzuteilen, daß ich der bin, der Ihrem Fräulein Tochter vor zwei Jahren einen kleinen Dienst erweisen konnte, wofür auch Sie mir damals telephonisch gedankt haben. Mein Name ist Ihnen wohl nicht im Gedächtnis geblieben.«

Karl Darland fuhr sich über die Stirn.

»Mein Gott – Sie sind der Mann, der die Reiseberichte schrieb?«

»Ja!«

»Und Sie sagen, Regina liebe Sie und wolle Ihre Frau werden?«

»Ja!«

Darland stöhnte leise auf.

»Sie wissen aber doch, daß Römhild meine Zusage besitzt, ihm meine Tochter zu Frau zu geben.«

»Ja, aber ich weiß auch, daß er Ihnen das Versprechen abgepreßt hat, daß er einen Zwang auf Sie ausübt, und daß Sie Ihre Tochter nur mit schwerem Herzen opfern würden.«

Darland sank in sich zusammen.

»Aber er hat mein Wort – und – ich – ich bin gezwungen, es zu halten.«

Helmut trat dicht vor ihn hin.

»Nein, Sie sind nicht dazu gezwungen. Ich bin gekommen, um Sie von diesem Zwange zu erlösen und Regina vor diesem widerwärtigen Freier zu retten.«

Mit einem schweren, matten Blick sah Darland zu ihm auf.

»Niemand kann mich erlösen.«

»Doch, ich vermag es, und Sie brauchen nichts weiter zu tun, als mir zu sagen, wodurch Römhild Sie in den Händen hat. Daß er Sie selbst zu etwas getrieben hat, was Sie in seine Macht gab, weiß ich, ich weiß auch, daß er Ihnen mit der Staatsanwaltschaft droht, weiß, daß er Ihnen Geld gegeben hat, aber Sie müssen mir nun noch sagen, wie die Fessel beschaffen ist, mit der er Sie geknebelt hat. Sie sehen, ich bin hinreichend unterrichtet, um es Ihnen leicht zu machen, mir ganz reinen Wein einzuschenken. Glauben Sie nicht, daß ich gekommen bin, um irgendwie zu richten; wir alle sind schwache Menschen, und keiner ist davor sicher, nicht einmal vom geraden Wege abweichen zu müssen. Und machen Sie sich das eine klar, ich will und kann Ihnen helfen, will es tun, um Reginas willen. Ich will endlich das Herz ihres Vaters von einem schweren Druck befreien. Nun Sie das wissen, werden Sie mir sagen, welche Waffe Römhild gegen Sie in den Händen hat, denn diese Waffe will ich ihm abnehmen und sie wieder in Ihre Hände zurücklegen, zugleich mit Römhilds Verzicht auf die Hand Ihrer Tochter. Ich sage Ihnen noch einmal, ich habe die Macht dazu.«

Mit einem Blick tiefster Verzweiflung sah der alte Herr zu ihm auf. Dann begann er leise und langsam, eine offene Beichte abzulegen, und Helmut erfuhr nun, welchen unheilvollen Einfluß Römhild auf diesen gequälten Mann ausgeübt hatte. Zuletzt gestand Darland, welches Schriftstück er hatte unterzeichnen müssen, um sich ganz in Römhilds Hände zu geben. Als er zu Ende war, legte Helmut die Hand auf seine Schulter und sagte warm und herzlich:

»Ich danke Ihnen für Ihr Vertrauen. Also damit hat dieser Schuft, der nicht wert ist, Ihre Schuhriemen zu lösen, Sie gepeinigt. Das ist so recht seine Art; erst treibt er sein Opfer in den Sumpf, und dann hält er es darin fest und zwingt ihm seinen Willen auf. Nun aber seien Sie ganz ruhig, mein lieber Herr Darland, in kurzer Zeit haben Sie das Schriftstück wieder in den Händen und können es verbrennen. Ihre Schuld an Römhild werden wir beide, Gunter Willbrecht und ich, an ihn zurückzahlen. Was Sie Gunter über diese Angelegenheit sagen wollen, bleibt Ihnen überlassen. Aber glauben Sie mir, Sie werden in seinen Augen nicht niedriger dastehen als in den meinen, wenn er alles weiß, denn nur die Liebe und Sorge um Ihre Familie ließen Sie in jener aufgeregten Zeit in die Falle taumeln, die Römhild für Sie aufgestellt hatte.«

Mühsam erhob sich Darland und faßte Helmuts Hände mit krampfhaftem Druck.

»Ich weiß nicht, wie ich Ihnen danken soll. Haben Sie wirklich Waffen gegen Römhild in Händen?«

Helmut zog seine Brieftasche hervor.

»Römhild ist ein Totschläger und Betrüger. Hier sehen Sie die Beweise dafür.«

Er legte Darland zuerst das Geständnis Zenaide Dabrazahrs vor und dann die von ihm kopierten Depeschen mit genauer Datumangabe, die Römhild in betrügerischer Absicht an die von ihm gegründete Aktiengesellschaft und die verschiedenen Börsen abgesandt hatte. Die chiffrierten Nachrichten hatte er mit dem Chiffreschlüssel gelöst und die Lösung darunter geschrieben.

Darland war es als Kaufmann nicht schwer, sich in diesen Börsenmanövern zurechtzufinden. Der Beweis, daß Römhild ein Totschläger, wenn nicht gar ein Mörder war, erregte ihn nicht wenig. Der Beweis, daß Römhild sich auf betrügerische Weise große Gewinne aus dem Goldgeschäft gesichert hatte, verwunderte ihn nicht einmal sehr, denn er traute ihm nach den von ihm gemachten Erfahrungen ohne weiteres noch größere Schurkereien zu. Er wagte ein wenig aufzuatmen.

»Aber wie kam alles das in Ihre Hände?« fragte er fassungslos.

Helmut faltete die Papiere zusammen und steckte sie wieder zu sich.

»Die Aufklärung dafür soll Ihnen werden, sobald ich mit Römhild abgerechnet habe; ich werde Ihnen und Regina überhaupt viel zu erklären haben. Bitte erlassen Sie mir das heute noch. Ich denke, bis übermorgen wird mir Römhild das für Sie verhängnisvolle Dokument ausgeliefert haben, denn ich werde ihm nur die Wahl lassen, auf Regina zu verzichten und Ihnen das in Frage stehende Papier zurückzugeben oder selbst ins Gefängnis zu wandern. Und Sie werden ihn genug kennen, um zu wissen, daß er seine Freiheit noch höher einschätzt als seine Macht über Sie und Regina.«

Karl Darland fuhr sich über die Stirn.

»Das alles ist vorläufig noch so unwirklich wie ein Traum, ich wage noch nicht daran zu glauben.«

»Glauben Sie es nur und machen Sie sich frei von der Sorge, die Sie schon so lange gequält hat. Damit werden Sie auch Ihre Familie von aller Not erlösen. Und wenn ich Ihnen die Befreiung bringe, dann will ich Sie bitten, mir Regina zu eigen zu geben. Ich sage Ihnen heute nur, daß ich ihr ein sicheres, sorgenfreies Los zu bieten habe – und – daß wir uns lieben. Sie sollen mir heute darauf noch keine Antwort geben, erst will ich meine Mission erfüllt haben.«

Darland drückte seine Hand in fassungsloser Erregung.

»Sie hat mir Gott gesandt als Erretter aus schwerer Not und Pein. Daß ich mein Kind diesem Schurken nicht ausliefern brauche, ist für mich eine unerhörte Wohltat. Glauben Sie mir, ich wäre lieber gestorben, als dies Opfer von Regi zu verlangen, wenn ich nicht meine Frau und meine Kinder mit mir ins Verderben hätte ziehen müssen. Sie haben vollkommen recht, ich habe es gefühlt, daß Römhild mich systematisch dahin gebracht hat, daß ich die Mündelgelder zu Spekulationszwecken verwandte. Er hatte mich damit sicher gemacht, daß die Spekulation gelingen würde, daß er sein halbes Vermögen auf diese Sache gesetzt habe, und dann erfuhr ich, daß er nicht einen Pfennig daran gewagt hatte, weil es ihm längst bekannt war, daß es sich um eine verlorene Sache handelte. Genauso, wie er in dieser australischen Sache gearbeitet hat, genauso hat er mich hereingelegt. Er ist ein ganz gewissenloser Mensch. Und trotzdem ich das wußte, hätte ich ihm meine Tochter ausliefern müssen. Oh, er geht über Leichen, wenn er ein Ziel erreichen will. Wenn Sie meine Regina vor diesem Schicksal behüten, dann kann ich Ihnen nie genug dankbar sein, und keinem anderen gönne ich sie dann lieber als Ihnen. Sie haben ihr ja schon das Leben gerettet, nun retten sie ihr mehr als das Leben. Auch Gunter Willbrecht will ich ein offnes Geständnis ablegen; er wird meine Gitta nicht entgelten lassen, daß ihr Vater einmal vom rechten Wege abirrte. Ich bin, weiß Gott, hart dafür gestraft worden.«

Aufstöhnend brach Darland an seinem Schreibtisch zusammen. Helmut beugte sich über ihn und strich ihm begütigend über den Kopf.

»Beruhigen Sie sich, ich bitte Sie, versuchen Sie, Ihren Damen ein ruhiges und frohes Gesicht zu zeigen. Wir alle, Ihre Gattin, Ihre Kinder und Ihre Schwiegersöhne werden versuchen, Sie wieder froh und glücklich zu machen.«

Darland faßte sich und wandte sich nach ihm um. Hand in Hand verharrten die beiden Männer und sahen sich ernst in die Augen. Dann erhob sich Darland und atmete tief auf.

»Kommen Sie zu meiner Familie, ich will Sie als meinen Retter vorstellen. Meiner armen Frau wird ein Stein vom Herzen fallen, sie hat schwer an meiner Schuld getragen, seit sie darum weiß.«

Die beiden Herren gingen in das Wohnzimmer, in dem die Schwestern mit der Mutter in banger Erwartung saßen. Schon ein Blick in ihres Mannes Gesicht belehrte Frau Maria, daß er von seiner Bürde erlöst war. Regi und Helmut sahen sich mit leuchtenden Augen an. Karl Darland legte den Arm um seine Gattin.

»Maria, dies ist Herr Waldeck, der Mann, der unserer Tochter das Leben gerettet hat. Er will jetzt Regina vor Schlimmerem bewahren und alle Sorge von mir nehmen. Und – es wird ihm gelingen – danke ihm, Maria, wie ich ihm danken will mein Leben lang.«

Frau Maria wandte sich zu Helmut. Sie konnte nicht sprechen. Sie reichte ihm nur die Hand und sah ihn mit feuchten Augen an. Erst nach einer Weile stammelte sie: »Dank, tiefinnigsten Dank!«

Helmut schüttelte lächelnd den Kopf.

»Ich lehne einstweilen jeden Dank ab. Später komme ich zu Ihnen, um meinen Lohn einzufordern.«

Er küßte Frau Maria die Hand und sah sich dann nach Regi um. Sie trat neben ihn und reichte ihm die Hand, die er mit festem Druck umschloß. Sie sprachen kein Wort, sie sahen einander mit großen, strahlenden Augen an. Nur Gitta fand Worte und rettete die Situation, die sonst in einer allgemeinen Rührung erstickt wäre.

»Wollen Sie nicht Tee mit uns trinken, Herr Waldeck?«

Lächelnd sah er sie an.

»Ich danke Ihnen, mein gnädiges Fräulein, aber leider muß ich ablehnen. Ich werde von meinem Onkel erwartet, der hier in Berlin weilt, und von dem ich Ihnen allen sehr viel zu erzählen habe. Heute aber noch nicht. Ich muß jetzt gehen, so leid es mir tut. Aber morgen abend werden wir uns in Gunter Willbrechts Haus allesamt wiedersehen, und ich hoffe, daß Sie dann auch meinen Onkel kennenlernen, der mein einziger noch lebender Verwandter ist. Morgen hoffe ich zu Ende zu führen, was Sie völlig befreien wird. Und – übermorgen bitte ich Sie, mich dann zu einer längeren Aussprache empfangen zu wollen.«

Man hielt ihn nicht, es erschien allen verständlich, daß er nicht länger über seine Zeit verfügen konnte. All seine Worte hatten das unbedingte Gepräge der Wahrheit.

Als er gegangen war, von Karl Darland bis zur Tür begleitet, sah Frau Maria die älteste Tochter an.

»Regi – ist das der Mann, den du liebst?«

Regi fiel ihr um den Hals.

»Ja, Mutter, und ich wäre gestorben, hätte ich von ihm lassen müssen. Ein furchtbares Schicksal wäre mir beschieden gewesen als Römhilds Frau.«

Mutter und Tochter hielten sich fest umschlungen, und

Gitta ging leise aus dem Zimmer, um den Tee zu bereiten. Sie war zartfühlend genug, um zu wissen, daß die Mutter und Regina jetzt allein zu sein wünschten, weil sie sich viel zu sagen hatten.

Nach dem Tee hatte Karl Darland mit seiner Gattin eine lange Unterredung. Er berichtete ihr, was Helmut tun wollte, um ihn zu befreien. Da weinte sich Frau Maria an seinem Herzen alle Qual der letzten Jahre von der Seele.

15

Vor Villa Willbrecht fuhren in langen Reihen die Wagen vor, die die Gäste herbeibrachten. Unter den ersten befand sich Helmut, aber ohne seinen Onkel. Dieser wollte erst später nachkommen, denn es lag nicht in Helmuts Plan, sich gleich zu Anfang an Mr. Highmonts Seite sehen zu lassen, wenn Römhild erscheinen würde.

Er hatte mit Gunter vereinbart, dieser solle ihn heute abend als Freiherr von Waldeck vorstellen. Auch Römhild sollte er so vorgestellt werden. Daß die Familie Darland ihn nun endlich auch unter seinem Namen und Titel kennenlernen sollte, war nicht zu vermeiden. Und Helmut sah ein großes Staunen auf dem Gesicht seiner Regina sowohl, als auch auf dem seiner Schwägerin und seiner künftigen Schwiegereltern. Alle waren aber so sehr in Anspruch genommen, daß sie nicht mit Helmut darüber sprechen konnten. Nur Regina sah ihn fragend an und sagte leise:

»Erst jetzt erfahre ich, daß du ein Freiherr von Waldeck bist, Helmut?«

Er nickte ihr lächelnd zu.

»Ich hoffe, dir als solcher nicht mehr und nicht weniger zu gelten als zuvor. Ich hatte den Freiherrn eine Zeitlang ad acta gelegt, weil er mir hinderlich war im Lebenskampf. Legst du Wert darauf?«

Mit einem innigen Blick sah sie zu ihm auf.

»Ich lege Wert auf dich, Helmut, gleichviel, welcher Kaste und welcher Stellung du angehörst.«

»Und wenn ich nun als Straßenkehrer oder als Tagelöhner zu dir gekommen wäre?« fragte er mit ernstem Forschen.

»Du wärest immer du gewesen, Helmut, ich liebte dich doch schon, als wir uns das erstemal sahen, und da wußte ich nichts von dir, als daß du mir das Leben gerettet hattest. Und als ich dich das zweitemal sah, sagtest du mir, daß du arm seiest und dir erst eine Existenz gründen müßtest. Ich habe nicht danach gefragt, was für eine Existenz das sein würde. Dich umgeben jetzt noch vielerlei Rätsel, ich warte ruhig, bis du sie mir gelöst haben wirst. Wenn ich nur bei dir sein kann, bin ich zufrieden.«

Er drückte ihr die Hand, und nun trat Gitta herbei, die gleich ihrer Schwester hold und reizend aussah wie ein lieblicher junger Maienmorgen.

»Warum haben Sie uns den Freiherrn unterschlagen?« fragte sie Helmut ein wenig vorwurfsvoll in ihrer resoluten Weise.

»Weil ich lange keinen Gebrauch davon machen konnte. Der Titel hätte mich in meinem Fortkommen gehindert.«

Sie lachte schelmisch.

»Wir hätten es Ihnen aber nicht nachgetragen, daß Sie ein Freiherr sind.«

»Wenn Sie mir nur auch andere Dinge nicht nachtragen werden, wenn ich erst einmal meine Karten ganz aufdecke.«

»Hu, wie geheimnisvoll! Aber seien Sie ganz ruhig, Ihnen werden wir nie etwas nachtragen, Sie sind uns allen als rettender Engel erschienen. Und dieser werden Sie für uns immer sein und bleiben.«

Gitta wurde jetzt wieder von Gunter entführt, der sie zu seiner Tante bringen wollte.

»Vielleicht nehme ich Sie beim Wort.«

»Gitta, mache dich auf einige versteckte Sottisen gefaßt, du hast meiner Tante eine Lieblingsidee zerstört dadurch, daß du mir dein Jawort gabst.«

Lächelnd sah sie ihn an.

»Hatte sie eine andere Frau für dich in petto?«

»Wie klug du bist, süße kleine Gitta.«

»Aber Gunter, dazu wird es doch ausreichen. Das habe ich doch gleich gemerkt, als du mich deiner Tante vorstelltest, sie sah mich gleich so feindselig an.«

Er drückte ihren Arm an sich.

»Sie wird sich schon mit dir aussöhnen, wenn sie merkt, wie fest du in meinem Herzen sitzt.«

Sie gab den Druck seiner Hand zurück und strahlte ihn an.

»Tue ich das, Gunter?«

»Ich hoffe, du weißt es.«

»Aber ich möchte es immer wieder hören. Ach, sieh, da tritt eben Römhild ein. Wie sehr ich ihn hasse und verabscheue.«

»Das tue ich auch, Gitta, seit ich weiß, daß er Regina zur Frau haben will. Aber nun komm schnell, wir wollen ihn zunächst einmal begrüßen, und dann bringe ich dich zu meiner Tante.«

Sie gingen auf Römhild zu, der in den Festsaal hineinschritt.

Gunter warf einen suchenden Blick um sich. Da sah er schon, daß Helmut herbeikam, wie es verabredet war.

Römhild hatte sofort Regina mit einem schlanken Herrn zusammenstehen sehen, der ihm den Rücken zuwandte. Aber er sah, daß Reginas Blick mit einem innigen Ausdruck zu diesem Herrn emporsah, und daß sie sehr vertraulich die Hand auf seinen Arm legte. Es zuckte in Römhilds Augen gefährlich auf. Hatte die schöne Regina etwa eine andere Liebe im Herzen? Nun, die wollte er ihr bald austreiben. Er suchte Reginas Blick auf sich zu ziehen, und sie war feinfühlig genug, es zu merken. Sie flüsterte, sich verfärbend, Helmut zu:

»Eben ist Römhild gekommen!«

Helmut drückte ihr beruhigend die Hand und wandte sich um. Römhild ließ jedoch seine Augen nicht von Regina. So sah er nicht in Helmuts Gesicht, bis dieser zusammen mit Gunter dicht vor ihm stand.

Nachdem Gunter Römhild begrüßt hatte, sagte er:

»Sie gestatten, daß ich Sie mit dem Freiherrn von Waldeck bekannt mache!«

Römhild sah zu Helmut auf und starrte ihn konsterniert an.

»Bitte, wo ist Freiherr von Waldeck?« fragte er höhnisch.

»Er steht vor Ihnen«, sagte Helmut ruhig und sah ihn groß an. Regina war mit ihrem Vater herbeigekommen, wie magnetisch angezogen. Römhild lachte plötzlich heiser auf. Er achtete nicht darauf, daß die Schwestern Darland, ihr Vater und Gunter neben Helmut standen, merkte nur, daß Regina wieder mit großen, strahlenden Augen zu Helmut aufsah.

»Ah, Sie sind mit einem Male in den Freiherrnstand erhoben worden, Waldeck? Ist ja schnell gegangen. Wichsen Sie noch immer so gut Stiefel wie zu der Zeit, als Sie mein Diener waren?«

So fragte er mit beißendem Hohn und sah Regina spöttisch an.

Diese erblaßte leicht und blickte besorgt in Helmuts Gesicht. Der war aber ganz ruhig geblieben und sagte kalt:

»Was man einmal gelernt hat, vergißt man nicht so bald, wie Sie es vergessen zu haben scheinen, daß ich zweimal mein Leben wagte, um das Ihre zu retten.«

»Das war Ihre verfluchte Pflicht und Schuldigkeit als mein Diener. Also jetzt spielen Sie selber ein bißchen den Herrn, und gleich den Freiherrn. Na ja, verflucht feine Manieren haben Sie ja immer gehabt, dafür habe ich Sie bezahlt. Aber ich bin nicht gewöhnt, mit einem Diener zusammen in Gesellschaft aufzutreten.«

»Das haben Sie oft getan, wenn Sie niemand hatten, der Ihnen als Dolmetscher diente, da sie selber nur die deutsche Sprache beherrschen«, erwiderte Helmut.

»Herr Willbrecht, Sie sollten Ihren Gästen nicht zumuten, sich mit einem Diener auf eine Stufe stellen zu müssen!« rief Römhild.

Gunter sah ihn kühl an.

»Ich zwinge Sie nicht, in meinem Hause zu verweilen, Herr Römhild.«

Dieser wurde dunkelrot vor Zorn, und ohne Umstände seinen Arm in den Reginas schiebend, sagte er zu dieser:

»Kommen Sie, ich will meine künftige Frau nicht in Gesellschaft eines Hochstaplers sehen. Ja, schöne Regina Darland, einem Hochstapler haben Sie vorhin schöne Augen gemacht. Das verbitte ich mir.«

Diese Worte hörte nur Regina. Sie riß sich mit einem Ruck von ihm los.

»Sie haben kein Recht, mir irgendwelche Vorschriften zu machen.«

»Oho, das lassen Sie mich selber beurteilen.«

Aber da stand Helmut schon an Reginas Seite.

»Ich bitte dich, Regina, gehe zu deiner Mutter, ich werde dir nachher alles erklären. Jetzt habe ich erst mit diesem Herrn einiges zu besprechen.«

Regina sah ihn bleich, aber mit großen, vertrauenden Augen an. Er nickte ihr beruhigend zu.

»Was soll das heißen?« fauchte Römhild wütend.

Helmut sah ihn scharf an.

»Das soll heißen, daß Sie diesen Saal sofort verlassen werden, und zwar an meiner Seite. Ich habe etwas sehr Wichtiges mit Ihnen zu besprechen, und nachher werden Sie keine Lust mehr haben, hierher zurückzukehren.«

»Was erlauben Sie sich? Sie werden den Saal verlassen, nicht ich. Es fällt mir nicht ein, an der Seite eines Hochstaplers durch den Saal zu gehen.«

Helmut richtete sich hoch auf und sah ihn drohend an.

»Hüten Sie sich! Eine Beleidigung von Ihnen kann mich freilich nicht berühren, aber meine Geduld könnte schneller erschöpft sein, als Sie anzunehmen scheinen. Und Sie werden augenblicklich mit mir gehen, in ein mir zu diesem Zweck zur Verfügung gestelltes Nebenzimmer.«

»Fällt mir nicht ein, Sie gehören in die Dienerstube, und die betrete ich nicht.«

Helmut sah ihn fest an.

»Sie werden augenblicklich mit mir gehen, wohin ich Sie zu führen gedenke. Denn ich will Ihnen eine Geschichte aus den Tempelruinen von Luxor erzählen.«

Römhild erbleichte und sah ihn unruhig und unsicher an. Aber er faßte sich noch einmal.

»Erzählen Sie Ihre Geschichten von Luxor, wem Sie wollen, und machen Sie schleunigst, daß Sie von hier fortkommen, wenn ich Sie nicht als Hochstapler verhaften lassen soll.«

Helmut zuckte die Achseln.

»Das wird Ihnen nicht gelingen, denn ich bin tatsächlich der Freiherr von Waldeck, wenn ich auch in Ihrem Dienste diesen Titel ablegte. Und wenn jemand hier verhaftet werden sollte, so werde ich es ganz gewiß nicht sein. Das werden Sie sich klarmachen, wenn Sie daran denken, was in den Tempelruinen von Luxor geschehen ist.«

Römhild sah sehr fahl aus, versuchte aber zu lachen.

»Lassen Sie mich nur zufrieden mit Ihren Tempelruinen.«

»Wie Sie wollen, dann erzähle ich diese Geschichte jemand anderem. Noch ein letztes Mal – begleiten Sie mich! Es liegt in Ihrem Interesse, wenn Sie jedes Aufsehen vermeiden.«

Da schritt Römhild stumm, mit fahlem Gesicht und unruhigen Augen, neben ihm her.

Helmut warf einen Blick zu Regina und ihrem Vater hinüber und nickte ihnen zu. Inzwischen füllte sich der Saal immer mehr mit den ankommenden Gästen. Unauffällig verschwanden Helmut und Römhild aus dem Saale und gingen durch verschiedene Zimmer bis zu einer geschlossenen Tür, vor der ein Diener stand.

»Ist Graf Hochberg schon eingetroffen?« fragte Helmut den Diener.

»Ja, gnädiger Herr, vor wenigen Minuten, er befindet sich in diesem Zimmer.«

»Gut, Sie können gehen; wenn ich Ihrer bedarf, werde ich klingeln.«

Der Diener verneigte sich und ging, nachdem er die Tür geöffnet hatte.

Helmut ließ Römhild eintreten und folgte ihm. Eine elektrische Lampe erhellte das Zimmer eigentlich nur im Bereich eines runden Tisches, um den einige Sessel standen. So fiel das Licht nur schwach bis zum Kamin, vor dem, mit dem Rücken nach der Tür, John Highmont saß, der Helmut gebeten hatte, bei seiner Abrechnung mit Römhild anwesend sein zu dürfen. Er fürchtete, daß Römhild vielleicht Helmut überfallen und ihm die Beweisstücke seiner Schuld abnehmen könnte. Helmut hatte das freilich nicht gefürchtet, denn er kannte den Gegner und würde vorsichtig sein, aber er hatte dem Onkel gern gestattet, sich zur Zeit einzufinden. Es war alles genau verabredet worden.

Helmut zeigte nun auf einen Platz an dem Tische, an dem Römhild sitzen sollte. Dieser hatte all seinen Mut zusammengerafft und fragte von oben herab:

»Wollen Sie mir endlich sagen, was diese Komödie bedeuten soll?«

»Sofort«, erwiderte Helmut, ohne eine Miene zu verziehen. Dann wandte er sich nach der dunklen Kaminecke: »Lieber Onkel, willst du bitte hier mit Platz nehmen, ich brauche einen Zeugen für diese Unterredung.«

John Highmont erhob sich, und als er in den Lichtkreis trat, sagte Helmut:

»Ich stelle Ihnen meinen Onkel Graf Hochberg vor, Herr Römhild.«

Dieser starrte konsterniert auf John Highmont und schrie dann wütend:

»Bin ich denn hier in ein Tollhaus geraten? Graf Hochberg und Ihr Onkel? Das ist doch Mr. John Highmont, in dessen Schloß ich zu Gaste war.«

»Ganz recht, was Sie allerdings meinem Neffen, dem Freiherrn von Waldeck, zu danken hatten, nicht Ihrer liebreizenden Persönlichkeit. Da mein Neffe – einer besonderen Mission halber – eine Dienerstelle bei Ihnen angenommen hatte und ich ihn gern auf der Durchreise bei mir sehen wollte, mußte ich Ihre Gesellschaft schon mit in Kauf nehmen«, sagte John Highmont kühl und beherrscht.

Er wollte durch diese Erklärung Römhild jeden Triumph nehmen, daß ein Freiherr von Waldeck sich ihm gegenüber in Abhängigkeit hatte begeben müssen. Das hatte er mit Helmut so besprochen, und dieser mußte die Zähne zusammenbeißen, um nicht laut aufzulachen bei Römhilds konsterniertem Gesicht.

»Aber Sie heißen doch John Highmont und nicht Graf Hochberg«, stotterte Römhild hervor.

»In Kalifornien nenne ich mich einfach John Highmont, und meinem Schlosse gab ich ebenfalls diesen Namen. Sie wissen wahrscheinlich nicht, daß Highmont auf deutsch Hochberg heißt. Und auf den Grafentitel habe ich drüben nicht viel Gewicht gelegt, ich führe ihn nur wieder hier in der alten Heimat.«

Damit nahm John Highmont Römhild gegenüber Platz. Dieser sah völlig fassungslos auf die beiden Herrn und stieß heraus:

»Was wollen Sie denn nun eigentlich von mir?«

Helmut setzte sich zwischen ihm und seinem Onkel nieder. Mit großen, ernsten Augen sah er Römhild an.

»Ich verlange von Ihnen das Dokument, dessen Unterschrift Sie von meinem künftigen Schwiegervater, Herrn Karl Darland, erpreßt haben, und zugleich ihren Verzicht auf die Hand des Fräulein Regina Darland.«

Römhild lachte wütend auf.

»Aha, das ist der Zweck dieser Komödie? Aber Sie sind sehr auf dem Holzwege, wenn Sie glauben, daß ich auf den Leim gehe.«

»Wie Sie wünschen. Wenn Sie sich weigern, diesen meinen Wunsch zu erfüllen, werde ich Sie der Staatsanwaltschaft ausliefern, wie Sie es Herrn Darland so oft angedroht haben, trotzdem Sie ihn erst durch falsche Vorspiegelungen dazu getrieben haben, etwas zu tun, was er nicht hätte tun dürfen.«

»Bah, ich möchte wissen, mit welcher Berechtigung Sie mich der Staatsanwaltschaft ausliefern wollten.«

»Dazu fehlt es mir an Gründen nicht. Ich nenne Ihnen nur den einen: Sie haben in den Tempelruinen von Luxor den Kellner Achmed Dabrazahr ermordet, oder wenigstens totgeschlagen, als er Sie dabei ertappte, wie Sie seine junge Frau verführen wollten.«

Römhild verfärbte sich, zwang sich aber mühsam zur Ruhe.

»Das ist nicht wahr!«

»Sie wissen, daß es wahr ist, wissen, daß Sie Zenaide Dabrazahr mit einem kostbaren Schmuck verleiten wollten, ihrem Gatten die Treue zu brechen. Der von Ihnen an ihrem Gatten begangene Mord bewahrte sie vor dieser Untreue, aber trotzdem schenkten Sie ihr den Schmuck und eine Summe Geldes, damit sie schweigen sollte. Sie war Zeugin, daß Sie Achmed Dabrazahr mit einem Stein erschlugen und dann einen Unfall vortäuschten, der Sie vor Verfolgung schützen sollte.«

»Unsinn ist das alles, was Sie schwatzen; wie wollen Sie mir das beweisen?« stieß Römhild heiser hervor.

»Nichts leichter als das. Hier habe ich das von Zenaide Dabrazahr eigenhändig geschriebene und unterschriebene Geständnis über das, was sich damals in den Tempelruinen zugetragen hat. Ich werde es Ihnen erst einmal in englischer Sprache vorlesen, weil es in dieser Sprache geschrieben ist, die Zenaide besser beherrschte als die deutsche. Und dann werde ich es Ihnen ins Deutsche übersetzen.«

Helmut entnahm seiner Brieftasche das Schriftstück und las es in beiden Sprachen vor. Römhild wurde sehr blaß, und seine vollen Wangen hingen schlaff herab. Er mußte erkennen, daß sein in den Tempelruinen verübtes Verbrechen Helmut bekannt war. Laut aufstöhnend würgte er heraus:

»Ich bin unschuldig, ich habe nur in der Notwehr gehandelt!«

»Zum mindesten sind Sie schuldig, daß es zu dieser Katastrophe kam, da Sie Zenaide zur Untreue verlockten. Ihr Mann ahnte Ihre Nachstellungen und machte von seinem Rechte Gebrauch, den Verführer seiner Gattin anzugreifen und ihn von ihr zu trennen. Sie aber schlugen ihn tot. Und die Beweise dafür werde ich, obwohl Achmed Dabrazahr dadurch nicht wieder ins Leben zurückgerufen werden kann, dem Staatsanwalt übergeben, wenn Sie mir nicht das Dokument Karl Darlands ausliefern und auf die Hand seiner Tochter verzichten. Die Summe, die Sie ihm zur Verfügung stellten, wird Ihnen zurückgezahlt werden, denn wir gehören nicht zu Erpressern Ihrer Art.«

»Das fällt mir nicht ein, ich lasse mich nicht übertölpeln.«

»Wie Sie wollen. Komm, Onkel, wir haben nichts mehr

mit Herrn Römhild zu tun«, sagte Helmut ruhig und steckte Zenaides Geständnis wieder ein.

Römhild sprang auf.

»So warten Sie doch, lassen Sie mich überlegen!«

»Ich werde bis morgen früh neun Uhr warten. Ist bis dahin nicht das Dokument Karl Darlands zugleich mit Ihrer Verzichtleistung in meinen Händen, dann fahre ich sofort zum Staatsanwalt und lege ihm Zenaides Geständnis vor.«

Römhild war von einer furchtbaren Angst befallen; er wußte, daß er keine Ruhe haben würde, bis er das Geständnis Zenaides in den Händen hatte.

»Lassen Sie mir doch fünf Minuten Zeit, mich zu besinnen«, sagte er. »Ich habe ja Karl Darlands Dokument bei mir und – wir könnten die Papiere gleich austauschen, wenn ich mich dazu entschließe. Nicht, daß ich eine Bestrafung fürchtete, ich habe damals nur in der Notwehr gehandelt, aber, ich mag nichts mit den Gerichten zu tun haben.«

»Das glaube ich Ihnen, bei solchen Gelegenheiten pflegt man sehr gründlich im Leben eines Menschen nachzuforschen!« warf John Highmont ein.

Römhild warf ihm einen tückischen Blick zu.

Helmut sah nach der Uhr. Es freute ihn, zu hören, daß Römhild das Dokument bei sich hatte.

»Gut, ich gebe Ihnen sogar zehn Minuten Bedenkzeit«, sagte er und lehnte sich in seinen Sessel zurück. Sein Onkel warf ihm einen beifälligen Blick zu. Es herrschte nun zehn Minuten lang eine unheimliche Stille.

Als die Zeit vorüber war, sagte Helmut:

»Die Zeit ist um, wie haben Sie sich entschlossen?«

Römhild seufzte abgrundtief.

»Nun gut, ich liefere Ihnen das Dokument Darlands aus

und verzichte auf die Hand seiner Tochter, wenn Sie mir Zenaides Geständnis ausliefern und mir garantieren, daß ich das Geld zurückbekommen werde.«

»Sie können gleich jetzt den Scheck dafür bekommen, er ist schon ausgestellt«, sagte John Highmont.

»Wer bürgt mir aber dafür, daß Sie Ihr Wissen von diesem Vorkommnis in Luxor nicht anderweitig verwerten?«

»Unser Wort! Die Angelegenheit ist erledigt, wenn die Papiere ausgetauscht sind. Ich überlasse die Vergeltung für Achmed Dabrazahrs Tod der Vorsehung«, erwiderte Helmut.

So wurden die Papiere mit der nötigen Vorsicht auf beiden Seiten ausgetauscht. Als das geschehen war, sagte Helmut hart und laut:

»Um die Familie Darland vor allen weiteren Angriffen Ihrerseits zu schützen, mache ich Sie darauf aufmerksam, daß sich in meinen Händen die Kopien der von Ihnen an die australische Aktiengesellschaft und die von verschiedenen Börsen gesandten Depeschen samt Angabe der Daten und Auflösung der teilweise chiffrierten Texte befinden. Diese Papiere genügen der australischen Aktiengesellschaft, Sie des Betrugs anzuklagen, falls ich sie ausliefern würde.«

Römhild fuhr auf.

»Sie – Sie – Domestikenseele, Sie haben mich belauert wie ein Fuchs. Das ist eine Gemeinheit, Sie müssen mir diese Papiere ausliefern.«

»Nein, die behalte ich als Schutzmittel gegen weitere Gemeinheiten Ihrerseits bei mir. Sie sollen jetzt auch einmal fühlen, wie es ist, in den Händen eines Menschen zu sein, der Sie vernichten kann. Ich werde sie meinem Schwiegervater ausliefern. Wir verbinden damit keine Drohungen und stellen keine Bedingungen, aber Sie sollen kennenlernen, wie es ist, ständig ein Verhängnis über sich zu fühlen.«

Römhild ballte die Hände, und sein Gesicht war beängstigend gerötet.

»Der Teufel soll Sie holen! Hätte ich doch nicht die Torheit begangen, Sie als Diener zu engagieren!«

Helmut barg die erbeuteten Papiere in seiner Tasche und lachte Römhild befreit ins Gesicht.

»Dann wären Sie überhaupt nicht von Ihrer Weltreise zurückgekehrt und könnten sich des schönen Lebens nicht mehr freuen, da ich Sie dann nicht zweimal vom Tode hätte erretten können. Es ist mir allerdings beide Male schwergefallen, weil ich mir sagte, es sei besser, einen solchen Schädling der menschlichen Gesellschaft wie Sie der Vernichtung anheimfallen zu lassen. Aber ich brachte es nicht fertig, einen Menschen in den Tod rennen zu sehen, selbst nicht einen Menschen, wie Sie einer sind. Vielleicht gehen Sie doch noch in sich und versuchen in der zweiten Hälfte Ihres Lebens gutzumachen, was Sie in der ersten gefehlt haben. Und – nun wünschen Sie wohl, dieses Haus zu verlassen, es ist das Haus meines Schwagers, und von ihm stammt die Hälfte des Betrages, den Sie zurückerhalten haben. Guten Abend, Herr Römhild.«

Dieser erhob sich, mühsam seine Ruhe behauptend, und entfernte sich mit schlaffem, verzerrtem Gesicht. Es war hart für ihn, als der Unterlegene aus diesem Kampf hervorgegangen zu sein.

Als Onkel und Neffe allein waren, packte John Highmont Helmut bei den Schultern und schüttelte ihn ein wenig, ihn mit strahlenden Augen ansehend.

»Das hast du famos gemacht, mein Junge, ich habe mit

Genuß dieser Verhandlung beigewohnt. Sie hat mir gezeigt, daß du ein ganzer Mann bist, der es versteht, für die ihm liebsten Menschen einzustehen und seinen Feinden die Zähne zu zeigen. Und – nun führe mich zu deiner Regina!«

Beide gingen in den Saal zurück, wo inzwischen auch die letzten Gäste eingetroffen waren. Mit wenigen Worten verständigte Helmut Gunter und Darlands vom Ausgang seiner Mission und zauberte dadurch hellen Glanz auf aller Mienen. Graf Hochberg wurde erst Regina, dann den übrigen Darlands und zuletzt der Gesellschaft vorgestellt. Es gab einiges Aufsehen, und Reginas Augen hingen fragend, aber vertrauensvoll an Helmuts Gesicht. Sie fragte und forschte nicht, trotzdem das Erscheinen des eben erst aufgetauchten Grafen Hochberg manchem der Anwesenden neue Rätsel aufgab.

Als sich endlich ein kurzes Alleinsein zwischen Helmut und Regina ergab, fragte er, ihren Arm an sich drückend:

»Hat meine Regi mich gar nichts zu fragen?«

Sie sah ihn mit ihren strahlenden Augen an.

»Nichts, Helmut, denn ich weiß, du wirst mir alle Rätsel lösen.«

»Aber es ist Wahrheit, daß ich zwei Jahre lang Römhilds Diener war. Ich habe wirklich seine Stiefel gewichst, weil ich so arm und existenzlos war, daß ich hätte verhungern müssen. So stand es damals um mich, als ich Römhilds Diener wurde.«

Ihre Augen leuchteten in die seinen.

»Um so mehr bewundere und liebe ich dich, mein Helmut. *Ich weiß, was du mir bist* und immer sein wirst! Du hast dich so tapfer durchgerungen, ich bin sehr stolz auf dich, eben weil du ein Diener warst und doch du selbst geblieben bist.«

Warm und innig ruhte sein Blick in dem ihren.

»Meine Regina, nun ganz unbestritten mein! Morgen komme ich gegen elf Uhr zu euch und lege meine Beichte ab.«

Sie blickten sich strahlend an im Glück ihrer jungen Liebe. John Highmont sah lächelnd zu ihnen hinüber, Regina hatte sogleich sein Herz erobert. Und Gitta gefiel ihm auch außerordentlich.

16

Das Fest verlief in ungetrübter Stimmung, und es war ziemlich spät, als man sich trennte. Am andern Morgen, Punkt elf Uhr, fand sich Helmut bei Darlands ein und wurde mit großer Freude und Herzlichkeit begrüßt. Das Nötigste hatte er Karl Darland schon gestern abend gesagt, nun lieferte er ihm die Papiere aus und berichtete ausführlich über seine Unterhandlung mit Römhild.

Dann aber saßen sie alle um den runden Tisch im Wohnzimmer, und Helmut erzählte in seiner knappen, klaren Art von seiner Vergangenheit. Wie er gezwungen gewesen, die Dienerstelle anzunehmen, und was dann auf der Reise alles geschehen war. Er hatte keine Veranlassung, Römhild zu schonen, und seine Zuhörer lernten diesen nun noch besser kennen. Regina schauerte leise zusammen, und Helmut drückte verstohlen ihre Hand.

Als alles berichtet war, wandte sich Helmut an Karl Darland und sagte bittend:

»Nun Sie alles von mir wissen, bitte ich Sie um Reginas

Hand; Sie wissen, wie sehr wir uns lieben, und wissen, daß ich ihr nun dank meines Onkels Güte ein sorgenfreies Leben bieten kann. Wollen Sie uns Ihren Segen geben, Sie und Ihre verehrte Frau Gemahlin?«

Mit inniger Freude gaben die Eltern ihre Einwilligung. Als sich die erste Aufregung gelegt hatte, sagte Helmut, seinen Arm um Regina legend:

»Ein Opfer muß ich Ihnen aber doch noch auferlegen, liebe Eltern. Sie werden sich bald von Regina trennen müssen. Mein Onkel wünscht, daß ich mit meiner jungen Frau in Schloß Highmont lebe, und er möchte unserer Hochzeit beiwohnen. Diese soll also so bald wie möglich stattfinden. Regina und ich sollen ihn dann nach Kalifornien begleiten. Wird Ihnen das nicht sehr schmerzlich sein?«

Freilich, es fiel den Eltern schwer, ihr Kind so weit fortgeben zu müssen, aber sie sagten sich, wieviel lieber sie Regina Helmuts Obhut anvertrauten als der Römhilds. Und so zwangen sie die traurigen Gefühle in sich nieder und willigten ein, daß die Hochzeit schon Ende Juni stattfinden und daß Regina ihren jungen Gatten und dessen Onkel nach Kalifornien begleiten sollte.

Gitta warf sich weinend in Reginas Arme.

»So weit willst du von mir fortgehen, Regi? Wir waren bisher noch niemals nur einen einzigen Tag voneinander getrennt.«

Auch Reginas Augen wurden feucht. Sie streichelte das Haar der Schwester.

»Gitta, du wirst nun bald deinem Gunter angehören. Wir müssen uns darein fügen, daß wir nicht beisammen bleiben können.«

Helmut faßte Gittas Hand.

»Kleine Schwägerin, Kalifornien liegt nicht aus der Welt,

und wir sind jung und werden eine weite Reise nicht scheuen. Mein Onkel hat mir versprochen, Regina solle ihre Angehörigen jedes Jahr mindestens einmal sehen dürfen. Wer weiß, wir leben doch im Zeitalter der Aeroplane – vielleicht gibt es bald keine Entfernungen mehr. Und – Gunter hat mir versprochen, daß er seine Hochzeitsreise mit Ihnen nach Kalifornien macht, falls Sie damit einverstanden sein würden. Dann sehen wir uns schon sehr bald wieder.«

Die Schwestern trockneten ihre Tränen, und in Gittas Augen glänzte es hoffnungsvoll.

»Ist das wahr, Helmut? Hat Gunter das wirklich gesagt?«

»Ganz gewiß, nur sollten Sie erst Ihre Einwilligung zu diesem Reiseziele geben.«

»Oh, dann kommen wir bestimmt nach Schloß Highmont, Regi, gottlob, die erste Trennung wird dann nicht gar so lang.«

»Und Sie werden sich in Schloß Highmont sicherlich sehr wohl fühlen und Ihren Eltern dann berichten können, wie gut Regi untergebracht ist. Ich hoffe, auch die Eltern werden sich selbst einmal davon überzeugen, man reist ja so bequem. Aber – Gitta – es geht nicht, daß wir uns weiter mit dem steifen Sie herumplagen – darf ich du zu Ihnen sagen?«

Sie fiel ihm ohne weiteres um den Hals und gab ihm einen schwesterlichen Kuß.

»Auf du und du, Helmut, lange hätte ich mich sowieso nicht mit dem Sie herumgeplagt. Aber da du der Ältere bist, wollte ich dir den Vorrang lassen.«

»Liebe kleine Schwägerin, wir wollen immer gute Freunde sein. Sehr viel hast du dazu beigetragen, daß ich diese qualvollen zwei Jahre ertragen konnte.«

»Das war doch selbstverständlich. Hast du mir nicht

meine Herzensschwester gerettet? Ich habe dir doch gleich damals am Telephon gesagt, mein kleiner Finger sagt mir, daß wir uns wiedersehen. Habe ich nun einen klugen kleinen Finger?«

»Unstreitig!«

»Gut! Aber nun mußt du mir noch sagen, wo wir uns das erstemal gesehen haben. Du behauptest doch, das sei einmal geschehen?«

Er lachte.

»Unsere erste Bekanntschaft haben wir an eurer Wohnungstür gemacht.«

Kopfschüttelnd und fragend sah sie ihn an.

»Wie denn nur?«

»Ich brachte Rosen für Regina, im Auftrage meines Herrn, und ich war sehr bange, in meiner Livree von Regina gesehen zu werden. Aber sie begegnete mir an der nächsten Straßenecke schon, und ich konnte mich abwenden und mein Gesicht hinter den Rosen verbergen. Dann stieg ich leichteren Herzens die Treppe in diesem Hause empor, und bei dieser Gelegenheit erhielt ich durch dich, kleine Schwägerin, eine wertvolle Kunde. Du nahmst die Rosen für Regina sichtlich widerwillig auf und behauptetest, Regina würde sich ganz gewiß nicht darüber freuen. Aus deinen Worten wurde mir die beglückende Gewißheit, daß Regina Römhild, der sie mir gegenüber bereits als seine künftige Frau bezeichnet hatte, nicht liebte, sondern ihn sehr unsympathisch fand. Mit dieser Gewißheit trat ich dann meine Reise etwas leichteren Herzens an.«

Gitta lachte.

»Oh, in meiner Empörung, daß er es wagte, Regi wieder Blumen zu schicken, vergaß ich ganz, mir den Boten anzusehen.«

Gleich darauf kam Gunter und fand eine frohe, glückliche Gemeinde.

Es wurde zwischen ihm und Gitta auf der Stelle vereinbart, daß sie ihre Hochzeitsreise nach Kalifornien machen würden. Und Helmut dachte nun wieder an seinen Onkel und klingelte im Hotel an. John Highmont meldete sich.

»Onkel Hans, ich melde dir auf diesem Wege zuerst, daß ich glücklicher Bräutigam bin. Aber wir alle haben großes Verlangen, dich in unserer Mitte zu haben. Willst du nicht hierherkommen?«

»Aber selbstverständlich will ich. In einer Viertelstunde bin ich da und umarme deine Regina, wenn sie es sich gefallen läßt.«

»Das wird sie bestimmt, Onkel Hans, mache dich nur darauf gefaßt, vor Dankbarkeit halb erdrückt zu werden.«

»Ich möchte lieber vor Liebe erdrückt werden, daran liegt mir mehr.«

»Ich glaube, dir auch das versprechen zu können.«

Eine Viertelstunde später traf John Highmont ein, und George brachte Blumen für Regina und für die beiden andern Damen. John Highmont verstand es, die ehrerbietige Dankbarkeit, die ihm Regina entgegenbrachte, in herzliche Zuneigung umzuwandeln. Mit Gitta hatte er sich schon am Abend vorher angefreundet und stand auf einem reizenden Neckfuße mit ihr.

Mit Vergnügen nahm er an der bescheidenen Mittagstafel der Familie Darland teil und verzehrte mit Genuß eine sorgfältig zubereitete Mehlspeise, die Regina selbst am Morgen bereitet hatte.

»Dieses Rezept mußt du meinem Koch verraten, Regi, das ist eine köstliche und leichtbekömmliche Speise für einen alten Mann, wie ich es bin.«

Regi sah ihn lächelnd an.

»Du bist so wunderbar jung, Onkel Hans! In deiner Jugend mußt du ein bezaubernder Mensch gewesen sein, denn du hast noch heute so viel Charmantes und Liebenswertes an dir.«

Er zog sie an sich und streichelte ihr die Hand.

»Sag' mir nur viele derartige Liebenswürdigkeiten und verwöhne mich ein bißchen, Regi; es tut meinem einsamen Herzen wohl.«

Sie atmete auf und sah ihm mit ihren schönen Augen voll warmer Teilnahme an.

»Wenn du mir nur erlauben willst, wie eine liebevolle Tochter für dich zu empfinden und dich zu umsorgen, so will ich das von Herzen gern tun.« –

Nach Tisch fuhr John Highmont in das Hotel zurück, um seine Siesta zu halten. Er lud alle ein, am Abend seine Gäste zu sein. Das wurde nur zu gern angenommen.

Die beiden Brautpaare machten am Nachmittag in Gunter Willbrechts Wagen einen Ausflug in den Grunewald. Draußen in dem lachenden Frühlingszauber stiegen sie aus und wanderten in den grünenden Wald hinein, Arm in Arm und Auge in Auge. Es war ein seliges Wandern zu zweien. Und sie machten Zukunftspläne und riefen einander immer wieder zu, wie dankbar sie dem Himmel seien, der alles zum Guten geführt hatte. –

Am vorletzten Tage des Juni wurde Regina Helmut von Waldecks Frau, und das Glück lachte ihnen beiden aus den Augen.

Mit John Highmont zusammen trat das junge Paar seine Reise an, nach einem freilich sehr schmerzlichen Abschied Reginas von Eltern und Schwester. Am meisten betrübte es die Schwestern, daß Regina nicht an Gittas Hochzeitsfeier teilnehmen konnte, aber John Highmont tröstete sie: »Wir feiern Ihre Hochzeit in Schloß Highmont noch einmal, kleine Gitta; Sie werden sehen, wie herrlich man in Kalifornien Feste zu feiern versteht. Und jetzt keine Tränen mehr, Sie sind doch ein so tapferes Menschenkind. Es gilt ja keine Trennung auf Nimmerwiedersehn, wir alle sehen uns, so Gott will, wieder, und in der Zwischenzeit gehen Briefe hin und her. Im Geiste sind wir alle an Ihrem Hochzeitstage bei Ihnen. Und bald darauf sind Sie bei uns und können sich dann überzeugen, daß Regi sich bei uns wohl fühlt.«

Da nahmen sich die Schwestern tapfer zusammen und herzten und küßten sich noch einmal.

Die Eltern sahen ihrer ältesten Tochter mit feuchten Augen nach.

Regi winkte zurück, bis ihre Lieben ihren Blicken entschwunden waren. Dann zog Helmut sie in seine Arme und küßte sie.

»Meine Regi, ich will dir alles ersetzen, was du entbehren mußt.«

So sagte er zärtlich.

Sie lächelte ihm unter Tränen zu:

»Ich bin ja bei dir, Helmut!«

John Highmont hatte das junge Paar allein gelassen, bis sich Regina beruhigt hatte. Als er dann in das Abteil, das er hatte reservieren lassen, zurückkam, sagte er bittend:

»Wirst du es mir nachtragen, daß ich dich von deinen Lieben trennte?«

Da fiel sie ihm um den Hals.

»Nun mußt du dir alle die Liebe gefallen lassen, die in mir zum Ausbruch drängt, soweit sie nicht Helmut gehört.«

Er schmunzelte.

»Da halte ich gern still, Regina, mäuschenstill. Aber sieh nur, was für eifersüchtige Augen Helmut macht. Habe keine Angst, mein Junge, es soll auch keine Hochzeitsreise zu dreien geben, auf dem Dampfer werde ich mich so viel mit Mr. Smith unterhalten und euch so weit aus dem Wege gehen, daß ihr mit mir zufrieden sein könnt. Es genügt, wenn ich euch nur täglich eine Stunde für mich habe, und diese Stunde wollen wir auf die Mahlzeiten verteilen. Auch jetzt ziehe ich mich für einige Zeit in das Nebenabteil zurück, zu Mr. Smith, weil ich ohne meine Shagpfeife nicht lange auskommen kann. Auf Wiedersehn in Hamburg, kleine Frau.«

Lächelnd sah ihm Regina nach.

»Er ist ein ganz reizender alter Herr, Helmut.«

Dieser zog sie an sich.

»Ich sehe schon, ich muß mir viele Mühe geben, um neben Onkel in deinem Herzen bestehen zu können.«

»Tue das nur, du wirst es sehr nötig haben, Onkel Hans verwöhnt mich sehr.«

Er küßte sie heiß und innig.

»Meine süße Frau, niemand wird dich mehr verwöhnen als ich.«

Sie sahen sich innig versunken in die Augen, und Regina vergaß, daß sie immer weiter fortgetragen wurde von ihren Lieben daheim. Sie konnte jetzt an nichts denken, als daß sie mit Helmut vereinigt war.

Hedwig Courths-Mahler

Liebhaber~Kollektion

12 Doppelbände in Neugestaltung
zum Preis von je DM 12,-

Das verschwundene Dokument
Das Findelkind von Paradiso

Du darfst nicht von mir gehen
Die verstoßene Tochter

Das Drama von Glossow
Unschuldig - schuldig

Die Tochter der zweiten Frau
Sag, wo weiltest du so lange

Ihr Reisemarschall
Deines Bruders Weib

Die entflohene Braut
Heidelerche

Aus erster Ehe
Ich weiß, was du mir bist

Dorrit und ihre Schwester
Ihr Geheimnis

Lissa geht ins Glück
Nur wer die Sehnsucht kennt

Du bist meine Heimat
Jolandes Heirat

Das Erbe der Rodenberg
Die Pelzkönigin

Des Schicksals Wellen
Hilfe für Mona